सुवर्णलता

उपन्यास

सुवर्णलता

आशापूर्णा देवी

अनुवाद
हंसकुमार तिवारी

वाणी प्रकाशन ग्रुप
भारतीय ज्ञानपीठ

वाणी प्रकाशन : भारतीय ज्ञानपीठ की पुस्तकों के एकमात्र प्रकाशक एवं वितरक

पेपरबैक सोलहवाँ संस्करण : 2020
पेपरबैक सतरहवाँ संस्करण : 2025

राष्ट्रभारती
लोकोदय ग्रन्थमाला : ग्रन्थांक 402

प्रकाशक
वाणी प्रकाशन ग्रुप
4695, 21-ए, दरियागंज, नयी दिल्ली-110 002
फ़ोन : 011-23273167, 23275710
ईमेल : sales@vaniprakashan.in

ISBN : 978-81-19014-02-6

सुवर्णलता
(बंगला उपन्यास)
आशापूर्णा देवी

SUVARNALATA
(Bangla Novel)
By Ashapurna Devi

मुद्रक : नरूला प्रिंटर्स, दिल्ली-110 032

आवरण-चित्र : बिन्दु

Price : INR. 425

प्रस्तुति

(प्रथम संस्करण)

'ज्ञानपीठ पुरस्कार' से सम्मानित श्रीमती आशापूर्णा देवी की लेखनी से सृजित यह उपन्यास 'सुवर्णलता' अपनी कथा-वस्तु और शैली-शिल्प में इतना अद्भुत है कि पढ़ना प्रारम्भ करने के बाद इसे छोड़ पाना कठिन है । जब तक सारा उपन्यास समाप्त नहीं कर लिया जाता तब तक प्रमुख पात्र, सुवर्णलता और सुवर्णलता के जीवन तथा परिवेश से सम्बद्ध पात्रों—मुक्तकेशी (उसकी सास), प्रबोध (उसका पति); सुबोध (उसका जेठ), प्रभास और प्रकाश (दोनों देवर), इनकी पत्नियाँ, सुवर्णलता की ननदें—सब मन पर छाये रहते हैं, क्योंकि ये सब इतने जीते-जागते पात्र हैं; इनके कार्य-कलाप, मनोभाव, रहन-सहन, बातचीत सब कुछ इतना सहज स्वाभाविक है, और मानव-मन के घात-प्रतिघात इतने मनोवैज्ञानिक कि परत-दर-परत रहस्य खुलते चले जाते हैं । लेकिन कहीं कोई आकस्मिकता नहीं, रोमांच चाहे जितना हो । आकस्मिकता यदि है तो एक पूरे अचल, निष्ठुर, जड़ युग के अन्धकार में पग-पग को उजालते चलनेवाली सुवर्णलता के जीवन की दीप-ज्योति की । कितने झोंके-झकोरे ! और, अन्त में कितने आँधी-तूफ़ान ! उपन्यास में एक पूरे-का-पूरा युग बोलता है, आत्मकथा कहता है ।

''सुवर्ण नौ साल की उम्र में इनके घर आयी है, तब से यहीं है । माँ है नहीं, लिवा कौन जाये ? बाप ने साहस ही नहीं किया । निकट पास की एक फुआ है । उसने एक बार लिवा लाना चाहा था, इन लोगों ने भेजा नहीं । कहा, 'उस कुल से अब नाता रखने की ज़रूरत नहीं ।' कभी-कभार बाप मिलने आ जाता है, यही बहुत है । वह भी घूँघट काढ़कर इन लोगों के सामने मिलना ! सम्भवतः इसी दुःख से अब बाप भी अधिक नहीं आता । अतएव सुवर्ण को इन्हीं के साथ रहना होगा, इसलिए इन्हें आदमी बनाने की इच्छा होती है उसे । इच्छा होती है कि ये शौकीन हों, सभ्य हों, रुचि-पसन्द का मतलब समझें । इनके साथ घर-गिरस्ती करेगी वह ।

वास्तव में श्रीमती आशापूर्णा देवी ने बंगाल के हिन्दू समाज की घर-गृहस्थी, आचार-विचार, रीति-रिवाज, धार्मिक-वैचारिक समस्याएँ, रूढ़ियाँ और उदीयमान नवयुग के चिन्तन के सौ वर्ष का इतिहास तीन काल-खण्डों में, तीन चरित्र-नायिकाओं के माध्यम से तीन उपन्यासों में प्रस्तुत किया है । 'सुवर्णलता' मध्यकाल की कड़ी है और भारतीय ज्ञानपीठ द्वारा प्रकाशित 'बकुल-कथा' आधुनिक युग के उदय की गाथा है—सुवर्णलता की पुत्री बकुल के चरित्र के माध्यम से । तब फिर पहला युग ? उसकी नायिका ? वह है सत्यवती, सुवर्णलता की माँ जो अपने युग के काल-खण्ड का प्रतिनिधित्व करती है,

ज्ञानपीठ पुरस्कार से सम्मानित उपन्यास 'प्रथम प्रतिश्रुति' में । 'प्रथम प्रतिश्रुति' की कथा, चरित्र-चित्रण, पात्रों की क्रिया-प्रतिक्रिया और उस युग के परिवेश का चित्रण भारतीय ज्ञानपीठ द्वारा ही प्रकाशित 'प्रथम प्रतिश्रुति'—लघु नाट्य रूपान्तर में हुआ है, जिसकी प्रस्तावना सुवर्णलता के जीवन की पृष्ठभूमि को उसकी माँ सत्यवती के सन्दर्भ में इस प्रकार अंकित करती है :

"नित्यानन्दपुर के कविराज रामकाली चेटरजी की एकमात्र पुत्री सत्यवती ने असंख्य बाधाओं और विपत्तियों के बीच अपने चलने का रास्ता इसी तरह स्वयं तैयार कर लिया था । जीवन-संग्राम में विजयिनी होने के हेतु अग्रसर, अन्त में उसे हार माननी पड़ी अपनी सास एलोकेशी के सामने । उसका संस्कार-मुक्त मन स्तब्ध रह गया जब एलोकेशी ने सत्यवती की एकमात्र बालिका कन्या सुवर्णलता का विवाह उसको बिना बताये कर दिया । संसार के सब बन्धन छिन्न-भिन्न कर क्षोभ और दुःख से आहत सत्यवती, अपने पति, संसार, सन्तान, सब कुछ को त्यागकर चली गयी । पीछे छोड़ गयी इस घटना की स्मृति—अपनी माँ के नाम लड़कियों के लिए स्कूल स्थापित करने की आशा लेकर ।"

सुवर्णलता का जीवन जब निःशेष होने को हुआ तो युग का छन्द बदल चुका था। सुवर्णलता उपन्यास की ही पंक्तियाँ हैं :

"सुवर्णलता परिपूर्णता की प्रतीक है ।

फल, फूल, व्याप्ति, विशालता में वनस्पति के समान ।

सुवर्णलता की मृत्यु ऐसी उम्र और ऐसी अवस्था में हुई कि वह मृत्यु अवहेलना से भूल जाने को नहीं, शोक से हाहाकार करने की भी नहीं ।

जगर-मगर जीवन, जगर-मगर मृत्यु !

सुवर्णलता से आजीवन किसने ईर्ष्या नहीं की ? उसकी जिठानी-देवरानियाँ, ननदें, पड़ोसिनें, ये-वे । बचपन से ही डटकर चली वह । किसी से डरकर नहीं चली, किसी पर रियायत नहीं की । वैसी दुर्धर्ष महिला मुक्तकेशी, उन्हें भी सुवर्णलता से हार माननी पड़ी । वह वैसा ही रौब-दाब चलाती आयी सदा । भाग्य भी सहाय हुआ। आसपास के बहुतों से सुवर्णलता का सिर ऊँचा हो उठा था ।

रुपये-पैसे, घर-द्वार, सुख-सम्पत्ति, क्या नहीं हुई ? संसार में गृहस्थ-घर की बेटी-बहू की जो भी कामना की वस्तु है, सभी सुवर्णलता को नसीब हुई ।"

बाहरी परिदृश्य यही है । लेकिन सुवर्णलता के जीवन का अभाव क्या उसके बेटे-बहुओं ने कभी देखा ? सुवर्ण के अन्तिम संस्कार के समय आयी, घर की ताई जयावती । लड़कों से बोली :

"मन की बात खोलकर वह ज़्यादा मुझसे ही कहती थी न ! बातों-बातों में कितनी ही बार वह हँसते-हँसते कहती थी, 'जनम में खाट पर तो कभी सोयी नहीं जया-दी, मरने पर अब बेटों के कन्धों पर चढ़कर जाऊँगी, वे तब एक पालिशदार खाट पर मुझे ले जायें ।'

"जनम में खाट पर कभी नहीं सोयी !
खाट पर !
जनम में कभी !
यह कैसी अजीब भाषा है !
लड़कों ने अवाक् होकर ताका !
मन की आँखों से सारे घर की ओर ही ताका । ताककर वे अवाक् हो गये, हक्के-बक्के रह गये । इतना बड़ा घर, हर कमरे में जोड़ा पलंग···और सुवर्णलता की यह शिकायत, यह अभियोग !"

जया ने शान्त भाव से कहा :

"तुम्हीं बताओ बेटे, सोना नसीब ही कब हुआ ? जब पहले मकान में थी, तब की तो बात ही छोड़ दो । ईंटों से ऊँची की हुई पाया टूटी चौकी पर फूल-शय्या हुई थी—कितने ही दिन तक उसी पर काटे । दरज़ीपाड़ा का नया घर बनने के बाद हर कमरे में एक-एक चौकी हुई !···खाट नहीं, चौकी ! गोदी का लड़का लुढ़ककर कहीं गिर न जाये, इसलिए उस पर ही कहाँ सोयी; सदा ज़मीन पर ही सोती रही । तुम्हारे लिए ये बातें भूलने की नहीं होनी चाहिए !···उसके बाद बिगड़कर ज़िद करके उस गुफा से निकल आयी थी, मकान भी हुआ, मगर भोग कर सकी ? तुम लोग एक-एक करके बड़े हुए, एक-एक करके बहुएँ आयीं, उस बेचारी को अपना कहने को कोई कमरा भी कहाँ रहा ? रात को रोशनी जलाकर किताब पढ़ने का रोग था उसे, लेकिन उससे तुम्हारे बाप की नींद में खलल···" जयावती ज़रा हँसी, "प्रबोध बाबू के उठने-बैठने के लिए फिर भी बैठका है, उसके अपना कहने को कहीं क्या है? अन्तिम दिन तो उसने बरामदे में ही सोकर बिता दिये ।"

"अन्तिम वेला की इस दारुण स्थिति में, रोयी नहीं केवल सुवर्ण की उतनी बड़ी क्वाँरी लड़की बकुल । वह काठ हुई-सी चुपचाप बैठी रही । उसने शायद अवाक् होकर यह सोचा कि होश आने के समय से जो कभी भी अपरिहार्य नहीं मालूम हुई, उसके आँख मूँदते ही आज इस तरह से पाँवतले की ज़मीन खिसकी क्यों जा रही है ? सुवर्ण के वयस्क लड़के पहले रो पड़े थे, अनेक अनुभूतियों के आलोड़न से अकुला उठे थे, अब सँभाल लिया । उन पर ज़िम्मेदारी बहुत है । अब वे विषाद-गम्भीर होकर जो कर्तव्य है, करने लगे ।"

"रोज़ के संघर्ष की ग्लानि से जो जीवन-खण्ड छिन्न और असमान लगता है, दूर परिप्रेक्ष्य में वही जीवन विस्तृति की महिमा, व्याप्ति की महिमा से एक अखण्ड सम्पूर्णता लिये उज्ज्वल हो उठता है । बहुत निकट से जो आग केवल दाह और उत्ताप की अनुभूति देती है, दूर जाने पर वही आग उजाला देती है ।"

"बकुल श्मशान नहीं गयी । माँ की चिता को जलते नहीं देखा था उसने । सम्भवतः इसीलिए वह अपलक आँखों से उधर देखती रही ।···धीरे-धीरे जब आग बुझ गयी, तो उसे और एक दिन की बात याद आयी । इसी छत के ही कोने में उसने दूसरी एक

चिता को जलते देखा था । वह यह कभी भी नहीं समझ सकी कि उस दिन कौन-सी चीज़ राख हुई थी !

आज सोने से पहले माँ की छोड़ी हुई सारी चीज़ों को एक-एक कर देख गयी वह। कोई पंक्ति, कोई हस्ताक्षर कहीं नहीं मिला । सुवर्णलता निरक्षर नहीं थी । अपने इस परिचय को सुवर्णलता एकबारगी धो-पोंछ गयी थी ! बकुल छत के उस कोने में, जहाँ चिता जली थी, अँधेरे में चुपचाप बैठी रही ।''

बकुल ने बहुत कोशिश की कि उसकी माँ सुवर्णलता की आत्म-जीवनी की, उसके सघर्षों की कथा की, स्फुट उद्गारों की कहीं कोई पाण्डुलिपि मिले । अन्तिम दृश्य में बकुल छापाखाना चलानेवाले ताऊजी जग्गू के पास जाती है—

''अच्छा ताऊजी, जो पाण्डुलिपियाँ छपती हैं, वे सारी फेंक दी जाती हैं ?''

जग्गू ने सन्दिग्ध गले से कहा, ''क्यों, बात क्या है, बता तो सही ?''

''यों ही जानना चाहती हूँ ।''

जग्गू ने वैसे ही स्वर में कहा, ''यों ही ? या—या तू अपनी माँ की वही कॉपी ढूँढ़ने आयी है ?''

''न-न, यों ही । आप बैठिए न ! पाण्डुलिपि रहती नहीं हैं ?''

''रहती हैं । थीं भी,'' जग्गू सहसा चिल्ला-से उठे, ''गुदामघर में ढेर लगी पड़ी थीं। आदि-अन्तकाल का सारा कुछ । वह कम्बख्त निताई···दूध केला खिलाकर मैंने साँप पाल रखा था एक···उसी ने जब देखा कि प्रेस उठ रहा है, सारा कुछ झाड़-पोंछकर शीशी-बोतल वाले को बेच दिया । ऐसा भी सुना है कभी ? ऐसा चमार देखा है तूने? मैं भी वैसा ही हूँ । कम्बख्त को निकाल बाहर कर दिया । अब ज़रा इधर को क़दम तो बढ़ाये वह !···आ, बैठ ।''

''रहने दीजिए, आज चलती हूँ ।''

बकुल ने संकल्प किया ।

''माँ, मेरी माँ ! तुम्हारी जल गयी, खो गयी, लिखी-अनलिखी सारी ही बातें मैं ढूँढ़ निकालूँगी, नये सिरे से मैं सबको लिखूँगी । मैं अन्धकार की गूँगी पीड़ा का इतिहास दिन के उजाले की पृथ्वी को बता जाऊँगी ।···

''यदि यह पृथ्वी इस इतिहास को सुनना नहीं चाहे, यदि अवज्ञा की आँखों देखे, तो समझूँगी, उजाला उसका उजाला नहीं, झूठी चमक की छलना है । उसने अभी भी ऋण चुकाने का पाठ नहीं लिया है !''

उस अगले युग के इतिहास का कालखण्ड श्रीमती आशापूर्णा देवी के उपन्यास 'बकुल-कथा' में चित्रित है—इतना ही सजीव और रोमांचकारी ।

—लक्ष्मीचन्द्र जैन

“यों तो देखने में ‘सुवर्णलता’ एक जीवन-कहानी है । लेकिन केवल यही इस पुस्तक की विशेषता नहीं है । ‘सुवर्णलता’ एक विशेष काल का आलेख है । उस काल ने शायद आज भी समाज पर अपनी छाया फैला रखी है । ‘सुवर्णलता’ उसी बन्धन-जर्जरित काल की मुक्तिकाम आत्मा की आकुल यन्त्रणा की प्रतीक है ।

और एक बात कह देना आवश्यक है । मेरी ‘प्रथम प्रतिश्रुति’ पुस्तक के साथ इसका योगसूत्र है । वह योगसूत्र कहानी की दृष्टि से नहीं, किसी एक भाव को परवर्ती काल की भावधारा के साथ जोड़ने की दृष्टि से है ।

समाजशास्त्री समाज के विवर्तन का इतिहास लिखा करते हैं । मैंने एक कहानी द्वारा उसी विवर्तन को रेखांकित करने की सामान्य चेष्टा की है ।”

आत्मकथ्य

मैं साहित्य-सृजन के क्षेत्र में 'भारतीयता' की समर्थक हूँ । इसके 'देशीपन' को स्वीकार करती हूँ । मेरी यह धारणा रही है कि साहित्य, चिन्तन और कला की चिरन्तन जीवन-जिज्ञासा विभिन्न देश, काल और पात्र के बावजूद अपने अनिवार्य नियमानुसार बार-बार और निरन्तर ध्वनित होती रही है । साहित्य-सृजन के क्षेत्र में ही क्यों, सर्जना के किसी भी क्षेत्र में इस विशिष्ट व्यंजना की अनुपस्थिति आस्वाद की अनुभूति में थोड़ी बहुत रिक्तता या शून्यता अवश्य ही उत्पन्न करेगी ।

मेरा यह भी मानना है कि भारतीय साहित्य का ऐतिह्य मूलतः भाग्यवाद (नियति), आदर्शवाद और अध्यात्मवाद पर टिका हुआ है ।

इस बात में कोई सन्देह नहीं है कि समकालीन बांग्ला साहित्य अपने अर्जित आदर्शवादिता के क्षेत्र में, उस ऐतिह्य बोध से एकदम अलग नहीं हो पाया है—लेकिन उसकी जाँच-परख करते हुए और दुःसाहसपूर्ण पथों एवं प्रस्थानों से गुजरते हुए भी वह उस परिक्रमा-पथ से बहुत आगे निकल आया है जहाँ से लौट आना शायद सम्भव नहीं है । आप पूछेंगे, बांग्ला साहित्य का अपना ऐतिह्य या मूल आधार क्या है तो मैं कहूँगी—वह है—'सबार उपरे मानुष सत्य', सबसे बड़ा सत्य मनुष्य है, वही प्रथम और अन्तिम सत्य है ।

कोई रचनाकार अगर बांग्ला में लिखता है तो सिर्फ इसीलिए वह बंगाली लेखक हो जायेगा—ऐसी बात नहीं है । जो लेखक बंगाल की ज़मीन, यहाँ की आबोहवा, देवी-देवता, मनुष्य, साधना-संस्कार, अतीत की ध्यान-धारणा, समाज में प्रचलित मूल्य-बोध, यहाँ के विशेष जीवनदर्शन—यदि एक शब्द में कहा जाय तो कह सकते हैं, बंगाल के 'हृदय' को समझकर रचना में प्रवृत्त होता है—मैं उसी को सच्चा बंगाली लेखक कह सकती हूँ।

हमारे देश में सर्वांगीण-संस्कृति में ह्रास तो आया है लेकिन हमारी पहचान पूरी तरह समाप्त हो गयी हो—ऐसी बात नहीं है । और मैं ऐसा कहने वालों की बात पर विश्वास भी नहीं करती । मैंने कभी यह नहीं सोचा कि इस ह्रास से मेरे निजी लेखन पर इसका कोई विशेष प्रभाव पड़ा है ।

यह ठीक है कि इस दौरान हमारी विचारधारा को प्रभावित करने वाली बहुत-सी घटनाएँ घटित हुई हैं । इन्होंने हमारे सरोकार को, सोच को झकझोरा भी है । उदाहरण के लिए, सन् '42 का आन्दोलन, साम्प्रदायिक दंगे, विदेशी शासन का अवसान और इन सबसे महत्त्वपूर्ण देश की आज़ादी के बाद देश का विभाजन और इन जैसी अनेक ऐतिहासिक-परिस्थितियों ने हमारी अवधारणाओं को, निस्सन्देह बदला है और साहित्य

सर्जना के क्षेत्र में अपेक्षित प्रभाव भी डाला है । इन घटनाओं से उत्पन्न परिस्थितियों ने हमारे मन पर वेदना और पीड़ाजन्य जो भी और जैसा भी प्रभाव डाला है—उससे हम आसानी से उबर नहीं सकते । पीड़ा के आसन्न दबाव ने एक तरह से स्थायी सत्ता बना ली है । विशेषकर कविता-लेखन के क्षेत्र में । इसका एक कारण यह भी हो सकता है कि अन्य लेखकों के मुकाबले कवि अधिक संवेदनशील या भावप्रवण होते हैं । लेकिन बात जो भी हो, सभी लेखकों या कवियों पर वेदना, पीड़ा या करुणा की तीव्रता का वही प्रभाव देखा जा सकता—और इस मानसिकता में जहाँ उतार-चढ़ाव देखा जा सकता है, वहाँ ठहराव भी । वैसे, जहाँ तक मेरा मानना है, यह कहा जा सकता है कि इस देश के साधारण लोगों पर दूसरे विश्व-युद्ध का सबसे ज़्यादा प्रभाव पड़ा है ।

बंगाल के लोगों की स्मृति में युद्ध-पूर्व और युद्धोत्तर अनुभवों में ज़मीन-आसमान का अन्तर अंकित है । यहाँ मैं यह भी जोड़ना चाहूँगी कि देश की चिरन्तन भावधारा, विचार-प्रवाह, शाश्वत नीति-बोध को जो आघात लगे हैं और फलस्वरूप जो बिखराव आये हैं—इसके लिए शायद द्वितीय विश्व-युद्ध ही आधिक जिम्मेदार है ।

मैं यह नहीं कहना चाहती कि वस्तुवाद, अभिव्यक्तिवाद और आधुनिक मनोविज्ञान की अवधारणाओं ने इस देश के समाज को आन्दोलित नहीं किया या इनके द्वारा लेखक और कलाकारों को प्रेरणा नहीं मिली । अवश्य मिली । साथ ही, विचारधारा के क्षेत्र में इस देश का और 'उन देशों' के विचारों में जो पार्थक्य था—उसमें बहुत तेजी से कमी भी आयी । उस विचारधारा में निस्सन्देह बहुत-सी अच्छी बातें भी थीं लेकिन उनका अपेक्षित प्रभाव हमारे देश के लोगों पर नहीं पड़ा । इसका एक बहुत बड़ा कारण यह है कि हमारे देश में काफी बड़ी संख्या में लोग अनपढ़ हैं । यह सचमुच एक शोचनीय और दुखद स्थिति है । ऐसे में अगर बाहर से कोई बेहतर प्रभाव पड़ता है तो उसका स्वागत होना चाहिए । विचारों का आगमन और उससे हुए आलोड़न से, परस्पर विचार-विनिमय और विवर्तन से ही साहित्य, कला और शिल्प के क्षेत्र में गति आयेगी। ज्ञान-विज्ञान के क्षेत्र में इसी तरह के अनुसन्धान और अनन्त प्रयोगों से विकास होता है हालाँकि आरम्भ में ये मात्र घटनाएँ ही प्रतीत होती हैं ।

लेकिन जहाँ विज्ञान के क्षेत्र में उन्हें आविष्कार माना जाता है या किसी प्रतिभा का आविर्भाव समझा जाता है, वहाँ ज्ञान या मनीषा के क्षेत्र में रवीन्द्रनाथ, विवेकानन्द गान्धीजी, श्री अरविन्द, सुभाषचन्द्र और ऐसे ही मनीषियों के आगमन को आविर्भाव की तरह लेना चाहिए—जिन्होंने समाज के विभिन्न स्तरों पर योगदान किया और राजनीतिक चेतना को भी प्रभावित किया । अगर विज्ञान के क्षेत्र में कोई महत्त्वपूर्ण घटना, खोज या अनुसन्धान से लोगों के दैनन्दिन उपयोग में विज्ञान के योगदान का या उसकी अपरिहार्यता का उल्लेख किया जा सकता है या कि मशीनों या तकनीकी जानकारियों के व्यापक प्रचार की चर्चा की जा सकती है तो कोई कारण नहीं है कि साहित्य, संस्कृति

या विचार के क्षेत्र में होने वाली गतिविधियों या उपलब्धियों से हम अप्रभावित रहें। हो सकता है इनके अलावा भी, अन्य बातों का प्रभाव हम पर पड़ता हो—लेकिन उनके बारे में मैं निश्चित तौर पर कुछ कहने की स्थिति में नहीं हूँ। लेकिन साथ ही, आज के आदमी की मानसिकता विश्व में घटित होने वाली घटनाओं से अवश्य ही प्रभावित होती है और लेखक का तो इनसे प्रभावित होना एक तरह से अनिवार्य है। हालाँकि वह लेखन या सर्जना के मामले में प्रत्यक्ष तौर पर इन प्रभावों का उल्लेख नहीं करता लेकिन उसके अवचेतन में ये बातें रहती अवश्य हैं।

लिखने के समय, मेरे मन में पाठकों के बारे में कोई ख़ास धारणा नहीं होती है। कहानी या उपन्यास में वर्णित पात्रों की उपस्थिति और परिस्थिति के सम्मुखीन होने के बाद दूसरी बातों के लिए अवकाश नहीं होता। मैं उन्हीं में पूरी तरह खो जाती हूँ और मेरे लिए रचना की प्राथमिकता भी यही है। वैसे मेरे पाठक मुझे बहुत प्रिय हैं। वे मुझे बहुत चाहते हैं। और मैं जब भी उनके बारे में सोचती हूँ तो मेरे मन में सुधी, सुरुचिसंयत और प्रबुद्ध पाठकों की छवि बनती है।

मेरी रचनाओं में—चाहे कहानी हो या उपन्यास—विशेषकर उपन्यासों का ढाँचा अपने आप बनता चला जाता है। मैं पहले से ही इस बारे में कुछ तय कर लिखना शुरू नहीं करती। बल्कि मैंने कभी भी कोई चौहद्दी खींचकर या ढाँचा खड़ाकर उपन्यास लेखन नहीं किया। मैं अपने पात्रों में पूरी तरह डूब जाती हूँ और उसकी पात्रता पर ही अपना ध्यान केन्द्रित करती हूँ। उनकी प्रकृति, पात्रता और स्वभावगत अनिवार्यता की गतिमयता में ही मेरा उपन्यास अपना आकार और प्रारूप ग्रहण कर लेता है।

'प्रेम' के बारे में मेरी धारणा हमेशा से दुविधाहीन रही है। यह तो जीवन का श्रेष्ठ और शाश्वत तत्त्व है। यह था, है और रहेगा। जीवन से प्रेम के समाप्त हो जाने का और अप्रासंगिक हो जाने का कोई सवाल हीं नहीं उठता। यह बात अलग है कि किसी वैज्ञानिक विप्लव के द्वारा मनुष्य कहलाने वाला प्राणी 'हृदयहीन' कर दिया जाये या हृदय से अलग उसके शरीर का अस्तित्व सम्भव हो। फिर तो मानव-संवेदना की बात बेमानी हो जायेगी।

लेकिन यह भी सच है कि साहित्य में ही नहीं—जीवन के हर क्षेत्र में, मनुष्य की संवेदना में, भाव-प्रवणता में ह्रास आया है। इसके चलते प्रेम की अभिव्यक्ति में, इसकी मर्यादा में तेजी से विघटन हुआ है। इसलिए कभी-कभी इस बात का डर होने लगता है कि शायद यह भाव-राशि खो न जाये। लेकिन नहीं, यह डर अकारण ही है। प्रेम खो जाने वाली वस्तु नहीं है। हालाँकि यह मेरा निजी दृष्टिकोण है—और यह ग़लत भी हो सकता है।

—लेखिका

(बांग्ला पत्रिका 'साहित्य लोक' में प्रकाशित वक्तव्य के अंश)

प्रथम पर्व

यह युग वह युग—यह तर्क तो सदा का है, पर उस 'काल' को चिह्नित कैसे किया जाये ? एक-एक काल की आयु समाप्त होते ही क्या हर-एक बार परदा गिरता है, जैसा परदा कि रंगमंच पर गिरता है ?

नहीं, परदे का अवकाश कहाँ ? अविच्छिन्न है वह स्रोत । फिर भी 'यह ज़माना वह ज़माना—यह युग वह युग' कहकर काल को अभिहित भी किया जाता है । समाज, मनुष्य की रीति-नीति, चाल-चलन यही सब काल के एक-एक टुकड़े को पकड़े रहते हैं, इतिहास उसे नाम देता है—अमुक युग, फ़लाँ युग ।

किन्तु काल को अतिक्रम भी तो करते रहते हैं कोई-कोई, नहीं तो उस प्रवहमान धारा को आगे कौन बढ़ाये—जो बीच-बीच में बुझ-सी जाती है, निस्तरंग हो जाती है? फिर भी उन्हें वर्तमान की पूजा शायद ही मिलती है । लांछित होते हैं वे, उपहास के पात्र होते हैं, त्याज्य बनते हैं ।

वैसों के लिए होता है काँटों का ताज !

वैसों के लिए होती है जूतों की माला !

फिर भी वे आते हैं ।

प्रकृति के प्रयोजन से ही आते हैं शायद ।

परन्तु इसका ठीक-ठिकाना नहीं कि कहाँ से आयेंगे । आते हैं राजरक्त के नीले आभिजात्य से, आते हैं विद्या-वैभव के प्रतिष्ठित स्तर से । आते हैं नाम-गोत्रहीन गूक मानव गोष्ठी में से, आते हैं और भी घने अन्धकार से ।

उनका अभ्युदय या तो राजपथ की विस्तृति से होता है, या फिर होता है अन्तःपुर की संकीर्णता से ।

किन्तु सभी क्या सफल होते हैं ?

सभी के हथियार क्या एक ही होते हैं ?

नहीं ।

प्रकृति कृपण है, इसलिए वह किसी को तो हाथ में तेज तलवार लिये भेजती है, किसी को भेजती है भोथरा भाला लिये । इसीलिए कोई सफल सार्थक होता है, कोई असफल व्यर्थ । फिर भी, प्रकृति के राज्य में कुछ भी व्यर्थ नहीं होता । आपात व्यर्थता की ग्लानि सम्भवतः परवर्ती काल के लिए शक्ति-साहस सँजोये रखती है ।

एक

सुवर्णलता यह सब नहीं जानती थी । वह अपनी गृहत्यागिनी माँ की निन्दा का सम्बल लिये गिरस्ती में आयी थी ।

इसीलिए उसने यह जाना था कि वह केवल अपने असार्थक जीवन की ग्लानि का बोझा लेकर ही दुनिया से विदा हो रही है । यह जाना था कि उसके लिए किसी का कुछ जाता-आता नहीं ।

उसके मरने पर उसकी सत्रह साल की क्वाँरी बिटिया को पैरों तले ज़मीन ढूँढ़े नहीं मिली, सुवर्णलता यह जानकर नहीं गयी, जानकर नहीं जा सकी कि उस लड़की के लिए सुवर्णलता का मृत्युदिन ही जन्मदिन है ।

दक्षिण के उस चौड़े बरामदे से, जहाँ सुवर्णलता संसार से आँखें फेरकर लेटी रहती थी, वह लड़की मानो हिलना ही नहीं चाहती । उस जगह के सूनी हो जाने पर ही उसने मानो सुवर्णलता को नयी नज़र से देखना सीखा ।

चूँकि देखना सीखा, इसलिए सोचना शुरू किया, जीवन आरम्भ करने के समय सुवर्णलता को यदि दक्षिण का एक बरामदा मिला होता, तो शायद सुवर्णलता के जीवन का इतिहास और ही होता ।

हो सकता है, उस लड़की के सोचने में कुछ सत्य था, शायद वही होता । लेकिन वह हुआ नहीं । सुवर्णलता को दक्षिण के बरामदे का दाक्षिण्य नहीं नसीब हुआ ।

किन्तु नसीब हो भी सकता था ।

वह मकान भी तो सुवर्णलता की आँखों के सामने ही बना था । अपने सम्मिलित पुराने मकान के हिस्से का रुपया मुट्ठी में पाते ही उसके बुद्धिमान् जेठ, देवर, पति ने झटपट मकान की बुनियाद डाल दी । कहा, रुपयों के पर होते हैं । उन्हें गाड़ रखना ही अक्लमन्दी है । गली के भीतर है, सो ठीक, बड़े रास्ते के मुँह पर ही है, दो बार नहीं मुड़ना पड़ता ।

उसी घर में ही तो तीस साल काट गयी सुवर्णलता, वहीं आठेक बार सौरी में गयी, रोयी, हँसी, काम-काज किया, आराम किया, संसार की सारी ही लीलाओं में हिस्सा लिया—फिर भी, पिंजरे की पीड़ा के बोध से हर पल छटपट करती रही ।

सुवर्णलता का स्वामी क्षुब्ध गर्जन करके कहता, "जानकर दुःख को न्योत लाना! चाहकर कष्ट उठाना ! सौ सुखों में भी रात-दिन लम्बा निःश्वास ! और क्या चाहिए

तुम्हें ? और कितना चाहिए ?"

सुवर्णलता कहती, "मैं तो कुछ भी नहीं चाहती ।"

"चाहो भी क्यों, जब मुँह खोले बिना ही सब कुछ हाथों में पा जाती हो । अपनी दूसरी देवरानियों से तुलना करके देखा है कभी ?"

सुवर्णलता मुस्कराकर कहती, "खूब !"

"फिर भी रात-दिन निःश्वास ! आखिर माँ-जैसी ही बेटी होगी न !"

सुवर्णलता तीखे स्वर में कहती, "फिर ?"

पति डर से बोल उठता, "अच्छा बाबा, अब नहीं कहूँगा ।"

उस तीखेपन के पीछे एक भयंकर अभिज्ञता की याद है । डरना तो है ही । लेकिन ये बातें तो बहुत बाद की हैं । जब सुवर्णलता की कनपटी के पास रुपहले तार की झलक आयी, जब सुवर्णलता के लम्बे उन्नत और मसकते गठन में क्षय शुरू हुआ ।

पहले, जब सुवर्णलता अपनी पतित्यागिनी माँ के निन्दनीय इतिहास का सम्बल लिये, सिर झुकाये ससुराल में बसने आयी थी, जब किसी भी उपलक्ष्य पर सुवर्णलता की सास सुवर्णलता को उसकी ब्याहता बैंगनी रंग की जबरजंग बनारसी साड़ी और बड़े-बड़े बूटेदार मखमली जाकिट से सजा-सँवार देती और कोई मिलने-जुलने आती तो उसके सामने नमक-मिर्च लगाकर बहू और बहू के मैके की निन्दा करती—तब ?

तब सुवर्णलता को इतना साहस कहाँ था ! उस समय मुक्तकेशी का अड्डा अपने घर में ही था, कहीं जाना नहीं पड़ता था । मुहल्ले की सभी आती थीं मुक्तकेशी के पास । अलिखित क़ानून से मुहल्ले की सभी महिलाएँ मुक्तकेशी की प्रजा थीं ।

तिमंज़िला मकान । दालान-कमरे की संख्या कम नहीं । दो तरफ़ दो रसोईघर, पक्का अँगना, कोई तीन-चार नल-हौज़ । कहीं कोई असुविधा नहीं । लेकिन, बस इतना ही । मकान मानो साधारणता का एक प्रतीक । न तो कोई श्री, न कोई ढंग। घर कि घर ।

रहने के लिए कितना कुछ चाहिए, केवल इसके अलावा घर बनाते समय और कोई बात इनके माथे में न आयी थी, ऐसा प्रमाण नहीं मिलता ।

मठ नहीं, मन्दिर नहीं, बड़े आदमी का बाग़-महल भी नहीं, गृहस्थ के वास करने का घर । उसमें शोभा-सौन्दर्य, शिल्प-रुचि—इसका क्या नाता है, यह इन सबके दिमाग़ के परे है ।

सुवर्णलता को ये लोग पागल कहते हैं । कहें क्यों नहीं ? सुवर्णलता जो वही अजीब-अजीब चीज़ें खोजती फिरती है ।

यही सब खोजती फिरती है, इसलिए उसने मकान बनते समय एक बार दिखा लाने के लिए पुलकित आनन्द से रोज़ पति के पास धरना दिया । इसलिए कि देखकर नये कुछ की योजना बतायेगी ।

पति लेकिन टाल जाया करता । सुवर्ण कहती, "खूब, तुम लोगों का क्या ? घर में रहते ही कितनी देर हो ? नहाना-खाना और सोना, यही न ! घर तो हम औरतों को ही भोगना पडता है । हमारी राय लेकर बनाने से..."

"बनान स और क्या, लाग स्रण कहेगे । पर, जाना चाहती हो, तो माँ से कहो।"

माँ से कहना ही पड़ेगा, यह सुवर्ण जानती थी, किन्तु पति के पास लाड़ में मज़ा है, मिठास है, आशा है । हाँ, थी भी आशा । अपने पति पर न हो चाहे, अपनी क्षमता पर उस समय सुवर्ण को काफ़ी आस्था और आशा थी । जब वह कानों में इयर-रिंग पहनती, तीन कोर की डोरिया साड़ी पहनती और बहुत मशक्कत से 'काँचपोका'[1] पकड़कर उसे काट-काटकर टीका लगाती, उस समय हर बात में इच्छा ही प्रबल थी उसकी ।

सो उसने मुक्तकेशी से ही निहोरा किया, "चलिए न माँजी, एक बार मकान देख आयें । ज़्यादा दूर तो नहीं है ।"

मुक्तकेशी ने अवश्य उस आग्रह पर पानी फेर दिया । झिझोर उठीं, "लो, अभी कैसे चलोगी ? साइत नहीं, सुदिन नहीं, चल दिये । बसने का घर ! पण्डित दिन-तिथि देख देंगे, वास्तुपूजा होगी, तब गृह-प्रवेश होगा न !"

लेकिन स्वभाव से तार्किक सुवर्णलता तुरन्त ही बोल पड़ी थी, "आपके लड़के तो रोज़ ही जाते हैं, उसमें दोष नहीं ?"

मुक्तकेशी अभ्यस्त खीज-भरे गले से बोलीं ।

"यह तर्क करने का रोग तो छोड़ो तुम, इस रोग से ही तुमने मेरी हड्डियाँ जला खायीं । मर्दों को किसी बात में दोष होता है ? स्त्रियों को ही मान-सुनकर चलना पड़ता है ।"

अतएव मकान बनते-बनते मकान देखना सुवर्णलता को नसीब नहीं हुआ, क्योंकि सुवर्णलता स्त्री है, इसे तो अस्वीकार नहीं किया जा सकता ।

लाचार फिर पति को ही पकड़ा, "सामने की ओर एक बरामदा रखना होगा लेकिन झूलता-सा, जिससे रास्ता देखा जा सके ।"

आँखें सिकोड़कर पति ने कहा, "क्यों, रास्ते की तरफ़ झूलते बरामदे की एकाएक इतनी ज़रूरत क्यों पड़ गयी ? तीसरे पहर बन-ठनकर खड़े होने के लिए ?"

सुवर्णलता उस समय बच्ची ही थी, वह अपने सन्देहालु पति की कुटिल बातों के अन्तर्निहित कदर्य अर्थों को समझ नहीं सकती थी, इसलिए वह कह उठी थी, "वाह रे, बनना-ठनना क्या ! रास्ते की ओर बरामदा रहने से कितना अच्छा रास्ता दीखता है । देवी-देवता विसर्जन, मुहर्रम, बारात, धूमधाम से शवयात्रा का हरि-संकीर्तन, कितना क्या..."

---

1. सुनहले, रंगीन परवाला एक कीड़ा ।

पति इस पर अवश्य हँस पड़ा था । उस कुटिल सन्देह से ग्रस्त होते हुए भी वह भी लड़का ही था । हँसकर कहा, "और कुछ न सही, अन्तवाला ज़रूर द्रष्टव्य है । विशेषण अच्छा दिया है, 'धूमधाम से शवयात्रा' ।"

सुवर्णलता ने इस पर करारे जवाब में कसर नहीं रखी । कहा, "ग़लत क्या कहा, धूमधाम से मुरदे को नहीं ले जाते हैं लोग ?"

"बेशक ।"

"मुझे भी वैसे ही ले जाओगे न ?" लाड़ से बोल उठी सुवर्णलता, "मैं जब मर जाऊँगी, धूमधाम से संकीर्तन करके ले जाओगे न ?"

पति ने माथे पर हाथ रखकर कहा, "ग़ज़ब ! कौन पहले मरेगा, कोई ठिकाना है । मैं तुमसे कितना बड़ा हूँ, निश्चय ही मैं पहले मरूँगा···"

सुवर्णलता निश्चिन्त स्वर से बोली, "इस् ! कहने से ही हुआ ! माँजी के कालीघाट वाले ज्योतिषी ने मेरा हाथ देखकर उस दिन क्या कहा, याद नहीं है ?"

"नहीं, याद तो नहीं है···" पति ने असहिष्णु स्वर से कहा, "क्या कहा था, मैं अमर होऊँगा ?"

यद्यपि स्त्री की उम्र मात्र चौदह और उसकी बाईस है, तथापि असहिष्णुता में ख़ास कमी नहीं दिखती । कम-से-कम पति में तो नहीं ही ।

किन्तु 'बातों की भटचारज' सुवर्णलता को रात में ही दुनिया-भर की बातें फुरती हैं । वह बोल उठी, "अहा, कलजुग में क्या अमर वर होता है । उसने बताया, मैं सधवा ही मरूँगी ।"

"खूब ! किन्तु यह सुसमाचार देने में तुमसे ख़ास कुछ ऐंठ तो गया होगा ?"

"मुझसे ?"

आसमान से गिरी सुवर्णलता, "मैं कहाँ से क्या लाती ? माँजी ने सबका हाथ दिखवाया, चावल दिया, पैसा दिया, नया गमछा दिया···"

न, दिन में नहीं, दिन में बच्ची बहू अपने दुलहे से बोले-चाले, यह अनाचार और जिसके भी यहाँ हो चाहे, मुक्तकेशी के यहाँ यह सब नहीं हो सकता ।

यह नाटक रात का ही है ।

पहले अंक का पहला दृश्य ।

पति लेकिन इस मीठे क्षण को यों ही अपव्यय करने को तैयार नहीं । इसलिए इस तुच्छ बात पर परदा खींच देने के लिए बोला, "अच्छा ही किया । वह सब आदमी अच्छे नहीं होते । उन्हें सन्तुष्ट रखना ही ठीक है ।"

यह कहने के बाद ही पति ने एक दबी-सी हँसी सुनी ।

और तुरन्त बोल उठा, "हँस क्यों रही हो ?"

"यों ही ।"

"यों ही मतलब ? यों ही कोई हँसता है ?"

"पागल हँसता है ।"

"तुम क्या पागल हो ?"

"थी नहीं, तुम्हारे यहाँ आकर हो गयी हूँ ।" चतुर्दशी सुवर्णलता प्रायः पक्की गृहिणी-सी ही बोल उठी, "देख-सुनकर ही पागल हो गयी । माँजी का कौन-सा काम तुम लोगों के लिए ग़लत है ? उन्होंने अगर ज्योतिषी को कुछ नहीं दिया होता, तो तपाक से कहते, नहीं दिया, ठीक ही किया, ढोंगी है ।"

कहना फ़िज़ूल है, 'सुवर्ण-पति' इससे तुष्ट नहीं हुआ । तीखे गले से बोला, "तो क्या करना चाहिए, माँ को नकारकर पत्नी का पादोदक पीना चाहिए ?"

सुवर्णलता 'दुर्गा-दुर्गा' कहकर बोली, "जो नहीं चाहिए, वही ज़बान पर लाना । यानी मुझे तुनकाकर काम को बिगाड़ देना । मैं लेकिन नाराज़ नहीं होती । लो, तुम्हारा बदन छूकर प्रतिज्ञा करती हूँ, सामने बरामदा नहीं बनेगा, तो मैं उस घर में जाऊँगी ही नहीं ।"

"पति ने कहा, "अच्छा देखा जायेगा । अब आकर सो तो जाओ ।"

ख़ैरियत कि अन्धकार का आवरण था, नहीं तो लाड़ की पुकार से पत्नी के खीज-भरे मुखड़े की भंगिमा देख पाता कहीं, तो पति घर छोड़कर निकल ही जाता ।

फिर भी गले में माधुर्य की कमी को ताड़ ही गया । सुवर्ण ने जब नीरस गले से कहा, "तुम्हारा तो बस यही, 'देखा जायेगा ।' जो देखूँगी वह तो पता ही है । परले सिरे के झूठे । मकान बनाने को और जगह नहीं मिली, गली के भीतर !"

पति भी वैसे ही नीरस गले से बोला, "मकान मेरा अकेले का है नहीं । सर पर माँ हैं, भैया हैं, भाई लोग हैं, मैं ख़ामख़ा गिड़गिड़ाऊँ, अजी, मेरी स्त्री मैदान में मकान चाहती है, हुँः ।"

"मैदान की नहीं कही है मैंने । केवल बड़ा रास्ता देखना चाहती हूँ । सर पर कोई हो तो बात भी नहीं कहनी चाहिए क्या ? मैं कहे देती हूँ, बरामदा मुझे ज़रूर चाहिए ?"

"ज़रूर चाहिए !"

बंगाली गृहस्थ घर की बहू के मुँह में ऐसी भाषा ! ढिठाई है । सुवर्णलता ने इतनी ढिठाई पायी कहाँ ! महज़ कई साल ससुराल का भात खाकर ही क्या वह अपनी माँ का इतिहास भूल गयी ? उसकी लज्जा की ग्लानि भूल गयी ? बड़ी वो हो गयी है !

यानी यह ढिठाई जन्म के सूत्र से ही मिली है । और नहीं तो क्या ? और भी तो बहुएँ हैं मुक्तकेशी के, सब तो रात-दिन डर से सिकुड़ी रहती हैं ।

इसलिए मुक्तकेशी जब-तब गालियाँ देती हैं, "करूँ क्या, दोनों ही बूढ़ियाँ तो मरकर मुट्ठी से बाहर हो गयी हैं, नहीं तो अपनी माँ और सखी-माँ को लेती आड़े हाथों । अपनी पोती के करतब क्या जानती नहीं थी बुढ़िया ? जानती थी, जानकर

ही ग़ज़ब का माल मेरे गले मढ़ दिया था । पिछले जन्म का घनघोर वैर था, और क्या !''

कभी-कभी यह भी कहतीं, ''बुढ़ियों को दोष क्यों दूँ, उसकी माँ के ही गुण गाऊँ। माँ कैसी है ! बबूल में क्या आम फलेगा !''

सुवर्ण ने तब तक छूटते ही जवाब देना नहीं सीखा था । सास जब माँ का प्रसंग उठातीं, वह मर्म से मर जाती और अन्त तक सारा ही आक्रोश और अभियोग माँ पर ही जा रहता ।

क्यों, उसकी माँ और सबकी माँ-जैसी क्यों नहीं है ? पति और घर को त्यागकर क्यों वह अपने बच्ची-बच्चों का मुँह हँसा गयी ?

तो फिर बच्चों का स्नेह कुछ भी नहीं ? उसके लिए ज़िद ही सबसे बड़ी है ? यहाँ तक कि चिट्ठी देकर भी कभी नहीं पूछती । माँ क्या समझती नहीं कि सुवर्ण को बाधाएँ बहुत हैं ? वह यदि माँ को चिट्ठी लिखने बैठे, तो घर में कोर्ट-कचहरी नहीं बैठ जायेगी ?''

क़ानून नहीं ज़ारी होगा ?

निषेधाज्ञा ?

यों ही तो उस अपराध के चलते वह किसी को फूटी आँखों नहीं सुहाती । गाढ़े बैंगनी रंग की जबरजंग बनारसी साड़ी और ज़री की बूटीदार लाल मखमली जाकिट पहनकर भाग्य-विताड़ित की नाईं जिस दिन सुवर्ण इनकी बहू होकर इस घर में आयी, तो एक ही दिन में उसकी उम्र तीन साल बढ़ गयी ! घरं-पर, सभी बोल उठीं, ''नौ साल ? उस धड़ंग-मुस्तण्ड लड़की की उम्र नौ साल ? नौ साल की तो वह तीन साल पहले थी !''

विरूपता की वह दृष्टि आज भी नहीं गयी । सच पूछिए तो 'पतित' की नाईं ही देखी गयी है । यह हो सकता है कि माँ 'बदचलन' होकर निकल नहीं गयी है, फिर भी कुल, घर, पति का त्याग, यही क्या मामूली अपराध है ?

सो दिनों तक अपराधिनी-सी रही आयी थी सुवर्ण । फिर देखो, ये लोग सख़्त के भक्त हैं, नरम के यम ! जितना ही झुको, ये उतना ही सिर चढ़ते हैं । इसलिए उसने सख़्त होना सीखा ।

लेकिन सख़्त होकर भी क्या रास्ते की ओर का बरामदा बनवा पायी थी ?

नहीं, नहीं बनवा सकी ।

उसके पति प्रबोध ने एक बार शायद माँ के सामने बात उठायी थी, मुक्तकेशी ने कहा, ''उसके गोड़ में गोड़ डालकर तू मर मत पेवा, ना-ना । घर ही में तो बहू खेमटा नाच रही है, तिस पर बरामदे से गला निकाले तो किस क़दर बाढ़ बढ़ेगी, अन्दाज़ कर सकता है ? बछिया के ताऊ, तेरे ससुर ने पत्नी को सिर चढ़ाकर आखिर क्या फल पाया, देखा न, 'ज़रूर चाहिए !' किसी स्त्री के मुँह से ऐसा मैंने अपने बाप

के जनम में भी नहीं सुना ।''

प्रबोध फिर कहे क्या ! लेकिन चालाकी उसने खेली । सुवर्णलता को रोज़ ही दिलासा देता, ''अजी हो रहा है, बरामदा हो रहा है ।''

आगे नतीजा चाहे जो निकले, फ़िलहाल तो कुछ अधिक सुख-लाभ हो रहा है—सुवर्णलता के मुखड़े पर आह्लाद की जोत खेलती है, उत्साह से वह अधीर हो रही है, आत्मसमर्पण में वह नमनीय हो रही है ।

हो रही है ।

चौदह साल की सुवर्णलता के लिए यह सन्देह करना कठिन था कि ऐसा सफ़ेद झूठ कहकर चकमा दिया जा सकता है । उस समय वह पति की प्रेम-प्रीति-प्यार के परिचय से मुग्ध हो रही थी और अपनी कल्पना का स्वर्ग गढ़ रही थी ।

इस टूटे-फूटे वाहियात घर को छोड़कर नये घर में गयी है, बरामदे से सटा ख़ासा सुन्दर एक कमरा, बड़ी-बड़ी खिड़कियाँ, लाल टुकटुक फ़र्श—इस कमरे को अपने मनमुताबिक़ सजायेगी सुवर्ण ! दीवारों पर तस्वीरें, ताखों में देवी-देवता के पुतले, बक्स-पिटारे में फूलदार ढक्कन, झालदार तकिये, साफ़-सुन्दर बिछौना । उस कमरे में बैठी सुवर्ण चुपचाप फूल काढ़ेगी कथरी में—भविष्य के लिए ।

सुवर्ण के शरीर के अन्तःपुर में कथरी के प्रयोजन की सूचना हुई है शायद । वह उतना नहीं समझती, गृहिणियाँ समझती हैं । डर भी लग रहा है और ख़ासा एक मज़ा-मज़ा भी ।

इसलिए सुवर्ण अनेक झूले झूल रही है । नौ साल की उम्र में इनके घर आयी है, तब से यहीं है । माँ है नहीं, लिवा कौन जाये ? बाप ने साहस ही नहीं किया । निकट-पास की एक फुआ है । उसने एक बार लिवा जाना चाहा था, इन लोगों ने भेजा नहीं । कहा, 'उस कुल से अब नाता रखने की ज़रूरत नहीं ।' कभी-कभार बाप मिलने आ जाता है, यही बहुत है ! वह भी घूँघट काढ़कर इन लोगों के सामने मिलना । सम्भवतः इसी दुःख से अब बाप भी अधिक नहीं आता। अतएव सुवर्ण को इन्हीं के साथ रहना होगा, इसलिए इन्हें आदमी बनाने की इच्छा होती है उसे । इच्छा होती है, ये शौकीन हों, सभ्य हों, रुचि-पसन्द का मतलब समझें । इनके साथ घर-गिरस्ती करेगी वह ।

झगड़ा-झाँटी, ईर्ष्या-द्वेष, स्वार्थ के लिए मारामारी—सुवर्ण को यह सब फटी आँखों भी नहीं सुहाता । फूटी आँखों नहीं सुहाता उसे रसोई में ही पड़े रहना भी । ये लोग उदार आबोहवा का स्वाद नहीं जानते । किताब पढ़ना, कविता कण्ठस्थ करना नहीं आता ।···सोचते-सोचते सुवर्ण का मन खो जाता, याद आ जाती अपने आकस्मिक ब्याह की बात । ब्याह नहीं हो गया होता तो अब वह मैट्रिक पास की पढ़ाई पढ़ती होती ।

माँ तो कहा करती थी, ''मैं तुझे तेरे भाइयों की तरह मैट्रिक पास की पढ़ाई

पढ़ाऊँगी ।"

भगवान् ने सुवर्ण के भाग्य में इमली घोल दी ।

ख़ैर, सुवर्ण को इसी जीवन में सिर ऊँचा करके खड़ा होना होगा । और, खड़े होने का पहला ही सोपान तो सुन्दर-सा मकान है । परिवेश सुन्दर न हो तो जीवन किस प्रकार सुन्दर होगा ?

चौदह साल की सुवर्ण के लिए उस समय जीवन-सौन्दर्य का मापदण्ड था—वही, जिससे रास्ता दिखाई दे, बरामदावाला एक घर ।

इसलिए वह बार-बार पति से पूछती, "क्यों जी, कितना चौड़ा बन रहा है ?"

भँवें सिकोड़कर पति कहता, "काफ़ी ही चौड़ा हो रहा है ।"

"तो ठीक । क्योंकि अचानक कोई दुलहा-दुलहिन या देवी-देवता निकलें तो उसे झुक करके वहाँ से देखना होगा न !"

पति कुछ रूखा हुआ ।

बोला, "सभी तुम्हारी तरह ऐसी बरामदा-पागल नहीं हैं ।"

"सो सही !" सुवर्ण के आँख-मुँह में दमक दौड़ गयी, "मैं ज़रा पागल ही हूँ । सोचकर कितनी खुशी जो हो रही है ! हाँ जी, रेलिंग में हरा रंग तो दिया रहेगा न?"

"हरा कहो हरा, लाल कहो लाल, जब तुम्हारी ही इच्छा से बन रहा है…"

सुवर्ण गल गयी ।

वह पति में वह प्रेम देख पाने लगी, जो उसने पुस्तक में पढ़ा है । पुस्तक अवश्य छिपाकर पढ़नी पड़ती है, सास-ननद देखें तो मार ही डालें उसे ।

लेकिन पुस्तक ला-लाकर देता है इन्हीं में से एक ।

सुवर्ण के लिए वह आदमी देवता-सा है ! इन लोगों से तुलना करने पर वह स्वर्ग के देवता-जैसा ही लगता । काश, सुवर्ण उससे बोल पाती !

बोलने का हुक़्म नहीं है ।

बड़े कड़े हैं ये । ख़ास करके प्रबोध पर-पुरुष से बोलना तो दूर, ताकना तक पसन्द नहीं करता । उसकी यह बद्धमूल धारणा है कि मौका मिलने से ही स्त्रियाँ बिगड़ जाती हैं । किताबें देने की बात मालूम होती, तो जाने क्या होता ! सुवर्ण चौकस है । फिर भी उस देवतुल्य व्यक्ति से सुवर्ण को बोलने की इच्छा होती है । बोल पाती तो वह उन्हीं को देखने के लिए भेजती कि घर कैसा बन रहा है—बरामदे में कौन-सा रंग देने से फबेगा ।

लेकिन जब उसकी गुंजाइश ही नहीं, तो पति के मुँह से ही तीता खाना ! उसके पति ने कहा है, "देखो, बरामदे के बारे में तुम अभी किसी से न कहना ! केवल तुम्हें मालूम है, और मुझे मालूम है, और बस मिस्त्रियों को ।"

किन्तु उसके बाद ?

गृह-प्रवेश की दिन-तिथि देख करके किराये की दो घोड़ा-गाड़ियों से लक्ष्मी की हाँड़ी गोदी में लिये जब मुक्तकेशी सपरिवार नये घर में जा पहुँचीं ?

दो

मुक्तकेशी का संसार ऐसा कुछ बड़ा नहीं । बेटा, बेटी, बहू, पोता, आप—कुल मिलाकर सदस्यों की संख्या मात्र दस । गृह-प्रवेश के अवसर पर विवाहिता दो बेटियाँ और इत्ती-सी एक नतनी आयी है । बस, इन सभी लोगों को एक सेकेण्ड क्लास बग्गी में भर लेना बहुत कठिन नहीं था । दो-तीन पुरुष गाड़ी की छत पर बैठ जाते तो जगह हो जाती और जेठ-भयऊ की समस्या का भी समाधान हो जाता । फिर भी वैसी हिसाबी मुक्तकेशी ने दो गाड़ियाँ जो बुलवायीं, वह सिर्फ़ लक्ष्मी की हाँड़ी की शुचिता बचाने के लिए ।

बेटी-बहुओं को तो ख़ैर चेली की साड़ी पहना ली जाएगी, परन्तु लड़कों को ? उन्हें तो कोट-कमीज़, जूता उतरवाकर एक वस्त्र नहीं ले जाया जा सकता ! 'पुरुष पारस पत्थर' लाख हों, लक्ष्मी की हाँड़ी की बात ! जिसमें पूरे घर का भाग्य निहित है ।

कुतार्किक मँझली बहू ने अवश्य तर्क उठाया था, 'लेकिन आप जो कहा करती हैं, ढाई क़दम बढ़ाते ही पुरुष शुद्ध', डपटकर उसे रोक दिया ।

तर्क चाहे करे, किन्तु मँझली बहू सुवर्ण दो गाड़ियों के होने से उत्साहित ही थी, क्योंकि किराये के मामले में मुक्तकेशी की कंजूसी का अन्त नहीं । जब कभी भी कहीं जाया जाता है—न्योते में, या तीज-त्योहार में, गंगा नहाने, चिड़ियाखाना या जादूघर—बोरों की तरह ठसाठस होकर । ये आनन्द-आमोद तभी होते हैं, जब ननदें मैके आती हैं । उस समय लोगों की संख्या बढ़ जाती है, सुवर्ण के घूमने जाने का सारा मज़ा ही किरकिरा हो जाता है । और फिर खिड़की का एक पल्ला भी तो खोलने की गुंजाइश नहीं, फिर तो मुक्तकेशी बहू को बाप का ब्याह दिखा छोड़ेंगी । दो देवरानियाँ, दो ननदें और सास, ये पाँच एक पूरी गाड़ी में, छोटा देवर गाड़ी के ऊपर, पथ-प्रदर्शक । हाथ-पाँव फैलाकर सुवर्ण ने मानो राहत की साँस ली । और तुरन्त एक अनोखे पुलक-आवेग से उसका मन उद्वेलित हो उठा । हाँ, यही है आसन्न भाग्य की सूचना ! खुले बरामदे के पास का कमरा या कमरे के पास बरामदा सुवर्ण का इन्तज़ार कर रहा है ! जिस बरामदे से गला बढ़ाकर सुवर्ण बड़े रास्ते को देख पायेगी।

अब सुवर्ण को लगता है, गली के कुछ अन्दर है, वही बल्कि अच्छा है । देर तक बरामदे पर खड़े रहने से भी कोई कुछ नहीं कहेगा । एकबारगी बड़े रास्ते पर होता, तो शायद शासन का डर था ।

चेली की साड़ी में एड़ी-चोटी लिपटी, गले तक घूँघट, सास-ननद-जिठानी से घिरी सुवर्ण सिर झुकाकर नये मकान के दरवाज़े से घुस पड़ी । सिर के ऊपर हरी रेलिंगवाले बरामदे की अनुभूति ने उसे रोमांचित कर दिया, उसका सारा मन सीढ़ी की ओर उदग्र हो रहा ।

किन्तु सहज ही सीढ़ी की ओर जाना नहीं हो सका, क्योंकि निचले तल्ले के पूजा-घर में नियम-कर्म चल रहा था । शान्तिजल लिये बिना, ऊपर जाने का प्रश्न ही नहीं ।

आखिर पूजा-पाठ भी समाप्त हुआ ।

माथे में शान्तिजल लेकर ही औरों के बीच से टुप्प से खिसक पड़ी सुवर्ण । पाँव दबाये दुतल्ले पर गयी ।

ननदें आते ही हो-हल्ला करती हुई ऊपर से हो आयीं, पुरुषों ने देखने की ज़रूरत ही नहीं महसूस की । क्योंकि वे लोग तो नित्य ही देखते रहे वे लोग शान्तिजल लेकर बाज़ार-दुकान की ओर दौड़े । ऊपर का तल्ला फ़िलहाल खाँ-खाँ कर रहा था ।

चारेक कमरे, बीच में यहाँ-वहाँ दालान, इधर-उधर ज़रा-ज़रा कमरे-जैसा उसी में भटकी-सी चक्कर काटती रही सुवर्ण, इस-उस दरवाज़े को पार करके विमूढ़ की नाईं बार-बार एक ही कमरे में पहुँच जाती, समझ ही नहीं पा रही थी कि किस दरवाज़े से जाने पर गोपन रहस्य-भरे उस परम आश्चर्य-लोक के दरवाज़े को देख पायेगी ।

घूम-फिरकर बस दीवार !

ख़ाली सूनी, खाँ-खाँ करती चूने की गन्धवाली दीवार । तो क्या बरामदा तिनतल्ले पर है ? ज़रूर वहीं है । तब तो और भी अच्छा ।

इस्, बुद्धू सुवर्ण ने अब तक यही नहीं सोचा ! एक ही कमरे में बार-बार चक्कर काटकर मर रही है ! चेली की साड़ी सँभालते हुए सुवर्ण तिनतल्ले को दौड़ी । कोई तो नहीं है यहाँ, दौड़ने में क्या हर्ज़ है । सीधे छत तक दौड़कर जा सकती है ।

नहीं । छत तक दौड़ नहीं लगा सकी । छत की सीढ़ी नहीं बनायी गयी है । ख़र्च पूरा नहीं पड़ा, इसलिए बहरहाल वह अप्रयोजनीय अंश छोड़ दिया गया है ।

लेकिन बरामदा ?

जिसे सुवर्ण के प्यारे पति ने सबसे छिपाकर केवल मिस्त्रियों से सलाह करके बनवाया है ? वह कहाँ है ?

सुवर्ण क्या किसी भूल-भुलैया में आ पड़ी ?

"ऐं ? तुम यहाँ ऊपर आकर बैठी हो, मतलब ?"

एकान्त के सुयोग से प्रबोधचन्द्र दिन-दहाड़े ही पत्नी के बिलकुल नज़दीक आकर खड़ा हो गया । उसकी भँवों पर लेकिन सिकुड़न पड़ी थी, गले में खीज थी, 'मँझली बहू, मँझली बहू' का शोर मच गया नीचे, "तुम अकेली यहाँ क्या कर रही हो ?"

सुवर्ण ने जवाब नहीं दिया ।

सुवर्ण ने पत्थर की आँखों से ताका ।

"बरामदा कहाँ है ?"

"बरामदा !"

एक बार इधर-उधर ताककर प्रबोध ने अचरज के स्वर में कहा, "अरे ! नहीं मिला ? वहीं तो ! भूत उड़ा ले गया क्या ?"

सुवर्ण की आँखों से आँसू उमड़ आने लगा, पर उसने उसे उतरने नहीं दिया । कठोर कण्ठ से बोली, "मुझसे झूठ क्यों कहते रहे ?"

प्रबोध लेकिन सकपकाया नहीं ।

हँसते हुए बोला, "झूठ क्यों जी, सच । था, भूत या कौआ ले भागा । तुम्हारा बदन छूकर कहता हूँ ।"

और, इधर-उधर ताककर झट उसने वह दुस्साहसिक काम कर लिया—उसके बदन को एक बार छू लिया । ज़रा कसकर ही छुआ ।

आँसू ने अब बाँध नहीं माना । दोनों हाथों मुँह ढँककर वह बैठ गयी । बोली, "तुमने मुझे ठगा क्यों ? क्यों ठगा ? जानते हो, बाबूजी ने माँ को ठगा था, इसीलिए माँ..."

"रहने भी दो, रहने भी दो," अबकी प्रबोध वीरत्व से उद्दीप्त हो उठा, "अपनी माँ की बहादुरी इस हौसले से कहने की ज़रूरत नहीं । मर्द-बच्चा भडुए की तरह बीवी के कहे उठे-बैठे, क्यों ? बरामदा, बरामदा ! बरामदे के लिए इतनी हाय-हाय क्यों ? कहाँ, बड़ी बहू ने तो एक बार भी वह बात ज़बान पर नहीं लायी । इसके मानी यह कि वह भले घर की लड़की है, तुम्हारी-जैसी छक्का-पंजा नहीं है । बरामदे से गरदन लटकाकर पर-पुरुष से आँखें मिलाने का हविस नहीं है उसे । और ये हैं कि बरामदे के विरह में तिनतल्ले पर आकर रोने बैठी हैं । नीचे वहाँ बड़ी बहू कूटना-पीसना, रसोई लिये हैरान हो रही है । जाओ, तुरत नीचे जाओ ।"

हाँ, सुवर्ण को नीचे जाना ही पड़ा था । निचले तल्ले के उस विभीषिकामय दृश्य की छवि कल्पना की आँखों देखने के बाद बैठे रहने की हिम्मत नहीं हुई उसे, केवल एक धिक्कार से दीर्ण-विदीर्ण होते-होते उसने मन ही मन कहा, "भगवान्, तुम साक्षी हो, बरामदावाला अच्छा मकान मैं बनवाकर ही रहूँगी ! मेरे लड़के बड़े हो लें, आदमी बनें, इस अपमान का बदला मैं चुकाऊँगी ।"

प्रतिज्ञा !

किन्तु सुवर्णलता की वह पहली प्रतिज्ञा ? उसने कहा था, "बरामदा नहीं रहने

से मैं उस घर में रहूँगी ही नहीं !'' हाय रे, बंगाली घर की बहू, उसकी भली प्रतिज्ञा! चोर पर नाराज़ होकर माटी पर खाने की तरह उम बुद्धू अभिमानिनी ने घर के सबसे ओछे कमरे की क़ामना की थी !

मकान के पीछे की ओर उत्तर-पश्चिम कोने का वह कमरा किसी के लिए प्रार्थनीय हो सकता है, यह मुक्तकेशी की धारणा से परे था । कमरे के बँटवारे का वह मन ही मन हिसाब लगा रही थी । 'ज्येष्ठ का श्रेष्ठ' इस नीति के अनुसार बड़े बेटे को पूरब-दक्षिण का सबसे अच्छा कमरा ही देना चाहिए । उनका मँझला और छोटा बेटा ज़रा शौकीन है । और, आज ही वे क्वाँरे हैं, दो दिन के बाद तो ब्याह होगा ? उनके लिए तिनतल्ले का कमरा हो तो अच्छा हो । और, अपना भी दिमाग़ गरम हो जाने का रोग, दरबे-से कमरे में डर है । तिस पर उन्हीं के कमरे में उनकी क्वाँरी बेटी की स्थिति ! ख़राब कमरा लेने से मारे गुस्से के मर जायेगी वह ?

बेटी-माई का आना-जाना लगा रहता है । सौरी है । उनका रहना है । इसीलिए मुक्तकेशी ने झट से कोई घोषणा नहीं की ।

ऐसे ही समय, खाने-पीने के बाद सबको लेकर जब ऊपर गयीं वह, उसी समय सुवर्ण ने वह प्रार्थना की ।

अवाक् हुए बिना न रह सकीं मुक्तकेशी, उसके बाद मन-ही-मन हँसीं । इधर तर्कवागीश होते हुए भी स्वार्थ के मामले में भोंदू-बुद्धू है यह लड़की । फिर भी आश्चर्य को उन्होंने प्रकट नहीं किया । सन्तुष्ट गले से सिर्फ़ कहा, "तुम्हें यदि वही पसन्द है, तो वही लेकिन वहाँ हवा खेलेगी ? पेवो के लिए थोड़ा गरम नहीं होगा ?"

मुक्तकेशी ने बेटे के गरमी लगने की ही पूछी, बहू के नहीं ।

सुवर्ण ने सिर हिलाकर कहा, "गरम क्या, ताड़ का पंखा तो है ही ।"

"तो वही रहने दो ! तुम्हारा बक्स-पिटारा उसी में ला दें ।"

ला देनेवाली है ।

नौकरानी खुद एक जवान मर्द की ताक़त रखती है । बग्गी के ऊपर चढ़कर वह भी तो आयी । मुक्तकेशी उसी के बल से बलवान् हैं ।

किन्तु बिस्तर वह नहीं बिछायेगी । पहुँचाकर ही छुट्टी । सुवर्ण ने ही सरो-सामान सहेज लिये, बिछौना बिछा लिया—निर्लिप्त, निरासक्त भाव से ।

परन्तु प्रबोध को तो निरासक्ति अनासक्ति नहीं आयी है, इसलिए रात को कमरे मे घुसते ही उबल पड़ा वह, "सुना, मँझली बहू ने शौक से इस ओछे कमरे को चुना है! इरादा क्या है ?"

प्रबोध की उम्र चौबीस की है, परन्तु बात के रंग-ढंग से चालीस । सोचने में झिझक नहीं होती । क्यों न हो, तीन पुश्त के ख़ास कलकतिया हैं ये—जो कलकतिया 'धान के पेड़ का तख्ता' पूछने पर जवाब ढूँढ़े नहीं पाता, सिर्फ़ बातों की खेती करता है !

और फिर मुक्तकेशी के सभी बेटी-बेटों का रंग-ढंग पका-पका-सा है । तारुण्य को वे लज्जा की वस्तु समझते हैं, सभ्यता को कहते हैं 'फैशन' !

रुचि, पसन्द, सौन्दर्यबोध—ये हास्यकर शब्द उनके संविधान में नहीं हैं । और इसमें भी किसी का दूसरा मत नहीं कि दुनिया की सार वस्तु है 'पैसा' । लेकिन सभी आदमी बुरे हैं, ऐसा नहीं । सुवर्ण का जेठ तो देवतुल्य है, छह में नहीं पाँच में नहीं, किसी से मतभेद नहीं—स्नेह, ममता, सहृदयता, सभी गुण उसमें हैं ।

सुबोध रोगग्रस्त अपने मँझले भाई को बीच-बीच में डाँटता रहता है, "पागल की तरह क्या जो बकवास करता है ! आदमी क्या पिंजरे का पंछी है कि रात-दिन क़ैद रहे ? सभी चिड़ियाखाना जायेंगी, मँझली बहू नहीं जायेंगी ? तुझे ऐसा रोग क्यों लगा, यह तो बता !"

सुबोध के इस क्षुब्ध प्रश्न के फलस्वरूप ही ननद-देवरानी के साथ सुवर्ण को घूमने जाना नसीब हुआ, वरना मनाही तो हो ही गयी थी ।

कहीं जाने की तैयारी की सुनते ही उसके पति परमगुरु राय दे बैठते हैं, "जिसे जाना हो जाये, तुम्हारा जाना-वाना नहीं होगा ।"

लेकिन भैया के कहने पर नहीं कर सकता है ।

यह उस युग की शिक्षा का गुण है ! कितनी ही नापसन्दगी की बात क्यों न हो, बाप-दादे के आदेश को टालने की कोई सोच ही नहीं सकता ।

इसके लिए सुवर्ण जेठ के प्रति कृतज्ञ थी ।

किन्तु इधर इतना उदार होते हुए भी पैसे के मामले में कंजूसी कुछ कम नहीं थी सुबोध में । महीने का सामान लाने पर भोटिये को दो की जगह तीन पैसे देने में आधा घण्टा बकझक करने में उसे आलस नहीं होता, मुक्तकेशी के गंगानहान में पालकी के कहार दो आने से अधिक माँगते तो उनकी नाक पर ही किवाड़ बन्द कर देने में उसे हिचक नहीं होती ।

हिचक अवश्य और भी बहुतेरी बातों में नहीं करता है वह । जैसे, घर के बाहरी बरामदे पर गमछा पहनकर तेल लगाने में नहीं हिचक होती, आँगन की हौज़ के सामने खड़े होकर नहाने में हिचक नहीं होती ।

देखकर सुवर्ण का मन जाने किस एक अव्यक्त यन्त्रणा से छटपट करता है । यह मानो देवता के बदन पर फटा कपड़ा हो, फूल पर कीचड़ !

फिर भी जेठ को वह भक्ति करती है ।

भक्ति करती है बड़ी ननद को ।

वह उत्ती बड़ी सुवर्ण बैंगनी बनारसी में मुड़ी-सुड़ी जब इनके यहाँ आकर दूध-अलता के पत्थर पर पाँव रखकर सहसा फुक्का फाड़कर रो उठी, "आप सबके पैरों पड़ती हूँ, मुझे छोड़ दीजिए", तो चारों ओर की छि-छि के अग्निबाण से वह तो प्रायः भस्म हो जाने को थी, मुक्तकेशी तो अब मारें कि तब मारें, उस मुसीबत की घड़ी में बड़ी

ननद ने ही बचाया था उसे । वह बोली, ''तुम सब भी क्या हो ! दुधमुँही बच्ची है, फिर भीतर की घटना भी जानती हो सभी, और उसके प्राण का ख़याल नहीं ?''

घर की बड़ी लड़की । जमाई द्वितीय पक्ष का है, फिर भी दमदार । इसलिए उसे कोई दबा नहीं सकी, परन्तु बहू को 'दुधमुँही बच्ची' कहने पर हँसी थीं सब । बोलीं, ''यह अगले जन्म में नौ साल की होगी !''

ननद फिर झिड़क उठी, ''अच्छा, अच्छा, उम्र का लेखा फिर लिया जायेगा, आखिर 'प्रबो' से तो बड़ी नहीं है ? अभी वरण तो करो ।''

तब से बड़ी ननद को देवी मानती है सुवर्ण । वह जब आती है, तो उसे मानो मुट्ठी में चाँद मिल जाता है । वह हितैषी है, दूसरी ननद-जैसे खोट खोजने-वाली नहीं, यह समझने में सुवर्ण को देर नहीं लगी ।

आज भी तो उस ननद ने सुवर्ण को ओट में बुलाकर कहा, ''तू ऐसी भोंदू क्यों है री मँझली बहू ? माँगकर वह वाहियात कमरा लिया !''

मँझली बहू ने कहा, ''आखिर किसी को तो लेना ही पड़ता ।''

परन्तु अभी ननद के भाई के पैने प्रश्न के जवाब में जो बोली, सो और ही बोली। कहा, ''क्यों, कमरा बुरा कैसे है ? अच्छा ही तो है ! एक खिड़की खोलने से पड़ोसी की टूटी दीवार और दूसरी खोलने से गृहस्थ का नल-पाखाना । चुक गयी बला ! कहीं से कोई ख़तरा नहीं । पर-पुरुष से नज़र मिलाने की चाह भी हो, तो वह चाह पूरी नहीं होने की ।''

''उफ़ !'' प्रबोध ने तीखे दबे स्वर में कहा, ''वही ज़हर मन में पालकर यह आक्रोश मिटाया गया ! खूब स्त्री हो तुम ?''

तकिये को उलट-पुलटकर ठीक करते हुए सुवर्ण ने कहा, ''कहावत है, सत्संग से स्वर्गवास । विष की पोटली के सहगुण से विष जमा होता है ।''

प्रबोध ने भी उलटकर कहा, ''मेरे मन में विष ? और तुम्हारी जीभ ? वह तो एकबारगी छुरी है ज़हर की !''

सुवर्ण लेट गयी । बोली, ''जब समझ ही गये हो, तो छुरी-छुरे से होशियार रहना ही मंगल है ।''

''ऐं ! मैं मर्द हूँ, मैं साला होशियार रहूँ इसलिए कि बीवी की ज़बान है ?''

''तो फिर मत होओ !'' सुवर्ण बोली, ''नीचों की तरह रात-दिन हाड़ी-डोम करो!''

''फिर भी तुम अपनी जीभ को नहीं सँभालोगी ?''

अचानक एक काण्ड हो गया ।

प्रबोधचन्द्र वीर पुरुष की अदा से उठ बैठा और पत्नी के ताड़-जैसे जूड़े को ज़ोर से हिलाकर बोला, ''तुम्हारी हिमाकत बढ़ते-बढ़ते बहुत बढ़ गयी है, देख रहा हूँ । गरदनिया देकर घर से निकाल बाहर कर सकता हूँ, यह पता है ?''

''तुमने मेरा जूड़ा पकड़ा ?'' सुवर्ण उठ बैठी ।

सुवर्ण के दप्-दप् गोरे गालों पर दो बड़ी-बड़ी काली आँखें मानो जल उठीं, वह मानो भयंकर कुछ कहा चाहती है, लेकिन सहसा गम्भीर गले से बोली, "पता नहीं है? खूब पता है ! बंगाली के घर पैदा हुई हूँ, इतना भी नहीं जानूँगी ?"

प्रबोध समझ गया, मामला टेढ़ा है । गृह-प्रवेश के आनन्द क ।न की रात ही मिट्टी हो जायेगी । इसलिए सहसा ही उसने सुर बदल दिया । खिसक आकर बहुत घनिष्ठ होकर बोला, "गुस्सा दिलाकर बुरी बातें सुनने की साध ! ये कटु बातें तुम ही मुँह से निकलवाती हो । मैं साला दिन-भर घड़ियाँ गिन रहा हूँ कि कब रात हो, और महारानीजी मिज़ाज दिखाकर—नः, तुम बड़ी बेरसिक हो !"

सुवर्ण की उम्र चौदह की ।

लिहाजा प्रबोध की जीत होने में देर नहीं हुई थी ।

किन्तु वह क्या सचमुच जीत थी ?

जीत होती तो काफ़ी रात गये जब परितृप्त पुरुष नाक बजाते हुए सो गया तो एक भयंकर आक्षेप के दीर्घश्वास से कमरे की हवा गरम क्यों हो उठी ?

जो दीर्घश्वास अगर शब्द हो जाता, तो वह यों होता, "ये ऐसे क्यों हैं ? इन्हीं के साथ मुझे सारा जीवन बिताना पड़ेगा ?"

लेकिन यह सुवर्णलता की ही ज़्यादती थी ।

साधारण गृहस्थ लोग इनके सिवाय और क्या होते हैं ? सभी तो यही जानते हैं कि आदमी को खाना पड़ता है, सोना पड़ता है, वंशवृद्धि करनी पड़ती है और इन कामों को निश्चिन्तता से पूरा करने के उपाय के रूप में रुपया कमाना पड़ता है । और मेहनत-मशक्कत से थक जाने पर ताश-पासा खेलना होता है, मछली का शिकार करना होता है, ओसारे पर बैठकर राजनीति करनी होती है, बच्चों पर शासन करना होता है, लड़की का ब्याह करना होता है और बूढ़ा हो जाने पर तीरथ-धरम गुरु-गोविन्द करना होता है ।

ये यह जानते हैं कि माँ की भक्ति करनी चाहिए, स्त्री पर शासन करना चाहिए और सभी मामलों में स्त्री को ताबेदारी में रखना चाहिए । केवल मुक्तकेशी के ही लड़के ऐसे हैं, यह कहना अन्याय होगा । अधिकतर ही ऐसे हैं । तारतम्य जो हो। वह केवल व्यवहार-विधि से ।

सुवर्ण नाहक ही अपनी ससुराल को दूसती है । ख़ामाख़ा ही सोचती है, काश, मन्त्रबल से सारी दुनिया उलट-पुलट होकर बीच के ये दिन यदि धुल जाते ! रात बीतते ही यदि सुवर्ण देख पाती, नौ साल की सुवर्ण मुक्ताराम बाबू स्ट्रीट के अपने घर से किताब-कॉपी लिये स्कूल जा रही है । सुवर्ण की माँ हँसती हुई-सी दरवाज़े पर खड़ी है !

एक बार यदि ऐसा हो जाये तो सुवर्ण जीवन में कभी भी अपनी दादी की छाँह के पास नहीं फटके । गाँव में दादी के पास नहीं गयी होती अकेली, तो माँ से छिपाकर

कोई झटपट उसका ब्याह तो नहीं करा पाता !

तब तो अब तक सुवर्ण शायद पास की पढ़ाई पढ़ती होती !

नहीं, माँ इतनी जल्दी हरगिज़ उसका ब्याह नहीं करती । बाबूजी के कहने पर भी नहीं । दादी ही उसकी शनीचर हुईं ! अपनी सखी की बेटी को पोती की सास बनाकर दादीजी सखी की सरताज हुईं । दादी के पास जाने की यों ही क्या इच्छा नहीं होती है सुवर्ण की ? वह उसके जीवन का शनि-सी लगती है ।

जिस दिन उसे बहुत दुःख होता है, अपमान लगता है, आधी रात को यही सब सोचती हुई तड़पा करती है । माँ पर एक दुरन्त अभिमान से वह आहत होती रहती है ।

माँ तो मज़े में चली गयी ।

सोचा भी नहीं कि सुवर्ण मरी या बची ! माँ यदि कलकत्ते में रही होती तो सुवर्ण को भला ऐसी एकदुआरी होकर पड़ा रहना पड़ता !

ब्याह के बाद से माँ के लिए कम गंजना सहनी पड़ी है उसे ? उस समय सभी बातों का मतलब नहीं समझती थी, अब तो समझती है ! समझती तो है कि कैसे कलंक की डाली सिर पर लेकर उसका जीवन आरम्भ हुआ है !

सुवर्ण के सामने ही तो गृहिणियों ने कहा है, ''क्यों जी, घरनी गृहिणी, 'संसारी', ब्याह के योग्य दो-दो बेटे, शिव के समान पति, और दईमारी कुल पर कालिख पोतकर चली गयी !''

अपनी समधिन का दोष छिपाने के लिए जितना नहीं, अपने वंश का मान बचाने के लिए ही मुक्तकेशी कह उठतीं, ''कुल पर कालिख ज़रूर नहीं, लेकिन पति-पुत्र के मुँह पर चूना-कालिख तो बेशक ! लड़की को स्कूल में पढ़ाकर ही बनायेंगी, उनकी इसी कांक्षा पर राख पड़ गयी । सास ने देखा, मामला गड़बड़ है, उन्होंने पोती को अपने पास बुलाकर झटपट ब्याह कर दिया—इसी ग़ुस्से से भभककर काशीवास करने चली गयीं !''

''काशीवास ! इस उमर में काशीवास ?''

महिलाओं ने नाक सिकोड़ी । यानी बात को पूर्णतया अग्राह्य ही किया । अब तक सुवर्ण की माँ की उम्र की व्याख्या में तत्पर हो रही थीं, इसे याद नहीं रखा ।

मुक्तकेशी ने फिर सँभाला ।

कहा, ''काशी में बूढ़ा बाप जो है !''

''रहे !'' महिलाएँ झंकार उठीं, ''पति परित्यागिनी तो हुई ! उस स्त्री के और रहा क्या ? तुम बहना महत् हो, जभी तो इस बहू को घर लायी हो । क्यों न इसके हाथ का पानी भी पियोगी !''

मुक्तकेशी ने दर्प के साथ घोषणा की, ''पानी ? पानी मैं किसी बेटी के हाथ का नहीं पीती हूँ । अपने पेट की ही बेटियों के हाथ का पीती हूँ क्या ? जिस दिन से

कलाई सूनी की है, एक बेला स्वपाक हविष्य और एक बेला गंगाजल, कच्चा दूध—बस!''

और तब मुक्तकेशी गर्व से अपने कृच्छ्रसाधन की व्याख्या करने बैठतीं, सुवर्ण हाँ किये सुनती। 'हाँ' किये ही, क्योंकि तब जानती नहीं थी वह कि 'आचमनी खाद्य' किसे कहते हैं, अम्बुवाची क्या है, निरम्बु उपवास के दिन साल में कितने होते हैं?

दीर्घश्वास-मर्मरित कमरा धीरे-धीरे स्थिर हो आया, दिन-भर की थकी-माँदी लड़की की आँखों में नींद उतर आयी, उस सोते आदमी का स्पर्श बचाये संकुचित होकर सो गयी वह। उस आदमी के परितृप्त सोते शरीर की ओर देखकर कैसी तो घृणा हुई, अपवित्र-सा लगा वह!

कुछ ही देर पहले उसके प्यार की हरक़तों से परेशान होना पड़ा था, यह सोचकर कलेजा कैसा कर उठा!

किन्तु करे क्या सुवर्ण?

चारों ओर लोग कितने हैं? विद्रोह करके घिनौना करे? फिर सभी दिन तो आज ही जैसे नहीं? हमेशा ही तो विद्रोह नहीं होता। स्वयं उसमें ही क्या प्यार करने और प्यार पाने की वासना नहीं है?

तो, क्या करे वह? उसके सिवा और किसे? और यह आदमी प्यार का एक ही अर्थ जानता है, प्यार करने की एक ही पद्धति!

''नहीं लूँ'' कहने से खड़ी कहाँ होगी सुवर्ण?

तीन

मुक्तकेशी के चार लड़के।

सुबोध, प्रबोध, प्रभास, प्रकाश।

बड़ा सुबोध। बाप के रहते ही खड़ा हो चुका था। बाप अपने ही दफ़्तर में उसे रखा गये थे। कालक्रम से वह उस सौदागरी ऑफ़िस के बड़े बाबू के परवर्ती आसन पर आ पहुँचा है। संसार वास्तव में उसी के रुपयों से चलता है।

मँझला प्रबोध। एण्ट्रेन्स पास करके बहुत दिनों तक खाते-खेलते रहकर अभी-अभी कुछ दिन हुए, एक मित्र के साथ लोहा-लक्कड़ का व्यवसाय करने लगा है। मित्र के रुपये, प्रबोध की मेहनत। सँझला लड़का प्रभास घर में सबसे विद्वान्। एफ.ए. पास करके वक़ालत पढ़ूँ-पढ़ूँ कर रहा है। और प्रकाश पाँच ही छहः क्लास तक

पढ़कर मुहल्ले के एमेचर थिएटर में स्त्री-भूमिका में अभिनय और बालों में क्यारियाँ कर रहा है । सुवर्ण के ब्याह के समय घर की अवस्था लगभग यही थी ।

बहुत दिनों तक सुवर्ण इन सबका पूरा नाम नहीं जानती थी । 'सूबो, पेबो, पेभा पेका'—मुक्तकेशी के सम्बोधन की यही भाषा थी ! एक दिन छोटी ननद विराज को बुलाकर सुवर्ण पूछ बैठी, "तुम लोगों का नाम क्या है, बताओ तो ? माँजी तो तुम्हे 'राजू-राजू' कहती हैं । राज बाला है ?"

"सुन लो ज़रा !" राजू ने अवाक् होकर कहा, "ब्याह हुए इतने दिन हो गये, ससुराल के लोगों का नाम नहीं जानती हो ? मँझले भैया ने बताया नहीं ?"

सच पूछिए तो राजू के मँझले भैया से सुवर्ण ने कभी यह पूछा भी नहीं । पूछने का ख़याल भी नहीं आया । अभी ही एकाएक ख़याल हो आया, पूछ बैठी । लेकिन वह नहीं कहकर सुवर्ण ने होंठ उलटकर कहा, "तुम्हारे मँझले भैया से पूछे मेरी बला। तुम हाथ के पास हो, मैं औरों की खुशामद करने क्यों जाऊँ ?"

उम्र में तीन साल छोटी ननद की भी इतनी खुशामद कर ली ! राजू उससे खुश भी हुई । उँगली गिनकर बोली, "बड़ी-दी का नाम है सुशीला, मँझली-दी का सुबाला, सँझली-दी का सुराज, मैं हुई विराज और भाइयों का नाम है..."

बड़े उत्साह से ही ननद-भौजी में बातें हो रही थीं । अचानक सारी परिस्थिति ही बदल गयी । विराज बिगड़कर वहाँ से चली गयी और मँझली बहू की दुस्साहसिक ढिठाई की बात घर-भर में फैल गयी । सुवर्ण ने जेठ-देवर के नाम का मज़ाक़ उड़ाया है, ननदों के नाम पर मुँह बिदकाया है ।

किया है, सुवर्ण ने सच ही यह किया है ।

किन्तु सुवर्ण क्या यह जानती थी, मामूली कौतुक से इतना दोष होगा ? और, नाम के माने पूछने से अपमान करना होता है ?

'सुराज' सुनकर वह बोल उठी थी, "हाय राम, यह सुराज कैसा नाम है ? इस नाम का मतलब क्या होता है ?"

इसे अगर मुँह बिदकाना कहा जाये, तो वही सही ।

लेकिन हाँ, देवरों के बारे में मज़ाक़ से एक बात ज़रूर कही । एक-एक करके चारों का नाम सुनकर ही-ही करके हँसती हुई बोल उठी, "चारों का मेल मिलाकर नाम रखा जा सकता था !"

विराज ने भौंहें सिकोड़कर कहा, "सुबोध-प्रबोध का मेल कहाँ मिलता ?"

सुवर्ण हँसते-हँसते लोट-पोट हो गयी थी, "क्यों, अबोध-निर्बोध ?" कि विराज छिटक-सी पड़ी, उम्र से कहीं ज़्यादा ज़ोरदार झंकार कर बोली, "इतनी हिमाक़त तुम्हारी मँझली बहू ? सँझले और छोटे भैया को तुम निर्बुद्धि कहने की जुर्रत करती हो ? ठहरो, मैं माँ से जाकर कहती हूँ ।"

माँ को कह देने की कहने से सुवर्ण का मुँह अवश्य सूख गया था । उसका हाथ

पकड़कर बोली, "तुम नाराज़ क्यों हो गयीं ? हाय राम, मैंने तो मज़ाक़ किया..."

विराज ने लेकिन हाथ पकड़ने का मान नहीं रखा । वह हाथ छुड़ाकर चली गयी।

और दूसरे ही क्षण मुक्तकेशी का आविर्भाव ।

न चिल्लाना, न डाँटना—थमथम करते गले से बोलीं, "किस अभागे घर में पली थी मँझली बहू, ज़रा भी तहज़ीब नहीं । इधर तो पुरखिन-जैसी बातों का जहाज़ ! मैं पूछती हूँ, पेवा-पेका के नाम पर धिक् क्यों किया ?"

सुवर्ण ने साहस बटोरकर कहा, "मैंने तो मज़ाक़ किया था ।"

"मज़ाक़ ? मज़ाक़ किया ? मैं पूछती हूँ, किसका मज़ाक़ किया, इस राँड़ सप्स का और उस मरे ससुर का न ? नामकरण तो इन लोगों ने अपने से किया नहीं, हम लोगों ने ही किया । मैंने सात जनम में भी ऐसा नहीं सुना कि एक इत्ती-सी बहू आकर जनमपत्री और टिप्पण माँगती है, नाम पर खिल्ली उड़ाती है ! पेवा-पेका सुनेंगे, तो क्या कहेंगे ?"

सुवर्णलता बोल उठी, "आप अगर सब से कहती फिरें, तो मैं क्या करूँ ? मैं तो किसी को सुनाने नहीं गयी हूँ ? मज़ाक़ से कहा था, ननदजी लुतरी लगाने क्यों गयीं ?"

बहू के मुँह से ऐसी साफ़ और स्पष्ट भाषा सुनने की आदी नहीं हैं मुक्तकेशी । सात थप्पड़ पर भी बड़ी बहू उमाशशि के मुँह से चूँ नहीं निकलती । बहन-बेटे की बहू, भानजे की बहू, यह भी उन्होंने बहुत देखीं । पेट में शरारत, परले सिरे की बदतमीज़ होते हुए भी मुँह से ऐसा लावा नहीं फूटता किसी के !

और भी थमथम गले से कहा, "मेरे पेट की लड़की में चुगली खाने की आदत नहीं है बहू । भाइयों के प्रति वह घृणा देखकर उसके जी में बड़ा लगा । तुम्हारे चरणों में कोटि-कोटि नमस्कार । नाम के भी माने चाहिए ! बाप के जनम में भी ऐसा नहीं सुना ! पता नहीं था न कि घर में मेरे ऐसी विद्यावती बहू आयेगी, फिर तो माने खोज-खोजकर नाम रखती ! अच्छा, प्रेभा को आने दो, उसने तो दो पास किया, तीसरे पास की पढ़ाई कर रहा है, सुन रही हूँ, वक़ालत पढ़ेगा । उसी से पूछूँगी, किस नाम का क्या अर्थ है । कहूँगी, इतनी विद्या के बाद भी अपनी विद्यावती भाभी के आगे अबोध-निर्बोध हुए तुम लोग !"

सुवर्ण अभिमानी है, किन्तु बातों का लावा भूनती है, आपे में नहीं रह सकती । गुस्सा होने पर दबाने की क्षमता नहीं । इसीलिए वह फिर सास के मुँह पर बोल बैठी, "आप लोग बड़ा तिल को ताड़ करती हैं, तुच्छ-सी बात के लिए इतनी हलचल मचा देना अच्छा भी लगता है !"

मुक्तकेशी बैठ गयीं ।

बोलीं, "राजू, एक लोटा पानी ले आ । माथे पर थोपूँ । ओह, सखी-माँ मेरी

कितने जन्मों की शत्रु थी, ऐसी लड़की गले मढ़ दी !''

विराज दौड़कर एक लोटा पानी ले आयी । मुक्तकेशी ने चुल्लू-चुल्लू पानी माथे पर थपथपाया और कहा, ''इस बहू के साथ मेरा गिरस्ती करना नहीं होगा. यह भविष्य में दिव्यचक्षु से देख रही हूँ । राजू, किवाड़ लगा ले, मैं ज़रा बादुड़-बागान से हो आऊँ। माथे में आग लहक उठी !''

आग मुक्तकेशी के माथे में जब-तब ही लहक उठती है । पति मात्र एक लड़के को खड़ा कर गये थे और तीन लड़कियों का ब्याह कर दिया था । बस, बाक़ी तीन-तीन लड़कों को खींचना पड़ा है । सबसे छोटी लड़की ब्याह के योग्य हो गयी।

अभी तो फिर भी दो लड़के कमा रहे हैं । बड़े का वेतन भी बढ़ा है । उस समय जिस कष्ट से चला, यह ईश्वर जानते हैं और मुक्तकेशी जानती हैं । वही सारे कष्ट आग के उपादान होकर अन्दर जमा हैं । ज़रा इधर-उधर हुआ नहीं कि वह आग जल उठती है ।

लेकिन घर-गिरस्ती में तो आज तक इधर-उधर था नहीं । जो-भी था, बाहर । घर में लड़के तो हाथ ही जोड़े रहते, बड़ी बहू तो माटी का घट । यह मँझली बहू जब से आयी, तभी से आग लहकती है । उठते-बैठते वह स्वर्गीया सखी-माँ पर अभियोग बरसाती रहती हैं ।

उसमें भी ख़ैर है ?

मुखरा मँझली बहू बोल बैठती है, ''उस बेचारी मरी हुई को कितनी गाली दीजियेगा? वह जो वहाँ जीभ काट-काटकर फिर से मरेगी ! एक तो पोती होकर मैं रात-दिन गाली-शराप देती हूँ···''

''तुम शाप देती हो ?'' मुक्तकेशी हठात् तमतमा गयीं, भँवें तरेरकर बोलीं, ''तुम किस दुःख से शाप देती हो ?''

''जिस दुःख से आप देती हैं, उसी दुःख से,'' आकाश की ओर ताककर उदास गले से सुवर्ण ने कहा, ''अब दोष नहीं देती, उसे अदृष्ट मान लिया है ।''

सुवर्ण की ये बातें महज स्त्रियों तक ही सीमित नहीं रहतीं, पुरुषों के भी कानों तक पहुँचती हैं । मुक्तकेशी ही पहुँचाती हैं । रोज़ ही हाथ जोड़कर गिरस्ती से छुट्टी माँगती हैं ।

सुन-सुनकर मुक्तकेशी का बड़ा लड़का बीच-बीच में कहा करता है, ''तुम लोग भी मँझली बहू को क्यों छेड़ा करती हो, मेरी समझ में नहीं आता है । जानती ही तो हो, वह ज़रा तेज़ प्रकृति की हैं···''

परन्तु मँझला-सँझला-छोटा तो 'जब मारा तब काटा' कर उठता है, उम्र में बड़े देवरों से आमने-सामने बोला नहीं जा सकता, इसलिए देवर लोग एक-तरफ़ा ही गरजा करते, 'माँ का अपमान ? मँझली बहू ने सोच क्या रखा है ? अपने मँझले भैया की हालत चूँकि राजा दशरथ की है, इसलिए पार पा रही है, दूसरा कोई होता तो ऐसी

पत्नी का मुँह मारे जूतों के चूर कर देता ! वह तेज़ प्रकृति की है, तुमने तो भैया खूब उकसाया उन्हें, मैं पूछता हूँ, माँ के अपमान का बुरा नहीं लगा तुम्हें ?"

सुबोध ने हँसते हुए कहा, "अहा, एक रत्ती की उस बच्ची की बातों से माँ का क्या अपमान होना ! वह उतना लेती क्यों हैं ?"

किन्तु प्रबोध रहता है, तो भैया के बदले छोटे भाइयों का ही समर्थन करता है। कहता है, "एक दिन पहुँचा आना होगा इसे ।"

कहता है, पर धीमे गले से । पत्नी को उखाड़ देने से असुविधा है । पत्नी बिगड़ जाये तो अपना स्वभाव-चरित्र ठीक रख पायेगा या नहीं, कौन कह सकता है ? आख़िर मर्द है न ?

बादुड़बगान में मुक्तकेशी की हमउम्र मौसेरी बहन हेमांगिनी का घर है । दिमाग़ ग़रम हो जाने से मुक्तकेशी यहीं चली आती हैं । क्योंकि हेमा की बातें जी जुड़ानेवाली होती हैं । हेमा के लिए पानी ऊँचा तो ऊँचा, पानी नीचा तो नीचा ।

मुक्तकेशी यदि कहें, "मेरी बड़ी बहू-जैसी भलीमानस नहीं···" हेमा कहेंगी, "कहने की बात है ! बहू को देखते ही आँखें जुड़ा जाती हैं ।"

और मुक्तकेशी यदि कहें, "मेरी बड़ी बहू-जैसी बुद्धू त्रिभुवन में नहीं···" हेमा कहेंगी, "बिलकुल, देख ही रही हूँ । यह तो तू ही है कि उस बुद्धू के साथ घर करती है।"

परन्तु मुक्तकेशी की मँझली बहू के लिए हेमा को कभी सुर बदलना नहीं पड़ता। सब समय ही एक बात, "सच मुक्ता, वैसी बहू के साथ कैसे जो तू घर करती है!"

मुक्तकेशी कपाल ठोंक लेतीं, "उपाय ? पेवो के तो मुँह में ही हुमकी होती है, भीतर-भीतर रूपसी पत्नी के चरणों का ग़ुलाम । मेरा हाल क्या है ! वही जो कहते हैं न—

बेटी जनी जमाई को दी
बहू को दिया बेटा जनकर भी
खुद हूँ बाँदी, हा, रे
जी में आता, बैठ द्वार पर
रोऊँ पाँव पसारे ।

वही हाल चोर हुई बैठी हूँ ।"

हमउम्र होते हुए भी मुक्ता शायद हेमा से दो-चार महीने की छोटी हैं । इसलिए हेमांगिनी के पति काशीनाथ उनसे छोटी साली के नाते हँसी-ठट्ठा करते हैं और दोनों बहनों के एकत्र होते ही आ धमकते हैं । अच्छी नौकरी करते थे, दिल्ली-शिमला में रहे । फिलहाल सेवा-निवृत्त होकर अपने साबिक मकान में आकर रह रहे हैं । हेमांगिनी अवश्य पति के साथ दिल्ली-शिमला का सुख भोगने नहीं गयीं, पति के साथ

नौकरी की जगह जाना निन्दा की बात है, सिर्फ़ इस डर से नहीं, उन्हें खुद भी जात जाने का बड़ा डर था ! उन जगहों में जाने से जात जाना अनिवार्य है, यह हेमांगिनी ने बचपन से ही सुन रखा था । काशीनाथ को घर का सुख केवल छुट्टी-छाटी में ही मिलता ।

काशीनाथ हँसकर कहते, ''जात बची कहाँ ? उसी जात-गये आदमी के कमरे में आकर तो सोती हो !''

हेमांगिनी भँवों पर बल देतीं, ''बस, वही जो-सो बात !''

''मेरे जाने के बाद गंगा नहाती हो ? या छिपकर थोड़ा गोबर खा लेती हो ?''

हेमांगिनी भौंहों को और सिकोड़ लेतीं ।

ज़्यादा बोलना कभी नहीं जानती थीं, अभी भी नहीं । जो बोलतीं, मुक्तकेशी ही । बीच-बीच में कटे पर नमक की तरह काशीनाथ आ जुटते ।

''तुम चोर हुई रहती हो ? ऐं, कहती क्या हो मुक्ता ? तो फिर डकैत देखने में कैसा होता है ?''

हेमांगिनी बोल उठीं, ''फिर तुम मज़ाक़ करने आ पहुँचे ? यह अपनी जलन से मर रही है...''

हुक्का पीते-पीते मिटमिटाकर काशीनाथ ने कहा, ''मिर्च भी अपनी जलन से मरती है । उसकी जलन बुझाये, यह साध्य माँ गंगा के भी नहीं । मैं कहता हूँ, हो रही है न ? दूसरे की बेटी की निन्दा हो रही है न ! आश्चर्य है, तुम दो बूढ़ी-बूढ़ी गृहिणियाँ, अपना-अपना दोष देख नहीं पातीं । दुधमुँही बच्चियों में देखती हो इतना!''

मुक्तकेशी का चेहरा लाल हो उठा, फिर भी बोलीं, ''बुड्ढियों के दोष देखने को तो दुनिया है जीजाजी ! आप ही तो कितना देख रहे हैं ! किन्तु उन्हें भी शिक्षा-दीक्षा चाहिए । हम निन्दा नहीं करतीं, वाजिब कहती हैं । जैसी आपके घर की छोटी है, वैसी ही मेरे घर की मँझली, तुल्य मूल्य । वे हमें देश निकाला दे सकती हैं ।''

''यह कहने से क्या होगा ?'' हेमांगिनी ने असन्तोष के सुर में कहा, ''बुढ़ापे में ये नन्ही-नन्ही बहुओं की तरफ़दारी करने लगे हैं । सोचते हैं, इन्हें मुट्ठी में रखूँ । मैं मर जाऊँगी तो बहुएँ सेवा-जतन करेंगी । लेकिन ऐसा सोचो भी मत, समझे ? बाघिन की निगाहों के सामने हैं, इसीलिए इतनी ठाकुर सेवा है ! मरने दो मुझे फिर देखना ! कहेंगी, 'अजीब आफ़त है, गरदन पर बुड्ढा ससुर पड़ा है ।''

काशीनाथ हँस उठे, ''राम कहो, तुम मरोगी और मैं ज़िन्दा रहकर वह दृश्य देखूँगा । छिः ! तुम दो-दस दिन मुक्ता की तरह सर घुटाकर कलाई सूनी करके स्वाधीनता के सुख का उपभोग कर लो ! अजी, वैधव्य ही तो स्त्रियों के असली सुख का समय है । तिस पर यदि उम्र में कुछ भाटा पड़ जाये । किसकी मजाल कि चूँ करे !''

''जीजाजी की बात !''

मुक्तकेशी ने कोप प्रकट किया ।

काशीनाथ दबे नहीं, बोले, "वाजिब बोलो भई मुक्ता, साहू जब ज़िन्दा थे, इतना पाँव था तुम्हें ? इतनी स्वाधीनता ?"

काशीनाथ की बातें ऐसी ही हड्डी जलाने वाली होती हैं । पर, सुननी ही पड़ती हैं, उपाय क्या है ? हेमा उनकी प्राणप्यारी सखी है, उसी से तो सारी राय-सलाह होती है । शिष्या भी हैं ।

बहुओं को कैसे दबाकर रखना होता है, बेटों को कैसे वश में रखा जाता है, हेमांगिनी को यह विद्या-कौशल मुक्तकेशी सिखाती हैं ।

आज लेकिन मुक्तकेशी ने ही राय माँगी, "उस ढीठ बहू को क़ाबू में कैसे रखें, यह तो बता हेमा ?"

हठात् गुरु का पोस्ट पाकर हेमांगिनी की भी बुद्धि खुल गयी । धीमे से फुसफुसाकर बोलीं, "रोब-दाब में लाया जा सकता है भात की मार से । पति के सुहाग से ही तो धरती को चुक्कड़ समझती है । किसी उपाय से तुम बेटे को अपने पास सुला लो, देखना, दो ही दिन में टिट् हो जायेगी ।"

कौशल तो मुक्तकेशी को जँचा लेकिन सम्भव नहीं लगा । बोली, "फिर तो छोरा छाती फटकर मरने लगेगा !"

"बल्कि उलटा होगा रे मुक्ता, डाकिनी के खप्पर से दो दिन हटा लेने से जी जायेगा ! तू एक युक्ति रच । उससे कह, सपना देखा है कि तेरा समय बुरा आ रहा है । मातृमन्तर के जाप और माँ की छाया में रहने से ही ख़ैर है !"

"तभी ख़ैर है, समझी बड़ी बहू···" मुक्तकेशी ने बड़ी बहू से फुसफुसाकर कहा, "मँझली को तुम यह ठीक से समझा दो । मैं कहूँगी तो बुरी होऊँगी । परन्तु मुझे तो अपने बेटे का मंगल-अमंगल देखना है ।"

नहीं, उस समय तक सुवर्णलता की अवस्था चौदह की नहीं हुई थी, उसके अन्तराल में प्राण के कण ने आश्रय नहीं लिया था । उस समय वे लोग उस पुराने मकान में ही थे, जिस मकान के आँगन में दीवारें खींच-खींचकर उसके चाचा-ससुर अपनी-अपनी सीमा-रेखा तय करके रहते थे और सासें खान-पान का धन्धा चुकते ही इस घर में आकर तमाम बाज की नज़र डाला करती थीं ।

परन्तु सभी एक ही दल में नहीं ।

छोटी सास की श्येनदृष्टि इस नयी व्यवस्था पर पड़ते ही उन्होंने आकर मुक्तकेशी को धर दबाया, "मैं पूछती हूँ दीदी, यह कैसी अनहोनी बात ! घर में जवान बहू; फिर प्रबोध तुम्हारे आँचल तले क्यों सोता है ?"

मुक्तकेशी गरचे मुँहज़ोर हैं, फिर ननद-देवरानी को कुछ मानकर ही चलती हैं ।

इसलिए 'जो किया है ठीक किया है, तुम्हारा क्या' यह न कहकर संक्षेप में ही बोलीं, "सपना मिला है ।"

"सपना मिला है ? हाय राम. सपने की और कोई विषय-वस्तु नहीं मिली तुम्हें? क्या सपना मिला है ?"

मुक्तकेशी ने और संक्षेप में कहा, "सपना बताना निषेध है ।"

छोटी बहू ने व्यंग्य के सुर में कहा, "जगकर सपना देखने से तो बताना मना होगा ही । किन्तु मैं तुमसे यह भी कहे देती हूँ दीदी, वज्र की कसाई होने से गिरह फसकती है ! अभी तुम्हारी बहू मन का खेद मन में दबाकर तुम्हारे अन्याय-विधान को मान लेती है, मगर भविष्य में इसका बदला वसूलेगी । बूढ़ी तो होना ही है और उनके हाथों पड़ना भी है ।"

मुक्तकेशी ने दमककर कहा, "क्यों, पराये हाथों क्यों पड़ने लगी ? गंगा मैया नहीं हैं ? जब तक आँख-समांग रहेगा, ठाट के साथ संसार चलाऊँगी । समरथ नहीं रहेगी, तो गंगा की गोद में शरण ले लूँगी । पर, तुमसे यह भी कह रखूँ छोटी बहू, जिसके दुःख से तुम्हारी आँखों में खारा पानी आ रहा है, वह बहुत आसान नहीं है। हुँः खेद ! खेद से तो जैसे मरी जा रही है । बड़ी बहू से उसने क्या कहा है, पता नहीं है ?—'आः सुनकर जी गयी, हड्डी में हवा लगी । कुछ दिन फिर भी चैन की नींद सो सकूँगी । दुर्गा मैया से मनाऊँगी कि समय उसका सदा बुरा ही रहे !' सुन लिया? इसके बाद भी खेद करोगी ?"

"वह तो उसने तेज दिखाने को कहा है," छोटी गृहिणी ने हँसते हुए कहा, "दुखी हूँ, यह बताकर हलकी नहीं होना चाहती । लेकिन तुम्हारे बेटे का क्या हाल है ?"

मुक्तकेशी भी कुछ कम तेजवाली नहीं ।

हलकी न हों, इसलिए वह भी खरखराकर ही बोलती हैं । फिर भी औचक ही वह ज़रा असतर्क हो पड़ीं । बोल बैठीं, "बेटे की न पूछो, वह तो कामरूप-कमच्छा का भेड़ा है । तड़पता फिर रहा है, रात-भर नींद नहीं आती । रह-रहकर उठता है, पानी पीता है । मैं मुरदे-सी सो जाऊँ, तो भाग निकले । मैं भी एक ही घाघ हूँ । उकुस-पुकुस किया नहीं कि पूछ बैठती हूँ—पानी पियेगा ? मच्छर काट रहे हैं ? गरमी लग रही है ?"

छोटी बहू ने कहा, "माँ होकर बेटे की कम गत तो नहीं कर रही हो तुम ?"

"वही तो ! वही तो आफ़त हुई है, कुलांगार है । मेरा सूबो वैसा नहीं है । इस अभागे के कारण ही मुझे मान गँवाकर कमरे में भेजना होगा । वह मानिनी तो ऐंठ में है । सुनकर हैरान होओगी, मैंने राजू को उसके कमरे में सोने के लिए कहा था, नहीं सोने दिया । बोली, "मैं अन्दर से किवाड़ बन्द करके मज़े में सो रहूँगी ।"

हाँ, सुवर्ण ने कहा था ।

तेरह साल की सुवर्ण ।

''मुझे भूत का डर नहीं । मज़े में सो रहूँगी, बल्कि आराम से । रात-भर एक को पंखा झलते-झलते जान पर नहीं बनेगी ।''

किन्तु मुक्तकेशी के गर्भ के कुलांगार ने इस अपमान के बावजूद मान गँवाया । आड़-ओट मे हाथ पकड़ने जाता । कहता, ''तुम्हारे जी मे रत्ती-भर माया-ममता नहीं है मँझली ? क़ैद में कभी भेंट करने को भी जी नहीं चाहता ?''

सुवर्ण हाथ नहीं पकड़ने देती । कहती, ''देख नहीं रही हूँ क्या ? सदा ही से तो देखती चली आ रही हूँ ।''

''वह देखना भी कोई देखना है ! मना तो रात को ही कमरे में आने को है न ! और समय ज़रा भेंट कर लेने में क्या दोष है ?''

''मुझे वैसा अरमान नहीं है ।''

''बड़ी निर्मोही हो तुम ।''

''और तुम सभी क्या कम मायावान हो !''

''अरे, माँ को एक कारण हो गया है इसीलिए···''

''मैं भी तो वही कह रही हूँ । तुम्हीं तो हाँफ उठे हो !''

''हाँफ क्या यों ही रहा हूँ मँझली, आदमी का कलेजा है, इसीलिए हाँफ रहा हूँ।''

''तो वह कलेजा मुझे नहीं है । हो गया न !''

''दुहाई है, कल दोपहर छत के सीढ़ी-घर में आ जाओ ।''

''दोपहर को ? दफ्तर नहीं है ?''

''दफ़्तर से भाग आना होगा, और उपाय क्या है ?''

''तुम्हारा दिमाग़ ख़राब है, मेरा तो नहीं ख़राब हुआ है !''

''ओ ! यानी पति के प्रति मन नहीं है । माने मन में और कुछ है । ख़ैर, मैं भी मर्द हूँ !''

''सुनकर आश्वस्त हुई । कभी-कभी सन्देह होता है न !''

प्रबोध ने बिगड़कर कहा, ''इतनी कम उम्र में इतना बोलना कैसे सीखा ?''

''क्या जा···नें ''

एकाएक दालान में किसी की छाया पड़ी । झटपट खिसक पड़ते हुए प्रबोध ने कहा, ''अच्छा, झगड़ा छोड़ो । दुहाई है, याद रखना, कल दोपहर में, छत के सीढ़ी-घर में । दफ्तर से भागकर आने पर कहीं निराश न होना पड़े ।''

प्रबोध की आशा पूरी हुई थी ? छत के सीढ़ी-घर में आयी थी सुवर्ण ?

चार

हाँ, छत के उस सीढ़ी-घर में आयी थी सुवर्ण । घर का काम-धन्धा चुकाकर नित्य के नियम के अनुसार मुक्तकेशी जब द्विप्राहरिक टोला-भ्रमण में निकल पड़ीं, उमाशशि बच्चे को सुलाने के बहाने ज़रा लेट लेने को चली गयी, खुदू आमिष-निरामिष दोनों प्रकार के जूठे बरतनों का पहाड़ लिये आँगन में बैठी, तो उस एकान्त में पाँव दबाये सुवर्ण सीढ़ी पर आयी, पैरों का झाजन खोलकर अभिसार की अदा से और भी पाँव दबाये सीढ़ियाँ चढ़ने लगी ।

किन्तु पाँव का झाजन क्या अकेली सुवर्ण ने ही खोला था ? सो जो भी खोले, प्रबोध के जानने की बात न थी । वह तो हर पल एक झाजन की रुनझुन की अपेक्षा में उत्कर्ण होकर हताश हो रहा था, क्रुद्ध हो रहा था, क्षिप्त हो रहा था ।

गरमी के मारे तरतर पसीना छूट रहा था, मच्छरों के काटने से बदन फूल रहा था, अपने ही थप्पड़ खा-खाकर शरीर में दर्द होने लगा था । फिर भी वहाँ से निकल आने का उपाय नहीं । आशा छलनामयी होती है । और फिर निकले भी कौन लाज से ? वह दफ़्तर से भाग आया है, यह तो ढिंढोरा पीटकर ऐलान करने की बात नहीं?

दफ़्तर से भागना तो भागना, बचपन में स्कूल से भाग जाने-जैसा काण्ड कर बैठा। भैया के बगल में ही बैठकर खाया, भैया के साथ-साथ घर से निकला और भैया की आँखों में धूल-झोंककर भाग आया । धूल झोंकने की सुविधा भी है । प्रबोध ट्राम से जाता है, सुबोध साझे की बग्गी से । मोड़ पर दोनों अलग-अलग हो ही जाते हैं ।

भैया के सामने वह ट्राम पर सवार हुआ और ज़रा ही देर बाद टप्प से उतरकर चुपचाप घर की ओर । इस समय किसी से भेंट हो जाने का ख़तरा कम रहता है, क्योंकि पुरुष वर्ग तो मुहल्ला उजाड़कर स्कूल-दफ़्तर चला जाता है, और स्त्रियाँ तो कुछ रास्ते पर नहीं आतीं कि देख लेंगी ?

फिर भी किसी के यहाँ दाई-नौकर या कि खुद खुदू से ही भेंट हो जाये, तो क्या कहकर मन बचायेगा, यह उसने सोच रखा था । कह देगा, "बाप रे बाप, पेट में जो मरोड़ होने लगी कि बीच ही रास्ते से लौट आना पड़ा ।"

नः, सुवर्णलता का स्वामी इससे अच्छा और कोई सभ्य झूठ नहीं बना सका । विधाता उस समय तक सदय थे उसपर । इसीलिए किसी जानी-चीन्ही शक्ल के आमने-सामने पड़ जाने की नौबत नहीं आयी । किन्तु वह सदर दरवाज़े से भी नहीं गया । क्या ठिकाना, दैवदुर्विपाक से आज ही यदि मुक्तकेशी देर करके गंगा-स्नान को निकलें ।

विधवा होने के बाद से ही मुक्तकेशी नित्य गंगा-स्नान का पुण्य अर्जन करती जा

रही हैं । विराज उस समय निहायत नन्ही थी, फिर भी विधवा होते ही मुक्तकेशी वैधव्य की सारी शुचिता और कठोरता का पालन करती आ रही हैं । बाल काट दिये, कलाई सूनी कर ली, पान खाना छोड़ दिया, रात का आचमनी भोजन छोड़ दिया, आदि-आदि ।

लड़कों को दफ़्तर भेजकर वह लोटा-गमछा लेकर निकल पड़ती हैं । उस अन्दाज़ से तो वह निकल पड़ी होंगी, पर क्या पता, आज प्रबोध के भाग्य से·

बगल में मेहतर के आने की जो गली है, उससे घुस पड़े तो कोई डर नहीं । मुक्तकेशी उसके आस-पास भी कभी नहीं झाँकतीं । प्रबोध ? वह तो ढाई क़दम बढ़ाने से ही शुद्ध । मुक्तकेशी के लड़कों को बचपन से ही ढाई क़दम के कसरत की आदत है ।

सो प्रबोध निष्कण्टक होकर घर में दाख़िल हुआ और इधर-उधर ताककर टप्प से छत की सीढ़ी पकड़ ली । पकड़ी कि मरा । दिन के ग्यारह बजे से ढाई बज गये! कम्बख़्त इसी सीढ़ी-घर में ही क्या गिरस्ती का सारा ओछा माल जमा करना था?

पैर टूटी चौकी, कुन्द टूटा सन्दूक, ढक्कन टूटा बक्सा, इनके अलावा फटी मच्छरदानी, पुरानी कथरी, फेंक दी गयी तोशक, फूटे घड़े, काँच टूटी तसवीर का फ्रेम—कौन-सी चीज़ नहीं ! न फेंकने की, न खाने की—इन चीज़ों की गति भी क्या ?

अवश्य भविष्य में खींच-खूँचकर उनके काम में आने की आशा भी कुछ-कुछ है । जैसे, समय-सुविधा से धुनिया को बुलाकर फटी तोशक की रूई को धुनवाकर नयी तोशक भरवा लेना, फटी कथरियों पर ऊपर से नया कपड़ा चढ़ाकर दो-एक सिलाई सूई से कर-कराके काम चला लेना, बरतनवाला आये तो टूटे बरतनों को बदल लेना, बरतनवाली आये तो फटी मच्छरदानी के बदले दो-एक पत्थर के कटोरे या काँसे की कटोरियाँ, पीतल का बगूना या आईना-कंघी ले लेना ।

तसवीर के फ्रेम की भी सद्‌गति होगी । टूटे काँच के भी ख़रीददार हैं । वे भरी दोपहरी में ही हाँक लगाते घूमा करते हैं । चोरों से बचने के लिए वे टूटे काँच दीवारों पर चुनने के लिए ख़रीदी जाती हैं ।

गर्ज कि गिरस्त घर में सहज ही कुछ फेंक देने का सवाल नहीं । किस घर की गृहिणी यह नहीं जानती है कि फेंक-फाँक से लक्ष्मी विमुख होती हैं । परन्तु वे भद्दी चीज़ें, कभी जिनकी सद्‌गति होगी, सदा-सर्वदा आँखों के सामने तो फैलाकर नहीं रखी जा सकतीं । इसी सबके लिए चोर-कमरा, सीढ़ी-घर, चलिया होती हैं ।

गृहस्थ घर की गृहिणी के नियमानुसार ही मुक्तकेशी ने भी सीढ़ी-घर में ये सब चीज़ें भर रखी हैं । कभी किसी दिन उनका दुलारा पुत्ररत्न 'पेवो' यहाँ बैठकर मच्छरों से जूझेगा और अपने गाल पर आप ही थप्पड़ लगायेगा—यह उनके स्वप्न के भी अगोचर था ।

लेकिन वही हो रहा है ।

पेवो मच्छर के काटे अपने गाल पर आप ही थप्पड़ मार रहा है, अपना कान आप ही ऐंठ रहा है और चूँकि ज़मीन पर सौ साल की धूल की पर्त पड़ी है, इसलिए वहाँ नाक नहीं रगड़कर मन में हज़ार बार रगड़ रहा है ।

भरोसा या पनाह के लिए वह टूटी तखत थी । जिसे प्रबोध ने फूँककर, धोती के छोर से हलके-हलके झाड़कर बैठने के योग्य बना लिया है । विरह की ज्वाला मिटाने के लिए यदि सुवर्णलता के साथ यहाँ दो घड़ी बैठना पड़े । पर, चौकी के कच्-कच् शब्द से कहीं आफत न हो, पहले इस चिन्ता से वह कातर हो रहा था । वह चिन्ता तो धीरे-धीरे ग़ायब हो गयी । अब यह सोचने लगा, सुवर्ण आयेगी तो क्या-क्या तोखी-चोखी सुनाकर मन की झाँस को झाड़ेगा ।

उसने अपने को सोच क्या रखा है ?

महारानी ?

तीरथ के कौए की तरह, राह के बेहया कुत्ते की तरह हा-हुताश किये प्रबोध बैठा है, जो उसका पति है ! संसार में उसका सबसे श्रेष्ठ गुरुजन । जापान से जो कंघी आती है, उसमें लिखा रहता है, 'पति परम गुरु' । इसका मतलब है कि उस देश की स्त्रियाँ भी इस उपदेश को सिर-आँखों उठाती हैं । और सुवर्ण हिन्दू-स्त्री होकर, बंगाली लड़की होकर पति को यह कष्ट दे रही है ?

प्रबोध क्या ऐसी स्त्री को छोड़ नहीं सकता है ? एक बार यदि वह माँ के आगे मुँह खोले, कहे, 'तुम्हारी मँझली बहू तुम्हारी रहे माँ, मेरे लिए चीमटा है, लोटा है, गेरुआ है'—तो माँ दुरदुराकर ऐसी कुलच्छनी बहू को निकाल बाहर नहीं करेंगी ? और बेटे को गृहस्थ बनाने के लिए नयी लड़की खोजकर ब्याह नहीं करायेंगी ?

वह बदमिज़ाज, गर्वीली यह सोचती नहीं है ?

या कि यह सोचती है, प्रबोध को फिर बीवी नहीं ज़ुटेगी ? मर्द बच्चा ठहरा, चार हाथ-पाँव हैं, उसे बीवी की कमी है ? और छोड़ने के लिए ही बहाने का क्या अकाल पड़ा है ? बहुत बड़ा बहाना तो है ही ।

माँ !

माँ के अपमान की बात उठायी कि हो गया !

अब तक इसे छोड़ क्यों नहीं दिया ? नहीं मालूम !

अन्दर की बात नहीं मालूम थी । बस ।

उस अदृश्य अपराधिनी को कठघरे में खड़ा करके प्रबोध लांछित करता रहा, जो जी में आया, वही कहा । क्यों न कहे, मच्छर के काटे सारे बदन में पित्तियाँ उभर आयीं कि नहीं ? बैठे-बैठे देह लोनी नहीं हो गयी ? कमरे में इतना तो सामान है इतना जंजाल, लेकिन टूटा पंखा नहीं है कोई । वह होता, तो प्राण होंठों पर नहीं आ जाते और तब शायद मिज़ाज भी सप्तम पर नहीं चढ़ जाता ।

लेकिन है नहीं ।

बेचारे ने तसवीर के एक टूटे काँच को हिलाकर हवा खाना चाहा, झनझनाकर चकनाचूर हो गया ! लाभ यही हुआ कि विभीषिका की नाईं काँच के टुकड़े तख़्त पर बिखर गये ।

वह हतभागी आये, पहले इन काँचों का कोई किनारा करके तब और कुछ । गुस्सा करते-करते आखिर आँखों में आँसू ही आ पड़े बेचारे के । केवल वह पाजी पत्नी ही ?

अपनी माँ शत्रु नहीं है ?

गर्भधारिणी माँ !

उसके और भी तो तीन लड़के हैं ? और किसी के लिए सपना नहीं देख सकीं? उनके सपने में बदनसीब पेवा को ही ठाँव मिली ?

क्यों ?

किस अपराध से ?

माँ ने यदि वह अजीबो-ग़रीब सपना नहीं देखा होता तो आज यह दुर्गति होती प्रबोध की ? पन्द्रह-बीस रात उपवासी रहने के बाद ही तो वह ऐसा पागल हो गया है । उनींदी रात में हाथों से सहलाने आती है, पंखा झलने आती है ! कटे पर नमक! उस नमक की जलन में माँ के पैरों सर कूटकर कहने को जी चाहता है, "माँ, अपना यह स्नेह तो संवरण करो । मरे पर मुँगरी की मार न मारो ।"

किन्तु वास्तव में कहा तो नहीं जा सकता, लिहजा सारा ग़ुस्सा उस घूँघटवाली पर जा पड़ता है । यों तो घूँघट के भीतर खेमटा नाज नाचती है, सारी लज्जा स्वामी के ही लिए ?

चालाकी-चतुराई करके सुवर्ण अगर अगुआ होती, तो एकाध बार क्या मौक़ा नहीं मिलता ? सो नहीं, देवीजी जैसे ही कमरे में गयीं, धड़ाम से किवाड़ बन्द करके बुड़का ठोंक दिया ! बस, रात साफ़ !

पहले जब पता चला कि सुवर्ण ने अकेले ही सोना चाहा है, कहा है कि मुझे उतना डर नहीं लगता, तो प्रबोध आशा से कम्पित हुआ था, आह्लाद से पुलकित हुआ था ।

समझ में आ गया !

मतलब समझ में आ गया !

चालाकी में घाघ है न !

सोचा, कमरे में राजू-फ़ाजू रहेंगी, तो बेमौक़ा है । अभिसार का राज फाश हो जायेगा । इसीलिए ।

हाय रे नसीब, वह आशा मरीचिका थी ।

बैठी-बैठी मज़ा देख रही है, पति की तड़पन और पीड़ा का रस ले रही है । इस पापिन को नरक में भी ठाँव नहीं मिलेगी ।

नहीं मिलेगी । नरक में ठाँव नहीं मिलेगी ।

गुस्सा बढ़ता ही गया । क्योंकि पेट में भी चूहे कूदने लगे । जाने कब तो खाकर दफ़्तर के लिए निकला, वह भात कब का हजम हो चुका, प्यास से छाती फट रही है, एक बूँद पानी भी नहीं ।

दफ़्तर में होता तो अब तक चार-छह हींग की कचौरियाँ, आठेक आलूदम, आधेक पाव बुँदिया चढ़ाकर दो गिलास पानी पी चुका होता, उसकी जगह यह ! पेट के कल-कब्जे तक गालियाँ दे रहे हैं !

नहीं आयेगी !

नहीं आयेगी पापिन ।

अब यहाँ से चल ही देना होगा ।

सच ही तो, यों गुमसुम मर नहीं सकता प्रबोध ।

हालत जब इस हद पर पहुँची, तो अचानक दरवाज़े के उस ओर मन्द हँसी की आवाज़ मानो चकमका उठी ।

खि-खि-खि-खि । कौतुक की हँसी ।

यानी प्रबोध की दुर्गति का मज़ा लिया जा रहा है !

प्रबोध दरवाज़ा खोलकर उसका गला धर दबाये ? या निष्ठुर पाषाणी कहकर दोनों हाथों उसे अँकवार ले···

दरवाज़े पर ठोकर पड़ी ।

यह पहले से ही तय था ।

प्रबोद हुड़का लगाकर अन्दर बैठा रहेगा, सुवर्ण आकर किवाड़ पर तीन बार ठक्-ठक् करेगी । क्या पता, कोई और ही आकर दरवाज़े ठेले ! उससे एक संकेत तय कर रखना ही ठीक है ।

ठक् ।

एक, दो तीन बार ।

धोती की कोर से मुँह पोंछते हुए प्रबोध ने हुड़का खोल दिया । और चौंककर छिटकते हुए भयंकर 'आँ-आँ' के एक शब्द से फिर चौकी पर जा रहा ।

वह शब्द गूँजकर एक चक्कर काटकर सीढ़ी पर आँ-आँ की गूँज छोड़ते हुए नीचे उतर गया झटपट ।

विराज !

विराज को यही रोग है ।

डरने से आँ-आँ करके आँखें कपाल पर चढ़ाकर एक काण्ड कर बैठती है । वह डरती भी तो हर किसी से है । उसको डराना इस घर के सभी का एक परिचित खेल है ।

जान जाने पर भी विराज अँधेरे में सीढ़ी पर चढ़-उतर नहीं सकती । झट किसी के कमरे का चिराग़ उठा लायेगी, तब सीढ़ी पर जायेगी । यहाँ तक कि दिन-दोपहर में भी विराज को भूत का डर लगता है ।

और सुवर्ण विराज को लेकर ही घर का वह परिचित खेल खेलने गयी थी ? विराज को डराकर मज़ा लेने के लिए भुला-फुसलाकर उसे छत पर भेजा था ?

या कि मज़ाक़ का केन्द्र कहीं और था ?

इस खेल का उल्लास किसी और के उपलक्ष्य से था ?

कौतुकप्रिय सुवर्ण की भाव-भंगी से वह समझ में नहीं आया । उसने बड़े ही निरीह गले से विराज से पूछ रखा था, "माँजी जब चली जायेंगी, सीढ़ी-घर में चलकर बाघगोटी खेलोगी ?"

यह बाघगोटी का खेल विराज का ही परमप्रिय खेल है, क्योंकि अक्षर-परिचय की बला उसे नहीं, दोपहर के अवकाश को सहनीय करने का उपाय नहीं जानती । उमाशशि की तरह सोने में भी उस्ताद नहीं ।

इसलिए सुवर्ण जब दोपहर में कोई किताब लेकर बैठती, तो वह बाघगोटी खेलने के लिए तंग करती । "नहीं खेलोगी तो माँ से पढ़नेवाली बात कह दूँगी," यह कहकर डराती है । लाचार सुवर्ण को गोटियाँ लेकर बैठना पड़ता है । वह अनिच्छा विराज भाँप तो लेती ही है !

सो, यह प्रस्ताव विराज को अलौकिक ही लगा था ।

फिर छत के सीढ़ी-घर में ?

यहाँ दोपहर में भी जाने से बदन छमछम करता है ।

"माँ के चले जाने पर सीढ़ी-घर में क्यों ?" विराज अवाक् हुई, "दुतल्ले के कमरे में ही तो···"

नहीं, मुक्तकेशी के सामने घर की बहू समय का अपचय होनेवाला खेल नहीं खेल सकती । अवसर के समय बहू बाती बनायेगी, सुपारी काटेगी, चावल-दाल के कंकड़ चुनेगी, और कुछ नहीं तो कथरी सियेगी—यही नियम है । नन्हे शिशु को माँ के लिए सोने की कुछ छूट होती भी है, औरों को तो बिल्कुल नहीं ।

यह सब न करके बहू कौड़ी-गोटी खेलेगी ? माँ लक्ष्मी घर में टिकेंगी भला ? चारों हाथ उठाकर घर से झटपट निकल नहीं जायेंगी ?

मुक्तकेशी का अड्डा 'ग्रावू' के यहाँ बँधा-बँधाया है । जाड़ा, गरमी, बरसात, धूप, पानी, वज्रपात, कुछ भी हो, दोपहर में ताश के उस अड्डे पर वह पहुँचेंगी ही। वहाँ एक सुनारिन को छू-छा लेती हैं, इसलिए लौटकर नहाती भी हैं । परन्तु उनसे किसकी तुलना ?

बाघ से हरिन की तुलना सोहती है ?

सिंह से खरगोश की ?

इसलिए मुक्तकेशी के सामने खेलना नहीं हो सकता । बेटी के लिए मन ज़रा डोलता ज़रूर है, पर बेटी की ममता से बहू को तो नहीं बिगाड़ सकतीं ?

बेटी को अपने साथ ले जाने के लिए बहुत खुशामद करती हैं । विराज जाना नहीं चाहती । कहती है, "पुरखिनों के सामने मुँह में ताला डालकर ही तो बैठना होगा ! बोलने से ही डाँट-डपट !"

"डाँटूँ नहीं तो क्या ? पराये घर नहीं जाना है ?" कहकर ताश की गड्डी को पेटतले छिपाकर मुक्तकेशी चली जातीं । बेटी को चुपचाप सिखा जाती हैं, "गप्प-गाली से मँझली बहू के काम-काज में खलल मत डालना ।"

खेलने का खिंचाव तो पूरा ही था । मगर मुक्तकेशी के ग़ायबाने में सीढ़ी-घर में क्यों ?

सुवर्ण ने कहा, "अरे, मज़ा है । जाने पर ही देखोगी ।"

"अरे बताओ भी ! बेर का अचार छिपाकर रख आयी हो क्या ?"

"ऊँहूँ ।"

"तो ?"

"बताऊँ क्यों ? कहा तो, जाने पर ही देख पाओगी ।"

"अरे, बताओ न बाबा !"

"बता देने से मज़ा ही जाता रहेगा ।"

"समझ गयी, मूढ़ी-चना रख आयी हो ।"

सुवर्ण ने मज़ा लेते हुए कहा, "वही समझ लो ।"

सुवर्ण के इस कौतुक से विराज भी स्पन्दित हुई ।

"न जाने क्या !"

"न जाने क्या !"

विराज ने तब से पूछते-पूछते परेशान कर दिया, लेकिन दौड़कर अकेले एक बार देख आये, यह साहस उसे नहीं हुआ ।

और लाख चेष्टा के बावजूद सुवर्ण ने रहस्य नहीं खोला ।

नीचे का काम-काज जब ख़त्म हो गया, सुवर्ण ने कहा, "चलो अब ! पाँव के झाजन उतारकर दबे पाँवों चलो ।"

"हाय राम, सो क्यों ?"

डर से सपरकाकर विराज ने कहा, "झाजन क्यों उतारूँ ?"

"अरे, मज़ा है । मैं भी उतारती हूँ ।"

"मुझे भई, बड़ा डर लग रहा है ।"

"डर कैसा ! कहो न—भूत मेरा पूत, चुड़ैल मेरी दाई । छाती में राम-लछमन डर कैसा भाई !"

किसी अनोखे कौतुक की आशा से आख़िर वही मन्त्र जपते-जपते विराज सुवर्ण

के साथ ऊपर गयी ।

उसके बाद ?

उसके बाद सुवर्ण ने कहा, "दरवाज़े पर तीन बार ठक्-ठक् करो ।"

"यह किस लिए ?"

"देखना, स्वप्न में भी जो नहीं सोचा, वही देखोगी ।"

"तुम मुझे भूत का शिकार किया चाहती हो क्या ?"

अबकी सुवर्ण उदास हुई, "छोड़ो, यदि यह सन्देह हो तो मत ठकठकाओ । इतने दिनों से मुझे देखा और मुझपर इतना अविश्वास ?"

विराज लजा गयी ।

स्वभाव और शिक्षा के दोष से माँ से चुगली खाने की आदत होते हुए भी मँझली भाभी उसके लिए आकर्षणीय है । मँझली भाभी से बाल बँधवाने में आराम है, मँझली भाभी से सिंगार कराने में आराम है, खेलने-गप करने में आराम है । इसलिए उसके रूठने से वह नर्म पड़ गयी ।

कहा, "ठीक है । ठकठकाती हूँ । मरूँ तो मरूँ, जिऊँ तो जिऊँ ।"

सुवर्ण खि-खि करके हँस पड़ी ।

उसके बाद ठक्-ठक्-ठक् ।

उसके बाद हुड़का खोलने की आवाज़ ।

और फिर तुरत स्वप्न के अतीत वह दृश्य !

जो मँझला भैया खा-पीकर दफ़्तर गया है, उसी मँझले भैया ने सीढ़ी-घर का हुड़का खोल दिया ।

सच ही क्या मँझले भैया ?

वह मँझले का मुँह था ?

वैसा भयंकर ?

वैसा बीभत्स ?

वैसे में आँ-आँ करती हुई भागकर विराज बेहोश क्यों नहीं हो जायेगी ? हाँ, वह प्रायः बेहोश ही हो पड़ी थी और इसके लिए सुवर्ण को भुगतना पड़ा था ।

मुक्तकेशी की बेटी को बेहोश कर देने के अपराध से, मुक्तकेशी के बेटे की लानत के अपराध से ! मौखिक तिरस्कार ही नहीं, लांछित और अपमानित पति से दैहिक दण्ड भी मिला था ।

उस दिन से सुवर्ण की कौतुकप्रियता के अध्याय में विराम पड़ गया था ।

मगर मरने से भी स्वभाव नहीं जाता । एक दिन फिर ननदोई से मज़ाक़ करने में···लेकिन वह बाद में ।

सुवर्ण के दरज़ीपाड़ावाले अपने मकान में ।

जिस मकान में सीढ़ी के नहीं होने से छत पर नहीं जाया जाता । रुपयों की

कमी से जीवन में जो सीढ़ी ही नहीं बनी ।

किन्तु केवल पैसे की ही कमी से ?

प्रयोजन-बोध के अभाव से नहीं ?

छत पर नहीं जाने को सुवर्ण के सिवाय और किसी ने कोई नुकसान नहीं माना।

पाँच

सुवर्णलता की ससुराल के और किसी ने भी छत पर चढ़ने की सीढ़ी की ज़रूरत नहीं महसूस की । दुतल्ले पर रसोई की नीची छत तो है ही, और फिर उतना बड़ा आँगन—इससे घर के कपड़े-बिस्तर धूप में देने, बरी या अचार-अमचूर सुखाने का काम नहीं चलेगा ?

चला, सहज ही चला । सीढ़ी होती भी तो वह सब बोझा लिये कौन तिन-तल्ले पर चढ़ता ?

सुवर्णलता का सब बात में पागलपन ।

बोलती है, "मैं बोझा ढोऊँगी । तुम लोग सीढ़ी तो बनवा लेना, देख लो, घर-भर के गीले कपड़े, बिछौना का बोझ लेकर मैं मर जाऊँगी । अचार, अमचूर, बरी—वह सब भी ले जाऊँगी, ले आऊँगी । किसी को सीढ़ी चढ़ने का कष्ट नहीं उठाना पड़ेगा।"

किन्तु यह कष्ट उठा लेने का वायदा करने पर भी कोई उत्साहित नहीं हुआ । खाना नहीं, पहनना नहीं, क्या तो छत पर जाना ! इसके लिए किसी को भूख-प्यास-जैसी छटपटाहट हो रही है, यह अजूबा-सा लगा उन्हें ।

इतना-सा बरामदा, छत पर जाने की सीढ़ी, यह किसी के लिए परम कामना की वस्तु हो सकती है, यह उनकी बुद्धि के अगम्य था ।

सुवर्णलता के पति की तीक्ष्ण बुद्धि से बल्कि यह तथ्य प्रकट हो गया था । सुवर्णलता की इस अकुलाहट के पीछे कौन-सा मनोभाव काम कर रहा है, प्रबोध को यह समझना बाक़ी नहीं रह गया था ।

छत पर से दूसरे घरों के खिड़की-बरामदे में ताक-झाँक करने में सुविधा है, ताक-झाँक करनेवाली बीस जोड़ी आँखों के सामने अपने को खिलाने की सुविधा है, और इसी का क्या विश्वास कि ढेले में बाँधकर चिट्ठी के आदान-प्रदान की सुविधा भी नहीं है ?

इसीलिए प्रबोध को सीढ़ी के लिए घोर आपत्ति थी ।

कभी-कभी बल्कि सुबोध ने कहा, "बोनस के रुपये बढ़ गये हैं, सीढ़ी में हाथ लगाकर बनवा ही लें।" किन्तु प्रबोध के विरोध से ही सुबोध को बाज़ आना पड़ा।

बुद्धिमान् भाई यदि कहे, "दिमाग़ ख़राब हुआ है ? यही रुपये घर के लिए नितान्त ज़रूरी काम में लगाये जायेंगे।" तो निर्विरोधी भैया क्या इसका प्रतिवाद कर सकता है ? या करता है ?

सच भी है, गृहस्थ-घर में आवश्यकताओं का तो अन्त नहीं। तकिया-बिछौना, जूता-कपड़ा, ओढ़ना-चादर—इनकी तो सदा कमी है। मुक्तकेशी के तीरथख़र्च के लिए भी कुछ रखना होता है। मुहल्ले की बूढ़ियाँ जब तीरथ-धरम करने जाती हैं, मुक्तकेशी उनके साथ हो लेने से बाज़ नहीं आतीं। वैसे में दौड़-धूप करके रुपया जुटाने में परेशान होना पड़ता है। पल्ले में रहे···

इन ज़रूरी कामों के रहते ईंटों की ढेरी के लिए रुपया ढाला जाये ?

अतएव सुवर्णलता की आशा-कली पर तुषार पड़ गया।

किन्तु उसके चाहने की सीमा इतनी ही थी क्या ? एकाध बरामदा, छत पर जाने की एक सीढ़ी ? बस ··· और कुछ नहीं ? आजीवन सुवर्णलता ने इतना ही चाहा ?

नहीं।

बेहया सुवर्णलता ने और भी बहुत कुछ चाहा। पाया नहीं, फिर भी चाहा। चाहने के कारण लांछित हुई, उत्पीड़ित हुई, हास्यास्पद हुई, फिर भी उसके चाहने की परिधि बढ़ती ही गयी।

सुवर्णलता ने भव्यता चाही, सभ्यता चाही, आदमी की तरह जीना चाहा। बाहर की दुनिया से नाड़ी का योग रखना चाहा उसने, देश के बारे में सोचना चाहा, देश की पराधीनता का अन्त चाहा।

तो फिर सुवर्णलता को उसका पति, सास, जेठ, देवर पागल क्यों न कहें ?

उन लोगों ने कहा, बाप के जनम में भी ऐसा नहीं सुना। कहा, कहावत है न, सुख से रहने में भूत का मुक्का खाना, मँझली बहू के वही हुआ है। रात-दिन अकारण असन्तोष, रात-दिन अकारण आक्षेप।

सुवर्णलता की चाह को उन लोगों ने 'अकारण असन्तोष' के सिवाय और कोई व्याख्या नहीं दी। उनके बोध की दुनिया उनके बनाये मकान-जैसी है। कहीं ऐसा रोशनदान नहीं, जिसमें से होकर बहती हवा का एक कण अन्दर आ सके!

दरज़ीपाड़ा की इस गली के बाहर और कोई जगत् है, यह नहीं कि वे सिर्फ़ जानते नहीं हैं, मानने को भी राज़ी नहीं।

मकान बनाते समय रोशनदान न रखने की युक्ति ही उनका मनोभाव है। "कोई ज़रूरत नहीं। ख़ामख़ा दीवार में छेद रखना। चिड़ियाँ घोंसला बनायेंगी, कतवार जमा होगा, यही लाभ है न ?"

चिड़ियों के खोंते का जंजाल उन्होंने नहीं जमा करना चाहा। उसमें उन्हें सिर्फ़

नुकसान ही दिखाई दिया ।

उनके बोध के घर में भी रोशनदान का अभाव है ।

किन्तु सुवर्णलता बहिर्जगत् की बहती बयार का स्पर्श क्यों चाहती है ? इस घर की बहू होने पर भी उसकी सारी सत्ता मुक्ति की आकांक्षा से क्यों छटपट करती है? उसका परिवेश अहर्निश उसे क्यों पीड़ा देता है, चोट पहुँचाता है ?

इस प्रश्न का उत्तर सुवर्णलता के विधाता को भी पूछकर नहीं मिला । जिस दिन साँझ होते-होते सुवर्णलता का शेष चिह्न भी पृथ्वी से लुप्त हो गया, चिताग्नि की लाल आभा आकाश की लाली से मिल गयी, धुआँ और आग की लुकाछिपी के बीच सुवर्णलता परलोक पहुँच गयी, उस दिन जब चित्रगुप्त के कार्यालय में किसी नये के आ जाने की घण्टी बज उठी, विधाता पुरुष ने गला साफ़ करके पूछा, "कौन आया जी चित्रगुप्त ?"

चित्रगुप्त ने कहा, "जी, सुवर्णलता ।"

"सुवर्णलता ? कौन सुवर्णलता ? किसके यहाँ की ?"

"जी, ब्राह्मण परिवार की । जो लड़की पन्द्रह साल की उम्र से मरने की कामना करते-करते अब कहीं पचास साल की उम्र में सचमुच ही मरी !"

विधाता पुरुष ने पूछा, "अच्छा ! लेकिन जीवन-भर मरण की कामना क्यों ? बड़ी दुखिया थी न ?"

इस प्रश्न पर चित्रगुप्त ने जेब से दूरवीक्षण यन्त्र निकालकर आँखों पर रखकर मर्त्यलोक की ओर अन्वेषक-दृष्टि डालकर द्विधायुक्त स्वर में कहा, "ऐसा तो नहीं लगता, बल्कि सोलहों आना सुख की अवस्था ही लग रही है ।"

"तो ?"

चित्रगुप्त ने सिर खुजाकर कहा, "जी, वह हिसाब देखना हो, तब तो समय लगेगा। ऐसे गोलमाल वाले लोगों का विभाग अलग है ।"

विधाता पुरुष का किरानी सुवर्णलता की उलटी-पुलटी प्रवृत्ति का कारण-रहस्य कब जान पाया था और अपने मालिक के दरबार में उसका ब्यौरा कब पेश किया था, यह किसे मालूम !

शायद पेश किया ही नहीं ।

विधाता पुरुष ने भी शायद इसके लिए फिर माथा-पच्ची नहीं की । पल-पल करोड़ों बार घण्टी बजती है, कितने हज़ार कोटि लोग आते हैं, ब्राह्मणों की सुवर्णलता को कौन याद किये बैठा है !

यह प्रश्न इसलिए निरुत्तर ही रह गया ।

केवल सुवर्णलता जब तक जीवित रही, उसे घेरकर सदा ही यह प्रश्न पछाड़ खाता रहा ।

घर के सभी खा-सो रहते हैं, हँसते-खेलते हैं, बच्चों को पीटते-दुलारते हैं ।

गुरुजनों का सम्मान करते हैं, उनके नाराज़ होने से चोर-से बने रहते हैं, नियम का व्यतिक्रम नहीं होता । एक केवल मँझली बहू ही कतराती फिर रही है रात-दिन या लम्बी उसाँसें लेती है ।

गुरु-लघु ज्ञान की बला नहीं । किसी बात में सन्तोष नहीं ।

क्यों ?

क्यों ?

कौन ऐसी राजकुमारी हो तुम कि किसी बात में जी नहीं होता । और, बात ही ऐसी तीखी-पैनी क्यों ?

पहला बच्चा हो रहा है । अरे शर्म से सिर गाड़े रहेगी, सो नहीं, सौरी में घुसते हुए कहती क्या है कि, 'इतने गन्दे-गन्दे कपड़े-बिछौने दे रही हैं ? इससे तबीयत नहीं ख़राब होती है ?' फटे कथरी-कपड़ों को धप्प से पटककर ही उमाशशि ने नाक पर आँचल रखा था । पटकने से जो धूल उड़ी, उससे बचने के लिए ।

देवरानी की बात सुनकर आँचल को छोड़ दिया और शंकित दृष्टि से सास की ओर ताका । ईश्वर ? याकि सास ने जिसने यह सुना नहीं हो । किन्तु ईश्वर के कानों उमाशशि की प्रार्थना पहुँचने के पहले ही बहू की बात सास के कानों पहुँच गयी।

मुक्तकेशी उस समय बच्चे की नाड़ी काटने के लिए छुरी सँभालकर रख रही थीं। कुशल गृहिणी मुक्तकेशी प्रसव-वेदना खूब बढ़ जाने से पहले ही सब कुछ तैयार रखती हैं । इसके पहले अवश्य बहू का यह झमेला उन्हें नहीं झेलना पड़ा है । बड़ी बहू की माँ ग़रीब-दुखियारी विधवा है, फिर भी पहली और दूसरी, दोनों ही बार बेटी को लिवा गयीं । मुक्तकेशी ने जो भी किया, अपनी बेटियों का किया । लेकिन पक्की-पोख्त हुई हैं ननद-देवरानी, जेठ-देवर की बेटियों के समय । पहले संयुक्त परिवार था न !

इसके अलावा चूल्हा-चक्की अलग होने पर भी आपद्-विपद् में सबने सबका किया है । मुक्तकेशी अधिक कर्मठ हैं, इसलिए अधिक किया है ।

किन्तु इतनी उमर में ऐसी दुस्साहसिक ढिठाई क्या सुनी है कभी ?

नहीं जीवन में नहीं सुनी ।

प्रसव की पीड़ा से बेचैन तड़पते हुए कोई बेटी या बहू इतनी उद्धतता दिखा सकती है, यह मुक्तकेशी की धारणा, ज्ञान, स्वप्न से बाहर है ।

हाथ में नाड़ी काटने की छुरी लिये हक्की-बक्की-सी ही बोल उठीं, "क्या कहा बहू?"

मँझली बहू प्रायः कुण्डली-सी होकर आह-उह कर रही थी । फिर भी उसी हालत में बोल उठी, "सुना ही तो ! धूल-भरे वैसे मैले पुराने बिछौने से तबीयत ख़राब होगी, यही कह रही हूँ ।"

रसोई घर के बड़े चूल्हे-जैसी गनगनाकर मुक्तकेशी बोलीं, "दीवार पर पटककर कपाल फोड़ लेने को जी चाहता है बहू, नहीं तो कभी अपने भाग्य से आप ही फट पड़ूँगी ! ऐं, क्या कहा ! पुराने बिछौने से तुम्हें रोग हो जायेगा ? राजकुमारी को सौरी में नया तकिया-बिछौना देना होगा ? गाल-मुँह पर अपने थप्पड़ लगाऊँ क्या ? जो बात भू-भारत में किसी ने नहीं सुनी, वही मुझे पग-पग पर सुननी पड़ती है । तो, क्या करना होगा ? नवाबनन्दिनी के लिए साटिन के बिछौने का बयाना भेजना होगा? लेकिन ज़रा धीरज रखो, उथल-पुथल मत मचाओ । पेट के बच्चे को पेट में लिये बैठी रहो, ज़रा मेरे भेड़ाकान्त को दफ्तर से आ जाने दो, बिस्तर का क़िस्सा कहती हूँ उससे ।"

सुवर्ण का तड़पना शुरू हो चुका था, फिर भी वह जवाब देने से बाज़ नहीं आयी। मूर्ख, अबोध, संसार-ज्ञानहीन सुवर्ण !

बोली, "जाने भी दीजिए, मेरे मर जाने से ही तो मंगल है ।"

मुक्तकेशी ने पटापट अपने गालों पर दो चपत लगाकर कहा, "तुम्हारे मर ज़ाने से ही मंगल है । ऐं ! अरी ओ राजू, माथे पर पानी डाल ।"

राजू अवश्य पानी नहीं ले आयी । मुक्तकेशी बिना पानी के ही चंगी होकर बोलीं, "मैं तुमसे यह भी कर दूँ बहू, यों पटापट बोलने में तुम्हें संकोच नहीं होता ? यह क्या मेरे करने का है ? पहला बच्चा किसी का ससुराल में हुआ है, सुना है कभी ? या कभी देखा है ? 'कुल की ध्वजा' माँ ही नहीं है, बाप मरदुआ तो है । बाप है, भाई-भाभी हैं, निकट की एक फूफी है—ले नहीं गये कोई ? नये साटिन-मखमल को बिछौना सौरी में देता बाप ?"

उत्तर-प्रत्युत्तर की सामर्थ्य अब सुवर्ण में नहीं थी, फिर भी एक बात कह ही दी, "बाप ने ले जाना चाहा था, तब तो जाने नहीं दिया, तो अब दोष क्यों दे रही हैं ?"

सुवर्ण तड़प रही है । मुक्तकेशी भी चमाइन गंगामणि के आने की आशा में छटपटा रही हैं, फिर भी यह वाक्-युद्ध ।

मुक्तकेशी अवाक् गले से मानो आर्तनाद कर उठीं, "बाप ने ले जाना चाहा था? कब ले जाना चाहा था बहू ? सपना देख रही हो या दिखा रही हो ?"

"सपना क्यों देखने लगी माँजी, चाहें तो याद कर सकती हैं । ब्याह के बाद लिवा जाने की नहीं कही थी बाबूजी ने ? आप लोगों ने ही कहा था, कुसंग में नहीं भेजेंगे..."

"कहा था, कहूँगी ही, हज़ार बार कहूँगी ।" मुक्तकेशी ने कहा, "रोज़ ही यदि उस अभागे बाप के यहाँ जाती-आती तो तुम क्या इतने दिन घर रहतीं बिटिया ? कब की जूता-मोजा पहनकर रास्ते में निकल पड़ती ? तुम अख़बार पढ़नेवाली औरत हो, मामूली बात है !"

"बाप रे, जान गयी," सुवर्ण पीड़ा से चीख़ी, "आप लोगों के प्राणों में ज़रा भी

माया-ममता नहीं दी है भगवान् ने ? मरी जा रही हूँ, फिर भी बातों के तीर…"

बुत-सी खड़ी उमाशशि हा किये देवरानी की ओर ताक रही थी ।

यह क्या है ?

स्त्री या डकैत ?

ऐसा दुस्साहस इसने पाया कहाँ से ? उमाशशि के तो देख-सुनकर ही कलेजा काँपता है, हाथ-पाँव पेट में घुस जाते हैं । सुवर्ण की अन्तिम बात से उमाशशि की समस्त स्नायुओं ने मानो जवाब दे दिया ।

मुँह पर आँचल रखकर वह ज़ोर से रो पड़ी । क्यों, यह उसे ही नहीं मालूम । इस अनकीरत से उमाशशी को मुक्तकेशी क्या कहतीं, कौन जाने । लेकिन एक तेज़ पैने गले ने उस संकट से बचा लिया ।

वह गला चमाइन गंगामणि का था ।

सुवर्ण को दर्द शुरू होते ही खुद उसे बुलाने गयी थी ।

बड़ी बहू की रुलाई सुनकर गंगा दालान से ही चिल्ला पड़ी, "अरे, हो गया क्या? रोना-धोना शुरू हो गया ?"

ढीठ, बेलगाम बहू को गाली-गलौज चाहे जितना ही करें, उसके लिए मुक्तकेशी उद्विग्न तो हुई थीं । विपद् की बात ! मुक्तकेशी को गंगा का गला सुनकर हथेली पर चाँद मिल गया ।

लमहे में सुर बदल गया उनका । बोलीं, "अब आयी गंगा ? इधर बहू का अब-तब !"

गंगा फर्राटे से बोल उठी, "करूँ भी क्या, आपको पोता हो रहा है, इसलिए गंगामणि मर तो नहीं सकती । पान लगा लूँ, तम्बाकू ले लूँ, पान-तम्बाकू-गुल की डिबिया आँचल में बाँधूँ, दरवाज़े में ताला लगा लूँ तब तो आऊँ !"

मुक्तकेशी ने जैसे रूठकर कहा, "यहाँ क्या तुझे पान-तम्बाकू नहीं मिलता गंगा?"

इनके आगे मुक्तकेशी झुकी रहती हैं । क्योंकि इनके बिना चल नहीं सकता । घर में इस विपद् को तो आना ही है । हर साल ।

गंगा का नाम-गाम है, हाथयश है, इसलिए उसे अहंकार भी है । बदस्तूर अहंकार है । ज़रा भी इधर-उधर हुआ कि खरी-खोटी सुना देगी, और वैसा ग़ुस्सा हो, तो प्रसूति को छोड़कर चल देगी । या कि जानकर अवस्था बिगाड़ देगी ।

इसलिए ख़ातिर करनी पड़ती है ।

इसीलिए गद्गद गले से कहना पड़ा, "कै कोटी पान खायेगी तू, खा न ।"

"खाऊँगी, पाँच कोटी पान खाऊँगी, पहले आपके पोते को पृथ्वी की माटी दिखा लूँ ! कहाँ हो बड़ी बहू, थोड़ा गरम पानी । क्यों भई, तुम रो क्यों रही हो ! सास ने गालियाँ दी हैं । सो दे सकती हैं, वह जो खूँखार सास हैं । पोता हुआ, तो कलसी देनी पड़ेगी । मालकिन, उससे कम में रिहाई नहीं देने की ।"

गंगामणि की ऐसी चोखी बातों की आदी हैं मुक्तकेशी । इसलिए वह रंज में नहीं हुईं । कोशिश करके हँसकर बोलीं, "अच्छा, पहले पोते को तो ला तू । होगी तो लड़की, समझ ही रही हूँ ।"

"लड़की भी हुई तो बगूना । मँझले बाबू का यह पहला है, यह याद रहे ।" और गंगामणि अपना कसौटी-सा काला विपुल शरीर लिये मंच पर पहुँची ।

"गरम दूध तो दीजिए, थोड़ा-सा गरम दूध । शरीर में बल आयेगा । फटे कपड़ों की पोटली कहाँ है ? तकिया है ? छुरी ? सब हाथ के पास रखो । अरी मँझली, यों हाथ-पाँव छोड़े नीली क्यों पड़ गयी हो ? कलेजे में ज़ोर लाओ, जी में साहस लाओ । कष्ट किये बिना कान्हा मिलता है कहीं ?"

बिना कष्ट के कृष्ण नहीं मिलता ।

लिहाजा, कृष्ण को चाहो तो कष्ट करना ही होगा ।

परन्तु कष्ट ही नसीब हो केवल और कृष्ण न मिले ?

पहली सन्तान, माटी का लोंदा एक लड़की हुई न ? छि-छि ।

मुक्तकेशी रंजिश से बोलीं, " जानती थी मैं, बगूना मिलेगा कि ठेंगा ।"

यम और मनुष्य में खींचातानी चल रही थी । बहुत देर का कष्ट, उद्वेग, हैरानी, उत्कण्ठा—और नतीजा क्या निकला, तो लड़की ! शंख नहीं बजेगा, शायद इसलिए चील की चीं-चीं के सहारे वह बच्ची अपने आने की घोषणा आप ही कर रही है ।

गंगामणि भी अप्रतिभ-सी हुई ।

पोते के बहाने बहुत सुना गयी । सचमुच पोता होता, तो उसका मुँह रहता । मुक्तकेशी बोल उठीं, "हाथ में शंख लिये स्वांग-सी तुम खड़ी न रहो बड़ी बहू, रख दो । चींचीं से ही समझ गयी, आ रही है एक निधि !"

सुवर्ण इतना कुछ नहीं सुन पायी । वह मानो चैतन्य-अचैतन्य के बीच की अवस्था में थी । वह मानो देख रही थी, उसकी माँ सिरहाने के पास आकर खड़ी हुई है । कह रही है, "बच्ची और बच्चा समान हैं सुवर्ण, तुम उपेक्षा मत करना ।"

हाथ बढ़ाकर सुवर्ण ने माँ को पकड़ना चाहा । नहीं पकड़ सकी । क्या इसलिए कि वह हाथ नहीं उठा सकी या माँ खो गयी ?

खो गयी ।

माँ के लम्बे गठन की उस उज्ज्वल मूर्ति को वह फिर देख नहीं सकी ।

उसका प्राण हाहाकार करता रहा ।

तो क्या वह सपना देख रही थी ?

या कि उसकी असहाय वासना कल्पना में माँ की मूर्ति धारण करके उसे छलने को आयी ?

माँ को लेकिन सुवर्ण क्या इतनी याद करती है ? माँ पर तो एक रुँधे अभिमान ने उसकी स्मृति के दरवाज़े को बन्द कर रखा है । वह इस बात को भूले रहना चाहती

रही है कि इनके संसार के सिवाय भी सुवर्ण का कोई अतीत था ।

हठात् उस अचैतन्य लोक से सुवर्ण जाग उठी ।

और ठीक उसी क्षण उसे धक्का लगा ।

फिर ?

फिर वही कहानी ?

वही बात विस्तार से गंगामणि से कहने की इच्छा हो रही है । मुक्तकेशी को—

हाँ, मुक्तकेशी का ही गला ।

सुननेवाली गंगामणि ।

"वह मेरा जला नसीब, जानती नहीं है तू ? तो सुन ले, मँझली बहू मेरी सखी-माँ की पोती है । उस बार तूने पूछा था न, बारुईपुर क्यों जा रही हैं ? कहा था, सखी-माँ के यहाँ जा रही हूँ । गयी । देखा, यह धिंगी अवतार लड़की दादी के पास बैठी लाड़ लड़ा रही है । रूप बुरा नहीं, उमगता गठन, झूठ नहीं कहूँगी, आँखों को जँची, जी को भा गयी । सोचा, पेवो से अच्छी जोड़ी रहेगी । मैंने छेड़ा, तो सखी-माँ ने कपाल पीट लिया । ब्याह ? ब्याह कौन कराये इसका ? इसकी विजावती माँ तो विद्या सिखाने के लिए इसे स्कूल में पढ़ा रही है । और भी पढ़ायेगी । पास की पढाई पढ़ेगी ।

सुनकर मैं तो 'हाँ' हो गयी ।

कहा, 'तुम सास हो, तुम्हारे रहते पतोहू की बात रहेगी ?'

"सुनकर घृणा से तो कलेजा टूक-टूक हो गया । सखी-माँ बोलीं, 'उपाय ? मेरी बहू को देखा तो नहीं है न तुमने ?' मैंने सखी-माँ को खूब धिक्कारा । राय दी, बहू को जताये बिना ही पोती का ब्याह कर दो । हो-हवा जाने पर चीं-चपड़ नहीं कर सकेगी ।"

गंगामणि का काँसे-सा गला बजा, "माँ कहाँ थी ?"

"थी, यहीं कलकत्ता में । बेटी गरमी की छुट्टियों में आम खाने के लिए दादी के पास गयी थी बाप के साथ । मैंने कहा, सखी-माँ यही मौक़ा है । उसकी माँ को ख़बर पठा दो, अचानक एक बहुत ही अच्छा लड़का मिल गया है, उसे हाथ से निकलने देना नहीं चाहती—चली आओ, ब्याह हो रहा है । यह रही बात । सीधी-सादी-सी बात । अच्छा, तू ही बता गंगा, ऐसा क्या अन्याय हुआ ?"

"अन्याय कौन कह रहा है ?"

"कौन ? झूठ नहीं बोलूँगी, किसी ने नहीं कहा । दस ने, धर्म ने कहा, लड़की का भाग्य है ! पात्र ही आकर लड़की को ले जा रहा है । इसे अन्याय कहा, मेरी समधिनजी ने । कलकत्ता से आते ही उन्होंने मानो आसमान में पाँव उठाया । मैं यह ब्याह नहीं मानती, यह ब्याह मैं तोड़ दूँगी ।

"ऐं !" गंगामणि सिहर उठी, कहा, "ब्याह तोड़ दूँगी ?"

"कहा ही नहीं, बेटी-जमाई का मुँह भी नहीं देखा, आशीर्वाद तक नहीं दिया। घर में पैर नहीं रखा, सास से बोली नहीं। पति को बुलाकर कहा, "भला चाहते हो तो यह ब्याह रद्द करो, वरना मैं चली।"

"मेरे समधी ने बहुत मनाया-मनूया। सुना कि हाथ तक जोड़े, राँड़ वज्र हो रही। एक नहीं सुनी। बैरंग गाड़ी पर जा सवार हुई कह गयी, तुमने मुझे ठगा, मैं उसका बदला ले रही हूँ। तुम्हारे घर अब नहीं। बस, इतना ही। घर संसार छोड़कर चली गयी अपने बाप के पास। गयी सो गयी।"

"नहीं आयी ?"

गंगामणि मानो पत्थर हो गयी।

"नहीं आयी ? पागल तो नहीं है ?"

"पागल ! हुँः पागल दूसरे को कर सकती है। उस बहू को लेकर तो सखी-माँ आजन्म जलती-मरती रहीं। क्या तेज, कैसी हिमाक़त ! और जैसी माँ, वैसी ही बेटी। मेरी यह धनलक्ष्मी भी तो तेजी में कुछ कम नहीं !"

"तो अब इसके मैके मैं है कौन ?"

"हैं सभी। बाप, भाई, भाभी। निकट-पास में एक फूआ भी। मगर मुझे कौन-सा इष्टलाभ हुआ ! पहली ही बार है न, कहाँ माँ-बाप अपने पास लिवा जायेंगे, सधौरी का न्यौता देंगे, सो नहीं मेरे कलेजे में बाँस···"

गंगा बोल उठी, "तो, माँ अब आयेगी नहीं ?"

"क्या जानूँ। तेज मैंने कभी किया नहीं। तेज का स्वाद जाना भी नहीं। इतने वर्षों में तो आयी नहीं !"

गंगामणि ने गला साफ़कर पूछा, "रीत-चरित्तर तो ठीक है ?"

मुक्तकेशी ने कहा, "ईश्वर जानें, जिसका धर्म, उसके पास। लेकिन लगता है, वैसा कुछ नहीं है, केवल तेज, आन। मुझे बिना बताये, मेरी अनुमति लिये बिना मेरी बेटी का ब्याह कर दिया—ऐसे पति का घर नहीं करूँगी ! यही।"

"ग़जब ! लेकिन भौजी, तुम्हारी समधिन जब तुम्हारी सखी-माँ की पतोहू है, तब तो उसका ढंग-ढर्रा जानती होगी। जानकर उसकी बेटी को कैसे ले आयीं ?"

कपाल पर हाथ रखकर मुक्तकेशी ने कहा, "अदृष्ट !"

अदृष्ट !

सभी निरुपायता की अन्तिम बात।

अनादि-अनन्तकाल से 'अदृष्ट' नाम के उस अ-दृष्ट को ही सब कुछ की चरम स्थिति में मुजरिम बनाया जाता है।

मुक्तकेशी ने भी वही किया !

छह

तीन साल ग़ायब करके भी विराज को अब बारह की सीमा में नहीं रखा जा पा रहा था। देखने में छोटी-नाटी, वैसी बाढ़ नहीं—इसलिए पुरा-पड़ोसियों की आँखों में धूल झोंककर चला लेंगे, यह आशा कुछ अधिक है।

उस दिन तो एक प्रियसंगिनी से बन्धु-विच्छेद ही हो गया। मुक्तकेशी उनके पास अफ़सोस कर रही थीं, "लड़के तो दफ़्तर और ताश-पासा में ही मशगूल हैं, बहन के ब्याह की सोचते ही नहीं, मेरी ही मौत! किसी लड़के का अता-पता दो न बहना, गले से कौर नहीं उतरता है। बिटिया के बारह बीतने-बीतने को हैं…"

उलटा हो गया। संगिनी ने कहा, "अभी भी बीतने-बीतने को ही हैं! बिटिया तुम्हारी पीछे को ही चल रही है क्या? पाँच साल पहले ही सुना था, दस में पाँव रखा…"

मुक्तकेशी पहले तो पत्थर हो गयीं, फिर उन्होंने अपना रूप धारण किया। बान्धवी को बाप का ब्याह, चाचा का नाच दिखाकर मिताई के मूल में कुठाराघात करके चली आयीं। किन्तु मन में तो आग दहकती रही।

मुक्तकेशी के नाते की एक ननद एक दिन आयीं और बोल बैठीं, "गोदी की बिटिया को विदा नहीं किया चाहती हो, क्यों भाभी, क्वाँरी ही रखोगी? राजी तो ताड़ हो उठी!"

जीभ की धार के लिए महिला का नाम है। मुक्तकेशी को वह चुटकी बजाकर जीत लेगी, यह बात मुक्तकेशी की अजानी नहीं, इसलिए यहाँ उन्होंने दूसरा रास्ता अपनाया। अभिमान करती हुई-सी बोलीं, "तुम्हारी जैसी फू फियों के अछेते अगर ब्याह न हो, तो मैं क्या करूँ ननदजी। चौदह पुश्त नरक में जायेंगे तो तुम्हारे ही बाप-दादा के वंश के जायेंगे, मेरे नहीं। तुम्हीं लोग समझो।

लिहाज़ा कलह बढ़ा नहीं। मुक्तकेशी के बेटों की निन्दा-शिकायत करके ननद विदा हो गयी।

किन्तु उसके बाद आँधी उठी। लगातार।

उस आँधी के झोंके से मुक्तकेशी के संसार में उथल-पुथल। विराज ने तो माँ के सामने निकलना ही छोड़ दिया। क्योंकि माँ की सारी वाक्य-बोली तो उसी के लिए!

सुबोध-प्रबोध भी माँ की सारी कटूक्तियों को चुपचाप पीकर भाग-भागकर जान बचाते हैं। उमाशशि तो सदा ही तटस्थ रहती है, यहाँ तक कि मुखरा सुवर्ण भी यह सोचकर चुप है कि माँ का मिज़ाज ठीक नहीं है।

ऐसी परिस्थिति में सहसा आग पर पानी पड़ा। बड़ी लड़की सुशीला एक सम्बन्ध

लेकर आ पहुँची । लड़का विद्वान् है, देखने में कीर्ति-सा, घर की अवस्था अच्छी । वे लोग इसी साल ब्याह कर लेना चाहते हैं, क्योंकि फिर 'अकाल' है । लेकिन हाँ, कुछ 'खाँव' है । फूलशय्या का तत्त्व, दान-सामग्री. वराभरण, नमस्कारी, ननद-पिटारा, गहना-जेवर—यह सब पूरापूरी, ऊपर से तीन सौ नक़द ।

नक़द की राशि सुनकर ही मुक्तकेशी कुँहर उठीं ।

तीन-तीन सौ रुपया निकालना क्या आसान है ?

यहाँ का ख़र्च, बराती-सराती का खान-पान, यह सब भी तो है ?

बेटी से विरूप हुईं मुक्तकेशी । खीज-भरे गले से कहा, "खूब सम्बन्ध ले आयी! अपने भाइयों का राजा-रजवाड़ा समझ लिया है ? अरे ! अभी तो मकान का कर्ज़ नहीं चुक पाया है ।"

सुशीला इसके लिए तैयार थी ।

इसलिए उसके भण्डार में दलील मौज़ूद थी ।

कर्ज़-उधार किस गृहस्थ को नहीं करना पड़ता है ? कन्यादान उद्धार करने के लिए कर्ज़-उधार करना तो चिराचरित है । ऐसे सोने-से लड़के को हाथ से निकल जाने दोगी तो आख़िर बेटी को माटी के पात्र के हाथों सौंपना होगा । और उसका मतलब है, सदा बेटी को ढोती रहो ।"

इन तीन-तीन बेटियों को जो पार किया है मुक्तकेशी ने, अच्छे के हाथों सौंपा है, जभी तो निश्चिन्त हैं—आदि-आदि बहुतेरी युक्तियों से सुशीला ने माँ को बाँधना चाहा।

लेकिन अच्छे लड़के के लिए क्या मुक्तकेशी का ही मन नहीं झुकता है ? फिर भी और भी आज़िज़ी से बोलीं, "अपने भाइयों से कह देखो । मेरी टेंट में तो उतनी रक़म जमा नहीं है कि चौड़े कलेजे से हाँ कर दूँ ? लड़की तो ताड़ का पेड़ हो गयी, उसे देखती हूँ और काँपती हूँ ।"

सुशीला ने भाइयों से भी कहा ।

बुद्धिमती सुशीला ने बड़े मौके से चर्चा छेड़ी । कटहल-काठ के बड़े-बड़े पीढ़ों पर चारों भाई जब क़तार में खाने बैठे, माँ हाथ में पंखा लिये बैठीं और बहुएँ नमक-नीबू, क्या ज़रूरत पड़ जाय, इसलिए आस-पास ही घूम-फिर करती रहीं—ऐसे में माँ के हाथ से पंखा लेकर झलते हुए सुशीला बोल उठी, "क्यों जी, राजू के ब्याह का क्या कर रहे हो तुम लोग ?"

जहाँ बाघ का ख़तरा रहता है, वहीं साँझ होती है । जिस प्रसंग के लिए माँ ढाल-तलवार लिये ही रहती हैं, सुशीला के मुँह से वही प्रसंग !

शक़ हुआ, माँ ने ही सिखाया है ।

लेकिन यह शक़ ज़ाहिर तो नहीं किया जा सकता । थाली पर लकीर खींचते हुए सुबोध ने कहा, "ढूँढ तो रहे हैं ! पसन्द लायक मिले, जब तो ? जैसे-तैसे के···"

"अहा-हा, जैसे-तैसे को क्यों ? अच्छा पात्र मेरे हाथ में है । हाँ, माँग ज़रा

ज़्यादा है···''

एक ही झोंक में कह देना अच्छा । द्विरुक्ति या वाद-प्रतिवाद की गुंजाइश नहीं रहती ।

मॉग !

कैसा भयानक शब्द !

मुँह बाये निगलने आ रहा हो जैसे ।

सुबोध का मुँह सूख-सा गया । ''माँग ? कितनी ?''

कितनी, यह सुनकर तो सुबोध का मुँह और सूख गया । गला साफ़ करके बोला, ''इतनी माँग होने से मतलब अभी तो हमारे पल्ले कुछ है नहीं···''

''बहन का ब्याह फिर तो ताक पर रख दो···'' मुक्तकेशी ने ठण्डे पत्थर-से गले से कहा, ''जब तुम लोगों के पल्ले कुछ है नहीं, तो कहना भी क्या है । किन्तु शास्तर में कन्यादाय और भगिनीदाय को बराबर ही कहा है ।''

मुक्तकेशी के लड़कों ने यह बात नहीं उठायी कि ऐसा किस शास्तर में कहा है, यह भी नहीं छेड़ा कि बिना बूझे-समझे बुढ़ापे तक परिवार बढ़ाने को तुमसे कहा किसने था ? तुम्हारी नासमझी का फल हमें भोगना पड़े, ऐसी कोई बाध्य-बाधकता है ?

यह सब कुछ नहीं कहा । सिर्फ़ धीमे से बोला, ''यानी जेवर पूरे बदन का माँग रहा है न ! और···और भी सब, ऊपर से नक़द···''

कि रसोई की ज़ंजीर बज उठी ।

सांकेतिक घण्टी ।

पंखा रखकर सुशीला ही उठकर गयी और दूसरे ही क्षण हँसती हुई आकर बोली, ''लो, समस्या का हल हो गया ! मँझली बहू कह रही है, गहनों के लिए आप लोगों को चिन्ता नहीं करनी पड़ेगी ।''

चिन्ता नहीं करने पड़ेगी !

चारों भाई ज़रा चौंके । मानो ठीक अन्दाज़ नहीं कर पा रहे हों । लेकिन मुक्तकेशी समझ गयीं । भरमुँह हँसकर तुरन्त बोलीं, ''समझ गयी, अक्ल की वह दुश्मन अपने गहने ख़ैरात करेगी । भोंदू-बुद्धू हुई तो क्या, कलेजा उसका सदा ऊँचा है !''

अभी-अभी उस दिन एक भिखमंगे को पुराना कपड़ा दे डालने के अपराध से उसकी नाक-आँख के पानी को एक कर छोड़ा था उन्होंने, यह मुक्तकेशी को याद नहीं आया !

मँझली बहू के ऊँचे कलेजे के परिचय से राहत की साँस लेकर दोनों भाई भात की चोटी पर गढ़ा बनाकर दाल ढालकर सपोटने लगे, बड़ा भाई माथा झुकाकर थाली में उँगलियाँ चलता रहा और मँझला भाई इस प्रचण्ड क्रोध को सँभालने के लिए बड़ा-बड़ा कौर लगातार ठूँसता जाने लगा ।

असह्य !

असह्य है यह सरदारी !

पति की अनुमति लेने की बात दूर, उससे ज़रा पूछ-ताछ लेने की भी ज़रूरत नहीं महसूस की । समझा क्या है उसने अपने को ?

यश लूटेगी ?

यश लूटने से पेट भरेगा ?

इधर तो आचार-आचरण की निन्दा से आसमान फट रहा है । पर उसमें तो यह इच्छा नहीं जागती कि बड़ी बहू-जैसी शान्त-शिष्ट होकर सुख्याति कमाऊँ ?

घोड़ा तड़पकर घास खायेगा !

चाँदी की सूई से लोगों के होंठ-सी देंगी !

मारे ग़ुस्से के प्रबोध के हाथ-पाँव काँपने लगे । यह भावान्तर अवश्य सुशीला की निगाह से नहीं बच सका, परन्तु उस बात की चर्चा करके वह मामले को खोलना नहीं चाह रही थी । उसने झट दूध के कटोरे भाइयों की थाली के पास बढ़ा दिये और गुड़ का कटोरा ले आयी ।

प्रबोध को एक सुयोग मिल गया । इसी बहाने वह मन के उत्ताप को प्रकट कर बैठा । बायें हाथ से दूध के कटोरे को खिसकाकर कहा, "नहीं चाहिए, ले जाओ।"

"हाय राम ! क्यों ? पेट ख़राब है ?"

"पेट ख़राब दुश्मन का हो"—प्रबोध ने थमथम करते हुए गले से कहा, "अब यह सब बाबुआना छोड़ना होगा ।"

समझकर भी नहीं समझने का ज्ञान करते हुए सुशीला ने कहा, "अचानक बाबुआना ने कौन-सा क़सूर किया ?"

प्रबोध ने गुजगुज करते स्वर में कहा, "जिन्हें एक पैसे का ठिकाना नहीं, एक बात पर स्त्रियों के गहनों पर हाथ लगाना पड़ता है, उन्हें यह दूध-रबड़ी खाना नहीं सोहता ।"

कहते ही प्रबोध की गरदन दुबक गयी, क्योंकि ऐसा खोलकर कह देने की इच्छा नहीं थी उसकी, चोरी-चुपके इशारा-भर करने का इरादा था, सो नहीं हुआ ।

इसपर माँ की होने वाली प्रतिक्रिया की आशंका से कलेजा हिम हो गया उसका। अब क्या मुक्तकेशी गहने छुयेंगी ।

किन्तु मुक्तकेशी क्या सुवर्णलता हैं ?

कि मान से सुविधा-सुयोग को हाथ से जाने दें ? नहीं, मुक्तकेशी सुवर्णलता-जैसी बेवकूफ़ नहीं हैं । इसलिए तीते मुँह से बोलीं, "तो दूध का कटोरा खिसका देने से ही सारी समस्याओं का समाधान होगा ? या बचा हुआ वह दूध फिर से गाय के थन में जाकर पैसा लौटा लायेगा ? घर में कन्यादान उपस्थित होने पर बूह-बेटी के गहनों में हाथ नहीं लगता । ऐसी राज-गिरस्ती कितनी देखी हैं तूने ? मँझली बहू ने स्वयं

मुँह खोलकर कहा है, यही खुशी की बात है, नहीं तो ज़रूरत पड़ने पर छल-बल कौशल से लेना ही पड़ता ! देने की कहकर ऐसा कोई महत्तर कार्य नहीं किया है मँझली बहू ने ! बड़ी बहू के भी होता तो देती !"

अर्थात् ठेस लगाकर प्रबोध के कहने का यही परिणाम हुआ ! सुवर्णलता का महत्त्व, उदारता, सभी कुछ अब तीसरे विभाग में पड़ गया, उसके ऊँचे मन के परिचय पर पानी पड़ गया, उसकी सुख्याति यों ही मारी गयी !

इसके बाद बैठी-बैठी मुक्तकेशी सूची पेश करने लगीं कि ऐसी घटना उन्होंने और कब कहाँ देखी है और कैसा सोने-सा दमकता मुँह करके ननद, जेठ की बेटी के ब्याह में बहुओं ने बदन से उतारकर गहना दिया है ।

फिर ?

सुवर्णलता ने ऐसी कोई बहादुरी नहीं दिखायी है, उसने नया कोई दृष्टान्त नहीं स्थापित किया है । सुवर्णलता के मन को उन्होंने ऊँचा जो कहा था, वह सिर्फ़ इसलिए कि मुक्तकेशी का ही मन ऊँचा है ।

सुवर्णलता के ऊँचे मन की वह स्वीकृति रही क्या ? विराज की हल्दी के दिन बेटी को 'सालंकारा' करने के लिए मुक्तकेशी ने बक्से से मँझली बहू के गहनों के डिब्बे को जब निकाला, तो दरज़ीपाड़ा के उस घर में गाज नहीं गिर पड़ी ?

दवात है, स्याही नदारद ।

डिब्बा है, गहने नहीं ।

बक्सा मुक्तकेशी के कमरे में, बक्से की कुंजी मुक्तकेशी की कमर में, और गहने काफ़ूर !

ब्याह के घर में ऐसी घटना से जो उथल-पुथल होनी चाहिए, हुई थी । अधिक ही हुई थी, कम नहीं । क्योंकि ब्याह में मुक्तकेशी की विवाहिता तीन बेटियाँ परिवार सहित आयी थीं, आयी थीं मुक्तकेशी की भाभी, बहन, मौसेरी बहन हेमांगिनी ।

सभी गाल पर हाथ धरे अवाक् !

भूत कि चोर !

चोर होता तो डब्बा ही उठा ले जाता । डब्बा खोलकर अँगूठी, कान की बाली, पैरों की झाँझन—इन मामूली गहनों को छोड़ बाजूबन्द, चिक, सीताहार, शंखहार, पालिस पत्तर की चूड़ियाँ-जैसे बड़े गहने ही चुनकर ले जाता ? चोर को इतना समय होता ?

तो ? हूँ ।

रात-बिरात में सीढ़ी की छाया या आँगन में भूत दिख जाता है इसलिए लोग गहना-चोर भूत पर विश्वास करेंगे, यह नहीं होने का ।

हो न हो घर की ही कोई···

लेकिन कौन ?

ज़बान-ज़ुबान पर बात चलने लगी, बात कानों पहुँची । बहुतेरे कानों से होते हुए उत्तर सुवर्णलता के कानों पहुँचा ।

और कौन ?

जिसका था, वही ।

हाँ, वही । और नहीं तो क्या ? बड़ाई ख़रीदने के लिए लोगों को दिखाकर दान-पत्र पर सही करने के बाद से अपने हाथ-पाँव को दाँत काटकर मरी जा रही थी। इसलिए भीतर ही भीतर उड़ा दिया । मैके आना-जाना तो है नहीं ? उससे क्या हुआ, यहीं कहीं छिपा-छिपूकर रखा है, बाद में मौक़ा देखकर इन्तज़ाम करेगी । दे देने से तो गया !

खिसकाया कब ?

मौक़े की कमी है ? मुक्तकेशी गंगा नहाने नहीं जाती है ? ताश खेलने ?

कुंजी ?

वैसी कई कुंजियों से कोशिश करके खोला जा सकता है । उस दिन भण्डार के बरतनवाले सन्दूक के ज़ंगलगे ताले को सुवर्णलता ने खोल नहीं दिया था ?

खोलकर बहादुरी नहीं लूटी थी ?

सुवर्णलता बैठी पान लगा रही थी । किसी ने आकर कानों में बात उड़ेल दी ।

सुवर्णलता खड़ी हो गयी ।

"बोलो, क्या कहा ?"

"बाप रे, यह तो नागिन-सी फोंस कर उठी । मैंने नहीं कहा है बाबा, कहा है तुम्हारी सास ने ।"

"कहाँ हैं वह ?"

चेहरा आग की तरह गनगना उठा, "आमने-सामने कहने का साहस नहीं हुआ, क्यों ?"

"मैं नहीं जानती बाबा, तुम लोगों की बात, तुम्हीं लोग जानो," कहती हुई वह रिश्ते की ननद वहाँ से भाग गयी । सोचा था, इसी पर ताई की ज़रा निन्दाबाद करूँगी, मामला बेढब देख चुप हो गयी, खिसक पड़ी ।

लेकिन सुवर्णलता चुप हो रहेगी ?

वह क्या अपनी माँ सत्यवती के रक्त-मांस से नहीं बनी है ? जो सत्यवती मिथ्या से समझौता करके कभी नहीं चल सकी, अन्याय देख कभी चुप नहीं रह सकी ।

लोगों से भरे घर में सुवर्णलता सास के आमने-सामने जा खड़ी हुई । बोली, "गहना खो जाने के बारे में आपने क्या कहा ?"

मुक्तकेशी ने अपनी मँझली बहू के बहुत रूप देखे हैं । लेकिन ठीक यह रूप शायद नहीं देखा है, इसलिए फ़ीके गले से बोलीं, "कहूँगी क्या ?"

"आपने कहा नहीं है कि मैंने खिसका दिया है ?"

मुक्तकेशी ने गाल पर हाथ रखा, "हाय राम, सुन ले ज़रा ! तुम्हारी चीज़ है, तुमने कितनी उमंग से छोटी ननद को देना चाहा, मैं वैसा क्यों कहने लगी ? मैं पागल हूँ कि भूत ! छिः ।"

अपनी अभिनय कुशलता पर आप ही खुश हुईं मुक्तकेशी ।

सुवर्णलता ने इधर-उधर ताककर कहा, "तो, रंजा ननदजी ने जो कहा ?"

मुक्तकेशी ने बात को रोक लिया ।

उदास स्वर से बोलीं, "सो तो कहेगी ही, नाते की शत्रु ! अपनों के मुँह से ही ऐसी बात सोहती है !"

"तो आप सन्देह किस पर करती हैं ?"

"सन्देह किस पर करूँ, सन्देह अपने अदृष्ट पर करती हूँ ! गहनों के लिए बेचारी लड़की की ससुराल में कितनी लानत-मलामत होगी, सो देखो ।"

"होगी कह देने से ही तो न होगा," सुवर्णलता ने तीखे गले से कहा, "गहनों को निकालना ही होगा !"

"हाय राम, निकालूँ कहाँ से ? पता है ?"

मुक्तकेशी को पता नहीं, पर मुक्तकेशी की पतोहू पता निकालकर ही रहेगी । घूँघटवाली बहू, घूँघट उठाकर सबके सामने बोल उठी, "आपका लड़का कहाँ है, मँझला लड़का ?"

"हाय मेरी माँ, अजीब है । उसकी क्या दरकार है ?"

"दरकार है ।"

"तो क्या घर में इतने लोगों के सामने तुम बुलाकर उससे बात करोगी ?"

"हाँ । करनी ही होगी बात । खुदू, मँझले बाबू को बुला तो ला ।"

चप्पल चटखाते हुए प्रबोध बाहर के कमरे से अन्दर आया । लाड़ से पूछा, 'मुझे बुलाया किस लिए माँ ?"

"माँ ने नहीं, मैंने बुलाया है ।"

दरज़ीपाड़ा की गली के उस घर में और एक गाज गिरी ।

यह गाज शायद और भी भयंकर, और भी सांघातिक थी ।

मुक्तकेशी से कतराकर, मुक्तकेशी के आमने-सामने, घर में उतने लोगों के सामने घूँघट को थोड़ा कम करके पति के आमने-सामने खड़ी होकर बहू ने तीव्र स्वर में कहा, 'माँ ने नहीं, मैंने बुलाया है ।'

प्रबोध के चेहरे का रंग सहसा उड़ क्यों गया ? डपटकर वह पत्नी को चुप क्यों नहीं कर सका ? उसने वैसे ढीले स्वर में क्यों पूछा, "मतलब ?"

सुवर्णलता क्या वास्तव में पागल हो गयी थी ? वह क्या भूल गयी थी कि वह कहाँ खड़ी है, किन लोगों के सामने ? नहीं तो वह वैसे ही स्वर में पूछ सकती थी भला, "मतलब समझने में तकलीफ़ हो रही है ? गहनों को कहाँ खिसका दिया ?"

"गहना ? मैं ? काहे का गहना ?···यानी···मुझे क्या मालूम । वाः !"

प्रबोध की जीभ ने तुतले का यह अभिनय किया ।

मुक्तकेशी खड़ी-खड़ी बेटे का यह अपमान बरदाश्त करेंगी ?

ऐसा तो नहीं हो सकता ।

केहुनी के धक्के से बहू को हटाकर बोलीं, "बढ़ते-बढ़ते बिलकुल आसमान में पैर उठा रही हो बहू ? होश नहीं है, किससे क्या कह रही हो ?"

"है । होश ठीक ही है"—सुवर्णलता धक्का खाकर भी बाज़ नहीं आयी । बोली, "बड़ा तो मातृभक्त है लड़का आपका, माँ के पाँव छूकर क़सम खाये न कि वह जानता है या नहीं, गहना कहाँ है ?"

"ठीक है, वही करता हूँ," माँ के पाँव से चारेक हाथ दूर से ही प्रबोध ने हाथ बढ़ाया, "पाँव छूकर ही क़सम खाता हूँ । डरता हूँ क्या ? ऐं, ऐसी ज़ुर्रत ! मैं चोर हूँ, मैंने गहना चुराया है ?"

"चोरी क्यों करने लगे, होशियार कर दिया है", सुवर्णलता और भी तीखे स्वर में बोली, "दामी चीज़ें पराये घर न चली जायें, इसलिए रोक लगायी है । मैं तुम्हें पहचानती नहीं हूँ ? देने की कही, इसलिए तुमने मेरी दुर्दशा नहीं की है ? पकड़कर मुझे पीटा नहीं है ?"

हाँ, अपने चरमतम अपमान की बात प्रकट कर दी सुवर्णलता ने ! लोग न जान जायें, इसलिए पिटकर जो चूँ तक नहीं करती, उसका यह कह बैठना आश्चर्य तो है!

ऐसा धीरज टूटा उसका कि अपने जीवन की यह शर्मनाक ख़बर भी इस तरह से खोल बैठी ।

सुवर्णलता के चरित्र में यही सबसे बड़ी त्रुटि थी । वह जब-तब ही धीरज की सीमा पार कर जाती । वैसे सीमा पार कर जाने से वह स्वयं ही हास्यास्पद होती, हेय होती, समालोचना की विषय-वस्तु बन जाती, यह वह याद नहीं रख पाती । ननद के जिस दिन हलदी का रंग था, उस दिन आँचल को गले में ऐंठकर सुवर्णलता ने मरने की जो कीर्ति की थी, उससे क्या किसी ने उसपर ममता की थी ? या कि प्रबोध की निन्दा करके सत्य पर स्थिर रहनेवाली उसकी पत्नी को किसी ने वाहवाही दी थी ?

बिलकुल नहीं । सबने सुवर्णलता को ही दुर्-छिः किया । क्योंकि उस दिन सुवर्णलता के लिए डॉक्टर बुलाना पड़ा था ।

शर्म ! शर्म की बात !

मुक्तकेशी ने ही उस दिन फ़ाँसी क्यों नहीं लगायी, यही आश्चर्य है !

अच्छा, विराज का ब्याह क्या रुक गया ?

इस् ! पागल हो ?

लड़की का ब्याह भी रुकता है ?

माँ मर जाये तो शव को कमरे में बन्द करके लोग कन्या-दान कर लेते हैं। यह तो घर की एक तुच्छ बहू है ।

और फिर मरी भी तो नहीं !

सिर्फ़ एक घिनौना किया ।

एक वेला लेटी रही और उसी में उसकी कमज़ोरी जाती रही । दूसरे दिन उठकर ब्याह के घर के काम-काज में जुट पड़ी । पूड़ी-मछली लेकर सबके साथ बैठकर उसे खाते भी देखा गया । पर हाँ, कुछ अधिक शान्त थी, कुछ अधिक स्तब्ध ।

लज्जित थी क्या ?

अजीब है, उसे ज़रा देर को भी लज्जित नहीं देखा गया ! हालाँकि जीवन में वैसी करतूतें कुछ कम तो नहीं कीं । बार-बार कीं, जब-तब ही कीं ।

तो, विराज का ब्याह हो गया ? शायद निरलंकार होकर ससुराल जाने से उस बेचारी को बहुत भला-बुरा सुनना पड़ा हो ?

नहीं-नहीं, आख़िरकार गहने मिल जो गये !

एक अजीब परिस्थिति में मिले ! मुक्तकेशी के उस बक्से में ही कपड़े-लत्तों में गिर गये थे !

एक-एक करके कुल मिल गये ।

तन्दुरुस्त सुवर्णलता की ज़रीदार मखमली जाकिट और ज़रीदार बैंगनी डोरिया बनारसी साड़ी और सारे शरीर में गहने पहनकर झलमलाती हुई विराज ससुराल गयी—आँसू से नहाती हुई ।

जाने से पहले छिपकर सुवर्णलता का हाथ पकड़कर रोते-रोते कहा, "आज तक तुम्हें पहचान नहीं पायी मँझली भाभी, तुम्हारे कितने लांछन का मैं कारण बनी । तुम देवी हो ।"

सुवर्ण की भी आँखों में आँसू आ ही गये । होंठों पर हँसी लिये बोली, "ग़नीमत, फिर भी एक ने तो पहचाना ! फिर समझूँगी, भू-भारत में आकर कुछ सार्थक हुई ! किन्तु मँझली भाभी को याद भी रखोगी ? जैसा खूबसूरत पति मिला ! मैके को ही भूल जाओगी !"

सात

मुक्तकेशी के छोटे दोनों लड़के कमाऊ हो गये हैं, सो नहीं, प्रभास तो अभी छात्र ही है, कानून पढ़ रहा है । और, प्रकाश मुहल्ले के शौक़िया थियेटर में हिरोइन के स्थायी

पद को पाकर मज़े में नाटक कर रहा है ।

फिर भी बेटी के ब्याह के बाद बेटों के ब्याह की सोचने में मुक्तकेशी ने देरी नहीं की । अब तक बेटी के ब्याह के चलते ही रुकी हुई थीं, अब रुक सकती हैं भला! दोनों ही बेटों के ब्याह के लिए जुट गयीं ।

सुनकर सुवर्णलता ने उमाशशि से इसका ज़िक्र किया । उसी के लिए एक खण्डप्रलय हो गया ।

सो सुवर्णलता के जीवन का निरीक्षण करें तो आदि से अन्त तक खण्ड-प्रलय ही तो है ! वह कोई बेतुकी कह बैठती है और घर में घमासान हो जाता है ।

लगता है, अबकी कुछ कर बैठेगी सुवर्णलता !

लेकिन नः, फिर नज़र आता, अपना डीलडौल सुन्दर शरीर लिये सुवर्णलता घर में चर-विचर रही है, काम-धन्धा करती है, कर्तव्य निबाहती है ।

समझ ही में नहीं आता कि उस रोज़ ही गहरी रात में उनींदी आँखों वह मृत्यु के जितने उपाय हैं, उन पर क्यों सोचती रही । समझ में नहीं आता कि उसे हर समय मरने की इच्छा होती है किन्तु क्यों ?

चित्रगुप्त नहीं समझ सका । समझ नहीं सका सुवर्णलता का विधाता पुरुष । शायद सुवर्णलता स्वयं भी नहीं समझ सकती है ।

वह आप भी यह नहीं समझ पाती कि जान-सुनकर ही दुःख को न्योत लाती है। नहीं तो उसे पड़ी ही क्या थी अपनी जिठानी से सास की बुद्धि की व्याख्या करने की? यह बोल बैठने की क्या आवश्यकता थी कि ''माँजी की जैसी बुद्धि ! छोटे देवरजी का भी ब्याह ! मूँछ मुड़ाकर स्त्री की भूमिका करने में ही जिसकी ज़िन्दगी गुज़र रही है ! यदि उसका ब्याह ही करना है तो किसी लड़के से करना चाहिए ।''

कहना नहीं होगा, यह बात फैलने में देर नहीं लगी । तीन साल की टेम्पू बड़े उत्साह के साथ कहती फिरने लगी, ''मँझली चाची ने कहा है, छोटे चाचा तो लड़की हैं, उनका ब्याह किसी लड़के से करना चाहिए ।''

और यह भी नहीं कहना होगा कि प्रलय मच जाने में भी विलम्ब नहीं हुआ । मुँछमुण्डा ज़नाना गलेवाला प्रकाशचन्द्र औरत की इस हिमाक़त पर वीर-विक्रम-सा उछल-कूद करने लगा । विद्वान् विचक्षण प्रभास चबा-चबाकर बोला, ''असल में इरादा और है ! यह नहीं चाहती कि दूसरी बहुएं घर में आयें । चूँकि अपनी मनमानी नहीं चलेगी, इसलिए बाँध बाँध रही है । मँझले भैया को उन्हें लेकर अलग हो जाना चाहिए। नहीं तो उनकी देखादेखी आनेवाली नयी बहुओं का भी दिमाग़ ख़राब हो जायेगा ।''

केवल एक सुबोध ही घर में ऐसा था, जो यह सुनकर ठठाकर हँसते हुए बोला, ''देखता हूँ, घर में अकेली मँझली बहूरानी को ही थोड़ी-बहुत अकल है । माँ पेका के लिए भी अभी से लड़की ढूँढ़ने लगी है, मैं तो यह सोच ही नहीं पा रहा हूँ ।''

सुबोध का अवश्य सात खून माफ़ है । क्योंकि गरचे प्रबोध इन दिनों बेहिसाब कच्चा पैसा पैदा कर रहा है, फिर भी घर के मालिक की हैसियत से सारी गिरस्ती के अन्न-वस्त्र का भार सुबोध ही ढोता चल रहा है । अपने बाल-बच्चों से घरभर जाने के बावज़ूद इधर उसने कंजूसी नहीं की है ।

भगवान् ने नज़र उठाकर देखा है, वह बड़ा बाबू हो गया है । परन्तु घर में बड़ा बाबू, बड़ा साहब, सब कुछ मुक्तकेशी ही हैं । उन्होंने सुबोध की सुनी ही नहीं । बेटों का ब्याह कर दिया । नक़द लिया, दहेज का सामान घर लाया और एक कुटुम्ब की निन्दा में शतमुख और दूसरे की प्रशंसा में पंचमुख हुईं ।

यह मुक्तकेशी की राजनीति है ।

पहले से ही भेद रखना अच्छा है । बहुएँ एकजुट हो जायेंगी तो फिर क्या वे सास की मानेंगी ?

मुक्तकेशी की नीति कारगार तो हुई ! नयी बहुओं के आने के बाद से ही घर के वायुमण्डल में उत्ताप का संचार होने लगा । उसी उत्ताप का लाभ उठा-कर मुक्तकेशी ने एक को प्रिय बना लेने की चेष्टा की । बहरहाल, वक़ील बेटे की बहू ही प्रिय बनी। बेहया की नाईं मुक्तकेशी उसी की ख़ातिर में लगी हैं ।

क्यों ?

क्योंकि पैरों तले ज़रा सख़्त माटी खोज रही हैं वह, जिस माटी पर खड़ी होकर प्रतिपक्ष से लोहा ले सकें ।

प्रतिपक्ष ?

और कौन ?

वही दुर्दान्त दुर्विनीत मँझली बहू !

उसकी आँखों में मानो दबी आग की लहक है, होंठों के कोनों में उद्धतता की झलक ?

वह जब-तब मुक्तकेशी के कार्य का प्रतिवाद कर बैठती है । तिस पर दिनों-दिन उसका पति 'उपायी' होता जा रहा है ।

उसे दबाना हो तो मज़बूत माटी पर पाँव रखना होगा । अनलिखे क़ानून से सभी भाई अपने वक़ील भाई को ऊँचे आसन पर बिठाकर अदब की नज़र से देखा करते हैं, लिहाज़ा उसी खूँटे को पकड़ना ठीक है ।

इसलिए मुक्तकेशी आठों पहर सँझली बहू गिरिबाला की तबीयत ख़राब देखती हैं, देखा करती हैं कि वह खटते-खटते अधमरी हो रही है । उसके गुणों की उन्हें तुलना नहीं मिलती । बड़े आदमी की बेटी होते हुए भी वह घमण्डी नहीं है, यह कोई मामूली बात है ?

प्रकाश की स्त्री बिन्दु बड़े आदमी की बेटी नहीं है, निरे निरुपाय के घर की है। मुक्तकेशी रातदिन उसे सझँली बहू का अनुसरण करने को कहती हैं ।

मुक्तकेशी की इसी राजनीति की लीला पर बीत रहे हैं दिन, बहती जा रही है प्रकृति की लीला। लड़की और बहू को मिलाकर साल में तीन से कम क्या होती है सौरी की घटना !

सुवणलता !

वह भी भला उस दल में क्यों न हो ! प्रकृति तो किसी पर रियायत करने वाली नहीं और प्रबोधचन्द्र भी रिहाई देनेवाला पुरुष नहीं।

जो स्त्री प्रसूतिघर में जाने से डरती है, प्रबोधचन्द्र उसे असती के अलावा और कुछ कहने को राज़ी नहीं ! "माँ बनने में आपत्ति ? इसका मतलब कि रूप और जवानी के झर जाने का डर है। और इसका मतलब कि पर-पुरुष उलट-कर नहीं ताकेगा, यह आशंका। सब समझता हूँ। यह बीवियाना रहने दो।"

अतएव बीवियाना रख देना पड़ता है।

जूझे भी आख़िर कितना सुवर्णलता !

कितना खण्डप्रलय घटाये !

कितना छीछालेदर करे !

घर में अब तो केवल गुरुजन ही नहीं, लघुजन भी हैं ! लाज तो उन्हीं के आगे है। और फिर बराबरवालियाँ ?

उन्हें कहीं पता चल जाये कि इच्छा के बिलकुल विरुद्ध सुवर्णलता को प्रसूति में घुसना पड़ रहा है, तो वे भला मानेंगी ? 'अहा' ही कर बैठेंगी।

इस 'अहा' से ईर्ष्या कहीं अच्छी है।

सो ईर्ष्या तो वे करती हैं !

ब्याह हुए इतने दिन हो गये सुवर्णलता के, फिर भी उसका पति उसके बिना अँधेरा देखता है, पल-भर के लिए घर में न दिखे तो रसातल कर देता है, रसोई में जाने पर बार-बार अपने बचों से पूछता है, "ऐ, तेरी माँ कहाँ है ?"

इससे बढ़कर ईर्ष्या की वस्तु और क्या हो सकती है !

सुवर्ण से आजीवन सबने ईर्ष्या की है।

और बाहर के लोगों ने कहा है, "ऐसी स्त्री मिलना मुश्किल है।"

मुक्तकेशी के घर के बाहर के लोगों ने यह बात सदा कही है।

और मुक्तकेशी के घरवालों ने कहा है, "ऐसी औरत नहीं देखी। कोटि-कोटि नमस्कार।"

बहुत दिन पहले, जिस दिन गले में आँचल बाँधकर मरने पर तुली सुवर्णलता ने खोये गहनों का पता लगा दिया था, गला खोलकर बोलने की शुरुआत शायद उसी दिन से हुई।

बेटी को गहना पहनाकर ससुराल भेज पाकर मुक्तकेशी ने राहत की साँस ली थी, किन्तु तो भी कहा था, "कोटि-कोटि नमस्कार तुम्हें, कोटि-कोटि नमस्कार !"

उमाशशि ने भी कहा, "बाब्बा, नमस्कार ।"

सुवर्णलता के देवरों ने भी कहा था, "नमस्कार ! कोटि-कोटि नमस्कार ।"

लेकिन सुशीला ने कहा, "यह भद्द तुम लोनों ने ही करायी ! जितनी दूर तक बन सका, पेवो ने हँसी करायी, लेकिन बदनामी फैली बहू की ।"

और सुशीला के पति ने कहा था—किन्तु उनके कहने का मूल्य ही क्या ? वे तो मुक्तकेशी के संसार के बाहर के ही हैं । जिन्हें सुना-सुनाकर मुक्तकेशी कहती थीं—

नहीं गिरस्ती की जिसके संग
वही बड़ी है घरनी
खाया नहीं पकाया जिसका
बड़ी रसोईदरनी !

लेकिन वह केदारनाथ केवल उसी दिन ही नहीं, बराबर बहुत बार कहते थे, "इसे तुम लोगों ने पहचाना नहीं ।" कहते, "ऐसी लड़की कम ही मिलती हैं ! किन्तु मेरी सासजी और उनके सुयोग्य पुत्र ने शिव गढ़ने की मिट्टी से बन्दर गढ़ने की प्रतिज्ञा कर ली है, यही दुःख है ।"

सुवर्णलता को केदारनाथ से बोलने की इजाज़त थी । सच तो यह कि सुवर्णलता ने ही इसे चालू कर लिया था । उमाशशि ने ननदोई से बात करने की कभी ज़रूरत नहीं महसूस की । घूँघट काढ़कर खाना रख दिया, पानी बढ़ा दिया, बस ।

सुवर्णलता ने ही पहले कहा था, "बड़े जमाई बाबू से बोलने में दोष क्या है माँजी? मैं तो उनकी बेटी की उमर की हूँ ।"

बात ग़लत नहीं थी ।

केदारनाथ की उम्र हो चुकी है ।

सुशीला उनकी दूसरी पत्नी है ।

पहले घर की जो बेटी है, वह सुवर्णलता से उम्र में बड़ी ही होगी, छोटी नहीं । सुशीला जब भी कुछ अधिक दिनों के लिए मैके आती थी, सौत की बेटी को साथ लिये आती थी ।

अब नहीं आती । वह ससुराल चली गयी है ।

सो जो हो, सुवर्णलता केदारनाथ की बेटी की उम्र की है, इसमें शक नहीं ।

इसीलिए सुवर्णलता को इतना साहस हुआ ।

मुक्तकेशी फिर भी प्रस्ताव को प्रसन्न मन से लेंगी, यह आशा नहीं की जा सकती, बोलीं, "अचानक बोलने की ऐसी ज़रूरत ही क्या पड़ गयी ?"

"वह सदा पुकारते हैं, कहाँ हो बड़ी मालकिन, कहाँ हो जी मँझली मालकिन ! पान-तम्बाकू माँगते हैं । गूँगी की नाईं बढ़ा देती हूँ, शर्म आती है ।"

मुक्तकेशी मुँह बनाकर बोलीं, "क्या जाने, तुम लोगों के युग की लाज की

रीति-नीति क्या है ! जिस बात में लाज है, उसमें तुम्हें लाज नहीं आती, जो सभ्यता-भव्यता है, उसी में लाज आती है । गुरुजनों से बोलने से ही हुआ, यदि मान नहीं रख सके ?''

सुवर्ण हँसकर बोल उठी, ''मान ही क्यों न रख पाऊँगी माँजी, मान्य हैं…''

मुक्तकेशी ने एक लम्बा निःश्वास छोड़ते हुए कहा, ''वह शास्तर तुम्हारी पाठशाला में है, सो तो नहीं मालूम बिटिया । गुरुजनों की हेठी करना ही तो तुम्हारा स्वभाव है!''

सुवर्णलता ने कहा था, ''बड़े जमाई बाबू की हेठी करना चाहे, ऐसा भी बुरा कोई दुनिया में है क्या ?''

वह 'बड़े जमाई बाबू' मुक्तकेशी के अपने जमाई हैं, उन्हें प्रधानता दिये बिना नहीं चलने का । सो बहुत-बहुत तर्क के बाद मुक्तकेशी नीमराज़ी हुईं ।

वह स्वयं भी तो दिनों तक जमाई से बोलती नहीं थीं, घूँघट काढ़ती थीं । किन्तु जमाई के जी जुड़ाने वाले व्यवहार से धीरे-धीरे वह छोड़ दिया ।

इसीलिए बहू बोलेगी ?

वैसी दबंग बहू ?

''यों ही तो पति के सिर पर पैर रखकर चलती है ? फिर यदि पर-पुरुष से मुँह खोलकर बोले, तो जाने कहाँ जाकर रुकेगी !''

उन्होंने वही कहा था, ''बड़े जमाई बाबू से बोलने से कौन-सा चतुर्वर्ग मिलेगा, तुम्हीं जानो । किन्तु यह भी कहे देती हूँ, जानती ही हो, पेवो यह सब पसन्द नहीं करता ।''

सुवर्ण ने तमतमाये चेहरे से कहा, ''कोई यदि पागल हो तो उसी की ताल पर चलना होगा ?''

''पागल कौन है, यही हिसाब कौन करता है बहू ?'' मुक्तकेशी ने ऊब-भरे स्वर में कहा, ''बोलना है बोलो, मगर ज़्यादा हें-हें मत करना । तुम्हें तो मात्रा का ज्ञान नहीं है । 'पेका' से ही यों पटापट बोलती हो, कौन-सा मान रखती हो उसका ?''

मान ?

प्रकाश का !

थिएटर में औरत का पार्ट करने वाले लड़के की भी मानहानि का प्रश्न ! सुवर्णलता के आँख-मुँह में हँसी की एक झलक आ गयी थी । फिर भी गले से मज़ाक़ का भाव हटाकर बोली, ''मान की क्या हानि कर रही हूँ माँजी, ब्याह के बारे में ज़रा हन्तारक हुई थी, पर वह आक्षेप तो जाता रहा !''

मुक्तकेशी ने गर्व से साथ कहा, ''जाता नहीं रहेगा तो क्या तुम लोगों के हाथ उठाने पर छोड़ दूँ उसे ?''

और उस गर्व के मौक़े पर ही सुवर्णलता बोल उठी थी, ''ख़ैर, जाने दीजिए, तो

मैं बड़े जमाई बाबू से बोला करूँगी, हाँ···''

"उससे अगर तुम्हारे चार हाथ-पाँव हों, तो बोलना ।''

सुवर्ण ने उसी असतर्क उक्ति को अनुमति मान लिया था । लेकिन सच ही तो. उस बूढ़े भलेमानस से बात करके उसके कौन-से चार हाथ-पाँव हो जायेंगे !

कौन जाने !

किन्तु इतना हुआ, घर की परवर्ती अन्य दो बहुओं ने इस सुयोग का सद्व्यवहार किया । मुक्तकेशी ने कहा, "यह तो हो ही गया । मँझली बहू ने आधुनिक हवा का घर में प्रवेश कराया ।''

उठते-बैठते मँझली बहू की यह बदनामी । मँझली बहू ने घर में अख़बार आने का रिवाज़ चलाया, घर में समीज पहनने की शुरुआत की, सौरी में मँझली बहू ने साफ़ बिस्तर-चादर की प्रथा का प्रवर्तन किया । मँझली बहू ने लड़कियों को भी धर-पकड़कर पढ़ने बैठने की शासन-नीति ज़ारी की । मँझली बहू ने ऐसा और भी बहुत कुछ किया ।

धिक्कारी गयी, लांछित हुई, व्यंग्य-विद्रूप से जर्जरित हुई, फिर भी अपनी ज़िद नहीं छोड़ी । अन्त तक करके ही रही ।

आठ

किन्तु ज़िद्दी सुवर्णलता क्या सब कुछ कर पायी ?

समुद्र देखने की बड़ी ही इच्छा थी उसे । जीवन में देख सकी समुद्र ? हालाँकि इस इच्छा ने उसे जाने किस अतीत काल में विह्वल किया था !

मुक्तकेशी जब मुहल्ले के दल के साथ 'श्रीक्षेत्र' गयी थीं, उस समय क्या उम्र थी सुवर्णलता की ?

अचानक ही बात उठी । झटपट सब कर-करा लेना है । मुक्तकेशी ने दो जोड़ी बिना कोर की धोती धोबी से धुलवा लीं । खूदू से सज्जी में ओढ़ने की चादर फिंचवायी। इनके सिवा तैयारी कुछ कम करनी पड़ी क्या ? कम्बल, तकिया, शहद, गन्ने का गुड़, इसबगोल, अरवा चावल, साबूदाना, मिसरी—छोटी-मोटी चीज़ों का अन्त है ? फिर यहाँ हथेली पर जान लिये परदेश जाना !

माँ तीरथ करने जायेंगी, यह सुनकर लड़कियाँ एक-एक दिन मिलने आयीं ।

सुशीला तो कितने दिन रही गयी । मँझली बेटी सुबाला भी आयी । दूसरे ही दिन लौट गयी । बड़ी ननद को सुवर्ण बड़े प्रेम की नज़रों से देखती है । उसमें महत् गुण हैं । किसी से वैर-विरोध नहीं, शान्तिप्रिय । जो कि मुक्तकेशी के पेट की सन्तानों में दुर्लभ है ।

वे सभी शान्तिप्रिय हैं ।

बिना बात के बतंगड़ । नाहक ही हो-हल्ला, ख़ामख़ा ही जटिलता की सृष्टि करना—यही मानो इनका व्यसन है ! ख़ास करके सुवर्णलता के वक़ील सँझले देवर और पति परम गुरु का ! ये दोनों मानो अपनी उपस्थिति से सारे परिवेश को चौकन्ना किये रखना चाहते हैं, हर पल ज़ोर से घोषित करना चाहते हैं—'मैं हूँ' । यही उनका विकास है !

ऐसा ही होता है शायद !

जिनमें अपने को विकसित करने का उपयुक्त कोई विशेष गुण नहीं होता, किन्तु अपने को 'विशिष्ट' देखने की इच्छा सोलह आने होती है, उन्हीं में यह प्रवृत्ति जन्म लेती है । वही लोग अपने चारों ओर शोरगुल मचाकर एक आवर्त की सृष्टि करके 'विशिष्ट बना' सोचकर आत्मतृप्ति लाभ करते हैं ।

किसी भोटिये या पालकी के कहार से एक ड़ेढ़-पैसे के लिए रास्ते में खड़े होकर प्रबोध ऐसे शोर-शराबे का दृश्य उपस्थित कर सकता है कि सारे मुहल्ले के लोग हड़बड़ाकर दौड़े आते हैं, खिड़की-खिड़की पर कुतूहल-भरी आँखों की भीड़ लग जाती है ।

और प्रभास की महिमा घर में ही अधिक प्रकट होती है ।

प्रभास हर बात में पाँव ठोंककर कहता है, "मैं जानना चाहता हूँ कि यह बात किसने कही है !···सुनना चाहता हूँ, यह काम किसने किया है !"

उसके बाद ?

उसके बाद अपराधी के लिए हाथ से सिर तक काटने की व्यवस्था तो है ही । घनघोर मातृभक्त प्रभासचन्द्र पग-पग पर घर में माँ के सम्मान को क्षुण्ण होते देखता है और उस कल्पित असम्मान के लिए तूफ़ान उठाता है । अवश्य उसका प्रधान लक्ष्य होती है सुवर्णलता !

क्योंकि सुवर्णलता ही गुरुजनों के मान-सम्मान की रक्षा की नीति, नियम, धारा, अनुच्छेद आदि मानकर चलने में वैसी उत्साही नहीं है । वह यह नहीं जानती कि बिना कारण के गाली सुनकर चुप रहना चाहिए । वह नहीं जानती कि अहेतुक खुशामद और ख़ातिर करनी चाहिए ।

इसीलिए सुवर्णलता का नाम न लेकर भी शब्दभेदी बाणों की वर्षा करता है, "जो माँ को सम्मान देकर नहीं चल सकती, वह अपना रास्ता देखे ! इस घर में माँ का अपमान करके रहना नहीं चल सकता ।"

इस तरह बहुत-बहुत हज़ार बार 'रास्ता देखने' का हुक्म पाकर आखिर सुवर्णलता ने रास्ता देखा था । फिर भी सुवर्णलता की निन्दा से आसमान सिर पर उतर आया था. इसलिए कि वह अलग हो गयी थी ।

चूल्हा अलग करने की बात ज़ुदा है, जैसा कि छोटी बहू बिन्दु ने किया है, लेकिन घर अलग ?

लेकिन ये बातें तो बहुत बाद की हैं ।

सुवर्णलता जब समुद्र देखने का सपना देखती थी, तब उसने अलग होने का सपना नहीं देखा था ।

मुक्तकेशी श्रीक्षेत्र जा रही हैं ।

वहाँ समुद्र है !

मुक्तकेशी की फींची हुई चादर और तकिये की खोली उठा ले जाने के लिए सुवर्ण रसोई की छत पर आयी । यही मुक्तकेशी का विशुद्ध इलाक़ा है । यहीं उनके कपड़े सूखते हैं, बरी, अँचार को धूप दिखायी जाती है ।

धूप हट जाने पर इन सबको उठा ले जाने का भार सुवर्ण पर है । उसने यह भार स्वेच्छा से लिया है । साँझ से पहले ही तशर की साड़ी लपेटकर वह पास की इस नीची छत पर आ जाती है । गली के अन्दर मकान, छत में भी घुटी हुई हवा। और हो भी क्या ? जिस छत पर चढ़ना नहीं, उतरना होता है, उस छत पर उत्ताल हवा का स्वाद कहाँ से आयेगा ?

फिर भी अच्छा लगता है !

फिर भी सामान्यतम मुक्ति !

ऊपर हवा न हो चाहे, पैरों तले गोबर और कोयले की बुकनी के गुल बिखरे पड़े हों, फिर भी तो सिर के ऊपर आकाश है !

उस आसमान की ओर एकटक निहारती हुई सुवर्ण कपड़ा सूखने वाली डोरी को पकड़े खड़ी रही ।

समुद्र क्या उस आकाश-जैसा है ?

नहीं, उसमें लहरें होती हैं, तरंगें होती हैं, गर्जन होता है । कैसी अनोखी है वह महिमा !

सुवर्णलता की सास मुक्तकेशी जाकर यह महिमा देखेंगी । किन्तु उनके मन में उस समुद्र का मूल्य समायेगा ? कहाँ, वह तो एक बार भी नहीं कह रही हैं कि समुद्र-दर्शन को जा रही हूँ । कहती हैं, 'जगन्नाथ-दर्शन' को जा रही हूँ ।' कहती हैं, 'जगन्नाथ ने बुलाया है ।'

कहाँ, सुवर्णलता को तो समुद्र नहीं बुला रहे हैं ?

सुवर्णलता की आकुलता से मुक्तकेशी कि चित्त की आकुलता क्या कम है !

नहीं तो उन्होंने 'चार धाम' कैसे कर लिया ? फिर दुबारा पुरी जा रही हैं—रथयात्रा

देखने । केदार, बदरी, द्वारका, मथुरा, वृन्दावन—सुवर्ण के ब्याह के पहले और बाद में कितनी ही जगह तो गयी हैं मुक्तकेशी ।

टोले की महिलाओं से व्यवस्था पक्की करने आयीं । लड़कों को बुलाकर कहा, ''तुम चारों भाई, कौन क्या दोगे, सो कहो !''

लड़कों का मुँह तो सूखा पर हारा नहीं । बोले, ''तुम्हें जो चाहिए, कहो ?''

इस बार भी कहा ।

लेकिन इस बार कुछ अधिक रुपये लगेंगे ।

रथ के समय जाना—'अटका' बाँधना होगा, 'पण्डापूजा' करनी होगी । 'गुँड़ियावाड़ी' भोग देना होगा ।

मुक्तकेशी जानती थीं, रुपया देना होगा, तो प्रबोध ही देगा ! सुबोध 'नहीं' नहीं कह सकेगा, और सँझला-छोटा तो कंजूसी से नहीं दे सकेंगे । प्रबोध भी कुछ कम कंजूस नहीं था, सुवर्ण की लताड़ से ही उसे खुला हाथ होना पड़ा है !

प्रबोध की आमदनी आजकल ज़्यादा है । जहाज़ घाट में लेन-देन का काम । कच्चा पैसा । इसलिए दाय-दैव में, बच्चियों की ससुराल के तत्त्व भेजने आदि के मामले में आजकल माँ का भरोसा वही है ।

मात्र इसी कारण से अब तक सिर घुटाकर उस पर मट्ठा डालकर सुवर्णलता को घर से निकाल बाहर नहीं किया है मुक्तकेशी ने । रुपये-पैसे के मामले में वह दरियादिल है । 'मेरे पति का ज़्यादा गया' यह कहकर कुँहरने की बात दूर, 'तुम्हें अधिक है, तुम अधिक दो' कहकर पति की नाक में दम कर देती है ।

बाक़ी तीन बहुएँ एक-एक पैसे के लिए मरती-जीती हैं ।

उतनी अच्छी है उमाशशि, पर पैसे के मामले में कंजूसों की सरताज ।

मुक्तकेशी नित्य जो गंगा नहाती हैं, उसमें क्या ख़र्च नहीं है ? गाड़ी-पालकी न चढ़ें, ठाकुर-देवता को तो दो-चार पैसा देना पड़ता है ! मँगतों को भी धेला-पैसा दिये बिना नहीं चलता । और फिर गंगा-घाट पर दो-चार फल-फलेरी ही हो गया, या कि माटी के दो खिलौने ही—यह सब तो है ही । ये पैसे सुवर्णलता ही उन्हें देती है । अपने से देती है ।

इस बार भी प्रबोध ने जो उदार गले से कहा था, ''थोड़े-से के लिए सबको कहने की क्या पड़ी है माँ ? तुम्हारे आशीर्वाद से सौ-सौ तो दो मैं ही दे सकता हूँ...'' वह भी गली के दबाव से । लेकिन हाँ, मुक्तकेशी ने मर्यादा नहीं गँवायीं ।

वह उदास भाव से बोलीं, ''भई, तुम्हारी जैसी क्षमता हो, तुम लोग आपस में निबटो । मैंने सबसे ही कह दिया ।''

मुक्तकेशी बहू की वदान्यता से विचलित होने वाली नहीं ।

सुवर्णलता फींचे हुए कपड़ों को उठाकर नीचे उतर रही थी, कि बड़ी बहू के सँझले लड़के ने आकर कहा, ''मँझली चाची, मज़े में तो छत पर हवा खा रही हो ।

जाकर देखो न, उधर दादी जी तुम्हारी फ़जीहत कर रही हैं !"

बच्चे इसी भाषा में बोलने के आदी हैं ।

उन्होंने हर घड़ी यही भाषा तो सुनी है !

सुवर्ण ने भौं सिकोड़कर कहा, "क्यों, हुआ क्या है ?"

"हुआ क्या ? हुँः ! सात सौ बार पुकार चुकी हैं, सुनो जाकर ।"

ओ !

यानी सात सौ बार पुकारने पर जवाब नहीं मिला, यही क़सूर बन पड़ा । वह झटपट कपड़ों को उनकी ज़गह पर रख कर गयी । पूछा, "माँजी, बुला रही थीं मुझे?"

मुक्तकेशी ने गम्भीर और कठोर कण्ठ से कहा, "बैठो ।"

कुछ भीत-सी होकर सुवर्ण ने चारों तरफ़ ताका ।

परिस्थिति कैसी तो गड़बड़-सी लग रही थी ।

आस-पास भीड़ थी ।

खून के मुजरिम के चारों ओर फ़ैसला सुनने के लिए जैसी भीड़ जमा होती है, वैसे ही दालान के द्वार पर, रसोई के ओसारे पर, भण्डार के सामने उसकी जिठानी, देवरानियाँ और बच्चे-बच्चियाँ खड़ी थीं ।

सुशीला कहाँ हैं ?

वह क्या चली गयीं ?

किसके साथ ?

मुक्तकेशी ने पहले के ही सुर में कहा, "तुमसे निबट लेना ज़रूरी है मँझली बहू। तुमने केदार से क्या कहा है ?"

शंकित होकर सुवर्ण ने ताका ।

भला केदार से क्या बोलेगी वह ?

केदार को वह पितृतुल्य समझती है ।

अवाक् होकर पूछा, "क्या कहा है ?"

"क्या कहा है ? आसमान से गिर पड़ी ? मैं पूछती हूँ, 'सिरी छेत्तर' जाने के बारे में नहीं कहा है ?"

श्री छेत्तर जाने की बात !

सुवर्ण की आँखों के सामने का परदा हट गया । हाँ, केदार से यह कहा तो था!

किन्तु वह इतना ही दोषावह है ?

इसलिए कुछ साहस के साथ बोल पड़ी, "हाँ, कहा था । लेकिन सच ही क्या? महज़ बात की बात !"

सुवर्ण ने यही कहा ।

"लेकिन सच ही क्या ! महज़ बात की बात !"

किन्तु सुवर्ण के लिए वह कितना बड़ा सत्य था, सुवर्ण जानती तो थी ।

उस कहने के पीछे सुवर्ण ने अपने सारे चित्त को उन्मुख कर रखा था, समुद्र का सपना देखा था उसने । इसीलिए उस दिन केदार…

हाँ, सास की तीर्थयात्रा की सुनकर जिस दिन केदार उनसे मिलने आये थे । सुशीला पहले ही देवर के बेटे के साथ बग्गी से आ गयी थी । केदार दफ़्तर से लौटते हुए आये ।

"क्यों भई, घर की गृहिणियाँ कहाँ हो ! द्वार पर अतिथि आया है…" इसी परिचित ठट्ठा के साथ केदार अन्दर आये थे । कल ? या परसों ? नहीं, कल ही ।

छोटी बहू बिन्दु पहले ही घूँघट खींचकर मज़ाक़ कर बैठी, "चूँकि कान को रोक रखा गया है, इसीलिए माथा आ पहुँचे !"

"अच्छा !" केदारनाथ दालान की चौकी पर बैठ गये । बोले, "छोटी, तो आजकल बड़ी फ़ाज़िल हो गयी हो ! अजी साहबा, जानती नहीं हो, इस बदनसीब के तो प्राण ही इस घर में अटके रहते हैं ।"

घूँघट के अन्दर हँसती हुई बिन्दु बोली, "जानती हूँ ।"

"जानती हो, तो एक चिलम तम्बाकू तो पिलाओ ।"

यह छोटी सलहज केदारनाथ को पोत-पतोहू-सी लगती है ।

"अच्छा भेजे दे रही हूँ, आपके प्राणों के महाजन के हाथों ही भेजे दे रही हूँ…"

बिन्दु चली गयी ।

केदारनाथ ने ज़रा ज़ोर से कहा, "बात फेंककर मार जो गयी छोटी, मतलब क्या है इसका ?"

"मतलब समझा देती हूँ", कहती हुई बिन्दु ऊपर जाकर भलेमानस-सी सुवर्णलता से बोली, "मँझली-दी, बड़े जमाई बाबू तम्हें बुला रहे हैं ।"

"बड़े जमाई बाबू !"

खुशी से सुवर्ण का मुखड़ा खिल उठा, "कब आये हैं ?"

बिन्दु ने और भी निरीह गले से कहा, "अजी अभी-अभी । आते ही उन्होंने तुम्हारी खोज की । जा रही हो, तो चिलम चढ़ाकर ही ले जाओ !"

सुवर्ण उतावली हो गयी ।

वह दौड़कर गयी । धड़ से प्रणाम करके बोली, "इतने दिनों से आये नहीं ?"

केदारनाथ ने नक़ली गाम्भीर्य से कहा, "आने से लाभ ? गृहिणियाँ अतिथि को एक बीड़ा पान नहीं देंगी, एक चिलम तम्बाकू नहीं देंगी—केवल चाँदमुख देखने के लिए दो कोस दौड़ना—इस उम्र में नहीं पोसाता ।"

"बेशक पोसाता है !" सुवर्ण भरमुँह हँसकर बोली, "सिर्फ़ दो दिन बड़ी ननदजी का मुखड़ा नहीं देख पाया और दौड़े-दौड़े आ पहुँचे ।"

"नः, देखता हूँ सभी सालियाँ फ़ाज़िल हो गयी हैं ।" केदारनाथ बोले, "अजी

जनाब, वह मुखचन्द्र देखते-देखते तो आँखों में छाले पड़ गये । उस नथ मटकानेवाले मुखड़े की याद आते ही डर हो जाता है । यहाँ आता हूँ, नाक में कीलवाले शौक़ीन मुखड़े की आशा में !"

"वही सब फ़िज़ूल की बातें ! बैठिए, तम्बाकू ले आती हूँ ।" सुवर्ण चली गयी ।

उसने ख़याल भी नहीं किया कि बड़े जमाई बाबू के आने की सुनकर सुवर्ण के उद्भ्रान्त-सी होकर आने की नक़ल करती हुई बिन्दु और गिरिबाला आपस में मज़ाक़ बना रही थीं ।

बूढ़ा हुता तो क्या, आख़िर है तो मर्द ही ।

तिस पर जिसका पति पर-पुरुष की छाया देखकर भी जामे से बाहर हो जाता है।

"जो भी कहो बहना, देखकर हँसी आती है । उन्हें देखकर घूँघट तो कपाल पर आ जाता है !"

सुवर्ण को इतना मालूम नहीं ।

पान-तम्बाकू लाकर वह डटकर बैठ गयी ।

पूछा, "अच्छा, बड़े जमाई बाबू, आपने समुद्र देखा है ?"

केदारनाथ ने कहा, "देखा तो है, लेकिन बहुत पहले । अपनी माँ-फूआ को जगन्नाथ-दर्शन करा लाया था ।"

"बहुत दिन पहले ? रेलगाड़ी हुई थी उस समय ?"

पगली ! उस समय पुरी की रेल कहाँ ?"

'हाय राम, तब तो बड़ी तक़लीफ़ हुई होगी ?"

"सुनो मँझली, तक़लीफ़ सोचो तो तक़लीफ़, नहीं तो नहीं । और फिर-कष्ट किये कृष्ण भी मिलते हैं !"

"खूब कष्ट कर सकती हूँ ।"

सुवर्ण ने धीरे से कहा ।

केदारनाथ हँस उठे । गला धीमा करके कहा, "नहीं कर सकती तो मेरी सास के साथ निभ कैसे रही हो !"

बस !

बस, इसीलिए सुवर्ण केदारनाथ को इतना मानती है । केदारनाथ सुवर्ण को समझते हैं, केदारनाथ इस घर को समझते हैं ।

सुवर्ण विह्वल-सी हुई ।

फिर बोली, "श्रीक्षेत्र जाकर समुद्र देखा था आपने ?"

स्नेह से केदारनाथ बोले, "तुम्हारी ननद तुम्हें क्या यों ही पागल कहती है । अजी, समुद्र देखे बिना भी कोई जगन्नाथ से लौटता है ? देखा, नहाया···"

सुवर्ण और भी नज़दीक खिसक आयी, "खूब अच्छा लगा था आपको ?"

"कहने की बात है भला ! दोनों वेला स्नान किया ।"

सुवर्ण ने विरस गले से कहा, "बड़ा विशाल है ? बहुत सुन्दर ? खूब लहरें हैं?"

"ऐसा-वैसा, खूब ?" तम्बाकू का दम लगाते हुए केदारनाथ ने कहा, "किसी-किसी दिन साँझ को बालू पर बैठा रहता था, लौटने को जी नहीं चाहता था ।"

"आप ठीक मेरे जैसे हैं ।" सुवर्ण ने उमगते गले से कहा, "इसीलिए आप मुझे इतने अच्छे लगते हैं ।"

केदारनाथ ने मुस्कराकर कहा, "हाय गज़ब ! अरी एकान्त में जो कहा, सो कहा मँझली, फिर मत कहना । मेरी घरनी और तुम्हारे उन्होंने, दो में से किसी ने कहीं सुन लिया, तो क्या गुज़रेगी, कहा नहीं जा सकता ।"

ऐसे चलते मज़ाक़ की कोई परवा नहीं करती सुवर्ण । वह तेज़ दिखाती हुई बोली, "इस् ! बला से ! मैं तो ननदजी को बुला-बुलाकर कहती हूँ, आपके पति-देवता से मेरा ब्याह होता तो खूब बनता !"

"नः, यह तो घोर पागल है । मँझले बाबू, अरे ओ मँझले बाबू, ज़रा अपनी घरनी के मन की मुराद सुन जाओ..."

सुवर्ण बोली, "छोड़िए भी ! उन्हें क्या बुलाना । उनसे तो मेरा कभी मेल ही नहीं बैठता ।"

केदारनाथ ने तनिक गम्भीरता से कहा, "यह भी कोई बात हुई ! मिला लेना चाहिए ।"

"जो होने का नहीं, वह कैसे हो, कहिए ।" सुवर्ण ने एकबारगी सम्भावना की जड़ पर ही चोट मारकर कहा, "उस बात को रहने दीजिए । आप मेरा एक उपकार कीजिए जमाई बाबू, बिकी रहूँगी मैं । माँजी से कहिए, वह मुझे साथ ले जायें ।"

कौतुकप्रिय केदारनाथ 'बिकी रहूँगी' के प्रसंग से कुछ मज़ाक़ जुटाना चाह रहे थे, परन्तु सुवर्ण के आवेग से काँपते मुखड़े को देख अपने को सँभाल लिया ।

अवाक् होकर बोले, "साथ ले जायें ? कहाँ ?"

"पुरी ।"

"पुरी ? तुम्हें पुरी ले जायेंगी मेरी पूजनीया सासजी ? फिर तो हो चुका !" समवयस्क केदारनाथ सास के बारे में ऐसा ठट्ठा करते ही रहते हैं ।

सुवर्ण ने कहा, "वह मुझे मालूम है । जभी तो आपकी शरण में आयी हूँ । आपके पैरों पड़ती हूँ, एक बार कहिए न उनसे । आपके कहे ना नहीं कर सकेंगी।"

"अहा, समझ नहीं रही हो न ! कहना ही तो निन्दा की बात होगी ! सभी बहुओं के लिए कहता तो एक बात थी ।"

"सभी बहुएँ ?" सुवर्ण ने तीखे गले से कहा, "वे क्या समुद्र देखना चाहती हैं? उन्हें तो महज़ ढेरों पकाने और ढेरों खाने में आनन्द है ! आप मेरे लिए ज़रा कहिए तो ! कहिएगा, पगली है, बेचारी के बड़ा अरमान है..."

केदारनाथ ने शायद समझा, यह पागल-जैसी ही बातें करती है ! फिर भी आमने-सामने ही उसकी आशा पर पानी फेर देना नहीं बन पाया । स्नेह से बोले, ''अच्छा, कह देखूँगा !''

सुवर्णलता की आँखों के सामने आशा का दीया जल उठा ।

आनन्द से डममग करती हुई वह बोली, ''कह देखूँगा नहीं, यह आपको कर ही देना होगा जमाई बाबू ! समुद्र देखने की बड़ी ही इच्छा है मेरी । लगता है, एक बार समुद्र देख लूँ, तो मरने में भी हिचक नहीं होगी मुझे ।''

''पगली की बाय ! अच्छा, अच्छा, कह देखूँगा ।''

दिलासे के इसी तेल से अबोध सुवर्णलता ने आशा के दीये को जला रखा । उसे लगा, पुरी का टिकट उसका ख़रीदा जा चुका ।

तब से चौबीस घण्टे तक समुद्र के स्वप्न में डूबी रही वह ।

हठात् किसी ने उसे वहाँ से खींचकर पत्थर पर दे मारा ।

मुक्तकेशी का दरबार लगा । जिरह शुरू, ''क्या कहा है तुमने केदार को ?''

सुवर्ण ने थतमताते हुए कहा, ''कहा था, जाने को जी चाहता है...''

''बस, इतना ही कहा था ? यह नहीं कहा था कि बड़ी, सँझली, छोटी बहू ढेरों खाती हैं ?''

सुवर्ण ने अवाक् होकर कहा, ''यह मैंने कब कहा ?''

''क्यों, जब बड़े जमाई की गोदी के पास बैठकर लाड़ लड़ाया जा रहा था ? यों ही क्या बहुओं को घूँघट और परदे में रखने का रिवाज़ है मँझली बहू ? तुम-जैसी कम्बख़्त औरतों के ही कारण । और भी दो बहुएँ तो उनसे बात करती हैं, किन्तु कहाँ, वे तो उनकी गोदी के पास बैठने नहीं जातीं ! ग़नीमत कि 'पेवो' ने देखा नहीं, नहीं तो गुरु-लघु मानता वह ? हुँः, बड़े जमाई बाबू के पास बैठकर लाड़ लूटा जा रहा था ! जगन्नाथ ले जाने की चिरौरी हो रही थी ! वे लोग ढेरों खाती हैं, उन्हें जाने की ज़रूरत नहीं, मैं बड़ी दुलरुआ हूँ, मुझे ले जाने को कहो ! मैं पूछती हूँ, क्यों ? तुममें इतनी ढिठाई क्यों ? वे लोग तुम्हारे बाप का खाती हैं ?''

सुवर्ण को प्रसंग याद आ गया, इसलिए विस्मय जाता रहा । विरोध करती हुई बोली, ''मैंने वैसा सोचकर नहीं कहा...''

तबतक बड़ी बहू की बड़ी बेटी मल्लिका बोल उठी, ''हुँ, नहीं कहा है ! मैंने सुना नहीं ? टेंपी ने भी सुना । तुमने बड़े फूफाजी से कहा नहीं कि 'वे ढेरों पकाती हैं और ढेरों खाती हैं ?' अब झूठ बोल रही है !''

न, मल्लिका का कोई दोष नहीं ।

इस घर के बच्चे ज्ञानचक्षु खोलने के साथ ही देखते आये हैं कि सब लोग सुवर्णलता के ख़िलाफ़ हैं । सुवर्णलता सबकी आलोचना की पात्र है । सुवर्णलता को एक हाथ लेने की ही ताक में रहते हैं सब । फिर उनका भी मनोभाव वैसा ही

क्यों न हो ? सुवर्णलता की अपनी बेटी पारुल भी क्या उन्हीं लोगों के दल में नहीं है ?

लड़के दोनों अवश्य माँ से हिले हैं, लड़की मल्लिका की ही जोड़ी है ।

किन्तु आज मल्लिका के नसीब में दुःख लिखा था ।

पुरखिन की तरह बोलते ही उसने एक ज़ोर का थप्पड़ खाया ।

उसकी बात सुनकर सुवर्ण के माथे में आग जल उठी । सो—"हाँ, कहा है, ठीक किया है । तू रत्ती-भर की लड़की, तेरी इतनी सरदारी काहे की रे ?" कहकर उसके गाल पर तड़ाक से एक थप्पड़ जमाकर वह अपने कमरे में चली गयी । ख़याल नहीं रहा कि अधूरी विचार-सभा ठक् होकर उसकी ओर ताकती रह गयी ।

किन्तु कार्यभार समाप्त किये बिना क्या विचार-सभा निश्चिन्त हो सकी ? वह मुलतवी बैठक फिर नये सिरे से नहीं बैठी ?

सुवर्ण का विचार हुआ ।

उस विचार के सिलसिले में समुद्र का आभास हुआ ।

लहरें, हलफ़े, गर्जन !

लोना स्वाद !

उसी की क्या कमी ?

वह भी तो अगाध, अनन्त जमा है । बालू पर पछाड़ खाने-भर की देर !

और केदारनाथ तथा सुशीला ?

वे लोग ?

वे लोग तो पहले ही जा चुके थे । 'चेष्टा करने' की चेष्टा में केदारनाथ आज भी आये थे । उन्होंने चर्चा छेड़ी नहीं कि कल का सारा इतिहास निकल पड़ा । उसके बाद ही आँधी उठी । परिस्थिति का आभास मिलते ही सुशीला ने कहा, "मैं तुम्हारे साथ ही चल दूँ, चलो । नज़रों के सामने बेचारी बहू की दुर्गति नहीं देख सकूँगी ।"

उस दुर्गति से बचाने की चेष्टा करने से विपदा और बढ़ेगी ही, यह कुछ अजानी बात तो नहीं । फिर भी ख़ैर नहीं हुई ।

दो-तीन बच्चों की माँ हो जाने पर प्रबोध ने मार-पीट छोड़ दी थी । परन्तु पराये पुरुष के निकट बैठकर लाड़ लड़ाने की ख़बर से वह अपने को काबू में नहीं रख सका। खूँख़ार जानवर की तरह झपट पड़ा । दीवार से उसका माथा ठोंकते हुए बोला, "बोल, अब तो उस बुड्ढे से नहीं बोलेगी ? प्रतिज्ञा कर !"

नोचकर, दाँत काटकर सुवर्ण ने अपने को छुड़ाया और हाँफती हुई बोली, "नहीं, नहीं करूँगी प्रतिज्ञा ।"

"तो फिर तेरे प्यार के उस बुड्ढे का ही खून कर दूँगा मैं ।"

"कर देना । संसार में दो विधवाएँ होंगी, और क्या ! खून करने से रिहाई तो नहीं मिलेगी, तुम्हें भी फाँसी पर चढ़ना होगा ।"

इस दुस्सह स्पर्द्धा के सामने प्रबोध सन्न रह गया । हाँ, ऐसा ही स्वभाव है उसका! शायद दुर्बल चरित्र का ही ऐसा स्वभाव होता है । केंचुआ को तनकर खड़े होते देख वे डर जाते हैं और अपने को सँभाल लेते हैं ।

सुवर्णलता यदि उमाशशि होती, प्रबोध जाने कब का उसे ठुकराकर छोड़ देता और कच्चे पैसे के सद्व्यवहार का रास्ता खोजता ! लेकिन सुवर्णलता की यह दुस्सह स्पर्द्धा ही एक ज़बरदस्त आकर्षण है !

इसीलिए प्रबोध एक बार होश-हवास गँवा बैठकर पीटता है और दूसरे ही क्षण ज्ञानशून्य होकर पैरों पड़ने लगता है ।

उस दिन भी शुरू में सन्न होकर ही सहसा उसने सुर बदला । सुवर्णलता के नाखून की खरोंच से छिले स्थान को फूँकते हुए बोला, "उफ़, नाखून और दाँत में बाघ का विष है ! फ़ाँसी पर लटकाने की मुख्य गवाह शायद तुम्हीं होगी ?"

"हज़ार बार !"

प्रबोध के गले में मान का सुर बज उठा, "सो जानता हूँ । इस आपद् के मर जाने से तुम जी जाओ, यह जानना बाक़ी नहीं है ! मगर यह ख़याल है, उसी के साथ तुम्हारा मछली खाना भी जाता रहेगा ?"

सुवर्णलता उजड़े जूड़े को सँभालकर अपना तकिया फ़र्श पर डालकर लेटती हुई बोली, "तुम लोगों की तरह खाना ही मेरे लिए चतुर्वर्ग नहीं है ।"

"यानी विधवा ही होना चाहती हो ?"

"हाँ, वही चाहती हूँ । सुन लिया न ? अब क्या करोगे ? मेरी प्रार्थना पूरी करने के लिए ज़हर खाओगे ? या कि फाँसी लगाओगे ?"

ऐसी स्त्री को प्रबोध किस उपाय से दबाये ?

"मार डालने के सिवाय और कुछ किया जा सकता है ?"

किन्तु प्रकृति के एक निष्ठुर कौतुक के पेंच से वह खुद ही निरा क़ाबू !

इतना कुछ होने के बावजूद माटी पर लेटा वह लम्बा, स्वस्थ, बलिष्ठ शरीर मानो हज़ारों हाथों से उसे खींचने लगा !

तीन बच्चों की माँ हो गयी, फिर भी तन्दुरुस्ती मसकी नहीं !

लिहाजा अब खुशामद की बारी ।

किन्तु वह कुछ अजीब-सी !

लुब्ध पुरुष की गहरी रात की उस विचित्र चेष्टा का इतिहास अनुद्घाटित ही रहे!

मरकर जी जुड़ा लेने के सिवाय सुवर्ण को ही इससे छुटकारे का क्या उपाय है? रात को किवाड़ खोलकर निकल आने का बचपना करना अब नहीं चल सकता । चारों ओर चालीस आँखें ! छोटों की सोचते ही वह तीव्र आकांक्षा भी बुझ आती है।

परन्तु मरने का उपकरण भी तो दुर्लभ है !

सास के वात की मालिश की एक दवा छिपाकर रखी ज़रूर है, परन्तु उस पर

ख़ास वैसी आस्था नहीं ।

फिर क्या हँसी करायेगी ?

मरने की चेष्टा करके नहीं मर पाकर फ़जीहत करायेगी ?

उससे यह विश्वासकर लेना ही अच्छा है कि किसी और की तरफ़ उसके ताकते ही प्रबोध के दिमाग़ में आग दहक उठती है, भले-बुरे का ज्ञान नहीं रह जाता । इसीलिए वह ऐसा कर बैठता है ।

कारण ?

कारण तो साफ़ ही है ।

प्रेम की अधिकता से । पैरों पर सिर पीटकर यही समझाना चाहता है प्रबोध।

बिटिया दादी के पास सोती है, किन्तु बच्चे दोनों भी तो बड़े हो रहे हैं । उनकी नींद के गाढ़ेपन का विश्वास नहीं । अन्त में उस अधिकता को समझने के अलावा चारा क्या है ?

नौ

मुक्तकेशी तीर्थ से लौटीं, साथ लेती आयीं सँझली बेटी सुराज को । नहीं, तीरथ में पाया नहीं उसे, सम्प्रति उसके पति की बदली कटक हुई है, वहाँ दो-एक दिन रहीं और एकबारगी उसे साथ ही लेती आयीं । बोलीं, "अरे, इतनी बड़ी ख़बर को तू दबाये बैठी है सूरी ? बलिहारी ! ऐसे समय कभी अकेले रहते हैं ?"

सुराज के पति की नौकरी बदलीवाली है । सुराज मेम साहब की नाईं पति के साथ-साथ घूमा करती है । नौकर, रसोइया, अर्दली, बैरा—सबसे बोलती है, पति के ज़रा भी इधर-उधर करने से प्रलय कर देती है ।

वह प्रलय अवश्य मुक्तकेशी-जैसा नहीं होता, वह प्रणय के परिचय की घोषणा मात्र होता है । फलस्वरूप सभ्य और मार्जित होता है ।

सुराज को देखकर समझना मुश्किल है कि वह कभी इस घर की लड़की थी ।

वह सदा चुस्त जाकिट-बॉडी पहनती है, गहने पहनने को वह पुरानापन कहती है और हँसती है, सोने की कंघी लगाकर वह जूड़ा नहीं बाँधना चाहती, वह शायद वहाँ रहकर जूता पहनती है !

सुराज कभी ही आती है ।

अन्तिम बार आयी थी विराज के ब्याह के समय । गोलमाल देखकर पति को

चिट्ठी लिखकर समय से पहले ही खिसक पड़ी थी ।

अबकी जो आयी, वह कुछ इच्छा से नहीं, माँ के ज़िद करने पर । पति ने भी कहा, "ठीक ही है, जब इतने दिनों के बाद फिर हो रहा है, तो माँ के पास रहना ही ठीक होगा । कलकत्ता शहर..."

सुराज को एक लड़का है । दस साल के बाद फिर यह काज ।

मुक्तकेशी का क्या यह केवल मातृस्नेह था ?

उसके अलावा और कुछ नहीं था ?

अपनी सोलहों आना स्वतन्त्र मेमसाहब बेटी को अपने-सगों को दिखाने की चाह भी नहीं थी ?

इससे पहले वह जब आयी थी, इतनी सुख-स्वाधीनता नहीं थी । सास दईमारी ज़िन्दा थी, अब वह बला भी गयी । इसीलिए बेटी को कलेजे से लगाकर ले आयीं मुक्तकेशी । और एक-एक को पकड़-पकड़कर सुनाने लगीं, "इतनी बड़ी बात, मैं माँ हूँ, मुझे नहीं बताया !"

सुराज शरमाकर बोली, "क्या ऐसी बात ! माँ भी क्या ? यह बात और नहीं देख रही हो क्या ?"

मुक्तकेशी बोल उठीं, "देखती क्यों नहीं, रोज़ ही देखती हूँ । बतख़-मुरग़ी की भाँति पेंक-पेंक करके वंशवृद्धि हो रही है, देखती नहीं हूँ ? लेकिन उससे अपनी तुलना तू मत कर ।"

सुराज लजाकर चुप हो गयी ।

किन्तु सुराज इस घर में हाँफ उठी । कभी वह यहाँ रही है, इस बात पर मानो उसे ही विश्वास नहीं होता ।

सुराज के भाई लोग कैसे स्थूल हैं, कैसे अमार्जित, कैसे पुरातनपन्थी ! उसकी भाभियाँ दाई-नौकरानी-जैसी । उसके भतीजे-भतीजियाँ गुहाल की गाय-बकरी !

आश्चर्य है !

अच्छे ढंग से रहने की इच्छा नहीं होती है इन्हें ?

उसने यही पूछा !

कहा, "गिरस्ती में ख़र्च तो कुछ कम होते नहीं देख रही हूँ, किन्तु तुम लोगों में सौष्ठव की बला क्यों नहीं है ?"

ख़र्च बेशक धनी सुराज की खातिर कुछ ज़्यादा ही हो रहा था । विराज एक और ढंग की बड़ी है, यह और ढंग की । विराज के लिए आँख की शरम नहीं, इसके है।

फिर भी लाज क्या बचायी जा पा रही है ?

लाज तो चारों ओर बिखेरी हुई है ।

सुराज ने कहा, "स्वामी डाँटेगा और सहना होगा ? क्यों, दुनिया में रस्सी नहीं

है ?"

उसने फिर कहा, "चुपचाप मार खाती है, इसीलिए इतना अत्याचार होता है तुम लोगों पर । अरे बाबा, अपना सम्मान आप रखना होगा । मँझले भैया ही घर का सर्वेसर्वा कैसे हो गया, मैं यही नहीं समझ पाती । और मँझले भैया का यह सन्देह-रोग तुम सहती कैसे हो मँझली भाभी, सोच नहीं सकती मैं । धोबी के सामने निकली, इसके लिए मँझले भैया ने गत की तुम्हारी । मैं तो हा हो गयी देखकर । मैं होती तो क्या करती, पता है ? उसे दिखा-दिखाकर राहगीरों से बात करती ।"

ऐसी बातों में सुवर्ण चुप ही रही । इस सहानुभूति में उसने छिपे एक अपमान की ज्वाला का अनुभव किया । 'सर्वेसर्वा' वाले प्रसंग में गिरिबाला भी जलन महसूस कर रही थी । इसलिए वह बोल उठी, "सो तो करती, पर उसके बाद जब मार पड़ती?"

सुराज ने भौंह सिकोड़कर कर कहा, "मार ?"

"और नहीं तो क्या ! हूँः, मँझले जेठ को इसमें झिझक नहीं । तुम शिव जैसे आदमी के हाथों में पड़ी हो..."

सुराज ने सुवर्ण के मुँह की ओर देखा ।

उसे डर लग गया ।

इसीलिए वह झट बोल उठी, "असली बात क्या है, जानती हो सँझली, मातृ-निन्दा महापाप है, फिर भी कहे बिना रहा नहीं जाता, माँ के पीठ पर रहने से ही इतना सम्भव हुआ है । मेरी माँ तो सहज नहीं है । पुरुष अकेला पड़ते ही स्त्री के आगे भीगी-बिल्ली बनता है । माँ, बड़े भाई, बहन, भाभी—चारों ओर के बल से उनकी बाढ़ बढ़ जाती है । तुम्हारे ननदोई अकेले पड़ गये हैं न, इसीलिए शिव-जैसे हैं ।"

उस समय के लिए ख़ैर हुई ।

लेकिन मुक्तकेशी ने ही फिर आग भड़कायी ।

हेमांगनी आयीं सुराज से मिलने । गला खोलकर हँसते-हँसते मुक्तकेशी बेटी के डेरे की सुख-समृद्धि की सुनाने लगीं, सुनाने लगीं वशंवद जमाई की अनुगतता की कहानी ।

"उफ़ घर कैसा ! बिलकुल साहब का घर, समझी हेमा ? कोच-कुरसी, टेबिल-आईना—कितना ठाठ ! मेरी सूरी भी घूमती है जैसे मेम ! पैरों में जूते-मोजे, विलायती ढंग का पहनावा । और जमाई की ही-ही-ही क्या बताऊँ, जो हाल है ! वैसा एक दबंग अफ़सर,पर सूरी के सामने चोर ! सूरी के कहे उठता-बैठता है । सूरी ने आँखें तरेरीं कि आँखों अँधेरा देखता है । दूर से सुना, आँखों तो देखना नहीं हुआ, देखकर कहूँ क्या, आँखें जुड़ा गयीं मानो ।"

कि इस जमी-जमायी बैठक में अड़ंगा आया ।

कहाँ से तो अचानक सुवर्णलता आकर पूछ बैठी, "यह सब देखकर आपकी

आँखें जुड़ाती हैं माँजी ?''

मुक्तकेशी पहले तो थतमता गयीं । उसके बाद कपाल पर शिकन डालकर बोलीं, ''क्या सब ?''

''यही···मर्द बीवी की बात पर उठता-बैठता है, स्त्री के आँख तरेरने पर आँखों से अँधेरा देखता है । और कोच-कुरसी, टेबिल-आईना···''

मुक्तकेशी बिगड़कर बोलीं, ''सुनकर तुम्हारे बदन में आग लग गयी बहू ? क्यों न हो, ईर्ष्या से तो भरी हो ! मैं कहती हूँ, तुम लोगों ने ही अपने खसमों को कौन नहीं भेड़ा बनाया है ? अरमान हो तो पहनो मोज़ा-जूता, खाना खाओ टेबिल पर बैठकर ! धन्य बाबा ! सुख से ज़रा गपशप करने बैठी, इनके बदन में जैसे सुई चुभी!''

''सुई क्यों चुभेगी माँजी'', सुवर्ण ने छूटते ही कहा, ''सुख की बात से सुख ही होता है । लगता है, बंगाल की फिर भी एक स्त्री आदमी की तरह जी रही है ! किन्तु आप लोगों को मेमसाहबी अच्छी लगती है, इसी से अचरज हो रहा है ।''

मुक्तकेशी को उचित उत्तर ढूँढ़े नहीं मिला । सुवर्ण के चले जाने पर बोलीं, ''देख लिया न हेमा, आग की इसी अँगीठी को लेकर घर करती हूँ मैं !''

मुक्तकेशी सदा यही कहती हैं ।

सभी यही कहते हैं ।

आग की अँगीठी !

किन्तु उस आग से सुवर्ण किसे जला सकी ? जलाया भी क्या ? खुद ही तो जल-जलकर राख हो गयी !

सुराज के पति की चिट्ठी आयी है ।

रंगीन लिफ़ाफ़ा, इत्र की खुशबू, लिफ़ाफ़े के कोने में बैंगनी रंग का एक गुलाब का फूल !

कितने साल हो गये सुराज के ब्याह के ?

सुवर्ण से बड़ी है न सुराज ?

सुराज के नाम पर जब सुवर्ण मज़ाक़ से हँसी थी, सुराज का ब्याह हो चुका था।

सुराज लाज, खुशी, गौरव से हँसकर फट-सी पड़ी । कहा, ''बुढ़ापे का ढंग देखा! दरअसल, बात यह है, जब से ब्याह हुआ, इस्तिरी तो गले से झूल रही है, और इधर शौक़ का प्राण बयाबाँ ! इसीलिए नये दूल्हे-जैसा···''

इत्र और लाड़ का सौरभ बिखेर कर सुराज चिट्ठी लेकर खिसक गयी ।

गिरिबाला ने कहा, ''पैसा रहने से ही सब सोहता है !''

बिन्दु ने कहा, ''सोहता है, यह मत कहो सँझली दी, कहो कि हँसी आती है ।''

उमाशशि ने कहा, ''सँझले जमाई तुम्हारे जेठ से केवल दो साल छोटे हैं ।''

शायद इसी से बहुत कुछ कहा हो गया ।

सिर्फ़ सुवर्ण कुछ नहीं बोली ।

सुवर्ण को औचक ही कोई मानो चाबुक मार गया ।

तो क्या सच ही सुवर्ण ईर्ष्यालु हुई जा रही है ?

सौभाग्य की बहुत लीला दिखाकर सुराज विदा हुई । अन्तिम दो दिनों के लिए पति भी आया था—लिवा जाने के लिए ।

बड़े आदमी बहनोई की ख़ातिरदारी में मुक्तकेशी के बेटों ने काफ़ी ख़र्च कर डाला। क्योंकि सुराज के पति भवेन साहब के आने के उपलक्ष्य में मुक्तकेशी ने बाक़ी तीन बेटी-दामादों को भी बुला लिया । सुबाला तो चाँपता में ही पड़ी रहती है, सात जनम में भी उसे बुलाने का नाम नहीं लेतीं । क्योंकि ढेरों 'अण्डी-गण्डी' है उसे । फिर मँगावा-पठाया ।

मुक्तकेशी सबको बुला-बुलाकर कहने लगीं, "लक्ष्मीवान् के घर षष्ठी की कृपा कम होती है, ऐसा वचन है । प्रमाण इसका सुराज है । मैंने कहा, दो महीना रह जा मेरे पास, बच्चा होने के बाद ही जाना । जमाई भी राजी हो गये थे । पतिसोहागी मेरी बेटी ही पति को छोड़कर नहीं रह सकी ।"

सुराज ने चुपचाप सुवर्ण से कहा, "बात बिलकुल यह नहीं है । माँ की डाँट से रहने का अरमान मेरा मिट गया । दूसरों को छोटा दिखाकर मुझे बनाना—यह असह्य है ।"

और आख़िर वही असह्य ही सहना पड़ा सुराज को । भवेन की ख़ातिर में अति कर दी मुक्तकेशी ने । विदाई के समय केवल बेटी को ही फरासडाँगा साड़ी नहीं दी, जमाई को भी काँची की धोती-चादर दी । सुबाला और सुबाला के पति को भी दी, सूती धोती-साड़ी !

फिर भी काफ़ी ख़र्च हो गया ।

हावड़ा स्टेशन जाने का फिटन-किराया भी सुराज को ज़बरदस्ती दे दिया, साथ में मिठाई की हाँड़ी भी दी ।

और आखिर हाँफ छोड़कर ही जी गयीं ।

सुबाला की और कुछ दिन रहने की इच्छा थी ।

किन्तु पाँजी-पन्ना बिना देखे अदिन में ही आयी है, इसी बहाने भगाया उसे ।

उसके बाद—

हाँ, उसके दूसरे ही दिन बेटों को बुलाया उन्होंने, अपने संकल्प की घोषणा की।

कहा, "मेरे तीरथ का ख़र्च तो डबल लगा— शशधर की माँ से सौ-एक रुपये उधार लिये, तब कहीं पण्डे के आगे पत रही ! वह उधार चुकाना है । उसके बाद तुम लोगों के बहन-बहनोइयों का आना-जाना । ख़र्च की तो हद हो गयी । बहू-बच्चों को दो-चार महीने के लिए मैके भेज दो । देना-वेना चुकाकर, कुछ सँभल लेने के बाद लिवा आना !"

सभी भाई आपस में एक-दूसरे का मुँह ताकने लगे ।

सुबोध के तो ससुराल क्या, ठेंगा ! सास ही कभी भाई के यहाँ, कभी देवर के यहाँ, कभी बहन-बेटी के यहाँ ।

और प्रबोध ?

उसकी ससुराल भी है, यह याद किसे है ?

प्रभास की ससुराल अवश्य अच्छी ही है । प्रकाश की भी जैसी-तैसी है एक । परन्तु प्रस्ताव यह किसी को अच्छा नहीं लगा । किन्तु माँ की बात का विरोध किया जाये, यह वे सोच ही नहीं सकते ।

स्वर्गादपि गरीयसी ठहरीं !

वह न्याय कहें, अन्याय कहें, सिर-आँखों उठाना ही है ।

पता नहीं, बहुएँ इस प्रस्ताव को किस रूप में लेंगी ! आजकल तो बहुएँ जब-तब ही कहने लगी हैं, "इतनी ही यदि मातृभक्ति है, तो मुन्ना बनकर माँ के आँचलतले ही रहते ! ब्याह करके गिरस्ती बसाने का शौक़ क्यों चर्राया था ?"

जब-तब ही कहती हैं ।

उन्हें डाँटकर चुपाया नहीं जा सकता ।

विडम्बना ही है ।

मातृभक्ति और ब्याह, इन दोनों में विरोध हो सकता है, यह किसने सोचा था ? ख़ैर नेपथ्य की बात । फिर, अभी सामने माँ ! सो लड़कों ने नितान्त अनुगत की नाईं कहा, "तुम जैसा अच्छा समझो ।"

"मैंने तो अच्छा समझकर ही कहा है । लेकिन तुम लोग अब विज्ञ हुए हो···"

अचानक प्रबोधचन्द्र ने आगा-पीछा करके कहा, "मेरी ससुराल !"

मुक्तकेशी ने कहा, "जानती हूँ, होते हुए भी नहीं है । हालाँकि सुना है, ससुर मरदुआ अभी नौकरी करता है, दोनों साले भी तैयार हो गये हैं । छोटे ने तो ब्याह भी नहीं किया, परदेश में रहता है, रुपया भेजता है । कहावत है न, रहे बेल ना जोते हल, उसको कब पड़ती है कल । वही हाल ।"

इन तथ्यों से प्रबोध अवाक् हो गया ।

ससुराल नाम की उसे एक जगह है, इसका प्रमाण पाने का सुयोग उसे नहीं मिला। सास की कलंक-कथा ने सहज-धारा के मुँह पर पत्थर डाल दिया था । शुरू में वही जो एक बार लिवाने आये थे ससुर, मुक्तकेशी ने फ़जीहत करके उन्हें विदा कर दिया । उसके बाद फिर किसी उपलक्ष्य में न्योता करने आये थे । नहीं भेजा। पहले एकाध बार आते थे, अब नहीं आते हैं ।

तब से सब नाता चुक गया है ।

जीवन में सुवर्ण ने कभी उच्चारण नहीं किया, "बाबूजी के लिए जी कैसा करता है", या "उन्हें एक बार देखे बिना अब रहा नहीं जाता ।"

हठात् मुक्तकेशी के मुँह से उनकी खोज-ख़बर !

प्रबोध ने शायद एक बार धीमे से पूछा, "किसने कहा तुम्हें ?"

मुक्तकेशी ने गम्भीर होकर कहा, "तेरी माँ को किसी को कुछ कह नहीं जाना पड़ता है, हवा से ख़बर मिलती है । मँझली बहू की उस बुढ़िया फूफी की एक सौतेली बेटी अपनी हेमा के बेटे की सास है न ! उसी सूत्र से ख़बर मिली ।"

फूफी, सौतेली बेटी, साली, सास । प्रबोध ने सम्पर्क के इस जटिल जाल से मुक्त होने की चेष्टा नहीं की । केवल साहस से बोल उठा, "लेकिन वे लोग तो सात जनम में भी विदा कराकर ले जाने की नहीं कहते..."

"कहे कौन ? माँ है ? तुम्हारी गरुड़ध्वजा सास की कीरत से दोनों कुल गये ! जो हो, विदा कराने की कहने की आदत उन्हें नहीं है, इसी से नहीं कहते । तू जाकर बहू को रख आना ।"

अब प्रबोध की ओर से सुबोध ने पतवार थामी, "लेकिन माँ, जब उन लोगों ने कहा नहीं है, ऐसे में..."

मुक्तकेशी ने बात पूरी नहीं करने दी । बोल पड़ीं, "उन्हें क्या पता है कि तुम लोग क़र्ज-देन में पड़ गये हो । तुम्हारे साले-ससुर ज्योतिषी हैं, यह सुना है ?"

"सो नहीं, यानी..." प्रबोध ने आख़िरी कोशिश करके कहा, "सात जनम में नहीं कहता, हठात् अपने से..."

बेटे के वक्तव्य को मुक्तकेशी ने पूरा नहीं होने दिया, बोल उठीं, "अपने से पहुँचा आने से यदि भगा देने का डर हो तुम्हें, फिर तो भेजने की बात ही नहीं उठती । किन्तु सदा से जानती हूँ, ब्याही बेटी आराधना की वस्तु होती है, मैके जाने पर बाप-भाई सिर आँखों रखते हैं ।"

"तो फिर वैसा ही होगा..."

उस समय तो लड़कों ने मैदान छोड़ दिया, क्योंकि अनुभव तो वे कर रहे थे कि नेपथ्य में तीन जोड़ा कान उत्कर्ण हैं । उनका मुँह बन्द करने की कार्यकारी पद्धति आजकल कारगर नहीं होती ।

इस विद्रोहात्मक मनोवृत्ति को लानेवाली सुवर्णलता है, इसमें कोई सन्देह नहीं । मँझला और छोटा भाई इसीलिए हर पल उसे भला-बुरा कह रहे हैं मन-ही-मन ।

परन्तु इससे तो महज़ बदन की जलन मिटती है, संक्रामक व्याधि तो अपना काम करती ही जायेगी ।

बाबुओं के अदृश्य होते ही नेपथ्यचारिणियाँ रंगमंच पर आविर्भूत हुईं ।

बहुएँ कहीं आस ही पास हैं, मुक्तकेशी ने यह अनुमान किया था । सोचा था, ठीक ही है, जान लें । सामने आकर विरोध तो नहीं कर सकेंगी ।

और, विरोध भी क्या करें ।

मैके जाने का मौक़ा मिलने से तो मुट्ठी में स्वर्ग ! हाँ, बड़ी बहू को सबके साथ शामिल गिनकर समदृष्टि की पराकाष्ठा दिखाने पर भी मन-ही-मन उसे नहीं गिना था।

उसे नहीं भेजेंगी । ऐन मौक़े पर कोई बहाना करेंगी ।

सभी चली जायें तो चलेगा कैसे ।

'गुरुगंगा' छोड़कर मुक्तकेशी अब अपने बेटों के लिए दफ़्तर की रसोई करेंगी ? बड़ी बहू के जाने से नहीं चलेगा । जिधर पानी पड़ता है, उधर छाता पकड़ती है वह। लेकिन बम भोला है ! घर की चींटी तक से डरती है । वह रहेगी ।

मँझली, सँझली और छोटी को ही भेजना होगा ।

खुशी के मारे नाचेंगी सब । सँझली-छोटी तो नाचेंगी ही । लेकिन…

मँझली का मामला गोलमाल है ।

उसकी मतिगति कभी स्वाभाविक रास्ते नहीं चलती । हो सकता है, छूटते ही कह बैठे, "मैं नहीं जाऊँगी ।"

बहुओं को इधर आते देख मुक्तकेशी गम्भीर चाल से दीये की बाती बाटने लगीं। घर में बाती लगती भी तो कम नहीं है । कमरों का हिसाब करने से मकान में दस-बारह दीये जलते हैं । मिट्टी के तेल का चलन और कहीं हुआ भी हो चाहे, मुक्तकेशी के यहाँ प्रवेश-निषेध है । वह नयी रोशनी की हिमायती नहीं हैं ।

गिरिबाला ने आते ही श्रेष्ठ की नाईं कहा, "आप यह सब छोड़ दीजिए न माँजी, आप क्यों कष्ट कर रही हैं । बाती और कोई न बनाये, मैं बनाया करूँगी ।"

ज़रा उदास हँसी हँसकर मुक्तकेशी ने कहा, "तुम लोग नन्हे-मुन्नों की माँ हो, कह दिया बना दूँगी, शायद समय नहीं मिला । फिर तो असुविधा हो जायेगी !"

गिरिबाला की होकर टप् से सुवर्णलता ने जवाब दिया, "क्यों हम लोग क्या कुछ नहीं करती हैं ?"

मुक्तकेशी ने उसका दुस्साहस बहुत बार देखा है, फिर भी जाने क्यों तो चौंकीं। चौंककर दूसरे ही क्षण ठोर की नोक पर मिर्च कड़वाहट मिली पतली-सी हँसी हँसकर बोलीं, "नहीं करती हो, यह किसने कहा ? गिरस्ती तो तुम्हीं लोगों ने सिर पर ले रखी है । मगर मैं ही क्यों बैठी रहूँ ? दो-चार बातियाँ बनाने के भी काम न आऊँ तो बेटों का खाऊँ किस लज्जा से ?"

इतना ग़ुस्सा ज़ाहिर करने पर भी सुवर्णलता बोली, "यह तो ग़ुस्से की बात हुई। ख़ैर ! हमें नैहर भेजने की क्या बात हो रही थी ?"

मुक्तकेशी के हाथ के पीड़न से फटे कपड़े के टुकड़े काठी-जैसे सख़्त हो उठते थे। उससे भी सख़्त हो उठीं उनके जबड़े की पेशियाँ । उसी मुँह के योग्य नीरस स्वर में ही बोलीं, "जिन्हें कहना था, कह चुकी मैं । एक ही बात को पाँच बार कहने की सामर्थ्य मुझमें नहीं ।"

इतना कठिन होने की कोई आवश्यकता नहीं थी । फिर भी आवश्यकता है । वही तो सहारा है । वहीं पाँव रखने की जगह है । नहीं तो क्या संसार-पर्वत के शिखर पर प्रतिष्ठित रहा जा सकता है ? डराकर ही सबको पैरों तले रखना ! डर नहीं

रहने से शिखर पर से लुढ़क पड़ना होगा या नहीं, कौन जाने !

भक्ति के लिए मुक्तकेशी सिर नहीं खपातीं, प्रेम के लिए तो नहीं ही । उनके ख़याल में यही ठीक है । शनि देवता के पूजोपचार में त्रुटि करने का किसी को साहस नहीं होगा ।

वह वैसी ही सख़्त हुई-सी बत्तियाँ बनाती रहीं । जीती-जागती ये मूर्तियाँ खड़ी हैं, इसका ख़्याल ही नहीं ।

जानती हैं, इस मुँह के सामने सुवर्णलता को भी बोलने का साहस नहीं होगा । साहस नहीं होगा, डाँट के डर से नहीं, मानहानि के भय से । बोले, और अगर उसका जवाब न दें मुक्तकेशी ?

वह अपमान सुवर्णलता के लिए मरण के समान है, मुक्तकेशी यह जानती हैं । बीच-बीच में वह देना भी चाहती हैं, वह मरण किन्तु उनका अपना वाक्‌यन्त्र ही विश्वासघात करता है । बिन बोले रह नहीं सकती हैं वे ।

नैहर जाने के प्रस्ताव को पक्का करने के लिए बिन्दु और गिरिबाला देर तक अपेक्षा करती रहतीं । कौन कह सकता है, उनका दिमाग़ फिर पलट न जाये कहीं ।

बहुओं के नैहर जाने का वह स्वयं ही तो सब समय विरोध करती हैं ।

अबकी ही बिल्ली के भाग छींका टूटा है । इस बार मुक्तकेशी ने सुर बदला है।

ऐसा सुयोग खिसक न जाये !

इसीलिए उन दोनों ने देर तक प्रतीक्षा की कि बात पक्की हो जाये । पर सुविधा नहीं हुई । धीरे-धीरे चली गयीं ।

चली सुवर्णलता भी गयी ।

किन्तु क्या धीरे-धीरे ?

आशा ही आशा में ?

सुवर्णलता के बारे में जो उलटा-पलटा मुक्तकेशी ने सोचा था, वही हुआ । सुवर्ण ने तुनककर कहा, "मैं नहीं जाऊँगी ।"

प्रबोध को भी यह आशंका हो रही थी और वह मन-ही-मन कलंकित हो रहा था, फिर भी लापरवाही दिखाते हुए बोला, "क्यों, जाओगी क्यों नहीं ?"

"क्यों जाऊँ, मैं यही सुनना चाहती हूँ ।"

प्रबोध ने कड़ा होने की कोशिश करके कहा, "इसमें धूमधाम से सुनाने का क्या है ? कभी कुछ खटपट हो गयी, तो क्या कुटुम्ब से सदा विरोध रखने में ही महत्त्व है ?"

"महत्त्व ही तो नहीं चाह रहा है कोई ।"

प्रबोध ने तीव्र स्वर से कहा, "माँ चाहती हैं । महत्त्ववश माँ उसे मिटाना चाहती हैं ।"

"मैं नहीं चाहती ।"

"अपने बाप-भाई से टूटे सम्बन्ध को जोड़ना नहीं चाहती हो तुम ?"

"नहीं।"

"नमस्कार । तुम्हारे हर खुर को नमस्कार ।"

दूसरी ओर ताकते हुए सुवर्ण ने कहा, "सो तो कर ही रहे हो, रात-दिन कर रहे हो । यह कुछ नया नहीं है ।"

गले को नरम करके प्रबोध ने काम बनाने की चेष्टा की । यह बतकही यदि माँ के कानों तक पहुँचे, फिर तो ख़ैर नहीं ।

हाँ, माँ के इस आकस्मिक ख़याल का कारण उसकी समझ में नहीं आ रहा है, इससे वह विपन्न ही हो रहा है । धारणा नहीं बना पा रहा है, यह है 'निर्बुद्धि की ढेंकी' नामधरिणी हेमांगिनी की चाल ।

हाँ, हेमांगिनी ने ही कहा, "उस चुड़ैल को तो तेरा पेवो सिर पर उठाकर नाचता है । मैं कहती हूँ, हर-हमेशा वैसी डाँट सहकर रहती कैसे है तू ? अरी, बहू तो एकदुआरी है ।"

मुक्तकेशी ने कहा था, "करूँ क्या, बता ? बरदाश्त से बाहर हो जाने पर लोग पतोहू को उसके नैहर भेज देते हैं, इसके लिए तो मुझे उस सुख की भी गुंजाइश नहीं। इसीलिए छाती पर सदा अँगीठी रखे बैठी हूँ ।"

इस पर हेमांगिनी ने राय दी, "विरोध मिटा दे, ज़िद पकड़े रहकर क्या धोकर पानी पियेगी ? और सच ही तो, तेरी समधिन दुश्चरित्र नहीं है ? काशी में है, सुना है, बड़ी ठाट से है । बाप के पैसे से नहीं खाती । बच्चों को पढ़ाती है, उसी पैसे से गुज़ारा करती है । तू बहन, अब मँझली बहू के मैके को ज़ात में ले आ । तू भी तो दो दिन राहत की साँस ले और महारानी भी दो दिन बाप-भाई पर रौब-दाब कर आये।"

इसीलिए यह कोशिश !

लेकिन इस कोशिश से जिसके खुश हो जाने की बात है, वही ना कर रही है । कहती है, "मैं नहीं चाहती ।" अर्थात् स्त्री नहीं पाषाणी है !

प्रबोध को इसीलिए अवाक् होकर कहना पड़ा, "आश्चर्य है !"

सुवर्ण ने तेज़ गले से कहा, "ओह, इतनें में ही आश्चर्य ! सो हो ही सकता है, तुम लोगों को न हो, ऐसा कोई काम ही नहीं । लेकिन सोचती हूँ, ब्याह के इतने बरस हो गये, बाप-भाई का चेहरा कैसा है, भूल गयी हूँ, ऐसे में उपयाचक होकर पत्नी को पहुँचा आने में नाक नहीं कट जायेगी, तुम लोगों की ?" नाक जो बिल्कुल कट नहीं रही थी, ऐसी बात नहीं । किन्तु एक जनी तो प्रत्यक्ष हाथ से ही गर्दन उतारने को तुली बैठी हैं । उससे बढ़कर कोई डर है ?

प्रबोध को इसलिए उदास बनना पड़ा । कहना पड़ा, "माँ की मति-गति से आज तक जो कष्ट उठाया, अब बाप बूढ़े हो गये, कब हैं, कब नहीं हैं—जाना-आना क़ायम

रखना ही तो ठीक है ।''

''तुम लोगों के ठीक से मेरा ठीक नहीं मिलता...'' सुवर्ण ने तनकर कहा, ''साफ़ बात यह कि मैं नहीं जाऊँगी ।''

प्रबोध ने हँसने की चेष्टा करके कहा, ''नहीं जाऊँगी कहने से अब चल कहाँ रहा है ? हाईकोर्ट का हुक्म तो जारी हो गया !''

क्षण-भर स्तब्ध रहकर सुवर्ण बोली, ''मैं यदि वह हुक्म न मानूँ ?''

''यदि न मानूँ ? माँ का हुक्म तुम नहीं मानोगी ?''

''वाजिब हुक्म होगा तो ज़रूर मानूँगी, ग़ैरवाजिब हुक्म नहीं मानूँगी ।''

प्रबोध ने दृढ़ता से कहा, ''माँ के वाजिब-ग़ैरवाजिब का विचार तुम करोगी ?''

''क्यों नहीं ? मनुष्य होकर जब जन्म लिया है, भगवान् ने जब आँख-कान-मन-बुद्धि दी है...''

इस बात से प्रबोध बदस्तूर बिगड़ उठा । बोला, ''मनुष्य होकर जन्म लिया है, इसलिए पग-पग पर गुरुजन का विरोध करोगी ? सिर-पैर एक नहीं होता; समझीं ?''

''तुमसे तर्क करने की इच्छा नहीं है । परन्तु अपनी माँ से जाकर कह दो, इतने दिनों के बाद एकाएक मैके मैं नहीं जाऊँगी ।''

प्रबोध ने और भी क्रुद्ध गले से कहा, ''कहना हो, आप ही जाकर कहो, मैं नहीं कहूँगा । ग़ज़ब है ! ऐसी बेहया स्त्री मैंने कभी नहीं देखी । बड़े भाग्य से कहीं माँ की राय हुई...''

''दुहाई है, यह भाग्य की बात रहने दो । ठीक है, यही मान लो कि इतने बड़े भाग्य का भार ढोने की क्षमता मुझमें नहीं है । याद है, फूआ ने एक बार चिट्ठी भेजी थी, बाबूजी बहुत बीमार हैं । तुम लोगों ने वह चिट्ठी फाड़ डाली थी ! याद है, बड़े भैया की बेटी के अन्नप्राशन में छोटे भैया न्योता देने आये थे । तुम लोगों ने उसे मुझसे मिलने नहीं दिया, दुरदुराकर भगा दिया ।''

दर्प के साथ प्रबोध बोला, ''ग़ुस्से में आदमी वैसा करता ही है ।''

''ग़ुस्से का वह क्षेत्र सहसा श्रीक्षेत्र कैसे हो रहा है, यही जानना चाहती हूँ ।''

प्रबोध अनजानते बोल बैठा, ''मैंने नहीं कहा है बाबा, मेरी इच्छा भी नहीं थी । माँ का हुक्म है, मैं क्या करूँ ?''

सुवर्णलता ने एक बार एड़ी-चोटी पति को देखकर कहा, ''मैं ही हुक्म रद्द कराये लाती हूँ ।''

''ख़बरदार मँझली बहू'', प्रबोध हाँ-हाँ कर उठा, ''स्वेच्छा से आग खाने मत जाओ, जान-सुनकर साँप के गड्ढे में हाथ न डालो !''

''अजी साँप के ही विष से जर्जर हूँ, इससे अधिक और क्या होगा ?'' कहती हुई सुवर्णलता कमरे से बाहर चली गयी ।

निरुपाय प्रबोध कमरे में पायचारी करता रहा । दालान में जाने का साहस नहीं

हुआ । क्या जाने सुवर्णलता कौन-सी क़यामत बरपा करने गयी !

हाँ, उस समय भी यह डर था ।

उस समय तक बहुविध सर्वनाश घटाकर सुवर्ण ने घट्टा नहीं पड़ाया था । इसलिए प्रबोध सोच सकता था, 'स्त्री होकर भी कैसा भयानक कलेजा है मँझली बहू का !'

मुक्तकेशी भी स्त्री है, इस तथ्य को आविष्कार करने-जैसा दुस्साहस नहीं है उन्हें।

जननी जन्मभूमिश्च स्वर्गादपि गरीयसी ।

प्रबोधचन्द्र की संस्कृति में जन्मभूमि की वार्ता कभी प्रवेश नहीं कर सकी, वे केवल एक ही को जानते हैं । जानता है, उन्हीं की इच्छा क़ानून है, उन्हीं का आदेश अलंघ्य है ! क्यों न हो ?

लंघन करने की चिन्ता के आस-पास भी किसी को छाया देखते ही मुक्तकेशी कह बैठती हैं, "नहीं रहूँगी मैं, चली जाऊँगी मैं ! 'वार्द्धक्ये वाराणसी', इस बात को भूले बैठी हूँ, तभी तो मेरी इतनी गत होती है ।"

उधर स्त्री भी बाज़ आनेवाली नहीं !

उफ़ रे, पुरुष होकर पैदा होना भी कितना बुरा है ।

कितनी देर के बाद जैसे भतीजी मल्लिका की पुकार से सुध आयी । मल्लिका चीख़कर पुकार रही थी, "मँझले चाचा, जल्दी । दादीजी बुला रही हैं..."

"मुझे ? मुझे किस लिए ?"

मल्लिका फर्राटे के साथ बोली, "सो मैं नहीं जानती । मँझली चाची ने दादीजी को खरी-खोटी सुना दी, शायद इसीलिए ।"

प्रबोध ने कातर गले से कहा, "मल्लिका, रानी बिटिया मेरी, जाकर कह दे—मँझले चाचा घर में नहीं हैं ।"

"खूब ! कहने से ही हुआ ? अभी-अभी आरू तुम्हें देख नहीं गयी है ?"

"तो फिर यह कह दे कि नल-घर में हैं ।"

"मैं बाबा झूठ-मूठ नहीं कहने की । जी चाहे जाओ, जी चाहे न जाओ ।" कहकर धर्मपुत्र की महिला-संस्करण मल्लिका धर्म की महिमा बिखेरती हुई चली गयी—जैसे गृहिणी हो !

लाचार बलिदान के बकरे की तरह प्रबोध को जाना पड़ा ।

बेटे को देखकर मुक्तकेशी ने जलदगम्भीर स्वर में कहा, "बेटा प्रबोध, मूरख स्त्री, मान लो एक असंगत बात बोल ही बैठी, तो उस अपराध का दण्ड देने के लिए तूने स्वयं ही क्यों नहीं सात जूते लगाये ? पत्नी से अपमान कराने से वह कहीं अच्छा था।"

"माँ !" प्रबोध प्रायः माँ के पैरों के पास पड़कर बोला, "जिसे तुम्हारा अपमान

करने का साहस हुआ है, जूता उसी को खाना चाहिए ! है कहाँ वह ? अभी ही ठीक फ़ैसला हो जाये ।''

मुक्तकेशी ज़रूर कुछ खुश हुईं ।

नहीं तो तुमसे तू पर नहीं आतीं ।

बोलीं, ''ठहर भी पेवो, वीरता की बड़ाई न हाँक । इधर तो बीवी के डर से केंचुआ-जैसा सिकुड़ जाता है । तुझमें अगर मर्द की हिम्मत होती तो तेरी बीवी ऐसी दुःशासन नहीं बन जाती ।''

जननी के इस धिक्कार से प्रबोधचन्द्र दुःशासन-शामक भीम का रूप धारण कर हुंकार उठा, ''मल्लिका, बुला ला अपनी मँझली चाची को । भले-भले न आये, झोंटा पकड़कर खींचती हुई ले आ ।''

मुक्तकेशी के कुलिश-कठोर होंठों की फाँक में सम्भवतः क्षीण हँसी का आभास-सा दीखा । किन्तु उसे दबाकर बोलीं, ''रहने भी दे, हंगामे की ज़रूरत नहीं । जैसी जो है, रहे । तुम लोग मुझे आज ही काशी भेज देने की व्यवस्था कर दो । बेटे की, बहू की लात खाकर घर से चिपटे रहने की प्रवृत्ति मुझे नहीं है ।''

किन्तु मुक्तकेशी की बात पूरी होते न होते किसी ने अन्दर बम फोड़ दिया क्या? नहीं तो सब लोग वैसे चौंक क्यों उठे ?

बम न हो, किन्तु बम से भी शक्तिशाली । मृदु लेकिन तीक्ष्ण प्रतिवाद ! ''अपमान मैंने किसी का नहीं किया है । मुँह के ज़ोर से ना को हाँ कर दें तो क्या करूँ ?''

कहा ?

सुवर्णलता ने यह कहा ?

पति के सामने, जवान देवरों के सामने, साफ़-सीधे सारा की बात का प्रतिवाद किया !

वज्राहत भाव कट जाने पर मुक्तकेशी ज़रा कड़वी हँसी हँसकर बोलीं, ''इसके बाद भी तुम लोग मुझे इस घर में रहने को कहते हो ? माना, मैं तुम्हारी शंख की चूड़ीवाली माँ नहीं, फिर भी माँ ही तो हूँ...''

''बड़ी बहू !''

अचानक जैसे सोया बाघ दहाड़ उठा, ''बड़ी बहू !'' चीख़ से घर काँप उठा ! क़सूर मँझली ने किया, बुलाहट बड़ी की क्यों ?

कोई समझ नहीं सका ।

सब थर-थर करने लगे ।

मँझले देवर से बड़ी बहू तो बोलती भी नहीं । फिर भी इस पुकार के बाद बैठी भी नहीं रह सकी । घूँघट काढ़े काँपती हुई रणस्थल पर मौजूद हुई ।

प्रबोध ने उत्तेजित होकर कहा, ''बड़ी बहू, मँझली से कहो, माँ का पैर पकड़कर क्षमा माँगे ।''

ओ, यह बात !

इसी के लिए बड़ी बहू की बुलाहट !

माँ के सामने सीधे स्त्री को सम्बोधित नहीं किया जा सकता, इसीलिए बड़ी बहू को माध्यम बनाया !

अवश्य यह आशा थी कि बड़ी बहू को कष्ट नहीं उठाना पड़ेगा, इस घुड़की से ही काम चल जायेगा । लेकिन ग़ज़ब ! ऐसी गरज के बावजूद सुवर्णलता काठ के खिलौने-सी खड़ी रही !

"बड़ी बहू, उसकी गरदन पकड़कर माफ़ी मँगवाओ !"

उमाशशि नज़दीक आयी । धीरे से कहा, "स्वांग-सी खड़ी क्यों है मँझली, माँग ले माँफ़ी ।"

नज़र उठाकर सुवर्णलता ने उमाशशि को देखा । उस नज़र से उमाशशि हिम हो गयी । सास की आँखों की बहुतेरी भयावह दृष्टि देखने की आदत है उसे किन्तु ऐसी निगाह कभी नहीं देखी ।

अरे !

सुवर्णलता क्या पागल हो गयी ?

यह तो साफ़ पागल की आँख है ।

वही आँख उठाकर सुवर्णलता ने तीखे स्वर में कहा, "क्यों, माफ़ी क्यों माँगूँ ?"

उमाशशि ने कहा, "अरे, माँग लेने से ही तो सारा झमेला चुक जाता है । बोल, अच्छी बहन, बोल दे, 'माँ, जो कहा है, बिना समझे कहा है' ।"

किन्तु उमाशशि के कहे मुताबिक़ झमेला मिटा पाने से तो धरती ही समतल हो जाती । सो नहीं होने का ।

सुवर्णलता से यह नहीं कहलाया जा सका । वह बोली, "बिना समझे तो कहा नहीं, समझकर ही कहा है ।"

हाँ, सुवर्ण ने समझ-बूझकर ही सास से कहा है, "पिताजी से नाता तोड़ लिया गया है, उन्होंने जब खोज-पूछ की, उन्हें दुरदुराकर भगा दिया गया, और अब, जब अपने घर में दानों के लाले पड़े तो ज़बरदस्ती भेजा जा रहा है ! मान की बड़ी तो बड़ाई करती हैं, किसे मान, किसे अपमान कहते हैं, यह नहीं जानतीं !"

कहा था !

और अभी कह रही है, "बिना समझे नहीं कहा है ।"

घर का एक-एक आदमी अवाक् हो गया था । यहाँ तक कि सुबोध भी । वह भी खीजकर बोला, "यह पेवा तहज़ीब सिखाना नहीं जानता है ।"

और मुक्तकेशी ?

मुक्तकेशी काठ की मारी-सी ही नहीं रह गयीं, कुछ डर भी गयीं । कोई भयावह भविष्य मानो दाँत पीसते हुए उनके जीवन के सीमा-प्राचीर के उस पार से झाँक रहा

है । शायद कूद पड़े !

ख़ैर । फिर भी उस डर से घबराने की आवश्यकता नहीं । घर की हुड़का-ज़ंजीर मज़बूत है । लड़के आज भी माँ के पाँवों तले हैं । आज भी किसी बहू को निकाल बाहर करके बेटे का ब्याह करा सकती हैं मुक्तकेशी ।

प्रभास ने कहा, ''वक़ालत करता हूँ, कोर्ट-कचहरी देखता हूँ, किसी भले घर की स्त्री ऐसी असभ्य होती है, यह धारणा नहीं थी । यह सारा कुछ मँझले भैया की बुद्धिहीनता का फल है ! औरत को कभी बढ़ावा देना चाहिए ? वह तो सदा लाल आँखों के नीचे रखने से ही दुरुस्त रहती है ।''

प्रकाश ने कहा, ''अब हमें पैसा देकर 'स्टार' में थिएटर नहीं देखना होगा, घर बैठे ही बहुतेरा थिएटर देखने को मिलेगा । मँझले भैया का ब्याह हुआ है ज़बर !''

क्रुद्ध मँझले भैया स्त्री को दुरुस्त करने का भार ले बैठा । वह एक थर्ड क्लास घोड़ा गाड़ी बुला लाया ।

उस गाड़ी पर बिठाकर इस घर की मँझली बहू को निर्वासित किया जायेगा । मँझली बहू जायेगी—अकेली; एक-वस्त्र । लड़की और दोनों लड़के यहीं रहेंगे । वे सब इस वंश के हैं । सुवर्णलता से कोई सम्पर्क नहीं रखा जायेगा ।

यदि कभी पैरों पड़कर क्षमा माँगती हुई चिट्ठी लिखे, तभी फिर से इन लोगों का मुँह देख पायेगी । नहीं तो इस घर का दाना-पानी उठ गया उसका । पति-पूत का नसीब गया !

आड़-ओट में सभी प्रबोध को स्त्रैण कहते हैं । आज वे लोग देखें !

वह आप ही सीता को वनवास दे आयेगा ।

मुक्तकेशी किन्तु इस भूमिका में नहीं हैं । वह तब से माला जप रही हैं । सुवर्ण की बड़ी बेटी चम्पा माँ की यह दुर्गति देख बुत बनी बैठी थी । अब कमरे में जाकर रोने लगी । भानू-कानू दो बेटे 'माँ के साथ जाऊँगा, माँ के साथ जाऊँगा' कहकर चीख़ते रहे जी-जान से । आख़िर ताई से खिलौने और मिठाई पाकर चुप हो गये । बाबू लोग कौन कहाँ चले गये, गृहिणियों ने फिर कार्य-भार सँभाल लिया, मुक्तकेशी निर्विकार !

प्रबोध के इस काम को उनका समर्थन मिला भी कि नहीं, प्रबोध यह भी तो नहीं समझ पा रहा है ।

इससे यदि मुक्तकेशी गला खोलकर कहतीं, ''खूब किया प्रबोध, ऐसी जाँबाज़ औरत मैंने भू-भारत में नहीं देखी,'' तो कहीं ख़ुशी की बात होती !

यह क्या हुआ ?

लाठी टूटी, साँप नहीं मरा ।

बहू निकाल बाहर की गयी, माँ प्रसन्न हुईं ।

दस

किन्तु मुक्तकेशी के घर का अन्न-जल सुवर्णलता का कितने दिनों के लिए उठा था ?

यह इतिहास जानने के लिए दूसरा अध्याय ढूँढ़ना होगा । गरचे सुवर्ण के जीवन की बही की पक्की ज़िल्दबन्दी तो दूर, वह बिलकुल अनबँधी है । उसके ढीले-ढीले पन्ने इधर-उधर बिखरे हैं । उड़ते फिरे हैं ।

फिर भी उसे विदा कर देने का अध्याय को ढूँढ़कर यह पता चलता है कि दरवाजे पर बग्गी के रुकने की आवाज़ सुनकर अन्दर से सुवर्णलता के पिता नवकुमार बनर्जी बाहर निकले ! गोरा-चिट्टा रंग, सँवरा हुआ गठन, सिर के केश कच्चे-पक्के । कच्चे से पक्के बालों की संख्या कहीं ज़्यादा ।

पहनावे में फतुही, विद्यासागरी चप्पल । कभी किसी सरकारी दफ्तर में बड़े बाबू थे । अब सेवा-निवृत्त हो चुके हैं । घरघुस आदमी, बाहर कम ही निकलते हैं । दिन-भर घर बैठे बहू को टिकटिक और पोते को दुलार करते हैं ।

निकलने के नाम पर सौदामिनी के यहाँ ज़रा घूमने जाते हैं । बूढ़ी, विधवा । नवकुमार की दीदी है दूर के नाते की । बड़े-बड़े दुःख झेलकर और बहुत-बहुत कर्मों का क्षय करके जीवन के अन्तिम दिनों में सुख का थोड़ा-सा स्वाद मिला था, वह भी नहीं रहा ।

बूढ़े चल बसे ।

किन्तु सौदामिनी की जो उम्र है, उसमें वैधव्य ही स्वाभाविक है । किन्तु बड़े कष्टों के बाद अभी-अभी तो पति को पाया था । सारा कुछ तो उसकी सौत ही दख़ल किये हुई थी ।

पति गये, सौत भी गयी, अब सौत के बाल-बच्चों और बेटी-दामाद के साथ अकेली गिरस्ती करती हैं ।

नवकुमार इसी गिरस्ती को देखकर परितृप्त होते हैं । इसीलिए दौड़े-दौड़े आया करते हैं । इस गिरस्ती पर पुराने की छाप है, इसलिए कि सौदामिनी के ही हाथ की गढ़ी हुई है न ! जो सौदामिनी नवकुमार की दीदी हैं ।

नवकुमार के घर में उनकी पतोहू की रुचि ही पसन्द की विजय-ध्वजा है ! उस पसन्द, उस रुचि से नवकुमार के मन का मेल नहीं बैठता ।

परन्तु बहू का ही क्या क़सूर है ? ससुर-जैसी रुचि-पसन्द वह कहाँ से पाये ? सास को उसने आँखों देखा भी है ?

ब्याह करके आयी और दुलहिन से ही गृहिणी बन जाना पड़ा । अपने दो छोटे हाथों से संसारत्यागिनी सास के संसार को उठा लेना पड़ा ।

संसार भी छोटा ही है । ससुर, देवर, पति । लेकिन छोटा है, इसलिए हलका

है, सो नहीं । पाषाण का भार ! मौत में से जो उत्तराधिकार मिलता है, वह सहज होता है, कोमल होता है । किन्तु यह तो वैसा नहीं ।

इस संसार की मालिकन स्वेच्छा स घर छोड़कर चली गयी ! लड़के के ब्याह की सारी तैयारी हो चुकी थी, कि बेटी के ब्याह के कारण यह आफ़त आ गयी ।

ठीक जिस दिन होना था, उस दिन बेटे का ब्याह नहीं हुआ, लेकिन हुआ । क्योंकि सास सत्यवती यह सम्बन्ध कर गयी थीं ।

ससुर ने उस इच्छा को प्रमुखता दी ।

बहू सुधीरबाला !

लड़की बुरी नहीं, किन्तु नवकुमार मानो उसे स्नेह की नज़र से नहीं देखते । वह सगुन-असगुन का विश्वास करते हैं ।

छींक, बिछौती की टिकटिक, मंगलवार—हर कुछ पर परम विश्वास है उन्हें । आज भी उन्होंने पंजिका के पन्ने पलटकर देखा था; कै बजे से कै बजे तक मूली नहीं खानी चाहिए !

कि घोड़ागाड़ी की आवाज़ ! इसी दरवाज़े पर रुकी ।

पंजिका को ताख पर रखकर वह झट बाहर निकल आये और हा किये ताकते रहे कि बहुत ही अपरिचित और बहुत ही परिचित एक नारीमूर्ति गाड़ी से उतर रही है ।

कौन ?

कौन है वह ?

नवकुमार आर्तनाद-से कर उठे । इतने बूढ़े हो गये हैं, इसीलिए दृष्टि का इतना भ्रम ? नहीं, नहीं !

नवकुमार इसीलिए आर्तनाद कर उठे !

यह विचलित-विचलित-सा भाव ज़रा ही देर को रहा, दूसरे ही क्षण वह भाव बदल गया । विस्मय-विस्फारित नेत्रों से देखा, किराये की वह गाड़ी, जिसे छकड़ा गाड़ी कहते हैं, उस स्त्री को उतार कर ही घड़घड़ाती हुई लौट गयी ।

ग़रज़ कि जो उसे पहुँचाने आया था, वह नहीं उतरा । वह बैरंग वापस हो गया।

मतलब कि उसे निर्वासन दे गया !

क्या मतलब ?

परम आकांक्षित मूर्ति का यह कैसे अनाकांक्षित रूप में प्रवेश !

उसने आकर पाँवों की धूल ली ।

सिर और नज़र झुकाये उस कन्या को नवकुमार गले लगा लें ? हाहाकार करके कह उठें, "रे सुवर्ण, तू अब आयी, जब तेरे बाप का सब गया !"

नः, नहीं कर सके वैसा ।

उस सहज स्नेह-उच्छ्वास के उत्स पर पत्थर रखकर सुवर्ण के उस पार का खेवैया जा चुका है !

उस चले जाने के चेहरे में ही शायद सुवर्ण के दुर्भाग्य की छाया है !

इसीलिए नवकुमार निर्जीव-से खड़े रहे और पूछा, "कौन, सुवर्ण ? माजरा क्या है ? यानी…"

"यहाँ रहना चाहती हूँ ।"

प्रणाम करने वाली अब नवकुमार के आमने-सामने खड़ी हो गयी । स्थिर स्वर में बोली, "मैं और कुछ नहीं चाहती बाबूजी, सिर्फ़ यहाँ रहना चाहती हूँ ।"

यहाँ रहना चाहती हूँ !

यह कैसी गड़बड़ प्रार्थना ! ब्याह के बाद से इतने वर्षों तक जिसका दर्शन तक नहीं नसीब हुआ, जिसके लिए जाने कितने दिन, कितनी रातें प्राणों में हाहाकार करता रहा और इधर तो जिससे मिलने की आशा ही बिलकुल छोड़ दी थी, सच पूछिए तो जिसे भूल ही बैठे थे, वही लड़की एकाएक आकर पैरों पर पड़कर कहती है, "मुझे आश्रय दीजिए !"

कहती है, मैं यहाँ रहना चाहती हूँ !

और कलाई में शाँखा[1] है, माँग में सिन्दूर है, गहनों से दमकती मूर्ति । यह नहीं कि भाग्य फूटा है ।

विह्वल नवकुमार ने लड़खड़ाते गले से कहा, "मैं कुछ समझ नहीं पा रहा हूँ सुवर्ण!"

"समझ नहीं सकोगे बाबूजी," सुवर्ण वैसे ही स्थिर स्वर में बोली, "बाद में सब समझ लोगे । अभी ही सब मत समझना चाहो । फिर बताऊँगी ।"

हाँफते हुए सुवर्ण ने कहा ।

किन्तु नवकुमार तो कह सकते थे, "छोड़ो भी बिटिया, तुझे कुछ नहीं कहना है। तू आ गयी, मेरे लिए यही बहुत है ! तेरा चाँदमुख जाने कब से नहीं देखा, शायद हो कि मर ही जाता, भगवान् ने शायद दया करके ही तुझे ला दिया ।"

कह सकते थे ।

बेटी को स्थिर होने का समय दे सकते थे । पास बिठाकर, बदन-पीठ पर हाथ फेरते हुए प्यासे पिता के हृदय की व्याकुलता प्रकट कर सकते थे, पर नवकुमार ने वह नहीं किया । वह कैसे तो डर-से गये !

और उसी डर की ताड़ना से, सदा की जैसी आदत है, दीदी को बुलाने दौड़े हैं। सौदामिनी नवकुमार की अवश्य अपनी दीदी नहीं । फुफेरी । परन्तु पति के होते हुए भी 'विधवा' बनी दिनों तक मामा के यहाँ थी, इसीलिए नवकुमार का दीदी के

---

1. खँख की चूड़ी ।

बिना नहीं चलता।

नवकुमार की उम्र जब कम थी, और उन्हें भी प्रायः जमाई की नाईं ही स्त्री के लिए समस्या का अन्त नहीं था, बल-बुद्धि और भरोसे से इसी दीदी ने ही उन्हें बचाया किया !

लेकिन अन्त तक नहीं बचा सकीं सौदामिनी । सुवर्ण के ब्याह के सिलसिले में एक असीम धिक्कार से सत्यवती ने जब घर छोड़ दिया, उस समय अन्त-अन्त तक सौदामिनी ही तो साथ थीं पर उसे वापस नहीं लौटा सकीं ।

लेकिन लौटाने की कोशिश ही क्या की थी उन्होंने ?

हाहाकार करके नवकुमार ने दीदी से यह पूछा था, "नहीं ला सकीं ? तुम नहीं ला सकीं ! तुम्हारी चेष्टा भी विफल हुई ?"

क्षुब्ध हँसी हँसकर सौदामिनी ने कहा था, "वह कहूँ, तो झूठ बोलना होगा नोबू। सच कहूँ तो कहना होगा कि चेष्टा मैंने की नहीं !"

"चेष्टा की नहीं !"

"नः, उसके चेहरे से ही समझ गयी थी, कोई भी कोशिश कामयाब नहीं होगी! विश्वासघातक पति की गिरस्ती वह नहीं करेगी ! कहने से तुझे दुःख होगा, तू कभी भी उसके योग्य नहीं था । फिर भी पति के नाते प्यार करती थी, श्रद्धा-भक्ति करती थी, तूने वह गँवा दिया ! वह तुझे निकम्मा अमानुष जो भी सोचती रही हो, पर यह कभी नहीं सोचा कि तू उसे ठगेगा ! तूने वही किया, फिर किस मुँह से उससे कहती?"

सौदामिनी ने यह कहा था । इसके बावजूद नवकुमार ने दीदी की 'शरण' नहीं छोड़ी । सौदा-दी के सहारे ही पतवार टूटी नाव को ठेलते हुए किनारे ले आये थे ! अब सौदामिनी को भाई की गिरस्ती नहीं देखनी पड़ती । बेटे की बहू देखती है । पर, किसी का ज़रा सिर दुखा कि दौड़कर आना पड़ता है ।

उसके सिवा लक्ष्मी-षष्ठी, मनसा-माकाल, इतु-मंगलचण्डी इत्यादि घर का जो भी नियम-लक्षण तीज-त्योहार है, उसका भा सौदामिनी ढोती हैं ।

सच पूछिए तो इस घर की अभिभाविका का पोस्ट सौदामिनी का ही है ।

अतएव कन्या के इस आकस्मिक आविर्भाव से भीत-त्रस्त आतंकित नवकुमार सौदा-दी को ही बुलाने के लिए दौड़े । बेटी को ठीक से बैठने के लिए भी नहीं कहा।

सुवर्ण को बैठने के लिए कहा साधन की स्त्री सुधीरबाला ने । वह उसके पास गयी, हाथ पकड़कर कहा, "ननदजी, आओ, हाथ-मुँह धो लो ।"

बहू सप्रतिभ है । आपे में । वह ससुर की नाईं डर नहीं गयी ।

समझा, कुछ झगड़ा-झंझट हुई होगी ! अपनी शादी के बाद से उसने ननद को आँखों नहीं देखा, किन्तु उसके बारे में सुना तो है ! काफ़ी कुछ सुना है । ननद के भाइयों से, फूफी सास से, कभी-कभी ससुर से । ससुर से ज़्यादातर अपनी बेटी अन्नो की तुलना करते हुए ।

नवकुमार उठते-बैठते अन्नो का दोष देखते हैं और कहते हैं, "तेरी फूफी तो ऐसी नहीं थी रे ?"

पोता नवकुमार की आँखों का तारा है, पोती नहीं । पोती में शायद वह बहुत दिन पहले की एक लड़की को खोज निकालना चाहते हैं, जो कभी इस घर में तमाम जोत के कण की तरह बिखरी हुई थी ! गोल-गाल-सी, नाटी-नाटी साँवला रंग—अन्नो में उसकी झलक कहाँ है ? इसीलिए खीजते हैं ।

नवकुमार पहले इस घर में किरायेदार थे । आगे चलकर मकान मालिक से इसे ख़रीद लिया ।

क्यों ?

क्या पता, इसका क्या रहस्य है !

साधन की ज़रा भी ख़्वाहिश नहीं थी कि पैसे ख़रचकर इस सड़े-खते मकान को ख़रीदा जाये । मकान की भी कमी है ? भात छींटो तो कौए की कमी ?

बाप से बाताबाती हो रही थी । सौदामिनी ने ही रोका । उसे बुलाकर ओट में कहा, "समझते नहीं हो बेटे, इसी घर में तेरी माँ रही है न, घर-गिरस्ती की है, सच पूछो तो इसमें तमाम तुम्हारी माँ विद्यमान है । इस घर को छोड़ देने से उसकी याद ही पुँछ जायेगी । नोवो शायद इसीलिए जी-जान से···"

साधन सदा का शान्त-गम्भीर है । उसने गम्भीर होकर ही कहा, "माँ के प्रति ख़ास कुछ वो भी तो नहीं दिखता । माँ की चर्चा आते ही तो वह जल-भुन उठते हैं और रात-दिन गालियाँ देते रहते हैं ।"

सौदामिनी इस पर हँसी थीं ।

बोलीं, "तू लड़का है । तुझे क्या समझाऊँ ? लेकिन शादी हो गयी है न, अब आप ही समझेगा । ज़्यादा दूर नहीं जाना पड़ेगा, मेरे ही जीवन को देख न !"

सौदामिनी का जीवन वास्तव में देखने योग्य तो है । एक युग तक पति-परित्यक्ता होकर मामा-मामी की गिरस्ती में उसकी हड्डियों में दूबें उगीं, पति दूसरी पत्नी के साथ सानन्द घर करते रहे । हठात् एक दिन चक्का घूम गया, बीमार सौत की गिरस्ती सँभालने में सौदामिनी पति के संसार में फिर से प्रतिष्ठित हुईं । प्रतिष्ठित हुईं उनके बच्चों की भीड़ का बोझा सँभालने के लिए । उसके बाद तो पति बड़ी पत्नी से ही हिल गये, बड़ी के लिए ही व्याकुल रहने लगे ! कहा, "अरे, पहला प्रेम चीज़ ही और है बड़की ।"

यह सब तो साधन की आँखों के सामने ही हुआ !

इसीलिए सौदामिनी अपने जीवन का दृष्टान्त देती हैं । कहती हैं, "तेरे बाप के मन की मैं समझती हूँ ।"

यह नवकुमार भी जानते हैं, इसलिए मन की बात का भार लिये दीदी के यहाँ दौड़ते हैं । आज भी दौड़े । इसीलिए सुधीरबाला ने सुवर्ण का हाथ पकड़ा ।

सुवर्ण ने लेकिन उस हाथ पर हाथ नहीं रखा, वह यों ही झाड़-झूड़कर उठी । बोली, "तुम ही बहू हो, क्यों ?"

सुधीरबाला ने अपनी गरदन एक ओर झुका ली ।

सुवर्ण अपने बचपन की इस लीलाभूमि को ताक-ताककर देख रही थी । हाथ बदल जाने से चीज़-बस्त की ज़गह बदल गयी है, परन्तु ईंट-काठ तो ज्यों-के-त्यों ही हैं । उस झरोखे के नीचे बैठकर सुवर्ण की माँ किताब पढ़ा करती थी, यहाँ, इस कोने में बैठकर तरकारी काटती थी ।

और दुतल्ले का वह छोटा-सा कमरा ?

जहाँ इसलिए तख़्त डाली गयी थी कि सुवर्ण और उसकी माँ सोयेंगी ?

साधन का ब्याह हो जाने पर वह अच्छे कमरे में सोयेगा, बग़ल के छोटे-से कमरे में सुवर्ण को लेकर सत्यवती, और इसलिए अभागा नवकुमार छोटे लड़के के साथ नीचे।

इस बन्दोबस्त के होते-होते अचानक आँधी आयी, सब तहस-नहस हो गया, बेटे की बहू के साथ सत्यवती का घर करना नहीं हो सका ।

उस आँधी के बाद के घर को देखा तो नहीं सुवर्ण ने !

इसीलिए वह आँखें फैलाकर उन खोये दिनों को खोज़ रही थी—वह, वह रही वह ताख, जिस पर सुवर्ण की स्लेट-किताब रहती थी ! अभी भी वही है ! धक् से हो उठा कलेजा । लेकिन समझा, अब यह नये अधिकारी की है ।

सुवर्ण क्या अपनी किताब-बही रखने के लिए फिर से इस घर में कोई ताख खोज लेगी ? कहेगी, "मेरी माँ, तुमने जो चाहा था, तुम्हारी सुवर्ण वही हुई । किन्तु उसकी ज़िन्दगी लगभग तुम्हारी-जैसी ही है, फ़र्क़ इतना ही है कि तुमने संसार को छोड़ दिया और सुवर्ण को संसार ने छोड़ दिया !"

लमहे की नज़र में सुवर्ण इतना सोच गयी । केवल जब चम्पा और भानू-कानू से आ टकरायी तो सुधीरबाला ने कहा, "चलो, ननदजी ।"

सुवर्ण उठ पड़ी । बोली, "तुम्हीं बहू हो, क्यों ?"

फिर पूछा, "बाबूजी हठात् कहाँ चले गये ?"

सुधीरबाला को समझना बाक़ी नहीं था कि वह कहाँ गये । फिर भी उसने सिर हिलाकर कहा, "नहीं जानती ।"

सुवर्ण ने अवाक् होकर सोचा, "बेटी आयी है, इसलिए बाबूजी लपककर मिठाई लाने तो नहीं चले गये ?"

अजीब है ! ठीक से देखा भी तो नहीं बेटी को !

अब इस परायी बेटी से बोलना होगा ! उसके मन की अवस्था अनुकूल नहीं । इन दो अनपहचानी आँखों के सामने अपना दैन्य लिये—

बहू ने फिर आग्रह किया, "मुँह-हाथ धो लो ननदजी !"

सुवर्ण ने उस पर कान नहीं दिया ।

बोली, "भैया कहाँ हैं ?"

बहू मुसकरायी ।

बोली, "और कहाँ, कचहरी ।"

"भैया वकील हो गया ?"

"हाँ ।"

"और छोटे भैया ?"

"देवरजी ?" बहू हँसते हुए रुककर बोली, "वो तो साहब हैं । रेल के दफ्तर के मँझले साहब । बँगला नाम से काम नहीं चलता, इसलिए नाम रखा है, एस० के० बनर्जी !"

सुवर्ण का कलेजा सहसा हाहाकार कर उठा ।

पता नहीं, क्यों ?

क्या वह इस घर के उस लड़के से ईर्ष्या करती है ? या कि उससे अपने व्यवधान के दूरत्व का ख़याल हो आने से हृदय खाँ-खाँ कर उठा ?

थोड़ा रुककर बोली, "तो साहब लौटते कब हैं ?"

"हाय राम, वह क्या यहाँ रहते हैं ? वह तो मुगलसराय में हैं । पहले बक्सर थे..."

अन्तिम शब्द पर सुवर्ण ने ध्यान नहीं दिया ।

उसके दिमाग़ पर मुगलसराय धक्का देता रहा, मुगलसराय ! वह काशी के बहुत निकट है । यानी छोटे भैया इस समय माँ के अत्यन्त निकट हैं ! निश्चय ! माँ छोटे भैया को छोड़ नहीं सकती !

इस लड़की से और बात करने को जी नहीं चाहा । बोली, "मैं छत पर जा रही हूँ ।"

छत पर !

बहू अवश्य अवाक् हुई । पूछा, "छत पर किसलिए ?"

"यों ही ।"

"तो चलो । यह रही, सीढ़ी इधर है..."

"मालूम है !" सुवर्ण तीखे स्वर में बोल उठी, "मालूम है !"

वह सीढ़ी से ऊपर चली गयी ।

सुधीरबाला अप्रतिभ-सी खड़ी रह गयी । साथ नहीं गयी । गुस्सा भी आया । मज़े में सब चल रहा था, अचानक यह क्या विपदा आ गयी ? यह विपदा ठीक सामयिक-सी भी नहीं लगती । क्या पता, कन्धे पर क्या लदनेवाला है ।

वह मुँह बनाये पति के इन्तज़ार में खड़ी रही । समय हो आया ।

पहनावे में लम्बा काला चपकन, गले में मुड़ी चादर, धोती, पैरों में

जूता-मोज़ा—बाज़ाब्ता वकील बाबू के बाने में साधन साझेदारी की किराये की बग्गी से घर लौटा । मोड़ पर उतरा, गाड़ी दूसरी ओर मुड़ गयी ।

रोज़ की आदत के मुताबिक उतरते ही एक बार घर की ओर ताक लिया, और ताकते ही उसकी भौंहें सिकुड़ आयीं ।

छत पर कौन खड़ी है यह ?

किनारे के घेरे से काफ़ी ऊँचाई पर मुँह, सिर खुला हुआ, बाल बिखरे !

सुधीरबाला ?

सुधीरबाला क्या उतनी लम्बी है, उतनी गोरी ?

और फिर सुधीरबाला इस समय छत पर हवा खाने जायेगी ?

लगता है, कोई घूमने आयी है ।

लेकिन कौन ?

ख़ैर, हाथ में पत्रा, फिर मंगलवार से क्या मतलब ? वह तेज़ी से घर आया । देखा, स्त्री सामने ही मुँह बनाये बैठी है ।

सुवर्ण का बड़ा भाई साधन अवाक् हो गया ।

कोई घूमने आयी हो, तो सुधीरबाला मुँह बनाये क्यों बैठी रहेगी ।

बोला, "छत पर कौन है ? किनारे खड़ी है, घूँघट उघरा, बाल खुले···"

घूँघट उघरा !

बाल खुले !

सुधीरबाला का कलेज़ा काँप उठा ।

यह क्या !

पागल तो नहीं है ? या कि हठात् पागल हो गयी ? वही हो शायद । शायद इसीलिए ससुराल के लोग यहाँ उतारकर चल दिये । अब ?

साधन ने फिर एक बार पूछा, "बोलो तो ? कौन आयी है ?"

सुधीरबाला ने निःश्वास छोड़कर कहा, "कौन आयी है, यह फिर सुनना !"

"फिर सुनूँगा ? मतलब ?"

'फिर सुनना' यह तो छल था । पति को सुनाने के लिए तड़प तो रही लेकिन शर्म···

इसीलिए मानो कहे बिना नहीं चलने का, सुधीरबाला ने इस ढंग से कहा, "आयी है तुम्हारी बहन !"

"बहन ? बहन माने ? कौन बहन ?"

गले से उतारकर चादर को अलगनी पर रखना भूलकर साधन ने उसे हाथ में लिये-लिये ही कहा, "कौन बहन ?"

उसके गले से अचरज मानो टपक-टपक पड़ने लगा ।

सुधीरबाला भी चालाक लड़की, वह रुक-रुककर परोसने लगी । बोली, "बहन

तुम्हें हैं ही कितनी ? एक ही तो है । वही बहन !''

''वही बहन ! यानी सुवर्ण !''

''हूँ ।''

बहुत दिनों से अदेखी बहन के आगमन की सुनकर साधन भी खुश के बजाय भीत ही हुआ । शंकित होकर बोला, ''एकाएक ऐसे क्यों आयी ?''

''क्यों ?'' सुधीरबाला ने गले को धीमा करके कहा, ''क्यों, यह कैसे बताऊँ ? आते ही धड़धड़ाकर छत पर चली गयी ।''

''बाबूजी नहीं हैं ?''

''हैं । अर्थात् बेटी को देखकर गये हैं ।''

''देखकर गये हैं ? कहाँ ?''

''नहीं जानती । हो सकता है, फूफी के यहाँ । देखते ही तो चल दिये ।''

साधन खीजा ।

बोला, ''बाबूजी के तो बस वह ।''

वह चिन्तित हुआ ।

बोला, ''आयी किसके साथ ?''

''नहीं जानती । देखा नहीं । दरवाज़े पर ही छोड़कर चला गया ।''

''हूँ । किया है कुछ गड़बड़ । लेकिन आते ही छत पर ?''

''ईश्वर जानें । सात बार तो कहा, हाथ-मुँह धो लो । नहीं, छत पर जाऊँगी।''

''अन्नो कहाँ है ? कहो, उसे बुला लाये···''

''अन्नो भी तो पीछे-पीछे छत पर ही गयी । मैंने बताया न, फूआ है ।''

''बुलाओ, बुलाओ । दिमाग़ तो ख़राब नहीं हुआ है ।''

''कौन बुलायेगा ?''

''अन्नो को ही बुलाओ ।''

''तुम्हीं पुकारो । मैं अब सीढ़ी नहीं चढ़ सकूँगी ।''

''फूआ ? फूआ से इतनी क्या बात हो रही है ?''

साधन ने ऊब ज़ाहिर की ।

किन्तु साधन की बेटी ने एकाएक फूआ को बड़ा पसन्द कर लिया । धीरे से उसका बदन छूकर बोली, ''तुम फूआ हो !''

फिर क्या जानें कैसे, मेल हो गया । यह सुवर्ण से एक के बाद दूसरा प्रश्न करती जा रही थी, सुवर्ण ज़वाब देती जा रही थी ।

सुवर्ण सम्भवतः ऐसा ही कुछ चाह रही थी । कहना चाह रही थी अपनी बात। इस शिशु-मन के सामने वह कहना सहज हो गया ।

अन्नो ने कहा, ''इसी घर में पैदा हुई तो यहाँ रहती क्यों नहीं हो ?''

''इन लोगों ने मुझे दुख दिया । ससुराल भेज दिया ।''

"तो फिर क्यों यहाँ आयीं ?"

"फिर ससुरालवालों ने भी भगा दिया ।"

"तुम्हें सब लोग भगा ही भगा देते हैं ?"

"हाँ, वही तो कर रहे हैं ।"

"क्यों, तुम तो खूब सुन्दर हो !"

"उससे क्या ? सुन्दर पर ही तो दुनिया को ग़ुस्सा है ।"

"धुत्त !"

"बड़ी होने पर देख लेना ।"

फूआ के हाथ पर अपना हाथ रखकर अन्नो ने कहा, "मैं काली हूँ ।"

"नहीं-नहीं, तुम अच्छी हो ।"

"दादाजी कहते हैं, तू भद्दी है, भोंदू, तेरी फूआ अक़्ल की रानी थी !"

"कौन कहता है यह, कौन कहता है ?"

फूआ की अचानक इस उत्तेजना से अन्नो थममता गयी । बोली, "दादा जी ! तुम्हारे बाप ।"

"तेरे दादाजी मेरे बाप होते हैं, तू यह जानती है ?"

"हाय राम !" अन्नो पुरखिन-सी बोली, "नहीं जानूँगी भला ! उस घर की दादीजी ने बताया नहीं है ? अच्छा, तुम्हारे दुलहा नहीं है ?"

"दुलहा ! है तो···"

नीचे उस समय बाप-बेटे में चुपचाप राय-सलाह हो रही थी ।

नहीं, सौदामिनी उसी क्षण आ नहीं सकीं । वात का दर्द बढ़ गया है । कमर के दर्द से उठ नहीं सकीं । कहा, "तू चल, मैं आती हूँ ।"

साधन अवश्य फूफी का नहीं, बाप का इन्तज़ार कर रहा था । बोला, "आप बिना कुछ पूछे-आछे ही वहाँ चले गये ?"

नवकुमार ने स्वयं का समर्थन किया । कहा, "पूछना क्या था, समझ ही तो गया कि कुछ कर-कराके आयी है । झाड़ बाँस का गुण जाने को है ! खूब समझ रहा हूँ, कुछ हो उठी है ।"

सुवर्ण इस घर में दुर्लभ थी, वह मानो कुछ विषण्णता के आधार में एक अंश परम मूल्यवान् रत्न थी । किन्तु सहसा उसका दाम घट गया ।

विताड़ित होकर पनाह जो लेने आयी, अपना सब मूल्य खो बैठी ।

विपदा की मूर्ति बन गयी वह ।

छत से सुवर्ण को बुलवाकर नवकुमार ने पूछा, "एकाएक क्यों चली आयी ?"

नज़र उठाकर एक बार बाप की ओर ताककर सुवर्ण शान्त स्वर में बोली, "चली तो नहीं आयी, उन लोगों ने निकाल दिया ।"

साधन ने खीजकर कहा, "हुँः, निकाल दिया, बड़ा ! हो गया ।"

सुवर्णलता ने कहा, "हो ही तो गया, देखा । आसानी से ही हो गया । बोले, "बच्चे हमारे वंशधर हैं, ये हमारे पास रहें, तुम अपनी बेटी के साथ जाकर नैहर में रहो ।" मैंने कहा, "सभी यहीं रहें । बेटी भी तुम्हीं लोगों की है !"

"फिर ?"

"फिर क्या ! गाड़ी बुलवायी । बक्से को ऊपर रखवाया । आप खुद भी गाड़ी पर चढ़ा और मुझे यहाँ उतारकर चला गया ।"

नवकुमार ने धीरज से सब सुना । अन्त में क्षोभ और क्रोध के मिश्रण से बना एक प्रश्न किया, "और तू झट् अन्दर आ गयी ? समझ नहीं सकी कि यह त्याग करना है ?"

"समझ क्यों नहीं सकी ? उन लोगों ने तो कह-सुनकर ही···"

"तो, रो-धोकर कह नहीं सकी कि बच्चों को छोड़कर मैं रहूँगी कैसे ?"

सुवर्ण ने व्यंग्य और क्षोम मिला एक प्रश्न किया, "छोड़कर नहीं रह सकूँकी इस बात का भी कोई अर्थ होता है ? वह तो हँसी की बात है !"

नवकुमार ने क्षण-भर के लिए सिर झुका लिया । उसके बाद बोले, "पर भविष्य की बात तो सोचनी है ?"

"सोचकर सचमुच ही क्या कोई कुछ कर सकता है···" 'बाबूजी' शब्द उसके मुँह में आते-आते भी नहीं आ सका । अनभ्यास से मुँह में ही मानो अटक गया।—"कितनी ही लड़कियाँ अचानक विधवा भी तो हो जाती हैं ?"

"राम-राम !" नवकुमार ने क्रुद्ध गले से कहा, "जो मुँह में आया, वही कह बैठी! आश्चर्य ! कहाँ पड़ी है माँ और कहाँ रही बेटी, स्वभाव देख रहा हूँ एक ही साँचे में ढला है । यह बात तूने ज़बान से निकाली कैसे ?"

"सच कहने में झिझक क्यों होने लगी ?"

अबकी सम्भवतः जबरन ही 'बाबूजी' शब्द का उच्चारण किया सुवर्ण ने । कहा, "मुझे यहाँ रहने देने होगा, यह सोचकर आप डर रहे हैं बाबूजी ?"

नवकुमार हठात् विचलित हो उठे ।

उनकी आँखों में आँसू छलक आये । उसी मौक़े से साधन बोल उठा, "डरने की बात नहीं । लेकिन अचरज तो हो रहा है ! जिन लोगों ने इतने वर्षों में कभी नहीं भेजा, और आज अचानक···"

तब तक बाप के घुटने के नीचे से अन्नो बोल उठी, "फूआ की सास को पैसों की कमी हो गयी, इसलिए बोली, 'बहुएँ कुछ दिन अपने-अपने नैहर में रहें, मेरा ख़र्च कम होगा···' इस पर फूआ ने कहा, 'नहीं, नहीं जाऊँगी मैं' इसी पर वे लोग बिगड़ उठे । बोले, 'तो चली जाओ ! हमारे यहाँ नहीं रहना होगा' ।"

"लेकिन इस प्रस्ताव पर राज़ी होने में नुक़सान क्या था ?" साधन ने कहा, "कोई बुरी बात तो नहीं थी । कुछ दिन घूम-घाम जातीं ।"

नवकुमार बोल उठे, "हाँ, अच्छा ही तो होता । खुशी-खुशी चली आती । इसी बहाने कुछ दिन रहना हो जाता ।"

"किसी बहाने कुछ पा जाने का लोभ मुझे नहीं है बाबूजी !"

नवकुमार चौंक-से उठे । उन्हें बात कैसी नयी-सी तो नहीं लगी !

या नयी भी नहीं, सिर्फ़ भूले हुए एक सुर-जैसा । सुवर्ण की माँ सत्यवती भी ऐसे ही सुर में बोला करती थी न !

किन्तु अब भी समय संगीन है ।

खोये हुए सुर के लिए सिर खपाने का समय नहीं । जो लड़की उनके लिए प्रायः मर ही गयी है, या बिल्कुल अपरिचित है, उस लड़की को एकाएक यह कहना सख़्त ही तो है कि 'ठीक है, तू सदा मेरे यहाँ मेरा कलेजा जुड़ाये रह ।'

क्या जानें इसकी रीति-प्रकृति क्या है, उन लोगों ने क्यों इसे इस प्रकार से निकाल दिया, कुछ भी तो मालूम नहीं ? और फिर बाप ठहरे, बेटी का हिताहित भी तो देखना है ! बेटी अगर बिगड़कर पति का घर छोड़ आयी हो···

नवकुमार ने विचलित स्वर में कहा, "दूसरी बहुओं ने क्या कहा था ?"

"दूसरी बहुओं ने ?" सुवर्ण ने कहा, "और बहुएँ तो मैके जा पायें तो जो मान-मर्यादा का ख़याल हो, जब तो···"

"हूँ । जितनी मान-मर्यादा है, सब तुम्हें ! क्यों ? होगी ही । मानो माँ की मानी बेटी । माँ एक घर को चौपट किये बैठी हैं, अब बेटी भी···"

नवकुमार हठात् चुप हो गये ।

हठात् पीछे मुँह फेर लिया । शायद आँखें छिपाने के लिए ।

साधन को ऐसी भाव-प्रवणता पसन्द नहीं । वह बोल उठा, "वह सब छोड़िए बाबूजी । बात यह है कि इसका कोई किनारा करना है, है या नहीं···"

"है या नहीं के माने ?" नवकुमार ने उद्दीप्त गले से कहा, "करना ही पड़ेगा । उन लोगों ने कहा, छोड़ दिया और छोड़ गये, यह भी कोई बात हुई ? उनके यहाँ जाकर नाक-कान मलकर माफ़ी माँगनी होगी ।"

"नाक रगड़कर माफ़ी माँगनी होगी !"

धातु का कोई पात्र मानो बोल उठा ।

यह कैसा गला ? कितना भयानक !

यह स्वर तो नवकुमार का बहुत ही परिचित है !

ग़ज़ब !

यह लड़की माँ-जैसी ही बनी बैठी है ? क्यों, अपने भाइयों-जैसी नहीं हो सकती थी ? किन्तु इसका बोझा ढोने की शक्ति नवकुमार को नहीं है । इसलिए वह तरल होने की चेष्टा करके बोले, "सो तो कहना ही होगा । आखिर ससुराल है ! माँ-जैसा नाटक-नावेल पढ़ने का खूब अभ्यास हुआ है शायद । इसीलिए मान-मर्यादा का इतना

ज्ञान है ! ऐसी बुद्धि को प्रश्रय नहीं देना चाहिए ! दो-चार दिन रह जा, मैं ख़ुद जाकर तेरी सास को समझा-बुझाकर तुझे वहाँ रख आऊँगा...''

''मैं तो अब वहाँ कभी नहीं जाऊँगी बाबजी...''

सुवण न शान्त स्वर म कहा ।

नवकुमार ने बेटी के गले में उद्वेग का अनुभव किया । लगता नहीं है कि किसी प्रकार से इसे राज़ी किया जा सकेगा । ख़ैर, देखा जाये, भुला-फुसलाकर तैयार किया जा सकता है या नहीं ।

बोले, ''ज़रा पग़ली लड़की की बात तो सुनो ! बिलकुल नाता तोड़ लेने से भी चलता है कहीं ! मैं जाऊँगा । बल्कि समझा-बुझाकर दिन-तिथि देखकर दो महीने के लिए लिवा लाऊँगा एक बार । यह अच्छा ही हुआ, शाप में वरदान ! आना-जाना था नहीं, अब रास्ता खुल गया...''

छत से उतरकर सुवर्ण सीढ़ी की धाप पर बैठी थी । वह अचानक उठ खड़ी हुई। बोली, ''यानी आप भी मुझे भगा ही दे रहे हैं बाबूजी !''

''भगा दे रहा हूँ ? छिः यह कैसी बात ?''

नवकुमार बोले, ''साधन, सुन रहा है अपनी बहन की बात ?''

''क्यों नहीं ?'' साधन ने कहा, ''लेकिन लगता है, इस समय माया-ममता का प्रश्न नहीं है । लड़कियों का जो असली आश्रय है...

''असली आश्रय !''

सुवर्ण हँस उठी । बोली, ''असली आश्रय का मूल्य तो खुल गया भैया ! बस, लमहे का इधर-उधर, साफ़ कह दिया, निकल जाओ । तो क्या सिर्फ़ उसी आश्रय को जकड़े रहना होगा ?''

साधन की स्त्री सुधीरबाला ने इन बातों के बीच ही झट-पट जलपान का इन्तज़ाम कर लिया था । कचहरी से लौटे पति के लिए भी, आगन्तुक ननद के लिए भी ।

झकमक करती दो रिकाबियाँ लाकर उसने उन दोनों के सामने रख दीं । पहले आसन लगाया । फिर ले आयी पानी के गिलास ।

ससुर इस समय नहीं खाते हैं । उनके लिए ज़रूरत नहीं ।

सुवर्ण ने रिकाबी की ओर ताका ।

बड़े-बड़े दो रसगुल्ले, दो इमरती और दो नमकीन ।

सहसा वह हँस उठी ।

ज़ोर-ज़ोर से हँसकर बोली, ''क्यों बहू ? विदाई का संकेत ? वाह, तुम तो बड़ी बुद्धिमती हो !''

नवकुमार ने बहू की ओर निहारा ।

गृहिणी के घर की गृहिणी !

डरना ही पड़ता है कुछ ।

इसीलिए झट बोल उठे, "यह कैसी बात सुवर्ण ? कितने दिनों के बाद आयी है, मूँह मीठा नहीं करेगी ?"

कड़वी हँसी हँसकर सुवर्ण बोली, "बहुत तो किया बाबूजी ! यह रसगुल्ला तो गले में नहीं धँसेगा । आप बल्कि एक बग्गी बुला दीजिए !"

"बग्गी !"

नवकुमार ने हड़बड़ाकर कहा, "गाड़ी बुला दूँ, माने ? मैं तुम्हें क्या आज ही छोड़ दूँगा ? अभी-अभी सौदा-दी आयेंगी, अरे तेरी वही फूआ ! याद है न ! या कि भूल गयी ! वात हो गया है । मालिश करा रही थी, बोली तुरत आ रही हूँ । आज नहीं, कहा तो, दो दिन रह जा । उसके बाद तुझे साथ लिवा जाऊँगा और नाक रगड़कर तुझे दो महीने के लिए लाने की अनुमति लूँगा ।"

किन्तु सुवर्ण क्या अचानक बहरी हो गयी ? वह यह सब सुन नहीं सकी ? इसीलिए वह कातर कण्ठ से बोल उठी, "भैया, एक गाड़ी बुला दो···"

अब शायद साधन संकुचित हुआ । बोला, "आज, इसी वक़्त जाने की क्या पड़ी है ? बल्कि आज मैं एक बार उनके यहाँ जाकर···"

साधन की बात पूरी नहीं हुई । अन्नो एक ओर खड़ी बोल उठी, "नाहक ही क्यों कहते हो बाबूजी, फूआ अब मर भी जायें तो ससुराल नहीं जायेंगी ।"

"ऐं, ऐं !" ग़ुस्से के मारे साधन ने चटाक से बेटी के गाल पर एक चाँटा जमा दिया । कहा, "नहीं जायेगी ! तुम्हारे कानों में कहा है ! पाजी, बक्की लड़की । एक चीज़ तैयार हो रही है !"

"अहा-हा, उस दुधमुँही बच्ची को ख़ामख़ा—" नवकुमार बोल उठे, "ये कूट चाल की बातें छोड़, भैया के साथ बैठकर खा ले । तेरे उसी नोनी की दुकान के रसगुल्ले हैं, बचपन में जिसके लिए तेरी लार टपकती थी । नोनी बुढ्ढा अभी···"

नोनी के नाम से सुवर्ण नर्म पड़ सकती थी । बचपन के उल्लेख से कोमल हो सकती थी । मगर किस बात से क्या जो होता है । हठात् सुवर्णलता एक काण्ड कर बैठी ।

वह झट बैठ गयी और औचक ही दीवार से अपने कपाल को ठोंकते हुए बोली, "क्यों, तुम सब लोग मेरा अपमान क्यों करोगे ? क्यों, क्यों ?"

भीतर की अव्यक्त यन्त्रणा को प्रकट करने की और कोई भाषा ढूँढ़े न पाकर सुवर्णलता अपने इतने दिनों के विवाहित जीवन के सारे पुंजीभूत प्रश्नों को इस एक शब्द से व्यक्त करना चाहने लगी ।

शायद सिर्फ़ वही नहीं, सारे अवरुद्ध नारी-समाज के विरुद्ध प्रश्न को मुक्ति देने की दुर्दमनीय वासना हो यह, जहाँ हर कोई सही रास्ता नहीं पाकर ऐसी उन्मत्त चेष्टा से सिर पीटकर मरती है ।

शायद बीसवीं सदी के शेषार्ध में भी सभ्यता और प्रगति की आँखें चौंधियाने

वाली रोशनी के सामने सजाकर रखी रंग-बिरंगी खिलौना-औरतों के पीछे के अँधेरे में आज भी करोड़ों-करोड़ स्त्रियाँ ऐसे ही सिर पीटकर पूछ रही हैं, क्यों ? क्यों ?

सुवर्णलता का युग क्या समाप्त हो गया ?

कोई भी युग क्या निश्चिह्न होकर समाप्त हो जाता है ?

शायद नहीं ।

शायद बूढ़ी धरती के शीर्ण पँजरे की पर्त-पर्त में कहीं; किसी जगह ख़त्म हुए युग का अवशिष्ट अंश अटका रह जाता है, इधर-उधर झाँकने से उसका पता चलता है।

जहाँ सिर ठोंकने का प्रतिकार नहीं । जहाँ लाखोंलाख 'क्यों' दौड़-दौड़कर दम तोड़ रहे हैं ।

लेकिन दृश्यमान सिर कूटने का प्रतिकार हुआ । 'अरे, रे' कहकर नवकुमार ने उसे पकड़ लिया । साधन ने पानी लाकर कपाल पर छींटा मारा । घूँघट काढ़कर सुधीरबाला पंखा झलने लगी ।

और झुकी कमर लिये ऐन इसी वक़्त सौदामिनी आकर खड़ी हुई ।

ग्यारह

ताश का अड्डा रोज़ ही जमता है । साँझ से रात के दस-ग्यारह बजे तक । घर की औरतें बैठी-बैठी चौका अगोरते हुए या तो ऊँघती हैं, या एक नींद सो लेती हैं ।

किन्तु निश्चिन्त तो सो नहीं सकतीं । बैठके से कब चार बीड़ा पान या टिकिया सुलगाकर भेजने का हुक्म आ पहुँचेगा, ठिकाना तो नहीं ।

यदि पता चले, बहुएँ सो गयीं, फिर तो गरदन जाने की नौबत । और फिर भात गरम रखने की भी तो चिन्ता रहती है । चूल्हे पर हाँड़ी चढ़ाये रखने पर भी तो ठण्डा हो जाता है भात ! इतनी देर तक ताश पीटने के बाद लौटने पर यदि पुरुषों को ठण्डा भात मिले तो दिमाग़ ठण्डा रखना कठिन ही है !

फिर भी छुट्टी के दिनों से और दिनों की तुलना ही नहीं हो सकती । छुट्टी के दिन अड्डा भोजन के तुरत बाद ही जम जाता है और चलता भी है आधी रात तक।

पान लगाते-लगाते बहुओं और तम्बाकू चढ़ाते-चढ़ाते बच्चों की जान निकल जाती है ।

हर क्षण हुक्म आता है और ज़रा भी देर हुई कि डाँट ।

सुबोध के सिवाय तीनों भाई ताश के कीड़े हैं । सुबोध ज़रा नींद-कातर आदमी है । सवेरे-सवेरे खाकर सो जाता है । और सोने के लिए जाते हुए कह जाता है, "ताश, शतरंज, पासा । ये तीनों कर्मनाशा । तुम लोगों को इस कर्मनाशा नशे ने दबोचा है ।"

प्रभास बेपरवा हँसी हँसकर कहता, "सो है । इससे नींद कहीं क़ीमती चीज़ है, क्यों भैया ?"

सुबोध लज्जित नहीं होता । कहता, हज़ार बार । "नींद है दिमाग़ की खुराक। शरीर को जैसा है अन्न, दिमाग़ को है नींद !"

इस नये ज्ञान-लाभ से प्रभास अवश्य धन्य नहीं होता । कहता, "अति भोजन भी अच्छा नहीं है ।"

सुबोध हँसता, "अति से मतलब । भगवान् ने कै घण्टे का दिन दिया है और कै घण्टे की रात, हिसाब करके देखो ।"

"तुम करो ।" प्रभास कहता ।

प्रभास के बोलने-चालने का यही लहजा है ।

बड़ों से बोलने में नम्रता की नीति अभी भी है, प्रभास यह शायद ही मानता है। घर में यह रवैया चालू हो गया है कि हर कोई प्रभास का ही अदब करेगा ।

यहाँ तक कि अपने वक़ील बेटे को मुक्तकेशी भी मानकर ही चलती हैं, उसकी स्त्री के दोष का ध्यान कम रखती हैं और बेटे को अक्सर 'तुम' ही कहती हैं ।

प्रभास यदि ताश खेलने का विरोधी होता तो निश्चित ही घर में ताश का अड्डा जमाने का सपना कोई नहीं देखता । लेकिन इस यज्ञ का होता प्रभास ही है । इसलिए अड्डा आकार में क्रमशः बढ़ रहा है, दर्शक बन्धुओं की संख्या बढ़ रही है ।

छुट्टी के दिन तो पूर्णिमा का ज्वार !

और दिन भी कुछ कम नहीं ।

प्रबोध जब घोड़ागाड़ी किराया करके मँझली बहू को निर्वासित करने गया तो बन्धुओं में से खिलाड़ी चुनकर प्रभास ने बाज़ार सरगरम रखा । उसमें दो डब्बा पान ख़त्म हो चुका । रात भी एक पहर बीत चली ।

बहू को पहुँचा करके प्रबोध माँ के पास से होकर अभी-अभी बैठा ही था ।

इसी समय द्वार पर गाड़ी खड़ी होने की आवाज़ । भगा देने के बाद भी भगायी हुई लौट आयी !

किन्तु दरज़ीपाड़ा गली के बन्द किवाड़वाले मकान में दाख़िल होने का अधिकार सुवर्णलता को क्या सहज में ही मिला था ?

नहीं ।

मातृभक्त बेटा प्रबोध अभी-अभी के जमे खेल पर पानी फेरकर ससुर के सामने आकर दरवाज़ा रोककर गरदन झुकाये बोला, "नहीं-नहीं, वह यों नहीं आ सकती । साफ कह दूँ, मेरी माँ के पाँव पकडकर माफी माँगनी होगी !"

खेल छोड़कर प्रभास ने आकर कहा, "बेटी को एक साँझ भी दो मुट्ठी खाना नहीं दे सके ?"

"नहीं ही दे सका, कहो..." कहकर नवकुमार गाड़ी पर जा बैठे । क्षुब्ध रुलाई से लिपटे उस स्वर ने भीतर के इतिहास का आभास दिया ।

सुवर्ण ने खाया नहीं । पानी तक नहीं पिया ।

गाड़ी पर सवार होते-होते कहा था, "ज़रूरत क्या है बाबूजी ? यदि दरज़ीपाड़ा के उस घर में फिर से जाना ही है, उनकी हाँड़ी का अन्न खाना ही है, तो एक बेला के लिए ज़ात क्यों गँवाऊँ ?"

सौदामिनी ने गाल पर हाथ रखकर कहा था, "अरी, तू तो अपनी माँ को मात कर गयी । बाप का अन्न खाने से तेरी ज़ात जायेगी ?"

"मौक़े पर वह भी जाती है फूफी ।...ख़ैर, गाड़ी बुला लो । रात अधिक होने से पहले ही पहुँचा आओ । बहुत तकलीफ़ तुम्हें उठानी पड़ी, यही दुःख रहा ।"

दरवाज़ा छेंकने का नाटक टोलेवालों ने देखा तो था !

जो लोग ताश खेल रहे थें, उन्होंने देखा, जो खिड़कियों पर खड़ी थीं, उन्होंने देखा । और, बदन खोले जो अपने-अपने ओसारे पर बैठे थे छोटी बच्चियों की साड़ी लपेटे, उन्होंने तो देखा ही !

आख़िरकार उस नाटक पर यवनिका स्वयं मुक्तकेशी ने ही डाली ! उन्हें तो अब आबरू की बला है नहीं, सो दरवाज़े के पास आकर बोलीं, "ऐ पेवा, दरवाज़ा छोड़ दे । हँसी मत करा । मँझली बहू, जाओ, अन्दर चली जाओ, और अधिक घिनौना न करो ।"

न, उस दिन सुवर्ण ने तपाक से कुछ नहीं कहा । कहा नहीं कि "घिनौना तो आपने ही कराया ।"

सुवर्ण सीधे भीतर चली गयी ।

पिता की ओर पलटकर ताका तक नहीं ।

मुक्तकेशी ने उदात्त गले से कहा, "कितने भाग्य से समधीजी के चरणों की धूल पड़ी, दरवाज़े पर से हीं लौट जाइएगा ? जलपान करके जाना होगा..."

"जी, आज रहने दीजिए, आज रहने दीजिए"—कहकर सम्भवतः आँसू को दबाते हुए उन्होंने गाड़ी को चलाने के लिए कहा ।

"आज खेल ही चौपट हो गया, हुँः झमेला..." कहते हुए प्रभास ने जाकर ताश भाँजना

शुरू किया और आँखों की हया से लाचार प्रबोध भी···

मन में उमंग की एक लहर तो उठ रही थी लेकिन ।

सनक के चलते और 'स्त्रैण' अपवाद मिटाने के लिए ही वह यह कहकर बैठा था । मन में तो बिच्छू डंक मार रहे थे !

जिस सिंहराशि की खूँखार औरत है यह, कौन कह सकता है, यह सचमुच ही चिरविच्छेद नहीं हुआ ? वैसा होता तो पानी किस घाट तक जाता, कौन कह सकता है । दूसरी बीवी आती तो क्या भानू-कानू को देखती ? या कि चम्पा से ही बनता?

वह दुर्भावना गयी ।

अब मान-भंजन की परेशानी !

रात उसी में गुज़रेगी, और क्या !

तो क्या, वह रात, प्रबोध की उसी में गयी थी ?

उस रात, आधी रात में घर में एक भयंकर शोरगुल नहीं मचा था ?

हाँ, भयंकर ही शोरगुल उठा था—सास की अफ़ीम की डिबिया चुराकर छुटकारा पाने की हास्यास्पद चेष्ठा के कारण !

हुआ कुछ नहीं, केवल हैरानी । मगर घिनौना तो हुआ । आधी रात को डॉक्टर बुलाना पड़ा, थाना-पुलिस से बचने के लिए डॉक्टर को फ़ीस के सिवाय भी कुछ घूस देना पड़ा । हालाँकि गिलास-गिलास नमक-पानी पिलाने के अलावा डॉक्टर ने और कुछ भी नहीं किया ।

उस बेहयाई के लिए सुवर्ण को जीवन-भर बहुत लांछना-गंजना सहनी पड़ी ।

यहाँ तक कि जो जेठ कभी कुछ नहीं कहता था, उसने भी कहा, "बोराबन्दी नाटक-उपन्यास पढ़कर यही हुआ है और क्या !"

सो सुवर्ण ने पढ़ा ठीक ही है । बोराबन्दी ही पढ़ा है । उन बोराबन्दी किताबों की कृपा से बातें भी बोराबन्दी ही सीखीं, किन्तु अफ़ीम की मात्रा कितनी होने से वह घिनौना के बजाय काम की होती, यह नहीं सीखा !

यदि वह सीखा होता, तो उसके जीवन-नाट्य में वहीं यवनिका गिर जाती । ज़हर की मात्रा के बारे में कभी जो ज्ञान होता उसे ! लेकिन छोड़िए वह बात । अभी प्रबोधचन्द्र और सुवर्णलता की जो बड़ी तसवीरें बड़े लड़के के कमरे में आमने-सामने टँगी हैं, उन पर फूल की माला है ।

हर साल मृत्यु की बरसगाँठ पर पुरानी के बदले नयी माला दी जाती है । सार्थक जीवन की उस प्रतिमूर्ति को देखकर कौन कह सकता है कि मिट्टी का तेल बदलने-उलटने के सिवाय खुदकुशी के जितने भी तरीक़े हैं, उसने एक बार सबको आज़माया है ।

लेकिन ताज्जुब !

अन्त तक हर उपाय में कोई न कोई त्रुटि रह गयी । शायद हो कि वही सुवर्ण के करम में लिखा हो । नहीं तो यह किसने कब सुना है कि आदमी छत से कूदकर

भी बच जाता है !

लेकिन रसोई की छत । नीची । फिर भी तो छत ही ।

उसी छत से गिरी थी ।

तब से छत की सीढ़ी बन्द करके रखी जाती थी । कुंजी मुक्तकेशी के पास रहती।

और गंगा मैया ने ही क्या कोई दया-दाक्षिण्य दिखाया ?

कुछ नहीं ।

योग में ज़िद करके सास के साथ गंगा नहाने गयी । आज़माया । नहीं हुआ।

लाभ नहीं हुआ ।

किसी ने कभी विश्वास ही नहीं किया कि सुवर्ण ने डूब जाने की जी-जान से कोशिश की ।

इसी से सफल नहीं होती थी ।

जो साथ जाती थीं, वही उसका हाथ पकड़ कर खींच लेतीं, "जा कहाँ रही हो। घाट के पास ही रहो न, उतनी दूर जाने की क्या ज़रूरत ?"

किन्तु आख़िर सुवर्णलता इतनी ऊब ही क्यों गयी है ?

उमाशशि, गिरिबाला, बिन्दु—ये भी तो उसी परिवेश में रहीं ? कहाँ, वे तो रात-दिन मरने को नहीं बौखलायीं ?

हो सकता है, मूल कारण बोरा-बोरा नाटक-उपन्यास पढ़ना ही हो । और कोई कारण नहीं दीखता ।

परन्तु, बोरों पुस्तकें लानेवाला कौन था ? उस युग से पचास साल पड़े उस घर के अँधेरे अन्तःपुर में वे आती किस रास्ते से थीं ? नयी-नयी किताब और पत्र-पत्रिकाएँ आती भी तो थीं अन्दर !

चलते साहित्य की ख़बर क्या वह रखता था ? वह, ला देनेवाला ? या कि सुवर्णलता के कहे मुताबिक़ ला दिया करता था ?

सुवर्णलता का निर्देश ?

वह भला किसे निर्देश दे ?

था एक आदमी ।

जो कि सुवर्णलता का हुक्म बजा पाने से अपने को कृतार्थ मानता था । पगला-पगला-सा लड़का । उसके अच्छे नाम का किसी को खाक पता नहीं । 'दुलो' नाम से ही मशहूर था । स्कूल में पास करने के सिवाय और किसी काम में उसे हारते नहीं देखा जाता था । उसमें असाध्य साधन की क्षमता थी ।

सुशीला के दूर के रिश्ते का भानजा था । उसी नाते इनके घर को ननिहाल कहता था । सुवर्ण को कहता था 'मामी ।'

सुवर्ण को किताब पहुँचाने का भार उसी ने लिया था ।

क्यों लिया था, क्या जानें ।

सम्भवतः उसकी बावली बुद्धि में औरों को खुश करने की प्रेरणा ही कारण हो। उसे सबको खुश करने की इच्छा होती थी । और, मँझली मामी पर एक अहेतुक आकर्षण था उसे ।

लगता है, हृदय के क्षेत्र में कहीं, किसी जगह दोनों समगोत्र थे । इस घर की मँझली बहू भी पगली-सी है, यह तो सर्वजन विदित है ।

दुलो कहाँ से जो सब प्रकार की पुस्तक-पत्रिका जुटाकर लाता था, यह वही जानता। सुवर्णलता पूछती, तो कहता, "मल्लिक बाबू के यहाँ से लाता हूँ । मल्लिक बाबू तो सब तरह की किताबें ख़रीदते हैं न ! उनको रुपयों की तो कोई कमी नहीं। वह कहते हैं, 'रे दुलो, लक्ष्मी सार्थक होती है सरस्वती को ख़रीदने से' !"

किस ज़रिये से दुलो लक्ष्मी के वरपुत्र और सरस्वती के प्रिय पुत्र इन मल्लिक बाबू के यहाँ प्रवेश की छूट पा गया था, यह शायद दुलो भी स्वयं भूल गया है । लेकिन यह देखने में आता है कि उसकी गतिविधि वहाँ अबाध है ! दुलो जितनी चाहता है, किताबें ले आता है ।

मामला सन्देहजनक है ।

सुवर्ण को भी सन्देह हुआ था । चोरी तो नहीं करता ?

अपना यह सन्देह सुवर्ण ने दूसरे प्रश्न से व्यक्त किया था । पूछा था, "तू खुद तो पढ़ना-लिखना नहीं जानता है, किताबें माँगने से नाराज़ नहीं होता कोई ?"

'दुलो' को कभी कोई तुम सम्बोधन नहीं करता ।

सुवर्ण ने भी नहीं किया ।

बोली, "तू तो पढ़ता नहीं, वे क्षुब्ध नहीं होते ?"

दुलो ने औरत की तरह गाल पर हाथ रखा, "क्षुब्ध ! कहती क्या हो ? जो किताब पढ़ना पसन्द करते हैं, मल्लिक बाबू उन्हें बहुत चाहते हैं । स्त्रियाँ पढ़ें तब तो और भी । कहते हैं, 'ये स्त्रियाँ जब तक मनुष्य नहीं बनतीं, अपने देश का दुःख नहीं दूर होने का ।' उनके घर के सभी तो काला अच्छर भैंस बराबर हैं । कहते हैं, 'एक तू मेरा भक्त जुटा है, सो भी निपट गँवार ! मेरा नसीब ही ऐसा है ! मुझे अगर पढ़ने से प्रेम होता, तो मल्लिक बाबू शायद आलमारी सहित सारी किताबें ही मुझे दे देते ! अच्छा, मँझली मामी, यह मल्लिक बाबू जो रात-दिन 'देश का दुःख, देश का दुःख' करते रहते हैं, देश का दुःख क्या है ?"

"दुःख है, तू नहीं समझेगा···" सुवर्ण उत्तेजित होती, "तेरे मल्लिक बाबू देश के बारे में और क्या कहते हैं ?"

"कितना कुछ कहते हैं । ढेरों लोग आते हैं और बैठके में वही बात तो होती है ।"

"तू नहीं सुनता है वह सब ?"

सुवर्णलता ने दबे किन्तु उत्तेजित स्वर में कहा ।

मँझली मामी के ऐसे भाव का कारण दुलो ने समझा नहीं । वह हँस पड़ा और बोला, ''सुनता क्यों नहीं हूँ । एक कान से सुनता हूँ, दूसरे कान से निकाल देता हूँ।''

''ऐसा क्यों करता है ? याद नहीं रख सकता ?''

दुलो ने अवाक् होकर कहा, ''ज़रा सुन लो बात ! मुझे काहे का दुःख है कि मैं शौक़ से जबरन बुलाये दुःख को अपनाऊँ ? मज़े में तो हूँ मैं !''

''नहीं, मज़े में नहीं है ।'' सुवर्ण ने उत्तेजित स्वर से कहा, ''दुःख है, उसे समझना होगा ।''

दुलो ने मन में सोचा, मल्लिक बाबू और अपनी यह मँझली मामी एक ही ज़ात की पागल हैं । फिर कह उठा, ''मल्लिक बाबू ठीक तुम्हारी-जैसी ही बातें करते हैं! वह कहीं तुम्हें देख पाते तो बेदाग़ खूब प्यार करते तुम्हें । देखने की इच्छा भी है उनकी···''

सुवर्ण के रोंगटे खड़े हो आये ।

वह झट बोल उठी, ''धत्, बुद्धू ! ऐसा नहीं बोलना चाहिए । ख़बरदार, फिर कभी ज़बान पर यह बात मत लाना ।''

दुलो ने सकुचाते हुए कहा, ''उस दिन वह कह रहे थे न···''

''क्या कह रहे थे ?''

''कह रहे थे, स्त्री होकर इतनी कठिन-कठिन पुस्तकें इतनी जल्दी पढ़ डालती है, ख़ुशी होती है । तेरी मँझली मामी को देखने को जी चाहता है ।''

''चुप, चुप ! बिलकुल चुप !''

सुवर्ण उस बावले लड़के को रोक दिया करती, किन्तु रोक नहीं पाती थी अपने भीतर को, दुरन्त की चाह लहर को ।

सुवर्ण को ही क्या इच्छा नहीं होती है, किताबों से भरी आलमारियों से सजे उस कमरे और उस कमरे के मालिक को देखने की ? जिसे सुवर्ण ने देवता-स्वरूप सोच रखा है ?

देवता नहीं तो क्या ?

जो आदमी समझता है कि सरस्वती का आहरण ही लक्ष्मी की सार्थकता है और देश का दुःख जिसके हृदय को स्पर्श करता है, देवता ही तो है वह !

दुनिया में ऐसे लोग भी हैं ।

वह इन दुःखों की चर्चा करते हैं, भाषण देते हैं, सुरेन्द्र बनर्जी से उनकी जान-पहचान है, रवि बाबू को भी शायद बहुत बार देखा है । ओह, कैसा अलौकिक !

किन्तु उनकी पत्नी को यह सब फूटी आँखों भी नहीं सुहाता । वह क्या तो, गीले कपड़ों घर में रात-दिन गोबर-पानी छींटती रहती हैं ।

अजीब हैं ! अजीब ! यह दुनिया ही क्या ऐसी है ?

किसी पत्रिका में सुवर्ण एक लेख पढ़ रही थी—'अजगर की कहानी ।'

वह अजगर अपने हिमशीतल आलिंगन में धीरे-धीरे लपेटता है, आँखों नहीं पड़ता, इस आहिस्ता से दबाव डालता है और वह दबाव क्रमशः टेढा और कठिन हो उठता है ।...उस अदेखे निर्मम दबाव से बाहर के चेहरे को हूबहू साबित रखते हुए भी वह शिकार की हड्डियों को पीस डालता है ।

पढ़ते-पढ़ते उत्तेजित हो रही थी वह । किसी और चीज़ से उस अजगर की प्रकृति का मेल दिखाई दे रहा था उसे ।

कि खिड़की पर ठक्-ठक् हुआ ।

सुवर्ण का चेहरा खिल उठा । वह उठ खड़ी हुई ।

फिर किताब !

दुलो के प्रति कृतज्ञता से मन भर उठा । अपनी इतनी उम्र में सुवर्ण ने इस पगलेट लड़के में अकारण प्रेम का प्रकाश देखा है ।

खिड़की पर ठक्-ठक् । किताब लाने का संकेत । इकतल्ले में गली की ओर सुवर्ण ने दोपहर को आराम के लिए एक कमरा ले रखा है ।

यहाँ से इस तरीक़े से यह काम आसानी से होता है । दुलो खिड़की ठकठकाता है, सुवर्ण खोल देती है, दुलो उसी को किताबें दे देता है ।

इसके सिवाय और उपाय क्या है ?

रोज़-रोज़ इतना नाटक-उपन्यास पहुँचाते देखकर घर की गृहिणी और उसके बेटे दुलो को काट नहीं डालेंगे ?

यह कमरा, वास्तव में घर की सारी आपद्-बला का कमरा है । सीढ़ीघर तो नहीं है न, इसलिए यह प्रायः पातालघर है ।

भीतर के अँधेरे दालान की तरफ़ एक दरवाज़ा और पीछे की अँधेरी-सी गली की ओर दो खिड़कियाँ । आकार के लिहाज़ से उन्हें रोशनदान कहना ही ठीक है ।

उन खिड़कियों से प्रकाश की जो दो रेखाएँ कमरे में आती हैं, वही सुवर्ण की आलोकवर्तिका हैं ।

उतनी-सी रोशनी के ही सहारे पढ़ती है । यह सुवर्ण ही पढ़ सकती है ।

कभी भण्डार घर से अरमराती एक चौकी को बेकार समझकर उसमें डाल दिया गया था । वही सुवर्ण की राज-शय्या है !

"यह कमरा ख़ासा ठण्डा है, कोई झमेला नहीं" इसी बहाने सुवर्ण दोपहर में यहीं पड़ी रहती है ।

अब दोपहर के अवकाश में सुवर्ण को सुपारी काटना या चावल-दाल बीनना नही

पड़ता है । बहुओं की बच्चियाँ बड़ी हो गयी हैं, वे ही कर लेती हैं यह ।

और फिर, जो करे सो करे, सुवर्ण हरगिज़ नहीं करती । सुवर्ण को इतना आराम तो चाहिए ही ।

चौकी के सिरहानेवाली खिड़की को खोलकर सुवर्ण किताब पढ़ रही थी । दूसरी खिड़की बन्द थी । उसी में ठक्-ठक् ।

हँसती हुई वह उठी । चौकी से उतरकर खिड़की को खोलकर धीरे से कहा, "आज फिर मिली ?"

"चार-चार !" विगलित आनन्द से किताबें बढ़ाते हुए दुलो ने कहा ।

दुलो के चेहरे पर दबा हुआ एक आनन्द-उच्छ्वास !

यह उच्छ्वास क्या केवल किताब के लिए ?

पतली-सी खिड़की, घने-घने सींखचें—किताबों को एक-एक करके उसमें से खींच लेना पड़ता है ।

किताबें जब सब दे चुका, तो दुलो ने कहा, "ज़रा पूरी खिड़की को खोलकर सामने खड़ी तो हो जाओ मँझली मामी !"

"क्यों रे ?"

अजरज से सुवर्ण ने पूछा ।

होंठ पर उँगली रखकर दुलो ने चुप रहने का इशारा किया । धीमे से कहा, "है मज़ा, तुम खड़ी तो होओ !"

काठ के सींखचों पर मुँह सटाकर सुवर्ण ने बाहर देखने की चेष्टा की कि दुलो का 'मज़ा' कहाँ है ?

उधर-उधर ताकते ही वह चौंक उठी । चेहरा सिन्दूर-जैसा लाल हो उठा । और तुरन्त वहाँ से सिर हटाकर वह चौकी पर बैठ गयी ।

यही था मज़ा !

बेवकूफ़ लड़के का यह क्या कारनामा !

खिड़की के पास वह किसे बुला लाया है ?

सन्देह नहीं, वह मल्लिक बाबू हैं !

बिना बताये भी समझने में कठिनाई नहीं ।

छि, छि, दुलो यह क्या कर बैठा !

बड़ी अक़्ल लड़ाकर दुलो ने यह घटना घटायी । उसके ऐसी एक धारणा हो गयी थी, ये दोनों आदमी एक-दूसरे को देख पायें, तो खुश होंगे । इसलिए सोच लिया था, कि उन्हें खुश करना है ।

चालाकी कुछ करनी पड़ी ।

उसे मल्लिक बाबू से कहना पड़ा, "मँझली मामी को एक बार आपको देखने की एकान्त इच्छा हो आयी है । बोली हैं, इतनी-इतनी किताबें ख़रीदते हैं और फिर दूसरे को पढ़ने के लिए देते हैं, वे कैसे हैं, एक बार उन्हें देखने की इच्छा होती है रे दुलो।"

अकसर कहती हैं ।

रोज़ ही कहती हैं ।

यह भी कहा, "मँझली मामी अगर स्त्री नहीं होतीं, तो खुद ही आतीं । उन्हें भी तो आप ही की तरह 'देश के दुःख' का रोग है !"

और आख़िर यह घटना हो गयी ।

भले आदमी ने सम्भवतः भलमनसाहत से ही ऐसे अभद्र कार्य में स्वीकृति दी थी।

किन्तु सुवर्ण यह सब क्यों जाने ? उसने तो सोचा, छिः ये भी कैसे !

तो क्या, सुवर्ण जो सोचती है, सो नहीं है ?

इस गँवार लड़के को बुला-फुसलाकर किताब घूस देना क्या इसी इरादे से है ?

ऐसा है ?

उस क्षण-भर के देखने में ही गौर कान्ति, उस व्यक्ति की आँखों में जो दृष्टि सुवर्ण ने देखी, वह क्या दुश्चरित्र आदमी की लोभी दृष्टि है ?

ऐसा तो नहीं ।

उस दृष्टि में सादर पूजा थी मानो !

वह दृष्टि सुवर्ण ने और कब कहाँ देखी है ?

दुलो ने सोच रखा था, यह हो-हवा जाने के बाद वह सदर दरवाज़े से अन्दर आयेगा और रस ले-लेकर बातें करेगा कि उसने कैसे यह तरकीब निकाली ।

किन्तु मँझली मामी की उस घड़ी की निगाह से ही सारा साहस हवा हो गया ।

सर्वनाश !

मँझली मामी नाराज़ हो गयीं ।

गरचे बेचारा आशा के कैसे-कैसे सपने देखता आया । भाग निकला जाये ।

लेकिन दुलो से भागते न बना ।

इस भयंकर घटना पर नज़र पड़ गयी और किसी की नहीं, प्रभासचन्द्र की !

तबीयत उसकी वैसी अच्छी नहीं थी, इसलिए पहले ही कचहरी से लौटा आ रहा था । दूर से ही देखा, दो आदमी गली में घुसे !

एक तो दुलो था, और दूसरा ?

प्रभास ने धीरे-धीरे पीछा किया ।

और उसके बाद ही इस बुरी हरक़त पर नज़र पड़ी !

खूबसूरत-से एक भले आदमी, बदन पर महीन अद्धी का कुरता, महीन धोती, मँझली बहू के उस 'आराम-घर' की खिड़की के सामने जा खड़ा हुआ । जूलियट

कारोमियो हो जैसे ! जैसे जमुना-तट का किसनकन्हैया !

हरामज़ादे दुलो ने कोई चीज़ अन्दर दी भी ।

भला यह देखकर भी मर्द का खून खौल न उठे ? मुक्तकेशी के बेटों को अपने खानदान की इज़्ज़त का ख़याल नहीं है ?

कहीं प्रबोध होता, मुक्तकेशी की गली में आज एक खून ही हो जाता ! चाहे दुलो का, चाहे उस प्रेमिक का !

ग़नीमत कि प्रभास था, जान बच गयी !

उस आदमी के बदन पर हाथ लगाने में हिचक हुई । देखने से लगा, बड़े आदमी का बेटा है । बाद में पेंच मारकर वक़ील के घर कुछ ले आना होगा !

इसलिए कुछ रूखी बात और सिर्फ़ नाम-पता पूछकर ही छोड़ दिया ।

लेकिन दुलो ?

कुटुम्ब का लड़का है, इसलिए उस पर रियायत की गयी ?

नहीं, वैसा नहीं किया गया ।

दुलो को अक़्ल कम है, बदन कम नहीं । मुहल्ले के लोग गुण्डा कहते थे । वही दुलो उस दिन मार खाते-खाते बेहोश हो गया था ।

मुहल्ले के लोगों ने भी मार लगायी थी ।

कुत्ते की नाईं जीभ निकालकर हाँफते-हाँफते आख़िर झूल पड़ा था वह ।

किन्तु आँधी क्या इतनी ही आयी ?

मर तो नहीं गया कि आँधी को आँधी कहें ।

बदन का दर्द मिटने में कै दिन लगेंगे ?

आँधी दूसरा रूप लेकर घर पर टूट पड़ी थी ।

घर की मँझली बहू रास्ते पर निकल आयी, और उस खूँखारपन से उसने अधमरे उस लड़के को छीन लिया था । घूँघट उठाकर ऊँचे गले से बोल उठी थी, "आप लोग आदमी हैं कि क़साई ?"

बोली, "अजी, इसे क्यों ? मुझे मारिए । यह दुलो का नहीं, मेरा पावना है ।" बोली, "मारकर यदि मुझे मार ही डालते तो आप लोगों को भी रिहाई मिलती, मुझे भी ।"

गला खोलकर बोली थी, इतना ही नहीं , उस लड़के को झपटकर छीनने में मुहल्ले के मर्दों के हाथों से हाथ छू गया था !

इसके बाद एक ख़ौफ़नाक तूफ़ान उठेगा, इसमें ताज्जुब क्या ?

उस आँधी की मिसाल चैत-वैशाख की साँझ को मिलती है । काल-वैशाखी में! जिस आँधी में पेड़ उखड़ते हैं, छप्पर उड़ते हैं, पक्के की दीवारें हिलती हैं ।

जैसे तूफ़ान से दरज़ीपाड़ा की यह गली उद्दाम हो उठती है, बीभत्स हो उठती है। दस-बारह घरों के बासी चूल्हे की राख, जूठा भात और जूठी पत्तलों से छलका

हुआ डस्टबीन लुढ़कता रहता है, पत्ते और गन्दे काग़ज़ के टुकड़े उड़-उड़कर गृहस्थ के घरों में आ जाते हैं, पूरी की पूरी गली कतवार का कुण्ड बन जाती है ।

काल-वैशाखी की वही आँधी उस दिन मुक्तकेशी के यहाँ उठी !

इतने दिनों के बाद लोगों को यह भेद मालूम हो गया कि सती-लक्ष्मी मँझली बहू को नीचे के उसी कमरे में विश्राम करने की इच्छा क्यों थी ! 'तेज-वाली पाजी, हरामज़ादी' है, लोग इतना ही जानते थे, अब पता चल गया, कितनी गयी-बीती, कितनी जाँबाज़ है !

मुक्तकेशी ने कहा था, "पेबो, यदि तेरे बदन में आदमी का लोहू है तो उस बहू को मारे लातों के मार डाल तू । और अगर जन्तु-जानवर है, तो बीवी को माथे पर उठाकर अलग हो जा । यह मुक्ता ब्राह्मणी बिगड़ी औरत को लेकर घर नहीं चला सकती ।"

बारह

दायें हाथ में झकमक माँजा हुआ ताँबे का एक लोटा, बायें कन्धे पर गमछे में बँधी भीगे कपड़े की पोटली । पीछे-पीछे छह-एक साल की लड़की ।

काशी मित्र घाट के निकट के एक दुतल्ले मकान के सामने जाकर खड़ी हुई मुक्तकेशी । उस बच्ची से कहा, "ज़रा दरवाज़े को ठेल तो, मैं नहीं छूऊँगी ।"

मुक्तकेशी किसी के यहाँ के बाहरी किवाड़ को हाथ नहीं लगातीं । क्योंकि उन किवाड़ों पर धागड़ों के झाड़ की धूल उड़-उड़कर पड़ती रहती है—और किसी को इसका ध्यान रहे न रहे, मुक्तकेशी को ज़रूर ही रहता है ।

उस बच्ची ने दरवाज़े को ज़ोर से धक्का दिया और गिरते-गिरते बच गयी, किवाड़ सिर्फ़ भिड़काया हुआ था ।

मुक्तकेशी भीतर गयीं । आवाज़ दीं, "जग्गू, अरे जग्गू, है घर में ?"

जग्गू मुक्तकेशी का भतीजा है और यह पुराना दुतल्ला मुक्तकेशी के भाई का है। बहुत दिन हो गये, दिवंगत हुए । उनकी विधवा भाभी श्यामासुन्दरी हैं । जग्गू के बदले उन्हीं की आवाज़ मिली । ननद का गला सुनकर और दिन की तरह वह दौड़ी नहीं आयीं, जाने कहाँ से जवाब दिया, "रहेगा नहीं तो किस भाड़ में जायेगा? मन्दिर में बैठा चन्दन लगा रहा होगा ।"

गंगा नहाकर लौटते हुए भतीजे के यहाँ एक बार ज़रूर आ जाती हैं मुक्तकेशी,

भाभी हँसती हुई अगवानी करती ही हैं, पर आज दूर से आती हुई-सी यह वंशीध्वनि क्यों ?

लगा, आवाज़ मानो बन्द कमरे से आ रही है । मुक्तकेशी ने कहा, ''अरी, तुम बोल कहाँ से रही हो बहू ?''

''यहाँ, यम के दक्खिन दरवाज़े से । दईमारे बदज़ात छोरे ने बाहर से साँकल चढ़ा दी है !''

''हाय राम, सो क्या ?''

मुक्तकेशी आगे बढ़ीं ।

पीछे की लड़की हठात् ही-ही करके हँस पड़ी, ''मामी-दादी को कमरे में बन्द कर दिया है...''

मुक्तकेशी के होंठों पर भी हँसी फूट उठी । मगर उसे छिपाकर डाँट उठीं, ''मरण ! हँसकर मरी जा रही है...'' उसके बाद साँकल खोल दीं ।

रसोई में बैठी तरकारी कूट रही थीं श्यामासुन्दरी । मुक्तकेशी के भीतर जाते ही हँसिए को हटाकर खड़ी हो गयीं ।

वह बच्ची फिर एक बार हँस पड़ी और पहनावे की 'बीवीपागल' साड़ी का आँचल मुँह पर रखकर बोली, ''मामी-दादी ने शरारत की थी क्या ? तभी ताऊजी ने इन्हें सज़ा दी थी !''

इस हँसी के ज़वाब में श्यामासुन्दरी हँसीं नहीं, खीज-भरे स्वर में बोलीं, ''शरारत क्यों करने लगी, जनम-जनम से महापातक किया था, उसी का दण्ड भोग रही हूँ ।''

मुक्तकेशी नीचे ही बैठ गयीं । बोलीं, ''हुआ क्या ?''

''क्या हुआ, यह तो यमराज को ही पता है ! आज शायद अदालत में मुक़दमे की तारीख़ है । इसीलिए मेरे मातृभक्त बेटे माँ का पादोदक पीकर जायेंगे !''

मामले के बारे में मुक्तकेशी को कुछ-कुछ मालूम है । गाँव की जगह-जायदाद के लिए जग्गू ने माँ पर नालिश कर दी है ।

जगह-ज़मीन, बग़ीचा-पोखरा—ख़ासा कुछ है । सब सगे-सम्बन्धी खा रहे हैं । इसीलिए श्यामासुन्दरी ने अपने देवर-जेठ को कड़े शब्दों में कहा था, ''यह ज़बरदस्ती दख़ल से बाज आकर मेरे हिस्से के रुपये गिन दो ।''

जग्गू ने माँ पर आँखें रँगायीं ।

कहा, ''मैं कहता हूँ, हक़ किसका है ? तुम्हारा कि मेरा ? वह जायदाद मेरे दादा की है, तुम्हारे दादा की तो नहीं । तुम पराये घर की बेटी हो, उड़कर आयी और जुड़कर बैठ गयी, तुम स्वर्गीय रामनाथ मुखर्जी के घर से उनके वंशधर को बेदख़ल करनेवाली कौन होती हो ?''

मुक्तकेशी को यह मालूम है, पर कमरे में बन्द करने की बात रहस्यजनक है । इसलिए मुस्कराकर बोलीं, ''माँ से मुक़दमा लड़ेगा और माँ का पादोदक पीकर जीतने

जायेगा ? खूब ! मगर यह साँकल लगाना क्या हुआ ?''

श्यामासुन्दरी जवाब दें, उससे पहले ही पीछे जग्गू बोल उठा । खिजलाये गले से कहा, ''साँकल क्यों ? बताये ? वह निकषा बुड्ढ़ी खुद ही बताये, साँकल क्यों लगायी ? घड़ी-भर को पूजा पर बैठा हूँ और ननद से बेटे की शिकायत शुरू कर दी!''

जग्गू ने कुछ हिकारत का भाव दिखाया ।

पहनावे में साफ़ पीली-सी एक छोटी धोती, लोमश छाती पर रुद्राक्ष की माला, कपाल पर रक्तचन्दन का टीका । फूआ की आवाज़ सुनकर धीरे से दुतल्ले पर से उतर आया था ।

श्यामासुन्दरी ने मुँह बिदकाकर कहा, ''सुन लो ननदजी, नदिया के चाँद अपने भतीजे का वचन सुन लो ज़रा । अरे अभागा, औरों से तेरी चुग़ली खाऊँ, मेरी जीभ इतनी सस्ती नहीं है !''

''सुन लो फूआ, सुनती जाओ···'' जग्गू ने ऊँचे स्वर से कहा, ''देख लो, उसके पेट में कितनी शैतानी भरी है ! क्यों न हो, अपने नानाजी कैसे घाघ थे ! उनका नाम लो, तो हाँड़ी फूट जाये ! आख़िर उन्हीं की बेटी है न ! उसे पता चला कि आज मुक़दमे की तारीख़ है कि बस पैर छिपाकर बैठ गयी ! कारण कहीं ज़ोर-जबरदस्ती पादोदक न ले लूँ । मैं भी बाबा एक ही बदमाश ! लगा दी किवाड़ की साँकल । आख़िर बाहर तो निकलना ही पड़ेगा ! फिर देखता हूँ, पाँव कैसे छिपाये रखती हैं ! पूजा करके दरवाज़े के पास ही चौखठ पर पानी डालकर ताक में बैठा रहता । साँकल खोलने पर जैसे ही निकलेंगी, पानी पर तो पाँव पड़ेगा ही । वही पानी चाट जाता!''

और अपनी अक़्लमन्दी पर जग्गू हो-हो हँस पड़ा ।

श्यामासुन्दरी आग-बबूला हो गयीं, ''हाय रे मेरे मातृभक्त बेटे ! चौबीसों घण्टे माँ का गला रेत रहे हैं, माँ के नाम मुक़दमा ठोंक दिया है और तुर्रा यह कि माँ का चरणामृत पियेंगे । जूता मारकर गैया दान !''

समर्थन की आशा से श्यामासुन्दरी ने ननद की ओर ताका ।

लेकिन मुक्तकेशी ने भाभी की बात का समर्थन नहीं किया । असन्तुष्ट होकर बोलीं, ''सो जो कहो रानी, बात तुम्हारी ग़ैरवाजिब है । पति के मरते समय तुमने यदि उनका क़ान फूँककर अपने पेट के बेटे को अँगूठा दिखाकर सब कुछ अपने नाम से लिखवा लिया हो, तो वह अपना हक़ क्यों छोड़ेगा ? यह तो वाजिब दावा है । किन्तु बेटे की मातृभक्ति में कोई त्रुटि नहीं है ।''

श्यामासुन्दरी यद्यपि सदा ननद की ख़ातिर करती हैं, लेकिन सब समय इतना असह्य नहीं सह सकती हैं । वह तेज़ी के साथ बोलीं, ''वैसी मातृभक्ति के मुँह में आग ! वैसे लड़के का मुँह देखने से नरक देखना होता है । मैं पूछती हूँ ननदजी, सर्वस अपने नाम लिखा न लूँ तो क्या उस आवारा, फुँकैत, बावरा, गँजेड़ी को देकर

खो-गँवा बैठूँ ? उसके हाथों होता तो तुम इस घर में आकर खड़ी भी हो पातीं ? वह एक-एक ईंट बेंचकर गाँजा नहीं पी गया होता ? और उसके गँजेड़ी गुरु की सेवा में समर्पित नहीं हो जाता ? हुँः, उदारता कितनी ! कहता है, अपने सगे लोग लूट-खसोटकर खा रहे हैं, तो खायें ! उनके दादा की सम्पत्ति है ! फिर तो खुद को हाथ में माला लेकर भीख माँगनी पड़ेगी !''

श्यामासुन्दरी ने ज़रा साँस ली ।

मुक्तकेशी किन्तु ऐसी विभीषिका की आशंका से भी नरम नहीं पड़ीं । ज़ोर गले से कहा, ''सो होता तो होता । उसके बाप की सम्पत्ति है, वह फूँकता । किसी और के बाप की जायदाद में तो दख़ल देने नहीं जाता ! नशा-भाँग भला कौन मर्द-बच्चा नहीं करता ! इसलिए क्या वह अपना हक़ नहीं पायेगा ?''

''हाँ, तुम्हीं कहो फूआ !''

अपनी छाती थपथपाकर जग्गू मिटमिट हँसा ।

श्यामासुन्दरी ने खिजलाकर कहा, ''भतीजे की तरफ़दारी करके खूब तो कह रही हो ननदजी, मैं अगर उसी मुट्ठी में आ जाऊँ तो कल को आँचल फैलाकर मुझे भीख माँगने की नौबत नहीं आयेगी ? मेरे पेट से क्या पाँच हैं कि यह नहीं खिलायेगा तो वह खिलायेगा ? यह तो कहो कि मैं धरतीमाता-जैसी सहनशील हूँ कि उसकी सह रही हूँ । दूसरी माँ होती तो उसके मुँह में आग झोंककर चली जाती ।''

यह नहीं कि मुक्तकेशी भाभी को मानती नहीं हैं । समय-असमय में भाभी बहुत करती हैं उनका । फिर भी उनकी हिमायत न कर सकीं । कहा, ''आग तुम्हारी बुद्धि में ही झोंकनी चाहिए भाभी । मामला-मुक़दमा तो बाहर का काम है, बाप-बेटे में होता है, भाई-भाई में होता है, तुम जैसी गुणवन्ती माँ के साथ होता है, लेकिन इसके चलते क्या कोई धरम-अधरम छोड़ देगा ? माँ-बेटे में लाठा-लाठी हुई, तो क्या तुम्हारे मरने पर वह हविष्य नहीं करेगा ? या कि सिर नहीं घुटवायेगा ?''

जग्गू अब तक कमर के दोनों तरफ़ हाथ रखकर वीर की अदा से खड़ा था, अब वह परम सन्तोष के सुर में बोल उठा, ''लो ज्ञानवान् की सुन लो बात ! जानती हो फूआ, यही इतनी-सी बात मैं इस निकषा बुढ़िया को नहीं समझा सका । कहा जाता है, 'स्वर्गादपि गरीयसी' । तुम ज्ञानी हो, समझ-बूझवाली हो, तुमसे कहने-सुनने में सुख है ।''

श्यामासुन्दरी ने ताना देकर कहा, ''सुख क्यों न हो भला, गोदी में खींच लो तो सभी ज्ञानवान् ! अच्छा, तुम्हारे बेटे यदि ऐसे होते तो तुम क्या करतीं ? तुम्हारे भाग्य से वे अच्छे हैं, इसीलिए ! मेरा हाल तो ऐसा है, एक व्यंजन वह भी ज़हरीला !''

''भाग्य से नहीं—बुद्धि से,'' जग्गू ने कहा, ''फूआ के लड़के क्या यों ही अच्छे हुए हैं ? कहावत ही है, जैसी माँ, वैसा बेटा । सो जैसी तुम हो, वैसा ही तुम्हारा पूत है ।''

"ज्ञानपापी !"

कहकर मुँह फेरकर श्यामासुन्दरी फिर तरकारी कूटने लगीं ।

मुक्तकेशी आगे बढ़ आयीं । बोलीं, 'लड़का आख़िर आवारा क्यों न हो ? उमर पार कर गयी, तुमने ब्याह नहीं कराया…"

बात सच है !

जग्गू के ब्याह की उम्र कब की पार कर गयी । मुक्तकेशी के बड़े लड़के सुबोध से भी वह बड़ा है ! लेकिन पात्र के हिसाब से सुपात्र नहीं है, यह तो कहना ही पड़ेगा। पढ़ने-लिखने की बला को ताक़ पर रखकर कैसे तो जाकर गँजेड़ियों में पड़ गया, और अब एक अवधूत बाबा का चेला बन गया है ।

मुक्तकेशी ने पहले पतवार थामने की बड़ी कोशिश की, परन्तु नाव को ठेलकर ले जाने में सफल नहीं हुईं । नहीं हो सकीं, जग्गू के ही कारण, फिर भी जब-तब वह इसका दोष भाभी को ही देती हैं । अभी भी कहा, "उमरवाला लड़का, समय पर शादी-ब्याह नहीं होने से…"

"रुको भी ननदजी, यह बात फिर मत बोलो…" गुरुजन का सम्मान भूलकर श्यामासुन्दरी झंकार उठीं, "आज तो मैं वह एक भूत जनकर जल-जलकर मर रही हूँ, फिर एक परायी लड़की के नसीब में इमली घोलने के लिए इसका ब्याह करूँ ? आख़िर पागल तो नहीं हो गयी हूँ !"

बात यह तमादी हो गयी है, फिर भी मुक्तकेशी ने असन्तुष्ट गले से कहा, "यानी तुम यह चाहती हो कि मेरे बाप का वंश लुप्त हो जाये ?"

"लुप्त ही हो तो क्या किया जाये ?" श्यमामसुन्दरी ने कहा, "कितने-कितने राजा-बादशाहों के वंश लुप्त हो गये हैं ।"

"फिर क्या कहना ! लोगों की गरदन कट रही है तो अपनी भी कटा लें ! तुम करो न करो, मैं इस बार जग्गू का ब्याह कराऊँगी ! सच पूछो, तो आज यही कहने के लिए ही आयी हूँ । गंगातट पर एक बेचारी रो पड़ी । बोली, 'क्वाँरी बेटी गले में अटकी है, जी में आता हैं, फाँसी लगा लूँ । दया करके आप यदि दीदी कहीं कोई लड़का ठीक कर दें ।' मुझे तुरन्त जग्गू का ख़्याल हो आया । अभी भी यदि कर-करा के ब्याह हो जाये…"

जग्गू बोल उठा, "फूआ की दुर्मति देख तो ज़रा । खुद ही तो कहती हैं, मर, तुम्हारे सभी बेटे बीवियों के गुलाम बन गये हैं, बहुएँ कान पकड़कर उन्हें उठाती-बिठाती हैं, तो फिर इस अभागी के लिए कान की मालकिन ले आने की चेष्टा क्यों ?"

मुक्तकेशी ने हँसकर कहा, "बात सुन लो इसकी। । 'पहले से ही गुलाम हो जायेगा क्या ? और, सब वैसा होगा ही क्यों ? तू बीवी को पापोश बनाये रखने का उदाहरण दिखा ।"

"हूँ, दिखाता हूँ कहने से ही दिखाया जा सकता है ?" जग्गू ने विलक्षण की

भंगिमा से कहा, ''यही बिल्ली जंगल में जाने से वन-बिलाव बन जाती है । समझी फूआ ? तिस पर मेरे लहू में मेरे बाप का गुण है ।''

''अच्छा ! अरे ऐ हतभागा, पाजी, बन्दर...'' श्यामासुन्दरी खिटखिटा उठीं, ''भाग, दूर हो जा मेरी आँखों के सामने से ! मेरे बाप को गाली दे रहा है दईमारा ? नरक में भी ठाँव मिलेगी तुझे ?''

''नरक में ठाँव चाह कौन रहा है ?'' छाती पर और एक थपेड़ा लगाकर जग्गू ने कहा, ''स्वर्ग में रहते नरक किस दुःख से जाना चाहूँगा ? मरते समय माँ-माँ करके मरूँगा, माता के नाम से तर जाऊँगा ! लेकिन हाँ, यह शादी-ब्याह की चर्चा तो मत करना फूआ ! ब्याह किया नहीं कि जहन्नुम में गया !''

''हाँ, बात सही कही...''

अपनी युक्ति सहसा भूलकर मुक्तकेशी हँसकर बोलीं, ''बात सही कही ! देखती हूँ, बिना पढ़े ही यह छोरा पण्डित बन गया है ! कहा ठीक ही । मेरे लड़के क्या अब आदमी रह गये हैं ? ख़ास करके वह 'पेवा', जो कि सबसे ज़्यादा तेज़-तर्रार था। अब भेड़ा बन गया है, भेड़ा ! बहू जब हंगामा करती हो, तो कभी मारने को दौड़ता है, फिर केचुआ-सा सिकुड़ जाता है !'' उससे लाखों बार कहा, ''इस बहू को झाड़ू मार, दूसरा ब्याह कर ले । यह साहस भी नहीं है । बहादुरी दिखाकर एक बार उसे पहुँचा आया उसके मैके, हाय राम, वह बाप के साथ बैरंग वापस आ गयी ।''

अबकी जग्गू ज़रा गम्भीर हुआ ।

बोला, ''यह कहना लेकिन तुम्हारा अन्याय है फूआ । अपनी मँझली बहू की तुम नाहक़ ही निन्दा करती हो । सूबो ने मुझसे कहा है, यह बहू मेरी माँ के बजाय और किसी के हाथ पड़ी होती, तो उसे वह धन्य-धन्य कहती !''

मुक्तकेशी मानो हाथ-पाँव तोड़कर अचानक आसमान से गिर पड़ीं ।

सुबोध !

यह बात सुबोध ने कही है !

क्यों ?

उस अभागे का रीत-चरित्तर बिगड़ तो नहीं रहा है ? हज़रत छोटे भाई की बहू की बड़ाई कर रहे हैं । यानी वह मुँहजली जादू-टोना कर रही है !

उन्हें क्रोध नहीं आया बड़े ही दुःख से—रुँधे गले से बोलीं, ''अच्छा ! सूबो ने यह कहा है ?''

''कहता ही तो है । जब-तब ही कहता है । कहने को जो कह लो फूआ, तुम भी तो सहज माँ की सहज बेटी नहीं हो । जानता तो हूँ मैं अपनी दादीजी को ! कैसी निधि थीं वह !''

मुक्तकेशी को अब डर हो आया !

यह नासमझ लड़का क्या बोलते क्या बोल बैठे ?

वह उठ खड़ी हुईं । बोलीं, "दुर्गा-दुर्गा, गंगा-स्नान करके बैठी मातृनिन्दा सुन रही हूँ । चलती हूँ बहू । अरी छोरी, चल । हाय राम, गयी कहाँ मुँहझौंसी ?"

"उधर गयी होगी अमरूद तोड़ने के लिए ।"

"राक्षसी ! अमरूद की तो यम है । अब फिर···"

आबोहवा को ज़रा हलका करने के ख़याल से श्यामासुन्दरी ने कहा, "वह भला कौन छोरी नहीं है ?"

"बात वह नहीं," मुक्तकेशी ने फिर से पिछले प्रसंग को उठाया, "कहा न तुमने? ज़रा मेरी मँझली बहू से तो कहो जाकर ? सुन लेना, अमरूद खाने से उनके बच्चों का पेट दुखता है ! अरे, चम्पा को साथ लाना क्या मैंने शौक़ से बन्द किया ? माँ लड़ाकिन है, बेटी मेरे पैरों की धूल ! 'दादीजी, मैं भी चलूँगी···' बावली बन जाती है । पर, मेम माँ कहती है, 'गंगा के घाट पर बुढ़ियों के साथ पुरखिन-जैसा बोलना सीखेगी, और दुनिया-भर का जो-सो खाकर बीमार पड़ेगी···' मैंने कहा, 'ओ, यह बात ! रखो अपनी बेटी को ! सिर फोड़कर अब जान भी दे दे तो मैं नहीं ले जाने की ।' अब बड़ी बहू की इस छोरी को लाया करती हूँ ।"

जग्गू ने कहा, "यह तुम्हारी निर्दयता है फूआ !"

"सो निर्दयी कह, निर्मम कह, सब सुनना ही पड़ेगा ! मुक्तकेशी ने उदास गले से कहा, "उस दिन जो बहू ने कहा, तो प्रबोध ने क्या उसके लिए हाथ जोड़कर माफ़ी माँगी ? उसने क्या यह कहा कि माँ, तुम बहू का थोथा मुँह भोथा करके मज़े में पोतियों को लेकर गंगा नहाने जाया करो । जो जी में आवे, ख़रीदकर उन्हें खिलाया करो ? तो ? तो काहे की माया-ममता ?"

जग्गू अचानक उद्दीप्त गले से बोल उठा, "जब ऐसा कह रही हो फूआ, तो मैं कहूँगा, यह तुम्हारी शिक्षा का दोष है । यह अगर गँवार-गोबिन्द जग्गू होता तुम्हारा, तो नापकर बहू से सात हाथ नाक रगड़वाता । माँ पर टें-पों ? स्वर्गादपि गरीयसी है न ! मेरी माँ है, मैं उसे जो कहूँ-करूँ, मगर परायी बेटी बढ़-चढ़कर बोलेगी ? शास्तर में कहा है···"

श्यामासुन्दरी बोलीं, "रहने भी दे ! तेरे मुँह से शास्तर के वाक्य सुनकर स्वर्ग में ऋषि-मुनि लोग अपने गाल-मुँह पर थप्पड़ लगायेंगे ।"

"सुन लो ! देख रही हो न फूआ, बुढ़िया को मैं क्यों फूटी आँखों नहीं देख पाता। दस का, धरम का कहा है, कुपुत्र हो सकता है, कुमाता हरगिज नहीं होती ! किन्तु मेरे भाग्य में उलटा ही हुआ । भगवान् के राज्य में एक व्यतिक्रम है, परबल की माँ परबललत्ती और इस घर का एक व्यतिक्रम है जग्गू की माँ श्यामासुन्दरी ! मातृनाम के उच्चारण का पाप न लेना देवता ! ख़ैर, बड़े बाप की बेटी को तुम हुकुम तो कर दो फूआ, वहाँ पर श्वेतपत्थर के कटोरे में पानी है, दया करके ज़रा चरण डूबा दे !"

"जग्गा, फिर···?"

"आँखें लाल-पीली न करो माँ-जननी," वैसे ही स्वर में जग्गू भी बोला, "ज़्यादा ज़्यादती की तो टाँगें तोड़कर वहीं सुला दूँगा ।"

मुक्तकेशी ने समझौते के सुर में कहा, "अरी, महज़ मामूली-सी बात के लिए तुम भी हंगामा क्यों कर रही हो बहू, दे ही दो न !"

श्यामासुन्दरी अचानक उठीं । तड़बड़ाकर गयीं और पत्थर के कटोरे के पानी में बायें पैर का अँगूठा डुबाकर फिर आकर बैठ गयीं ।

सावधानी से कटोरे को उठाकर उमगते हुए जग्गू ने कहा, "बस, क़िला फ़तह! अब देखता हूँ, रावण जीतता है कि निकषा !"

इस झगड़े का अन्त देखने का समय नहीं था, वेला हो रही थी । मुक्तकेशी ने आवाज़ दी, "टेम्पी, अरी ऐ दईमारी, आ ।"

टेम्पी आयी ।

जग्गू ने उसके हाथ में चार पैसे थमाकर कहा, "खिलौना ख़रीदना ।"

"यह पैसा क्यों ?" मुक्तकेशी ने असन्तुष्ट स्वर में कहा, "रोज़-रोज़ पैसा देना ! और यह छोरी भी वैसी ही लोभी हुई है । हाथ पसारे ही हुए है ! ले, चल, धूप हो आयी । चलती हूँ भावी । अरी, इतनी तरकारी क्यों काट रही हो ? माँ और बेटा, गिने-गुथे दो ही जने तो हो !"

श्यामासुन्दरी ने बेहद झुँझलाहट के साथ कहा, "बेटा अकेले ही तो एक सौ है ! बावन भोग हुए बिना कौर गले से उतरेगा ? मछली खाओगे, चार टुकड़ा मछली सरसों के साथ पका दी, बस । सो नहीं, माँ की निरामिष रसोई भी भकोसूँगा ! इसने तो हाड़-मांस जला खाया । आज तो फिर सम्मन है अदालत का, तुरत कहेगा, लाओ खाना । मेरा तो आग में गिरूँ या पानी में, यह हाल !"

मुक्तकेशी और नहीं रुकीं ।

बाहर धूप आग-सी हो गयी । दस ही बजे ऐसी धूप ! मुक्तकेशी को लगा, पृथ्वी की आबोहवा भी शायद बदल गयी है । उनकी उमर में आषाढ़ में ऐसी तेज़ धूप कभी नहीं होती थी ।

रास्ते पर आकर टेम्पी ने ज़िद की, "दादीजी, पालकी कर लीजिए न, चलने को जी नहीं चाहता है ।"

मुक्तकेशी ने तमककर कहा, "जी नहीं चाहता है, तो आती क्यों है री दईमारी? गंगा नहाकर आदमी के कन्धे पर चढ़ूँ ?"

खूब, गंगाघाट की वह मोटकी बुढ़िया रोज़ पालकी पर नहीं चढ़ती है ?" मोटकी बुढ़िया के नाम से मुक्तकेशी हँस पड़ीं । बोलीं, "उस बुढ़िया के सामरथ नहीं है, इसीलिए चढ़ती है । और, पालकी है भी कहाँ ? नज़र ही तो नहीं आ रही है कहीं। सब जायेगा, धीरे-धीरे सब कुछ उठ जायेगा ! पालकी जायेगी, आबरू, बड़ों पर

भक्ति-श्रद्धा जायेगी, धरम-अधरम, पाप-पुण्य सब जायेगा ! साफ़ देख रही हूँ, इस सुदेसी के हंगामे में देश जहन्नुम में जायेगा ! अरे, साहबों का राजपाट है, तुम लोग उन्हें उखाड़ फेंकना चाहते हो ? पूछती हूँ, उन्हें उखाड़कर करोगे क्या ? राज चलाओगे? हुँः । सुख की दुनिया में स्वेच्छा से आग लगाना !''

ये बातें पोती के लिए न थीं, यह स्वगतोक्ति पालकी के सूत्र से निकल पड़नेवाली उनकी भीतरी ऊष्मा थी । राह-बाट में सदा सुनाती हैं, ये स्वदेशी वाले साहबों को उजाड़ने की ताक में हैं ! बम बना रहे हैं, गोली-बन्दूक जुटा रहे हैं ! गंगाघाट में यह चर्चा सुन-सुनकर उनकी अँतड़ियाँ जल जाती हैं । अजी, उनका राजपाट है, तुम लोग छीन लोगे ? उनसे पार पाओगे ? वामन होकर चाँद पर हाथ !

हठात् स्वदेशीवालों पर क्यों खफ़ा हो उठीं वह, क्या जानें ।

लगता है, मानो सहसा ही अपने जीवन की एक बहुत बड़ी फाँक उन्हें दिखाई दे गयी ।

कैसी शून्यता ?

उनका राजपाट तो बिलकुल ही बरक़रार है ! फिर साहबों के राजपाट जाने की चिन्ता से उनका मिज़ाज़ गरम क्यों हो जाता है ?

गँवार-गोबिन्द जग्गू की माँ पर कोई सूक्ष्म ईर्ष्या-बोध हो रहा है ? क्यों ? मुक्तकेशी के बेटे क्या मातृभक्ति में कम हैं ? इसीलिए जग्गू की मातृभक्ति उन्हें ईर्ष्या से पीड़ा दे रही है ?

मुक्तकेशी के बेटों की मातृभक्ति में कसर कहाँ है ? फिर भी इस गहरी शून्यता को वह बुद्धि से, युक्ति से भर नहीं पा रही है ! मुक्तकेशी के ही हृदय में बेटों के लिए ठाँव नहीं है या बेटों के हृदय में मुक्तकेशी के लिए ठाँव नहीं है ? ठाँव हो तो फिर भरावट क्यों न हो ? जो भरावट वह अभी-अभी श्यामासुन्दरी में देख आयीं ?

तो क्या बेटों का ब्याह करना ही बेवकूफ़ी है, पल्ले की कौड़ी पराये को बाँट देने-जैसी ?

''ऐ दादी, इतनी तेज़ी से क्यों चल रही हो ? मैं चल सकती हूँ भला !''

''नहीं चल सकती है, तो आती क्यों है ?'' अपनी चाल थोड़ी धीमी करके मुक्तकेशी ने कहा, ''मैं बुड्ढी चल सकती हूँ, और तू जवान छोरी नहीं चल सकती? तेरी उमर में मैं लोहा तोड़ सकती थी, पता है ?''

बात शायद ग़लत नहीं ।

बहुत ही तन्दुरुस्त थीं । अभी भी हैं । कहावत है न, मरा हाथी सवा लाख ! ईख दाँत से ही छीलकर खाती हैं, भीगी दाल और पोस्तादाना पीसकर अभी भी मज़े में हज़म करती हैं । नल में चमड़ा है, इस ख़याल से, जब से विधवा हुई हैं, नल का पानी नहीं पीतीं । रोज़ाना दो घड़ा गंगाजल आता है ।

निष्ठावान् हैं, यह नाम-गाम है उनका । मुहल्ले के लोग अदब करते हैं । उन्हें

रास्ते में आते देखकर ही लड़के गिल्ली-डण्डा खेलना बन्द कर देते हैं, अण्टा खेलते-खेलते चौंककर खड़े हो जाते हैं ।

दोबरा चीनी में हड्डी की बुकनी होती है, इसलिए सन्देश-रसगुल्ला तक नहीं खातीं, रात में आचमनी भोजन नहीं करतीं । अम्बुवाची के कई दिन अशुद्ध वसुमती का संस्पर्श छोड़कर गंगा में खड़ी होकर दिन में एक बार शहद और डाब का पानी पीती हैं । ऐसे और भी कठिन कृच्छ्रसाधन की तालिका है उनकी—चेहरे पर इसीलिए रूखी कठोरता है ।

मुक्तकेशी के जीवन-दर्शन से आज की इस शून्यता का मेल नहीं है । उन्होंने तो प्रेम से भय को ही सदा अधिक महत्त्व दिया है । सोचा है, गिरस्ती में पैरों तले की माटी वही है । तो फिर गँवार जग्गू का माँ का पादोदक पीना आज उन्हें बार-बार क्यों याद आ रहा है ? ऐसा क्यों लग रहा है कि श्यामासुन्दरी पत्थर की एक ऊँची वेदी पर बैठी हैं, मुक्तकेशी नीचे से सिर उठाकर देख रही हैं ?

"दादीजी, पालकी नहीं करोगी ?"

टेम्पी का लाड़-भरा स्वर गूँजा ।

मुक्तकेशी एकाएक ही मुलायम हो गयीं मानो । बोलीं, "तू पैसा ख़र्च कराये बिना नहीं मानेगी, क्यों ? कहाँ, कहाँ है पालकी ?"

"वह रही, वहाँ..."

मुक्तकेशी ने देखा, सच ही एक पेड़ तले पालकी रखे दो कहार बैठे हैं ।

हाथ के इशारे से उन्हें बुलाया ।

चढ़ गयीं उस पर । बोलीं, "जैसी कंजूस है तेरी माँ, पैसा देगी ? नहीं देगी । चम्पा की माँ में और चाहे कोई गुण न हो, यह गुण है ।"

टेम्पी ने मुँह बनाकर कहा, "चम्पा की माँ के पास तो हरदम पैसा रहता है । मेरी माँ के है क्या ? माँ को कब से इच्छा है कुंजियों की एक रिंग ख़रीदने की, वही नहीं हो पाता है !"

मुक्तकेशी ने बेपरवा ढंग से कहा, "न हो पाये तो क़सूर किसका ? लाख रुपये में बाम्हन भिखारी ! क्यों, तेरा बाप क्या कुछ कम कमाता है ?"

हाँ, नन्ही-मुन्नी पोतियों से इस तरह की बातें मुक्तकेशी हर-हमेशा ही कहती हैं। जो कुछ कहना चाहती हैं, जो वक्तव्य होता है, अधिकांश तो उन्हीं बच्चों के माध्यम से ही कहती हैं । वह खूब समझती हैं, साफ़-सामने कहने का हंगामा नहीं करके साफ़-सीधा कहना इसी से हो जाता है ।

क्योंकि सुनते ही तो बच्चे माँ के कानों तक पहुँचा देंगे ।

वे सब पुरखे-पुरखिन की तरह बोलना सीखेंगे ?

हाय दैया, उससे क्या आता-जाता है ?

मुक्तकेशी की मेम मँझली बहू की तरह और कहेगी ही कौन कि गंगाघाट में

पुरखिन-सी बोलना सीखेंगी ?

किन्तु मुक्तकेशी की मँझली बहू क्या अब तक उनके यहाँ टिकी हुई हैं ? सुवर्णलता की ससुराल का आश्रय उस दिन ही आँधी में उड़ नहीं गया ?

उड़ जाने की ही तो बात है ।

क्रोध, दुःख, अपमान, धिक्कार से बीवी-बच्चों का हाथ पकड़कर निकल ही तो जाना चाहिए प्रबोध को ! या दुश्चरित्र पत्नी को गरदनिया देकर घर से निकाल देना चाहिए ।

लेकिन इनमें से कोई न हुआ ।

सुवर्ण ने फिर से रसोईघर का भार लिया, फिर खाया, फिर सोयी, फिर बोली।

उसके बाद ?

उसके बाद और भी दो लड़कियाँ, दो लड़के सुवर्ण के इसी घर के निचले तल्ले के उस ठण्डे और सीले हुए कमरे में भूमिष्ठ हुए । जिस कमरे में साल में कम से कम पाँच बार नवजात की रुलाई गूँजती है ।

अदृश्य अन्धकार जगत् में जो विदेही आत्माएँ पृथ्वी की धूप-हवा की आकांक्षा लिये लुब्ध होकर भटकती रहती हैं, उनकी मुक्ति का माध्यम तो इन सुवर्णलताओं का ही दल है । चाहकर, अनचाहे जिन्हें माँ बनने को मजबूर होना पड़ता है ! जिनका निष्फल प्रतिवाद चुपचाप सिर पीटते हुए मरता है, या जो इस घटना को ही 'स्वामी-सुख' समझती हैं ।

छोड़िए भी इसे । बात हो रही थी उस दिन की आँधी की । जिस आँधी के दिन सुवर्णलता का उदार हृदय जेठ भी खीजकर कह उठा था, "यह नाटक-उपन्यास पढ़ना बन्द कराना ज़रूरी है । उसी से सारा अनर्थ घर में आता है !"

इसलिए प्रबोध ने स्त्री को काली माई की, अपनी क़सम दी है ! रात की निश्चिन्तता में समझाया था कि उपन्यास पढ़ने की क्या-क्या बुराइयाँ हैं !

किन्तु बेहया सुवर्ण उस भयंकर घड़ी में भी एक अद्भुत बात बोल बैठी थी । कहा था, "ठीक है, तो तुम भी एक क़सम खाओ !"

"मैं ? मैं किसलिए क़सम खाऊँ ? मैं क्या चोरी में पकड़ा गया हूँ ?"

"नहीं, तुम क्यों पकड़े जाओगे, चोरी में तो स्त्रियाँ ही पकड़ी गयी हैं ? क्यों, बता सकते हो, क्यों ?"

"क्यों ? यह क्या बात हुई ?" इसके सिवाय प्रबोध को उत्तर नहीं जुटा ।

सुवर्ण ने झट प्रबोध का एक हाथ सोये हुए भानू के सिर से छुआकर कहा, "तो तुम भी क़सम खाओ कि अब कभी ताश नहीं खेलोगे ?"

"ताश नहीं खेलूँगा ? मतलब ?"

"मतलब कुछ नहीं मेरा नशा है किताब पढ़ना, तुम्हारा नशा है ताश खेलना। यदि मुझे छोड़ना पड़े, तो तुम भी देखो, नशा छोड़ना क्या होता है ? बोलो, अब कभी ताश नहीं खेलोगे ?"

प्रबोध के सामने आसन्न रात !

और बहुतेरी लांछनाओं से जर्जर स्त्री के बारे में काँपते कलेजे का आतंक !

कौन कह सकता है, फिर कौन-सा घिनौना कर बैठे ! फिर भी साहस बटोरकर बोल उठा, "खूब ! मूढ़ी-मिसरी का एक ही भाव !"

सुवर्णलता तीखे स्वर में बोल उठी थी, "कौन मूढ़ी है, कौन मिसरी—इसका हिसाब ही किसने किया था, और इनकी दर ही किस विधाता ने तय की थी, बता सकते हो ?"

ग़ज़ब है ! इतनी लानत-मलामत से भी औरत दबती नहीं ! उलटे कहती है, "बल्कि यह सोचो कि शर्म करनी चाहिए तुम लोगों को !"

लाचार प्रबोध ने कह दिया था, "ठीक है बाबा, ठीक है । खाता हूँ क़सम !"

"अब कभी नहीं खेलोगे न ?"

"नहीं खेलूँगा ! हो गया ? ख़ैर, मेरा तो हुआ, तुम्हारी प्रतिज्ञा ?"

"कह तो दिया, तुम अगर ताश न खेलो, तो मैं भी किताब नहीं पढ़ूँगी !"

"मुझसे क्या, सो तो नहीं समझा ! हुई तो पर-पुरुष से लगाव की…"

"ख़बरदार, फिर वह बात ज़बान पर न लाना…इतना नीच !"

"वाह, खूब ! इसी को तो पतिव्रता सती कहते हैं । सती स्त्रियाँ…"

"तुम लोगों के हिसाब से मैं सती नहीं हूँ, नहीं हूँ, नहीं हूँ । हुआ !"

सुवर्ण ने क्रुद्ध स्वर से कहा, "याद रखना, बेटे के माथे पर हाथ रखकर क़सम खायी है । बाज़ी रखकर ताश खेलना ! यह तो जुआ है । जुआ खेलने से पाप नहीं होता है तुम्हें ? या कि पुरुषों के लिए पाप नाम की कोई चीज़ ही नहीं !"

"पुरुषों के पाप नहीं है भला !" प्रबोध ने कहा, "महापाप है ब्याह करना ।" और उसने सुवर्णलता के प्रस्तर-कठिन शरीर को बलपूर्वक खींच लिया ।

उसके बाद ?

रात-दिन निकलते गये ।

नियमानुसार सवेरे सूरज उगता, साँझ को डूबता । मुक्तकेशी गंगा नहाने जाया करतीं, मुक्तकेशी के लड़के नित्य सन्ध्या समय छुट्टी के दिन दिन-भर ताश का अड्डा जमाते, बड़ी बहू, छोटी बहू ढेरों पान लगा-लगाकर बैठके में भेजतीं और बच्चे रह-रहकर चिलम चढ़ाते ।

आजकल एक और नया फ़ैशन चल पड़ा है चाय पीने का ! चाय के साज-सरंजाम ख़रीद लिये गये हैं, बड़े समारोह से चाय बना-बनाकर ताश के अड्डे में भेजी जाती है !

यथारीति सब चल रहा है ।
परन्तु मुक्तकेशी का मँझला लड़का ?
वह ताश के अड्डे पर बैठता है ?
उसका चरित्र क्या कहता है ?

तेरह

बरतन माँजनेवाली नौकरानी हरिदासी को दशहरे पर जो साड़ी मिली, घर ले जाकर वह फिर उसे लौटाने आयी । बोली, "दादीजी, यह लट्टू मार्का साड़ी नहीं चलेगी। हमारी बस्ती में विलायती कपड़े की मनाही हो गयी है ।"

साँझ को इन दिनों मुक्तकेशी आँखों से कुछ कम देखती हैं—इसीलिए वह तुरन्त समझ नहीं पायीं कि माजरा क्या है ? आँखें सिकोड़कर कमरे से ही गला बढ़ाकर बोलीं, "क्या कहा ? किसका क्या हुआ है ?"

"मनाही हो गयी है दादीजी, विलायती कपड़ा पहनने की मनाही हो गयी है । इसके पहनने से देश के साथ ग़द्दारी होती है ।"

आँख-कान में जो भी ख़ामी आयी हो, गला मुक्तकेशी का कम नहीं हुआ है । बिगड़कर बोलीं, "कपड़ा लौटाने आयी है तू ? इतनी हिमाक़त ? मँझले बाबू ने बाज़ार की सबसे अच्छी साड़ी ला दी, और तू···कहाँ, पेवो कहाँ गया ? नीचों को बढ़ावा देने का नतीजा देख ले ! हुँः, कच्चा पैसा हुआ है, दोनों हाथों से लुटा रहे हैं बाबू । नौकरानी की साड़ी चौदह आने की ! वही, बीवीजी जो रात-दिन कहती रहती हैं, 'नौक़रानी हुई तो क्या आदमी नहीं ! ग़रीब आदमी नहीं होते ?' उसी का फल है । मैंने उसी समय कहा था, इतना अधिक करना ठीक नहीं है पेवो, जो रहे-सहे, वही कर ! यह साड़ी बदलकर आठ-नौ आने वाली ला दे कोई । मेरी सुनी नहीं, अब मिज़ाज देख ले । वह साड़ी नापसन्द हुई, लौटाने आयी है···"

हरिदासी ने ऊँचे स्वर में कहा, "मैंने नापसन्द नहीं की है दादीजी, कहा कि यह साड़ी नहीं पहनी जायेगी ।"

"अरी, रहने दे, तू मुझे बोलने का तरीक़ा मत सिखा । जिसको कहते भूना चावल, वही कहाती मूढ़ी ! समझी ? छोटा मुँह, लम्बी बातें !"

हरिदासी ने और भी ऊँचे हुए गले से कहा, "हम छोटों के बोलने से ही बात आप लोगों के कानों 'लम्बी' लगती है दादीजी ! इसे बदल चाहे न दें, साड़ी मुझे नहीं

चाहिए, मगर गाली-गलौज न कीजिए ।''

"गाली-गलौज ? गाली-गलौज कह रही हूँ मैं ?" मुक्तकेशी कमरे से बाहर निकल आयीं । बोलीं, "निकल जा, निकल जा मेरे यहाँ से ! भात छींटने से कौओं का अकाल है !''

समय उस समय वैसा ही था !

भात छींटने पर कौओं की कमी नहीं रहती थी । फिर भी न जाने किस दुस्साहस से हरिदासी ने नौकरी छूट जाने के डर से गिड़गिड़ाते हुए नहीं कहा, "कल दुर्गामाता की पूजा है और वर्ष के ऐसे दिन में आपने मेरी रोटी छीन ली दादीजी ?''

नहीं, हरिदासी यह नहीं बोली ।

न जाने किस शक्ति से शक्तिमान् होकर वह नाखुश-सी होकर बोल उठी, "नाहक़ ही नाराज़ हों, फिर तो लाचारी है दादीजी ! आपकी दी हुई एक साड़ी पहनकर घर में मैं 'अज़ात' होकर तो नहीं रह सकती ? ज़रा जाकर देखिए भी तो, रास्ते पर क्या काण्ड हो रहा है ! पुलिस की पिटाई से जान जा रही है, फिर भी लोग 'वन्दे मातरम्' कर रहे हैं । इत्ते छोटे-छोटे बच्चे भी पिट रहे हैं और गा रहे हैं ! दुकानों से कपड़े लूटकर बाबू लोग उन्हें जलाकर 'बस्तर-यज्ञ' कर रहे हैं । इसके बाद क्या तो सब सुदेशी होगा, लेकचरबाबू लोग यही लेकचर देते फिर रहे हैं । हमारी बस्ती तक में उथल-पुथल मची हुई है । सिर्फ़ इसी घर के बाबुओं के कान-आँख में ठेपी लगी है !''

बच्चों की बार्ली का कटोरा हाथ में लिये सुवर्णलता रसोई से आ रही थी । वह काठ की मारी-सी खड़ी हो गयी । कटोरा कलटकर बार्ली चू जाने लगी, इसका पता न रहा ।

इस घर के बाबुओं की कान-आँख में ठेपी !

इस घर के बाबुओं की कान-आँख में ठेपी !

इस घर के बाबुओं की !

कान-आँख में ठेपी !

सुवर्णलता के कानों में लाखों झाल बजने लगे, "इस घर के बाबुओं की…" यानी जो बात सुवर्णलता सोचती है, वह इसकी भी निगाह में आ गयी है ?

सुवर्णलता तो जानती थी, इस घर के बाबुओं की आँखों में ही नहीं, इस घर में भी ठेपी पड़ी है । एड़ी-चोटी ! राजपथ की मुखर हवा इस गली के भीतर घुस नहीं पाती ! बस्ती में जाती है, पेड़ों तले जाती है, केवल इस गली में घुसना चाहती है, तो गली के मोड़-मोड़ पर टूटी दीवारों से टकरा-टकराकर गूँगी हो जाती है ।

लेकिन आश्चर्य है, सुवर्णलता के आँख-कान इतने खुले कैसे रहते हैं ? वह बाहरी दुनिया की बयार से इतनी स्पन्दित क्यों होती है, क्यों बाहर की आँधी से झकझोरी जाती है ? बाहर से टूटी-टूटी रहने को वह घृणा की नज़रों क्यों देखती है?

चारदीवारी से घिरे इस घर में सुवर्णलता को बाहरी जगत् का सन्देसा कौन ला देता है ?

और जो सन्देसा दूसरों के कानों के बग़ल से निकल जाता है, बदन के चमड़े पर से फिसल जाता है, वही सन्देसा सुवर्णलता के चमड़े को जलाकर फफोला क्यों उगा देता है ? क़ानों में गरम सीसा ढालकर मन के भीतर गहरा ज़ख्म क्यों कर देता है?

तो, हरिदासी की निगाहों में यदि यह बात आ ही गयी कि इस घर के बाबुओं के कान-आँख में ठेपी पड़ी है, तो सुवर्णलता की आँखों से अंगारे छिटकना ज़्यादती नहीं है क्या ? और सुवर्णलता यदि वह ठेपी हटाना चाहे, तो यह उसकी धृष्टता के सिवाय और क्या है ?

सारी ज़िन्दगी क्या धृष्टता ही करती रहेगी सुवर्णलता ?

दशहरे पर घर के एक-एक आदमी के लिए कपड़ा ख़रीदना प्रबोधचन्द्र की ड्यूटी है, इसलिए कि उसका पैसा कच्चा पैसा है और उसकी पत्नी की बुद्धि कच्ची है ।

सुवर्ण ने कहा था, इस बार विलायती कपड़ा नहीं लाना है । उससे तो जुलाहे ताँती के गमछा-कपड़े भी बेहतर हैं !

प्रबोध ने नाक उठाकर कहा था, "तुम्हारा बेहतर तो पागल का बेहतर है । वह कपड़ा छुएगा कौन ?"

"वह चेतना जगायें तो सभी छुएँगे, माथे उठा लेंगे ।"

"तो फिर चेतना जगानेवाली जगाये चेतना; अगले साल काम आयेगी ।" यह कहकर प्रबोध ने सुवर्ण का कहा हँसकर उड़ा दिया और एक गट्ठर विलायती कपड़ा ही लाकर रख दिया । अलता, चीनी सिन्दूर, सिर धोने का मसाला भी लाया ।

जिनके-जिनके कपड़े थे, उनके पास चले गये । छोटे-छोटे बच्चे दिन गिनने लगे, पूजा के कपड़े कब पहनेंगे, छोटी बच्चियाँ हिसाब लगाने लगीं, किसकी साड़ी की कोर अच्छी है ।

सुवर्ण ने सोच लिया था, जिनके जी में जो आवे करें, वह तो यह साड़ी नहीं पहनेगी । अपने संकल्प पर अडिग रहेगी वह ।

षष्ठी पूजा के दिन जब नये कपड़े की चर्चा उठेगी, तो सुवर्ण कह देगी, पूजा के पुण्य-दिन पर वह अशुचि वस्त्र नहीं पहनेगी । किसी दिन भी नहीं । इस बार वह दशहरे पर आये कपड़े छोड़ देगी ।

किन्तु हरिदासी के धिक्कार से उसका यह संकल्प बदल गया ।

आग लहकाकर इस ठेपी को जलाकर राख कर दो या सुवर्णलता को इस नागपाश से मुक्ति दो । लोग सुवर्णलता को दुखित करें, इस दुस्साहस के लिए उसे निकाल बाहर करें !

मीराबाई की तरह राह में निकलकर वह देखेगी कि पृथ्वी की परिधि कहाँ है ?

कितने ही दिन वह कल्पना करती रही कि इन लोगों ने सुवर्ण को भगा दिया

और सुवर्ण साहस करके चली गयी ।

बाहर के लोगों की कौतूहल-भरी निगाहों से बचने के लिए वह झटपट मुक्तकेशी के कठिन घेरे में नहीं घुस पड़ी ।

उसके बाद सुवर्णलता रास्ते-रास्ते घूम रही है, घूम रही है तीरथ-तीरथ में घूम रही है उन महापुरुषों के यहाँ जो 'स्वदेशी' की बात करते हैं ।

आँखों में जलन पैदा करने वाली धुएँ की कुण्डली घूमती हुई नीचे उतर रही है। उसके साथ उठ रही है एक तीखी और चीन्ही-चीन्ही-सी गन्ध ।

इस घर की छत की अकुलाहट आकाश की ओर उठने का रास्ता नहीं पा रही है, इसलिए निरुपाय धुआँ छत से नीचे पाताल की ओर ही उतरा चाहता है ।

पहले किसी को ख़याल नहीं आया । ख़याल आया तब, जब आँखों में जलन-सी हुई । धुएँ की गन्ध मिली । कपड़ा जलने की गन्ध तो छिपी नहीं रहती !

बच्चों का शोरगुल तो इस घर में कुछ नया नहीं, इसलिए सबसे अन्त में अनुभव हुआ ।

ये पाजी लोग कहाँ क्या ग़ज़ब ढा रहे हैं !

इन बातों का बड़ा डर है उमाशशि को । इधर-उधर ताकते देखते उसी ने घटना का आविष्कार किया !

रसोईघर की छत पर धुआँ उठ रहा है । इकट्ठे किये हुए चार कपड़े जल रहे हैं, उसके बग़ल में कुछ बच्चे आँखों की कड़वाहट मिटाने के लिए आँखें रगड़ रहे हैं और साथ ही हलचल मचा रहे हैं ।

लेकिन केवल वे बच्चे ही ?

उनके साथ दल की अगुआ मँझली बहू नहीं है ?

उमाशशि सन्न-सी खड़ी रह गयी ।

उमाशशि के मुँह से बोल नहीं निकले ।

मँझली जान-सुनकर यह क्या जला रही है ? कपड़ा या भविष्य ? सो तो वह सारा जीवन ही जला रही है ! ध्वंसकार्य करती आ रही है । वह आग फिर भी अदृश्य थी, अबकी क्या सारे घर को ही फूँकेगी ?

कुछ देर स्तब्ध खड़ी रही उमाशशि । उसके बाद आँचल से आँखें पोंछीं । आँखों से पानी बह रहा था, जलन हो रही थी !

धुएँ से ?

या कि सुवर्णलता के असम साहसिक दुस्साहस से ?

सुवर्णलता सदा से ही ऐसा करती आ रही है, फिर भी उसका भाग्य दिन-दिन छलक ही पड़ रहा है । दोनों हाथों ख़र्च करती है, चाँदी के जूतों से सबको ख़रीद लेती है, सोने की ठेपी से सबका मुँह बन्द किये देती है !

मँझले बाबू करते हैं ?

वह तो बाहरी हाथ है ।

घर के भीतर का अधिकार किसका है ?

मँझले देवर जब दशहरे के लिए सबका कपड़ा ख़रीद करके माँ के आगे रख देते हैं, तो ऐसा नहीं लगता है क्या कि मँझली बहू ने ही दिया ?

बड़े दुःख और बहुत धुएँ से भरी आँखों को पोंछकर उमाशशि ने रुँधे गले से कहा, ''यह क्या हो रहा है मँझली ?''

मँझली बहू के जवाब देने से पहले ही एक लड़का बोल उठा, ''यह 'बस्तर-यज्ञ' हो रहा है ताई ! साहबों के बनाये कपड़े अब नहीं पहनें जायेंगे, उन कपड़ों को जलाकर उनकी राख का टीका लगायेंगे हम !''

राख का टीका !

हाय राम, यह कैसी बात !

कौन-सी भाषा है यह ?

उमाशशि हक्की-बक्की-सी मँझली बहू की ओर ताकने लगी । धुआँ ज़रूर उठ रहा है, लेकिन आग लहक रही है और उस आग की आभा से आनन्द की आभा-जैसा दमक रहा है सुवर्णलता का चेहरा ! सिर का घूँघट हटा हुआ, बदन का कपड़ा भी अस्त-व्यस्त, इस घर की संस्कृति की अवमानना करके समीज पहनती है, इतना ही!

वह मानो उनकी चीन्ही-जानी मँझली बहू नहीं लगी । उमाशशि उसे धिक्कारे ?

काँपते गले से बोली, ''यह क्या है मँझली ?''

मँझली बहू आनन्द से दमकते मुखड़े से बोली, ''होम हो रहा है !''

उमाशशि के और शब्द जुटते कि नहीं, पता नहीं । परन्तु बोलना बन्द करना पड़ा, माथे पर घूँघट को लम्बा करना पड़ा । गरदन फेरकर देखा, सुवर्णलता ने भी घूँघट डाल लिया ।

जेठ नहीं, देवर ! फिर भी उम्र में बड़ा विज्ञ देवर । जेठ-जैसा ही अदब करना ज़रूरी है ! यही तरीक़ा है ।

प्रभास ऊपर आ पहुँचा । उसका हाथ पकड़े चम्पा आयी । उसकी आँखें रोने से लाल । रोते-रोते ही वह चाचा को बुला लायी है कि माँ उन सबके दशहरे के कपड़ों को जलाये दे रही है !

घर में विचारक का पद सँझले चाचा का है, यह मालूम है, इसीलिए चुस्त लड़की चम्पा ने उसी से यह बात कही ।

''क्या कर रही है माँ ?''

सँझले चाचा डपट उठे थे ।

''दशहरे के लिए लाये गये कपड़े जलाये दे रही है ! सभी कपड़े !''

और चम्पा ज़ोर-ज़ोर से रो पड़ी थी ! ''कहाँ, कहाँ ?'' करता हुआ वीरदर्प से प्रभास चला, फिर भी उसने यह नहीं सोचा था ।

वह भी आकर ठक् रह गया !

लेकिन क्षण में ही अनुमान कर लेने में कठिनाई नहीं हुई । क्योंकि राह-बाट में ऐसा होते देख जो रहा है वह !

किन्तु अपने यहाँ ?

इस थिएटर घर में ?

और उस थिएटर की अभिनेत्री है घर की बहू ?

बड़ी भाभी है । कान नहीं पकड़ा जा सकता, लिहाज़ा प्रभास ने उसके बेटे का ही कान पकड़कर ख़ींचा, इतने ज़ोर से, जिसमें सिर्फ़ कान टूट जाना बाक़ी रह जाये।

"राजनीति की खेती हो रही है घर में । राजनीति की खेती । लीडर कौन है? माताजी ? तो घर की साड़ी पहने बैठे घूँघट में खेमटा नाच-नाचकर बच्चों का परकाल चौपट करने की क्या ज़रूरत ? फेंटा बाँधकर रास्ते में ही निकल पड़े ! मैं अँग्रज़ों को ख़बर किये देता हूँ, तुम लोगों का दाना-पानी यहाँ से उठा !"

प्रभास ने व्यंग्य से मुँह को विकृत किया ।

सुवर्णलता पागल ही हो गयी है, इसमें सन्देह ही क्या ! नहीं तो भला इतने बड़े देवर के सामने गला खोलकर बात करती ! और उसी से कहती ?

कहती क्या है, "जिसकी जैसी अक़ल, उसकी वैसी बात ! इस घर के मर्दों से हरिदासी का भाई भी कहीं ऊँची कोटि का आदमी है !"

कि उमाशशि घूमकर खड़ी हुई और धड़धड़ाती हुई चली गयी ।

देवर के हाथों बड़ी भाभी का पिटना वह नहीं देख सकेगी ।

तब तक तो और भी सभी छत पर पहुँच चुके हैं । ग़रज कि भरी सभा में अपमान !

किन्तु आश्चर्य ! आश्चर्य !!

सुवर्णलता की उस दिन लांछना नहीं हुई ।

सम्भवतः सभी उसका ऐसा कलेजा देखकर मूक हो गये । अथवा यह सोच लिया कि पागल हो गयी है । सुवर्ण के व्यवहार से जब इनकी बोलती बन्द हो जाती है, तो कहते हैं, "पागल हो गयी है ! दिमाग़ का इलाज कराना होगा ।"

आज भी कहा ।

प्रभास ने ही कहा ।

शायद मान बचाने के लिए ही कहा ।

मारने जाये तो पलटा मार खाना असम्भव नहीं । और सच ही, कोई पढ़ा-लिखा भला आदमी बड़े भाई की स्त्री पर हाथ नहीं उठा सकता ।

हाँ, मँझले भैया से पिटवाया जा सकता था ।

लेकिन वही कहाँ हो रहा है ?

उस पर भी तो जादू-टोना किये हुए है ।

घर में जब कोई भयंकर खलबली मचाती है सुवर्णलता, तो लगता है, इस बार उसकी ख़ैर नहीं है । इस बार ज़रूर ही उसका सिर मुड़वाकर उस पर मट्ठा डालकर उसे गली में निकाल दिया जायेगा ।

लेकिन नः, वह आशंका गरजती हुई दौड़ती आती है और सहसा ही टूटकर बिखर जाती है । फेन की तरह बुझकर बालू में खो जाती है मानो ।

प्रबोधचन्द्र ने आकर सारा कुछ सुना ।

मुक्तकेशी ने बात को और ही एक सुर में कहा, ''वर्ष के ऐसे दिन पूजा के लिए ख़रीदे गये कपड़े-लत्ते में आग—तब तो मेरे कलेजे की कँपकँपी थम नहीं रही है बेटे! क्या जानें कौन-सी दुर्घटना आ रही है, क्या बुरा घटने वाला है दुनिया में । कपड़े का एक धागा उड़कर आग में जा पड़े, तो स्वस्तेन करना होता है, और यह क्या ! तुम्हारी स्त्री जब ऐसी ज़बरदस्त है, तो उसकी अनिच्छा पर तुम्हारा यह करना अच्छा नहीं हुआ !''

प्रबोध भीतर-ही-भीतर मर गया ।

वह बड़े ताव से भाइयों से परामर्श करने गया कि उसे बरहमपुर के पागलखाने में भरती कराने के लिए क्या-क्या करना होगा ।

उसके बाद प्रबोध ने माँ के हाथों पर सौ रुपये रख दिये । कहा, ''माँ, कपड़ा ख़रीदने से अब घिन हो गयी मुझे । इन रुपयों से प्रकाश से जो हो, ख़रीदवा मँगाना।''

किन्तु सुवर्णलता के लिए बरहमपुर का टिकट ख़रीदा गया था ?

कहाँ ? टिकट तो ख़रीदा गया स्वदेशी मेला का ।

घर के सभी बच्चों और ननद विराज को लेकर बड़े उत्साह से किराये की दो गाड़ियों से सुवर्ण स्वदेशी मेला देखने गयी !

वहाँ से ख़रीद लायी स्वदेशी दियासलाई, स्वदेशी कंघी, स्वदेशी साबुन ! सबको बाँटा । बोली, ''पूजा में इस बार ढाके की साड़ी ख़रीदी जायेगी । वह अपने बंगाल की चीज़ है !''

हारकर भी जानें कैसे जीत जाती है वह, मार खाने की नौबत आ जाने पर भी सिर पर जा बैठती है, यह एक अनोखा रहस्य है !

जो जितनी उछल-कूद कर ले, आख़िर को मानो डर जाता है । और विजयिनी सुवर्णलता थोड़ा-थोड़ा करके आगे बढ़ जाती है । इस घर की बहुएँ मेले में जायेंगी, दस दिन पहले भी कोई यह कल्पना नहीं कर सकता था ?

किन्तु वहाँ अकल्पित घटना घटा दी सुवर्ण ने । और खुशी से इतराती हुई बोली, ''अगले साल मेले में मैं भी दुकान खोलूँगी ।''

''अगले साल मेले में मैं भी दुकान खोलूँगी ।'' खुशी से डगमग करती हुई सुवर्णलता ने कहा था । सोचा, अब शायद बन्धन से मुक्ति का मन्त्र मिल गया । सोचा था, अब वह प्रकाश के रास्ते पर चलने का अधिकार हासिल करेगी । कानू-भानू

बड़े हो गये । उनका सहारा लेकर बाहरी दुनिया का स्वाद लेने के लिए वह राजपथ पर निकल आयेगी ।

चम्पा को सुवर्ण घृणा करती है । वह मानो उसकी बेटी नहीं है । सँझली लड़की चन्दन बुद्धू-सी है, निरीह । लड़कों पर बड़ा भरोसा है । यह आशा वह अभी से ही पाल रही है कि भानू और बड़ा हो ले, उसी को साथ लेकर एक दिन वह काशी चली जायेगी । वहाँ जाकर वह अपनी उस माँ को देखेगी, जो कूल तोड़कर अकूल में बह गयी !

प्रबोध तो आज तक ले नहीं गया उसे । जब मन की स्थिति बहुत ही अच्छी रही हो, वैसे में क्या सुवर्ण ने इच्छा प्रकट नहीं की है ? कहा नहीं है कि "वही जो नौ साल की उम्र में माँ को देखा था ! वह क्या और अधिक दिन जीवित रहेंगी ? जीवन में भेंट नहीं होगी उनसे ?"

कहा है ।

प्रबोध ने भी प्रबोध दिया, "जीवित क्यों नहीं रहेंगी ? धुत्त्, उम्र कितनी है तुम्हारी माँ की ? मेरी माँ से तो बड़ी नहीं हैं ? तुम्हारे इन इत्ते-बित्तों को लेकर तो काशी नहीं जाया जा सकता । ये ज़रा बड़े हो लें ।"

सुवर्ण हँसकर व्यंग्य से कहती, "इनके बड़े होने से ही तुम्हारी मुराद पूरी हो जायेगी ? रिहाई दोगे ?"

अभिमानहत गले से प्रबोध ने कहा था, "तुमने इसी बात के लिए सदा घिन की! लेकिन कभी यह सोचकर नहीं देखा कि मैंने अपने सँझले-छोटे भाई की तरह अपना स्वभाव नहीं बिगाड़ा !"

ताज्जुब ! यही अचूक बात नहीं सोचती थी सुवर्ण ।

बल्कि कहा करती, "वही लोग संसार के आदर्श पुरुष नहीं हैं !"

उसके बाद कहाँ से तो एक 'कविराजी पान' ले आया प्रबोध । चुपचाप बोला, "सवेरे खाली पेट में इसे खा लेना, बस । तुम जो चाहती हो, वही होगा । फिर यह जहमत नहीं होगी ।"

सुवर्ण ने हँसकर कहा, "इस बला से पिण्ड छुड़ाने के लिए ज़हर तो नहीं दे रहे हो ?"

दुखी-सा होकर प्रबोध ने कहा, "यह कहा तुमने ? मुझ पर सन्देह किया ? फुसलाकर तुम्हें विष खिला रहा हूँ मैं ? ठीक है, वही ख़तरा हो, तो मत खाओ ।"

सुवर्णलता और भी हँस उठी थी, "छिः, मज़ाक़ भी नहीं समझते ! तुम्हारा सिर है कि नारियल ! और विष से मैं डरने ही क्यों लगी ! विष ही के लिए तो हाहाकार किये फिरती हूँ !" उसके बाद ज़रा धुकचुकाकर बोली, "खाने से पाप नहीं होगा ?"

विषवाली बात पर प्रबोध ने कान नहीं दिया, अन्तिन बात पर ही दिया और गद्गद होकर बोला, "पाप काहे का ?" और उसने कविराजी पान बढ़ा दिया ।

सुवर्ण भी सम्भवतः आशा से कम्पित हुई थी । जब रिहाई नहीं मिलने की तो एक 'उपाय' का ही पल्ला पकड़ा जाये । सँझले और छोटे भाई की तरह प्रबोध का भी यदि स्वभाव ख़राब होता, तो सुवर्ण क्या बचती नहीं ? पति से कहा भी तो कई बार, "तुम वही हो जाओ । मैं जी जाऊँ ।"

किन्तु बुरा होने के लिए जो साहस चाहिए, प्रबोध को वह साहस भी कहाँ ?

नहीं है ।

इसीलिए वह सुवर्णलता के लिए पान ले आया । बोला, "महौषध है !"

महौषध !

इसीलिए सुवर्ण उसके बाद से निश्चिन्त है । उसने विश्वास कर लिया कि अब ज़हमत का डर नहीं । इसीलिए खुशी से गद्‌गद होकर बोली, "अगली बार स्वदेशी मेले में मैं भी दुकान करूँगी । औरतें कर रही हैं !"

सोचकर देखा नहीं कि जो स्त्रियाँ स्वदेशी मेला में दुकान कर रही हैं, वे किनके घर की हैं ?

वे क्या सुवर्ण की नाईं डस्टबिन उलटी पतली-सँकरी गलियों की हैं !

नहीं । वे राजपथ की हैं । वे राजमहल की हैं ।

उनके लिए उनके अकृपण विधाता ने बहुत प्रकाश का प्रसाद रखा है । ललाट पर भाग्य का टीका लिये ही वे पृथ्वी की माटी पर अवतरित हुई हैं ।

सुवर्ण यदि अपना वज़न न समझकर उनकी राह चलना चाहे, उनके आकाश की ओर नज़र उठाये, तो उनके कृपण विधाता ठेस लगाकर उसे सचेत तो कर ही देंगे !

सुवर्ण की माँ को भी तो कर दिया था ।

सुवर्ण की माँ ने सोचा था, "मुझे नहीं मिला, मगर अपनी बेटी के लिए मैं मुट्ठी में वह प्रकाश सँजो लूँगी । और, उसी प्रकाश से सजाकर उसे उस राजपथ पर भेज दूँगी, जिस पर से और एक दुनिया की स्त्रियाँ चल रही हैं ।"

उस समय भी क्या सुवर्ण की माँ के विधाता ने उसकी धृष्टता पर एक ज़बरदस्त हथौड़ा नहीं लगा दिया था ?

सुवर्ण की माँ यदि जीवन के बाक़ी दिनों केवल यही सोचती हुई देहपात करे—'इच्छा-अनिच्छा से, प्रतारक की प्रतारणा से, अहंकारी की निर्लज्ज शक्तिमत्ता से, चाहे जिस किसी घटना से घटित ब्याह भी 'चिरस्थायित्व' क्यों पाये, आदमी से आदमी खिलौनों का खेल क्यों खेले ?' तो भी सुवर्ण को उससे कौन-सा लाभ होगा?

सुवर्ण के बाद की पीढ़ी लाभान्वित होगी ? वह लाभ सुवर्ण देख पायेगी ? उस सँकरी गली की साँकल को सुवर्ण यदि तुरन्त चेष्टा से तोड़ने में खुद को तोड़-तोड़कर समाप्त करे, तो कभी वह साँकल टूट गिरेगी ?

कौन कह सकता है यह ?

कम से कम सुवर्ण तो नहीं जानती ।

सुवर्ण परवर्ती काल को नहीं जानती ।

वह स्वयं साँकल तोड़कर निकल पड़ना चाहती है । वह प्रकाश के मन्दिर का टिकट ख़रीदना चाहती है ।

नहीं ख़रीदा जा सकेगा ।

उसका विधाता आघात करेगा, व्यंग्य करेगा ।

•

वह व्यंग्य सुवर्ण की पकड़ में आया ।

पकड़ में आ रहा था, फिर भी आँखें बन्द किये थी । जी ख़राब लिये ही ज़बरन घूमती फिरती थी—हठात् बहुत दिन पहले का पढ़ा हुआ अजगरवाला लेख याद आ गया ।

सोचते-सोचते साँस रुँध आयी उसकी, दोनों आँखें विस्फारित हो आयीं, अवश-कठिन हो आया शरीर । दोनों हथेली आप ही मुट्ठी हो गयीं ।

कमरें में कोई होता तो चौंक उठता, चीख़ उठता ।

इसके बाद सुवर्ण और क्या करती, कौन जाने !

क्या पता, चीख़कर रो पड़ती या दीवार पर माथा ठोंकती !

ऐन उसी समय प्रबोध कमरे में आया ।

दराज़ से ताश की गड्डी ले जाने के लिए आया था ।

अड्डे पर लोगों की संख्या ज़्यादा हो गयी, लिहाज़ा बेकार लोग खिलाड़ियों के पीछे बैठे उसख़ुश कर रहे थे और चाल बताकर खेल की प्यास मिटा रहे थे ।

अजीब स्थिति ।

प्रभास ने कहा, "धत्तेरे की, दूसरा दल भी जमे । तुम्हारे कमरे में तो ताश है न मँझले भैया ?"

प्रभास ने इच्छा प्रकाट की, प्रभास ने कहा ! सो ताश लेने के लिए प्रबोध भागता हुआ आया । किन्तु सुवर्ण का रूप देखकर ठिठक गया ।

मुट्ठियाँ बँधीं और हाथ की फूली हुई नसें देखकर उसे डर ही लगा । सच तो यह कि सुवर्ण से यों ही उसे डर रहता है । उसके साथ घर तो करता है, पर कहाँ तो मानो अनन्त व्यवधान है !

सच, घर की सभी स्त्रियों को समझा जा सकता है, समझा नहीं जा सकता है सिर्फ़ अपनी पत्नी को ! यह क्या कम पीड़ा है ?

किन्तु इसी नहीं समझ सकने को क़बूल करने को राज़ी नहीं है, इसलिए नहीं समझने के स्थलों को आँख मूँदकर टाल देना पड़ता है, डर लगता है, इसीलिए शासन की मात्रा पार कर जाती है ।

आश्चर्य है !

स्त्री परचर्चा करेगी, कलह करेगी, बच्चे को पीटेगी, खाना पकायेगी और घुटना मोड़कर बैठी एक रिकाबी चच्चड़ी[1] के साथ एक थाली भात खायेगी—यही तो होता है । भात परोसना देखकर घर के पुरुष कहीं मुसकराकर पूछ बैठें, 'बिल्ली तड़प सकेगी कि नहीं,' इसीलिए पुरुषों के सामने अपना खाना नहीं परोसेगी ! यह सब कुछ तो चिराचरित है ।

प्रबोध के नसीब में सभी कुछ उलटा है ।

दुनिया से बाहर व्यतिक्रम ।

जी में आ रहा था, नहीं देखने का मान करके चल दे । नहीं हो सका । नज़रें मिल गयीं । लाचार हो ज़रा नज़दीक जाकर पूछना पड़ा, "बात क्या है, तबीयत ख़राब हो रही है ?"

सुवर्ण ने सिर्फ़ नज़र उठाकर देखा । उसकी साँस कुछ और तेज़ हो गयी ।

"हुआ क्या ? लोहार की धौंकनी की तरह ज़ोर-ज़ोर से साँस क्यों ले रही हो ? तबीयत ख़राब लग रही है । बड़ी बहू को बुला दूँ ?"

अबकी निःश्वास नहीं, सुवर्ण खुद ही फोंस् कह उठी, "क्यों, बड़ी बहू को क्यों बुला दोगे ?"

"वाह, क्यों न बुला दूँ ! क्या हुआ नहीं हुआ, वह समझेंगी ।"

अबकी सुवर्ण ने सिर्फ़ फोंस् ही नहीं किया, फन भी मारा, "बड़ी बहू समझेंगी और तुम नहीं समझोगे ? कविराजी पान लाकर कैसा फुसलाया गया था ? झुट्ठे, मक्कार !"

प्रबोध उस तमतमाये चेहरे की ओर देखता रह गया ।

उसे समझने में देर नहीं लगी ।

और समझते ही डर भी जाता रहा, ओ तबीयत ख़राब नहीं है, ग़ुस्सा है ! बाप्पू, चैन नहीं है !

भोंदू-भोंदू-सी हँसी हँसकर बोला, "ओ, तुक् फँस गया, क्यों ? बाप रे, क्या..."

कोई बेढंगी बात बोलने जा रहा था शायद, सँभाल लिया । यह सँभालते-सँभालते बात का ढंग ही सभ्य हुआ जा रहा है । एक बस ताश के अड्डे पर ही मनमाना मुँह खोला जा सकता है । पत्नी तो नहीं, गुरुजी हो गोया !

झूठ नहीं कहा ।

गुरुजी के ही क़ायदे से डाँट उठी उसकी पत्नी, "ख़बरदार, कहे देती हूँ, दीदी को मत बुलाना ।"

"नहीं बुलाऊँ ? खूब ! आख़िर अकेले में दाँती लगाकर पड़ी रहो ? यह औरतानी मामला बड़ी बहू ही ठीक समझेंगी ।"

"औरतानी मामला !"

---

1. तरकारी का एक ख़ास प्रकार ।

"औरतानी मामला !"

अब नागिन नहीं, बाघिन की नाईं पति पर कूद पड़ना चाहने लगी सुवर्ण । उसके नन्हे-मुन्ने-से मुखौटे को मानो नाखून से नोच डालना चाहने लगी ।

और मुखौटा नोचे न नोचे, उस कुत्सित जीव को कटूक्तियों के चाबुक से जर्जरित कर पाने से ही मानो उसकी साँस स्वाभाविक हो आयेगी ।

किन्तु वास्तविक नाखून से तो उस मुखौटे को नोच फेंका नहीं जा सकता, इसलिए कुछ भी नहीं हो पाया । सिर्फ़ एक चिनगी छिटकाने वाला प्रश्न निकल आया, "औरतानी मामला ! तुम नन्हा-मुन्ना हो ?"

गनगनाती आग की इस अँगीठी के पास से खिसक पड़े तो जी जाये प्रबोध, इसलिए एक हँसी निखारकर बोला, "हो क्या गया रे बाबा, रह-रहकर जैसे भूत सवार होता है । ताश की गड्डी कहाँ है ? दराज़ में ?"

पूछना बेकार ही था ।

कमरे में उस दराज़ के सिवाय दूसरा कोई असबाब ही नहीं ।

न-न, और एक चीज़ है ।

ईंटों पर ऊँची की हुई एक चौकी भी है । बक्स-पिटारे को नीचे डाल देने के लिए ही उसे ऊँचा किया गया है । जिस चौकी पर बहुत दिनों तक दो बच्ची-बच्चा को लेकर सुवर्ण और प्रबोध आड़े-आड़े सोते रहे हैं । तीन होने के बाद ही उसे छोड़कर सुवर्ण ने ज़मीन पर बिस्तर लगाया है ।

अब उस चौकी पर दिन-भर बिछौनों का ढेर रखा रहता है और रात में प्रबोध अकेले हाथ-पाँव फैलाकर सोता है । कच्चों-बच्चों को लेकर अब वह सो नहीं सकता है । उम्र हो आयी है, शरीर भारी हो गया है, इसके अलावा कच्चे पैसे की डाँट भी हुई है कुछ ।

मन से जानता है, अब आराम चाहने का दावा हुआ है उसका ।

सुवर्ण बच्चों को लेकर माटी पर बिछौना करके सोती है, दिन में चटाई पर । कमरे के इस छोर से उस छोर तक बिस्तर-बिछौना । कौन कहे, निकट भविष्य में और एक जगह कहाँ होगी ?

ख़ैर ।

ताश होंगे तो दराज में ही होंगे । लेकिन सुवर्ण ने यह सहज बात नहीं बतायी। उठकर खड़ी हो गयी । दृढ़ कण्ठ से बोली, "फिर ताश ?"

"आहिस्ता !" प्रबोध ने कहा, "गला तो जेठजी के कान फाड़ रहा है !"

किन्तु जेठ का नाम लेने से भी सुवर्ण दबी नहीं, उसी तेज से बोली, "उफ़ रे, बड़ी तो सात मंज़िल की इमारत है, कि छोटी बहू का गला जेठ के कानों नहीं पहुँचेगा। पूरे बंगाल में कोई गूँगी लड़की नहीं थी ? गूँगी ? ढूँढ़कर उसी एक से ब्याह करते!"

"क़सूर हो गया । वही करना चाहिए था ।" प्रबोध बोल उठा, "जीभ तो

नहीं, छुरी है !"

प्रबोध ने धड़ाक् से दराज़ में से ताश निकाल लिये ।

"ताश मत्त लो, भला नहीं होगा, कहे देती हूँ । उस दिन की प्रतिज्ञा याद नहीं है ? बट क सिर पर हाथ रखकर क़सम खायी थी न ? बेहया, निर्लज्ज ! मक्कार !"

एक ही कमरे के व्यवधान में भाई लोग और खिलाड़ी दोस्त सब हैं । बात बढ़ाकर इस समय घिनौना कर बैठना ठीक नहीं । नहीं तो क्या प्रबोध को यह इच्छा नहीं हो रही थी कि गेंद की तरह लात मार-मारकर उस अविश्वसनीय उद्धतता को बाहर कर दे ?

इसलिए मुश्किल से होंठों पर हँसी खींचकर बोला, "फुः, संकट के समय वैसी कितनी प्रतिज्ञा करनी पड़ती है । इसलिए रात की प्रतिज्ञा को यदि दिन में भी मानना पड़े, फिर तो जिया नहीं जा सकता ।"

"ऐं ! क्या कहा ?"

सुवर्ण फिर बैठ पड़ी ।

हर पल पति के निकम्मेपन का ही परिचय पाती है सुवर्ण, फिर भी चौंक-चौंक उठती है ।

किन्तु निकम्मापन सुवर्ण के ही मापदण्ड से है । दूसरी बहुतेरी ही स्त्रियाँ ऐसे पति को पाकर धन्य हो जातीं !

प्रबोध भागा ।

भागा ही । खदेड़े गये जानवर की भंगिमा से ।

सिर्फ़ कहता गया, "ओः, किससे क्या कह रही हो, होश नहीं है, क्यों ? रोज़ खुद फ़साद खड़ा करती है और मिज़ाज़ हुआ रहता है आग !"

हाँ, किससे क्या कहना ही है !

लेकिन होश क्या सचमुच ही नहीं है सुवर्ण को ?

या कि वह यह चाहती है कि अपमान के अंकुश से घायल होकर कम-से-कम एक बार भी सुलग उठे प्रबोध ! माँ-भाइयों के आगे मुँह रखने के लिए शासन का प्रहसन नहीं, वास्तविक शासन करे । सुवर्ण को निकाल बाहर करे, उसे मार डाले। उस मरण-काल में भी जिसमें सुवर्ण यह जानकर मरे कि जिसके साथ वह घर करती थी, वह प्राणी आदमी था !

परन्तु फल उलटा फलता ।

सुवर्णलता जितनी ही उग्र होती, प्रबोध उतना ही निस्तेज हो जाता है । भागकर जान बचाता है ।

और सुवर्ण ही क्या ?

उसमें ही क्या अब पदार्थ है ? जो कुछ था, इस आत्मघाती संग्राम में क्षय होते-होते समाप्त नहीं हुआ जा रहा है । उसके अपने भीतर की जो सुरुचि है, जो

सौन्दर्य-बोध है, इस कुरूप परिवेश से छुटकारा पाने के लिए जो छटपट करती हुई मरती थी, वह प्रतिनियत इस निष्फल चेष्टा से विकृत हुई जा रही है, यह बोध क्या अब सुवर्णलता को है ?

इस घर और इस घर के लोगों की कुरूपता को मिटाने के लिए वह आप दिन-दिन कितनी असुन्दर हुई जा रही है, यह उसे कौन समझाये ?

"क्यों भई प्रबोध बाबू, ताश लाने में बूढ़े ही हो गये !"

अभ्यस्त बात । अभ्यस्त दिल्लगी ।

"घरनी का अँचरा छोड़कर आने को जी नहीं चाहता है, क्यों ?"

"हुँ:, घरनी !"

प्रबोध सँवरकर बैठते हुए बोला, "अजी प्रबोधचन्द्र घरनी-फरनी की परवा नहीं करता । देर इसलिए हुई कि ताश मिल नहीं रहे थे ।

इस घर की अख्याति बन्धुवर्ग में भी फैल चुकी है, इसी से प्रबोध की इस गर्वोक्ति पर एक ने हँसते हुए कहा, "रखो भी अपनी यह डाँट, सुना है घरनी तो तुम्हें कान पकड़कर उठाती है, कान पकड़कर बिठाती है !"

हँसी !

हँसी ही एकमात्र मुँह रखने का घूँघट है ।

इसलिए ताश की पत्तियाँ भाँजते हुए प्रबोध हँसता रहा, "न:, तुम लोगों ने तो मान-मर्यादा नहीं रहने दी ।"

इसी समय सुबोध के लड़के 'बूदो' ने एक डब्बा पान लाकर वहाँ रख दिया, प्रबोध की शर्मिन्दगी को राहत मिली । लगातार तीन बच्चियों के बाद एक लड़का, फिर भी बेचारा जैसे निहायत ही बेचारा हो !

रविवार का दिन बूदो का कष्ट का दिन है ।

खेलने की फ़ुरसत नहीं मिलती, हर घड़ी ख़िदमतगारी में रहना पड़ता है ।

ख़ास-ख़ास ज़िम्मेदारी किस प्रकार से एक-एक के कन्धे आ जाती है, यही समझना मुश्किल है । घर में और भी तो लड़के हैं, किन्तु बूदो का ही सारा रविवार कष्ट का होता है ।

भानू-कानू को इस अड्डे की छाँह छूना भी सम्भव नहीं । फिर तो उनकी माँ उन्हें धोबियापाट दे मारेगी । और जो उन्हें कुछ करने को कहेगा, उसको भी छुटकारा नहीं, यह भी मालूम है । इसलिए घर में भानू-कानू नाम के दो-दो लड़कों के होते सारा बोझ बूदो के ही मत्थे ।

प्रबोध ने कहा था, "देखो, ये दोनों कुछ नहीं करते, अकेले भैया का लड़का ही बेचारा हुक्म बजाते-बजाते मरता रहता है, यह अच्छा नहीं दीखता !"

"दीखे ।" सुवर्ण ने कहा था, "क्या किया जाये, दिखाओ !"

"जितना सब वो तुम्हें ही है, कहाँ, उसकी माँ तो नहीं बिगड़ती ?"

"उसकी माँ महत है ।"

"बेशक !"

नहीं तो डब्बा-डब्बा पान लगाने में अकेली ही क्यों मरती ?

किसी एक अड्डेबाज़ ने ज़रदे की डिबिया जेब से निकालते हुए ताच्छील्य के भाव से कहा, "पान किसने लगाया है रे बूदो, तेरी माँ ने, है न ?"

स्त्रियों के बारे में पूछने पर ताच्छील्य और अवज्ञा का भाव दिखाना चाहिए, यही रीति है । भलेमानस उस रीति के विश्वासी भी हैं ।

नासमझ बूदो ने इस पर भरमुँह हँसकर कहा, "हाँ ।"

"अपनी माँ को जाकर यह सिखा दे बेटे, पान देने पर उसके साथ थोड़ा-सा चूना भी देना चाहिए ।"

और उन सज्जन ने एक छोटे लाट की तरह एक बीड़ा पान उठा लिया ।

यही इन लोगों की रोज़-रोज़ की रीत है ।

पृथ्वी इनके करतलगत है, 'हस्तामलकवत् ।' सब प्रकार के मामलों को तुच्छ कर देने का कौशल इन्हें मालूम है !···देश जब स्वदेशी आन्दोलन की उत्ताल तरंगों से उद्वेलित है, ये लोग तब घर में बैठे बादशाह-वज़ीर मार रहे हैं । उस आन्दोलन को चुटकी बजाकर उड़ा दे रहे हैं ।

मुहल्ले के हर घर की बहुओं की ख़बर ये रखते हैं और उनकी आलोचना में तत्पर रहते हैं । इस घर की बड़ी बहू को ये गिनते नहीं, मँझली का मखौल उड़ाते हैं, सँझली को दूर्-छि करते हैं और छोटी की अवज्ञा ।

अवश्य गुण के अनुसार ही करते हैं और मनोभाव को दबा नहीं सकते । पुरा-पड़ोसी ही केवल नहीं, ऐसा मस्तक ही नहीं, जो इन लोगों के अड्डे में काटा नहीं जाता । ये ब्राह्मण को 'बेम्मो' कहते हैं, ब्राह्मण पुरोहित को कहते हैं 'वमना' और विदुषी स्त्री का नाम सुनने पर कहते हैं 'लीलावती ।'

देश-नेता को पागल की आख्या देने में इन्हें झिझक नहीं होती, परमहंस देव की आलोचना में रस लेते हैं, विवेकानन्द के अमरीका में हिन्दू-धर्म के प्रचार की बात पर हँसी उड़ाते हैं और स्त्रियों की शिक्षा की प्रगति पर व्यंग्य से जब-तब कवि 'ईश्वर गुप्त' की पंक्तियाँ उद्धृत करते हैं, "अजी, अभी और कितना देखोगे, अभी तो 'इब्तदाये इश्क़' है !

> ए० बी० पढ़कर, बीवी बनकर
> बोल विलायती बोलेंगी ये !
> पहन बूट पी चुरुट ठाठ से
> द्वार स्वर्ग का खोलेंगी ये !

घर, बाज़ार और दफ़्तर—इस त्रिभुज करघे में आते-जाते उनके जीवन का माकू ज़ंग लगकर सड़ गया है !

यही लोग सुवर्णलता के स्वामी के मित्र हैं !

किन्तु उन्नीसवीं सदी के 'ऑफ़िस बाबुओं' का दल क्या इस युग में निश्चिह्न हो गया ?

आज की दुनिया के इस दुरन्त कर्मचक्र की दुर्वार गति की ताड़ना में भी अलस गति और निकम्मे अड्डों में आज भी वे टिके नहीं हैं क्या ? उनकी जानकारी की दुनिया में आज भी क्या सिर्फ़ यही बात नहीं है, औरत की ज़ात को व्यंग्य और अवज्ञा की दृष्टि से देखना चाहिए, पान के पास चूना रखना भूल जायें तो उन्हें समझा देना चाहिए । हैं वे ! वे आधुनिक नहीं हैं, यही उनकी अहमिका है, यही उनका गौरव है !

नहीं, वे लोग एकबारगी निश्चिह्न नहीं हुए हैं ।

कुछ-कुछ आज भी रह गये हैं ।

वे दरज़ीपाड़ा और किनू ग्वाला की गली में हैं, छिदाम मिस्त्री तथा रानी मुदिनी लेन की ओट में हैं ।

ये आज भी समझते हैं, पुरुष जात विधाता की स्वजाति के हैं, इसलिए श्रेष्ठ हैं!

वे लोग हैं ।

शायद सदा ही रहें ।

पृथ्वी की अप्रतिहत प्रगति की राह में 'रोक' लगाने के लिए विधाता ही कमोबेश इनकी सृष्टि किये चले जा रहे हैं ।

यद्यपि उनके अन्तःपुर का भी रंग बदल रहा है, आबरू की सख्त जंजीर को वही ढीली करने पर मजबूर हो रहे हैं, ब्याह के बाज़ार में दाम बढ़ाने के लिए वही बच्चियों को स्कूलों में भरती किये दे रहे हैं और, पारिपार्श्विक के दबाव से लड़कियों के ब्याह की उम्र को बारह से सोलह साल पर ले जा रहे हैं ।

इनका नाम है मध्यवित्त ।

ये ही शायद समाज के ढाँचा हैं ।

यही अपनी मध्यवित्तता और मध्यचित्तता से उस ढाँचे को बचाते चले जा रहे हैं । उसके साथ चल रहा है समय का स्रोत ।

चौदह

एक भोटिये के सिर पर फल का बोझा और उँगलियों की फाँक में बड़े केले के कुछ दाने लिये जग्गू ने आकर दरवाज़े पर आवाज़ दी, "फूआ, ओ फूआ ।"

"कौन है रे, जग्गू ?"

जप की माला हाथ में लिये-लिये ही मुक्तकेशी बाहर निकल आयीं । "हाँ, मैं ही हूँ, नहीं तो ऐसा फटे बाँस-सा गला और किसका होगा ?" जग्गू ने चौखठ से बाहर ही खड़े-खड़े बात की, "हाय राम, इतनी वेला हो गयी और तुम अभी तक ताला ठकमका रही हो ? इतना पुण्य रखोगी कहाँ ?"

मुक्तकेशी ने इसका कोई जवाब नहीं दिया । बोलीं, "बात क्या है, इतना केला किसलिए ?"

"केला तुम्हारी भाभी के 'सराध' का है ।" और केले की छीमियों को एक बार हिलाकर जग्गू ने बड़े उत्साह से कहा, "क्या महँगाई आ गयी ! बस ये कै केले और तीन गण्डा पैसा !"

मुँह बिदकाकर मुक्तकेशी ने कहा, "तुझे ठग लिया है । मैं इतना दो ही आने में लाती । आना दर्जन । पूछती हूँ इतने फल का क्या होगा ?"

"कह तो दिया, तुम्हारी प्यारी भाभी श्यामासुन्दरी का 'सराध' है ।...हाय मेरी माँ, श्यामा माँ, मातृनाम लेने का अपराध न लेना । प्रसाद बनेगा प्रसाद ! श्यामासुन्दरी मुक़दमा जीत जो गयीं । कल राय सुनायी गयी । सत्यनारायण की मान रखी थी, आज वही पूरी की जायेगी । वह भी साँझ को । वही कहने आया हूँ । माताजी ने बार-बार कहा है ।"

जिसे विस्मय-विस्फारित लोचन कहते हैं, उसी भंगिमा से मुक्तकेशी ने कहा, "माँ जीती । यानी तू हार गया ?"

"सो श्यामासुन्दरी जीतें तो मुझे हारना ही होगा, यह तो है ही । वादी-प्रतिवादी का नाता तो रात-दिन-जैसा है । यह है तो वह नहीं, वह है तो यह नहीं !"

मुक्तकेशी ने खिजलाकर कहा, "बकवास तो रहने दे । मैं कहती हूँ, हार गया और थोथा मुँह भोथा करके माँ की मन्नत की पूजा का सामान जुटा रहा है ?"

जग्गू ने असन्तुष्ट-सा होकर कहा, "बस, बस इसीलिए कभी-कभी तुमसे मेरा विरोध हो जाता है फूआ । मैं पूछता हूँ, मैं न जुटाऊँ तो कौन यम आकर इन्तज़ाम कर देगा ? तुम्हारी भाभी के आख़िर कै कौरी लड़के हैं ? फिर कहा सवेरे ही तो उन्हें लेकर कालीघाट जाना होगा । पूर्वजन्म का कितना महापातक था कि मैं इकलौता होकर पैदा हुआ । हाँ, तो जाना ।"

जग्गू चला जा रहा था । हाथ के इशारे से उसे रोककर जप की माला को माथे

से लगाकर मुक्तकेशी बोलीं, "देख, सत्यनारायण कच्चा खानेवाले देवता हैं । उनके नाम पर अन्यान्य उपरोध मत करना । मेरे बाप के वंशधर को बेदखल करके फटाफट मामला जीतकर भाभी सत्यनारायण की पूजा करेगी और मैं वहाँ प्रणाम ठोंकने जाऊँगी? मेरे यहाँ का एक प्राणी भी नहीं जायगा ।

जग्गू ने और भी असन्तोष के साथ कहा, "मज़ा देख लो, मैं टुकुर-टुकुर देख सकूँगा और तुम नहीं देख सकोगी ? अरे, देवता कुछ उनके खानसामा तो नहीं हैं कि सारा पुण्यफल उन्हीं को दे देंगे ।···ए बहूरानी, घोड़ागाड़ी ठीक करके सास को लेकर दाई के साथ सभी आ जाना । मामी-सास ने कहलवाया है, बड़ी धूम की पूजा है । बने तो सब भाई लोग भी आयें ! मैं चला ! बहुत काम है । बड़े बाप की बेटी की मुराद पूरी करते-करते···"

जग्गू के चले जाते ही सँझली बहू ने मुँह बनाकर कहा, "जेठ हैं, गुरुजन हैं, कहना अपराध है, परन्तु उस घर के बड़े जेठजी की बुद्धि की बला पर मरने को जी चाहता है ।···हँसूँ या रोऊँ ?"

जानें कहाँ थी सुवर्णलता, चट बोल उठी, "इस घर के बाबू लोग यदि उस घर के बड़े जेंठजी के पैरों के नाखून के योग्य भी होते, तो दोनों वेला इनका पाँव-धुला पानी पीती ।"

सँझली ने बहुत दिनों से मँझली बहू से बोलना-चालना बन्द कर रखा था, आज जब मँझली-दी ने ही उसे तोड़ा, तो ज़वाब देने में बाधा न रही ।

बोल उठी, "क्या कहा मँझली-दी ?"

"जो कहा, ठीक ही कहा है ।"

"किससे किसकी तुलना ? वह जेठजी तो आदमी की शक्ल में एक···ख़ैर, गुरुजन हैं, कुछ कहूँगी नहीं । कहावत है न, किसकी और किससे, सोने की सीसे से ! तुम्हारी तुलना वैसी ही हुई ।"

"ठीक ही कहा सँझली, सोना और सीसे की तुलना ही ठीक है । लेकिन प्रश्न यह है कि कौन सोना है और कौन सीसा ! बात इतनी ही है कि तुम लोगों के हिसाब में मेरा हिसाब नहीं मिलता ।"

किन्तु सुवर्ण का हिसाब क्या किसी के हिसाब से मिलता है ?

मिलता होता तो भला वह तीन बच्चे-बच्चियों को लेकर एक नौकरानी के साथ साँझ गये किराये की घोड़ागाड़ी पर जा बैठती ?

चम्पा छिटक गयी । वह नहीं गयी । भानू-कानू नहीं गये । गयी केवल चन्दन, पारुल और खोका । ये अभी माँ को छोड़कर नहीं रह सकते ।

फूलों की सुगन्ध, धूप की सुगन्ध, और ताज़ा कटे फलों की गन्ध ने घर में मानो

देवमन्दिर की हवा ला दी । और दरवाज़े से ही अल्पना की सुनिपुण रेखा अपना सुषमामय स्वप्न लिये मानो देवता के आविर्भाव की प्रतीक्षा कर रही हो ।

कैसा अनोखा !

कितना सुन्दर !

कैसा अनास्वादित यह स्वाद !

सुवर्ण को लगा, वह किसी स्वर्गलोक के द्वार पर आ खड़ी हुई है ।

मुक्तकेशी तीरथ करती हैं घर से बाहर जा-जाकर । मुक्तकेशी मन्नत की पूजा करती हैं मन्दिरों में जा-जाकर । मुक्तकेशी के यहाँ इस प्रकार से देवता का आवाहन नहीं होता । रहने में सिर्फ़ एक ही है, साल में कई बार सूतिका षष्ठी की पूजा ।

किन्तु उसमें क्या ऐसे मोहमय, सौन्दर्यमय और सौरभमय परिवेश की सृष्टि होती है ? उस सुरभित हवा से आच्छन्न होकर सुवर्ण धीरे से भीतर गयी ।

श्यामासुन्दरी ने स्नेह से कहा, "आओ बिटिया, आओ । बच्चे, आ जाओ भाई। हाँ-हाँ, हुआ । दूर से प्रणाम करो बहू । ननदजी कहाँ हैं ?"

सुवर्ण ने धीरे से कहा, "वह नहीं आ सकीं ।"

"नहीं आ सकीं ?" श्यामासुन्दरी ने विस्मय और विरक्ति से कहा, "सत्यनारायण की पूजा में नहीं आ सकीं ? तुम्हारी जेठानी-देवरानियाँ ?"

"वे लोग भी शायद न आ पायें ।"

शायद तो यों ही था ।

पूरी गाड़ी में तीन बच्चे-कच्चे लिये सुवर्ण आ गयी, अब किसी के आने का प्रश्न ही नहीं ।

श्यामासुन्दरी बोल उठीं, "नहीं आ पायेंगी या आयेंगी नहीं ? समझती हूँ मैं, ननदजी की मनाही होगी, मेरे यहाँ नहीं आयेंगी ।"

सुवर्ण ने भले-भले कहा, "नहीं-नहीं, वैसा क्यों, मैं तो आ गयी ।"

बुद्धिमती श्यामासुन्दरी भाँप गयीं, यहाँ खिलाफ़ बोल नहीं सकतीं । समझकर अवश्य खुश ही हुईं कि बहू में यह सद्गुण है ! मुसकराकर "तुम तो मेरी पगली बिटिया हो", कहती हुई दूसरे काम में जा लगीं ।

इतनी मिठास के साथ बात की जा सकती है !

सुवर्ण कुछ देर अभिभूत हुई-सी खड़ी रही, उसके बाद बच्चों को नीचे बिठाकर दुतल्ले पर चली गयी । यहाँ पहले कई बार आ चुकी है । उस समय श्यामासुन्दरी बीच-बीच में ननद और भानजे की बहुओं को न्योता करती थीं ।

अब परिवार बड़ा हो गया है । नहीं बन पाता है । न्योता करने से कम-से-कम बीस पत्तल !

दुतल्ले का बड़ा वाला कमरा ही श्यामासुन्दरी का है—दक्षिण रुख खुला रास्ते की ओर । इसकी खिड़की पर खड़े होने से बड़ा रास्ता दिखाई पड़ता है ।

मकान बड़ा नहीं है, फिर भी जगह ज़रूरत से ज़्यादा ही है । रास्ते के पासवाले कमरे के अलावा और भी दो कमरे, सामने दालान । किन्तु जग्गू को भूत का बड़ा डर है, कमरे में अकेला नहीं सो सकता है । इसलिए उस बड़े कमरे में ही माँ और बेटा, दोनों का बिस्तर दो पतली-पतली चौकियों पर लगता है ।

श्यामासुन्दरी कहतीं, "तेरी नाक इतनी बजती है कि डर तो मुझे ही लगना चाहिए। तू जाकर अपने कमरे में सो न बाबा, मैं मुँह-अँधेरे उठकर ज़रा ठाकुर देवता का नाम ले सकूँ !"

जग्गू कहता, "क्यों, कमरे में मेरे रहने से तुम्हारे इष्ट देवता भी डर जायेंगे ? हूँः ।"

सो, इधर के दोनों कमरों में ज़ंजीर लगी रहती है । मुक़दमे में कौन जीतेगा, इस पर लेटे-लेटे माँ-बेटे में तर्क-वितर्क होता रहता । तर्क में अन्त तक अवश्य जग्गू की ही जीत होती । क्योंकि वह अन्तिम राय देता, "यदि भगवान् है, तब तो जीत मेरी ही होगी । समझीं ? सम्पत्ति मेरे बाप की है, तुम्हारे दादा की नहीं !"

श्यामासुन्दरी इसे अस्वीकार नहीं कर सकतीं । और यह भी नहीं कहा जा सकता है कि भगवान् नहीं हैं ।

सुवर्ण को माँ-बेटे के उस अनोखे तर्क-वितर्क का पता नहीं है, पर, दो पतली-पतली चौकियाँ देखकर वह मुग्ध हो गयी ।

पूर्णिमा तिथि !

खिड़की से होकर चाँदनी आयी है । फ़र्श पर सींखचों की काली-काली छाया । दुतल्ले पर अभी कोई नहीं है, लिहाज़ा दोनों ही लालटेनें नीचे ले जायी गयी हैं ।

आधा अँधेरा, आधा उजाला—कमरे में खड़े होकर सुवर्ण को हठात् ऐसा लगा कि वह किसी दूसरी ही दुनिया में आ पहुँची है ।

निर्जनता की सम्भवतः अपनी एक सत्ता होती है । और वह सत्ता अलौकिक है, सुन्दर है ! बहुतों की उपस्थिति कैसी भद्दी और भोंड़ी होती है ?

कितना बड़ा दुस्साहस करके वह अकेली चली आयी है, यह बात मन में नहीं आयी । लौटने पर नसीब में क्या लिखा है, यह सोचना भूल गयी, सिर्फ़ एकटक रास्ते की ओर ताकती हुई सुवर्ण सोचने लगी, काश, अनन्त काल तक अगर ऐसे ही खड़ी रह पाती !

ऐसे ही चलते पथिकों के स्रोत की दर्शक होकर खड़ी रहना !

सुवर्ण रास्ते पर उन चलनेवालों में से एक क्यों नहीं हुई ? सुवर्ण नारी होकर क्यों जनमी ?

"हाय रे मेरा नसीब, तुम यहाँ हो···" हरिदासी का टूटे काँसे-सा गला झनझना उठा । "हाँ मँझली बहू, कैसी अकिल है तुम्हारी, नीचे भट्चारज जी आ गये, पूजा शुरू हो गयी, टोले-मुहल्ले के लोगों से कमरा ठसाठस भर गया, और बच्चों को छोड़कर

तुम यहाँ आकर भूत की तरह खड़ी हो ? अँधेरे में डर नहीं लगता है ?''

"डर कैसा···" धरती की माटी पर उतर आयी सुवर्ण अप्रतिभ होकर बोली, "खूब तो है तू, मुझे बुलाया नहीं ?''

"बुलाया नहीं ? कितना तो पुकारा ! आखिर···''

सुवर्ण झटपट उतर आयी । उतरते ही आँखें जुड़ा ही गयीं उसकी । सत्यनारायण की पूजा क्या उसने देखी नहीं ? यदा-कदा पड़ोसी के यहाँ देखी है, देखी है घर-भर की भीड़ के साथ । अपनी चिल्ल-पों से ही त्राहि-त्राहि !

यहाँ सब बड़ी-बूढ़ियाँ ही हैं, सम्भवतः श्यमासुन्दरी की बान्धवियाँ, हाथ जोड़कर शान्त भाव से बैठी हैं ।

धूप-गुग्गुल, फूल-चन्दन, चौकी-माला, घट-पट—कुल मिलाकर देवता मानो सचमुच ही अपनी सत्ता लेकर विराज रहे हैं ।

ताज्जुब ! सुवर्ण के बच्चे भी तो यहाँ हाथ जोड़े चुपचाप बैठे हैं ! हालाँकि दल में मिलकर यही जैसे दूसरे अवतार हो जाते हैं । धक्कमुधक्की, हँसी-ठिठोली, असभ्यता, लोलुपता—यही तो मूर्ति है इनकी !

परिवेश !

परिवेश ही आदमी को बनाता-बिगाड़ता है ।

पोथी खोलकर पुरोहितजी ने गला साफ़ करके कथा प्रारम्भ की ।

कलावती की कहानी !

सत्यनारायण प्रभु ने कलावती के मरे हुए पति को लौटा दिया था, क्या वह सुवर्णलता की जीवन-यात्रा की गति को नहीं बदल सकते ?

कलावती को सच्ची भक्ति थी ?

सच्ची भक्ति कैसी होती है ? और उसकी आकुलता ही कैसी होती है ?

इन्हें उतारकर गाड़ी बहुत पहले ही जा चुकी थी । कथा समाप्त होने पर पड़ोसिनें विदा हुईं, श्यामासुन्दरी ने इन्हें नहीं छोड़ा । रात का भोजन करा ही देंगी, इसलिए पूरी बनाने लगीं । अभिभूत सुवर्ण ने आपत्ति नहीं की, वह मानो भूल गयी है कि वह किस घर की है । भूल गयी है कि फिर उसे उस घर के दरवाज़े पर जाकर खड़ा होना होगा ।

किन्तु याद ही रखे होती तो क्या सोच सकती थी कि उस खड़े होने का चेहरा कैसा होगा ? डर उसे था अकेली आने का, डर था रात होने का, फिर भी यह डर नहीं था कि दरवाज़ा उसकी सारी कदर्यता को खोलकर बन्द रहेगा !

बाबूजी, चाचाजी, ताऊजी आदि बहुतों को पुकारते-पुकारते बच्चे आखिर दरवाज़े के पास धूल-माटी पर ही बैठ गये ।

एक तो गुरुभोजन से ही क्लान्त थे, फिर रात भी हो गयी ।

नौकरानी हरिदासी किवाड़ के कड़े खटखटाते-खटखटाते हताश और अवाक् हो गयी । उसे कुछ कहने की भाषा नहीं मिल रही थी ।

गली की इस-उस ओर को सभी घर इस दरवाज़ा-पिटाई से चौंक उठे, खिड़कियों पर कौतूहल-भरी दृष्टि से ताक-झाँक होने लगी ।

अन्तिम एक बार दरवाज़े पर एक ज़बरदस्त धक्का देकर हरिदासी हारे हुए सुर में बोली, "मुझसे तो अब नहीं होने का मँझली भाभी, मुझमें अब खड़े होने की क्षमता नहीं है । और 'रात' अधिक होने से मकानवाली सदर दरवाज़ा बन्द कर देती है । तुम्हारे साथ जाकर यह तो अजीब मुसीबत मोल ले ली । तुम्हारी मामी-सास के तो लाड़ छलक आया, पूरियाँ निकालकर खिलाने बैठीं ।"

रात के दस भी नहीं बजे और इन लोगों की ऐसी नींद—सुवर्ण भी पहले सममुच ही अवाक् हो गयी मानो । अब अवाक् होना पार हो चुका । याद आया, जेठ अभी हैं नहीं । मँझली बहन सुबाला के पति की तबीयत ख़राब है, यह सुनकर बीमारपुरसी में उनके गाँव गये हैं ।

यह सब करतब सुबोध ही करता है । और, उसके होते घर के सब लोग इस तरह नींद से पत्थर नहीं हो जाते, यह तय है ।

सुर्ख आँखों से ताककर सुवर्ण बोली, "तुम्हें रात हो रही है हरिदासी, घर जाओ।"

हरिदासी डोलते मन को लगाम में लाकर बोली, "सुन लो इनकी ! दोपहर 'रात' को बच्चों सहित 'रास्ते' पर छोड़कर निश्चिन्त घर जा सकती हूँ ? हो क्या गया इन्हें? किसी ने 'निन्नीमन्तर' फूँक दिया क्या ?"

सामने मकान के वसाक बाबू बड़ी देर तक सहते-सहते अब रणांगन में उतरे । उन्होंने भारी गले से हाँक लगायी, "अजी ओ प्रबोध बाबू, ओ प्रभास बाबू, कैसी नींद है साहब आप लोगों की ! घर के औरत-बच्चे दो घण्टे से रास्ते पर खड़े हैं !"

अब शायद मुक्तकेशी-नन्दनों की नींद खुली । भारी गले से प्रभासचन्द्र का उत्तर मिला "हमारे घर की बहू-बेटियाँ दोपहर रात में बाहर नहीं रहती हैं जनाब ! आप जाकर निश्चिन्त सोइए !"

खुला झरोखा आवाज़ करते हुए बन्द हो गया !

"यह तेज-दम्भ की बात है !" हरिदासी अकृतज्ञ गले से बोली, "यह है तेज की बात, द्वेष की बात ! पहले ख़ाक मालूम था मुझे, अन्दर-अन्दर तुम लोगों में इतना मन-मुटाव है । जब यह हालत है, तो तुम्हारा जाना उचित नहीं हुआ । मर्दों का गुस्सा चण्डाल है । उस चण्डाल को···"

"तू जायेगी ? जा, चली जा···"

हरिदासी झुँझलाकर बोली, "हाय मेरी माँ, देख लो ज़रा । जिसके लिए चोरी करो वही कहे चोर ! ख़ैर, जाती हूँ । यह अपना प्रसाद लो ।"

"प्रसाद तू ले जा ।"

"मैं क्यों ले जाऊँ । यह तो मामी ने यहाँ के लिए दिया है !"

"ठीक है । तू नहीं लेगी, तो जाकर रास्ते में फेंक दे ।"

"दुर्गा-दुर्गा !" डर से प्रसाद को माथे छुआकर हरिदासी बोली, "हिन्दू होकर..."

अभी-अभी ज़रा देर पहले नक़द चार गण्डा पैसा बख्शीश में दिया है मँझली भाभी ने, इसीलिए मुँह से ज़्यादा नहीं बोल रही है । मन-ही-मन बोली, "यों ही क्या सारा घर तुम्हारी निन्दा करता है !"

वसाक बाबू बुजुर्ग आदमी हैं, फिर भी दोपहर रात में सुवर्ण के पास जाने का साहस नहीं हुआ । उन्होंने पत्नी की सहायता ली ।

वसाक-पत्नी उतरीं । आकर करुणा-विगलित स्वर में बोलीं, "इस्, बच्चे तो सो गये हैं—रास्ते पर ही ! धूल से सन गये ! क्या बात है मँझली बहूरानी, अकेली कहाँ गयी थीं ?"

मँझली बहू चुप !

वसाक-पत्नी ने और ममता उँड़ेली, "समझ गयी । गुस्से की बात है । सो जितना भी जो क्यों न हो, दोपहर रात में बच्चों को रास्ते पर छोड़कर दरवाज़ा बन्द करके सो रहेंगे—ऐसा भी गुस्सा होता है ! कहाँ गयी थीं ? नैहर ?"

मँझली बहू के नैहर नाम की वस्तु किस पर्याय में है, यह मुहल्ले के लोगों की अजानी नहीं ! फिर भी उस महिला को इसके अलावा और कुछ याद नहीं आया ।

सुवर्ण अब बोली ।

स्थिर गले से बोली, "जी नहीं ।"

"तो ?"

बुद्धू होते हुए भी चन्नन इन दिनों खूब बोलने लग गयी है । वह निंदायी आँखों ही बोल उठी, "मामी-दादी के यहाँ सत्यनारायण की कथा थी, वहीं गयी थी:

"मामी-दादी के यहाँ ?" वसाक-पत्नी का कौतूहल और बढ़ा, "तुम लोग अकेली ही गयी थीं ? और कोई नहीं ? दादीजी ?"

"नहीं !" उस बच्ची की आँखों से नींद उचट गयी । बोली, "नहीं । मामी-दादी मुकदमे में जीत गयीं, दादीजी क्यों जाने लगीं ?"

वसाक-पत्नी को मामला क्या है, यह समझने में अब देर न लगी । क्योंकि मुक्तकेशी की वह भाभी बनाम भतीजा का मुक़दमा किसी से छिपा नहीं है । सात साल से चल रहा था ।

वसाक-पत्नी समझ गयीं ।

गम्भीर होकर बोली, "मगर तुम लोग जो गयीं ?"

"सो मैं नहीं जानती । माँ गयी इसलिए गयी । दीदी, भैया, मँझले भैया तो नहीं गये । दीदी ने कहा, जहाँ दादीजी नहीं जा रही हैं, वहाँ..."

"चनन्न, चुप होती है तू ?"

माँ की डाँट से चन्नन चुप हो गयी ।

और तुरन्त वसाक-पत्नी की करुणा का झरना भी सूख गया । चुप होने के निर्देश की यह जो डाँट थी, वह क्या सिर्फ़ सुवर्ण की बेटी के लिए ही थी ?

उस डाँट से उनके कौतूहल पर भी एक चाँटा लगा देना ठीक नहीं है ?

पड़ोसिन के यहाँ के इस कारनामे के लिए उन्हें कौतूहल हुआ था, होगा ही तो ! जो नहीं होना है, वही तो काण्ड ! फिर भी कौतूहल न हो ? खैर, ठीक है ।

गम्भीर स्वर में बोलीं, "छोड़ो बहानी, तुम्हारे यहाँ का घिनौना सुनने की मुझे ज़रूरत नहीं, प्रवृत्ति भी नहीं । लेकिन जैसा देख रही हूँ, आज रात अब ये लोग दरवाज़ा नहीं खोलेंगे । तो इन बच्चों को लेकर तमाम रात रास्ते पर पड़ी रहोगी ? आदमी का चमड़ा आँखों में लिये इस हालत में छोड़कर चली जाऊँ तो चैन की नींद सो भी तो नहीं सकती ? चलो, मेरे यहाँ सो रहो ।"

टोले की बड़ी-बूढ़ियों से बहू-बेटियों के बोलने का रिवाज नहीं है । पर सुवर्ण उस रिवाज से परे चलती है । वह बोलती है ।

अभी भी बोली ।

"सोने की अब ज़रूरत नहीं होगी वसाक चाची !"

वसाक-पत्नी फिर भी टलीं नहीं, उन्होंने सुवर्ण का एक हाथ पकड़ने की चेष्टा की । कहा, "ठीक है, सोना नहीं, बैठी ही रहना, फिर भी तो एक छाँह के नीचे । तुम्हें ज़रूरत नहीं, इन बच्चों को ज़रूरत है । यों पड़े रहने से रात-भर में 'निमोनी' हो जायेगा !

"नहीं होगा चाची, कुछ नहीं होगा । होने से भी ये मरने के नहीं, रक्तबीज के वंशज हैं न ! आप परेशान न हों, जाइए, सो रहिए ।"

अच्छा !

जाइए, सो रहिए !

फैलाये हुए हाथ को समेटकर बसाक-पत्नी बोलीं, "हाय रे, कलयुग में भले की भलाई नहीं । ...चलो जी, किवाड़ बन्द करके सो रहें । सुबोध की माँ क्या यों ही ऐसा करती है ? बहू से जल-भुनकर ही...बाप रे, बहू तो नहीं, गेहुँअन का फन है फन ।"

नाराज़ होकर उन्होंने घर का दरवाज़ा बन्द कर लिया, किन्तु कौतूहल को रोक नहीं सकीं । दोपहर रात में छत पर चढ़कर देखती रहीं, अन्त तक क्या होता है !

चारों ओर टहटह चाँदनी । सब कुछ दिखाई पड़ रहा है । ...लेकिन नया देखेंगी भी क्या, बहू ठीक उसी तरह से दीवार से टिकी बैठी है—बच्चे उसी तरह से सो रहे हैं ।

छत पर खड़ी-खड़ी कब तक देखा जाये ? गहरी होते-होते रात आख़िर ख़त्म हो

गयी ।

सवेरे दरवाज़ा रोक रखना कठिन है । ग्वाला आयेगा, नौकरानी आयेगी—साग-भाजी वाली आयेगी ।

कब किस मौके से बच्चे घुस पड़े और टुपटाप करके काफ़ी भंग-प्रश्नों के सम्मुखीन हो गये ।

जहाँ गये थे, वहीं क्यों नहीं रहे—सँझले, छोटे चाचा और भाई-बहनें यही प्रश्न करते रहे । उन लोगों ने अप्रतिभ होकर कहना चाहा, ''तुम लोग ऐसी नींद सोओगे, यह जानते होते, तो वही करते ।''

लेकिन यह तो हुई बच्चों की बात । सुवर्णलता ?

वह भी क्या दरवाज़ा खुलने के सुयोग से घुस पड़ी ?

नहीं । सुवर्णलता को धर-पकड़कर मुक्तकेशी और उनके मँझले लड़के को ही ले जाना पड़ा ।

उपाय क्या ? कहते ही तो हैं, ''दरवाज़े पर की लाश, फेंकेगा तो फेंक !''

मुरदा अवश्य नहीं, मरना इतना आसान नहीं है । मरना इतना सहज होता तो मानव-हृदय के इतिहास के लहू-लुहान अध्याय तो लिखे ही नहीं जाते ।

सुवर्णलता मरी नहीं, कठिन काठ हो गयी थी । डॉक्टर जिसे 'मुर्च्छा' कहते हैं और विज्ञ परिजन कहते हैं 'नखरा' ।

इतने बड़े नख़रे के बाद भी लेकिन भयानक क़िस्म का अजीब कुछ नहीं घटा । हाँ, यही एक आश्चर्यजनक रहस्य है । शायद यह गली नितान्त गली है और इसके बाशिन्दे निहायत मध्यवित्त हैं, इसलिए इनके जीवन की सारी लीलाएँ बीच रास्ते में ही रह जाती हैं, चरम तक नहीं पहुँचतीं । नहीं-नहीं, ये चरम भी नहीं जानते, परम भी नहीं समझते, इसीलिए वही कड़ा मन्तव्य, विस्मयाहत मन्तव्य और तीखी फटकार—बस, इससे अधिक कुछ नहीं ।

कोई बड़ा आयोजन करके फँस जाना हो जैसे !

और सुवर्ण ?

वह तो बेहया है ।

इसलिए होश होते ही वह बोल उठी, ''उठा लाने के लिए सिर की क़सम किसने दी थी ? लोक-लाज ? वह लाज तो जाती ही रही ! मुहल्ले-भर के लोग तो जान ही गये थे, इस घर की मँझली बहू कुल के बाहर हो गयी थी…''

पन्द्रह

सुवर्ण को लाज नहीं, लेकिन सुवर्ण के विधाता को शायद कुछ थोड़ी-सी लाज बाक़ी थी, इसीलिए हठात् एक नयी लहर उठाकर कुछ दिनों के लिए सुवर्ण को बहा ले गये। उसी क्षण फिर उसे चूल्हा-चक्की में नहीं भेज दिया।

हठात् ही।

हठात् ही प्रभासचन्द्र महामारी की ख़बर ले आया !

प्लेग !

फिर प्लेग ? जिस प्लेग ने कई साल पहले मुल्क को मरघट ही बनाना चाहा था।

हैजा, चेचक फिर भी ग़नीमत है। लेकिन प्लेग ?

बाप रे, साक्षात् यम !

भागो, भागो।

जिसकी जहाँ सींक समाये, भागो। दक्षिण के लोग उत्तर जाओ, पूरब के पच्छिम। यही भाग-दौड़ होने लगी।

जिनके घर कलकत्ता के बाहर थे, आगन्तुकों से भर जाने लगे। जायेंगे ही ! प्लेग से बचने के लिए जो असहाय सगे-सम्बन्धी दौड़े आ रहे हैं, उन्हें वे भगा कैसे दें ?

सभी बहुएँ नैहर या मौसी के यहाँ, या लाचारी में फूफी के यहाँ भी भागीं। …एक केवल सुवर्णलता की ही बात जुदा थी।

सुवर्णलता को नैहर नहीं है। बाप के वंश का कोई नहीं है पनाह देने को।

तो !

कहाँ जाकर सुवर्णलता जान बचाये ?

सुवर्णलता की सास तक नवद्वीप चली जायेंगी गुरु के अखाड़े में। चम्पा उनके साथ जायेगी। परन्तु सुवर्णलता और उनकी कई जहमतें ?

सुवर्णलता बोली, "मैं मरूँगी नहीं, यह तो साबित हो चुका है। प्लेग मेरा क्या कर लेगा ?"

परन्तु यह बात तो काम की नहीं !

मर्द लोग तो किसी भी क्षण भाग सकते हैं। शहर की अवस्था और भयावह हो जाने से भाग भी जायेंगे। दफ्तर-कंचहरी भी तो अधिक दिन खुले नहीं रहेंगे, ताला लगने ही वाला है। स्कूल तो बन्द हो ही रहे हैं। चूहा देखते ही मारने के बदले मरने लगते हैं लोग।

और इस अवस्था में तुम एक अभागी स्त्री गोद-काँख में पाँच और जठर के

भीतर एक अपोगण्ड को लिये पुरुषों के पाँवों की बेड़ी बनी रहोगी ? कह तो रही हो कि मेरे बच्चों को और किसी के साथ भेज दो । कौन लेगा भार ?

लोग तो अपने ही भार से लबेजान हैं ।

उनको लिये-लिये ही मरना चाहती हो ?

अच्छा ! वे तुम्हारे ख़ास तालुके की प्रजा हैं । इसलिए चाहोगी तो मारोगी ? उन्हें बचाने के लिए ही मुझे किसी निरापद आश्रय में जाना होगा, जहाँ इस राक्षसी महामारी का पंजा नहीं पहुँचा है ।

किन्तु कहाँ है वह स्थान ?

कि सुवर्ण के जेठ सुबोधचन्द्र ने वह स्थान बतला दिया ।

चाँपता ।

सुबाला के यहाँ ।

अभी-अभी देख आया है सुबोध । देखा कि ग़रीबी में भी सुबाला का संसार सुख का है ।

तो फिर ग़रीबी कहाँ ?

ग़रीबी नक़द रुपये की है । लेकिन सुबाला और उसके पति को मन की दीनता नहीं है । माँ-भाई सात जनम में भी तो खोज नहीं लेते, एक बार बीमार होने की सुनकर भाई गया । उन्हें मानो हथेली गें चाँद मिल गया ।

कितना आदर । कितनी ख़ातिर ?

वहाँ सुवर्ण का अनादर नहीं होगा ।

जो मानवाली हैं ये, जहाँ-तहाँ रह नहीं सकेंगी ।

प्रकाश की स्त्री के साथ एक बार प्रकाश की ससुराल जाने की बात हुई थी—राज़ी हुई सुवर्णलता ?

यही ठीक है ।

यही ठीक जगह है ।

सुबोधचन्द्र ने सहसा स्वयं ही पतवार थाम ली ।

रसोई के दरवाज़े के पास जाकर नेपथ्य की ओट में कहा, "मँझली बहूरानी, मैं नहीं चाहता हूँ कि तुम इस महामारी में यहाँ रहो । दो-चार दिन सुबाला के यहाँ जाकर रहो ।"

एक लड़का भीतर से बोल उठा, "ताऊजी माँ कह रही है, सभी चली जायेंगी तो आप लोगों का खाना कौन पका देगी ?"

सुबोध ने हँसकर कहा, "राम कहो, यह बात है ! खाने का जो होगा सो होगा। ब्राह्मण के लड़के हैं, दो मुट्ठी उबालकर खा नहीं लेंगे ? और फिर हम लोग ही यहाँ कै दिन हैं ? जो हालत होती जा रही है शहर की···ख़ैर, यही तै रहा ।"

लड़के ने कहा, "ताऊजी, आप जो कह रहे हैं, वही होगा ।"

वही होगा !

सुवर्ण ने कहा, वही होगा !

आश्चर्य तो है !

फिर भी राहत की बात तो है !

सबको राहत देकर महामारी से बचने के लिए सुवर्ण प्रायः अपरिचित ननद के यहाँ रवाना हुई ।

जिसे आजीवन मरने की ही कामना है ।

किसी ने शायद दौड़कर घाट पर खबर दी, सुबाला गीली साड़ी पहने पानी भरा घड़ा लिये हाँफती हुई एक मिनट में आ पहुँची ।

धम्म से कलसी को बरामदे पर रखकर गीले कपड़ों ही प्रणाम ठोंककर उल्लसित स्वर में बोल उठी, "ओ, अरे मँझले भैया, भाग्य से आपके कलकेता में 'पिलेग' आया कि इन लकड़ी चुननेवालों की झोंपड़ी में महारानी के चरणों की धूल पड़ी !"

सुवर्ण ने उम्र में अपने से बड़ी और सम्मान में छोटी ननद के मुँह की ओर ताककर देखा । देखा, व्यंग्य नहीं, कौतुक है ! डंक नहीं, मधु है !

जी जुड़ा गया ।

रेलगाड़ी पर चढ़ते ही आँखें जुड़ा रही थीं । गाँव में उतरने तक । कुछ दूर बैलगाड़ी से आना पड़ा, वह भी तो परम लाभ ही ! जब से सुवर्ण ने अपने मुहल्ले की गली छोड़ी तब से यही सोचती रही ।

भाग्य से कलकत्ते में प्लेग आया !

कौन कह सकता है, उस भयंकर प्लेग रूपी सुखदाता के आयें बिना सुवर्ण को जीवन में रेल पर चढ़ना भी नसीब होता या नहीं !

शायद नहीं होता ।

लिहाज़ा कभी गाँव देखना भी नसीब नहीं होता ।

किन्तु सुवर्ण ने क्या गाँव कभी देखा नहीं ?

बेशक देखा है !

अपनी पितृभूमि—बारुईपुर !

वह भी ऐसा ही छाया-सुश्यामल, निभृत शीतल बंगाल का गँवई गाँव । लेकिन सुवर्ण की स्मृति में वह छाया केवल अन्धकार है ! उस श्यामलिमा में दावदाह ! हाय, सुवर्ण यदि उस बार गरमी की छुट्टियों में 'बाबूजी के साथ दादी के पास जाऊँगी' कहती हुई नाच उठती !

सुवर्ण के देखे गाँव की स्मृति में सुवर्ण के जीवन का अभिशाप जुड़ा हुआ है । फिर भी ये खेत, पोखर,, बगीचा, छोटी-छोटी झाड़ियाँ—सब कुछ अपनी हरियाली का समारोह और शीतलता का स्पर्श लेकर सुवर्ण को मानो माँ के स्नेह का स्वाद दे रही थी ।

काश, ख़ास कलकत्ते की बहू न होकर सुवर्ण ऐसे गाँव की एक बहू होती ! बैलगाड़ी पर आते समय सुवर्ण ने यह बात कह भी दी थी ।

"ऐसे ही किसी गाँव में अगर मेरी ससुराल होती !"

प्रबोधचन्द्र ने अवश्य उसका यह मोहभंग करने के लिए छूटते ही व्यंग्य की हँसी हँसते हुए कहा था, "ऐं ! तुम-जैसी 'आलोकप्राप्ता' को यह सड़ा गँवई गाँव पोसाता? यहाँ की बहुओं ने सपने में भी कभी देखा है, बहू बैठकर अख़बार पढ़ रही है ? रात-दिन बहू तर्क करती रहती है ? देश की सोचकर कोई बहू अपना दिमाग़ गरम कर लेती है ?"

सुवर्ण ने तमक कर कहा, "नहीं देखा है, देखती !"

"हुँ, फिर तो सोचना ही नहीं था । उस बहू को लोग ढेंकी में कूटते । शहर के दुतल्ले पर पाँव पर पाँव धरे बैठे रहने का सुख पाने से हर कोई गाँव की यह शोभा देख सकती है । अजी, क्षार में कपड़े फींचते-फींचते और ढेंकी कूटते-कूटते जान निकल जाती !"

सुवर्ण ने हल्की और तीखी हँसी के साथ कहा, "किन्तु वैसे में एक सुविधा तो है । तालाब-पोखरा । कूद पड़ी और निश्चिन्त !"

अचानक पत्नी का हाथ दबाकर प्रबोधचन्द्र बोल उठा था, "देखता हूँ, तुम्हें यहाँ लाना ठीक नहीं हुआ ! खौफ़नाक औरत हो तुम, तुम्हारा क्या विश्वास !"

छोटे बच्चे देख रहे थे कि बाबूजी ने माँ का हाथ पकड़ा है ! दस-ग्यारह साल के भानू-कानू—दोनों भाई शर्मिन्दा भी हुए मानो । सुवर्ण ने यह अनुभव किया और धीरे से हाथ छुड़ा लेने की चेष्टा की । किन्तु प्रबोध छोड़ नहीं रहा था । एक भयंकर आतंकित स्वर में कहा, "तुम मेरा बदन छूकर क़सम खाओ, वैसी कोई दुर्मति नहीं करोगी ?"

सुवर्ण ने मुस्कराकर कहा, "वैसी दुर्मति करूँ, फिर तो संसार से सारा नाता ही चुक जायेगा, बदन छूकर कसम खाने का क्या मोल रह जायेगा ?"

आहत-सा हो उसका हाथ छोड़कर प्रबोध ने कहा, "ओ, यह बात ! हाँ, तुम तो यह मानती ही नहीं कि नाता जन्म-जन्मान्तर का होता है !"

"तुम मानते हो ?" कौतुक से सुवर्ण ने पूछा ।

प्रबोध ने तेज दिखाते हुए कहा, "हिन्दू के घर पैदा हुआ हूँ, मानूँगा नहीं ? सब मानता हूँ ।"

"अच्छा, तब तो यह भी मानते होगे कि अपघात से मृत्यु होने पर भूत-प्रेतनी होती है ?"

"बेशक मानता हूँ । ऐसा नहीं होता तो शास्त्र यह नहीं कहता कि अपघात से अनन्त नरक मिलता है ।"

"हो तो गया !" सुवर्ण हँस उठी, "मान लो अपघात से मरकर मैं अनन्त नरक

में सड़ रही हूँ और तुम चूँकि महत्तर हो, इसलिए स्वर्ग में इन्द्रत्व कर रहे हो…फिर? वैसे में जन्म-जन्मान्तर के नाते का क्या होगा ?''

''कुतार्किक स्त्री से बातों में कोई पार नहीं पाता ।''

और बिगड़कर मुँह हप्प करके बैठ गया था प्रबोध । परन्तु सुवर्ण इसके लिए विचलित नहीं हुई । वह देख रही थी, पेड़-पौधों की फाँकों में मिट्टी के छोटे-छोटे घर, घरों के समाने के आँगने में तुलसीचौरा, पीछे गुहाल । आँगन माटी से लिपे-पुते, गुहाल फूस के छप्परवाले—तसवीर-से सुन्दर ।

इस सौन्दर्य का लालन गाँव ने अपने हृदय के रस से ही तो किया है ।

आँखें जुड़ाती जा रही थीं ।

इसके बावजूद मन में एक तीखा प्रश्न था । जहाँ, जिनके पास जा रही है, वे निकट आत्मीय तो हैं, पर दूरी का व्यवधान बहुत है । सुवर्ण तो सात जनम में भी उनका नाम ज़बान पर नहीं लाती । सुख के समय उन्हें भूले रहकर आड़े समय में आकर उनके गले पड़ जाना, इससे बढ़कर निर्लज्ज़ता और क्या हो सकती है ?

उँगली से यदि मँझली ननद उस निर्लज्ज़ता का इशारा करे ? कहे, क्यों जी, अब ग़रज का बावला ? ज़रूरत पड़ी तो बहन ? कहना कुछ असम्भव तो नहीं !

इस अवस्था में ऐसा कोई भी कह सकता है ।

तिस पर सुबाला मुक्तकेशी की बेटी है !

किन्तु मुक्तकेशी की बेटी मुक्तकेशी की भाँति मुँह पर करारा जवाब देने को तत्पर नहीं हुई । वह उल्लास और पुलक से बोल उठी, ''भाग्य से 'पिलेग' आया, इसीलिए महारानी के चरणों की धूल पड़ी !''

सुवर्ण के कान जुड़ा गये, प्राण जुड़ा गये ।

सुवर्ण के आने पर कोई पुलकित हो रही है, यह अनुभूति नयी है ।

सुवर्ण को इसका स्वाद नहीं मालूम ।

सुवर्ण तो जानती है, उसका आविर्भाव भी नहीं, तिरोभाव भी नहीं । वह जहाँ विराजित है, वह उसका नित्यधाम है । जानती है कि उसके उस नित्यधाम के चारों ओर का वायुमण्डल उसकी आलोचना के प्रखर ताप से तप्त रहेगा और उसके सिर के ऊपर का आकाश तथा पाँवों के नीचे की माटी उसे सदा याद दिलाती रहेगी, ''तुम पर छाँह दी है, यही काफ़ी है, तुम्हें रहने दिया है, यही बहुत है !''

''तुम आयी हो सुवर्ण ? अहा, कितनी खुशी हुई !''

यह भाषा सुवर्ण के लिए नहीं है ।

यद्यपि दुनिया के दीनातिदीन के लिए भी यह भाषा है । भिखमंगिन माँ भी प्रार्थना करती है कि, ''ऐ नवमी की रात, तुम बीत मत जाना…''

सुवर्ण के लिए यह प्रार्थना नहीं है ।

वह क्या मूल्यहीन है ?

मूल्यवान् होने के सौभाग्य से वह चिरवंचित है ?

/उसकी क़ीमत आँकी गयी है सिर्फ़ एक अभ्यास-मलिन शय्या में । वहाँ उसके लिए आग्रह का आह्वान अपेक्षा करता है ।

परन्तु, वह आग्रह क्या प्रेम का है ?

वह आह्वान क्या पौरुष का है ?

नहीं ।

वह महज़ आदत का नशा है ।

इसीलिए वह आह्वान सुवर्ण की चेतना को विद्रोही बनाता है, पीड़ित करता है, उसकी आत्मा को जीर्ण करता है ।

इसलिए अपने मूल्य को क्या सुवर्ण जानती नहीं ?

इसीलिए यौवन रहते प्रौढ़ हुई, खटते-खटते दुबली हुई, श्रीहीन स्त्री की इस खुशी ने सुवर्ण के प्राण को जुड़ा दिया ।

प्रबोध ने कहा, "चरणों की धूल तो खैर पड़ी ! परन्तु पचास कोस दूर से अपनी भाभी को पहचान तो गयी है ? महारानी ही है । अब महारानी का मिज़ाज रखते हुए चलने में परेशान हुआ कर !"

"अहा, आज ही कल जाना-आना नहीं रहा, तो क्या मैंने देखा नहीं उसे ?" पाँव की तरफ़ की साड़ी को निचोड़ते-निचोड़ते सुबाला ने कहा, "मेरी माताजी के हाथ में पड़ने से महादेव भी बन्दर हो जाता है ! गुरुजन हैं, उनकी निन्दा नहीं करती, मगर समझती तो हूँ !"

सुवर्ण ने अवाक् होकर उधर ताका ।

हाथ-पाँव की नसें उभरी हुईं, शीर्ण मुखड़ा, पतले बाल, बरतन माँजनेवाली नौकरानी-जैसे चेहरेवाली की ऐसी स्वच्छ निर्मल दृष्टिशक्ति ! सुवर्ण को वह समझ सकती है ?

प्रबोध अवश्य अवाक् नहीं होता । हँसकर बोल उठा, "कुमुद को पहचाना गोपाल ठाकुर ने ! ख़ैर, जीजाजी को नहीं देख रहा हूँ ?"

"उन्हें कहाँ से देखोगे ? आजकल सवेरे का स्कूल है न ? अहले सुबह ही उठकर लड़कों को चराने गये हैं । घर भी इसीलिए शान्त है, अपने भी तो सब उसी गुहाल में गये हैं···

"सुवर्ण टप से बोल उठी, "लड़कियाँ ?"

"लड़कियाँ ?" आँगन की रस्सी से गमछा खींचकर बालों को पोंछते हुए सुबाला हँस उठी, "बड़ी तो ससुराल में, छोटी तीनों उसी गुहाल में ।"

"स्कूल में ?"

"हाँ । अजी, मेरे देवर ने लोगों के पाँव पड़-पड़कर गाँव में लड़कियों के लिए पाठशाला खोली है । सो, अपने घर की लड़कियों को तो पहले भेजना ही है, नहीं

नो फाँसी !"

"तुम्हारे देवर ?" खुशी से सुवर्ण का मुखड़ा खिल उठा, "खूब अच्छे हैं न ?"

"अच्छा कहो तो अच्छा, मटरगश्त कहो तो मटरगश्त, परन्तु…" सुबाला ने गले का जग उतारकर कहा, "बहरहाल, स्वदेशी का सनक ने बड़े भाइ का कुछ चिन्ता भ डाल दिया है…"

गीले कपड़े बदलने के लिए सुबाला कमरे में चली गयी । चिल्लाकर कहा, "सुनो, हाथ-मुँह धोने के लिए पोखरे में मत चली जाना, मैं पानी देती हूँ ।"

प्रबोध ने चिन्तित-सा होकर कहा, "हुआ एक झमेला यह ! बहनोई का भाई स्वदेशी-फदेसी हुआ तब तो…"

"तब तो क्या ? तुम्हें फाँसी होगी ?"

"मेरा कुछ नहीं । तुम लोगों को यहाँ रख जाऊँगा…पुलिस को तो नहीं पहचानती हो तुम, सड़े गँवई गाँव को बँसवारी से, पोखरे के पंक के भीतर से खींचकर मुज़रिम को निकाल लेती है…"

"कलकत्ते के राजपथ से भी निकाल रही है ।"

"हाँ, निकालती है । लेकिन हम तो उस गँवारपन में नहीं आते हैं । हलचल की जहाँ चूँ भी हो, उस रास्ते की ओर नहीं फटकते ।"

अपनी सावधानी की महिमा से प्रबोध फूल गया !

सुवर्ण ने अब तर्क नहीं किया, अब उसके मन में स्पन्दित होने लगा कि वह एक स्वदेशी सनकवाले पुरुष को देख पायेगी ! कितना बड़ा है वह देवर ? ब्याह हो गया है ? घर-गिरस्तीवाला है ? लगता तो नहीं है । सुबाला ने कहा, मटरगश्त है ।

इसके बाद सुबाला ने आतिथ्य की धूम मचायी । मँजे हुए झकमकाते गडुए में लाकर हाथ-मुँह धोने को पानी दिया, फूल काँसे की बड़ी-बड़ी रिकाबियों में दी मूढ़ी, नारियल, लड्डू ।

भतीजे-भतीजियों को जतन से ले जाकर खाने के लिए बिठाने लगी और उसके बाद ही बोल उठी, "वह देखो, मेरा देवर आ रहा है । …ऐ, खबरदार, कोई उसे प्रणाम मत करना, प्रणाम करना उसे बिलकुल पसन्द नहीं ।"

प्रणाम करना उसे बिलकुल पसन्द नहीं ! यह भी एक अभिनव भाषा है ! जिसने सुवर्ण के कानों को फिर एक बार शीतल कर दिया । शायद चेहरे को भी दमका दिया ।

किन्तु प्रबोध के लिए वह आग्रहदीप्त मुखड़ा अवश्य ही प्रीतिकार नहीं हुआ । होने की बात भी नहीं । उसके जी में आया, इन बच्चों को उनकी फूफी के पास रखकर सुवर्ण को अपने साथ लिवा ले जाय । किसे पता था कि सुबाला के घर में

एक ऐसा ख़ौफ़नाक जीव है !

पत्नी को ऐसे एक आवारागर्द पर-पुरुष के आसपास छोड़ जाने से उसे यम के मुँह में डाल देना भी बेहतर है !

एक तो अपने ही मन में अपनी ओर का बटखरा उसका हलका है, सुवर्ण का मन उसकी पहुँच से बहुत ऊपर है, यह जानना प्रबोध के लिए बाक़ी नहीं । किसी तरह से रोक-थामकर उम्र पार कर देना, बस ! किन्तु उस काल की निश्चित सीमारेखा क्या है ? सुवर्ण के बारह साल की बेटी है, उसके बाद के पाँच और बच्चे, बच्चियाँ। किन्तु देखने से तो नहीं लगता कि उम्र उसकी जा रही है !

उस ज़माने में नवाब लोग बेगमों को हरम में बन्द रखते थे, यही ठीक था । हाय, कहाँ से यह प्लेग का हंगामा आया ! ताज्जुब है, प्रबोध को यह सूझ नहीं आयी कि सुवर्ण को यहाँ रख जाने के पहले देख जाये कि जगह कैसी है !

सुबाला की ही अकेली गिरस्ती है और एक बूढ़ी सास है, यही तो मालूम था । इस देवर के बारे में तो पता नहीं था ।

सुवर्ण जिसमें उसके सामने हरगिज़ नहीं निकले !

इसलिए आँखों के इशारे से प्रबोध ने पत्नी को भीतर जाने को कहा । किन्तु वह इशारा बेकार गया । सुवर्ण ने भी इशारे से कहा, "क्यों, उससे क्या ?"

ठीक इसी समय वह भयंकर जीव आँगन के बेड़े के अन्दर आया और वहाँ एक नया 'संसार' देखकर ठिठक सा गया ।

लेकिन पल ही भर को ।

सुबाला ने खुशी से कहा, "अजी, मेरे मँझले भैया और मँझली भाभी हैं । और ये सब भतीजा-भतीजी ! इसका नाम भानू है, इसका कानू—यह चन्दन, यह पारुल, यह खोका । पुकार का नाम ही जानती हूँ भाई, पोशाकी नाम नहीं मालूम । कहाँ, चम्पा को तो नहीं देख रही हूँ भाभी ? हाय राम, अब तक तो ख़याल ही नहीं आया। वह ?"

प्रबोध के बोलने से पहले ही सुवर्ण झट उस छोकरे के सामने बोल उठी, "वह अपनी दादी के पास है ।"

सुनते ही प्रबोध के सर्वांग में आग लग गयी ।

क्यों ? झट अपनी कण्ठ-सुधा का बिखेरना क्यों ? क्या-ज़रूरत थी ? छोकरा कुछ मुन्ना है क्या ? लिकलिक गोह की तहह है देखने में, इसी से उम्र कम लगती है। सुवर्ण से हरगिज़ छोटा नहीं होगा । और छोटा ही हो, तो भी क्या विश्वास है? देखने में बुरा है ? उसी से क्या होता है, अविश्वासिनी स्त्री के लिए ऐसी बाधा बाधा ही नहीं ।

हाय, हाय, प्रबोध यह कैसा काम कर बैठा !

और उसे आज ही चल देना पड़ेगा ! जहाज़घाट की हालत डाँवाडोल है,

कुली-मज़दूरिनें सब भाग रही हैं—प्लेग के डर से जितना न हो, टीका लगेगा—इस डर से अधिक ।

दो-चार दिन रुक सकता तो लक्षण देख जाता. और यदि रंग-ढंग कुछ गड़बड़ दीखता, तो वापस ले जाया जा सकता । यह तो कुछ भी नहीं हो रहा है ।

नहीं हो रहा है ।

मगर उधर तो बढ़ता जा रहा है ।

कम्बख़्त छोकरे ने झट से खोका को गोदी में उठाकर कहा, "वाह, देखने में तो ग्रैण्ड है ! सभी ख़ासे हैं देखने में ! मँझली भाभी की देखभाल की तारीफ़ है । अपने यहाँ स्वस्थ बच्चों की बड़ी कमी है ।"

"नमस्ते मँझले भैया, कुछ ख़याल मत कीजिएगा, मैं बोलता कुछ अधिक हूँ । यह अपनी भाभी जी हैं, इन्होंने मेरा नाम रखा है, 'वाक्य-वागीश' ! बच्चों के कंकालसार होने के कारण मैं रात-दिन उनकी लानत-मलामत करता हूँ ।"

अचानक और भी भयंकर, और भी असमसाहसिक एक काण्ड कर बैठी सुवर्ण।

केवल असमसाहसिक ही ?

अशोभन नहीं ? असभ्यता नहीं ? शास्त्र-समाज-विरोधी नहीं ? क्यों, यह बदमाशी क्यों ?

वह तड़ से बोल बैठी, "और आपका अपना ?"

अच्छा, सुबाला तो गाँव की बहू है ! इस निर्लज्जता के लिए उसी ने भाभी को कुछ क्यों नहीं कहा ? इसका मतलब है, बुद्धि-बुद्धि से वास्ता नहीं है । वास्ता होता तो भला इस पर भी हँसती ? हँसकर कह उठती, "अरे, इसकी छोड़ो ! यह तो देशोद्धार कर रहा है । इसे क्या नहाने-खाने की फ़ुरसत है ? लापरवाही से जली लकड़ी-जैसी दशा हो गयी है..."

"भाभी, मुझे इस पर आपत्ति है..." यार बोल उठा, "एक भद्र महिला के सामने जली लकड़ी का विशेषण ! मँझले भैया, ज़रा अपनी बहन का रवैया देखिए ।"

मँझले भैया अपनी बहन के रवैये की ओर न ताककर चिल्ला उठे, "ऐ चन्नन, यह क्या हो रहा है । इतनी मूढ़ी क्यों बिखेर रही है ?"

बाक़ी सब चौंक उठे । थतमता गये ।

फिर भी चला जाना पड़ा ।

प्राण-पंछी को पिंजरे से निकाल जंगल-झाड़ी में उड़ाकर ।

उपाय क्या था ?

आख़िर पागल तो नहीं है कि कहे, "इसे ले ही जा रहा हूँ ।"

लेकिन हाँ, एक बात की जानकारी से कुछ भरोसा हुआ, यह छोकरा अमूल्य का

सहोदर भाई नहीं है, नाते का है । दूसरे घर में रहता है । किन्तु भरोसा भी ज़्यादा नहीं···सूने घर में रहता है, इसलिए खाता यहाँ है । उसको अपना कहने को एक फूआ ही थी, उसके मर जाने पर कह-सुनकर सुबाला ने ही यह व्यवस्था की है ।

भटका हुआ कहिए !

कहीं कोई नहीं, अकेले एक घर में पड़े रहना ।

प्रबोध ने खीजकर पूछा था, "लेकिन दयामय ने ब्याह क्यों नहीं किया ?"

भैया के बिगड़ने से सुबाला हँसी से बेहाल हो गयी ।

"राम कहो ! वह ब्याह करे तो देश को स्वाधीन कौन करेगा ?"

"आवारापन ! मैं कहता हूँ, आज तू पका-चुका देती है न ! सदा क्या दूसरे के ही मत्थे चलेगा ?"

सुबाला को चोट-सी लगी ।

वह गम्भीर हो गयी ।

बोली, "पराया समझने से पराया, अपना कहो तो अपना, किन्तु उसके लिए कै दिन पका-चुका पाऊँगी, यही कौन जानता है ! जानें किस दिन जेल का अन्न खाना पड़े, इसी डर से काँटा हो रही हूँ !"

अपनी बहन भी प्रबोध को नखरे का जहाज़ ही लगी । नाते के देवर के लिए इतना ! वह और भी खीजे स्वर में बोला, "और ऐसे आदमी को अपने घर आने देती है !"

सुबाला अवाक् हो गयी ।

"किसे नहीं आने दूँ ? अम्बिका देवरजी को ? तुम भी क्या कहते हो भैया !"

"ख़ैर, तेरा आदर-कर्तव्य छलक पड़ा, माना, किन्तु अमूल्य के हाथों हथकड़ी लगे, तो ?"

सुबाला विचलित नहीं हुई ।

सुबाला ने कहा, "नियति के सिवाय गति नहीं भैया । वैसी नियति होगी तो—"

"आग में हाथ डालकर यदि कहो, नियति में होगा तो जलेगा, तो फिर कुछ भी नहीं कहना"—प्रबोध प्रायः खिजला उठा, "लेकिन काम यह अच्छा नहीं हो रहा है। उसका यहाँ आना-जाना कम कराओ ! खाने-पीने का इन्तज़ाम और कहीं करने को कहो···"

सुबाला हँस पड़ी ।

वह अपने पूजनीय मँझले भैया की बात को 'अमृतं बालभाषितं' समझकर रह गयी । इसीलिए और तर्क नहीं किया । बोली, "पागल हुए हो, उसे तो धर-पकड़कर खिलाना पड़ता है, तीन शाम नहीं खाने से भी उसे ख़याल नहीं रहता···"

"फिर क्या है ? कृतार्थ हो गये···" प्रबोध ने कहा, "तुम लोग अपने नसीब में भी इमली घोल रही हो और बच्चों का भी नुकसान कर रही हो । आँखों के सामने

वैसा एक बैड ऐक्ज़ाम्पुल…"

भाई-बहन के तर्क-वितर्क, स्नेह-सम्भाषण के बीच सुवर्ण अब तक बोली नहीं थी। अब बोल उठी, "आँखों के सामने यह बुरा दृष्टान्त नहीं, बल्कि महान् आदर्श है ! मँझली ननदजी का भाग्य अच्छा है इनके बच्चे अपने सामने एक ऐसा आदर्श पा रहे हैं !"

"खूब ! बहुत खूब ! पुलिस आकर जब पीटते हुए ले जायेगी, तो 'महान् आदर्श' की लीला समझोगी । ऐसा जानता, तो तुम लोगों को यहाँ नहीं लाता !"

सुवर्ण ने तीव्र स्वर में कहा, "जहाँ तुम्हारी सहोदर बहन है, वहाँ तुम्हारे बीवी-बच्चे नहीं रह सकेंगे ?"

"रह क्यों नहीं सकेंगे ? विपत्ति की आशंका है, वही कर रहा हूँ ।"

"वह आशंका तुम्हारे बहन-बहनोई को भी है…"

"भाड़ में जायें वे"—प्रबोध बोल उठा, "मेरे दिमाग़ में आग जल रही है ।"

दिमाग़ में जलती हुई आग लेकर ही प्रबोध को विदा होना पड़ा । उपाय क्या? उसका सारा गुस्सा सुवर्ण पर जा रहा । वही आने को क्यों तैयार हुई ?

इधर तो ऐसी ज़िद कि पहाड़ हिले तो हिले, ज़िद नहीं हिल सकती, किन्तु जेठ ने एक बार आग्रह किया, बस, पिघल गयीं ! मैं सदा देखता आया हूँ, 'मैं' अभागा ही कोई नहीं हूँ, जेठ की बातें सिर-आँखों ! बुरी स्त्री का धर्म ही यही है । केदार बाबू के साथ कितना लाड़ ! वह बुड्ढा अब आता नहीं, इसीलिए ख़ैर है ।

यदि गुरुजन के नाते श्रद्धा करती, तो पहले माँ को करती । सो नहीं, सास को तो रात-दिन मुँह पर जवाब । असली बात है मर्द । वही हो तो, बस । जो देख रहा हूँ, सुबाला मूरख की सरताज है, वह घड़ियाल अम्बिका सिर पर हाथ फेरकर मज़े में खा-पी रहा है ! लिहाज़ा सुबाला पर भरोसा नहीं । उसकी नज़रों के सामने ही बहुत कुछ हो जायेगा, उसे ख़ाक भी ख़बर नहीं होगी ।

सुबाला की सास कहाँ रहती हैं, नहीं दिखाई पड़ीं । फिर भी एक बड़ी-बूढ़ी घर में थीं !

नः, यह सब बूढ़ी-फूड़ी के बूते का नहीं, अमूल्य को ही कह आना था—भई, तुम्हारी सलहज का पुरुषों से मिलने-जुलने का स्वभाव है, ज़रा निगाह रखना ।

कह आना चाहिए था ।

नहीं कहा ।

प्रबोध जितना ही यह सोचने लगा, उसका माथा झाँ-झाँ करने लगा ।

किस उपाय से सुवर्ण को लौटा लाया जाये ?

या ईश्वर, इस प्लेग को यदि तुम लौटाकर अपने भण्डार में नहीं ले जा सको,

तो तुम्हारी इस भक्त प्रजा प्रबोध को प्लेग दो ! इतना बड़ा कारण आ जाये, तो सुवर्ण को ज़रूर ही ले आया जा सकेगा ।

सोलह

ढलती बेला की धूप खिसकते-खिसकते बरामदे से आँगन में उतर आयी, फूलेश्वरी भी सिलाई का अपना सरंजाम लिये हटते-हटते बरामदे से आँगन में चली गयीं । इसके बाद छत पर जायेंगी ।

दीये की रोशनी में अब आँखों से वैसा नहीं दीखता, इसलिए दिन के उजाले के अन्तिम बिन्दु के लिए भी दौड़-धूप !

बेटा मना करता है । कहता है, "माँ, मामूली कथरी के लिए तुम अपनी आँखों का माथा मत खाओ । जीवन-भर तो कथरी में फूल काढ़ती रहीं, अब क्यों···?"

अमूल्य की माँ फूलेश्वरी बेटे की इस बकझक पर हँसतीं । कहतीं, "जीवन-भर तो खा रही हूँ, फिर भी क्यों खाती हूँ ?"

"उससे इसकी तुलना ? नहीं-नहीं माँ, अब तुम बख़्शो । नहीं तो अन्त तक अन्धी हो जाओगी···"

फूलेश्वरी तेजी से कहतीं, "यों ही हो गयी अन्धी ? भगवान् की लीला पर काम कर रही हूँ···"

सुवर्ण ने सुना ।

वह अवाक् हो गयी ।

पूछे बिना नहीं रहा गया ।

पूछा, "किसका काम कर रही हैं ?"

सुबाला हँस उठी, "नहीं जानती हो ? जानोगी भी कहाँ से । मेरी सास को यही एक रोग है । बारहों महीने कथरी सीती रहती हैं । कौन सोयेगा, किसे ज़रूरत है, इससे कोई मतलब नहीं । बस सिलाई ! और वह भी क्या केवल फूल-पत्ती, कि हुआ न हुआ, मिटा डाला ? सो नहीं, बदस्तूर एक झमेला । पुराण-उपपुराण की कथाओं के चित्र आँकने लग जाती हैं कथरी पर ! अभी माँ यशोदा का मक्खन मथना काढ़ रही हैं ।"

"अच्छा !"

"नहीं तो रोग क्यों कह रही हूँ ! उस लीला की छोटी-मोटी सारी ही बातें बैठी-बैठी

सिल रही हैं । आसमान में जब तक रोशनी रहेगी, उस रोशनी का लाभ लेंगी । मैं कहती हूँ, यह फिर भी अच्छा है । मुहल्ले की दूसरी बड़ी-बूढ़ियों की तरह पर-निन्दा करने के बजाय कथरी सी रही हैं बैठी-बैठी ।''

सुवर्ण सवाल के बाद सवाल करने लगी ।

सुबाला के बच्चे तो बड़े हो गये, उन कथरियों पर सोयेगा कौन ?

कौन सोयेगा ?

''हाय राम, वह क्या सोने के लिए है ? माँ यशोदा की मूर्ति आँकी कथरी । वह सिर्फ़ ओढ़ने के लिए । ओढ़ेंगे सुबाला के भविष्य के पोती-पोते । फूलेश्वरी तो तब तक रहेंगी नहीं, अपने हाथ का काम रख जायेंगी । लोग सोना-दाना रख जाते हैं, इन्हें वह सब तो नहीं है, इसीलिए...''

सुवर्ण ने सोचा, वाह, कितना अच्छा है !

घर की मालकिन घर के सब लोगों पर पैनी निगाह रखकर उनकी खोट निकाल-निकालकर बुरा-भला न कहकर सूई पर नज़र रखकर सूते से आँकी हुई छवि को बैठी-बैठी निर्दोष बना रही हैं ।

कितनी सौभाग्यशाली है सुबाला !

सुवर्ण ने निःश्वास छोड़ा ।

बोली, ''सोना-दाना से यह कहीं दामी है ! अच्छा, सूई में धागा डाल सकती हैं?''

''बाप रे, मुझसे कही अच्छी तरह से । पचास सूई में पचास तरह का सूता डालती रहती हैं चौबीसों घण्टे ! नशा है, नशा ।''

नशा ! नशा मात्र ही क्या नुकसानदेह है ?

दूसरों के बदन में सूई चुभाने की प्रवृत्ति से कथरी में सुई चलाना कहीं अच्छा नशा है !

कैसी अनोखी निष्ठा !

विश्वास रखती हैं, 'देवता की लीला' का चित्र आँकने से आँखें नहीं जा सकतीं।

कथरी के फूलों से ही मुक्ति है इन्हें ।

नाम भी उतना ही सुन्दर, फूलेश्वरी !

अपने भाग्य के प्रति सुबाला कृतज्ञ है या नहीं, नहीं मालूम ।

किन्तु सुवर्ण यदि इन फूलेश्वरी की बहू होती !

सुबाला ने यह भी बताया, ''किसी के छह-पाँच में नहीं, जगत् है या नहीं इसका खयाल ही नहीं, बस अपने शिल्प-कार्य में ही डूबी हुई हैं ।''

फिर भी क्या सुवर्ण नहीं कहे कि सुबाला भाग्यवती है ?

धीरे-धीरे सुवर्ण फूलेश्वरी के नज़दीक जाकर बैठी ।

सुई में धागा डालते-डालते फूलेश्वरी ने कहा, ''कौन ? कलकत्ते की बहूरानी ?

आओ, बैठो । बच्चे ?"
"इधर-उधर घूम रहे हैं ।"
"अहा. इन शहरी बेचारों को यहाँ कितना कष्ट है !"

"कष्ट क्या माँजी, सुख कहिए । इतनी खुली जगह, ऐसी धूप-हवा जीवन में कभी देखी हैं इन्होंने ?···अच्छा माँजी, फटे कपड़ों की ये कथरियाँ, इन पर इतनी मेहनत से क्या ! इतने फूल काढ़कर क्या होता है ?"

यह बात क्या सुवर्ण की अपनी है ?

नहीं, वह इस बूढ़ी के अन्तर की बात अदा किया चाहती है ।

सो अन्तर की बात ही कही फूलेश्वरी ने । हँसकर बोलीं, "फूल क्या इन फटी कथरियों पर काढ़ती हूँ बिटिया, फूल काढ़ती हूँ मन पर । आजीवन तो धान ही उबाला किया, गोबर बीना, लकड़ी काटी, पानी भरा, रसोई की—अच्छा काम तो कुछ भी नहीं किया···यह फिर भी एक अच्छा काम है···"

फूलेश्वरी ने एकाएक गला धीमा कर लिया ।

बोली, "तुम्हारे पास साड़ी की फटी कोर है कलकत्ते की बहूरानी ? खूब चटकदार कोर, जिसमें से अच्छा धागा निकले···"

गला धीमा करने पर भी सुबाला ने सुन लिया ।

सुबाला बोल उठी, "माँ की बात ! कई दिनों के लिए आयी है वह ? वह क्या फटी साड़ियाँ ले आयी है ?"

तभी सुवर्ण बोल उठी, "लायी हूँ माँजी, लायी हूँ, तुरत दे रही हूँ ।"

फूलेश्वरी बोल उठीं, "राजरानी बनो, तुम्हारी कलाई की चूड़ी वज्र हो ! कैसी कोर है ? लाल ?"

"लाल-काली दोनों हैं ।"

"अहा, मेरी सोना बिटिया ! उन्हीं दो रंगों के लिए काम रुका पड़ा है ।···लेकिन हाँ, कलकत्ते की बहूरानी, विलायती कपड़े की कोर तो नहीं ? फिर तो अम्बिका मुझे साबित नहीं रहने देगा ।"

सुवर्ण ने एक बार फूलेश्वरी के मुँह की ओर निहारा । अवाक् हुई । बोली, "ये कपड़े, ये सारे धागे, सब देशी हैं ?"

फूलेश्वरी मुसकरायीं ।

बोलीं, "झूठ क्या कहूँ, यह कपड़ा भी विलायती है, इसके धागे भी आधे विलायती हैं । जब आरम्भ किया था, तब देशी-विलायती के नारे नहीं थे, देख नहीं रही हो, पहले की सिलाई झकमक है, अभी की फीकी ! मन नहीं भरता परन्तु करूँ क्या, लड़का दुखी होता है । कहता है, 'बस, यह झकमक ही तुम्हारे लिए बड़ी चीज़ है?' बोला, 'चूँकि माँ यशोदा का चित्र है नहीं तो जला देता !' सो, सुदेशी कपड़े का सूत हो तो···"

"जी, अभी लायी ।" सुवर्ण चली गयी ।

सुबाला ने कहा, "रोग क्या यों ही कहती हूँ ! जो मिले, उसी से कहेंगी, फटे कपड़े की कोर है ? तुम फटी कोर कहाँ पाओगी भला !"

"पाऊँगी । है । है ।"

सुवर्ण झट कमरे में गयी । बक्सा खोलकर दो साबूत साड़ियों की कोर फाड़-फाड़कर ढेर करने लगी । कोर का रंग ज़रा फ़ीका था, यही ख़ैर हुई ।

सत्रह

बड़े भरोसे से सुबोध ने छोटे भाई की पत्नी से कहा था, "ब्राह्मण के लड़के हैं, दो मुट्ठी चावल नहीं उबाल सकेंगे ?"

लेकिन व्यवहार में देखा जा रहा है, ब्राह्मण-सन्तान का गौरव अक्षुण्ण नहीं रह पा रहा है । दुनिया का सहजतम और ओछा से ओछा काम यह भात पकाना—उसी में चार-चार जवान को पसीना-पसीना होना पड़ रहा है ।

यह तो बहुत ही सीझकर पिण्ड हो जाता है, माँड़ निकालने की गुंजाइश नहीं रह जाती, या बहुत सावधानी से प्रायः चावल ही रह जाता है । या शायद पानी के हिसाब में कमी होने से अचानक सुगन्ध से मुहल्ले-भर को आमोदित किये देता है । इसके सिवाय माँड़ निकालने में उँगलियों की नोक पर छोटे-मोटे फोले सभी भाइयों के पड़ गये । क्योंकि एक की अपटुता पर मज़ाक़ की हँसी हँसकर दूसरा हाथ लगाने गया !

आनुषंगिक काम, चूल्हा सुलगाना भी आसान नहीं । बराबर ही कहिए । चूल्हे के भीतर गोंयठे बिछा-बिछाकर आग जलाकर ऊपर से कोयला डालना पड़ता है । यह तरीक़ा किसी का भी अनजाना नहीं । गृहस्थ घर का लड़का, माँ सदा खटती रही, वह आस-पास घूमता रहा ।

परन्तु जाने जगत् का वही काम करने जाने में ऐसा रहस्यमय हो उठेगा, यह कौन जानता था ?

तरीक़े से काम होता, कुछ देर के लिए सारा घर धूम्रलोक में परिणत हो जाता, परन्तु धुएँ के उस जाल से छुटकारा मिलते ही पता चलता, धुएँ के पीछे आग नहीं है ! क्यों जो ऐसा होता, वह समझ में नहीं आता । लेकिन उसी पद्धति से आख़िर चूल्हा जलता भी तो है । तीन-चार बार धुआँ-धुआँ होकर अन्त तक आग के दर्शन

मिल ही जाते ।

ये दोनों काम ऐसे झमेले के हैं, कहाँ, पहले तो कभी नहीं लगता था ? बल्कि आँखों में ज़रा-सा धुआँ लगता कि बकझक होती, "इतना धुआँ क्यों ? रसोई का दरवाज़ा बन्द नहीं कर दिया जाता है ?"

मुखरा हरिदासी कहती, "दादा बाबू, चूल्हे में आँच देने से धुआँ नहीं होगा तो क्या फूल बरसेगा ? आप लोग बैठके से बैठकर तेरी-मेरी कर रहे हैं और भाभियाँ उसी धुएँ में बैठकर कूट-पीस रही हैं । वे तो कुछ नहीं बोलतीं ?"

हरिदासी की इस दुस्साहसिकता पर मुक्तकेशी की डाँट पड़ती, "तू चुप तो रह हरिदासी, किनसे किनकी तुलना ? तेरी भाभियाँ धुएँ में बैठी हैं, तो क्या दादा बाबू लोग भी बैठे रहेंगे ? सिर-पैर एक होंगे ?"

हरिदासी मुक्तकेशी से भी रियायत नहीं करती । खीजकर कहती, "मुझे नहीं मालूम माँजी, कौन सिर है, कौन पैर ! और फिर सिर ही दामी है, पैर सस्ता, यही क्यों ? यह आप ही कह सकते हैं । सिर आख़िर पाँव पर ही तो खड़ा रहता है ? हम लोग तो पाँव के भी नीचे हैं, मगर हमारे बिना तो आप लोगों का एक दिन भी नहीं चलता । भगवान् ने सभी आदमियों का शरीर एक ही वस्तु से बनाया है, यही कह रही हूँ ।"

"क्यों नहीं कहेगी, मँझली भाभी की चेली है न ! वह माँ-जननी तो रात-दिन उन्हीं बातों की खेती करती हैं !" मुक्तकेशी चुप हो जातीं । क्योंकि वह यह जानती थीं, हरिदासी-जैसा काम सौ में से एक में भी शायद मिले । उसे ज़्यादा नाराज़ नहीं किया जा सकता ।

वहाँ तो चुप हो जातीं और यहाँ बेटों के पास आकर शिकायत करतीं, "दईमारी की टर्र-टर्र बात सुनते हो न ! यह मँझली बहू का ही किया है ! हर घड़ी उन लोगों के सामने गाते रहना, 'ग़रीब क्या आदमी नहीं हैं ?...ओछे लोग—ये शब्द किसी के बदन पर लिखे नहीं होते । छोटे-बड़े लोग व्यवहार से ही होते हैं । वेतन पर उन्हें रखने का यह मतलब थोड़े ही है कि हमने उनका सिर ख़रीद लिया ? वे काम करती हैं, हम पैसा देते हैं, हो गया बराबर ।' ऐसा कहते रहने से लोगों का सिर नहीं फिरेगा?"

बेटे कहते, "जवाब दे दो न उसको, कलकत्ते में क्या नौकरानी नहीं मिलेगी ?" मुक्तकेशी भीतर का भेद नहीं खोलतीं । कहतीं, "ऐसी आसानी से नहीं मिलेगी ।" कहतीं, "लंका में जो आयेगा, वही रावण होगा । मँझली बहू फिर उसी को लेकर पाठशाला चलायेगी । सुन तो रही हूँ, रोज़ ही कह रही है—'हरिदासी, अपने बेटे को तूने इसी उमर में पान की दुकान में काम करने को भेज दिया ? क्यों, थोड़ा पढ़ाना-लिखाना नहीं था ? हमारे यहाँ ले आया करना न, शाम को बच्चों के पास बैठा रहेगा, पढ़ना सुन-सुनकर भी कुछ सीखेगा ।"

यह सुनकर वे लोग ह-हा-ह-हा हँस उठे । "हरिदासी के बेटे की पढ़ाई की चिन्ता से अपनी मँझली बहू को नींद नहीं आती ? खूब-खूब ! क्या बताऊँ, वह स्त्री पढ़ती-लिखती तो बेदाग गॉन पहनकर कचहरी जाती ।"लेकिन हरिदासी की जैसी बोली-चाली हो गयी है, इससे अब उसे जवाब दे देना ही अच्छा है । तिस पर अब 'स्वदेशी बाबुओं' की चेली हो रही है ! विदा कर उसे, हटा ।"

किन्तु अब मुक्तकेशी के बेटे कातर होकर कह रहे हैं, "हुँः, हरिदासी भी भाग गयी ! वह रही होती तो ऐसे झमेले में नहीं पड़ना पड़ता ।"

ज़्यादा ख़फ़ा प्रकाश ही है, क्योंकि जूठे बरतन माँजने का भार उसी पर है ! वह छोटा है, लिहाज़ा यह कर्तव्य उसी का है । बड़े तो कुछ छोटे का जूठा साफ़ नहीं करेंगे ? फिर सुबोध ने जो प्रस्ताव रखा था—अपनी-अपनी थाली सब आप धो लिया करें—इस पर राज़ी होने में भी चक्षुलज्ञा हुई ।

इसलिए प्रकाश को कष्ट अधिक है ।

चावल पकाने और चूल्हा सुलगाने में प्रत्येक ने प्रत्येक की हँसी उड़ायी और आप ही हँसी का पात्र बना । अब सभी एक साथ ही रसोई में आकर लग जाते हैं । प्रकाश को आँगन में भी उतरना पड़ता है ।

कमरा, दालान, सीढ़ी साफ़ करने का प्रश्न ही नहीं उठता, स्त्रियाँ जब से गयी हैं, वह काम बन्द है । हरिदासी तो पहले ही गयी । जूठे बरतन तो अमोघ हैं, अनिवार्य । इसीलिए हौज़ पर थाली को रखकर खड़े-खड़े माँजने के अध्याय को पूरा करने में प्रकाश खिजला उठता, "गिरस्ती की बागडोर मेरे हाथ में होती तो मैं देखता, दईमारी नौकरानी कैसे जाती है । हुँः, महामारी से जान बचाने के लिए वह भी भागी। बड़ा दामी प्राण है । उसके नहीं रहने से पृथ्वी अँधेरी हो जायेगी ।"

सुबोध ने सुना तो इसका प्रतिवाद किया, "अरे, पृथ्वी की क्षति न हो, उसकी तो क्षति होती । अपना प्राण अपने लिए सबको ही दामी है । महामारी के डर से कौन नहीं भाग रहा है ?"

"अरे बाप रे, देखता हूँ, बड़े भैया भी मँझली बहू के चेला हो रहे हैं ।" प्रकाश हँस उठा, "मैं कहता हूँ, हम लोग भी तो हैं । ख़ासे जीते-जागते हैं । हम कुछ हरिदासी से भी अधम नहीं हैं ।"

"सो नहीं । हम लोगों को प्राणों से नौकरी की माया बड़ी है । उन्हें वह नहीं है । वे कहेंगी, पहले बच तो लें, फिर देखा जायेगा ।"

"अच्छा, वही देखे । लेकिन लौटने पर उसको दण्ड देने का भार जिसमें मेरे हाथों रहे, कहे देता हूँ । मैं देखता हूँ, कैसे वह इस घर के चौखटे के अन्दर क़दम रखती है ?"

अचानक ही बातों में रुकावट आयी ।

एक खर्राट गला कान फाड़ते हुए गूँज उठा, "चौखट पार करना बन्द का हुक्म

किस पर हो रहा है रे ? ले, मैं तो पार कर गया ।''

"अरे रे, जग्गू-दा ?''

वे रसोईघर से बाहर निकल आये ।

जग्गू हैरान होकर बोल उठा, "अरे, तीन-तीन मर्द मिलकर रसोई में क्या कर रहे हो ?''

"कर और क्या रहे हैं ?'' प्रबोध ने वीरत्व से कहा, "रसोई कर रहे हैं ।''

"रसोई ? तुम लोगों ने रसोई करना कब सीखा ?''

आसमान फाड़नेवाले गले से जग्गू ठठाकर हँस पड़ा, "तुम लोगों को अन्दर महल के पास फटकते तो कभी देखा नहीं । अलबत् मैं हूँ । रसोई करते-करते पक गया। स्वर्गादपि गरीयसी की तबीयत ख़राब होते ही तो इस बदनसीब की प्रोन्नति हो जाती है । इसी डर से मेरी माताजी अपनी रोग-बीमारी छिपाती फिरती हैं । मैं भी वैसा ही घाघ हूँ, उनके आँख-मुँह का हाल बेहाल देखते ही झपट पड़ता हूँ । नब्ज़ देखता हूँ, जीभ देखता हूँ, क़सम देता हूँ । आख़िर मुझे गाली देती हुई जाकर कथरी ओढ़कर सो जाती हैं ।''

प्रभास ने कौतुक से कहा, "खूब । रसोई में उस्ताद हैं न ? अभी तो स्वपाक ही चल रहा है ? किसी दिन जाकर तुम्हारे हाथ की रसोई खा आऊँगा ।''

जग्गू ने आँखें सिकोड़कर कहा, "क्यों, स्वपाक क्यों ? माँ षष्ठी की कृपा से बिटियाँ तो अभी अच्छी ही हैं ।''

"हैं ।''

अर्थात् श्यामासुन्दरी प्लेगवाले कलकत्ते में ही विराजमान हैं ।

सब हो-हो कर उठे । "मामी अभी यहाँ हैं ? गाँव नहीं चली गयी हैं ?''

"गाँव ?''

जग्गू ने फिर एक बार आसमान सिर पर उठा लिया ।

"गाँव के जात-भाइयों से तो मेरी माँ का गला-गला है । मानदा फूआ ने एक बार कहा था, 'मैं जा रही हूँ बड़ी बहू, चलेगी तो चल ।' मैंने साफ़ कह दिया, क्यों? इस अभागे ग़रीब को मातृहीन करने का अरमान है ? पास में पा जाने पर श्यामासुन्दरी को ज़िन्दा रहने दोगी तुम लोग ? मारकर पोखरे में बाँध पर गाड़ नहीं दोगी, इसका क्या विश्वास ?''

सुबोध ने आक्षेप के सुर में कहा, "इस्, यह तो नहीं मालूम था । उसी मानदा मौसी ने माँ से कहा, 'मैं जा रही हूँ, बड़ी बहू को साथ ले जाऊँगी ।' इतना ही तो जानता हूँ । इस्, यह पता होता तो मामी को तो माँ के साथ नवद्वीप भेज देने का इन्तज़ाम कर सकता था । उस समय भाग-दौड़…''

जग्गू हँस उठा, "हाँ, यम को चकमा देने के लिए कितने लोग कितने सालों के यहाँ जा धमके । साला के यहाँ, बहनोई के यहाँ, मामा के यहाँ, फूआ के यहाँ, गुरु

के यहाँ—अरे, मैं पूछता हूँ, यह यम का इलाक़ा किसके घर नहीं पड़ता, सो तो बता। भागकर यम के हाथों से छुटकारा मिलेगा ? वह बेटा अपने दूत को भेजे तो समन्दर के नीचे छिपने से ही क्या छुटकारा है ?''

''फिर भी तुम्हारा यह काम उचित नहीं हुआ है जग्गू-दा ! विपदा तो औरतों से ही है ।'' प्रभास ने कहा, ''मेरा एक मुअक्किल कल नवद्वीप ही जा रहा है, मामी को न हो तो उसी के साथ···''

''पागल हुआ है ।'' जग्गू बोल उठा, ''जहाँ माँ, वहीं बेटा । मेरी यही सादी भाषा है । दोनों अलग-अलग हों और उधर कम्बख्त यम अपना दूत भेजे । तब ? या तो माँ मरकर बेटे के हाथ से आग नहीं पायेगी या कम्बख्त बेटा मरते समय माँ के चरणों की धूल नहीं पायेगा ! बख्शो । जग्गू शर्मा ऐसे झमेले में नहीं रहता । माँ फिर स्त्री क्या है रे ? जगज्ञननी का अंश है न !''

''सो है ।''

पगले जग्गू की बात पर सभी सदा हँसते हैं । अभी भी हँसे । बोले, ''सो है।''

अब जग्गू आगे बढ़ आया । बोला, ''तो 'पाकशाला' का भार इन दिनों तुम लोगों पर है ? देखूँ तो ज़रा, तीन मर्दों ने मिलकर क्या 'पंचव्यंजन' बनाया है ?''

इन लोगों की एकान्त अनिच्छा के बावजूद जग्गू झटपट रसोईघर में धुस आया। कई दिनों से जो कुछ पक-चुक रहा है, वह तो कहने योग्य ही नहीं । अनाज-तरकारी जो भी है, सब तो भात के साथ ही सीझता है । उसी में नमक-तेल-हरी मिर्च मिलाकर जो हो जाये !

आज माँड़ गिर जाने से रसोईघर की अजीबोग़रीब दशा हो गयी थी । और दिन तो थोड़ा-सा पानी डालकर सफ़ाई हो जाती । आज जाने क्या हो ।

पूरे घर में भात ही भात बिखरा ।

आते ही जग्गू बोल उठा, ''अरे, यह क्या ! यह तो अन्न का वृन्दावन ही हो रहा है, श्रीक्षेत्र का मेला । भात का यह हाल क्यों ?''

''कुछ नहीं, माँड़ निकालने में···''

''हूँ, वह तो देख ही रहा हूँ···''

जग्गू ने कहा, ''दृश्य देखकर ही सब समझ में आ रहा है । मेरी फूआजी ने बेटों को सभ्य बनाकर पाला है न ! अरे बाबा, अन्नचिन्ता सर्वत्र है ! क्या पता, कब किस स्थिति में पड़ना पड़े ! तो क्या साथ में स्त्री न रहे तो खाना नसीब न हो ?''

''नसीब न हो, माने ?'' प्रभास ने बीर-दर्प से कहा, ''अजी, सात दिन से तो वे लोग नहीं हैं, दोनों जून खा नहीं रहे हैं हम ?''

''हूँ । जो खा रहा है, सो तो देख ही रहा हूँ । हट तो जरा, मैं आज ही तुम लोगों को कुछ भला-बुरा पकाकर खिला जाऊँ । और कल से दोनों टाइम वहीं जाकर

खाना, समझे ? देखो, इसमें इधर-उधर न हो, हाँ ?''

इन लोगों ने अवश्य इन दोनों की बातों का घोर प्रतिवाद किया—आज यहाँ पकाकर खिलाना और कल से वहाँ जाकर खाना—दोनों का ।

किन्तु जग्गू तो तब तक चूल्हे के पास जमकर बैठ गया ।

भात में से तरो-तरकारियों को बीनते हुए कहा, ''देखता हूँ, यह भात तो गाय-गोरू को खिलाना पड़ेगा । आदमी के खाने योग्य तो हुआ नहीं है । और थोड़ा-सा चावल, निकालकर चढ़ा दूँ । मछली-वछली ले आया है या नहीं ? नहीं ले आये हो, तो छोड़ो। अच्छा, बरी है ? आम की खटाई ? सूखे बेर ? ज़रूर होगा । फूआ तो मेरी बदइन्तज़ाम वाली नहीं ।''

वे आपस में एक-दूसरे का मुँह देखने लगे ।

चीज़ें तो हो भी सकती हैं, पर कहाँ, क्या जाने ।

जग्गू ने ज़नाना ढंग से हँसिये से आलू छीलते हुए कहा, ''समझ गया, तुम लोगों को मालूम नहीं है । मैं खोज लूँगा । मछली लाना हो तो ले आ ।''

''सब ज़नाना ढंग !'' हाथ धोकर इधर आते हुए प्रभास ने कहा, ''बैठा कैसे है, देखो । जैसे घरनी हो ! यह ज़नाना मर्द मैं फूटी आँखों नहीं देख सकता ।''

सुबोध ने कहा, ''बाज़ार में मछली ही कहाँ हैं ? मछेरिनें हैं ? सब भाग गयी हैं । तुम्हारी तरफ़ बाज़ार में मिलती हैं क्या ?''

''हमारी तरफ़ ? अजी कहाँ खोजता ही कौन है ? हमारे यहाँ चलती हैं ?''

''ऐं, तुम नहीं खाते हो ?''

''धत्, वह आदत कब की छोड़ दी है ।''

सुबोध ने अवाक् होकर पूछा, ''क्यों ? तुम्हारा कुछ वैष्णवी मन्तर थोड़े ही है, सात्क मन्तर है । फिर मछली खाने में क्या रुकावट है ?''

''रुकावट ?''

जग्गू ने लापरवाही से कहा, ''रुकावट क्या है ! माँ-बेटा रहते हैं, उतने झमेले की क्या पड़ी है ? आखिर दोनों रसोई का भार तो माँ के ही मत्थे पड़ेगा !''

''इसीलिए तुम मछली नहीं खाओगे ?''

सुबोध ने 'तुम' पर बल डाला ।

चावल से धान निकालते हुए जग्गू ने कहा, ''सो, मैं ही ऐसा कौन नवाब हूँ ? इतनी विधवाएँ हविष्य करती हैं...''

''सुन लो ! तुम्हें क्या यों ही पागल कहता हूँ जग्गू-दा ! किस बात की किससे तुलना !''

हाँड़ी को ठीक से चूल्हे पर चढ़ाकर जग्गू ने उदात्त उत्तर दिया—''किससे किसकी माने ? आदमी से आदमी की ही तुलना कर रहा हूँ । स्त्रियाँ आजीवन हविष्य पर रह सकती हैं, पुरुष नहीं रह सकते ? तू यह कहना चाहता है कि मर्द औरतों से भी

गये-बीते हैं ? हूँ । मैं किसी बात में छोटा होने को राज़ी नहीं, समझा ? खैर, चल देखें, फूआ का कहाँ क्या है ! मछली नहीं लायी बला से, देख लेना, पोस्ते की ऐसी चच्चड़ी खिलाऊँगा कि जिस उम्र में है, उसी उम्र में रहेगा । सिलौटी कहाँ है ?''

खोज-ढूँढ़कर सिलौटी ले आया, फिर ताखों की डिबियों को टटोलने लगा । लौटकर फूआ तो यह सब लेने से रही ! सारा कुछ धोयेगी, माँजेगी । फिर छूने-वूने में क्या हरज है ?

औरतानी काम में जग्गू औरतों से तिल-भर भी कम नहीं है, इसका उसने प्रमाण दिया ।

सात दिनों के बाद आज इन लोगों ने रसोई की गन्ध पायी और सही आवाज़ भी । रूप भी दिखा । रसास्वादन के लिए रसना ललकी ।

पका-चुकाकर हाथ धोकर धोती के छोर से पोंछते हुए जग्गू ने कड़ा आदेश दिया, ''कल से ख़बरदार हाँड़ी को मत छूना । वहाँ चले आना…''

मन से राहत की साँस लेने पर भी सुबोध बोल उठा, ''ऐसा भी होता है ! चार-चार आदमी मामी के मत्थे…''

''मत्थे माने ? रसोई तो करती है, थोड़ा अधिक पकायेगी । बस न ! क्यों, मेरी माँ क्या कामचोर है ? भन्-भन् मत कर । हाँ, यह भरोसा नहीं दूँगा कि मामा के यहाँ खातिरदारी मिलेगी । दाल-चच्चड़ी-भात, बस ।''

''दाल-चच्चड़ी !''

हाय रे, दाल-चच्चड़ी ही इनके लिए इस समय कैसा परम पदार्थ है, यह जग्गू क्या समझेगा ! चच्चड़ी का नाम सुनते ही तो रोमांच हो गया !

किस चीज़ की क्या क़ीमत है, यह शायद उसका अभाव हुए बिना समझ में नहीं आता ।

अब मानो यह लग रहा है कि चावल उबालना या दाल-चच्चड़ी पकाना बिलकुल मामूली काम नहीं है । लगता है, स्त्रीविहीन घर श्मशान के ही समान है !

आज का खाना बुरा नहीं हुआ । कल से पका-पकाया मिलने की दिलासा भी मिली, मिज़ाज ठीक होना चाहिए । लेकिन प्रबोध के मन में पगले जग्गू की बातें मानो चुभ रही थीं ।

''जग्गू-दा भी कोई आदमी है !…जग्गू-दा की बात भी कोई बात है !'' सदा का यही तो मनोभाव है, लेकिन आज लग रहा है, यह आदमी जो कहता है, ग़लत नहीं कहता ।

''किस घर में यम का इलाक़ा नहीं ?…यम के प्यादे से आदमी को छुटकारा कहाँ?…नियति परवश नहीं ।…राखे राम तो मारे कौन ?''

हर बात हो हीरे के टुकड़े-जैसी दामी है ।

जबतक वह कलछुल चलाता रहा, बक-बक ही करता रहा, लेकिन बातें सब मूल्यवान् कहीं ।

कह रहा था, "फूआ के खुर को दण्डौत । तुझे जाने की क्या पड़ी थी, क्या पड़ी थी, सुनूँ ? तुझे जाने की क्या पड़ी थी ? अभी भी मृत्यु से डर ? मर जायेगी तो चार बेटों के कन्धे पर चढ़कर काशी मित्तिर घाट चली जायेगी । बस, चुक गया। जब तक मरती नहीं, बेटों का भात-पानी कर । सो नहीं !"

"ठीक ।"

"ठीक कहा जग्गू-दा ने ।"

माँ का जाना उचित नहीं हुआ है ।

माँ मज़े में रह सकती थीं ।

और माँ रहतीं तो अनायास ही एक बहू को भी रखा जा सकता था । जिनके बाप, मामी-फूआ का घर है, वे जायें । जिनके वह सब नहीं हैं, वह रहे । उपाय क्या है ? राखे राम तो मारे कौन ?

हाय, उस समय यदि एक बार आ गया होता, जग्गू-दा माँ को ज्ञान देता !

विपत्ति के बारे में भी कुछ कहा जा सकता है !

प्रबोध जो बच्चों को पोखरों की जगह में रख आया, उसमें विपत्ति नहीं हो सकती है ? युक्ति क्रमशः भारी होने लगी । और अन्त तक वह इस निष्कर्ष पर पहुँचा कि अगले ही रविवार को जाकर उन्हें ले आयेगा । अभी तो यहाँ सब ठीक ही है । 'रामनाम सत्य है' कभी ही सुनाई पड़ता है ।

तो ?

तो फिर प्राण-पाखी को पिंजड़े से बाहर कुत्ते-बिल्ली के मुँह में क्यों छोड़ आया?

ईश्वर जाने, इसी बीच पंजा मारा है या नहीं ।

उस औरत को अक़्ल-वकल से तो वास्ता है नहीं, 'स्वदेशी' सुना और गल गयी। निस्सन्देह इतने दिनों में घनिष्ठता हो गयी होगी ।

ज़रूर ।

नहीं तो एक चिट्ठी भी नहीं दी ? ग़रचे अपने से ही कहा था, "चिट्ठी लिखने से ग़ुस्सा-वुस्सा तो नहीं होगे ?"

हाँ, प्रबोध के आते समय सुवर्णलता का वह काठ का-सा भाव मानो बदल गया था । बहुत दिनों पहले की नाईं नरम और हँसमुख-सी लगी थी । झुककर पाँव की धूल लेते हुए हँसकर बोली थी, "अचानक अगर मर-वर जाऊँ, इसीलिए पहले से ही माफ़ी माँग लेती हूँ ।"

प्रबोध को क्या इच्छा हो रही थी सुवर्णलता को जंगल-झाड़ी में रख आने की ? किन्तु उपाय क्या था ? नहीं-नहीं, 'वापस लिये जा रहा हूँ ।' कहने से लोग पागल

नहीं कहते ?

और फिर बहन-बहनोई के लिए यह अपमानजनक ही होता । अतएव प्राण रखकर देह को ले आना हुआ ।

जी में आ रहा था, कसकर लिपटकर प्यार कर ले । परन्तु बच्चे आस ही पास घूम रहे थे । इसलिए आँखों में बेबसी निखारकर ही मनोभाव को प्रकट करना पड़ा।

"चिट्ठी लिखने से गुस्सा होऊँगा ?"

"क्या पता, तुम्हारे घर में इसका रिवाज है या नहीं ! ब्याह होने के बाद से आज तक तो तुम लोगों के ही गले पड़ी हूँ, चिट्ठी लिखना किसे कहते हैं, जानती ही नहीं।"

"अब जानना ।"

यह कहकर पलट-पलटकर ताकते हुए प्रबोध चला आया था ।

अविश्वासिनी होगी, यह डर बेशक नहीं है । मगर स्वभाव ही तो पुरुषगन्धी है। जहाँ पर-पुरुष है, वहीं आँख-कान चौकन्ने । और कहती क्या है, "कान बिछा कर सुनती हूँ, नया कुछ कहता है या नहीं ।" कहती है, "नः, सखी-गंगाजल का नाता जोड़ने का शौक़ नहीं हैं । किससे जोड़ूँ ? किसी से मन ही नहीं मिलता । रात-दिन अब वह औरतानी गप्प सुनने को जी नहीं चाहता ।"

"तो फिर समझो !"

"तुम औरत हो, तुम्हें औरतानी गप्प से अरुचि है, किसी से मन नहीं मिलता ! फिर क्या है, कोई मर्द ढूँढ़कर ही 'मन का मीत' बनाओ ।" प्रबोध ने कुछ क्रोध और कुछ व्यंग्य से कहा था !

उस समय 'सखी' बनाने की एक लहर उठी थी !

'सखी-गंगाजल' के सिवाय भी और-और ।

सँझली बहू अपने नैहर की तरफ़ किसको तो 'लेवेण्डर' बना आयी, छोटी बहू ने पास ही के घर की बहू को 'गुलाब फूल' बनाया ।

विराज ने अपनी देवरानी की बहन को 'बेला फूल' बना लिया । यहाँ तक कि मुक्तकेशी तक ने इस बुढ़ापे में मकरसंक्रान्ति के अवसर पर गंगासागर में दो-दो बूढ़ियों से 'सागर' और 'मकर' का सखीत्व जोड़ लिया !

विधवा को सहेली बनने-बनाने में ख़र्च तो ख़ास नहीं है । मछली नहीं, मिठाई नहीं, पान-सुपारी नहीं, साड़ी नहीं, केवल पाँच बताशे और कच्ची सुपारी हाथ में लेकर सूर्य को साक्षी रखकर चिरबन्धन की प्रतिज्ञा !

सधवाओं को ख़र्च अधिक पड़ता है ।

सो, सधवाओं ने साध्य के हिसाब से किया ।

साड़ी, सिन्दूर, पान, मिठाई !

लेकिन सुवर्ण ने किसी से कुछ भी नहीं जोड़ा । उसने मुसकराकर कहा, "मिताई यदि किसी से होगी, तो यों ही हो जायेगी ! पूजा-पाठ किये बिना क्या नहीं होगी ?

उसमें अपनी कोई रुचि नहीं है ।''

लोगों ने आड़-ओट में कहा, ''बात दरअसल, यह है कि तुम किसी को पसन्द नहीं करतीं ।''

सुवर्ण के पति ने भी खीज और व्यंग्य से कहा, ''तो फिर क्या स्त्री से जब रुचि ही नहीं है तो किसी पुरुष को ही ढूँढ़कर 'मन का मीत' बना लो ?''

सुवर्ण की आँखों में कौतुक नाच गया । उसने सिर हिलाकर प्रबोध के सिर घुमाने की अदा करते हुए कहा, ''कहा कुछ बेजा नहीं । वैसा कोई मिल जाये, तो उससे 'वन्दे मातरम्' का नाता जोड़ लूँ !''

वन्दे मातरम् !

इतने दिनों के बाद इस बात की याद से प्रबोध के रोंगटे खड़े हो गये ।

कहीं घट तो नहीं गयी वह घटना ?

जोड़ तो नहीं लिया गया वह नाता ?

कौन कह सकता है, मन का मीत जुट ही गया कि नहीं ?

नः, रविवार तक प्रतीक्षा करने की ज़रूरत नहीं । कल ही परसों चल पड़ूँ । कल तो ख़ैर नहीं होगा, बृहस्पतिवार है । परसों । परसों ही ।

अब आगा-पीछा नहीं ।

सुवर्ण के कौतुक की वह अदा याद आ गयी ।

वह अदा मानो भूल ही गयी थी सुवर्ण !

किन्तु कैसी खुशमिज़ाज थी पहले ! छुटपन में !

बीच-बीच में बिगड़ती ज़रूर थी, परन्तु स्वभाव तो कौतुकप्रिय ही था । बल्कि उतनी हँसी-खुशी, उतना रंग-रस देखकर प्रबोध को खीझ ही होती थी, कभी-कभी तो मारे ग़ुस्से के दिमाग़ का ख़ून तक खौल उठा था ।

प्रकाश के ब्याह में, फूलशय्या के दिन ताक-झाँक करने में ? उस दिन शासन की मात्रा अधिक ही हो गयी थी । प्रबोध को क्रोध अधिक आता है, यह बात तो वह अस्वीकार नहीं करता । उसके बाद माफ़ी भी तो माँगता है !

किन्तु मौक़े पर अपने को सँभाल नहीं सकता । ख़ास करके सुवर्ण को पुरुष के आस-पास देखने पर । विराज का छोटा देवर शायद प्रकाश का मित्र है । वह भी दुलारी 'मँझली भाभी' से आ जुटा था ।

और किया भी ऐसा ही काण्ड था !

रसोईघर की छत के कार्निश से होते हुए फूलशय्या के कमरे के झरोखे पर पहुँच गयी थी । और उसके साथ था वही छोरा । ज़रा भी धक्का-वक्का लग जाता तो सीधे नीचे गली में आ जाती ।

और वह दृश्य ठीक प्रबोध की ही निगाह में पड़ गया । कहाँ से ? तो बग़ल के मकान की छत से, जिसकी छत पर लोग-बाग को खिलाया-पिलाया गया था ।

अन्त में प्रबोध वहाँ यह देख रहा था कि बासन-बरतन, कोई सामान-वामान छूट तो नहीं गया, कि उसके रोंगटे खड़े हो गये ।

वह, वह क्या माज़रा है ?

कौन हैं वे ? सुवर्ण ? और वह ?

बाद की घटना कुछ शोचनीय ही है ।

प्रहार काफ़ी ज़्यादा हो गया था ।

इतने दिन के बाद वह बात याद आ गयी, तो प्रबोधचन्द्र का मन जाने कैसा तो हो उठा । उतना नहीं भी किया जा सकता था ! वह छोरा तो वैसा ही बुद्धू, गधा है! मूँछें हो आयी थीं । मर्द कहाने योग्य नहीं । ऐसा न हो तो वह प्रकाश का दोस्त होता ?

ताज्जुब है, उसी भोंदू को सुवर्ण 'आदमी' की मान्यता देती थी ! सुवर्ण के होंठों पर हँसी तो प्रबोध के लिए सदा-सदा काम्य है, पर वही हँसी बाहर देखने से दिमाग़ में खून चढ़ जाता था ।

देवरानियों से बोलते-बोलते भी कभी कहीं हँसी कि प्रबोध का मन झुँझला गया। 'अपना यह ग़ुस्सा ठीक करना होगा'—प्रबोध ने मन ही मन तय किया । शायद सुवर्ण का स्वभाव उसी से इतना रूखा और सख्त होता जा रहा है । नहीं तो ऐसी तो वह थी नहीं !

आँखों की ओट में रहने से सुवर्ण के दोष निष्प्रभ और गुण उज्ज्वल हो उठते हैं। लगता है, सुवर्ण के मन में अपना-पराया नहीं है । सुवर्ण यदि कपड़े फींचती है, तो घर के सभी के तकिये की खोली ले आकर साफ़ कर देती है । सुवर्ण यदि जूते पर पालिश लगाती है, तो सभी के जूतों में लगा देती है । लड़के अगर किसी चीज़ के लिए ज़िद करते हैं तो वह चीज़ घर के सभी बच्चों को देकर तब अपने बच्चों को देती है । ये सब सद्गुण ही तो हैं !

लेकिन समय पर प्रबोध इन बातों को हरगिज सद्गुण नहीं कहता, बल्कि ज़्यादती ही कहता है । परन्तु इस समय सम्भवतः अपने ही मन में सहसा सद्गुण के उदय होने से, सुवर्ण के वे गुण सद्गुण-से लग रहे हैं ।

डाकिया इस घर में दैवात् ही आता है ।

सुराज बीच-बीच में चिट्ठी देती है, यही मुख्य है । बाक़ी सब कभी-कभार ।

फिर भी मुहल्ले में डाकिये के आने का एक समय है ।

उस समय प्रबोध रास्ते में खड़ा रहता ।

लेकिन कहाँ ?

मोती-जैसे अक्षरों में पता लिखा सुवर्ण का पत्र कहाँ ?

तिस पर प्रकाश के नाम से एक लिफ़ाफ़ा आया ! देखकर उसे बड़ा ही कष्ट हुआ। कलेजे पर हथौड़ी की चोट पड़ी । अक्षर कुछ आँके-बाँके । पता में लिखा

है, मार्फत श्री सुबोधचन्द्र मुखोपाध्याय ।

आख़िर चिट्ठी ही तो है । पत्नी की चिट्ठी है ।

प्रकाश को यह भाग्य है ।

और, प्रबोध को नहीं !

जिसकी पत्नी रात-दिन बही में गीत उतारा करती है, बच्चों की लिखावट दुरुस्त करती है । लिखावट देखकर कौन कह सकता है कि किसी स्त्री की है !

छोटा भाई, सोचने भी में लाज ।

फिर भी छाती में ईर्ष्या की जलन महसूस की प्रबोध ने ।

प्रकाश की चिट्ठी उसी के हाथ में तो आयी ।

छोटे भाई के हाथोंहाथ तो चिट्ठी दी नहीं जा सकती, कमरे में रख आकर बोला, ''अरे ऐ पेका, तेरे नाम कोई चिट्ठी आई है शायद ।''

कल से मामी के यहाँ खा-पी रहा है । कोई काम-धन्धा नहीं, इसलिए सूना मन और भी सूना लगता । ताश का अड्डा भी इस हंगामे में टूट गया है ।

घर में स्त्री नहीं होने से किसी बात में ठीक कुछ नहीं होता । किसी को नहीं ।

उसे देखें या न देखें, फिर भी रहे ।

असली बात यह !

प्रबोध अपने संकल्प पर दृढ़ हुआ ।

कल ही प्रस्थान ।

बिना ख़बर दिये ही जायेगा । कह देगा, ''चिट्ठी-पत्तर नहीं, और इधर अचानक एक बुरा सपना देखा...''

और यहाँ क्या कहेगा, यह भी ठीक कर लिया । कहेगा, ''मामी के मत्थे और कब तक खाया जाये ? और फिर बहनोई के यहाँ ही बीवी-बच्चों को कितने दिनों तक रखा जाये ?''

किन्तु पता नहीं, वहाँ जाकर क्या देखना पड़े ।

आनन्द और आतंक—इन दोनों की ताड़ना से प्रबोध छटपटाता रहा ।

अठारह

चम्पा को दादी के साथ नवद्वीप जाने के उत्साह का अन्त नहीं था । ऊः, भगवान् ने कृपा की कि माँ ने ज़बरदस्ती नहीं की । माँ यदि ज़ोर डालती, तो माँ के साथ जाना ही पड़ता । दादीजी गुस्सैल चाहे जितनी हों, चम्पा आदि के मामले में दादी

की नहीं चलती, माँ का कहा ही होता है, यह ज्ञान चम्पा को हो गया है ।

सो वह बेचारी सिटपिटायी हुई थी—शायद माँ कह बैठे, "नहीं, सब मेरे साथ जायेंगे ।"

किन्तु चम्पा के देवता ने फूल लिया ।

दादी ने जब कहा, "चम्पी-मल्लिका मेरे साथ चलें, आँखों-आँखों रहेंगी । धीरे-धीरे बड़ी भी तो हो रही हैं !" तो सुवर्णलता 'नहीं-नहीं' नहीं कर बैठी । सिर्फ़ कहा, "ले जाने से आपको ही तो झमेला होगा । वे कब खायेंगी, कब सोयेंगी—इसके लिए परेशानी उठानी पड़ेगी । अकेली जातीं तो जब जो जी में आता, करतीं ।"

दादी भी शायद आशंकित थीं, इसलिए कहते ही छूट मिल जाने से प्रसन्नचित्त हो बोलीं, "नहीं-नहीं, वैसी कोई असुविधा नहीं होगी । केवल अपना हाथ-पाँव लिये बैठे रहने से बल्कि एक काम रहेगा । तीरथ-तीरथ में घूमना और बात है, यह तो एक ही जगह जमकर बैठे रहना ! वह भी कोई ठिकाना नहीं कि कलकत्ता की हालत कब अच्छी होगी । ये चलें ।"

चलें तो चलें ।

ले-देकर सँवार लेना—फिर भी माँ ने इसी बीच कपड़ा, जाकिट, बालों की डोरी, काँटा—सब सहेज दिया । दोनों का ही सहेजा । मल्लिका की माँ तो इसमें सुधरी नहीं है । वह भण्डार सँवारने में ही प्टु है । बच्चे-बच्चियों की ओर ताकती भी नहीं। और उस नहीं ताकने को ही ख़ास एक महत्त्व समझती है । बड़ी-बड़ी लड़कियों के साज-सिंगार की तदबीर चम्पा की माँ ही करती है । यह नहीं कि इससे चम्पा को ईर्ष्या नहीं होती, लेकिन वह ईर्ष्या प्रकट नहीं की जा सकती । फिर तो माँ ज़िन्दा ही गाड़ देगी ।

ख़ैर, माँ ने तो दोनों की तैयारी कर दी । दादीजी की पोटली भी सहेज दी ! खुशी से नाचती हुई रवाना होगी कि अन्तिम घड़ी में मल्लिका विश्वासघात कर बैठी। ज़िद करके, रो-पीटकर अपनी माँ के साथ चली गयी !

कहा, भाई-बहनों के लिए जी कैसा करता है ।

भाई-बहनों के लिए जी कैसा !

चम्पा इस बात पर विश्वास करे ?

कहती है, दो घड़ी वे नज़र की ओट होते हैं, तो जान में जान आती है ! रात-दिन शैतानी, रात-दिन चें-भौं, उन्हीं लोगों के लिए खटते-खटते जान जाती है ! हुँः, जी कैसा !

चम्पा तो बल्कि बोलती नहीं, क्योंकि सच पूछिए तो चम्पा की माँ बेटी को 'पढ़ो-पढ़ो' करके चाहे परेशान करे, दूसरे कामों में उतना नहीं लगाती । लेकिन मल्लिका को खटना पड़ता है । और मल्लिका कहने से भी बाज नहीं आती । बड़ों की नज़र की ओट होते ही भाई को, बहन को पीटती है । कहती है, 'शत्रु, शत्रु ! ज़रा भी जो शान्ति से रहने दे ! माँ के अगर सात गण्डा बच्चे नहीं होते तो ज़रा

हाथ-पाँव फैलाकर बचती रे ! इन चें-फों के मारे जान निकल गयी । जब से होश हुआ, यह कथरी उठा रही हूँ और बच्चे ढो रही हूँ !'

छोटे भाई-बहन खिलौने के बक्स में हाथ दे दें तो किस कदर जो मारती है !

अवश्य उस दोष की दोषी चम्पा भी है ।

खिलौनों का बक्स उसका प्राण है ! कोई हाथ लगाये तो बाघिन की तरह टूट पड़े बिना नहीं रहा जाता । लेकिन चम्पा ने तो बनकर कहा नहीं कि 'भाई-बहनों के लिए जी कैसा कर रहा है !'

जी कैसा ! रात-दिन जिन्हें 'मर-मर, अभी मर जा हतभागे !' कहती है, 'जम के दरवज़े जा, निमतल्ला घाट जा । तुम लोग मरो तो मैं हरिलूट कराऊँ !' उनके लिए जी कैसा ! बनती है ! चालाकी ! अन्त में माँ ने कुछ लालच-वालच दिखाकर या घूस-वूस देकर बेटी को फन्दे में फँसाया होगा । जानती है न कि बेटी के बिना चलेगा नहीं ।

ब्याह हो जायेगा तो क्या करोगी ?

फिर तो चलाना ही होगा !

बीच में चम्पा को ही घोर कष्ट !

खिलौने का बक्स तो ले आयी है चम्पा, लेकिन खेल की साथिन ही तो 'भागल बा !' मल्लिका की इस विश्वासघातकता से चम्पा का कलेजा फट गया था । फिर भी शुरू-शुरू के दो-चार दिन दादी के साथ मन्दिर-मन्दिर घूमकर, गंगा नहाकर, दादी के गुरु के यहाँ की संसार-यात्रा की नवीनता देखकर अच्छे ही कट रहे थे । दादीजी भी 'छोरी अकेली पड़ गयी' कहकर ज़रा हृदयवत्ता का परिचय दे रही थीं, परन्तु वह अवस्था अब नहीं रही ।

गुरु के अपने ही बेटी-जमाई, नाती-नतनी और ससुराल की तरफ़ के कौन लोग तो आ धमके, पता नहीं किस उपलक्ष्य में । जो उपलक्ष्य भी हो, उसमें चम्पा और मुक्तकेशी का आदर जाता रहा ।

कमरे की कमी पड़ गयी, दादी-पोती को दालान की चौकी पर सोना पड़ा और गुरु-माँ का खीजा-खीजा भाव हर घड़ी यह बता देने लगा—"तुम लोग अब अवान्तर हो ।" प्रश्न करने लगा, "और कितने दिन ?"

और कहीं ऐसा भाव देखतीं तो मुक्तकेशी निस्सन्देह बोरिया-बसना समेटकर चल देतीं । किन्तु स्थान तो गुरु का घर है । यहाँ तो दीन-हीन होकर ही रहने का नियम है । इसलिए मुक्तकेशी गुरु-माँ को काम-काज में सहायता देने लगीं, गंगाजल ला-देकर मन जुगाने की चेष्टा करने लगीं ।

किन्तु चम्पा का मन कौन जुगाये ?

मुक्तकेशी उधर जितनी ही आहत होतीं, इधर उतनी ही झाँस झाड़ने लगीं । उठते-बैठते 'आफ़त, बला, पैरों की बेड़ी, कन्धे का बोझ' आदि विशेषणों से पोती

को भूषित करने लगीं । पोती के खाने-पीने की व्यवस्था पसन्द की नहीं होने पर पोती को ही गंजना देने लगीं और कहने लगीं, ''निरामिष रुचता नहीं है ! साहब की बीबी बनेंगी ! कितने भाग्य से नारायण का प्रसाद नसीब होता है, जानती है रे हरामज़ादी?''

कहना फ़िजूल है, बात गुरु-माँ के ही कानों पहुँचती । लेकिन निरामिष का कष्ट मिटाने के लिए अब दूध, दही, अचार, अमचूर पत्तल में नहीं पड़ता । नारायण के बालभोग का जोड़ा मण्डा तो अब गुरु के छोटे नाती का एक चटिया हो गया ! किन्तु पहले गुरुदेव पूजा पर से उठते ही 'कहाँ है लड़की, लड़की कहाँ गयी ?' कहकर पुकारते हुए मण्डा चम्पा के हाथों में देते थे ।

किन्तु उन्हें भी दोष नहीं दिया जा सकता ।

चम्पा तो सयानी लड़की है, घर में छोटा कोई था नहीं, इसीलिए वह आदर नसीब होता था । एक नाती आ गया, तीन-चार साल का शिशु, स्वभावतः ही आदर उसकी ओर ढुलकेगा । और अपने नाती तथा यजमान की पोती में फ़र्क नहीं रहेगा, यह भी होता है कहीं ? संसारत्यागी योगी गुरु नहीं, घर-संसारी गृही-गुरु । यजमान काफ़ी हैं, इसीलिए अवस्था अच्छी है । और इसीलिए जब यजमान नवद्वीप आते हैं, तो उन्हीं के यहाँ ठहरते हैं ।

वह भी कुछ अनिश्चित काल के लिए नहीं, तो खीज फिर होना स्वाभाविक ही है ।

खीज आना स्वाभाविक ही है, मन ही मन इसे मुक्तकेशी हृदयंगम करतीं, उसी से मिज़ाज और भी जल-भुन जाता । और वह मिज़ाज चम्पा पर ही पड़ता ।

शुरू-शुरू यहाँ दादी की भक्ति-विगलित नम्र मूर्ति देखकर अवाक् हो रही थी चम्पा, क्योंकि दादी की यह मूर्ति उनके लिए अभूतपूर्व है । लेकिन भाग्य ने सहा नहीं । अब दादी उठते-बैठते चम्पा पर खिजलाती हैं । शायद निरुपायता की अभिव्यक्ति ही यही है ! छोटों पर वीरत्व दिखाना ।

इसीलिए पुरुष 'जब दरबार में हारे, घर में मेहरिया को मारे ।'

चम्पा इतना मनोविज्ञान नहीं समझती । वह दादी की फटकार से मर्माहत होती। और ज़्यादा दुःख होता जी में तो कह भी बैठती, ''मुझे ले क्यों आयीं ? मल्ली की तरह मुझे भी माँ के साथ भेज देतीं ?''

मुक्तकेशी इस पर और एक हाथ लेतीं ।

निःसंग चम्पा इसलिए बड़े ही मानसिक कष्ट में है । इस समय हर घड़ी उसे लगता है, माँ डाँटती भी थी तो ऐसी निर्दयी जैसी नहीं ! माँ दादी-जैसी ऐसी वाहियात बात नहीं बाँधती थी । माँ रहती है, तो कब क्या पहनना चाहिए, यह सोचना नहीं पड़ता । सोचना नहीं पड़ता कि जाकिट कपड़ा सूख गया कि नहीं, गीले कपड़े फैलाये गये या नहीं ।

गुरु-माँ की बेटी भी एक नम्बर है ।

चम्पा कोई काम नहीं जानती, यह इससे पहले नहीं पकड़ा गया था, पकड़ा गया उसी की नज़र में । दो दिन हुए नहीं कि वह बोल बैठी, "तुम्हारी पोती तो तिनका तोड़ना भी नहीं सीखा मुक्ता-दी, ससुराल नहीं जाना है ?"

बाप की शिष्या है, इसलिए दीदी ।

और उम्र चाहे जो हो, सम्बोधन 'तुम' !

अपनी सफ़ाई गाने के लिए मुक्तकेशी ने अपनी मँझली बहू का गुणकीर्तन गाया और घोषणा की कि उसी बहू के कारण पोते-पोतियों को सनातन हिन्दू धर्म की तालीम नहीं दे सकी हैं ।

चम्पा की मातृभक्ति की ख्याति नहीं है । अपनी चचेरी-फुफेरी बहनें जब इकट्ठी होती हैं, तो चम्पा मातृनिन्दा में पंचमुख होती है, लेकिन निरे पराये लोगों के सामने ये बातें भली नहीं लगतीं । इसके सिवाय, माँ से दूर आकर खुद को कैसा तो असहाय-असहाय लग रहा है ।

लगता है जैसे चम्पा के कोई कहीं नहीं है । घर में दादी ही तो बल थीं, पता नहीं, यहाँ वैसी क्यों नहीं लगतीं !

मन सदा दुखी-दुखी-सा लगता ।

और फिर कलकत्ता के लिए भी जी कैसा करता । कलकत्ता का घर, कलकत्ते का रास्ता, मामी-दादी का घर, गंगा का घाट, जो याद आता, उसी से मन हू-हू करता!

कलकत्ता में 'क्या' है, चम्पा यह नहीं बता सकती, किन्तु फिर भी लगता है, कलकत्ता में मानो कितना 'क्या' है !

और भी कष्ट हुआ है चम्पा को—ये नये जो लोग आये हैं, उनमें एक लड़के के व्यवहार से । गुरु की ससुराल का कौन तो होता है ? श्रीरामपुर से आया है । कलकत्ता से खूब सम्पर्क है, मगर मुँह में कलकत्ते की निन्दा के सिवाय बात ही नहीं।

उमर भी क्या होगी ? चम्पा से छोटा हो सकता है, बड़ा नहीं । किन्तु बातें कैसी पक्की-पक्की ! चम्पा-मल्लिका को सभी पकी लड़की कहते हैं, और यह लड़का क्या है ?

बात-बात में लटका-लतीफ़ा ।

और जान नहीं, पहचान नहीं 'तू' !

काँटे-जैसे बाल, मोटा-मोटा पैर, नाटा-नाटा क़द—देखने से बदन में आग लग जाती है ! और वह समझता है, इसलिए चम्पा को उखाड़ता है, "तेरे कलकत्ते में है क्या ? कल और केता, इन दो से बना कलकेता । केता का अर्थ जानती नहीं है ? केता का अर्थ है क़ायदा । कलकतिया बाबुओं को सिर्फ़ क़ायदा है !"

चम्पा भी बेशक चुप नहीं रहती । बिगड़कर कह देती, "क़ायदा तो रहेगा ही। साहबों के दफ्तर कलकत्ते में ही हैं न ! लाट साहब का घर कलकत्ते में ही है न ?"

घण्टू ही-ही करके हँसता ।

कहता, "फिर तो सभी लाट हैं, क्यों ? तेरा बाप लाट, तेरा चाचा लाट !"

चम्पा गुस्से से कहती, "ऐ, तू मेरे बाप के बारे में कहता है ? कह दूँ ?"

घण्टू लेकिन गुस्से की ओर ही नहीं जाता । कहता, "कह दे न । मैं कहूँगा, बाप का नाम लेने से ही क्या बाप का नाम उटकना होता है ? फिर तो किसी से उसके बाप का नाम पूछा भी नहीं जा सकता ।"

मुखरा चम्पा बुझ-सी जाती ।

और बुद्धू की तरह ही बिगड़ती, "मगर तू कलकत्ते की ही निन्दा क्यों करेगा?"

"करूँगा । निन्दा करने लायक़ है इसलिए करूँगा ।"

"निन्दा के लायक़ है ?"

"बे···शक ।"

"तो तेरा श्रीरामपुर भी बड़ा वाहियात है ! जितना जी चाहेगा, निन्दा करूँगी ।"

घण्टू आँखें पटपटाकर हँसता, "करना ! देखता हूँ, तू निन्दा की कितनी बात निकाल सकती है !"

चम्पा अवश्य नहीं निकाल सकती ।

क्योंकि श्रीरामपुर का नाम उसने घण्टू की बदौलत ही सुना है । वह परमधाम है कहाँ, उसका गुण-अवगुण क्या है, कुछ भी नहीं जानती है । इससे वह मुसीबत में पड़ जाती ।

घण्टू प्रसन्न हो कहता, "नहीं बता सकी न ! बतायेगी कहाँ से ? दोष हो, जब तो बताये ? और कलकत्ता ? ही-ही-ही !"

कलकत्ते का बाबू !
पसँगा भर में क़ाबू !
धोती छोर लम्बमान,
ख़ाली पेट, मुँह में पान !

आश्चर्य ! उतना-सा लड़का । मुखस्थ भी कितना किया है !

उसका घर निश्चय ही घोर कलकत्ता-विरोधी है, जहाँ रात दिन इसी की खेती चलती है । चम्पा के पास ऐसा हथियार नहीं है । उसका सहारा सिर्फ़ गुस्सा है । वह उसी भरोसे लड़ने आती है, "तेरे श्रीरामपुर में कोई पान नहीं खाता ?"

"खाता क्यों नहीं ? भरे पेट पर खाता है ।"

"कलकत्ते के लोग भात नहीं खाते ?"

घण्टू ने गम्भीर स्वर में कहा, "ग़रीब-दुखी लोग खाते हैं । बाबू लोग तो चाँप-कटलेट खाते हैं, शराब पीते हैं ।"

शराब !

चम्पा की आँखें गोल हो गयीं ।

चम्पा का चेहरा लाल हो उठा, "शराब पीते हैं, यानी हम लोग शराब पीते हैं?"

"तुम लोग ? ही-ही-ही ! तुम लोग क्या बाबू हो ? तू तो लड़की है । बात बाबुओं की हो रही है ! और सुनेगी ? 'चढ़ते बाबू जोड़ी गाड़ी, चीन्हें केवल सूँड़ी बाड़ी ।' सूँड़ी की बाड़ी क्या होती है, जानती है ?"

जानती क्यों नहीं ? क्या नहीं जानती है चम्पा ? रात-दिन ही तो यह सब सुन रही है । झगड़े में खुद ही तो कहती है, 'सूँड़ी का साक्षी पियक्कड़ !' पर उसका वास्तविक मतलब जानकर बोलती है क्या ? पर, यह घण्टू ?

"देख, कलकत्ते की निन्दा हरगिज़ मत करना !" अग्निमूर्ति हो गयी चम्पा ।

घण्टू निर्विकार ।

घण्टू बेपरवा ।

इस लड़की को चिढ़ाना ही घण्टू का शौक़ीन खेल है । और खेल को वह निर्दोष ही समझता है । इसीलिए वह ज़ोर से बोल उठा, "अच्छा, नहीं करूँगा निन्दा, तो बता, धान के एक पेड़ में कितना तख्ता होता है ?"

क्षोभ और दुःख से चम्पा उठ पड़ी ।

घण्टू उत्साह से चीख़ उठा, "कलकत्ते की बीबियों का पद्य नहीं सुन गयी ?"

चम्पा जाकर रो पड़ी, "दादी, यह घण्टू जो जी में आता है, कहता है । कहता है, कलकत्ता ख़ाक़ है—भद्दा है । मैं अब नहीं रहूँगी !"

मुक्तकेशी को मालूम है । वह बोलीं, "वह चिढ़ायेगा और तू चिढ़ेगी ? घर में तो बड़ी ज़बर, यहाँ नन्ही-मुन्नी बन गयी ?"

गुरुपुत्री बोल उठीं, "यह एक बात बोली हो मुक्ता-दी, तुम्हारी पोती के तो ब्याह की उम्र बीत रही है । कैसी है ! घण्टू क्या आदमी है कि उसकी बात से चिढ़ती है?"

ओट में जाकर मुक्तकेशी ने दबे गले से कहा, "भोंदी, तू रात-दिन उस शैतान छोरे से मिलती ही क्यों है ? वह लड़का सब पाजियों का पाजी है ! ख़बरदार, घण्टू के साथ मत मिलना-जुलना ।"

चम्पा रो पड़ी ।

कलकत्ता की मुँहज़ोर चम्पा की सारी मर्यादा गयी । बोली, "मैं थोड़े ही मिलती हूँ.। वही तो जान-जानकर आता है ।"

"जाने दे । तू मेरे पास ही पास रहा कर ।"

"तुम्हारे पास ? जैसे तुम बहुत रहती हो ! रात-दिन तो रास्ते पर । उससे तो अच्छा है, हम चले चलें ।"

"चले चलें कहने से तो नहीं होता । तेरे बाप-ताऊ हुक्म दें, तब तो ?"

सो चम्पा उनकी छत पर जाकर रोने लगी ।

कलकत्ते की निन्दा से उसे इतनी जलन ही क्यों होती है ? और कलकत्ते की याद आते ही मन ऐसा 'हू-हू' क्यों कर उठता है ?

छत पर सूने में ज़्यादा देर बैठा नहीं जाता । बेला झुक आते ही बदन छम-छम करने लगता है, और दोपहर को कलेजा धड़कने लगता है ।

फिर भी बार-बार आती है छत पर ।

छत के किनारे ही नारियल का एक पेड़ है । उसके पत्ते झिर-झिर करते हैं; उसी ओर ताकते रहने से चम्पा का मन खो जाता है ।

जिस घर की चारदीवारें चम्पा की माँ को क़ैदखाने-सी लगती हैं, उसी घर के कमरे-कमरे में घूमता-फिरता है चम्पा का मन । और सवेरे से रात तक वहाँ जो कुछ होता है, सब याद आता है । बाप, ताऊ, चाचा कौन क्या करते हैं, कब खाना होता है, कब सोया जाता है । और सवेरे ही माथे पर बड़ी-सी एक हाँड़ी लिये गली में कोई आवाज़ लगाता है—'मूढ़ी की चकती, चूड़े की चकती, चने की चकती' उसके गले की आवाज़ मानो यहाँ उसके कानों में गूँजती है ।···कानों में गूँजती है—'कुलफी मलाई' !···कानों में गूँजती है चूड़ीवाली की हाँक···'चूड़ी चाहिए, चूड़ी '! 'आता चाहिए, आता', 'बेर, सुगिया बेर ?'

दिन-भर चलता ही तो रहता है ।

आवाज़ का अन्त यहाँ भी नहीं । लेकिन केवल घण्टे-घड़ियाल की आवाज़ । देवता जग रहे हैं, देवता खा रहे हैं, देवता सो रहे हैं, देवता श्रृंगार कर रहे हैं—सब घण्टा पीट-पीटकर बताया जाता है । बाप रे ! देवता के इस देश में रहने का अब अरमान नहीं ।···बहुविध शब्द-तरंगों से तरंगायित कलकत्ता ढेर अच्छा है !···

यहाँ पैसा हाथ में देकर दादी क्या कहेंगी ?

"प्रणाम कर । पैसा उस थाली में डाल दे ।"

धत्तेरे की !

मगर वहाँ एक पैसा पाने से कितना क्या किया जा सकता है ! डबल पैसा मिले तो बात ही क्या ! धेला पड़ा मिल जाये तो मूढ़ी की एक चकती ख़रीद ली जा सकती है ।

माँ हाथ में हरगिज़ पैसा नहीं देना चाहती । आँचल में पैसे की पोटली लिये घूमती है, फिर भी माँगने पर एक पैसा नहीं देने की । माँगो कि पूछ बैठेगी, "क्या लेना है, बता तो ? क्या ख़रीदना है ?"

क्या ख़रीदना है, इसका कुछ ठीक रहता है ? पैसा ही असली बात । वह मिले तो कितना क्या ख़रीदा जा सकता है ! लेकिन नहीं, बताना पड़ेगा । लाचार कुछ न कुछ कह देना पड़ता है । अमरूद या शरीफा, नमकीन बिस्कुट या तिलकुट ।

बस, घर-भर में जो जहाँ है, माँ सबके लिए ख़रीदने लगेगी । ऐसे में भला रोज़-रोज़ लाड़ किया जा सकता है ? चम्पा के बाप को अधिक पैसा है, चम्पा को लेकिन उसका अलग कोई सुख नहीं ! किन्तु बाबूजी की हेमा मौसी ? उनके यहाँ उनके बड़े लड़के के बच्चे मूढ़ी खाते हैं और छोटे के बच्चे पराँठा ।

क्यों ?

पैसा ज़्यादा-कम है इसलिए ।

माँ से कहो तो वह बात, खून कर डालेगी !

चूड़ीवाली आयेगी, सभी चूड़ी पहनेंगी, दाम माँ देगी । लेकिन चम्पा···चूड़ियाँ ज़्यादा तो पहने ! या रेशमी चूड़ी पहनना चाहे ? नहीं हो सकता । वह पहनेगी, तो सभी पहनेंगी !···सो अभी तो चूड़ी पहनना भी गया । चूड़ी शायद विलायती है ! राम जाने !

बाबूजी लेकिन देते हैं । छिपाकर देंगे और कहेंगे, "ख़बरदार, अपनी माँ को मत दिखाना !"

किन्तु छिपाकर ख़रीदना, छिपाकर खाना क्या कम कष्टकर है ?

फिर भी आँचल में दो-एक पैसा रहने से मन में कैसा ज़ोर रहता है ! और रास्ते में जब फेरीवाले आवाज़ देते हैं, तो क्या खुशी होती है ! चौबीसों घण्टे लगाते भी तो हैं हाँक ।···और उसी कलकत्ते को ख़राब कहता है !

साँझ होती आ रही थी ।

नारियल के पत्तों की झिर-झिर ज़रा गहरी-गहरी लगने लगी । नीचे जाने के लिए चम्पा उठी । याद आया कलकत्ते में इस समय गैसबत्ती जलानेवाले कन्धे पर सीढ़ी लिये निकल पड़ते हैं ।

चम्पा की गली के मोड़ पर एक गैस है । वह आदमी चम्पा को मुखस्थ हो गया है । बत्तीवाले के जाते न जाते फूलवाले की आवाज़ । "बेली चाहिए—केवड़ा !"

छोटी चाची केवड़े के पराग से केवड़ा-कथ बनाती है । बाबूजी के ताश के अड्डे के लोग कहते हैं, "आपके यहाँ का पान अच्छा है ।"

जो भी बात याद आ जाती है, प्राण हू-हू कर उठता है ।

कलकत्ता और कलकत्ते का वह घर चम्पा को मानो लाखों हाथों से खींचता है।

और कष्ट की ऐसी घड़ी में और भी अचानक एक कष्टकर आशंका चम्पा को मानो दबोच लेती है । हालाँकि आज तक यह आशंका एक रंगीन फूल की तरह आँखों के सामने झूल रही थी ।

बहरहाल, दादी को प्रायः ही लोगों ने कहना शुरू किया है, "अब क्या है, चम्पा-मल्लिका तो ब्याह के योग्य हो गयीं, अब पोत-जमाई खोजो ।"

दादी भी कोई अनुकूल उत्तर दे रही हैं । सो निकट भविष्य में ही वह दिन आ रहा है, चम्पा यह समझ रही है । और उस समझ पाने के आस-पास झकमका उठते हैं, नये गहने, ज़री की साड़ी, माला-चन्दन, लोग-बाग, शोर-गुल, घटापटा ।

टोपी पहने एक लड़का भी तो है इस समारोह में कहीं । लिहाज़ा कुल मिला-कर यह एक रंगीन फूल ही है ।

लेकिन आज ठीक इसी घड़ी फूल हवा हो गया । हा बाये एक जंगली जानवर

आ गया मानो ।

ब्याह होने का मतलब ही तो है इस घर से चले जाना ! शायद कलकत्ता से भी। कितनी ही लड़कियों का ब्याह तो चम्पा ने देखा है । कहाँ, वे कलकत्ता में कहाँ हैं? अतएव मान ही लेना है, कलकत्ते से निकाल बाहर होना ।

चम्पा को सहसा जैसे रुलाई छूटने लगी ।

मानो, अभी ही उसे कलकत्ते से निर्वासित होना पड़ रहा है ।

वही समझो ।

और बहुत अधिक छह महीने, साल-भर ।

उसकी हमउम्र कितनी ही लड़कियों का तो ब्याह हो रहा है ।

हाय-हाय, यह ब्याह उसे क्यों अच्छा लगता था !

अच्छा, छोटी बुआ की तरह ब्याह यदि कलकत्ता में ही हो, पर पड़ना तो पड़ेगा एक खूँखार सास के पल्ले ! अपनी दादी-जैसी ! बुआ की सास कैसी है, यह चम्पा ने नहीं देखा । वह तो सारा जीवन माँ-चाची की सास को ही देखती आ रही है । इसलिए 'सास' शब्द के साथ ही साथ मुक्तकेशी का चेहरा ही आँखों में नाच उठता है । और कहना नहीं होगा, उसे कलेजे में ख़ास बल नहीं मिलता ।

साँझ की छाया को मन में लिये-लिये नीचे उतर आते समय और एक बात ने चम्पा के मन में उथल-पुथल मचा दी ।

चम्पा की माँ का ब्याह शायद नौ साल की उम्र में हुआ था । ग़र्ज़ कि चम्पा की उम्र से दो साल पहले ही । और माँ बेचारी को दादी-जैसी सास के हाथों पड़ना पड़ा था आकर !

उफ़्, कितना कष्ट, कितना !

जीवन में शायद यही पहली बार चम्पा ने माँ के विषय में ऐसा सोचा ।

फिर तो और भी आतंक ने चम्पा को धर दबाया । उसने सुना है, माँ की दादी ने माँ की माँ से छिपाकर ज़बरदस्ती माँ का ब्याह कर दिया था !

उसी ग़ुस्से के मारे माँ की माँ, यानी चम्पा की नानी, घर छोड़कर काशी चली गयीं ! चम्पा की माँ जीवन में फिर अपनी माँ को देख नहीं पायीं ।

चम्पा की दादी भी यदि हठात् यहीं किसी के यहाँ उसका ब्याह कर दें !

डर से उसके हाथ-पाँव ठण्डे हो आये ! क्या पता, कोई विश्वास तो नहीं ! माँ की दादी तो चम्पा की दादी की सखी-माँ हैं ! एक ही-सी अक्ल हो सकती है ।

हे भगवान्, फिर क्या होगा ?

चम्पा की नानी के बारे में सुनकर लोग-बाग कहते हैं, "बाप रे, इतना ग़ुस्सा ?" कहते हैं, "दुनिया से बाहर ।" कहते हैं, "दिमाग़ का पेंच ढीला था शायद ।"

किन्तु चम्पा को ऐसा नहीं लगता ।

चम्पा की दादी कहीं वैसा ही काण्ड कर बैठें, तो चम्पा की माँ भी उसकी

नानी-जैसा ही कर बैठेगी । निस्सन्देह ।

करेगी ही । ज़रूर ।

गरचे चम्पा की माँ सुवर्णलता पागल-वागल नहीं है । सो न हो पागल, मगर चम्पा अपनी माँ-जैसी हरगिज़ नहीं होगी । बाप रे, रात-दिन मारमुखी । उससे तो मँझली चाची, छोटी चाची, ताई, बुआ—सभी अच्छी हैं ।

नानी चूँकि माँ को ऐसी बाघिन के मुँह में डालकर चली गयीं, माँ का मिज़ाज शायद इसीलिए तत्ते तवे-सा है । सच तो, माँ होकर तुमने देखा ही नहीं एक बार ! कैसी निरदयी । चम्पा की माँ भी ठीक वैसी ही होगी । और नहीं तो क्या होगी?···हे भगवान्, दादी जिसमें चम्पा का ब्याह न कर दें !

पहले, जब चम्पा छोटी थी, उसने कभी-कभी माँ को कहते सुना था, "वही नौ साल की उम्र में आकर इस गिरस्ती में जुती हूँ, माँ क्या होती है, यह भूल ही गयी हूँ ।"

अब यह नहीं बोलती ।

सुवर्णलता के कभी कोई थी, अब यह समझ में नहीं आता ।

दादी अगर छिप-छिपाकर चम्पा का ब्याह कर दें ? वैसे में भी यह नहीं समझा जा सकेगा कि सुवर्णलता की चम्पा नाम की कोई लड़की थी ।

अब बाँध रह नहीं पा रहा था ।

उफन-उफन कर रुलाई आ रही थी ।

झट खिलौने के बक्से को खींचकर वह खेलने बैठ गयी । लेकिन खेलने में भी तो खिलौना-बहू को ससुराल की बला ! और खटनी ? इसके सिवाय और खेला भी कैसे जाये ? किन्तु अभी मानो सारे कुछ में ही चम्पा अपनी छाया देख रही है ।

खिलौने का भी आकर्षण जाता रहा ।

वह मुक्तकेशी के पास जाकर रो पड़ी, "दादी, अब यहाँ नहीं रहेंगे हम, घर चलो।"

उन्नीस

दूसरी ही दुनिया !

सुवर्णलता के लिए यह एक अनोखा ही नया भुवन ! दूसरा ही ! इस भुवन में केवल आकाश में उदार उन्मुक्त उजाला नहीं है, लोगों में भी वही उजाला है—उदार,

उन्मुक्त, उज्ज्वल !

मुहल्ले के लोगों की नहीं जानती सुवर्णलता, नहीं जानती कि वहाँ उजाला है या अँधेरा. वह सिर्फ़ इसी घर को देखती है । देखती है और जानती है ।

सोचकर अवाक् रह जाती है सुवर्ण, सुबाला को सदा सभी 'ग़रीबे' कहते आये हैं ! अभी-अभी, उस दिन भी जेठजी जाकर बोले, "ग़रीब की गिरस्ती है, किन्तु अमूल्य परिश्रमी है न ! खट-खुटकर घर चलाता है । गुहाल में गैया है, पोखरे में मछली, बगीचे में फल-सब्जी, समांग से मशक्कत करके सब दुरुस्त रखा है । उसी से किसी तरह चल जाता है ।"

किसी तरह चल जाता है !

ग़रीब !

किन्तु सुबाला यदि ग़रीब है, तो ऐश्वर्यवती कौन है ? आडम्बरहीन किसी तरह चलनेवाली गिरस्ती हो चाहे, पर इसकी साम्राज्ञी तो सुबाला ही है ! वह घर सुबाला की इच्छानुसार, सुबाला के निर्देश से परिचालित होता है ! सास निर्लिप्त हैं, किन्तु निर्मायिक नहीं हैं । भरसक खटती हैं और उस खटनी का अधिकांश बेटा-बहू, पोता-पोती की यत्न-परिचर्या होती है ।

सुबाला यदि कहती है, "अरे बाबा, ठण्डा ही दूध रहे—" कि फूलेश्वरी हड़बड़ाकर कहती हैं, "क्यों, ठण्डा क्यों ? घर में नारियल के इतने सूखे पत्ते पड़े हैं, मैं एक बूढ़ी यों ही बैठी हूँ, ठण्डा क्यों पियेंगे ? ठण्डा दूध पीने से कफ़ होता है बहू !"

सुबाला मज़े में कह देती है, "कफ़ होता है कि हाथी होता है । यह सिर्फ़ आपकी पोता-पोती का लाड़ है !"

इसपर फूलेश्वरी बिगड़कर आसमान-ज़मीन एक नहीं करतीं, हँसकर कहती हैं, "वही सही । अपने नाती-पोता को तुम भी लाड़ करना ।"

"मेरी बला से···"

"हुँः, देखूँगी !"

सुबाला स्वच्छन्द गले से कहती, "देखेंगी तो स्वर्ग में ही बैठकर ! क्या देखा, इसपर विवाद कौन करने जायेगा ?"

खीज झुँझलाहट नहीं, तीखी-खोटी नहीं, सरुण हास-परिहास ! आश्चर्य ! सुबाला के साहस कितना है ! सुवर्णलता तो दुस्साहस के लिए मशहूर है, पर इस साहस से उसकी तुलना ? सुवर्णलता का दुस्साहस है—रिक्तता की अन्तिम सीमा पर पहुँचकर उबल पड़ना ।

और सुबाला का ?

सुबाला का साहस आदरिणी का, विजयिनी का, प्रश्रय का साहस है ।

सुबाला की सास उसके आगे आत्म-समर्पण किये बैठी है, क्योंकि उनकी बहू समझती अधिक है, जानती अधिक है, उसका विचार अच्छा है ।

इस बात को मानना ही तो उसे अर्घ्य देना हुआ !

सुबाला के घर ने उसे वह अर्घ्य दिया है । क्योंकि केवल फूलेश्वरी ही नहीं, फूलेश्वरी का बेटा भी वैसा ही समर्पित प्राण है । फूलेश्वरी का बेटा घुटने तक धोती पहनता है, नंगे पैरों खेत-बाट में घूमता है, कन्धे पर बोझा उठा लाता है और बात-बात में कहता है, "अरे बाबा, उतना नहीं जानता, मूरख खेतिहर ही तो हूँ !"

फिर भी यह 'शहरी खेतिहर' जैसा नहीं सोचता कि स्त्रियों को दबाकर नहीं रखो तो वे सिर चढ़ जाती हैं । स्त्रियों का स्थान है जूते के नीचे । सोचते नहीं हैं, इसीलिए वे पग-पग पर कहते हैं, "महारानी की जैसी इच्छा", "तुम जो कहो", "जो समझो सो करो ।"

पूजा के मन्त्र से यह कुछ कम थोड़े ही है ।

किन्तु सुवर्णलता ने अपनी इतनी उमर में जो देखा है, वह यह कि "तुम्हें अक्ल है, यह बात मानने की है ? हुँः । शरीर के ज़ोर से यह साबित नहीं कर दूँगा कि तुम नासमझ हो, तुम मूरख हो ? तुम्हें विवेक है, भला यह मान सकता हूँ ? ग़लत रास्ते चलकर घाटा उठाऊँ, वह भी सही, फिर भी तुम्हारा कहा नहीं मान सकता । तुम्हारी इच्छा के अनुसार चलूँ ? फाँसी लगा लेने के लिए रस्सी नहीं जुटेगी मुझे ? तुम्हारी इच्छा के विरुद्ध चलने का ही व्रत हो जीवन का···बड़ी आत्मसम्मानी बनी हो, तुम्हें पटककर ही अपना काम है !"

क्यों ?

क्योंकि तुम स्त्री हो !

तुम बहू हो ।

ऐसे घर में तुम्हारा ब्याह हुआ है, यही तुम्हारा सौभाग्य है ।

सुवर्णलता यही देखती आयी है ।

क्योंकि जीवन में एक के अलावा दूसरी गिरस्ती नहीं देखी उसने । नैहर की तसवीर उसके आगे धुँधली हो गयी है । और फिर वहाँ उसकी माँ के सिवाय दूसरी कोई स्त्री और बाप के सिवाय दूसरा कोई पुरुष नहीं था । उस घर में दूसरे की होड़ में पौरुष दिखाने की चेष्टा नहीं थी । चेष्टा नहीं थी किसी को उल्लू बनाने के लिए बहादुरी दिखाने की ।

सुवर्णलता के संसार में भाई-भाई में उस बहादुरी की होड़ चलती है ।

और उस होड़ की बलि हैं स्त्रियाँ ।

जी चाहे जितनी उपेक्षा करो उनकी, पौरुष का प्रशंसापत्र मिलेगा । निष्ठुर हो सको तो और अच्छा, और अत्याचारी बन सको, फिर तो बात ही नहीं । हमारे भाई यह समझें कि मैं मर्द हूँ, मैं औरत की ताबेदारी में नहीं हूँ ।

माँ-बाप के घर में यह बात नहीं थी ।

फिर भी—

माँ के उस अकेले के संसार में ही बालिका सुवर्णलता की आँखों में भी यह पकड़ में आ जाता था कि उसकी माँ में कहीं मानो एक तीखी-सी जलन है । वह उसका मतलब नहीं समझ सकती थी । हो सकता है, अभी भी ठीक-ठीक नहीं समझती । बीच-बीच में सोचा करती है, "क्यों ? बाबूजी उतने भले···"

फिर सोचती, 'शायद सिर्फ भले ही । उससे भला किसी 'आदमी' का हृदय भर सकता है ?'

सुवर्णलता का पति भी तो कभी-कभी वश में रहता है, सुवर्णलता यदि उसके मन के मुताबिक हो सकती, वह यदि कृपण होती, यदि संकीर्णचित्त होती, पति के लिए मीठी और औरों के लिए मुखरा होती, तो सम्भव था, वह वश मानना स्थायी होता !

दूसरे लोग शायद, 'स्त्रैण' कहते उसे ।

परन्तु अमूल्य क्या स्त्रैण है ?

नहीं ।

स्त्री के प्रति अमूल्य का जो मनोभाव है, उसे सम्भ्रम का भाव कहा जा सकता है । यह सुने, तो दरज़ीपाड़ा की गली शायद हँसी से गूँज उठे ! कहे, "अहा, वही तो, दुनिया में भक्ति-सम्भ्रम के योग्य और कौन है ? गुरु-गुसाई को न मानकर स्त्री के चरणों अर्घ्य चढ़ाओ !"

कहेंगे लोग, बेशक यही कहेंगे ।

क्योंकि दरज़ीपाड़ा की वह गली 'सम्भ्रम' शब्द का अर्थ नहीं जानती । क्योंकि उसने कभी अपने को ही सम्भ्रम नहीं किया ।

ये लोग सम्भ्रम का अर्थ जानते हैं ।

इस गिरस्ती में कहीं कोई जलन नहीं है ।

हालाँकि सुबाला हर पग पर कहती है, "इस्, कैसी जलन !"

कहती है । वही उसका मुद्रादोष है । सबसे ही कहती है ! सुवर्ण से कहती है, "हाय राम, कैसी जलन, बस, इतनी-सी मूढ़ी खाओगी ? उस अधछँटाकी कटोरे में ?"

भतीजा-भतीजी से कहती है, "जलन, अरे, तुम लोग खेतिहर-मजूरों-जैसे धूप में घूमना सीख गये ?"

सास से कहती है, "हाय रे, आप फिर कथरी लेकर बैठ गयीं ? खाना-पीना नहीं है ?"

पति से कहती है, "कैसी जलन ! तुम्हारी जलन से तो जल मरी मैं । साँझ हुए तुम फिर निकल रहे हो ?"

इससे अमूल्य का बाहर निकलना अवश्य बन्द नहीं होता, वह मुसकराकर कह जाता है, "अजी, मेरी जलन से नहीं जलोगी, तो क्या टोले के ग्वाला बूढ़े की जलन

से जलोगी ? कोई मेरी जलन से आजन्म जलती रहे, इसीलिए तो ब्याह करके घर में स्त्री लायी जाती है !"

हड्डी निकले चेहरे से सुबाला हँस उठी ।

उस भयंकर सत्य से कौतुक उसे ! उनकी जलन की यही गप-शप ।

तो सुवर्ण क्या ईर्ष्या से जलेगी ?

नहीं-नहीं, सुवर्ण इतनी नीच नहीं है । इनका सुख देखकर वह सुखी है । फिर भी कलेजे के अन्दर कहाँ तो चिन-चिन करने लगा ।

और खुशी भी होती । सुबाला जब अपने उस देवर से कह उठी, "उफ़, कैसी जलन, इतनी देर करके आये तुम ! भात तो बासी भात हो गया !"

और अम्बिका भी उसी के सुर की नक़ल करके कह उठा, "उफ़ कैसी जलन, भात बासी भात हो गया, इसके लिए दुःख ? घर में भात हो, जभी तो उसे बासी होने का मौक़ा मिलेगा ?"

तो एक उमंग से मन खुश-खुश हो उठता सुवर्ण का ।

हालाँकि इसमें भी ईर्ष्या का कारण था ।

देवर-भाभी में ऐसी अनाविल प्रीति का सम्बन्ध ही कहाँ देखा सुवर्ण ने ? देवर भाभियों की निन्दा करेंगे—मुक्तकेशी के घर की यही तो रीत है । वे व्यंग्य करेंगे, डंक चुभायेंगे, निन्दा करेंगे—यही नियम है ! क्या जाने यह नियम केवल मुक्तकेशी के ही यहाँ का है या और-और घर का भी !

किन्तु इनके यहाँ···?

हाँ, सुबाला के यहाँ दूसरा नियम है ।

जभी तो यह दूसरा ही भुवन है !

इस भुवन में अम्बिका अपनी भाभी की बात पर कह उठता है, "लो, कहाँ तुम्हारा बासी भात-वात है, निकालो तो, पेट को शान्त करें । यहाँ तो खाण्डव दाहन हो रहा है ।"

और वह खुद ही पीढ़ा लेकर बैठ जाता ।

बड़े जतन से परोसकर सुबाला कहती, "रसोई भी तो खूब है, गरम-गरम खाने से फिर भी···"

और, इसके सिवाय दूसरी व्यवस्था होती भी नहीं ।

नौकर-दाई का रिवाज़ तो नहीं है—सुबाला को ही बरतन माँजना पड़ता है, रसोई-घर लीपना पड़ता है—इतनी देर तक भात को गरम रखने की तद्‌वीर करने का समय कहाँ ?

अम्बिका कहता, "खूब रसोई माने ? अच्छा, मँझली भाभी, आपको आपकी ननद की रसोई बुरी लगती है ?"

सुवर्ण को झट कोई अच्छी बात नहीं सूझी, इसीलिए वह झट बोल उठी, "आपकी

बात ! मुझे तो अमृत लगता है ।"

"हूँ । मैं भी तो वही कहता हूँ, अमृततुल्य । अहा, जब जेल की लपसी खाकर दिन बीतेगा, तो आपकी ननद के हाथ की मौरोला मछली की याद से जी रो-रो उठेगा।"

"रुको तो तुम !" सुबाला डाँट उठी, "हर घड़ी जेल-जेल मत किया करो ।"

"अहा, अभ्यस्त किये दे रहा हूँ । नहीं तो औचक ही आघात पहुँचे तो मूर्च्छा-वूर्च्छा आ जायेगी ।"

सुबाला समझती सब है, फिर भी बोली, "मैं कहती हूँ, तुम चोर-डकैत हो कि खूनी-गुण्डा कि जेल जाओगे ?"

"उससे कुछ कम भी नहीं ।"

उड़द की दाल-सने भात को सपासप मुँह में डालते हुए बोला, "बल्कि ज़्यादा । मातृभूमि को 'माँ' कहना तो गुण्डई से अधिक है ।"

सुबाला बोली, "बस । हो गया शुरू ? मँझली बहू, बैठी-बैठी सुन तू । तेरे मन लायक़ प्रसंग है । मैं तबतक बल्कि इस रावण-परिवार का जलपान ठीक करूँ।"

सुवर्ण को चोट-सी लगी । आहत गले से बोली, "छिः ननदजी, अपने बच्चों के बारे में ऐसा भी कहते हैं ।"

सुबाला ने हँसते-हँसते कहा, "सच कहने में दोष क्या है ? रावण का परिवार नहीं तो क्या है ? भगवान् ने मन से दिया, मैंने मन से लिया—गिनती-विनती नहीं की । ज्ञानचक्षु खुला, तो देखा, एक बीस के आधे के क़रीब है !"

वह उठकर चली गयी ।

वास्तव में उसके काम का अन्त नहीं ।

और, सुवर्ण बैठी रहती है, इसलिए निश्चिन्तता रहती है । पुरुष खाने बैठा है, अकेला बैठा खाये, ऐसा तो नहीं हो सकता ।

सुबाला चली गयी । सुवर्ण की ओर देखकर अम्बिका ने कहा, "यह एक महिला है । बिलकुल मिलावट रहित !"

सुवर्ण ने कहा, "आप-जैसे आदमी के आस-पास रहने से आदमी आप ही विशुद्ध हो जाता है ।"

हाँ, प्रबोध के सन्देह को अमूलक करके सुवर्ण इसी तरह से एक परपुरुष से विमोहित हो रही है ।

धूप से जला रूखा, काला, दुबला-सा आदमी—फिर भी उसे देखकर सुवर्ण का मन आह्लाद से भर उठता । वह बहुत ऊँचे स्तर का आदमी लगता । लगता, कितना सुन्दर !

उसकी प्रशस्ति गाने को जी चाहता है ।

अम्बिका कहता, "चौपट ! पुलिस पकड़ ले जायेगी ।"

एक दिन वह अचानक बोल उठा, "अच्छा, सुना तो है कि आपका ब्याह नौ साल की उम्र में हुआ था—कुछ ख़याल न करें, भैया की ससुराल ही जब आपकी ससुराल है, फिर तो वहीं रहती हैं। तो इतने अच्छे ढंग से बोलना कैसे सीखा ?"

सुवर्ण विवर्ण हो गयी, "अच्छे ढंग से !"

"हाँ। वही तो देख रहा हूँ। जो भी बोलती हैं, विदुषी-सी लगती हैं आप।"

सुवर्ण हँसकर बोली, "वैसा लगता है, जैसे पीतल भी बहुत बार सोने-सा लगता है।"

अम्बिका ने कहा, "आप-जैसा पीतल यदि हमारे सोने के बंगाल में घर-घर होता, तो देश का उद्धार हो जाता, समझीं, उद्धार हो जाता।"

"देश का उद्धार !"

बस, आवेग की बाढ़ आ गयी !

सुवर्ण की आँखों में आ गये आँसू, चेहरे पर फूट उठी दीप्ति।

वह खोद-खोदकर स्वदेशी लोगों को पूछने लगी। उनका कार्य-कलाप क्या है, पद्धति क्या है, उनकी सफलता ही क्या है ?

अम्बिका हँसा।

धीमे से कहा, "मँझली भाभी, पुलिस की तरह यों ज़िरह न करें, सभी बातों का जवाब देना सम्भव नहीं। दीवाल के भी कान होते हैं।"

सुवर्ण लज्जित हुई।

बोली, "सब जानने की बड़ी इच्छा होती है।"

"यानी आप इस चीज़ का अनुभव करती हैं।" अम्बिका ने कहा, "आप समझती हैं कि पराधीनता की ग्लानि क्या है ? मुझे यही आश्चर्य लगता है।"

सुवर्ण उद्दीप्त हुई। बोली, "इसमें आश्चर्य क्या है ? पराधीनता की पीड़ा हम स्त्रियाँ न समझें तो कौन समझेगा ? हम तो नौकरों की भी नौकरानी हैं।"

"रानी बनना पड़ेगा।" अम्बिका ने बल देकर कहा, "इसमें स्त्रियों को आकर हाथ मिलाना होगा !"

"लेंगे ? आप लोग लेंगे ?" सुवर्ण और भी उद्दीप्त होकर बोली, "स्त्रियों को अपने दल में लेंगे आप लोग ?"

"दल में !"

अम्बिका ने धीर भाव से कहा, "कह-सुनकर टिकट कटाकर तो नहीं लेना है भाभीजी, जो आ सकती हैं, आ ही जायेंगी। वर्षा जब होती है, तो हज़ारों-हज़ार पेड़ का एक भी पत्ता सूखा नहीं रहता। किन्तु पत्ते को पकड़-पकड़कर भिगाना हो तो ! देश जगेगा, स्त्रियों में वह प्रबल प्रेरणा आयेगी, वे आप ही दल में जुटेंगी। करती क्यों नहीं हैं, बहुतेरी स्त्रियाँ देश का काम कर रही हैं—किन्तु छोड़िए भी यह चर्चा।"

सुवर्ण ने हताश स्वर से कहा, "चर्चा ही नहीं करनी है, तो देश की स्त्रियाँ आगे कैसे आयेंगी ? मैं यदि आज कहूँ कि मुझमें वह प्रेरणा है···"

अम्बिका ने और भी धीरे से कहा, "समझ रहा हूँ । अनुभव करता हूँ कि है, पर आपके लिए असम्भव है । आपके बाल-बच्चे हैं···"

सुवर्ण ने हताश गले से कहा, "जानती हूँ ! मेरे तो सभी ओर से हाथ-पैर बँधे हैं।"

अम्बिका ने व्यथित दृष्टि से ताका ।

उसके बाद सहसा ही हँसकर बोल उठा, "मैं आपको दल में लूँ, और मँझले भैया पुलिस को ललकारकर हमारे लिए फाँसी का इन्तज़ाम करें ! उनको तो देखकर ही डर लगता था ।"

सुवर्ण व्यंग्य की हँसी हँसी ।

बोली, "क्यों ? देखने में तो सुन्दर हैं ।"

"वह बात किसी काम की नहीं," अम्बिका ने कहा, "बाहर-भीतर एक, यह कितनों के होता है ? हम लोगों के साथ एक लड़का है, देखने में डढ़कौए-सा लगता है, किन्तु उसका भीतर चाँद-जैसा निर्मल, सुन्दर है ।"

सुवर्ण झट बोल उठी, "अच्छा, मुझे देखकर आपको क्या लगता है ? बाहर-भीतर दो तरह का ?"

अम्बिका ने सिर झुकाकर कहा, "आप-जैसी स्त्री मैंने देखी नहीं है भाभी !" केवल यह देखकर दुःख होता है कि अपने देश की कितनी सम्पदा का सदा अपचय होता है ! आप यदि देश के काम में आ पातीं···"

अभिमान से फट पड़े-से मुँह से सुवर्ण बोली, "यह आपकी मौखिक बात है । एक ही बात में तो आपने रद्द कर दिया ! जिसके बाल-बच्चे, घर-गिरस्ती है, वह बिलकुल पतित हो गयी, यही तो बात है !"

"इस तरह से प्रेरित होने से तो सर्वस्व की बाज़ी रखनी पड़ती है, सर्वस्व त्याग करना पड़ता है ।"

"तुम क्या सोचते हो···"

झोंक में 'तुम' कह बैठी सुवर्ण, "तुम क्या सोचते हो, स्त्रियों से यह नहीं हो सकता है ? मैं कहे देती हूँ, इन्हीं स्त्रियों के आगे एक दिन तुम लोगों को सिर झुकाना पड़ेगा ! कहना पड़ेगा, 'अब तक जो किया है, अन्याय किया है । तुम लोग सचमुच ही शक्तिरूपिणी हो ।'

अबकी अम्बिका ने सिर उठाकर कहा, "आपका कहा वेदवाक्य हो ! देश जिस दिन यह बात कह सकेगा, उस दिन वह झाड़-पोंछकर अपमान के कुण्ड से उठ आयेगा। सच, सोच देखिए, कितना अपमान है, कितना अपमान ! समुद्र के उस पार से हज़ार-हज़ार मील की दूरी तय करके मुट्ठी भर लोग यहाँ के करोड़ों लोगों पर प्रभुत्व कर रहे हैं । हम बैठे-बैठे वही देख रहे हैं और निःश्वास फेंक रहे हैं । एक

ही साथ यदि सब खिलाफ़ खड़े हो जाते ! स्त्री के नाते नहीं, पुरुष के नाते नहीं, देश की सन्तान के नाते···''

सुवर्ण और भी व्यग्रता से कुछ कहने को जा रही थी कि अमूल्य आ पहुँचा । बोला, ''लीजिए, हो गया न ? जुट गये न दो पागल !''

यहाँ आकर तो सुवर्ण की खूब बाढ़ बढ़ गयी है । वह अमूल्य के आमने-सामने बोलती है ।

बोली, ''दुनिया में जो महत् कार्य होते हैं, सब पागल लोग ही करते हैं । जो कोई भी बड़ी घटना हुई है, उसका मूल आदमी पागल ही रहा है, समझे ?''

अम्बिका ने प्रशंसा-भरी दृष्टि से ताक़ा ।

अमूल्य ने हँसकर कहा, ''समझा ! लेकिन अम्बू, अपने महत् कार्य में तू इस पागल को खींच ले जाने की कोशिश मत करना, नहीं तो मेरा वह गुण्डा साला आकर तेरा सिर फोड़ डालेगा ।''

अम्बिका ने समझा, भैया उसे सावधान कर रहा है; अम्बिका जानता है, उसके लिए भैया को चैन नहीं है, इसीलिए वह मुस्कराकर बोला, ''मँझली भाभी को वही तो समझा रहा था ।···किन्तु, देश का काम मात्र एक ही तो नहीं है ! बाहर से जैसे दो सौ वर्षों के इस पाप का ध्वंस करना है, वैसे ही भीतर से और भी अनेक वर्षों के पाप को धोकर साफ़ करना है ।···स्त्रियों में चेतना जगाना भी एक बहुत बड़ा काम है भाभी । यह चेतना जगाना, उन्हें समझाना कि क्या सम्मान है और कौन-सा असम्मान। यह समझाना कि सिर्फ़ खा-पहनकर सुखी रहना ही मनुष्य का धर्म नहीं है ! यह समझाना कि कोई खाते-खाते बेहाल और कोई बिना खाये मरे—यह भगवान् का नियम नहीं है । इस धरती के अन्न को सभी समान हिस्सा-बखरा करके खायेंगे—सभी धरती की सन्तान हैं ।''

अमूल्य ने प्रशंसा के लहजे में कहा, ''कहा तो ठीक ही, सुना भी ठीक, किन्तु सुनता कौन है ?''

सुवर्ण ने भी कहा, ''हाँ, वही कह रही हूँ, सुनेगा कौन ? पत्थर से ज़वाब मिलेगा?''

''मिलना ही पड़ेगा !'' अम्बिका ने कहा, ''निर्जीव पत्थरों में प्राण का संचार करना होगा । जैसे, माटी-पत्थर के विग्रहों में प्राण-प्रतिष्ठा की जाती है ।''

सुवर्ण ने धीरे से सिर हिलाया ।

कहा, ''चाँद-सूरज का मुँह देखो, तो रसातल—परदे के अन्दर जीवन, वे भला काम करेंगी । शिक्षा नहीं, दीक्षा नहीं···''

''ठीक !'' अम्बिका ने कहा, ''इसीलिए आप मुझे इतनी अच्छी लगती हैं । आप सब कुछ समझ सकती हैं । देख लीजिए, बूल के मूल को आपने समझ लिया! शिक्षा—सबसे पहले चाहिए शिक्षा । इस अभागे देश को सब है, है नहीं केवल आँखों में दृष्टि ! वह दृष्टि ला देनी पड़ेगी । मुझे कोई सुविधा नहीं है, मुझसे कैसे होगा—यह

कहने से काम नहीं चलने का । मिट्टी काटनी पड़ती है, पत्थर तोड़ना पड़ता है, जभी तो रास्ता बनता है, जभी तो उस रास्ते से जय का रथ चलता है !"

"देवरजी !" सुवर्णलता अकुलाये स्वर में बोली, "यह बात मेरी माँ की है !"

"आपकी माँ की बात !"

अम्बिका ने कुछ चकित होकर ताका ।

सुवर्ण ने उसी तरह से कहा, "हाँ । अपनी माँ की स्मृति मेरे लिए क्रमशः धुँधली होती जा रही है । फिर भी यह बात याद है । माँ यह बात कहा करती थीं । मेरी पैदाइश के पहले माँ लड़कियों को पाठशाला में पढ़ाने जाया करती थीं ।"

"पढ़ाने जाया करती थीं ? आपकी माँ ?" अम्बिका ने अवाक् होकर कहा, "ग़जब है ! यह तो और भी पहले की बात है ? समाज और भी कड़ा था । फिर भी बेशक वह और भी शक्तिशाली थीं । उनको मरे कितने दिन हुए ?"

सुवर्ण सिहर उठी ।

वह झटपट बोल उठी, "मरी नहीं हैं । जीवित हैं । काशी में रहती हैं । मैं अपनी माँ के बारे में बताऊँगी आपको । आप ही समझ सकेंगे ।"

अम्बिका ने कहा, "समझ गया । पहले हैरान होता था कि आपने यह मन कहाँ पाया । अब समझ गया ।"

अमूल्य बुद्धिमान् है ।

वह समाज-संसार का आदमी है ।

अपने इस स्वदेशी भाई के लिए वह सदा चिन्तित रहता है । इसीलिए उन दोनों के विमुग्ध भाव ने उसे मुश्किल में डाल दिया । कोई सन्देह नहीं कि यह मुग्धता अत्यन्त पवित्र है, अत्यन्त निर्मल है, फिर भी इससे भी विपत्ति आ सकती है । आना कुछ असम्भव नहीं । सुवर्ण यदि 'स्वदेशी' के पीछे पागल हो उठे, फिर तो सर्वनाश! वह उसके घर की अतिथि है ।

सुवर्ण के बारे में उसे अधिक सावधान होना होगा ।

इसलिए अमूल्य बोल उठा, "हाँ, मँझली भाभी की माँ और क़िस्म की थीं । मैं भी कुछ-कुछ जानता हूँ । फिर बताऊँगा । माँ अच्छी न हो तो बच्चा अच्छा होता है? मगर बैठा बातें कर रहा है, आज तुझे काम नहीं है ?"

"नः, आज बाहर नहीं जाऊँगा ! आज तबीयत ज़रा वो है ।"

अमूल्य ने ज़रा और रोक दी ।

कम से कम यह सोचा कि रोक लगा रहा हूँ ।

बोला, "फिर क्या है ? कोटर में बैठकर कविता लिखो जाकर ।"

लेकिन नतीजा उलटा हुआ ।

उलटे बाँध से नदी का स्रोत छलक उठा । "कविता ! कविता लिखते हैं आप?"

"आप नहीं, आप नहीं, कुछ देर पहले 'तुम' कहा है आपने···"

“हाय राम, कब ?”

“कहा है ! अनजानते ! इसलिए वही क़ायम रहे ।”

“ख़ैर, वही रहे । बड़ी तो हूँ ही मैं । मगर बात छिपा रहे हो तुम । तुम कविता लिखते हो ? कहाँ, बताया तो नहीं ।”

अम्बिका हँस उठा, “माइकेल मधुसूदन से कुछ ही कम, इसीलिए नहीं कहा । भैया की बात ! कविता लिखता है ।”

अमूल्य ने कहा, “क्यों-क्यों, अरे बाबा, लिखते तो हो छुटपन से । समझीं मँझली भाभी, बारह-तेरह साल का लड़का, देश माता पर इतनी बड़ी कविता ! तो क्या आपकी ननद ने अपने गुरुदेव के गुण-गरिमा की सारी बातें बतायी नहीं है ? आपकी ननद के पास वह लिखी होगी । देखियेगा ।”

“मैं सब कविता देखूँगी । देवरजी, कविता की कॉपी दिखानी होगी मुझे ।”

“कॉपी !”

अम्बिका हँस उठा ।

“कॉपी भला कहाँ पाऊँ ? मेरे भावों का वाहन फटे काग़ज़ का टुकड़ा होता है। हाथ के पास जब जो मिल गया ।”

“मैं वहीं देखूँगी ।”

“मगर सहेजकर रखा किसने है ?”

“देखो, तुम मुझे चकमा दे रहे हो । ठीक तो है, एक नयी लिखो ।”

“बस, हो गया ! समझ रहे हैं भैया ? मेरी विद्या का विश्वास नहीं है । हाथोंहाथ प्रमाण चाहती हैं !”

“बिल्कुल नहीं । मैं सिर्फ़ देखना चाहती हूँ ।”

“फिर तो लिखना ही पड़ेगा—” अम्बिका हँस उठा, “भैया ने शराबी को शराब की बोतल की याद दिला दी ।”

अमूल्य ने कहा, “तो जा, घर बैठकर मतवाला बन । मैं चला । बहुत काम है।”

“टोले के लोगों की नज़र के कारण दोनों को विभोर होकर गप करने देने में अमूल्य को घबराहट होती है । अच्छी तो नहीं हैं न आँखें । सुबाला-जैसी सरल कितनी हैं ?

भाई को यह इशारा करके अमूल्य चला गया ।

अनुमान नहीं कर सका कि नहर काटकर मगर रख गया ।

अमुमान नहीं कर सका कि ये इशारे का मर्म नहीं समझेंगे । उसकी पगली सलहज, अम्बिका के उस ‘कोटर’ में चली जायेगी । कविता टटोलने के लिए ।

बीस

चम्पा की धारणा ग़लत नहीं थी ।

बड़ी बेटी मल्लिका को केवल घूस देकर ही उमाशशि ने अपनी ओर खींच लिया था । पूरा का पूरा एक रुपया ही घूस दिया था । जूड़ावाली महारानी मार्का यह रुपया जाने कब से एक डिबिया में छिपाकर रखा हुआ था । वही रुपया उसने बेटी को दिखाया था ।

''भीरु-भीरु गोपन अनुरोध ।''

''मेरे साथ चल न, यह रुपया तुझे दे दूँगी ।''

मल्लिका की लुभायी आँखें दमक ज़रूर उठी थीं, फिर भी उसने झुँझलाये-से स्वर में कहा था, ''खूब, तुम्हारे साथ चलूँ और तुम्हारे बच्चों को ढोते-ढोते मेरी जान जाये!''

कहा था उसने ।

और कहकर मज़े में पार भी पा गयी थी ।

आड़-ओट में चम्पा क्या यों ही कहती है, ''मैं यदि ताईजी की बेटी होती, तो हज़ार गुना अच्छा होता मेरे लिए ।''

चम्पा की ताई वैसे अपमान से भी जल-भुन नहीं उठी, बल्कि और भी निहोरा करती हुई-सी बोली, ''अरे, वहाँ जाकर बच्चों को क्यों ढोना पड़ेगा ! वहाँ तो मुझे रसोई का झमेला नहीं झेलना है ! शरत्-दी के यहाँ रसोइया-नौकरों की कमी है ?''

रसोइया-नौकरवाले उस धनी मौसेरी मौसी के घर के लोभनीय आकर्षण से मल्लिका का मन एक बार और डगमगाया लेकिन फिर भी उसने अडिग भाव दिखलाया, ''रसोइया-नौकर की छोड़ो, तुम मुझे साथ ले जाना चाहोगी, तो दादी तुम्हारा गला नहीं दबा देगी ?''

ले जाना चाहोगी तो !

उमाशशि सिहरकर बोली, ''मैं क्या चाहूँगी ? तू कहना, जी कैसा करता है ।''

''खूब ! लोग इसपर विश्वास ही कर लेंगे !''

अब उमाशशि की आँखों के कोने में आँसू का आभास दिखाई दिया, ''लोग विश्वास नहीं करेंगे ? माँ-भाई-बहन के लिए जी कैसा करना अविश्वसनीय है ?''

मल्लिका कुछ अप्रतिभ हुई ।

बोली, ''और चम्पी ? उसे तो तब अकेला ही जाना पड़ेगा ? वह मेरे बदन पर धूल नहीं डालेगी ?''

इस पर उमाशशि चम्पी के बारे में दादी के पक्षपात का उल्लेख करने को मजबूर हो गयी । बोली, ''चम्पा को तो सासजी कलेजे से लगाये रखेंगी । देखती नहीं है, उसी पर तो उनका खिंचाव है । तेरी कमी का पता ही नहीं चलेगा ।''

चम्पा के लिए मुक्तकेशी को कुछ दुर्बलता है, यह सभी जानते हैं, पर यों खुलकर कभी आलोचना नहीं होती । निरुपाय होकर ही आज उमाशशि ने यह चर्चा की । एक-एक दिन का उदाहरण दिखाया, इस उदाहरण में चम्पा-मल्लिका के झगड़े में मुक्तकेशी ने मल्लिका को डाँटा और चम्पा को पैसे दिये—यह दिखाया गया ।

झगड़ा ?

हाँ, झगड़ा तो दोनों में होता है ।

जितना मेल, उतना ही झगड़ा ।

सो जो हो, अन्त तक बेटी को राज़ी करने में सफल हो गयी । उमाशशि और बच्चों की एक पूरी टोली लिये रवाना हो गयी ।

मौसेरी दादी शरत्शशी के यहाँ—बण्डेला । ऐसी-वैसी दीदी नहीं, दरोग़ा-पत्नी।

किन्तु दस बच्चों के लिए-दिये प्रायः अपरिचित मौसेरे बहनोई के यहाँ वह आयी ही क्यों ? और सुबोध ने ही किस लाज से भेजा ?

जीवन-मरण की स्थिति में लाज क्या ?

और फ़िलहाल उमाशशि की माँ सुखदा बहन-बेटी के यहाँ रह रही थीं । सो जहाँ माँ, वहाँ बेटी ।

शरत्शशि ने अवश्य खुशी-खुशी ही मौसी की बेटी और उसकी पलटन को अपनाया। क्योंकि उसके कोई बाल-बच्चा नहीं । और घर में माँ-लक्ष्मी की कृपा छलक रही है । यह छलकता हुआ चेहरा अपने-सगों को दिखाना भी तो एक परम सुख है ।

हाँ, उमाशशि पर कुछ असन्तुष्टि-सी थी उसे । उमाशशि को जब साल-साल हो रहा था और अब वह बाँझ है, यह साबित हो चुका था, तब उसने अपनी मौसी के मार्फ़त उसी के बच्चे को गोद लेने का प्रस्ताव रखा था ।

उमाशशि राज़ी नहीं हुई ।

उसने कहा, "यह प्रस्ताव सुनने से मेरी सास मेरे दो टुकड़े कर देंगी ।"

सुखदा ने बार-बार कहा, "तू बेकार की सोचती है ! लक्ष्मी की भरपूर कृपा है, बच्चा तुम्हारा सुखी रहेगा, राजा-जैसा रहेगा ।"

"तो तुम कहो मेरी सास से ।"

"कहकर मैं क्यों दोष की भागी बनने जाऊँ ! तेरी सास कहेगी, दुखियारी है, बहन-बेटी से काफ़ी कुछ ले-देकर पैरवी कर रही है !"

लिहाज़ा प्रस्ताव रखा नहीं जा सका ।

शरत्शशि ने उमाशशि को चिट्ठी लिखी थी ।

लिखा था, "बदस्तूर गोद लेने की बात जाने दे, एक किसी को पालने को ही दे मुझे । तेरे पाँच हैं, मेरा घर सूना है ।"

उमाशशि सिहर उठी थी । रोकर माँ से कहा था, "सास शायद राज़ी हो जायें, यह मुझसे ही नहीं हो सकेगा माँ । जिस बच्चे के लिए सोचती हूँ, उसी के लिए

कलेजा फटने लगता है ।''

सुखदा खीजी थीं ।

कहा था, ''कलेजा तो फट रहा है, परन्तु बच्चों को किस सुख से रख पा रही हो? निहायत मोटे चावल में हैं ! शरत् का दत्तक होने से...''

''सो हो, मुझसे नहीं बनेगा यह । गृहस्थ का लड़का है, गृहस्थ ही रहे ।''

भग्नदूत की वार्ता सुखदा को ही ले जानी पड़ी थी और बहन-बेटी के आगे अपनी बेटी की दुर्मति पर उन्हें पंचमुख होना पड़ा था । तभी से शरत्शशि उमाशशि से क्षुण्ण है । किन्तु 'माँ बेटे को नहीं छोड़ सकी' इसे ठीक अपराध भी नहीं सोच सकी। लेकिन कोई सरोकार भी नहीं रखा । अभी जब उमाशशि मान गँवाकर स्वयं ही आयी, तो शरत्शशि खुश ही हुई ।

बोली, ''ग़नीमत है दीदी की याद तो आयी !''

और खान-पान, आदर-जतन की बाढ़-सी बहा दी ।...सुखदा ने ओट में बेटी से कहा, ''देख रही है न गिरस्ती ? उस समय तूने नहीं समझा, गँवाया । अब इसका मन बदल गया है । कहती है, ईश्वर नहीं दे तो मजाल किसकी कि पाये ! लेकिन...'' सुखदा फुसफुसायीं, ''नज़र में ला दे सको, तो बेटी के ब्याह में सहूलियत हो सकती है ।''

प्रसंग यह अस्वस्तिकर है ।

परन्तु उससे भी अस्वस्तिकर है, बहनोई करालीकान्त का पेशा ।

पुरुष सवेरे हड़बड़ करके नहा-खाकर 'दफ्तर-कचहरी' जाता है, साँझ होते-होते घर आता है—उमाशशि यही जानती है । मँझला देवर व्यवसाय या क्या करता है, उसका आना-जाना भी सुनिश्चित है । लेकिन यह क्या ?

न तो आने-जाने का ठिकाना है, न खाने-नहाने का । आधे दिन तो परोसी थाली पड़ी ही रह जाती है, खाना ही नहीं होता । आता है और कहता है, ''अब इस कुवेला में भात नहीं खाऊँगा, दो-चार पूरियाँ बना दो बल्कि ।''

और फिर पूरी रे, तो तरकारी रे की हलचल मच जाती है ।

केवल दिन ही में ?

एकाएक आधी रात को आँखें खुलीं कि देखती है, बत्ती जल रही है । नौकर-चाकर दौड़-धूप कर रहे हैं, शरत्-दी यह-वह लिये घूम रही हैं और जीजाजी पुलिसवाली वर्दी चढ़ा रहे हैं !

चुपचाप देखा, जीजाजी निकले, लाल मुँहवाले गोरे की गाड़ी पर चढ़े और झिम-झिम करते कसौटी काले अँधेरे में खो गये ।

देख-सुनकर उमाशशि का हाथ-पाँव झुन-झुन करने लगा । ख़ामख़ा ही अपने सोये बच्चों के बदन पर हाथ रख-रखकर देखने लगी । गिनने लगी शायद । गोया हठात् एक कम हो जायेगा ।

जाने किस आशंका से कलेजा छम-छम कर उठा ।

ऐसा क्यों होता है ?

ऐसे में तो जीजाजी मज़े के रसिक आदमी हैं । साली के नाते हँसी-मज़ाक़ भी करते हैं । मिज़ाज़ ठीक रहता है तो बुलाते-पुकारते भी हैं—"अरी ओ नियोगिन, कहाँ गयी ? अकेले में श्रीमुखचन्द्र का ध्यान हो रहा है, क्यों ?"

सुनकर लज्जा से गड़ जाना पड़ता है ।

लड़के-लड़कियाँ बड़ी हो गयी हैं ।

लेकिन जब जीजाजी का मिज़ाज़ ठीक नहीं रहता है ?

उफ़्, उस समय कितने रूखे मुँह में कटु और भद्दी भाषा ! नौकर-चाकरों को गाली देते सुनकर तो कानों में उँगली डालने की इच्छा होती है । शरत्शशि भी बरी नहीं होती। उसे भी रुला छोड़ते हैं । इसके सिवा, कभी-कभी, ख़ास करके रात को घर की आबोहवा एकाएक ही बदल जाती है । बाहर बैठके में तरह-तरह के लोग आते हैं, दरवाज़ा बन्द करके बातें होती हैं, जैसे कोई गुप्त षड्यन्त्र चल रहा हो, अन्दर आते-जाते रहते हैं, पत्नी से धीमे-धीमे क्या तो कहते हैं और फिर शायद उन्हीं लोगों के साथ निकल जाते हैं । रात में कब लौटते हैं, उमाशशि को ख़ाक का भी पता नहीं चलता ।

दीदी बिना खाये ही रह गयी, या खाया, कौन जाने ?

ऐसी गड़बड़ गिरस्ती उमाशशि को अच्छी नहीं लगती । मन में शान्ति ही नहीं रही तो ऐसे ढेरों रुपयों से क्या लाभ, क्या लाभ अच्छा खाने-पहनने का !

उमा यही बात एक दिन बोल बैठी ।

और बोली मल्लिका की बात सुनकर । उसने कहा, मौसाजी ने बग़ीचे की तरफ़ मुँह बाँधकर एक आदमी को पीटते-पीटते बेहोश कर दिया । और वह आदमी चोर-डाकू-जैसा नहीं, भले घर का लग रहा था ।

उमाशशि बोल बैठी, "सो जो कहो दीदी, हमारी गिरस्ती, नौकरी-चाकरी ही ठीक है । रुपया-गहना कम हुआ, तो क्या, मन में शान्ति रहती है । जीजाजी का काम ठीक नहीं है दीदी !"

सुखदा चौंकी ।

कनखियों से बहन-बेटी की ओर ताका । देखा, वहाँ दपू से आग लहक उठी।

बात अँतड़ी में चोट करनेवाली थी, शायद इसलिए ।

शायद हो कि शरत्शशि स्वयं भी रात-दिन ऐसा ही सोचती है । धू-धू करती मरुभूमि की रेती में जब रुपये का ढेर हो जाता है, तो वे रुपये विष-से ही लगते हैं उसे । गुहाल में गायें हैं । दूध, रबड़ी, छेना की मिठाइयाँ बनाया करती है शरत्शशि—दो खाती है, दस बाँटती है ।पता नहीं कहाँ से बड़ी-बड़ी मछलियाँ आ जाती हैं । बनायी जायें, तो एक यज्ञ हो सकता है ! उस मछली का तीन हिस्सा नौकर-चाकर खाते हैं । क्योंकि मुहल्लेवालों को बार-बार देने में कैसा तो लगता है ।

टोकरियों में बगीचे का फल आया करता है । आम, कटहल, केला, पपीता—यह

वह । बहरहाल, उमाशशी है, तो उन फलों का आदर होता है, वरना फेंक-फाँक ।

शरत्‌शशि के बदन पर और बक्से में गहनों का पहाड़ । किन्तु उसे सुख कहाँ? पति का बेतन कितना है. यह न जाने चाहे. पर उसे इतनी समझ है कि उमाशशी के पति से कम ही होगा, ज़्यादा नहीं । तो ? रुपयों की ऐसी बाढ़ किस बात से है करालीकान्त को ?

ऊपरी आमदनी से ही न !

और दरोगा की ऊपरी आमदनी किस धरम के रास्ते से आती है ?

शरत्‌शशि के भीतर जलन है ।

और, जलन है स्वामी के चरित्र के लिए । लेकिन वह सब तो प्रकट करने की वस्तु नहीं ? उमा और उसके बच्चों को खिला-पिलाकर, दे-दिवाकर आँखें चौंधियाकर निश्चिन्त थी कि देखा, निर्बोध उमा की भी आँखें खुल गयी हैं । उसने यह पकड़ लिया है कि किसमें सुख है, किसमें शान्ति ।

इसलिए शरत्‌शशि की आँखों में दप् से आग लहक उठेगी, यही स्वाभाविक है ।

शरत्‌शशि ने उस आग को छिपाने की भी चेष्टा नहीं की । बोली, "जीजाजी का काम अच्छा नहीं है, तो अच्छा किसका है ? चोर, डकैत, गुण्डों का ? अरी, ये बुरा काम करनेवाले लोग है, इसलिए यह राज चल रहा है, समझी ? नहीं तो अराजक हो उठता ।"

भीतु उमाशशि डर से काँटा हो गयी । सिहरकर बोली, "मैंने वह नहीं कहा दीदी ! कह रही हूँ, जीजाजी के लिए ठीक नहीं है । समय पर खाना-पीना नहीं, दिन-रात में आराम नहीं । हरदम डर-सा···।"

अलक्ष्य में माँ की चिकोटी खाकर उमा ने अपने को सँभाल लिया ।

चिकोटी से उसे सतर्क करके सुखदा ने खुद पतवार थाम ली ।

थामें नहीं तो करें क्या ?

सच पूछिए तो शरत्‌शशि के सहारे ही वह मोटा-मोटी टिकी हैं । साल में दो-चार महीने तो इसी के पास रहती हैं, बाक़ी चाहे जहाँ भी रहें, ख़र्च यहीं से जाता है ।

करालीकान्त की नौकरी बदलीवाली है, इसलिए लगातार नहीं रह सकतीं । जब से बण्डेल में बदली हुई है, वह यहीं हैं । यहाँ जितना बड़ा क्वार्टर है, उतना ही बड़ा बगीचा, उतनी ही लोग-जन की सुविधा । बेहिसाब ! इसी मालकिन को नाराज़ करें? इसीलिए पतवार थामनी ही पड़ी ।

थाम लीं । बोल उठीं, "पहले क्या यह सब खौफ़-ख़तरा था ? या कि इतनी मशक्कत ही थी ? सीधी-सीधी चोरी-डकैती होती थी, सहज व्यवस्था थी उसकी । ये मुँहजले स्वदेशी छोरे जो उत्पात मचाकर मार रहे हैं ! गोली-बारूद तैयार करके ब्रिटिश राज को उड़ा देंगे ! भले घर के लड़के डकैती करेंगे । इसी परेशानी से बेचारे को नहाने-खाने का ठीक-ठिकाना नहीं है । उन अभागे छोरों को माना माँ-बाप नहीं हैं, बेचारे पुलिसवाले के घर में तो बीवी-बच्चे हैं !"

'स्वदेशी, स्वदेशी' यह शब्द बराबर उमाशशि के कानों आता है, पर स्वदेशी छोकरों के गुन-औगुन क्या हैं, उनके कार्यकलाप क्या हैं, इसके लिए उसने कभी अपना दिमाग़ नहीं खपाया । इसीलिए आज ज़रा थतमता गयी ।

डरकर बोली, "नासज़ न हो शरत्-दी, मैं इतना कुछ तो नहीं जानता । इसी से कह रही थी···"

"नहीं-नहीं, नाराज़ होने का क्या है ?" शरत्शशि ने उदास गले से कहा, "पहले के ज़माने में चोर की बीवी डर से काँटा हुई रहती थी, जाने पति कब पकड़ा जाये ! आज पुलिस की स्त्री को सशंकित रहना पड़ता है कि न जाने कब पति मारे जायें ! यही बात है, और क्या ! एक हिसाब से तूने ठीक ही कहा है, काम अच्छा नहीं है।"

उमाशशि ने निःश्वास फेंका । हो सकता है, उमा की कुण्ठा, लज्ञा, भय देखकर माया हुई हो । इसीलिए दाह को सँभाल लिया । बोली, "जान हथेली पर लिये रहना ! यह जो रात-बिरात वह निकल जाता है, जाता तो है साँप के बिल में हाथ देने, बाघ की गुफा टटोलने ? लौट आयेगा, इसकी निश्चयता है ? फिर भी कलेजा मज़बूत किये रहना ही है, कर्तव्य करना ही है । अँगरेजों के राज को तो ख़त्म होने नहीं दिया जा सकता !"

सुखदा ने छौंक दी, "किसका अन्न खाते हो ? धन-प्राण किसके हाथों है ? अजी, ये छोरे यह सोचते ही नहीं ? कहाँ, गोरों से पार पा रहा है ! सैकड़ों की तादाद में तो जेल जा रहे हैं ! पुलिस की लाठियों से मुँह से लहू उबलकर मर रहे हैं, फिर भी हया नहीं ?"

लहू उबलने की सुनकर उमा सिहर उठी । धीरे से बोली, "जीजाजी के हाथों कोई पकड़ाया है ?"

"नहीं पकड़ाया है ?" शरत्शशि दृप्त गले से बोली, "ढेरों ! तेरे जीजाजी कहते हैं, मुझे गन्ध मिल जाती है । समन्दर के नीचे भी छिपा हो तो मैं बाहर निकाल ले सकता हूँ ।"

उमा ने उसाँस ली ।

जीजाजी की कार्यदक्षता से खास उत्साह का बोध नहीं हुआ । छोरे स्वदेशी ही हुए तो क्या, माँ-बाप के बेटे तो हैं ! इस सिलसिले में उसे अपनी मँझली देवरानी की याद आ गयी ।

जिसे 'स्वदेशी' शब्द पर हृदय से भक्ति है ।

फिर भी असल में यह शब्द है क्या, उमा यह नहीं जानती ।

आदमी ?

कोई चीज़ ?

या कि कोई काम ?

मँझली देवरानी से पूछने में भी डरती रही है । उन बातों से उसका पारा ऐसा

चढ़ जाता है, ऐसी विचलित हो जाती है वह कि देखने से डर लग जाता है । वह सोचती, छोड़ो भी, जानकर भी क्या होगा ? अदरख के व्यापारी को जहाज़ की खबर से क्या मतलब ?

किन्तु यहाँ आकर जीजाजी के कार्यकलापों को देखकर लगता है, कुछ जानना-समझना ठीक है । उससे ऐसे अँधेरे में नहीं रहना पड़ेगा । समझ में आये कि कौन-सा पाप है, कौन-सा पुण्य !

सुखदा ने गौरव के साथ कहा, "सुन लिया न ?"

सुखदा की बात से शरत्‌शशि सचेतन हुई । बोली, "वह सब बात छोड़ो मौसी। देश का सर्वनाश आसन्न है, यह तो समझ ही सकते हैं । गोरे यदि एक बार बिगड़ उठें, तो खैर है ? लेकिन जो कर्तव्यनिष्ठ हैं, जो ब्रिटिश का नमक खा रहे हैं वे मरेंगे, मगर नमकहरामी नहीं करेंगे—यह है सार बात । इससे जान जाये तो जाये ।"

परन्तु यही क्या शरत्‌शशि के अन्तर की बात है ? या कि वह साग से मछली ढकती है ? बातों से मुँह बन्द रखती है । यह उमा, एक तो यों ही 'दस माता' होकर अहंकार कर रही है, फिर यदि यह जान जाये कि शरत्‌शशि का जो कुछ भी जगर-मगर है, सब धोखे की टट्टी है, जो चमक है, वह जुगनू की रोशनी है, तो फिर रह ही क्या जायेगा ?

किन्तु शरत्‌शशि अपने भाग्य को जितना ही ओट दे, बच्चों की निगाह पड़ने से नहीं रहती । वे बड़े उत्साह से खबरों की खोज करते रहते ।

उन्हें पता चल गया कि मौसाजी जिन लोगों से गुपचुप बातें करते हैं, वे सब गुप्तचर हैं । स्वदेशी गुण्डों का पता देते हैं । उन्हीं से पता पाकर मौसाजी झट निकल पड़ते हैं । कोड़ों की मार से उन लड़कों की खाल उधेड़ते हैं, मारे लातों के पेट फोड़ देते हैं, ले जा-जाकर जेल में ठूँस देते हैं ।

उन्हें एक भयंकर उत्तेजना होती । छोटे पाँच, जो बहुत छोटे हैं, उन्हें छोड़कर बाकी बच्चे तो आलोचना में भाग ले सकते हैं । और, इसी सूत्र से पकठोंस लड़की टेम्पी ने अपने दादा-दादी के सामने एक प्रखर सत्य रख दिया ।

"मँझली चाची को यदि मालूम हो गया कि हम सब पुलिस के यहाँ हैं, वह अब हमें छुयेंगी नहीं । बोलेंगी ही नहीं हमसे ।"

भाई-बहनें चौंक उठे ।

बोले, "ठीक तो ! टेम्पी ने तो ठीक ही कहा है ।"

"वाह, हम क्या चाहकर पुलिस के यहाँ हैं ?" एक ने कहा ।

दूसरे एक ने चिन्तित भाव से कहा, "यह कहने से क्या होगा, मँझली चाची का गुस्सा तो मालूम है । तिस पर पुलिस ही नहीं, स्वदेशी-मार पुलिस !"

मँझली चाची बिगड़ेंगी तो बला से—ऐसी बात वे सोच ही नहीं सकते । मँझली चाची की अप्रसन्नता—वह बड़ी भयंकर, बड़ी दुःखद है । आखिर उन लोगों ने तय किया, चाची से कहा नहीं जायेगा । उन्हें नाराज़ करने की क्या पड़ी है ।

मल्लिका ने निःस्वास छोड़ते हुए कहा, "मेरी यह गत तो माँ के कारण हुई !

चम्पी के साथ दादी के संग चली जाती, तो चुक जाता ! वहाँ तो बोली, 'बच्चों को नहीं सँभालना पड़ेगा—' मल्लिका ने माँ की अदा की नक़ल की, 'वहाँ मझे रसोई का झमेला तो नहीं झेलना पड़ेगा—' अब देख रहे हो न ? रात-दिन बिस्तर बदल, गन्दे कपड़े फींच ला, दूध पिला दे ! किसी को इतने बच्चे-कच्चे ही जो क्यों होते हैं ! छोटी चाची का ठीक है । एक बूदो, बस ।''

अचानक मल्लिका का भाई और हँसकर बोल उठा, ''फिर तो तुझे पैदा ही नहीं होना पड़ता । अकेला मैं, बस ! तू, निताई, राधू, टेम्पी, फूटी, पुँचका, खोका, खुकी—सबके सब भगवान् के घर में पड़े रहते !''

यह अवश्य मल्लिका के लिए खूब मनःपूत नहीं हुआ । मल्लिका पैदा नहीं हुई, वह पृथ्वी फिर कैसी ।

बहुत बात-विचार के बाद आखिर यह निश्चय हुआ कि मँझली चाची से कुछ भी छिपाया नहीं जायेगा । क्योंकि मँझली चाची पेट के भीतर की बात जान लेती हैं । साफ़ ही तो कहती हैं, ''मेरे एक दिव्यचक्षु है, समझा ? कौन क्या छिपा रहे हो, मैं सब समझ लेती हूँ ।'' झूठ से मँझली चाची को बड़ी घृणा है । इसलिए कहना होगा । लेकिन हाँ, यह भी समझना होगा, इसमें हमारा क्या दोष ? हम तो अपनी इच्छा से मौसी के यहाँ घूमने नहीं गये थे ।''

हठात् शरत्शशि की नज़र पड़ गयी कि सब मिलकर किसी साजिश में मशगूल हैं । वह आयी । भौंह सिकोड़कर बोली, ''क्या कर रहे हो तुम लोग ?''

वे चुप रहे ।

शरत्शशि अवाक् हुई । बार-बार पूछा और अचानक ही विश्वासघातक टेम्पी बोल उठी, ''मौसाजी पुलिस हैं न, वही बात हो रही है...''

बड़े भाई-बहनों का सारा इशारा बेकार गया ।

चिकोटी काटने का भी कोई नतीजा नहीं निकला ।

शरत्शशि जब कठिन गले से बोली, ''पुलिस हैं, तो क्या हुआ ?'' तो टेम्पी बोल उठी, ''स्वदेशी मारनेवाला पुलिस बड़ा वाहियात होता है न । मँझली चाची यदि सुन ले कि हम यहाँ हैं तो घिन के मारे वह हमें छुयेगी भी नहीं । इसलिए मँझली चाची को यह बताया नहीं जायेगा ।''

''मँझली चाची !''

शरत्शशि केवल इतना ही बोल सकी ।

टेम्पी महा उत्साह से बोली, ''हाँ । मँझली चाची बड़ी स्वदेशीभक्त है । नहीं मालूम है ? पुलिस से घृणा करती है, साहबों से घृणा करती है ।''

शरत्शशि एक क्षण स्तब्ध हो रही । उसके बाद ही सहसा कठोर स्वर में बोल उठी, ''ठीक है । तुम लोगों को पुलिस के यहाँ नहीं रहना होगा, अपने अच्छे घर को चली जा । आज ही जा ।''

इक्कीस

स्वाधीनता-स्वाधीनता करके दिमाग़ चाहे जो भी जहाँ खपाते हों, वास्तविक स्वाधीनता यदि किसी को मिली है, तो मिली है सुवर्णलता के बच्चों को बुआ के यहाँ आकर ।

रात-दिन बहुतेरी लाल-पीली आँखों के सामने रहते-रहते वे जानते ही नहीं थे कि मुक्ति का स्वाद कैसा है, स्वच्छन्दता का सुख क्या है । कारण-अकारण औचक ही कोई डाँट उठेगा—इसी आशंका में ही तो उनका जीवन पड़ा है ।

ख़ास करके सँझले चाचा ।

लड़कों को ज़रा हो-हल्ला करते या उन्हें ज़रा हँस उठते देखा कि बच्चों के पेट की प्लीहा को चमकाते हुए चीखे, "कौन है वहाँ ? इधर तो आ ।"

बस, इसी से ऐसी कँपकँपी छूटने लगती कि उधर जाने का साहस ही नहीं होता। और, नहीं जाने के कसूर पर ही 'बयासी सिक्का' ; 'मुगलाई गट्टा', 'रामचिकोटी', 'श्याम चिकोटी' आदि बहुत कुछ का स्वाद लेना पड़ जाता ।

सुवर्णलता बच्चों को मारती नहीं है, शायद इसीलिए उसके बच्चों को मारने के लिए हाथ लुसफुस करता है सँझले चाचा का ।

माँ बच्चों को नहीं पीटती है, ऐसा मेमसाहबाना बरदाश्त के बाहर है, इसीलिए सँझले चाचा माँ के मेमसाहबाना का बदला चुकाते हैं शायद । भाई पर हाथ उठाने में हाथ काँपता है, भतीजे पर हाथ उठाने में तो वह आशंका नहीं ।

उस आबोहवा से आकर खेत-खलिहानों में घूम रहे हैं ये । कादो-माटी, फूस-बाँस, लत्तर-पत्तों से जो खेल खेले जा सकते हैं, सभी खेल रहे हैं । फुफेरी भाई-बहनें संगी हैं।

लेकिन असली मज़ा तो यह कि जब से ये यहाँ आये हैं, केवल फुफेरी भाई-बहनें ही नहीं, एक और उनके खेल की महा उत्साही साथिन है, वह है माँ ।

हाँ, माँ ।

अपनी उम्र और पद-मर्यादा का बोझ उतारकर सुवर्णलता उनकी हमजोली-सी हो आयी है और बदस्तूर उनके खेलों में साथ देती है । जैसे, लड़के आँगन में दो ओर दो पोखरा बनाकर बीच में एक पुल बनायेंगे, लेकिन बन नहीं पा रहा है, करची और बाँस के टुकड़े लिये हैरान हो रहे हैं कि सुवर्णलता आयी । बैठ गयी और भरमुँह हँसकर बोल उठी, "तुम लोग अगर मुझे साथ खेलने दो तो मैं बना दे सकती हूँ ।"

माँ को साथ लेना न लेना भी कोई बात है । लड़के कृतार्थ होकर बोल उठे, "तुम साथ होओगी ?"

"कहा तो, लो अगर ।"

"हाँ-हाँ, लेंगे, लेंगे । आओ, खेलो ।"

और सुवर्णलता उतर आयी । उतर आयी बच्चों के घरौंदे में । उत्साह का क्या

कहना !'' अरे एक बाँस तो ले आ ।...ऐ, पेड़ की एक बड़ी-सी डाल तो ला ।...ऐ, जंगली फूल के चार पौधे ला सकेगा ? बग़ीचा बनाऊँगी ।''

सुवर्णलता की फ़रमाइशें पूरी करके धन्य होते लड़के ।

माँ भरमुँह हँस रही हैं ।

माँ सहज स्रोत में बह रही हैं । इससे बढ़कर खुशी की बात क्या हो सकती है !

सुवर्णलता आज भी वही खुशी देने आयी ।

बड़े बेटे की ओर देखकर बोली, ''खेलूँगी ! तुम लोगों के साथ खेलूँगी, पर एक शर्त है ।''

सुवर्णलता का चेहरा चमकता हुआ-सा दीखा ।

उसके बाद मिट्टी सानते-सानते उसने असली बात कही, ''मुझे अपने अम्बिका चाचा के यहाँ ले चलोगे ?''

अम्बिका चाचा के यहाँ !

बच्चे एक-दूसरे की ओर ताकने लगे ।

''अम्बिका चाचा का घर ? वह रहा, वह । वहाँ फिर ले क्या जाना ?''

अर्थात् वह भी कोई ले जाने की जगह है !

यह क्या सुवर्णलता ही नहीं जानती ?

फिर भी उसने अपने बच्चों की मदद माँगी ।

फट् से अकेले जा तो नहीं सकती । अकेले रहनेवाले एक पुरुष के सूने घर में जाना !

किसी बच्चे का साथ रहना ही अच्छा है ।

वह चेहरे पर कौतुक-सा लाकर बोली, ''अरे बाबा, सो तो जानती हूँ, फिर भी चल न ! यानी खेल ख़त्म होने के बाद ।''

आज का खेल था, एक वास्तविक मकान बनाना । कल मिट्टी की छोटी-छोटी चौखूटी ईंटें बना रखी थीं, आज उन्हीं से पक्के मकान बनाना है ।

प्लान ?

वह तो दिमाग़ में ही है ।

छोटी-छोटी ईंटें धूप में सूखकर सख़्त हो गयी थीं । उन्हें छूते हुए सुवर्ण ने कहा, ''यह तुम लोगों ने ठीक किया है । ईंट बनाकर मकान बनाना बहुत अच्छा है । मजबूत होता है । कच्ची मिट्टी की दीवार ढुलक जाती है ।''

पर ईंट पर ईंट रखकर सुवर्ण ने दीवार खड़ी कर दी । सोने का कमरा, भोजन का कमरा, रसोई, भण्डार, ठाकुरघर—सब बनना है ।

भानु ने पुलकित गले से कहा, ''माँ !''

''क्या है रे ?''

''उस जनम में तुम शायद मिस्त्री थीं ।''

सुवर्ण हँसकर बोली, "रही हूँगी।"

उसके बाद कादो-माटी का हाथ धोती हुई वह बोली, "तो अब चल।"

"चलो।"

अकृतज्ञ भानु अनिच्छा-मन्थर गति से चला। माँ ने अभी-अभी वचन ले लिया था, नहीं तो खेल छोड़कर अम्बिका चाचा के यहाँ जाना कौन चाहता ?

उस अम्बिका चाचा के यहाँ, जो रोज़ ही दिखाई देता है ?

फिर भी चला।

सुवर्णलता भी चली।

सुवर्णलता की छाती धड़क रही थी। मन में भय। उत्तेजित-सी।

मानो किसी विराट् अभियान में निकली हो !

सुवर्णलता कविता की खोज में अम्बिका के यहाँ पहुँची।

संसारज्ञानविहीन अम्बिका भी कुछ विपन्न-सा हुआ। उसने भी इतनी आशा नहीं की थी। इसलिए वह बार-बार कहने लाग, "अजीब आफ़त है, भला कहिए तो ? आप स्वयं आ गयीं ? हुक्म होता, तो गन्धमादन ही उठाकर ले जाता !" फिर हँसकर बोल उठा, "उसके बाद अवश्य निराश ही होतीं। विशल्यकरणी का चिह्न भी ढूँढ़े नहीं मिलता।"

किन्तु क्या पाती, क्या नहीं पाती, सुवर्ण की बला यह सोचे। वह साँस रोके और तुरन्त आवेग से एक धूलि-धूसरित सेल्फ़ में कतबार-जैसे पड़े काग़ज़ के स्तूप को टटोलने लगी।

उस बहुत बड़े शेल्फ़ के खाने-खाने में ऐसी कोई चीज़ नहीं, जो न हो। अखबारों की कटिंग की फ़ाइल, अँगरेज़ी-बँगला पत्र-पत्रिकाओं का संग्रह, लेखों की ढेरों पाण्डुलिपियाँ, कैलेण्डर, नोटिस, चिट्ठियों का अम्बार—क्या नहीं ! इसमें से कविता खोज निकालना। वह भी किसी कॉपी में नहीं, काग़ज़ में से !

सुवर्णलता सब कुछ उलटने लगी।

अम्बिका ने कहा, "देख रही हैं न हालत ! सृष्टि के आदि से धूल जमती ही जा रही है। लगातार रखा ही रखा जा रहा है, उतारा तो कभी नहीं जाता है न ?"

"कविता- वविता इस जंगल में क्यों रखते हैं ?" क्षुब्ध आवेग से सुवर्ण बोली।

अम्बिका ने हँसकर कहा, "रखता कहाँ हूँ, फेंकता हूँ। कुछ भी फेंकने के लिए जंगल ही अच्छी जगह है।"

अम्बिका का घर नाते-गोतेवालों से जुड़ा किसी बड़े घर का भग्नांश नहीं, छोटा-सा इकतल्ला, बिलकुल अलग। नातेदारों से अलग होकर अम्बिका के पिता ने आम-जामुन-कटहल के बग़ीचे के पास इस छोटे-से घर को बनाया था। अम्बिका की माँ जीवित थीं, तो इस घर को चित्र-जैसा बनाये रखती थीं, साफ़-सुथरा। परन्तु बेटे के इस शेल्फ़ में हाथ देने की मजाल नहीं थी। हाथ डालने से ही अम्बिका का राज्य

रसातल में जाता था ।

अब पूरे ही मकान में धूल है ।

सुबाला या उसकी बेटियाँ कभी-कभी आकर झाड़-पोंछ जाती हैं । अम्बिका बकझक करता है, झाड़ू छीन-छोर करता है, बस ।

किन्तु सुवर्ण की नज़र धूल पर तो थी नहीं । वह धूल में माणिक खोज रही थी।

और उस खोज-ढूँढ़ में बहुत-से मणि-रत्न पाती जा रही थी । कितनी किताबें, पत्रिकाएँ कितनी ! इस्, भाग्य से आ गयी सुवर्ण ।

''देवरजी, इतनी किताबें हैं तुम्हें ? कहाँ, बताया तो नहीं ?''

अप्रतिभ हँसी हँसकर अम्बिका बोला, ''जानता कहाँ था कि किताबें देखकर आप इतनी खुश होंगी ।''

''नहीं जानते थे ? वाह !'' सुवर्ण बोल उठी, ''मैं लेकिन ये सारी ही किताबें पढ़ूँगी । अभी तो हूँ यहाँ । इस बीच पढ़ लूँगी ।''

अम्बिका हँसा, ''पढ़िए फिर तो जी जायेंगे । धूल की कब्र में हैं, उससे उनका उद्धार हो ।''

प्रसन्न और प्रदीप्त मुखड़े से सुवर्ण किताबें चुनने लगी । और चुनते-चुनते प्रायः गन्धमादन ही बना डाला । दमकते हुए चेहरे से बोली, ''ये सब अलग रखी रहीं, कुछ-कुछ ले जाऊँगी और पढ़-पढ़कर रख जाया करूँगी ।''

अम्बिका ने कहा, ''चीज़ें ये ऐसी नाचीज़-सी हैं कि कहने में शर्म आती है । वापस नहीं भी रख जा सकती हैं, रख भी ले सकती हैं । रखने से ज़िल्द-फटी धूल-भरी काग़ज़-किताबें कृतार्थ हो जायेंगी ।''

सुवर्ण ने अबकी हँसकर कहा, ''उतना नहीं चाहिए । एक बार पढ़ पाऊँ तो धन्य हो जाऊँ । इतने दिनों से थी, खाक पता था ? जानती होती तो रोज़ ही धावा कर जाती । ओह, भाग्य से ही आज आ पहुँची ।''

सुवर्णलता के आँख-मुँह, अंग-अंग दमक से उल्लसित हो उठे ।

अम्बिका ने सुवर्णलता की माँ सत्यवती को नहीं देखा । नहीं देखा है, इसीलिए सहसा अनुभव नहीं कर सका कि इस दमक का उत्स कहाँ है !

अम्बिका अवाक् हुआ ।

शायद अप्रतिभ भी हुआ ।

मानो, सुवर्णलता ने अब तक जो नहीं जाना कि अम्बिका के घर के शेल्फ़ में ज़िल्दफटी, ढीली सिलाई की चार-छह पत्रिकाएँ हैं, यह अम्बिका की ही त्रुटि है । उसी अप्रतिभ हुए-से मुँह से कहा, ''मुझे ही दे आना चाहिए था...''

सरल आनन्द से सुवर्णलता हँस उठी ।

''हाय राम, भला तुम कैसे जानते कि तुम्हारी भाभी ऐसी किताब-छिछोरी है ! ख़ैर, यह तो हुआ, जिसके लिए आयी, उसका क्या होगा ? तुम्हारी पद्य की कॉपी?''

"अजीब मुश्किल है ! कहा तो कि कॉपी-बही नहीं है, कभी-कभार प्राणों में कुछ जगा तो हाथ के पास जो मिल गया, उसी में लिख गया, फिर जाने कहाँ खो गया!"

"हरगिज़ नहीं, तुम ठग रहे हो !"

"नहीं-नहीं, विश्वास कीजिए ।"

अम्बिका हँसा, "यह रहा उसका गवाह···"

और उसने तकिये के नीचे से काग़ज़ के कई टुकड़े निकाले ।

हँसकर कहा, "कल रात कविताई हो रही थी ।"

"कहाँ है, देखूँ-देखूँ···"

पुलकित होकर सुवर्ण ने हाथ पसारा ।

अम्बिका ने चौकी पर रख दिया ।

हँसते हुए कहा, "जैसी लिखावट, तिस पर कट-कुट···"

सुवर्ण ने तबतक खींचकर देखने लगी और लिखावट के बारे में अम्बिका ने 'अति विनय' नहीं किया है, इसका अनुभव किया । इसीलिए कुण्ठित हँसी हँसकर बोली, "ठीक है, तो तुम्हीं पढ़ो ।"

सुवर्णलता अबोध ही है !

यह प्रस्ताव अशोभन है, असामाजिक है, यह ज्ञान उसे क्यों नहीं होता ? पाँच बच्चे की माँ ही हुई तो क्या, उम्र उसकी अभी तीस भी नहीं हुई, यह खयाल नहीं है? एकाएक बिलकुल पराये युवक के सूने घर में आकर उससे कविता सुनने की बात बोली कैसे ?

और अम्बिका ?

वह भी क्या बंगाल के गाँव का लड़का नहीं ?

शायद हो कि एक नयी उत्तेजना होने के कारण लोभ सँभाल नहीं पा रहा है । लोभ ही तो ! लिखता वह बचपन से ही है, पर उसकी कविता के प्रति किसने कब आग्रह दिखाया है ? कब किसने ऐसे दमकते मुखड़े से ताकते हुए कहा है, "सुनाओ न !"

इसके सिवा अम्बिका और पाँच जने से अलग तो है ! उसके परिमण्डल में एक निर्मल पवित्रता, उसके अन्तर में एक असंकोच सरलता है । उसके लिए सुबाला और सुवर्णलता एक ही कोटि की गुरुजन हैं ! सुबाला के प्रति जैसा एक सश्रद्ध प्रेम है, सुवर्णलता के लिए भी वैसी ही एक सश्रद्ध प्रीति है ।

इसीलिए काग़ज़ के उन टुकड़ों को सहेजते हुए हँसकर बोला, "सुनकर समझेंगी कि बेकार समय नष्ट हुआ । यह देश की आज की परिस्थिति पर है ।"

"माँ", भानू ने पुकारा, "मैं जाता हूँ ।"

सुवर्णलता चौंक उठी ।

भानू अभी तक यहीं था, यह खयाल ही नहीं था । किताबें देखकर ही पागल हो गयी थी ।

अब कुछ चंचल होकर बोली, "क्यों जायेगा, क्यों ? अम्बिका चाचा का लिखा पद्य सुन न ?"

'पद्य' के लिए भानू को ख़ास उत्साह है, उसका मुँह देखकर ऐसा नहीं लगा । वह बोला, "मुझे उन लोगों ने ज़्यादा रुकने को मना किया था ।"

"क्यों, तू कौन-सा राज-काज कर देगा उन लोगों का ?"

"यों ही ।"

हठात् सुवर्णलता बेटे की भविष्य-चिन्ता में तत्पर हुई, "पढ़ना-लिखना तो चूल्हे-भाड़ में गया, अब पढ़ । स्कूल नहीं जाना है अब ?"

अम्बिका हँस उठा, "नः, आप बड़ी भयंकर हैं ! एक तो बेचारे को ज़बरदस्ती कविता निगलने का प्रस्ताव, तिस पर पढ़ने की बात याद दिला देना ! उसे जाने दीजिए। चलिए, बल्कि उसी घर में चलकर पढ़ें । मुझे लाज-शर्म की बला नहीं है। मज़े से छत फाड़ता रहूँगा ।"

स्वाभाविक बुद्धि से ही अम्बिका ने सुवर्णलता के संकोच को समझा । इसीलिए उसने उस घर की बात उठायी ।

लेकिन सुवर्ण सहसा लज्जा से लाल हो उठी ।

छिः-छिः, अम्बिका देवरजी ने क्या सोचा !

सोच लिया न, कि सुवर्ण उसके घर में अकेली बैठने में झिझक रही है ?

छिः-छिः ।

सुवर्णलता ने उस अस्वस्ति को मिटाया ।

वह दृढ़ हुई ।

बोल उठी, "नहीं-नहीं, इस घर-उस घर क्या ! पढ़ो । ऐ मूरख, तू जा । बुआ पूछे तो कह देना, मैं यहाँ हूँ ।"

सुवर्ण ने कहा था, 'कह देना, मैं यहाँ हूँ', किन्तु सच ही क्या वह थी वहाँ ?

या किसी और जगत् में जा पहुँची थी !

चेहरा देखकर तो ऐसा ही लग रहा था !

किसी और जगत् का—

अम्बिका पढ़ रहा था—

सुनो सुनो वह, उठा शोर है
काल के घूर्णि पथ पर—
गीत ध्वंस का गाते आओ
अरे, मरण जय-रथ पर !

देखो देखो कौन आ रहे चले
मातृभूमि की पूजावेदी तले

विहँस-विहँस प्राण करें बलिदान
　　　　होम की आहुति होकर ।
घर-घर फिरूँ पुकार इसी से
　　　　चल रे, चल रे, चल ।
कौन तोड़ते-वन्दिनि माँ के
　　　　पैरों का शृंखल ।
उनसे हाथ मिला दे जाकर,
　　　　नाहक देख न पीछे मुड़कर,
बाधा देगी हँसी शिशु की
　　　　　　प्रिया का अश्रुजल ?
अगर अभी भी तोड़ न पाये—

पढ़ते-पढ़ते थम गया अम्बिका । कुण्ठित-सा हो हँसकर बोला, "दुर्, आपको ज़रूर ही अच्छा नहीं लग रहा है···"

अच्छा नहीं लग रहा है !

उत्तेजित गले से सुवर्ण बोली, "अच्छा नहीं लग रहा है, मतलब ? किसने कहा, अच्छा नहीं लग रहा है ? पढ़ो, पढ़ते जाओ । जो पंक्ति पढ़ी, वहीं से पढ़ो ।"

अम्बिका को अजीब-सा लग रहा था ।

उसका अपना मन जितना उदार निर्मल हो चाहे, वह गाँव का लड़का है । अनात्मीय की बात तो दूर, निकट आत्मीय पुरुष के कमरे में भी यों अकेली बैठकर गप करने से स्त्रियों के भाग्य में भर्त्सना जुटती है, यह उसे मालूम है ।

तिस पर कविता सुनना !

किन्तु सुवर्ण का वह आवेग-आविष्ट मुखड़ा एक नये ही आनन्द का स्वाद दे रहा था । सच, इस तरह, ऐसे एक आग्रह-उत्सुक मन के सामने अम्बिका ने कब अपनी कविता का पाठ किया है ?

और अस्वस्ति जैसी उधर, वैसी ही इधर भी । उसकी वह अस्वस्ति कहीं मँझली भाभी की नज़र में आ जाये ? उसमें भी लज्जा की सीमा नहीं । वह नाटी होकर साहस किये बैठी रहीं और अम्बिका—

दुर्, वह कितनी बड़ी हैं, गुरुजन हैं, उनके आगे···

सो फिर गला साफ़ करके अम्बिका ने पढ़ना शुरू कर दिया—

अगर अभी भी तोड़ न पाये
　　　　फिर पाओगे पार ?
लौहनिगड़ गढ़ लेगा फिर तो
　　　　प्रबल का अनाचार ।

मृत्युकुण्ड के पास पहुँचकर,
नतशिर लौट पड़ेगा आख़िर,
माथे पहन मुकुट काँटों का
        भाल किये अँधियार !
हँसी उड़ायेगा जग सारा,
        धिक्कृत उपहासों की,
लाठी खाये पशु सरीखे
        तुम-से क्रीत दासों की ।
भावी पीढ़ी के ललाट पर
फिर कलंक रेखा देगा भर—

ऐ रे, हो गया !

हाथ के काग़ज़ों को अम्बिका उलट-पुलटकर देखने लगा । मुसीबतज़दा-सा बोला, "इसके बादवाला पन्ना कहाँ गया ?"

"नहीं है ?"

सुवर्ण चौंक उठी ।

आशा भंग होने की उत्तेजना से बोली, "रखते कैसे हो काग़ज़-पत्तर ? छिः, क्या किया ? है तो तुम्हारे हाथ में काग़ज़···

अम्बिका ने अप्रतिभ होकर कहा, "यह अन्तिम पृष्ठ है । बीच का अंश एक दूसरे टुकड़े में था···"

"ताज्जुब है !" सुवर्ण को यह नहीं ख़याल आया कि वह अम्बिका की अभिभाविका नहीं है । याद नहीं रहा कि उसे फटकारने का अधिकार उसे है या नहीं । प्रायः अभिभावक की भाँति ही बिगड़कर फटकार उठी, "धन्य हो तुम ! ऐसी अच्छी चीज़ ही खो दी ?"

अपराधी-अपराधी-से भाव से अम्बिका ने तकिये के नीचे हाथ डालकर टटोला, तोशक को उलटकर देखा । सुवर्ण ने भी चौकी के नीचे झाँका, फिर विफल मनोरथ होकर बोली, "नः, हवा से उड़कर कहीं चली गयी है । मुखस्थ नहीं है ?"

अम्बिका कुण्ठित हँसी हँसा "नः, कल रात ही तो लिखी है···"

"ख़ैर, जाने दो । बाक़ी ही पढ़ो । इस्, इतनी अच्छी लग रही थी !"

अम्बिका ने फिर दूसरे पन्ने पर नज़र डाली । कविता याद नहीं रहने के कारण वह शायद शर्म से मर गया । और वैसे ही कुण्ठित गले से खड़े-खड़े ही पढ़ने लगा—

कालिख पुता लिये मुहँ अपना
        टिकने से क्या फल ?
श्राद्ध खामखा ही करने को

धरती का अन्नजल !

तुच्छ हानि का लेखा ले ले,
जिस माटी को घेरे बैठे,
दावी-दावाहीन उसका वह ऋण
कैसे चुकेगा कल ?
तोड़-तोड़ प्राचीर पुराने
कब तक खड़े रहेंगे ?
शासन के ये रक्तचक्षु हम
कब तक और सहेंगे ?
करते हैं अन्याय नित्य जो
वे भी आज समझ लें यह तो
इस अन्याय-स्रोत में अब हम
बेबस नहीं बहेंगे !

"देवरजी !"

सुवर्णलता सहसा एक आर्त-सी ध्वनि कर उठी । ग़नीमत कि उसने अम्बिका का हाथ ही नहीं पकड़ लिया ।

अम्बिका विस्मित हुआ ।

अम्बिका विचलित हुआ ।

ताककर देखा, सुवर्ण के चेहरे पर आग की आभा है, आँखों में आँसू !

आश्चर्य !

इतनी आवेग-प्रवण है !

कुछ डर-सा लगने लगा ।

"क्यों, पढ़ो ?"

सुवर्ण के गले में असहिष्णुता, "यह केवल पराधीन देश की ही तो बात नहीं, यह मुझ-जैसी चिरपराधीन स्त्रियों की भी बात है ! लिखा कैसे तुमने ? पढ़ो, पढ़ो, फिर से पढ़ो···"

अम्बिका ने विपन्न-से गले से फिर एक बार पढ़ा—

तोड़, तोड़ प्राचीर पुराने
कब तक खड़े रहेंगे ?
शासन के ये रक्तचक्षु हम
कब तक और सहेंगे ?
करते हैं अन्याय नित्य जो
वे भी आज···

नः, सुवर्णलता का आज का दिन मानो अजीब उलटा-पुलटा है ।

अच्छा और बुरा ।

धूप और छाँह ।

कमल और कीच !

नहीं तो भला ऐसी अद्भुत घटना हो !

सुवर्णलता जब मुग्ध-विह्वल दृष्टि से एक पर-पुरुष के चेहरे की ओर ताके हुए थी, जब सुवर्णलता के मुखड़े पर दमक और आँखों में आँसू थे, जब दुनिया के बाहर इस दृश्य के आस-पास कोई नहीं था, तब उस दृश्य का दर्शक होने के लिए दरवाज़े पर आ खड़ा हुआ सदा का शक्की उसका स्वामी ! जो आज तक अपने जी की आग में ही जलता रहा !

उसी जल-जलकर मरनेवाले के सामने यह जलता हुआ दृश्य ।

दरवाज़े पर आकर खड़ा हुआ ।

नाटकीय ढंग से बोल उठा, "वाह-वाह, क्या कहने ! यही तो चाहिए ।"

पुराना प्राचीर अटूट रहा, 'अन्याय का स्रोत' बहता ही चला—सुवर्ण ने झट घूँघट को ज़रा खींचकर कहा, "तुम ! हठात् ? चम्पा ठीक है न ?"

हाँ, जिस क्षण औचक ही दरवाज़े पर प्रबोध की मूर्ति फूट उठी थी, उस चकित मुहूर्त में चम्पा की ही याद आयी सुवर्णलता को ।

बिना कोई सूचना दिये वह यों हठात् क्यों ?

चम्पा को कोई रोग-बला तो नहीं हुई ?

किन्तु उस चकित-चिन्ता के दूसरे ही क्षण वह अवस्था जाती रही । वैसा कुछ होता तो नाटकीय ढंग से 'क्या कहने !' नहीं होता । यह और कुछ नहीं, जासूसी है।

सिर उसका झाँ झाँ कर उठा, शरीर में बिजली दौड़ गयी, फिर भी वह उबल नहीं पड़ी । अपने को सँभाल लेना पड़ा । माथे पर कपड़ा खींचकर उद्विग्न गले से कहना पड़ा, "तुम ! हठात् । चम्पा ठीक तो है ?"

उस बिजली के आवेग को रोकने में शक्ति का क्षय तो हो रहा था, पर उपाय क्या था ? उस सभ्य, भद्र और उदार तरुण के सामने वह अपने पति के स्वरूप को उद्घाटित नहीं कर सकती, अपने दाम्पत्य सम्पर्क के भीतरी स्वरूप को !

लेकिन सुवर्ण के शक्तिक्षय से कुछ बच पाया ?

सुवर्ण के पति ने महा उल्लास से अपने ही ऊपर कीचड़ नहीं उछाला ? अपने मुँह पर कालिख-चूना नहीं पोता ?

सुवर्ण के सारे सम्भ्रम को माटी में नहीं मिला दिया ? मिला दिया । सुवर्ण के जीवन की सारी दीनता को उसके पति ने उघाड़ दिया । बोल उठा, "चम्पा ? वह सब नाम अभी भी याद हैं तुम्हें ? ताज्जुब है !—चम्पा की खबर मुझे नहीं मालूम, किन्तु चम्पा की माँ खूब अच्छी तरह है, यह आँखों देख रहा हूँ । वाह ! खूब ! शास्त्र ने क्या यों ही कहा है, साँप और स्त्री का विश्वास नहीं करना चाहिए !"

सुवर्ण सहसा अजीब ढंग से शान्त हो गयी ।

शान्त-से भाव से ही हँस उठी । हँसकर बोली, "शास्त्र में कहा है, क्यों ? देख रहे हो अम्बिका देवरजी, मेरे पति को शास्त्र का कितना ज्ञान है ! खैर, कहा ठीक ही है । अच्छी तरह से ही हूँ । तुम्हारी बहन के गाँव से जाने को ही जी नहीं चाहता हैं..."

"जाने को ही जी नहीं !" जैसे नीम का पत्ता निगल गया हो, ऐसे गले से बोला, "जी तो नहीं ही करेगा, जब यहाँ इतना शहद है ! क्यों जनाब, आप मेरे बहनोई के वही देशोद्धारक भाई हैं न ? देख रहा हूँ, देशोद्धार का अच्छा ही रास्ता चुन लिया हैं। एकान्त में परायी स्त्री से रसालाप..."

"मँझले-भैया, क्या अण्ट-शण्ट कह रहे हैं," अम्बिका मानो डाँट ही उठा, "छोटी-नीची बात न कहें । ऐसी बातें और किसी को नहीं, अपने-आपको ही छोटा किये देती है ।"

मँझले भैया ! डाँट !

प्रबोध ज़रा सकपका गया, क्योंकि वह उलटी फटकार के लिए प्रस्तुत नहीं था। किन्तु वह सकपकाना ज़ाहिर तो नहीं किया जा सकता, इसलिए उसने अपने को सँभाल लिया । किन्तु गले में वह पहलेवाला ज़ोर नहीं आया ।

फीके-फीके गले से बोला, "छोटा ! हूँ, हम तो क्षुद्र हैं, हमारा छोटा होना !"

"क्षुद्र ही क्यों सोचें अपने को ?" अम्बिका ने धीरे स्वर से कहा, "अपने को क्षुद्र भी नहीं सोचना चाहिए, अधम भी नहीं सोचना चाहिए । मनुष्य में ही ईश्वर का विकास है !"

ओः, लम्बी-चौड़ी बात ! उपदेश ! गुरु आये हमारे ! प्रबोध ने अब अपना रूप धारण किया । बोला, "ओ, तो इस सूने में बैठकर ईश्वर की साधना ही हो रही थी? मैंने आकर बाधा दी ? कहूँ भी क्या, आप कुटुम्ब के लड़के हैं, बहनोई के भाई हैं, आपका अपमान, उनका अपमान है । इसी से बच गये ! और कोई होता तो मारे जूते के पीठ की खाल उधेड़ देता ! और, यह जो बड़े अरमानों की 'मँझली भाभी !' चलो, देखता हूँ मैं तुम्हें । अजीब है ! घर-भर बाल-बच्चे, उम्र का पेड़-पत्थर नहीं, फिर भी कुवासना नहीं जाती ? फिर भी पराये पुरुष की ओर ताकने की इच्छा होती है ! खैर, उसकी चिन्ता नहीं । स्त्री को कैसे दुरुस्त किया जाता है, यह मैं जानता हूँ ।"

बात बेशक अजीब थी, सुवर्ण लेकिन फिर भी उबल नहीं पड़ी । बल्कि प्रायः हँसकर ही बोली, "जानते हो ? फिर भी तो आज तक दुरुस्त नहीं कर सके । चलो, देखो, दुरुस्त करने में सूली चढ़ाते हो कि फाँसी ! इस भले लड़के को अब डरा नहीं दूँगी, चलती हूँ...अम्बिका देवरजी, वह कविता लेकिन मुझे चाहिए भाई ! थोड़ा कष्ट करके उसे उतार देना ।"

प्रबोध देवता नहीं है ।

रक्त-मांस का आदमी है वह ।

इसलिए शुरू की चीज़ वह खून ही खौल उठा उसका स्त्री के उस व्यंग्य के दाह से।

सुवर्ण यदि डर जाती, सिटपिटाकर झट कमरे से निकल आती, और वही पाजी नवजवान यदि प्रबोध को देखकर बेंत खाये कुत्ते की नाईं भागकर प्राण बचाता, तब शायद प्रबोध ऐसा उबल नहीं पड़ता ।

किन्तु वही स्वाभाविक ही नहीं हुआ ।

हो गया एक अभावित विपरीत ।

यह छोकरा बड़ी-बड़ी बातों का उपदेश देने लगा और सुवर्ण ने पति को ही व्यंग्य किया ?

इसलिए प्रबोध भी उबल पड़ा ।

उग्रमूर्ति होकर बोल उठा, "सूली-फाँसी क्यों ? पैर में जूते नहीं हैं मेरे ? जूतों से मुँह चूर नहीं देने से तो तुम-जैसी बेहया स्त्री का मुँह बन्द नहीं किया जा सकता ! निकलो ! निकल आओ, कहता हूँ । इतने दिनों के बाद पति आया, हड़बड़ाकर चली आयेगी, सो नहीं, पर-पुरुष के बिस्तर पर बैठी-बैठी पति का मज़ाक़ उड़ा रही है ! और तुम साले..."

प्रबोध ने फिर भी अपने को बहुत सँभाला । स्त्री का झोंटा नहीं पकड़ा, और 'साले' कह कर ही थम गया ।

सुवर्ण अब उठ आयी ।

कैसे तो एक अविचलित भाव से ही आयी ।

और ग़ज़ब तो यह कि उसके बाद भी पर-पुरुष से बात की । कहा, "तुम लोग नाहक ही देशोद्धार का सपना देख रहे हो अम्बिका देवरजी ! देश को पहले पाप-मुक्त करने की चेष्टा करो । इस स्त्री जाति को जबतक इस अपमान के कुण्ड से न निकाल सकोगे, तबतक सारी चेष्टाएँ गोयंठे में घी ढालना है ।"

प्रबोध के साथ सुबाला का छोटा लड़का आया था । उसी से सुबाला ने कहा था, "ऐ, जा-जा, दौड़कर अपनी मँझली मामी को बुला ला—शायद अम्बिका चाचा के यहाँ है ।"

प्रबोध ने तुरन्त उतारकर रखे जूते को पहनकर कहा, "चलो, मैं भी चलता हूँ।"

सुबाला ने प्रमाद गिना ।

अपने मँझले भैया को बहुत दिनों से नहीं देखने पर भी उसे पहचानती नहीं, सो तो नहीं ? इसीलिए बोल उठी, "तुम भला किस लिए जाओगे ? अभी तो थके-माँदे आये हो, मुँह-हाथ धोओ । यह भागा-भागा जायेगा और चला आयेगा । तब तक तुम थोड़ा-सा मिसरी का शरबत पिओ—"

बहन के इस सहृदय आतिथ्य के आह्वान पर प्रबोध ने कान नहीं दिया । उस लड़के को 'चल' कहकर डाँटते हुए-से वह झट आगे बढ़ गया ।

सुबाला किंकर्तव्यविमूढ़ होकर खड़ी रह गयी । भाई के पीछे-पीछे जाती, तो

ठीक था—यह बात उस समय उसे याद नहीं आयी ।

याद दिला दी फूलेश्वरी ने । बोलीं, "तुम भी साथ जातीं तो अच्छा होता बहू, लगता है, यह लड़का ग़ुस्सैल है..."

"थोड़ा-बहुत ग़ुस्सैल ?" सुबाला भी जल-भुनकर बोली, "सदा-सदा का गँवार है! पत्नी को ज़रा भी चैन लेने देता है ! उसे रात-दिन सन्देह होता रहता है कि स्त्री बिगड़ी! और फिर मँझली बहू ही अकेली पद्य सुनकर उसके यहाँ मरने को क्यों गयी, मैं नहीं समझ पायी ।"

"पद्य सुनने ?"

"हाँ, माँजी, कानू ने यही तो बताया । कहा, 'माँ अम्बिका चाचा के यहाँ है बुआ । पद्य सुनेगी !' अम्बिका पद्य-वद्य लिखता है न ! और मँझली बहू भी वैसी ही पागल है । अरे, जब जानती है कि पति वैसा है..."

फूलेश्वरी धीरे से बोलीं, "दुनिया में इन पागलों को ही सबसे ज़्यादा मुसीबत है बहू ! सुवर्ण-जैसी लड़की दुनिया में दुर्लभ है । लेकिन हर कोई तो उसे समझेगा नहीं। अकेले किसी पुरुष के यहाँ नहीं जाना चाहिए, यह ज्ञान ही नहीं है उसे । गंगाजल से धोया मन है उसका ।"

"धोया तो है, पर अब क्या फ़जीहत होगी, नहीं जानती । मँझले भैया जैसा आग होकर गया है !"

"इसीलिए कह रही थी, तुम्हें साथ जाना चाहिए था ।"

"मैं भी सोचती हूँ । पर, अब जाने से..."

"सो हो, तुम जाओ बहू । ग़ुस्से में अगर सुवर्ण को भला-बुरा कह बैठे, तो वह बड़ी लज्ञा की बात होगी । अम्बू हमारा अपना है, उनका तो कुटुम्ब है !"

"तो जाती हूँ । चूल्हे पर लेकिन दूध चढ़ाया हुआ है ।"

"दूध मैं देखती हूँ, तुम जाओ । मेरा मन कह रहा है, तुम्हारा भैया बकझक करेगा ।"

इसलिए सुबाला ओसारे से उतरी ।

मन-ही-मन सोचा, मँझले भैया का यों हठात् आ पड़ना ही एक पाप है । जानती हूँ न, सन्देह का रोग है । और मज़ा देखो, और किसी दिन मँझली बहू को यह खयाल नहीं आया, मरने के लिए आज ही । मँझले भैया की बलिहारी । वही स्त्री, उसका मर्म नहीं समझा । समझे भी क्या, अपने भीतर मर्म हो जब तो !

सुबाला तेजी से आगे बढ़ती रही ।

सुबाला समय पर पहुँच पाती तो शायद हो कि मामला 'सम' पर आता । हो सकता है, सुबाला ही जाकर कह उठती, "आफ़त है ! मँझली, तू यहाँ बैठी-बैठी पद्य सुन रही है और मँझले भैया जी कैसा करने की जलन से छटपटाकर आ गया । तुझे देख न पाकर आँखों में विश्व-भुवन अँधेरा देख रहा है ।"

शायद हो कि जैसे-तैसे ग्रह कट जाता ।

लेकिन कटने का था नहीं इसलिए नहीं कटा ।

सुबाला दो क़दम बढ़ी थी कि गायों का चरवाहा रुआँसा-सा आया, "ऐ माँजी, मुँगली का बछड़ा भाग गया···"

"भाग गया ?"

"हाँ । कितना ढूँढ़ा···" और अपने खोजने का ब्योरा देने लगा ।

"अच्छा, तू ठहर, मैं आ रही हूँ ।" कहकर सुबाला बढ़ गयी । पर, जब वहाँ पहुँची तो उसके मँझले भैया अन्तिम वाणी उच्चारण कर रहे थे ।

जूते से मुँह चूर किये बिना औरत दुरुस्त नहीं होती, यह राय ज़ाहिर कर रहा था।

सुबाला पसीना-पसीना हो गयी ।

वह भीतर ही भीतर मर गयी !

अम्बिका देवर के सामने यह सब ! वह भी सुबाला के भाई के मुँह से ! एक निरुपाय आक्षेप से उसकी आँखों में आँसू आ गये । वह जैसे गयी थी, वैसे ही लौट गयी ।

सुवर्ण को पता नहीं, उसके इस अपमान की और एक गवाह रह गयी ! किन्तु उतने अपमान के बाद भी सुवर्ण फिर उसी पति के पीछे-पीछे पति के यहाँ लौट गयी।

सुवर्णलता सत्यवती की बेटी है न ?

बाईस

वही तो ! सुवर्णलता सत्यवती की बेटी है न ! जो सत्यवती स्वामी से आघात पाकर एक ही बात पर घर-गिरस्ती छोड़कर चली गयी, फिर नहीं लौटी !

माँ के उस तेज का एक कण भी नहीं पाया है सुवर्ण ने ।

अपनी बेटी की यह अधोगति देखकर सत्यवती धिक्कारेगी नहीं ? कहेगी नहीं ! "छिः सुवर्ण, तू ऐसी हुई !"

उस धिक्कार के सामने तो सुवर्ण को सिर झुकाये चुप रहना होगा !

या कि वह सिर नहीं झुकायेगी ?

मुँह उठाकर ही माँ की ओर ताकेगी ?

कहेगी, "माँ, तुम्हारी अवस्था कहाँ और कहाँ मेरी अवस्था ? इसमें तो आकाश-पाताल का अन्तर है !"

सो यह यदि सुवर्ण कह सके, कह पाये, तो झूठ कहना नहीं होगा । आकाश-पाताल

ही का भेद है । सुवर्ण की माँ की पृष्ठभूमि में थी एक अत्यन्त ही उज्ज्वल सूर्य की ज्योति । सत्यवती के पिता उसके जीवन के ध्रुवतारा थे, उसके जीवन की नींव, उसके मेरुदण्ड की शक्ति !

सुवर्ण की पृष्ठभूमि में है एक टुकड़ा विपर्ण धूसरता । सुवर्ण के लिए पिता की स्मृति—पिता प्रतारणा से उसका ब्याह करके उसके जीवन को चौपट करके निर्लिप्त बैठे हैं !

सुवर्ण के पिता उसके भाग्य के शनि हैं !

और पति-भाग्य ?

उसमें भी क्या कम अन्तर है ?

सत्यवती का पति असार, निकम्मा था, पर असभ्य-अश्लील नहीं था । वह सत्यवती के अयोग्य हो सकता है, परन्तु अत्याचारी नहीं । परन्तु सुवर्ण के भाग्य में तो ये दूसरे ही विशेषण हैं । आजीवन सुवर्ण को एक असभ्य, अश्लील, अत्याचारी का घर करना पड़ रहा है ?

त्यागकर चली जायेगी कभी ?

सीधा तनकर खड़ा होना सीखने के पहले ही तो कन्धे-कमर पर पहाड़ का बोझ आ पड़ा है । इस बोझ का भार उतारकर अपनी सन्ततियों में भी अपने जीवन की प्रतिच्छवि देखने के लिए सुवर्ण चली जायेगी ? वह तसवीर शायद और भी कालिख-पुती होगी !

इसीलिए सुवर्ण सिर ऊँचा किये अपनी माँ से कह सकेगी, "माँ, तुम्हारी बेटी तुम-जैसी निर्दयी नहीं हो सकी, यही उसकी त्रुटि है । वह तुम-जैसी हलकी और छोटी-सी गृहस्थी नहीं पा सकी, यही उसका दुर्भाग्य है !"

तुम्हारी बेटी माँ द्वारा खेदी हुई, बाप द्वारा उपेक्षित है, वह अपना तेज किस पताका-तले खड़ी होकर दिखायेगी ? तुम मुझे धिक्कार मत देना माँ, केवल यह सोच लेना, सबका जीवन समान नहीं, सबको एक ही बटखरे से तौलकर नहीं विचारा जा सकता । जिसका विचार करना हो, पहले उसके परिवेश की ओर देख लो !

सुवर्ण के परिवेश ने सुवर्ण को कीचड़ में ही गाड़ रखा है, वह इतने-से असम्मान से क्या करेगी ?

और, उसके देह-कोटर में अभी भी तो शत्रु का बसेरा है ! उसे ढोती वह किस मुक्ति के मन्दिर की ओर जायेगी ?

लाचार सुवर्ण को उसी पथ पर उतरना होगा, जिसके अन्त में क्या है, यह सुवर्ण नहीं जानती । वह इतना ही जानती है कि वह रास्ता अन्धकार-भरा है !

किन्तु शायद हो कि सुवर्ण एक दिन अपनी सन्तानों में सार्थक हो ! सिर उठाकर संसार के सामने खड़ी हो ! सुवर्ण वही सपना देखती है, भविष्य के उसी चित्र पर रंग फेरती है !…

सो इस समय पति के पीछे-पीछे जाने के सिवाय करने को और कुछ नहीं है !

फूलेश्वरी ने घुटे सिर पर घूँघट खींचा ।

अवाक् गले से कुटुम्ब के लड़के को सम्बोधित करके बोलीं, "अरे, यह क्या बेटे? अभी-अभी आये और अभी चले जाओगे ? बहन के घर आये हो, कम से कम एक एक वेला भी तो रहोगे ?"

प्रबोधचन्द्र ने गम्भीर गले से कहा, 'रहने की गुंजाइश होती, तो रह जाता, समय नहीं है ।"

"अहा, कल तो छुट्टी का दिन है···"

"दूसरा काम है ।"

प्रबोध ने यह नीरस गले से कहा, फूलेश्वरी का सम्मान रखेगा वह, ऐसा नहीं लगा।

किन्तु फूलेश्वरी ने फिर भी अनुरोध किया ।

क्योंकि फूलेश्वरी की बहू ने उनकी शरण गही है । बोली, "माँजी, मँझले भैया जैसी शक़्ल बनाये बैठा है, देखकर ही तो हाथ-पाँव पेट में समाये जा रहे हैं । आप ज़रा कहिए । आपकी बात नहीं टाल सकेगा । अहा, यों हठात् लेकर चला जायेगा, गर्भवती बहू को मछली-भात बिना खिलाये किन प्राणों से भेज दूँ ?"

फूलेश्वरी ने इसीलिए आप्राण चेष्टा की ।

बोलीं, "काम है, समझा । किन्तु जो-सो करके चला लेना बेटा । मर्द हो, तुम्हारे लिए असाध्य क्या है ··· इस स्थिति में मँझली बेटी जायेगी, उसे मछली-भात खिलाये बिना विदा कैसे करूँ ? हाथ पकड़कर अनुरोध करती हूँ मैं···"

किन्तु प्रबोध को इस समय ऐसी तुच्छ भाव-प्रवणता की मान-रक्षा करने जैसी मानसिक स्थिति थी ?

उसके माथे में खून नहीं खौल रहा था ? उस उत्ताप को दबाकर वह इस पाप-पुरी में रात्रिवास करेगा ? ठाट से बहनोई के पोखरे की मछली खाकर तब जायेगा ? इसी क्षण सुवर्ण को किसी निर्जन स्थान में ले जाकर मारकर सुला देने को जी नहीं कर रहा था ?

बहन !

बहन के यहाँ विश्वास करके स्त्री को रखा गया था, बहन ने उस विश्वास का मान रखा ? क्यों, उसे आँखों-आँखों क्यों नहीं रखा ? शासन क्यों नहीं किया ? कह नहीं सकी, "भाभी, बेचाल न चलो !"

सो नहीं, दुलरुए देवर से लटपट करने को छोड़ दिया !

और उसी बहन का मैं मान रखूँ ?

लिहाज़ा प्रबोध को कहना पड़ा, "क्यों उपरोध करती हैं, आज गये बिना मेरा नहीं चलेगा ।"

अब अमूल्य ने गला बढ़ाया ।

बोला, "काम जब इतना ही ज़रूरी था, तो उसे करके दो दिन बाद ही आते

मँझले भैया !"

मँझले भैया ने नेपथ्यवर्तिनी की ओर एक तीखी नज़र डालकर, भौहें सिकोड़ कर कड़वे स्वर से कहा, "हूँ, किसी-किसी के लिए वही अच्छा होता, उसमें क्या सन्देह!"

अमूल्य ने उतना नहीं समझा । वह बोल बैठा, "सचमुच ही ठीक होता मँझले भैया । यों, एकाएक इन्हें ले जाने की बात तो नहीं थी…"

बात नहीं थी !

कानून दिखा रहा है !

खौलता लहू छलक उठा, "सदा तुम्हारे ही यहाँ रहेगी, ऐसी भी बात बेशक नहीं थी ! मेरी स्त्री है, उस पर मेरा वश नहीं चलेगा ?"

कि नेपथ्यवर्तिनी निकल आयी । बोल उठी, "नहीं चलेगा, क्यों कहते हो ? हज़ार बार चलेगा ! जी चाहे तो कमर में रस्सी डालकर काँटों से खींचते हुए ले जाना भी चल सकता है !… जीजाजी, आप जाने की तैयारी कर दीजिए । बैलगाड़ी के लिए तो कहलाना होगा ।… ननदजी, तुम जी न ख़राब करो । मछली-भात खिलाकर भेजने की इच्छा तो तुम्हें भाई के मंगल के लिए है ? मुझे अब उसमें रुचि नहीं है बहन । कह ही बैठी ।"

सुबाला मन-ही-मन सिहरकर 'दुर्गा-दुर्गा' बोल उठी । अमूल्य भी शायद विचलित हुआ । अमूल्य का मँझला साला आसमान फाड़ते हुए बोल उठा, "सुना ? सुन लिया न ? अपने कानों सुन लिया न ? ऐसी स्त्री को भी सती मानना होगा ? तुम लोग क्या कहते हो ? जो स्त्री पति का अमंगल चाहती है, उसका रीत-चरित्र अच्छा है, यह कहोगे तुम ?"

किसी ने फिर कुछ नहीं कहा ।

बैलगाड़ी आयी ।

बच्चे रोते हुए जाकर गाड़ी पर बैठ गये । उन्हें बड़ी आशा थी, कुछ दिन और रहेंगे । आज ही ईंटों का कितना अच्छा मकान बनाया था उन लोगों ने ! सब चौपट!

सुख नाम की चीज़ सिर्फ़ पानी पर की लकीर है ? बहुत अच्छे चित्र के रूप में उभरकर फिर खो जाता है ?

आनन्द क्या है, स्वाधीनता किसे कहते हैं, भारहीन मन कैसी वस्तु होता है, उसका स्वाद उन्हें यहाँ मिला । किन्तु कै दिन ? 'शिकारी ईगल' चिड़िया-वाली कहानी के ईगल की तरह बाबूजी आये और झपट्टा मारकर ले चले ।

कानू- भानू और चन्दन ने इतने में ही जितना बन सका, बटोर लिया । कच्चा अमरूद, कच्चे बेर, खट्टा विलायती अमड़ा । गाव, आता आदि और भी बहुत चीज़ उनके संचय में जमा हुआ ।

जमते-जमते ही तो जीवन का जमा ख़र्च !

घृणा, धिक्कार और असन्तोष ही क्या जमता है केवल ? प्रेम का, कृतज्ञता का संचय, श्रद्धा का संचय जमा नहीं होता ?

नहीं जमता होता, तो पृथ्वी का भारसाम्य कैसे रहता ? अपने केन्द्र में घूमते-घूमते अनन्तकाल की उसकी यह जो पथ-परिक्रमा है, वह तो केवल भार-साम्य पर ही है !

इसीलिए सुवर्णलता की सूख गयी स्नायु-शिराओं के आवरण में काठ हुए-से आग के ढेले-जैसी दो आँखों में भी आँसू बह निकले ।

बार-बार बहे ।

महावर लगाते हुए घुटने में आँख पोंछने के लिए जब सुबाला ने मुँह घिसटा तब बहे; सुबाला के बच्चों ने जब सुवर्ण के बच्चों के लिए एक टोकरी माटी की वही ईंटें लाकर रख दीं सुवर्ण के बक्से के पास, तब बहे; और, छलककर सौ-सौ धार में तब बहे, जब फूलेश्वरी ने अपने दूर भविष्य के परपोते के लिए बड़े परिश्रम से सिले, बहुत कारुकार्यवाली कथरी चपोतकर देते हुए बोली, "मँझली बेटी, देने-जैसी कोई चीज़ देने का नसीब तो नहीं है—लाल कोर की एक कोरी साड़ी लाने तक का समय नहीं दिया इन्होंने, इसे रख लो, जो प्राणी मेरे घर कई दिन रह गया, लेकिन न कुछ देखा, न जाना, उसके लिए बूढ़ी दादी के हाथ की यह निशानी···"

तब ?

तब आँसू से सुवर्ण की धरती धुँधली हो गयी ।

उसके मुँह से बात नहीं फुरी, उस अमूल्य उपहार को लेकर उसने सिर से लगाया!

सुवर्ण की आँखों में इतने आँसू !

और-और स्त्रियों की तरह यात्रा के समय वह सावन-भादो ही रही है !

प्रबोध मानो ज़रा अप्रतिभ हुआ, ज़रा विस्मित ! यात्रा-काल में इसीलिए ज़्यादा शोर-गुल नहीं किया, और गाड़ी पर चढ़ जाने पर अमूल्य जब एक विराट् बोझा रख गया, उस पर भी बिना बोले-कहे वह भार ले लिया ।

फिर एक बार आँसू !

सुवर्ण ने उस बोझे की ओर देखा । क्षण को वह स्तब्ध रह गयी । उसकी आँखों से धीर-धीरे मुक्ता-कण-से कुछ दाने ढुलक पड़े ।

धूल-भरे, ज़िल्द फटे, रस्सी से बँधे मासिक पत्रों का एक गट्ठर !

अमूल्य ले आया ।

परेशान-सा होकर बोला, "ये पोथियाँ कलकत्ते में एक आदमी को देनी हैं । इस मौक़े से आपके गले मढ़ रहा हूँ, दया करके यदि ले जायें···"

"मुझसे यह नहीं होगा", कहकर प्रबोध चिल्ला नहीं पड़ा । नीमराजी के सुर में

बोला, "लेकिन मैं किसे देने जाऊँगा···"

"नहीं-नहीं, दे नहीं आना होगा···जब कलकत्ता जाऊँगा, तो देखा जायेगा ! सिर्फ़ ले जाकर अपने यहाँ रख देना है ।"

"इतनी जगह कहाँ है ? घर तो भरा हुआ है···"

प्रबोध ने इतना ही कहा ।

अमूल्य ने और भी व्यस्त होकर कहा, "चौकीतले, जैसे भी हो । देख ही तो रहे हो, कोई क़ीमती चीज़ नहीं है, मगर जौहरी के लिए जवाहरात ! थोड़ी-जगह—

आँसू बहते-बहते एक समय सूख गये, सुवर्ण फिर भी पल में ही उन जवाहरात की ओर निर्निमेष ताकती रही !

और एक समय ख़याल आया उसे, अम्बिका नाम का वह छोटा आवारा-हाल है, पर निर्बोध नहीं है ।

परन्तु इस निर्मल प्रेम के उपहार के बदले निर्मल प्रीति की कृतज्ञ हँसी हँसने का भी अवकाश नहीं मिला सुवर्ण को । शायद जीवन-भर नहीं मिलेगा ।

पहले यह जी में आया था, उनके गाँव की चौहद्दी से निकलकर ज़रा रेल पर तो सवार हो ले, फिर सुवर्ण को वह समझाकर ही रहेगा कि स्त्री की बाढ़ बढ़ने से क्या दशा होती है । किन्तु उसे हाथ में कर लेने के बाद वह दुर्दमनीय इच्छा कैसी तो सील-सी गयी। और उस सील जाने से ही शायद प्रबोधचन्द्र में कुछ विचक्षणता आयी।

बच्चे बड़े हो गये हैं, उनके सामने उनकी माँ का लांछन न करना ही ठीक है ।

तो ?

अप्रतिभ-सी शकल लिये कहाँ तक चुप बैठा रहा जाये ?

प्रबोध के उस उग्र मिज़ाज की गम्भीरतम जड़ का कारण शायद यही है ! चुप रहने से ही उसे अपने आपको कैसा अप्रतिभ और अवान्तर लगता है शायद इसीलिए चीख़-पुकार का वैसा ढाक-ढोल !

अपने निकट भी जिसमें वह हलका न हो पड़े, जिसमें अपनी वह अवान्तर मूर्ति औरों की नज़र में न आ जाये !

इसलिए चुप नहीं बैठा जा सकता ।

वह बच्चों से बोल बैठा, "दुनिया-भर का अखोर-वखोर बटोर लाया, यही भकोसेगा?"

चन्नन ने झट आँचल के अमरूद को छिपा लिया और बोली, "सारा का सारा ही क्या खाऊँगी ?"

"न सही, कुछ तो पेट में जायेगा ! पेट में जाने से खैर रहेगी ? फेंक दे···वाह रे···"

चन्नन का स्वर अनुनासिक हो उठा, "कितने कष्ट से तोड़कर लायी हूँ···"

"अहा, कैसी अमूल्य निधि है ।" प्रबोध ने मज़ाक़ भी कस दिया, "अमूल्य फूफा के गाँव की अमूल्य वस्तु !"

उसके बाद भानू-कानू को भी कुछ उपदेश, कुछ जिरह । और ज़रा ही देर में गले को साफ़ कर लिया ।

सुवर्णलता क्या समझती नहीं है कुछ ?

"समझती नहीं है कि बच्चों से वह वृथा वाक्यालाप असल में गौरचन्द्रिका है ! अब असली बात आयेगी !"

बहुत दिनों से ही तो देख रही है न उसे !

अनुमान झूठ नहीं निकला ।

प्रबोध अब असली नाट्क पर आया ।

हँसी के-से सुर में बोला, "बाप रे, जो रुलाई शुरू कर दी तुमने, लगा जैसे लड़की नैहर से ससुराल जा रही है !"

कहना फ़िजूल है, जवाब नहीं नसीब हुआ ।

केवल निरुत्तर बात और चेष्टाकृत हँसी ने मानो हवा में सिर कूटा ।

ज़रा देर प्रतीक्षा करके बोल उठा, "करूँ क्या, काम ठहरा ! स्त्री को वह समझने की जुर्रत नहीं । किन्तु यह भी कह दूँ, अति किसी बात की अच्छी नहीं । जमाई, समधी, ननद—ये सब तुम्हारे असली कुटुम्ब हुए—उनके घर से आ रही हो । मानो समुद्र बहा रही हो !"

सुवर्ण फिर भी चुप रही ।

गाड़ी की टप्पर के अन्दर से आकाश को ताकती हुई चुप बैठी रही ।

प्रबोध ने कहा, "जो भी कहो, मैं तो हैरान रह गया ! जिसकी आँखों में कभी आँसू नहीं देखे, उस स्त्री ने रोकर नदी बहा दी !"

सुवर्ण फिर भी निर्विकार ही बैठी रही ।

अब प्रबोध ने एक निःश्वास फेंका ।

अपने-आप ही बोला, "उफ़्, खटनी क्या जो होती है, वह यह साला ही नस-नस से समझ रहा है !"

सुवर्ण फिर भी नीरव ।

प्रबोध ने अबकी फिर निःश्वास फेंका । क्लिष्ट-क्लान्त की भूमिका नहीं । बोला, "कहावत है, दुःख का साथी । सो ब्याहता स्त्री ही जिसके दुःख से दुखी नहीं, उसको क्या भरोसा । यह बात एक बार को भी किसी के ख़याल में नहीं आयी,…वही तो! यह आदमी बिना सूचना दिये हठात् आ धमका ? दुनिया दोष ही देखती है, कारण नहीं देखती ।"

फिर भी सुवर्ण की गरदन नहीं फिरी ।

इसलिए प्रबोध ने अबकी अन्तिम चाल चली ।

"सिर ऐसा दुख रहा है, कहीं हड्डी के बुख़ार को न खींच निकाले !"

अब उसकी मंशा सिद्ध हुई । सुवर्ण ऐसा सफ़ेद झूठ नहीं सह सकती । बोल

उठी, "केवल बुख़ार ? बुख़ार का विकार नहीं ?"

शायद जो कि प्रबोध के सुलह के मनोभाव को देखकर ही बोली घिन से । गुस्सा होने की बात थी ।

गुस्से के मारे चीख पड़ने की बात ।

लेकिन ताज्जुब प्रबोध ने वह सब कुछ नहीं किया । बल्कि निश्चिन्त गले से बोला, "शायद वही होने से तुम्हें खुशी हो ?"

सुवर्ण ने फिर बाहर की ओर मुँह फेर लिया ।

सिर्फ़ उदास-उदास गले से बोली, "क्या पता ! उस चीज़ का आज तक स्वाद तो नहीं मिला ।"

तेईस

प्रबोध ने केवल पत्नी को ही ज़नाना-डब्बे में नहीं चढ़ाया, सभी बच्चों को भी चढ़ा दिया । सामान-वामान तो चढ़ाया ही । खुद हाथ-पाँव झाड़कर बग़ल के कमरे मे बैठकर मन-ही-मन सोचने लगा, स्थिति को अनुकूल कैसे बनाया जाये ।

निहायत अपना हाथ जलाकर पका-चुकाकर खाने और फिर मामी के यहाँ जाकर खाने की यन्त्रणा से ही उसे लाने गया था तथा जाते ही उसे न देखकर मिज़ाज जल उठा था, विशद व्याख्या करके यही उसे समझाना होगा । और तबीयत ख़राब होने का भी थोड़ा बहाना बनाना पड़ेगा, नहीं तो जैसी संगदिल औरत है यह, गलेगी नहीं।

आश्चर्य है, स्त्री जितनी भी बहके और प्रबोध उससे चाहे जितना ही जले-भुने, अन्त तक अपने को ही क्षुद्र लगता है । सुवर्ण को वास्तव में असली नहीं सोचा जा सकता । वह मानो अपनी महिमा से सिर ऊँचा किये खड़ी रहती है । उस समय अपना समर्थन करने, कौशल करने के सिवाय और किया क्या जा सकता है ?

सो इस बार सुविधा है ।

घर में कोई नहीं है ।

उतने बड़े घर में मात्र चार भाई ही हैं । और केवल प्रबोध का ही परिवार पहुँचेगा । अतएव···

लेकिन हाय, प्रबोध का नसीब ।

एक वेला के लिए गया, लौटकर देखता क्या है कि घर लोगों से भर गया है । गुरु के यहाँ से पोती को लेकर मुक्तकेशी लौट आयी हैं । बहन के यहाँ से उमाशशि अपने दस बच्ची-बच्चों के साथ आ पहुँची है ।

अपनी फ़ौज लिये प्रभास की स्त्री आ गयी है ।

उसी के लिए मुक्तकेशी को आने की सुविधा हो गयी । वह कटवा में अपनी फूफी के यहाँ थी । सास नवद्वीप में हैं, इसी मौक़े का लाभ उठाकर फूफी के साथ नवद्वीप देखने गयी थी । मुक्तकेशी ने ऐसा मौक़ा हाथ से नहीं जाने दिया, बोलीं, "दिनों तक पराये घर में पड़े रहने की ज़रूरत नहीं सँझली बहू, चलो, चलें । रोग-बला कुछ सदा नहीं रहती । और सब बातों का सार है—राखे राम तो मारे कौन ?"

सँझली बहू सुवर्णलता नहीं है ।

वह सास के मुँह पर बोल नहीं बैठी, "यह सार बात तो आपकी जानी ही हुई थी माँजी, फिर इतनी बड़ी गिरस्ती को लेकर ऐसा किया क्यों ?"

नहीं कहा । कहना जानती भी तो नहीं कह पाती ।

क्योंकि उस प्रस्ताव से सँझली बहू भी जी गयी ।

अधिक दिनों तक पराये घर में रहना सुविधा का नहीं है, यह उसने भी समझ लिया है ।

इसलिए, उधर से ही कलकत्ते की गाड़ी पर सवार हो गयी । पुरुष अभिभावक के रूप में फूफी का एक लड़का साथ आया । सोलह साल का लड़का । सो जो हो, है तो पुरुष ही !

ग्रह के चक्र से या प्रबोध के भाग्य के फेर से क्रुद्ध, अभिमानाहत दीदी के निर्देश से उमाशशि भी दीदी के यहाँ से उसी दिन चली आयी । ये लोग सवेरे, वह साँझ को ।

गर्ज़ कि स्त्री के साथ निर्जन घर में रोमांचक वास की कल्पना प्रबोध की धूल में मिल गयी । सूने घर में गला खोलकर उपदेश-आदेश दे-देकर स्त्री को ठोंक-पीटकर नये सिरे से गढ़ लेने का सपना टूट गया । यह अवस्था देखकर ही, मन-ही-मन संसार-परिजन सभी के बारे में एक कटूक्ति करके वह घर से निकल गया ।

और, सुवर्ण की तरह आज उसे भी लगा, घर में बहुत अधिक लोग हैं । इतने लोगों के दबाव में सच ही अपना कुछ नहीं खुलता । किन्तु सुवर्ण झटापट बोल बैठती, "बाप रे, इस घर में लोग और लोग की बुद्धि खुलेगी कहाँ से, ख़ामखा की झंझटों में ही तो रात-दिन कट जाते हैं ।" तो प्रबोध उसे 'एकल षण्डी' कहकर उलाहना देता है ।

अब लगता है, इतने लोगों की रेलपेल में अपना माहात्म्य कहीं नहीं निखारा जा सकता । लगता है, रात दोपहर से पहले अब सुवर्ण से निबटने का उपाय नहीं है ।

धत्तेरे घर की ऐसी-तैसी ! जग्गू-दा बड़े मज़े में हैं । उसके बाद ही ख़याल आया, मामी के यहाँ ख़बर कर देना ज़रूरी है ।

वह उसी ओर को चल पड़ा ।

"वे लोग तो सब आ गये ।"

प्रबोध ने निर्वैयक्तिक सुर में यह घोषित किया ।

श्यामसुन्दरी ओसारे पर बैठी माला फेर रही थीं, इशारे से पूछा, "कौन लोग ?"

प्रबोध ने वैसे ही निर्लिप्त गले से कहा, "और कौन ? माँ और माँ के चेले-चामुण्डे! तुम्हें अब भानजों की रसोई नहीं बनानी पड़ेगी, मैं यही कहने आया हूँ ।"

जग्गू जाने कहाँ था, भाई का गला सुनकर इधर आते-आते सोच रहा था, प्रबोध आज इतना सवेरे आ गया ? भूख लग गयी है शायद । ख़ैर, माँ का पकाना-चुकाना तो सवेरे ही हो जाता है ।

कि कानों में आया, "रसोई नहीं बनानी पड़ेगी, यही कहने आया हूँ ।"

एक पाँव पर खड़ा हुआ जग्गू ।

रंज होकर बोला, "यही कहने आया हूँ के माने ? आज नहीं खायेगा ?"

प्रबोध ने लापरवाही से कहा, "अब ज़रूरत ही क्या है, जब सब आ गये ? घर में ही बन-बना रहा है···"

जग्गू और भी बिगड़ उठा, "ज़रूरत ही क्या ! मैं पूछता हूँ, माया-दया नाम की भी कोई चीज़ तेरे शरीर में नहीं है पेवो ? एक बूढ़ी ने आशा करके घर-भर के लिए पका-चुकाकर रखा है, मैं एक पगला-वगला बड़ा भाई, आँगन में चूल्हा जलाकर अण्डे का डलना, हिलसा मछली का 'झोल' और मौरला की चटनी बनाकर रखी है और आप नवाब ने आकर हुक्म फ़रमा दिया, 'पकाने की ज़रूरत नहीं, घर में रसोई बन रही है !' धन्य हो । अरे तू पढ़-लिखकर ऐसा जंगली कैसे हुआ पेवो ?"

श्यामासुन्दरी का माला फेरना अब नहीं हो सका । वह प्रबोध का मिज़ाज जानती हैं, इसलिए शंकित हो हड़बड़ाकर माला को कपाल से छुलाकर रूढ़ गले से बोल उठीं, "लेकिन तू सब सुने बिना पेड़ के बन्दर की नाईं टपक क्यों पड़ा ? अचानक वह सब चली क्यों आयीं, कौन-कौन आयीं और थकी-माँदी आकर ननदजी रसोई करने को ही क्यों बैठ गयीं, यह सब पूछा ?"

"पूछे मेरी बला !" जग्गू ने कहा, "देख नहीं रही हो. दिमाग़ से दमदम कर रहे हैं बाबू । माँ आ गयी, अब परवा किसकी, क्यों ?"

प्रबोध ने ऊबे हुए-से कहा, "अकेली माँ ही क्यों, पूरा परिवार, जो जहाँ थी, सभी तो आ गयीं । लाश पर टूटनेवाले गिद्ध की तरह सभी एक ही साथ टूट पड़ीं। न खबर दी, न यात्रा निकाली···"

"सुनो इसकी उलटी-पुलटी बात···" जग्गू ने हाथ उलटकर कहा, "तो फिर पेका ने जो मुझसे कहा कि तू मँझली बहू को लाने के लिए चाँपता गया है ? और तू कह रहा है, ख़बर नहीं दी, यात्रा नहीं निकाली···"

"अरे बाबा, लाने गया था, यह किसने कहा !" प्रबोध सफ़ाई देने पर उतरा, "गया था हाल-चाल लेने । तुम्हारी बहूरानी ने तो एकबारगी पगहा तुड़ा लिया 'कलकत्ता जाऊँगी' कहकर । फ़ैशनवाली है न । गँवई गाँव में चल नहीं रहा था

बीवीजी का ! सोचा, जब तुल ही गयी है, तो चलें । आकर देखता हूँ···''

आकर प्रबोध ने क्या देखा, इसपर कान नहीं देकर जग्गू ने सन्दिग्ध गले से कहा. ''मँझली बहू ने ग़लत ज़िद पकड़कर पगहा तुड़ा लिया ? अबे बना-बनू कर तो नहीं बता रहा है अभागे ? तेरे तो उस गुण में हिचक नहीं है । खुद तो लिवाने को नहीं दौड़ा ?''

प्रबोध ने अवश्य निश्चिन्त होकर ही यह बात कही थी । क्योंकि जानता था कि सुवर्ण तो जेठ या मामी सास को आकर हक़ीक़त नहीं बतायेगी । लिहाजा अपनी ही पत रहे । पत्नी के लिए जान निकल रही थी, यह बात छिपी ही रहे ।

किन्तु जग्गू ने उस निश्चिन्तता पर ही चोट मारी । मुश्किल ! अब फिर कुछ बना-बनूकर बताओ !—''सुन लो ज़रा, खामखा झूठ क्यों कहने लगा ? मेरे पहुँचते ही तो रो पड़ी । बोली, 'सड़े पोखरोंवाले इस इलाक़े में अब रहा नहीं जाता ।' लाचार, मुझे लाना ही पड़ा । आया तो देखा हरेकृष्ण ! नदिया से माँ, कटवा से सँझली बहू, बण्डेल से बड़ी बहू बाल-बच्चों समेत आकर हाज़िर ! उसी से घबराकर निकल आया ।''

सबके एक ही साथ आने की सुनकर श्यामासुन्दरी ने आश्चर्य दिखाते हुए कहा, ''खैर, आ गयीं तो आ गयीं । आज जब तुम लोगों का खाना यहाँ बन चुका है, तो चारों भाई आकर खा जाओ । नहीं तो मुझे बड़ा कष्ट होगा मन में और सारा आमिष भी नष्ट होगा । जग्गू तो वह सब खाता नहीं है । तुम लोगों के लिए ही दो तरह की मछलियाँ, बतख के अण्डे ले आया···''

कहना नहीं होगा कि उस दिन यद्यपि जग्गू ने महज 'दाल-चच्चड़ी' की निराशा-वाणी सुनायी थी, पर फुफेरे भाइयों का ननिहाल-जैसा ही आदर-जतन कर रहा था । नित्य नूतन ।

परन्तु आज के 'प्रकार' की सुनकर प्रबोध का मन हठात् चंचल हो उठा ।

सुवर्ण हिलसा मछली की परम भक्त है । बतख के अण्डे की भी कम नहीं । मिज़ाज ठीक रहे तो तोड़-जोड़ करके घर-भर को भोज खिलाने की धुन है उसे और उस भोज का मूल अकसर खिचड़ी होता है । और अनुपान-उपकरण वही दो चीज़ें होते हैं ।

हिलसा मछली और भुने अण्डे ।

उमाशशि के कारण रसोई में अण्डे नहीं आते, सुवर्ण ही अलग चूल्हा सुलगा कर बड़े उत्साह से···अपने को अच्छा न लगे तो औरों के लिए कोई इतना करता है भला!

मन उतावला होने लगा, अन्त तक एक कौशल कर बैठा प्रबोध । अमायिक गले से बोला, ''सब समझता हूँ । परन्तु माँ भी तो इतने दिनों के बाद बछड़ों के लिए डकर रही है । तो एक काम करो मामी, मछली और अण्डे तथा अपनी ओर के व्यंजन दो बरतनों में ले जाने लायक करके दे दो, मैं ले जाता हूँ । माँ के भात के साथ ननिहाल का व्यंजन । अहा !''

''यहाँ से ढोकर ले जायेगा तू ?''

जग्गू अवाक् हो गया ।

प्रबोध अचानक जग्गू की ओर खिसक आया और फुसफुसाकर जाने क्या बोला और तुरंत जग्गू ज़ोर से उसकी पीठ पर एक थाप जमाकर हँस उठा । हँसता ही रहा हा-हा करके ।

प्रबोध लज्जित हुआ, श्यामासुन्दरी खीजीं । बोलीं, "पागल की तरह हँस रहा है?"

जग्गू और भी उदात्त हो उठा ।

उसने प्रबोध की पीठ पर और एक बार थाप लगायी । बोला, "हूँसू नहीं भला! कौन कहता है, भाई मेरा कठखोट्टा है । अन्दर ही अन्दर..."

सुवर्ण भी पहले हँसकर भौंचक्की-सी रह गयी थी । लौटते ही घर को ऐसा गुलज़ार देखेगी, ऐसी धारणा नहीं थी । परन्तु चम्पा को देखकर अच्छा लगा । और, आँखों में आँसू भी आयी । दशा क्या हो गयी है उसकी । मगर ये ? जेठानी के बच्चे ? कहना नहीं चाहिए, मौसी का अन्न खाकर सँभल गये हैं ।

बेटी के दुबली हो जाने की चर्चा नहीं की सुवर्ण ने । कौन जाने, उस बात की कितनी बतंगड़ होगी । उसने ढंग की बात उठायी । बोली, "तेरा रंग कैसा हो गया है रे चम्पा ? कालिख हो गयी है तू । गंगा में नहाते-नहाते बाल के भी बारह बज गये ।"

बात ग़लत नहीं थी ।

मुक्तकेशी ने स्वयं ही पचासों बार यह अफ़सोस किया है, किन्तु अभी एकाएक चम्पा की माँ के मुँह से यह सुनकर उन्होंने अपमान माना, मानो इस रंग और बालों की खर्वता में मुक्तकेशी की त्रुटि की बात निहित है ।

पर, नकारकर उड़ा भी नहीं दिया जा सकता । बालों को छोड़ भी दें, लड़की आबनूस-सी ही नहीं, रस्सी-जैसी दुबली भी हो गयी है । और यह इसलिए और खल रहा है कि उमाशशि के बच्चों की सेहत में ख़ासी तरक्की हुई है ।

मौसी के यहाँ से ऐसा गोल-गाल होकर क्यों आना ! यह मानो मुक्तकेशी का ही अपमान करना है ।

अपमान के दाह से जलते-जलते एक समय बदला लिया । उलटे रास्ते से । एक पोती को बुलाकर कहा, "धनी मौसी के यहाँ जाकर खूब फूटकर खाया है, क्यों?"

पोते से नहीं कहेंगे, नज़र लगेगी । बच्चियों के नज़र नहीं लगती । वह बच्ची थतमता गयी । बोली, "वाह, हमने क्या माँगकर खाया है ?"

"माँगकर खाया कि जाँचकर खाया, यह नहीं जानती, लेकिन खाया है, यह मालूम हो रहा है । लेकिन एकाएक चली क्यों आयीं ? रह जातीं और । भाइयों का स्कूल तो खुला नहीं है अभी !"

भाइयों के ही ! क्योंकि स्कूल की बला उन लोगों को नहीं । लड़कियों की पढ़ाई से मुक्तकेशी बदस्तूर खफ़ा होती हैं । पढ़ने-लिखने से लड़कियाँ वाचाल और म्लेच्छ भाषा सीखने से विधवा होती हैं—यह निश्चित है—उन्हें मालूम है । इसलिए लड़कियों

को पढ़ने की ज़हमत नहीं है

चम्पा को फिर भी सुवर्ण ज़बरदस्ती घर में पढ़ाती है। परन्तु चम्पा अभी तक कथा-माला से बोधोदय तक नहीं पहुँची बल्कि चन्नन दादा-दीदी की किताबें खींच-खींचकर ही पढ़ना सीख गयी है। सँझली लड़की पारुल भी डोलती हुई पाठ याद करने का भाव करती है। घर का यह दृश्य देखकर चाचा लोग कहते हैं, "मँझली बहू की पाठशाला!"

ख़ैर। उमाशशि की बेटी मोटी होने के अपराध से धिक्कार खाकर अप्रतिभ होकर बोली, "स्कूल नहीं खुला, पर-कुटुम्ब के यहाँ कब तक रहें ?"

"रही जाती तो क्या था ! धनी कुटुम्ब ! तेरी माँ तो बहन की प्रशंसा करते-करते सुध-बुध खो बैठती है !"

अचानक ही यह लड़की दुस्साहस करके बोल उठी, "क्यों न हो, तुम्हारी तरह वहाँ तो कोई आठों पहर खिटखिट नहीं करता !"

मुक्तकेशी स्तम्भित हो गयीं।

उन्होंने मानो अपने भविष्य की स्याह तस्वीर देखी। नहीं मानेगा, अब कोई नहीं मानेगा। लगता है, मान-सम्मान के दिन लद गये ! कोई ढिठाई करेगा तो सबको हिम्मत हो आयेगी।

यह मँझली बहू के किये हुआ !

सबमें दुस्साहस ला देना।

मँझली बहू ने ही यह दिखलाया कि गुरुजनों को मुँह पर जवाब देकर भी पार पाया जा सकता है।

तो फिर मुक्तकेशी की गति ?

मौसेरी बहन हेम जैसी ठुकरायी-सी पड़ी रहेंगी।

हेम की दुर्दशा तो अपनी आँखों देख आयी हैं। उसके तो उस एक ही बहू से घर में शनि का प्रवेश हो गया !

किन्तु मुक्तकेशी क्या अभी ही हार मान जायेंगी ?

और एक बार सख़्त मुट्ठी से पतवार थामने की कोशिश नहीं करेंगी ?

कोशिश की।

फिर मँझली बहू पर ही पड़ गयीं।

"मैं कहती हूँ मँझली बहू, पेवा पुरुष है, वह इतना नहीं जानता। भला तुम कैसे चली आयीं ? तुम क्या नहीं जानती हो, ऐसे में 'आठ-काठ' पर नहीं चढ़ना चाहिए ? यह तुम्हारा आठवाँ महीना है न ?"

सुवर्ण अपनी जेठानी और सँझली देवरानी से अपनी अभिज्ञता के बारे में बात कर रही थी। मिज़ाज कुछ अच्छा ही था। चम्पा उसके बदन से सटी-सटी बैठी थी। दादीजी के गुरु के वहाँ की भली-बुरी गप करती हुई हँस रही थी। मतलब यह कि सूने घर में अकेली आ पहुँचने से यह जनारण्य मानो उसके लिए अच्छा ही हुआ।

किन्तु सास के यों जबरन बेक़ायदे डाँटने से दबी पड़ी आग सुलग उठी । वह कठिन गले से बोल उठी, ''जानती क्यों नहीं हूँ माँ जी ? परन्तु क्या उसी के लिए कुटुम्ब के खड़ी-खड़ी जूते खाती ?''

''जूते !''

मुक्तकेशी बोल उठीं, ''तुम जूते खातीं ? हाथ जोड़े पति को ही तो पग-पग पर जूते मारकर बात करती हो बहू ? उससे कह नहीं सकीं कि अभी नहीं जाया जा सकता ? सुबाला भी तो बुढ़िया हुई, वह नहीं जानती थी ?''

सुवर्ण तीखे गले से बोली, ''सभी सब जानते हैं माँ, केवल आप अपने बेटे को नहीं जानती हैं । लेकिन 'आठ-काठ' पर चढ़ने से यदि कोई विपत्ति हो, तो समझूँगी, यह मेरे पुण्य का फल है ।''

''पुण्य का फल ! विपत्ति हो तो तुम्हारे पुण्य का फल ?'' मुक्तकेशी ग़ुस्से के मारे मानो बेहाल हो गयीं । ''मँझली बहू, माँ हो न तुम ?''

''माँ हूँ, जभी तो कह रही हूँ माँ !'' सुवर्ण ने इस बार बड़े शान्त स्वर में कहा, ''फिर भी तो दुनिया में एक अभागा ही कम होगा !''

''अभागा !'' मुक्तकेशी अब अपने क्षेत्र में आयीं । कहा, ''सो है । तुम जैसी माँ के गर्भ में जो पैदा होने के लिए आया है, वह अभागा ही होगा !''

''वही बात मैं भी कह रही हूँ । ख़रीदी हुई बाँदी के पेट की सन्तान अभागी के अलावा और क्या हो ?''

वह वहाँ से चली गयी ।

अब गप-शप की जगह नहीं गयी । अपने कमरे में चली गयी । रस्सी में जो पत्रिकाएँ बँधी थीं, उन्हें खोलने लगी ।

हठात् नज़र पड़ी, एक पत्रिका में उस कविता के दो पन्ने पड़े हैं । उसके साथ एक टुकड़ा और । जो अंश खो गया था । खोजकर दे दिया ।

अनजानते ही सुवर्ण की आँखों से आँसू की बड़ी-बड़ी बूँदें टपक पड़ीं ।

सुवर्ण के लिए भी पृथ्वी में सम्मान है, श्रद्धा है, प्रीति है ! निर्मल प्रेम का स्पर्श है ! तो फिर वह पृथ्वी से एकबारगी विश्वास क्यों खो बैठे ? एकदम हताश क्यों हो? अपनी गर्भजात सन्तान को क्या वह मनुष्य का परिचय नहीं दे सकेगी ? जो आदमी कि पृथ्वी पर विश्वास लौटा ला सके, आशा लौटा ला सके, वैसा आदमी ?

किन्तु वह क्या इस परिवेश में सम्भव है ?

आँसू की बूँदें ढुलककर सूख गयीं । सुवर्ण पत्रिकाओं को उलटने लगी ।

उस समय पता नहीं चला, उसकी देवरानियाँ छोड़ी हुई गप्पबाज़ी को जोड़कर बैठी हँस रही हैं । कही रही हैं, ''उसके पेट के बच्चे अभागे ? तो फिर भाग्यवन्त कौन ? उसके बच्चों का आदर देखने से···''

जतन को ही आदर कहती हैं वे ।

प्रबोध कमरे में आया ।

चोर की तरह चुपचाप ।

धोती के छोर से जाने क्या तो दबाये ।

यह कमरा एक किनारे है, गृहप्रवेश के दिन सुवर्ण के आहत अभिमान का परिणाम। वही स्थायी हो गया है । प्रबोध अवश्य बराबर ही उस ओछे कमरे के लिए कहा करता है, पर सुवर्ण कहती है, "यही ठीक है ! इस कमरे में सहज ही कोई नहीं आता, यही मेरा परम लाभ है ।"

कमरे में कोई आता नहीं, यह जानते हुए भी प्रबोध ने दरवाज़े को आधा भिड़काकर फुसफुसाकर कहा, "ऐ सुनो, झट से इसे खा लो तो ।"

इस बिलकुल नये रंग-ढंग से सुवर्ण अवाक् हुई । और शायद इसीलिए पुंजीभूत अभिमान को दमन करके वह बोली ।

कहा, "क्या खा लूँ ?"

धोती के नीचे से अख़बार और सखुए के पत्ते में मुड़ा-चिपटा-सा एक अण्डा और हिलसा मछली का एक टुकड़ा निकाला ।

सुवर्ण गुस्साना भूल गयी ।

वह स्तम्भित गले से बोली, "इसका मतलब ?"

"अरे बाबा, मतलब फिर सुनना, बताऊँगा । पहले खा तो लो । कब जाने कौन बच्चा आ पहुँचे । ये चीज़ें तुम्हें प्रिय हैं, इसलिए बड़े-बड़े कौशल से ले आया हूँ ।"

"मेरी प्रिय हैं इसलिए ! मेरी प्रिय !"

सुवर्ण के चेहरे पर एक अलौकिक रहस्यमय हँसी फूट उठी ।

उसी हँसी में से वह मानो स्वप्राच्छन्न गले से बोली, "किसने कहा, ये दो चीज़ें मेरी प्रिय हैं ?"

"किसने कहा ?"

रहस्य की हँसी प्रबोध के भी चेहरे पर फूट उठी । उसने भी ख़ास कौतुक के स्वर में कहा, "बिना कहे समझ में नहीं आता ? गाना, मैं तुम्हें फूटी आँखों नहीं सुहाता, तुम तो मुझे···लो-लो, पकड़ो, मेरी धोती-फोती गयी ! तेल-झोल से एकाकार हो गयी !"

पति के इस ऊबे हुए भाव की उपेक्षा करते हुए सुवर्ण ने कहा, "लेकिन यह बहादुरी तुम्हें नसीब नहीं हुई । मैं इन दो में से एक भी नहीं खाती !"

"नहीं खाती तो ? दो में से कोई नहीं ?" प्रबोध के गले में क्रुद्ध अविश्वास का सुर फूट उठा ।

वास्तव में बहुत कसरत करके ही उसे ये दोनों तुच्छ चीज़ें लानी पड़ी हैं । प्राण के खिंचाव से ही ले आया है । सोच रखा था, जाते ही सुवर्ण के मुँह में डालकर हँसी-खेल में अपराध के पाषाण-भार को हटा देगा, मगर यह औरत आप ही मानो

काठ-पत्थर हो ! आगे नहीं बढ़ आयी, देखा नहीं, और झूठ ही कह रही है, मैं खाती नहीं ।···और कुछ नहीं, पोसा हुआ ग़ुस्सा है । औचक ही लिवा लाने के ग़ुस्से को पाल रखा है ! इसीलिए पति की इस बदहाली पर भी ममता नहीं ज़रा भी ।

इसलिए उसके गले में भी प्यार का स्वर पुँछकर क्रुद्ध स्वर आ गया ।

''नहीं खाती हो ? सफ़ेद झूठ कह गयीं ?''

सुवर्ण ने खूब शान्त गले से कहा, ''ख़ामाख़ा झूठ कहने की क्या पड़ी है ? और तुम खूब जानते हो कि झूठ बोलना मेरा स्वभाव है या नहीं । हिलसा मछली से मुझे काँटे का डर है, यह बात घर के सभी जानते हैं ।''

''ओ, सभी जानते हैं ! एक मैं साला···ख़ैर, इसमें तो काँटा नहीं है, इसने कौन-सा कसूर किया ?''

''उसमें मुझे कैसी तो गन्ध लगती है । और फिर जो चीज़ रसोई में नहीं जाती, वह खाने में मुझे रुचि नहीं होती ।''

फिर भी प्रबोध को इन बातों पर विश्वास नहीं हुआ । 'सुवर्ण रोज़ इतने उत्साह से यह सब क्या यों ही मँगवाती है ?'

वह कह भी बैठा ।

''रुचि नहीं, कह दिया और हो गया ! मँझली बहू, बांगाल[1] को हाईकोर्ट मत दिखाओ ! बारहों महीने इतने आनन्द से मँगवाती हो, पकाती हो और खुद नहीं खातीं? असल बात यह कि यह मेरा लाया हुआ है, इसलिए नहीं खाओगी—यह कहो ।''

उसके अभिमान-क्षुब्ध मुँह की ओर सुवर्ण ने ताका ।

अपने पति के अभिमान के कारण की ओर ताककर देखा । चिपटी और टूटी हुई-सी वह खाद्य-वस्तुएँ मानो व्यंग्य से सुवर्ण की ओर देख रही थीं ।

फिर भी सुवर्ण ने नरम गले से कहा, ''ऐसा क्यों कह रहे हो ? तुम्हारी लायी हुई चीज़ नहीं खाऊँगी । ऐसे अहंकार की बात कह भी कैसे सकती हूँ ? पागल तो नहीं हूँ मैं ! सच ही मैं यह सब नहीं खाती । चाहो, तो दीदी से पूछ देखो ।''

अब सम्भवतः प्रबोध को विश्वास हुआ ।

और शायद हो कि इसी आशा-भंग के दुःख से उसकी आँखों में आँसू आ गये। बड़ा अपमानित-सा लगा अपने को और आक्रोश हाथ की उन चीज़ों पर जा पड़ा ।

''भाड़ में जाये । ले जाकर रास्ते में फेंक देता हूँ !'' कहकर वह तेज़ी से कमरे से बाहर चला गया ।

पत्रिका के पन्ने उलटने की भी इच्छा नहीं रही ।

पत्रिकाओं को सावधानी से चौकी के नीचे ठेलकर घुटने पर मुँह रखकर वह बैठ पड़ी ।

---

1. पूर्वी बंगाल के लोगों को कहते हैं ।

मन-ही-मन अपने विधाता से पूछा, "मेरी क़ीमत आँकने में एक फूटी कौड़ी के सिवाय क्या और कुछ नहीं जुटा देवता ?"

चौबीस

सीढ़ी पर चढ़ते-चढ़ते ठिठककर खड़ा हो गया प्रभास ।

वह क्या हो रहा है ?

ज़नाना-गले से स्पष्ट उच्चारण में मँझले भैया के कमरे से क्या तो सुनाई पड़ रहा है?

पद्य !

पद्य-पाठ हो रहा है ।

किन्तु यह तो बच्चों का पाठ मुखस्थ करना नहीं है । यह तो नाटक है !

कहो-कहो सब मिलकर
शत वेणु-वीणा-स्वर
भारत फिर से विश्व सभा में
होगा उच्चासन पर

सीढ़ी से नहीं, पा-पा करके ही प्रभास मँझले भैया के कमरे के पास पहुँचा । और दोनों ही स्पष्ट हो गये—सुनना और देखना !

मँझली बहू ने स्कूल ही खोल रखा है ।

एक किताब खोलकर वह कुछ कहती है, उसके बाद कई बच्ची-बच्चे उसे दुहरा रहे हैं । सुवर्ण के बच्चे हैं, उमाशशि के भी ।

स्कूल ही क्यों, कीर्तन-पार्टी भी तो कह सकते हैं ।

इसीलिए अगली झंकार जब छोटे बच्चे भूल-भाल उच्चारण से बोल उठे:

धर्म में महान् होगा, कर्म में महान् होगा
नया दिनामन उगेगा फिर से
पुरातन प्राची पर—

कि चौकठ पर पाँव रखकर प्रभास चिल्ला उठा, "वाह-वाह, क्या कहने ! बिलकुल कीर्तन-पार्टी ! मूल गायक सुर दे रही हैं, चेले-चामुण्डे दोहारी कर रहे हैं—सिर्फ़ तबले के बोल ही बाक़ी हैं ! लेकिन अपनी माँ से कह दे चन्नन, बग़ल के कमरे में तेरी सँझली चाची के भाई आये हैं । वह भलेमानस का लड़का सुन-सुनकर शायद हैरान हो रहा है ।"

कहना नहीं होगा, सभी चुप हो गये थे ।

यही काफ़ी है, यह सोचकर प्रभास भी चला जा रहा था, कि उसने सुना, बड़े भैया का एक नितान्त ही छोटा लड़का बोल उठा, "सँझले चाचा, मँझली चाची हमें फिर से गाने को कह रही हैं । कह रही हैं, यह कीर्तन नहीं है ।"

प्रभास ने अन्तिम बात नहीं सुनी, पहली सुनी ।

बरदाश्त से बाहर आश्चर्य से बोला, "फिर से गाने को कह रही हैं ?"

"हाँ । कहती हैं, यह गीत सभी को सीखना चाहिए । इसके बाद वह 'वन्दे मातरम्' सिखायेंगी ।"

"ख़बरदार !" प्रभास गरज उठा, "तुम्हारी मँझली चाची ने सोचा क्या है ? हमें हथकड़ी लगवाना चाहती हैं ? कह दे उनसे, यह सब नहीं चलेगा । इस घर में इतनी बाढ़ उनकी नहीं चलेगी ।"

उस लड़के ने फ़ौरन कमरे के भीतर से जवाब दिया, "मँझली चाची कह रही हैं, घर में सब पर आपका ही हुक्म चलेगा ? और किसी की कोई इच्छा नहीं चलेगी ?"

उस लड़के ने तोते-जैसी बोली सीखी है । बात का गुरुत्व क्या है, वजन क्या है, यह नहीं सीखा । जभी इतना बोल सकता है । बाक़ी सब पुतले-से बैठे रहे। सँझले चाचा को जवाब ? कैसी भयंकर बात !

सँझले चाचा खुद भी उस आश्चर्य से ही पहले सन्न रह गये । उनके मुँह पर जवाब ! अवश्य वह सन्न होना क्षण-भर का । दूसरे ही क्षण ज़मीन पर पैर ठोंककर चिल्ला उठे वह, "अच्छा ! घर में अब ऐसी कुशिक्षा की खेती चल रही है ? ख़ैर, अपने बच्चों का दिमाग़ खा रही हैं, खायें, औरों के बच्चों का माथा क्यों चबा रही हैं? खोका, मैं कह रहा हूँ, उठ जा वहाँ से ? उठ । और अपनी मँझली चाची से कह दे, नहीं, नहीं चलेगा । जिसका गुजर न हो, वह अपना रास्ता देखे ।"

इसके बाद ही गाज गिरी ।

अबकी खोका नहीं, स्वयं मँझली बहू दरवाज़े पर आ खड़ी हुई । खोका को महज़ माध्यम बनाकर बोली, "खोका, अपने सँझले चाचा से पूछ, इस घर के वही मालिक हैं क्या ? जिसे चाहें वह उसे रखेंगे, जिसे चाहें निकाल देंगे ? यदि यही हो तो साफ़ कहें, मैं कल ही रास्ता देखूँगी । और कुछ न नसीब हो, पेड़ तले की छाया तो कोई छीन नहीं सकेगा ?"

पृथ्वी में अघटित भी घटता है ।

नहीं तो ऐसी दुस्सह स्पर्द्धा के बाद भी सुवर्ण सीधी सतेज खड़ी रह सकती ? आसमान से गाज तो नहीं ही गिरी सिर पर, स्वयं सँझले बाबू भी दौड़कर मारने को नहीं आ सके । बल्कि हठात् भाषा खोकर वह मानो मूक हो गया ।

उसके बाद जब बोला, तो शिथिल और सरल ढंग से बोला । जाते-जाते कहा, "मुझसे अपराध बन पड़ा कि शासन करने आया । बग़ल के कमरे में कुटुम्ब का लड़का

बैठा है, लाज लगी, इसीलिए यह हिमाक़त करने आया था। ख़ैर, तुम लोगों की चाची ने सचेत कर दिया। रात-दिन किताब पढ़नेवाली विदुषी महिला, यह सब तो होगा ही! लेकिन अपनी चाची से कह दे खोका, इस घर में उनका हिस्सा है, इसीलिए वह जो चाहे सो करेंगी, यह नहीं होगा। फिर तो वह बम भी बना सकती हैं।''

प्रभास चला गया, तीखे विद्वेष से मुँह स्याह करके।

कहने की ज़रूरत नहीं, पद्य कण्ठ करने की पाठशाला फिर नहीं चली, सुर कट गया।

लेकिन केवल उसी दिन ?

या कि सिर्फ पद्य के क्लास का सुर ?

रोना ! रोना !

कटु कुत्सित रुलाई !

सुनकर माया नहीं होती, दया नहीं आती, आती है वितृष्णा।

पोस्तादाना पीसते-पीसते गिरिबाला ने कहा, ''मँझली दी का यह अन्तिम नम्बरवाला जो हुआ है—उफ़ ! गला है ? आदमी का बच्चा रो रहा है या जन्तु-जानवर चिल्ला रहा है—समझना मुश्किल है !''

''जनम से ही रोगी जो है...'' उमाशशी ने कहा।

''तुम सारे संसार के लोगों का दोष मत ढँकती फिरो दीदी'', गिरिबाला ने ठेस लगाते हुए कहा, ''कौन जो तुम्हें क्या देकर राजा बनाता है, तुम्हीं जानो।''

''दोष ढँकना क्या !'' उमा अप्रतिभ हुई, ''रोगी है इसी से कहा !''

पीसना समाप्त कर सिलौटी को उठाकर रखते हुए गिरिबाला ने कहा, ''मेरा बस हो गया बाबा, चली। दोनों चूल्हे जलकर खाक़ हो गये। जिसकी बारी है, उसे होश ही नहीं !''

उमा का ख़याल था, इस वेला की बारी छोटी बहू की है। इसलिए बोली, ''छोटी बहू कहाँ है ?''

''छोटी बहू ? क्यों, छोटी क्या करेगी ? बारी तो मँझली बहू की है।''

''हाय राम ! आज बुधवार है न ?''

''है तो बुधवार ही, किन्तु पिछले हफ़्ते छोटी बहू के मैके जाने की गड़बड़ी से बारी बदल नहीं गयी ?''

उमाशशि बड़ी है, उमाशशि निर्बोध है, उमाशशि ग़रीब की लड़की है। वह प्रशंसा की कुछ कंगाल भी है। इसीलिए वह अकेली ही गिरस्ती का आधा काम करती है।

हर रोज़ सवेरे वह इस रावण के परिवार की रसोई अकेले ही करती है। बाक़ी

तीनों बारी-बारी शाम को ।

सुवर्ण ने बहुत बार एक रसोईदारिन रखने का प्रस्ताव किया है । उसका वेतन अकेली ही देगी । किसी ब्राह्मण घर की अधेड़ विधवा ढूँढ़े नहीं मिलेगी, सो नहीं । लेकिन उमाशशि सास की दुलरुआ है, प्रस्ताव पर ना कर बैठी, बोली, "हाय राम, हम लोग हाथ-पाँव समेटे बैठी रहेंगी और ब्राह्मणी रसोई करेगी ? छिः ।"

सुवर्ण ने कहा, "तो फिर चूल्हा फूँक-फूँककर मरो ! सवेरे की रसोई तो मुझसे हरगिज़ नहीं होने की । बच्चों की लिखा-पढ़ी चौपट हो जायेगी ।"

उमा ने विगलित होकर कहा, "राम कहो, मेरे रहते सवेरे की रसोई तुम लोग क्यों करोगी ? सवेरे तो मैं ही···"

"जानती हूँ, तुम ही चलाती हो । हाड़-माँस पीसती हो । लेकिन बारहों महीने यह देखने में भी तो अच्छा नहीं लगता है ! तुम्हारे मँझले देवर तो ज्यादा कमाते हैं, वेतन वहीं देंगे···"

उमाशशि ने ही 'ना-ना' किया ।

अतएव सुवर्ण को अब विवेक का दर्शन नहीं है । लेकिन यह कौन बताये कि उमाशशि की यह बेवकूफी क्यों है ? क्यों वह हर पल घर के सबका मन जुगाने की चेष्टा में मरती रहती है ? किसी का मन रख भी सकी है ?

मन रखते-रखते किसी का मन कभी रखा जा सकता है ?

नहीं रखा जा सकता ।

उस मन के दावे और प्रत्याशा को बढ़ा दिया जाता है, बस । और वह चेष्टा अविरत उसे अवज्ञा का पात्र बना देती है ।

वृथा चेष्टा का बोझ लेते-लेते उमाशशि ने भी अपने जीवन को केवल बोझिल ही बनाया है, किसी का मन नहीं रख सकी । मुक्तकेशी उसपर सदा खीजी ही रहती हैं। खुशामद वह वकील बेटे की बहू की करती हैं ।

क्यों करती हैं, यह आश्चर्य है !

यह भी एक मनोविज्ञान है ।

नहीं तो रुपयों की सुविधा तो मँझला बेटा देता है ! फिर भी सँझली बहू से डरती हैं !

छूत लगी-जैसी उमाशशि भी करती हैं । इसीलिए डरते-डरते कहा, "मँझली की लड़की ने आज जो काण्ड किया है, उससे भला होगा ?"

"नहीं होगा तो जिससे होगा, वह करे ! मैं तो चूल्हे की छाँह भी नहीं छू सकती। मेरी बारी के दिन क्या कोई चूल्हा सँभालने आयेगी ?" कहकर गिरिबाला चली गयी।

सुवर्ण नहीं उतरी ।

ख़बर दुतल्ले पर फैल गयी । असन्तोष और आलोचना की लहर उठी और सबको दबाती हुई प्रबल हो उठी रुलाई ।

रुलाई ! कुत्सित रुलाई ।

वह आर्तनाद मानो इस अन्धकूप से आकाश को उठा चाहने लगा ।

''घर में हो क्या रहा है ?'' प्रभासचन्द्र का तीखा गला सुनाई पड़ा । शर्म और खीज के मारे ताश के अड्डे से उठकर आया । मिज़ाज इसीलिए सातवें आसमान पर।

''पूछता हूँ, रो कौन रहा है ? मँझली बहू का अन्तिम नम्बर ? मँझली बहू घर में नहीं है क्या ?''

घर में !

घर में क्यों न होंगी !

घर छोड़कर जायेंगी कहाँ ?

बेटी को गोदी में लिये बैठी हैं ।

''गोदी में लिये बैठी हैं ?'' प्रभाम विरक्ति का सारा विष उड़ेलकर चला गया, ''फिर भी गला बन्द नहीं कर पा रही हैं ? लड़की के गले से ऐसी शंख-जैसी आवाज़ मुँह में एक मुट्ठी नमक देने को कहो, बन्द हो जायेगी !''

चला गया ।

ग़नीमत कि यह सलाह सुवर्ण के कानों तक नहीं पहुँची ! उस समय सुवर्ण के कान का परदा रुलाई के शब्द से फटा जा रहा था ।

उधर रसोई में आँधी उठी ।

बड़ी बहू हाँड़ी चढ़ाने का भार ले रही थी, सँझली और छोटी बहू की ओर से ज़ोरों का प्रतिवाद हुआ । उमाशशि सुवर्ण को इतना सिर क्यों चढ़ायेंगी ? जिसके पाँछ-सात बच्चे हैं, उसके यहाँ रोग तो रोज़ ही लगा रहेगा । इसीलिए इसी बहाने उसे छुटकारा मिल जायेगा ?

कोई कहे तो भला कि सँझली और छोटी बहू ने कभी बारी नागा किया है ! उनका अपना चाहे जो भी हुआ हो, जो गुज़रा हो, गिरस्ती का काम करती गयी हैं। मँझली ने ही कौन रा पाँचवाँ पाँव साँप का देखा कि जो चाहेगी करेगी ?

उमाशशि यदि ऐसा पक्षपात करेगी, तो वे भी बच्चे को सरदी होने पर कमाही करेंगी । कह दिया ।

डर से हाँड़ी को ताख से उतारकर, चावल के बगूने को हाथ में लेकर उमाशशि किंकर्तव्यविमूढ़-सी खड़ी रही । ज़बरदस्ती करने का साहस भी नहीं ।

यह कहने का भी साहस नहीं कि ''अरे बाबा, करना तो तुम्हें नहीं पड़ रहा है, फिर इतनी चिढ़ काहे को ?''

पर, क्यों, चिढ़ क्यों है, यह क्या वही ख़ाक़ जानती है ?

जहाँ छोटी बातों के सिवा और किसी बात की खेती नहीं होती, वहाँ बड़ी और महत्त्व की बात मिले कहाँ ? छोटी बात ही चिढ़ की जननी है ।

"बेटी को लेकर दुलार रही है बैठी ? आज रसोई की बारी है न तुम्हारी ?" कमरे में हथौड़े की चोट-सी एक हुमकी आयी ।

लगातार रोती हुई लड़की को चुपाने की बेकार कोशिश से सुवर्ण खुद ही रुआँसी-सी हो रही थी, इस शब्द से चौंककर उसने पीछे उलटकर देखा । और तुरन्त लापरवाही से मुँह फेरकर बोली, "बारी निभाने की हालत देख रहे हो न !"

अभी-अभी नीचे बहुविध विरुद्ध समालोचना सुनकर प्रबोधचन्द्र का मिज़ाज भी चिढ़ा हुआ था । वह बिगड़कर बोला, "तुम्हारी हालत कोई क्यों सुने, कहो ? उसे छोड़कर चली जाओ । बेटी के लिए इतना !"

सुवर्णलता ने वैसी ही लापरवाही से कहा, "किसके पास छोड़कर चली जाऊँ ? तुम सँभालोगे ?"

"मैं ? मैं तुम्हारी उस गुणवन्ती बेटी को सँभालूँ ? भूत तो सवार नहीं है मुझपर?"

"मेरी बेटी ? अकेली मेरी ! सँभालने में तुम पर भूत सवार होता है ? कहने में शर्म नहीं आती ?" उग्रमूर्ति सुवर्णलता उठ बैठी, "फिर अगर इस ढंग की बात कही, तो मान-मर्यादा नहीं रखूँगी, कहे देती हूँ !"

इस मूर्ति से प्रबोध डरता है ।

फिर भी डर लगना प्रकट नहीं होने दिया । बोला, "ओः, मान-मर्यादा रखने में तो पसीना-पसीना हो ! अभी भले-भले अपना मान तो रखो जाकर, अपनी बारी निभा आओ !"

"मेरा मान इतना ठुनका नहीं है कि उसे रखने में पिशाची होना पड़े !"

बेटी को लेकर सुवर्ण लेट गयी ।

लापरवाही और अवज्ञा की अदा ।

प्रबोधचन्द्र का खून खौल उठा । वह तीव्र स्वर में बोला, "लेट गयीं ? मज़ाक़ है ? तुम्हारे हिस्से का काम रोज़-रोज़ कोई और क्यों कर देगी ? जाओ, रोने से लड़की मर नहीं जायेगी ।"

सुवर्णलता फिर भी नहीं उठी ।

लेटी-लेटी ही बोली, "एक रात नहीं खाने से भी कोई मर नहीं जायेगा ।"

बिना खाये !

यह कैसी भयंकर बात !

गर्ज़ कि उठेगी नहीं । पत्थर है, पत्थर ।

लाचारी में प्रबोध को दूसरा सुर अपनाना पड़ा । नरम सुर ।

"पाँच जने पाँच तरह की कहेंगी, वही क्यों सुनो ? लाज नहीं लगती है ?"

सवर्ण फिर उठ बैठी ।

उठकर दृढ़ कण्ठ से बोली, "नहीं, नहीं लगती ! मेरे लज्जा शर्म का ज्ञान तुम लोगों से नहीं मिलता । निन्दक के डर से रोगी बच्चे की दुर्दशा करना मेरे लिए ज़्यादा शर्म की बात है ! जो ऐसा करती हैं, वे माँ नहीं शैतान हैं; माँ नहीं पिशाचिन हैं ।"

"वे शैतान हैं ? पिशाचिन हैं ?"

"ज़रूर । शैतान, स्वार्थी, महापातकी !"

"तुम्हारी सारी बातें दुनिया के बाहर की होती हैं ।"

"हाँ, सब दुनिया के बाहर की । क्या करोगे, फाँसी दोगे ?"

"मैं कहता हूँ, तुम जाओ । बच्ची को मैं देखता हूँ..."

"नहीं ।"

नहीं, सुवर्ण उस दिन रसोई करने नहीं गयी ।

आखिर उमाशशि ने ही रसोई की ।

और आश्चर्य, घर-भर के लोगों को चकित करती हुई सुवर्ण ने आकर मज़े में वही रसोई खायी ! बुलाना तक नहीं पड़ा । हठात् आयी और पानी-कादो में ही धूप से बैठकर बोली, "मुझे दो मुठी दे तो दो दीदी, बड़ी मुश्किल से सुला पायी हूँ !"

ऐसी बेहया स्त्री ! फिर भी मुक्तकेशी ने सोच रखा था, आज सवेरे की रसोई का भार मँझली लेगी । लेकिन वह आशा फलवती नहीं हुई ।

सवेरे पता चला, बच्ची को चेचक हुई हैं ।

उसके वैसे रोने का कारण समझ में आया !

और रसोई का भरोसा भी जाता रहा ।

एकाध दिन नहीं । ऐसा बहुल दिन...

कहने को क्या था ! यह रोग किसी का राज़ी-खुशी का नहीं । फिर भी बात हुई । सबने कहा-सुनी की ।

परन्तु उस कहने-सुनने पर एक बहुत बड़ा पत्थर आ गिरा । बारह बजे के क़रीब जग्गू आ पहुँचा, साथ में एक अधेड़ ब्राह्मणी ।

"कहाँ हो बुआ ? लो अपनी रसोईदारिन । क्या करना-कराना है, इसे दिखा-सिखा दो । माँ ने कहा है, काम-काज अच्छा करेगी ।"

मुक्तकेशी ने अवाक् होकर कहा, "रसोईदारिन लाने का हुक्म किसने दिया ?"

जग्गू ज़नाना ढंग से बोला, "ज़रा सुन लो इनकी बात ! तुम्हारा बेटा ही तो कह आया । मँझले कुमार । बोला, 'मँझली बहू की बच्ची के चेचक हुई है और उधर खटते-खटते बड़ी बहू बेचारी की जान जा रही है, गिरस्ती ठप्-सी हो रही है, रसोईघर

के लिए एक ब्राह्मणी चाहिए ।' और तुम्हारा हाल कि सातों काण्ड रामायण सुनकर सीता किसका पिता ?''

जलती आँखों एक बार मँझली बहू के कमरे की ओर ताककर मुक्तकेशी ने कहा, ''समझ गयी । कामरूप कामच्छा के भेड़े के सिवाय यह काम और किसका हो सकता है । मगर मैं अभी मरी नहीं हूँ जग्गू, अपने जीते जी रसोईघर में रसोईदारिन को नहीं घुसने दूँगी ।''

जग्गू ने वीरदर्प से कहा, ''नहीं घुसने दोगी ? कहा और हो गया ? तुम उन लोगों का आमिष छुओगी !''

''मैं । मेरा मरण नहीं है ?''

''फिर ?''

''जिन्हें करना है, वही करेंगी । मुझे आदमी की ज़रूरत नहीं है जग्गू । ख़ामख़ा ब्राह्मणी बेचारी को आशा देकर निराश करना ।''

जग्गू जग्गू ही है, पर वह भी इस परिस्थिति से थतमता गया ।

कहा और रसोईदारिन ला दी, अपनी इस महिमा से खिल रहा था, लेकिन यह क्या?

बुद्धू की नाईं बोला, ''यानी ज़रूरत नहीं है ?''

मुक्तकेशी वही कहने जा रही थीं, नहीं कह सकीं । उस भरी दोपहरी में सहसा ही सूखे आसमान से वज्रपात हुआ ।

उस वज्र से सभ्यता, भव्यता, सामाजिक रीति-नीति ध्वंस हो गयी ।

और ध्वंस हो गयी मुक्तकेशी की पद-मर्यादा की महिमा ।

एकाएक दरवाज़े के उस तरफ़ से साफ़ गले से सुवर्ण का द्विधाहीन गला सुनाई पड़ा, ''ज़रूरत है । माँ जेठजी से कह दें, उसे रख लें ।''

मुक्तकेशी स्तम्भित-सी होकर बोलीं, ''ज़रूरत है । रखा जायेगा उसे ? मैं मना कर रही हूँ, तुम मेरे कहने के बावजूद हुकुम चला रही हो ?''

''हुकुम चलाने की बात नहीं है माँ । अबूझ की भाँति नाराज़ हो जाने से तो नहीं चलेगा । दीदी अकेली किस-किस ओर देखेंगी ? ब्राह्मणी के लिए मैंने ही कहला भेजा था । बाम्हन-दी, तुम इधर आओ...''

''जीती रहो !'' मूरख जग्गू चीख़ उठा, ''यह हुई बात ! अपनी बुआ के लिए ऐसे ही सबक़ की ज़रूरत थी ।''

मुक्तकेशी के संसार में युग-प्रलय हो गया ।

मुक्तकेशी की क़लम के ऊपर क़लम । उनके घर में वेतनवाली रसोईदारिन ?

यह मानो अनिवार्य अमोघ का चिह्न हो !

बिन्दु और गिरिबाला शायद यही पहली बार सुवर्णलता के तेज और हिमाक़त

की समालोचना न करके उसपर प्रसन्न हुईं ।

जान बची बाबा ।

केवल उमाशशि को ही लगा, वह मानो सर्वहारा हो गयी ।

रसोईघर से हट जाने पर किस मोल बिकेगी उमाशशि ? मूल्यहीन इन दिनों का करेगी क्या !

उसकी आँखों में जब-तब आँसू आ जाने लगे ।

और वह ब्राह्मणी के पास-पास सहायता को घूमने लगी ।

कम-से-कम यह तो समझ में आयेगा कि उसकी कुछ तो ज़रूरत है ।

सुवर्णलता की तरह वह अपनी उपस्थिति के बल पर ही अपने को मूल्यवान् नहीं समझ सकती ।

पच्चीस

काले, दुबले, प्लीहावाले छोरे की ओर जलती आँखों देखकर श्यामासुन्दरी ने कहा. ''इसे घर में जगह देनी होगी ? इसे लेकर क्या करूँगी ?''

अपने बाहर के 'बाबुआना साज' फतुही को उतारकर आँगन के तार पर रखते हुए लापरवाह स्वर में बोला जग्गू, ''करोगी क्या ? समय पर दो मुट्ठी भात दोगी और क्या ! सिर पर उठाकर नाचने को नहीं कहा ।''

श्यामासुन्दरी ने रंज होकर कहा, ''माथे पर उठाकर नाचने का हाथ-पाँव क्या है? समय पर दो मुट्ठी भात दूँगी, प्लीहा-पेट के लिए काढ़ा उबाल दूँगी, क्यों, किस लिए ?''

''क्यों, यह तो राजकुमारी को पहले ही कह दिया । माँ नहीं है, नानी पोसती थी, वह भी 'राम नाम सत्य है' हो गयी, दो मुट्ठी भात कौन दे, ठिकाना नहीं ।''

''ओ, तो मुझे ही उसकी नानी बनना होगा ?'' श्यामासुन्दरी को मानविकता से कोई वास्ता नहीं, बोलीं, ''देख, तू मुझसे शत्रुता मत कर जग्गू, सदा तो जल-जलकर ही मरती रही । दुनिया में ऐसे माँ-विहीन बहुतेरे हैं, सब पर दया कर सकेगा ?''

''सबका बयाना जग्गू लेगा, ऐसा मूर्ख ब्राह्मण वह नहीं है !'' जग्गू ने नरम गले से कहा, ''एक ही की बात हो रही है ।''

''नहीं, यह नहीं होगा...'' श्यामासुन्दरी और भी तेज गले से बोलीं, ''मेरा ही भात-वात कौन करे, इसी का ठिकाना नहीं, हितैषी बेटा सिर पर एक रोगी सवार

कराने को ले आया ! ग़ुस्सा मत दिला जग्गू, जहाँ का धन है यह, वहीं रख आ ।''

माँ के इस शासन-वाक्य से जग्गू तिल-भर भी विचलित नहीं हुआ । बोला, "हुँः, रख आने को ही ले आया न ! अबे छोरे, हा किये खड़ा है ? नयी नानीजी को प्रणाम कर । देखता है, कैसा भगवती-जैसा चेहरा है ! ऐ, ऐ, ख़बरदार, पाँव पर हाथ मत रख, दूर से ही । तूने कम्बख्त ऐसा कौन-सा पुण्य किया है कि मेरी माँ का चरण-स्पर्श करेगा ! प्रणाम करके यहाँ बैठ !···माँ, इसे थोड़ा-सा जल-पान तो दो, भूख से रिरिया रहा है । देखना, दुखिया का बेटा है, इसलिए अखोर-बखोर मत दे देना। इसके पेट का हाल देख रही हो न ? रसगुल्ला-फुल्ला है एकाध ?''

श्यामासुन्दरी बेटे को पहचानती हैं । इस प्लीहा-पेटा को अब हटाया नहीं जा सकेगा, रसगुल्ला खिला-पिलाकर राज-सम्मान से ही इसे रखना होगा, यह निश्चित ही है, समझ रही हैं । फिर भी आसानी से हार न मानकर क्रुद्ध गले से बोलीं, "न रहे, तो लाने में कितनी देर ! तुम तो फ़ौरन दौड़ जा सकते हो ! मगर घर में बिना ज़रूरत एक पोष्य को मैं नहीं बढ़ा सकती···मेरी उम्र बढ़ ही रही है, घटती नहीं है । मुझसे अब खटना सम्भव नहीं···''

जग्गू अब उद्दीप्त हुआ ।

बोला, "तुम तो अपनी ननद से भी एक क़दम आगे हो माँ । तुम मुँह खोल-कर यह बोल सकीं ? मैंने यह कहा कि इसके लिए कलिया-पुलाव पकाना पड़ेगा ? दोनों जून दो मुट्ठी भात और उबला कच्चा केला, बस । लोग गाय पालते हैं, कुत्ता-बिल्ली पालते हैं, तुम आदमी को दुरदुरा रही हो ? छिः !''

"सो तू सौ बार छिः कर···'' श्यामासुन्दरी अडिग गले से बोलीं, "बुढ़ापे में एक मुन्ने को पालकर उसका पथ्य बनाना अब मुझसे न होगा । वाह रे हितैषी लड़के मेरे! कहावत है, भला नहीं, बुरा कर सकता हूँ, क्या दोगे, कहो ? तेरा वही हाल है ।'' श्यामासुन्दरी सहज ही एक साथ इतना नहीं बोलतीं, किन्तु आज बेटे के गँवारपन से मिज़ाज उनका तीखा हो गया !···मुहल्ले के एक बढ़ई का बेटा, उसकी नानी मरी कि दादी, उसके लिए पका देनेवाला कोई नहीं है, इस युक्ति से एक रोगी को लाकर माँ के गले मढ़ना चाहता है !

ब्राह्मण का लड़का होता तो भविष्य के लिए आशा होती । समय-असमय और कुछ न सही, एक लोटा पानी दे सकता । परन्तु यह क्या !

बढ़ई का लड़का !

इसके हाथ का पानी भी नहीं चलेगा ।

सख्त-पोख्त भी नहीं है कि नौकर का काम करेगा ।

फिर ?

श्यामासुन्दरी नाहक़ ही इतनी बड़ी एक झंझट क्यों मोल लें ? आठ-दस साल का लड़का, वह तो बेवकूफ़ बराबर ही है । बुढ़ापे में अब श्यामासुन्दरी एक मुन्ने को पालें !

गुस्सा कर बोलीं, "गाय पालने से दूध आता है, कुत्ता-बिल्ली से भी उपकार होता है. इससे क्या लाभ होगा ?"

"लाभ ?"

जग्गू अब सचमुच ही बिगड़ उठा ।

फूलकर डेवढ़ा हो गया, "उपकार होगा या नहीं, तुम यह देखकर दया करोगी? रहने दो माँ, तुम्हारी तौली हुई दया की दरकार नहीं । उफ़्, ऐसी बात सुनने के पहले जग्गू का मरण क्यों नहीं हुआ ? ठीक है, तुम्हें जगह नहीं देनी होगी, भात भी नहीं पकाना होगा । चल रे निताई, ग़लती से ले आया था तुझे । यह ख़याल नहीं था कि यह घर जग्गू के बाप का नहीं है ।"

उस लड़के का हाथ पकड़कर खींचने लगा जग्गू ।

बोला, "अच्छे घर में ले आया था तुझे, अच्छा सबक मिला । अब से फिर किसी ब्राह्मण के दरवाज़े पर मत खड़ा होना । हाँ, कसाई के यहाँ बल्कि आश्रय माँगना, लेकिन ब्राह्मण के यहाँ नहीं । कानों से क्या सुना, छिः-छिः । क्या, तो उसपर जो दया करूँगी, वह मेरा कौन-सा उपकार करेगा ?"

जग्गू ने बाहर के दरवाज़े की ओर डेग बढ़ाया ।

श्यामासुन्दरी मुश्किल में पड़ीं ।

समझ गयीं, जग्गू सचमुच ही नाराज़ हो गया ।

और नाराज़ हो जाने से पाँच दिन तक पानी भी नहीं स्पर्श करेगा । उपाय नहीं। इस छोरे को गले बाँधना ही होगा । परन्तु नरम पड़ने से तो नहीं चलने का, वह भी जग्गू की माँ हैं । इसीलिए तीखे स्वर में बोलीं, "देख जग्गू, ग़ुस्सा मत बढ़ा । एक क़दम जा तो, देखती हूँ मैं, कैसे जाता है तू ?"

"तुम्हारे कहने से नहीं जाऊँ ?" और घूमकर खड़ा हो गया वह । ऊँचे उदास गले से कहा, "देख ले निताई, एक ऐसे बुड्ढे मरदुए की मान प्रतिष्ठा ज़रा देख ले। ग़ुस्साकर चल देने की आज़ादी भी नहीं है । इस असहाय अबल जीव को आदमी समझकर तेरे बाप ने अभिभावक पकड़ा है, हुँः ।"

वह निताई को अपने पास लेकर ओसारे में बैठ गया । मानो वह भी उसी की तरह प्रार्थी होकर बाहर से आया है । निताई हैरान हो ताकता रहा ।

श्यामासुन्दरी सखुए के पत्ते में पैसे में दो गण्डा मिलनेवाली दो चार रसमुण्डी लाकर बढ़ाती हुई बोलीं, "नल से पानी पी लेगा या गिलास में देना होगा ?"

जग्गू अचानक आगबबूला हो उठा ।

जैसे वह आदमी ही न हो ।

ऊँचे गले से बोला, "गिलास में पानी देना होगा ? क्यों, मेरे गुरुपुत्र के दादा हैं ये ? नल में मुँह लगाकर पानी नहीं पियेगा ? देख निताई, वह सब नवाबी तरीक़ा अगर चाहेगा, तो गुज़ारा नहीं होगा । बूढ़ी ब्राह्मण-कन्या तुझे पानी देगी और तू वह

पियेगा ? हाँ, अगर यह कहे कि ये कई रसमुण्डी तो मेरे लिए फ़ाव हैं नानीजी, तो वह और बात है । भूख के आगे लाज-शरम नहीं । लेकिन 'नल से पानी नहीं पिऊँगा', यह नहीं होगा ।"

श्यामासुन्दरी ने कड़ी निगाह से एक बार बेटे की ओर ताका, फिर पूरे एक पैसे की रसमुण्डी लाकर देती हुई बोलीं, "अब लेकिन है नहीं जग्गू । कल चार पैसे की लायी थी, उन्हीं में से कुछ बच रही थीं ।"

जग्गू ने खुश होकर कहा, "बस-बस, इतनी से ही हो जायेगा । और कितनी चाहिए ? क्यों रे निताई, बदन में कुछ ताक़त मिल रही है ? जो दशा हुई है, वही वास्तव में चाहिए ।"'अपने से याद कर-करके दूध माँगकर पिया करना, हाँ ? इन भगवती को देख रहे हो न, इनके काम-काज का ओर-छोर नहीं है । यह मत सोचना कि ये बुला-बुलाकर तुझे दूध पिलाया करेंगी ।"

माँ के प्रति इतना कर्तव्य करके जग्गू प्रसन्न-मन बैठ गया । बोला, "खैर बाबा, अपनी एक जिम्मेदारी गयी । मातृहीन को माँ की गोद में डाल दिया ।"

लड़के की ओर से नज़र इधर फिराकर श्यामासुन्दरी ने कहा, "ऐ छोरे, तेरा नाम क्या है ?"

आते ही जिस परिस्थिति में पड़ गया था निताई, उससे उसमें बोलने का साहस नहीं थी । किन्तु अब चुप रहना भी कठिन था । सो उसने नाम बताया :

"निताई !"

"नाम बताने का यह कौन-सा ढंग है रे," जग्गू ने सदुपदेश दिया, "भले आदमी की तरह कहना चाहिए—श्री निताई दास । निरा नौकर-चाकर की तरह रहने से तो नहीं चलेगा । भले आदमी-जैसा रहना होगा ।"

श्यामासुन्दरी समझ गयीं, यह नौकरानी को मार कर स्त्री को सबक़ सिखाना है! कहीं वह इसे नौकर के पर्याय में न डाल दें, इसीलिए ऐसा कह रहा है । परन्तु वह भी सहज स्त्री नहीं । कड़े स्वर में बोलीं, "नौकर-जैसा नहीं होगा तो क्या राजा-जैसा होगा ? निताई, तेरा बाप क्या करता है रे ?"

निताई से पहले ही झट जग्गू बोल उठा, "बाप कम्बख्त तो बढ़ई है ! लकड़ी पर रन्दा मारता है और क्या करेगा ? छोड़ो भी, यह सब नहीं सोचना है । तू आदमी बन, समझा ? घर-गिरस्ती दिखा दूँ, चल ।"

इतने में बहुत दिनों के बाद मुक्तकेशी का आविर्भाव हुआ । और तुरत उनकी नज़र उस लड़के पर पड़ गयी । सन्देह के स्वर में पूछा, "यह छोरा कौन है ? नौकर रखा है, क्यों ?"

जग्गू आभूमि सलाम करके बोला, "तुम भी क्या कह गयीं बुआ ! जग्गू नौकर रखेगा ! कृष्ण का जीव, वह जब जहाँ रखें ।"

श्यामासुन्दरी ने व्यंग्य से कहा, "बिलकुल सही । जितने दिन पथ्य का भात

और रसगुल्ला नसीब होगा, उतने दिन यहीं रहेगा।"

खोद-खोदकर पूछते हुई मुक्तकेशी ने माजरा जान लिया। उन्होंने गाल पर हाथ रखा। पूछा, "कौन जात है ?"

जग्गू अब एकबारगा उखड़ गया।

"जात से क्या करना बुआ, इसे नत-दामाद बनाना है ?"

"सुनो इसकी बात !" मुक्तकेशी बोलीं, "तुझे और मेरी मँझली बहू को एक ही विधाता ने गढ़ा है ! कुछ बोले कि आग ! अरे, घर में घूमता रहेगा, जात नहीं देखना है !"

"नहीं, नहीं देखना है। घर-द्वार में तो मच्छरमक्खी चींटी भी घूमती हैं। नाले से आकर घूमती हैं। उस समय तो जात का विचार नहीं करती हो ! एरे निताई, चल हम लोग हट जायें। दो बूढ़ियाँ अपना बतियाती रहें जो-सो। ये भला धरम की बात करने आती हैं ! तुम लोगों ने मुँह पर ही उस नारायण का जो अपमान किया, निहायत नारायण ही था कि सह गया ! जो भी हो, आखिर तो मर्द है ! यह लक्ष्मीजी होतीं तो दुःख से पाताल-प्रवेश करतीं। आदमी का बच्चा, थोड़ा-सा खायेगा, उसके लिए उलाहना !"

निताई का हाथ पकड़कर जग्गू गट-गट करके निकल गया।

मुक्तकेशी ने पीछे से ख़बरदार किया, "यह काम लेकिन तूने अच्छा नहीं किया जग्गू। कौन जाने यह छोरा स्वदेशी है या नहीं ! सुना है, पुलिस के डर से कितने लड़के ऐसा ही सूधा बनकर..."

रुक गयीं।

जग्गू के कानों पहुँचाने की आशा नहीं रही।

मुक्तकेशी का कहा श्यामासुन्दरी के कानों जितना कुछ गया, वही काफ़ी था। वह ताच्छील्य के भाव से बोलीं, "अपने भतीजे के लिए चिन्ता न करो। पुलिस ही इसके डर से दुर्गा का नाम जपेगी। इस बुढ़ापे में उसने एक मुन्ना लाकर मेरे गले मढ़ दिया। आपत्ति की, उसपर ग़ुस्सा तो देख लिया न उसका। ख़ैर, तुम्हारी क्या ख़बर है ? दिनों से तो आती ही नहीं।"

मुक्तकेशी ने कहा, "अरे, आऊँ भी क्या ? कमर तो दिन-दिन दुश्मनी ही कर रही है। अब अधिक चल नहीं सकती। जैसे-तैसे गंगा नहान ज़ारी रख रही हूँ। एक ख़बर देने आयी हूँ। दोनों लड़कियों का ब्याह ठीक कर लिया है, वही कहने आयी। आओ एक दिन, लड़कों के साथ राय-सलाह होगी।"

श्यामासुन्दरी समझ गयीं, किन दो लड़कियों का।

मल्लिका और चम्पा...और कौन !

बोलीं, "वाह ! कहाँ हो रहा है ?"

"विराज की ससुराल के नाते में। घर-वर अच्छा है। चचेरे भाई हैं दोनों।"

श्यामा ने चुटकी ली, "तुम्हारी मँझली बहू तो बचपन का ब्याह पसन्द नहीं करती, वह राज़ी हो गयी ?"

"बचपन में ?" मुक्तकेशी झंकार-सी उठीं, "अजी, छोटी कहाँ हैं ? तुमसे तो कुछ छिपा नहीं है । ग्यारह कहा करती हूँ, तेरह की हो गयीं न ? हाँ, मँझली बहू ने मेरे गाल पर कालिख पोती है । विराज के नाते की वह ननद लड़की देखने आयी थी । अरी, तू बहू है, चुप रह । बड़ी बहू ने तो चूँ नहीं की । मँझली उनसे गल-गल गप करती हुई बोल बैठी, 'हाय राम, ग्यारह क्या, ग्यारह की तो दो साल पहले थीं। ये दोनों ही तेरह की हो गयी हैं । माँजी शायद भूल गयी हैं । पोती-पोतों की संख्या कम तो नहीं । बेटे-बेटियों को मिलाकर पचास क्यों न होंगे !' इसपर कितनी हँसी हुई । ज़रा मेरी बहू के गुण देख लो ।"

श्यामासुन्दरी बोलीं, "ज़रा सत्यवादी है न···"

"अजी, सत्यवादी हम भी हैं । लेकिन उतनी सत्यवादी होने से तो संसार नहीं चलाया जा सकता । सभी कुल बरकरार आखिर किस ज़ोर पर रखोगी ? मर्यादा कैसे रखोगी । झूठ ही घर का आच्छादन है, झूठ ही छप्पर की खूँटी है । गिरस्ती कभी की तो नहीं है न···"

श्यामासुन्दरी के इस मुक्त जीवन पर मुक्तकेशी को सदा से ईर्ष्या है । श्मामासुन्दरी ने समझा, अब प्रसंग बदलने की ज़रूरत है । बोलीं, "बैठो ननदजी, डाब काटकर लाती हूँ । ब्याह हो कब तक रहा है ?"

"सावन में ही कर लेना है । नहीं तो तीन महीना हाथ-पाँव समेटकर बैठ जाना पड़ेगा । आना, हाँ ?"

"आऊँगी । तुम बैठो ।"

श्यामा डाब काटने के लिए चली गयीं ।

छब्बीस

भानजों की बेटियों के ब्याह में राय-सलाह देने के लिए आकर ऐसी स्थिति में पड़ना पड़ेगा, यह धारणा क्या थी श्यामासुन्दरी को ?

स्थिति की धारणा तो नहीं ही थी, विषय-वस्तु भी धारणातीत ।

फिर भी देखना पड़ा ।

देखा, सुवर्णलता बच्चे को पीट रही है । वह सदा सुनती रही थीं, सुवर्णलता

बच्चों पर हाथ नहीं उठाती । बच्चों को पीटना उसे कतई पसन्द नहीं । दूसरी देवरानियाँ बच्चों को पीटती हैं, तो वह रंज होती है । कहती है, "तुम्हारे अधीन प्रजा है, इसीलिए तुम मारोगी उसे ? फिर तुम जिसकी प्रजा हो, वह तुम्हें क्यों छोड़ेगा ?"

वही सुवर्णलता लड़के को पीट रही है !

महज पीट रही है, यह कहना कहना ही नहीं हुआ । बिगड़े जानवर की तरह बच्चे पर टूटकर उसका अन्त ही कर देना चाह रही है ।

केश-वेश विध्वस्त हो गया है, चिल्लाने की भी शक्ति नहीं । हाँफ रही है और मार रही है । उलट-पुलटकर मार रही है ।

उमाशशि नहीं छुड़ा सकी, नहीं छुड़ा सकी छोटी बहू बिन्दु, मुक्तकेशी चीख रही हैं, "मार ही डालोगी क्या उसे ? मार डालोगी ? हाय राम, कैसी खूनी औरत है ? हाय, मर्दसूरत तो कोई घर में नहीं है, मैं इस बहू का क्या करूँ । ऐ सँझली बहू···"

सँझली यानी गिरिबाला ।

दूसरे के लड़के को इस बुरी तरह मारता है कोई ?

अवश्य वह लड़का जो पड़ा-पड़ा मार खा रहा था, सो नहीं । चार हाथ-पाँवों के सहारे युद्ध को जीतने की कोशिश कर रहा था वह । सुवर्णलता के कपड़े फाड़े दे रहा था । बाल बिखर गये थे । हाथ की चूड़ियाँ चूर-चूर हो गयी थीं ।

प्रहार की आवाज़, उस लड़के की चीख़, घर के दूसरे छोटे बच्चों का मौन-क्रन्दन और सुवर्णलता के न झुकनेवाले मन की तीव्र घोषणा की आवाज़··· "मार ही तो डालूँगी, खून ही कर दूँगी ! ऐसे कुलांगार लड़के का मरना ही उचित है !"

ऐसे एक अद्भुत परिवेश में आकर खड़ी हुईं श्यामासुन्दरी ।

उसके बाद माजरे को समझा और दौड़कर दोनों योद्धाओं के बीच में खड़ी हो गयीं, "हो क्या रहा है बहू ? खून के जुर्म में पड़ना चाहती हो ?"

बोलीं ।

लेकिन माज़रे को समझ ही कितना पायी थीं ।

लड़का सुवर्ण का नहीं, गिरिबाला का है, यह नहीं समझ सकी थीं ।

फिर भी बोल उठीं, "लड़के का खून कर दोगी क्या मँझली बहू ?"

"हाँ, खून ही करूँगी ।" उस लड़के को छोड़कर सुवर्णलता हाँफने लगी । और उसका खून करके एकबारगी जनम का बदला चुकाकर फाँसी पर चढ़ जाने की अपनी वासना भी घोषित की ।

और तभी श्यामासुन्दरी ने 'माज़रा' समझा कि क्या है । चौंक उठीं ।

लड़का गिरिबाला का है ।

मतलब ? यह प्राणघाती प्रहार सुवर्ण अपने बेटे पर नहीं, दूसरे के लड़के पर कर रही है ?

तो क्या सुवर्ण का दिमाग़ सचमुच ही ख़राब है ?

इस परिस्थिति के लिए श्यामासुन्दरी प्रस्तुत नहीं थीं । फिर भी उन्होंने अपने को प्रस्तुत कर लिया । लड़के को अपने पास खींचकर बोलीं, "समझ गयी, इसने कोई बहुत बड़ा अपराध किया होगा, फिर भी उसकी ओर से मैं ही क्षमा माँगें लेती हूँ मँझली बहू !"

उतनी देर के बाद अब गिरिबाला के मुँह से बात फूटी ! बोली, "आपके माफ़ी माँगने से तो नहीं होता मासीजी, मैं थाना-पुलिस करके रहूँगी ।"

परिस्थिति जो भी हो चाहे, श्यामासुन्दरी गिरिबाला की थाना-पुलिसवाली घोषणा भी नहीं सह सकीं । असन्तुष्ट होकर बोलीं, "छिः सँझली बहूरानी, यह कैसी बात! तुम्हारा यह कहना ठीक नहीं हुआ । लड़के ने क़सूर किया, ताई ने उसे पीटा, बस तो? यह भी समझा कि ग़ुस्से में मार कुछ अधिक पड़ गयी । यह तो तुमसे भी हो सकता था । तुम इसके लिए बेटे के सामने उसकी ताई को पुलिस की धमकी दे रही हो ?"

बाप के घर के नाते श्यामासुन्दरी नितान्त ही एक हैं और नितान्त अपनी हैं, इसलिए मुक्तकेशी उन्हें यथेष्ट पद-मर्यादा देती हैं, किन्तु आज वह मर्यादा वह नहीं दे पायीं ।

उन्होंने श्यामासुन्दरी के विरूप मन्तव्य पर छुरी चलायी, "तुम रुको बहू । सँझली बहू ने थाना-पुलिस का नाम सहज ही नहीं लिया । आख़िर तो माँ है ? अब तक जो खड़ी-खड़ी बरदाश्त करती रही, इसी की शाबाशी दो उसे । उस घर को जलानेवाली पर को भुलानेवाली को समझने में अभी देरी है तुम्हें । इतनी उम्र हो गयी अपनी, ऐसी जाँबाज़ औरत नहीं देखी है मैंने । अरे, बच्चे कहाँ क्या खेल रहे हैं, उसे देखने की तुम्हें क्या पड़ी है ? और वैसे दोष का ही क्या खेलूँ खेला ? बड़ी बहू के बच्चे अभी-अभी दरोगा मौसा के यहाँ से लौटे । गप-शप किया है । वही सुनकर उन्हें 'दरोगा' बनकर खेलने की इच्छा हुई । यही तो ? खेल में बच्चे कभी राजा बनते हैं, कभी मन्त्री बनते हैं, कभी चोर और कभी जल्लाद बनते हैं । इसका बुरा मानना है?"

इस बीच श्यामासुन्दरी घटना जान गयीं ।

दरोगा के घर का क़िस्सा सुनकर, गिरिबाला का वह वीर लड़का दरोगा बनकर स्वदेशी पाजियों को दुरुस्त करने का खेल खेल रहा था । दो-चार निरीह नन्हे-मुन्नों को 'स्वदेशी' बनाकर, स्वयं कोट-टोप और बूट से लैस होकर बूट की मार मारते हुए स्वदेशियों को गाली देने का खेल शायद इससे पहले दो-एक दिन हो चुका था और यह सुनकर सुवर्णलता ने सख्त मनाही कर दी थी ।

फिर भी वैसे पसन्द के खेल को वह छोड़ नहीं सका । आज भी ज़ोर-शोर से फिर शुरू किया था । इत्तिफ़ाक, मँझली ताई के ही सामने पड़ गये ।

एकबारगी बूट की ठोकर लगाते समय ही ।

और उसके बाद का दृश्य वही था ।

श्यामासुन्दरी घटना को जान गयीं । इसलिए बोलीं, "ताई ने जब दो-तीन दिन मना किया तो वह खेल खेलने की ज़रूरत ही क्या थी ?"

मुक्तकेशी ने विकत गले से कहा, "बड़ी महारानी आयी हैं मेरे यहाँ कि सारे लोग उन्हीं के कहे उठें बैठें ! अच्छा किया, उसने वही खेल खेला । इन स्वदेशी मुँहजलों को यही दण्ड मिलना चाहिए । उन्हीं मुँहजलों के मारे तो देश में इतनी अशान्ति ! और फिर दूसरे का लड़का क्या कर रहा है, इसमें तुम्हें नाक घुसेड़ने की क्या पड़ी ? तुम मारनेवली कौन होती हो ?"

श्यामासुन्दरी का यह सदा का दोष है कि वह न्याय के पक्ष का समर्थन कर बैठती हैं । कम-से-कम उन्हें जो न्याय लगता है । इसलिए वह असन्तुष्ट गले से बोलीं, "तुम्हारी यह कैसी बात ननदजी ! लड़का दोष करे तो ताई, चाची, दादी, बुआ शासन नहीं करेंगी ?"

"हाँ, करेंगी । तो क्या खून कर डालोगी ? सँझली बहू ने ठीक ही कहा है, उसके हाथों रस्सी लगना ही ठीक है !"

हाँ, गिरिबाला ने यही कहा ।

कहा, "उनके हाथों यदि मैं रस्सी नहीं डलवा सकी, तो मेरा नाम नहीं । मैं भी एक वकील की पत्नी हूँ । यह जानना बाक़ी नहीं है कि क्या से क्या होता है !"

परन्तु वकील की पत्नी की वह दम्भोक्ति पूरी हुई थी ?

सुवर्णलता नाम की बहू के हाथ रस्सी पड़ी थी ?

ऐसा हुआ होता, तो निश्चय ही चम्पा और मल्लिका नाम की दो लड़कियों का ब्याह नहीं हो पाता ।

गिरस्ती में भयावह तहस-नहस काण्ड हो गया ।

उस दिन की परिस्थिति की याद करने से ऐसा ही लगता है !

लेकिन वह सब कुछ भी नहीं हुआ । यथाविधि सारे अनुष्ठानों के साथ ब्याह हो गया ।

नहीं क्यों होता ?

एक तो जन्म, मृत्यु, ब्याह, यह तीन विधाता पर हैं ।

और फिर बंगाली मध्यवित्त परिवार के लोगों-जैसे मजबूत जीव कम ही हैं ।

ये पानी में नहीं डूबते, आग में नहीं जलते, खड्ग से नहीं कटते । लगता है कि गया, सब गया । फिर नज़र आता है, कहाँ, कुछ तो नहीं हुआ !

फिर जैसा होता है, हाँडी चढ़ती है, खाना-सोना होता है : नन्हे-मुन्ने बड़े और बड़े सब बूढ़े होते रहते हैं, और विधाता पर जीवन लीला अटूट गति से चलती रहती है।

मुक्तकेशी के घर में भी इसका व्यतिक्रम नहीं हुआ ।

ब्याह में शंख बजे, उलूध्वनि हुई, लोगों ने खाया, जग्गू ने आकर विराट् धूमधाम से यज्ञ देखा और परोसा और श्यामासुन्दरी ने भी अन्तःपुर के बहुत सारे काम किये।

पोत-दामादों के साथ हँसी-ठट्ठा किया ।

गर्ज़ कि अनुष्ठान में कोई त्रुटि नहीं हुई ।

केवल विराज उस समय फिर एक बार मृत सन्तान के छोर को खींचकर प्रसूति घर में पड़ी रही, नहीं आ पायी । और, नहीं आ पायी सुबाला ।

सुबाला के यहाँ उस समय दो-दो विपत्ति ।

फूलेश्वरी हठात् चल बसीं और हठात् उसी समय गरदन पर उठायी गयी तलवार सुबाला आदि के गले पर पड़ी ।

अम्बिका पकड़ा गया ।

अम्बिका को सज़ा हो गयी ।

होनी ही थी ।

आशंका की घड़ियाँ ही तो गिन रही थी । खैर, वह रहे । ब्याह में आ नहीं सकी, यह असली बात है ।

लेकिन सारी शून्यता पूरी हो गयी थी मुक्तकेशी की सुराज के आने से ।

ब्याह में सुराज आयी थी ।

उसकी अवस्था और अच्छी हो गयी है । पति की पद-मर्यादा और बढ़ी । दोनों भतीजियों को उसने दो-दो गहने दिये ।

और उसके बाद ?

□ □ □

द्वितीय पर्व

एक

उसके बाद, दिन लुढ़कते जा रहे हैं ।

बहुतेरी वर्षा, वसन्त, शीत, ग्रीष्म के आने-जाने के सिलसिले में लोगों के चेहरे में भी परिवर्तन हो रहा है ।

चेहरा ?

सिर्फ़ चेहरे में ?

स्वभाव नामक वस्तु की तो मृत्यु नहीं होती । वह शायद अपना लगान वसूलने के लिए मृत्यु के उस पार तक धावा बोलता है ।

इसीलिए बालों में सफ़ेदी आती है, आँख-कान-दाँत अपनी-अपनी ड्यूटी पूरी करके विदा होने को तत्पर होते हैं, केवल स्वभाव अपनी कुरसी पर बैठा काम करता चला जाता है ।

दिन और रात के लगातार आते-जाते रहने में बहुत वर्ष निकल गये, बीत गये; बहुतेरे विषण्ण प्रहर, बहुतेरे दुस्सह दण्ड और पल । उस रोज़ जो लोग जीवन-नाटक के खाते को खोलकर मंच पर घूम-फिर रहे थे, वे बहुत सारे अंक, बहुत सारे गर्भांक पार कर गये ।

'स्वदेशी' नाम का जो पागलपन शृंखला और शृंखल को तहस-नहस करता फिर रहा था, वह पागलपन गोली-बारूद, फाँसी को रस्सी और अन्तहीन कारागार के अन्धकार में मानो आप ही तहस-नहस हो गया । दूसरे शासन के आश्रय में भागकर खो गया, चालान हो गया कालापानी पार के 'पुली-पुलाव' नाम के मज़ेदार देश में ! शुरू हो गया पक्के दिमाग़ का करिश्मा । बातचीत और आलोचना, आवेदन और निवेदन । इसी राह में आयेगी स्वाधीनता !

ये विज्ञ हैं, पण्डित हैं, बुद्धिमान् हैं ये ।

ये पागलों की जमात के पागल नहीं ।

बहुतेरे पागलों में एक पागल अम्बिका नाम का वह नवजवान जाने कहाँ के गारद में सड़ रहा है, पर उलके लिए दुनिया का कहीं कुछ अटका ?

नः, कुछ भी नहीं अटका ।

केवल अवहेलना-असतर्कता के अवसर में सुवर्णलता के जीवन के कुछ अध्याय खो गये । बिखरे हुए पन्नों को बार-बार उलट-पुलटकर भी उस इतिवृत्त का सूत्र ढूँढ़े

नहीं मिलता, जहाँ सुवर्णलता के 'घर टूटने' का वर्णन लिपिबद्ध है !

लेकिन देखा गया, सुवर्णलता घर तोड़कर निकल आयी और उसने फिर घर बसाया ।

किन्तु अध्यायों में नवीनता कुछ थी क्या ? चम्पा के बाद चन्नन का ब्याह हो गया था, उल्लेख करने योग्य केवल इतना ही । क्योंकि मनुष्य के इतिहास की विशेष तीन घटनाओं में से वह अन्यतम है !

चन्दन का ब्याह ही केवल ?

उसके सिवाय और क्या ?

सुवर्णलता के बाक़ी लड़कों के कुर्ते की माप बढ़ते-बढ़ते प्रमाण साइज़ पर पहुँच चुकी थी । यदि यह भी समाचार हो तो समाचार है । अथवा मुक्तकेशी के लड़कों का सिर सफ़ेद होने लगा था, मुक्तकेशी की कमर झुककर धनुष हो गयी थी, और, मुक्तकेशी की बहुएँ सास के दरवाज़े पर जाकर "माँजी, आज क्या बनाना है ?" पूछना अक्सर भूल ही जातीं इन्हें भी समाचार के पर्याय में डालना हो तो समाचार था ।

परन्तु सबसे बड़ी ख़बर तो यह है कि 'स्वभाव' नाम की चीज़ मरने पर भी नहीं बदलती । इसलिए बाक़ी घटनाओं का ढाँचा ज़्यादा बदला था, ऐसा नहीं लगता ।

शायद हो कि सुवर्णलता वैसी ही अविश्वसनीय दुस्साहसिक घटनाएँ घटा रही थी, शायद हो कि मुक्तकेशी का सँझला बेटा सबके सामने एक-एक बार बहू पर वैसे ही डाँट-फटकार करता और फिर ओट में जाकर अपना नाक-कान मलता, उसके पैरों पड़ता था ।

शायद हो कि सुवर्णलता उस घृणा और धिक्कार से फिर सोचने लगी थी, कौन-सा सहज है ? कौन-सा अधिक काम का है···ज़हर या रस्सी ? आग या पानी ? और कोई भी सहज नहीं है, यह देखकर रसोई में जाकर कह रही थी, "बाम्हन-दी, मुझे दो मुट्ठी दे तो दो, सो रहूँ जाकर ।"

और क्या होगा ?

दरज़ीपाड़ा की उस गली के अन्दर और कौन-सी स्वाद की हवा आयेगी ! और किस वाणी का उच्चारण होगा ?

हाँ, वैचित्र्य की बात कहनी ही हो तो कहा जा सकता है कि मुक्तकेशी के बड़े जामाता केदारनाथ ने मुक्तकेशी का मुँह रखने की चिन्ता बिना किये ही देह रखी और पेटरोगी सुशीला हठात् अरवा चावल और मटर की दाल के खप्पर में पड़कर रक्तातिसार की मरीज़ हो गयी हैं । और भी वैचित्र्य कि उन्नीस साल की मल्लिका विधवा होकर लौट आयी और दादी की रसोई में भरती होकर शुद्धाचार की अति से हाथ-पाँव में हाजा कर बैठी है ।

मुक्तकेशी ने अफ़सोस के साथ कहा, "सोचा, यह नसीबजली, सरबखौकी आयी

तो मुझे कुछ सुविधा हुई, मेरा यह-वह कर देगी, एक लोटा पानी देगी । सो नहीं, तीन टाँग की बूढ़ी मैं उस राक्षसी की रसोई बनाती हूँ !''

उन्होंने अवश्य यह बड़े दुःख से ही कहा ।

बहुओं का भरोसा कभी नहीं किया । आज भी यही चाहती हैं कि अपने अहंकार को रखते हुए ही अपने लिए दो मुट्ठी आप ही पका-चुकाकर खाते-खाते चली जायें। पर कमर बहुत आड़े आ रही है ।

अब उन्हें पता चल रहा है, 'कमर का बल असली है', क्यों कहते हैं । मल्लिका का नसीब फूटा तो उन्होंने अपना कपाल पीटा ज़रूर था, फिर भी सोचा था, यह तो परायी नहीं, घर की लड़की है, इससे कुछ आसरा रखने से अहंकार पर आँच नहीं आयेगी । लेकिन उलटा हुआ । उसी की थाली लिये चीख़ते-चीख़ते जान जाती है, उसका नहाना ख़त्म नहीं होता ।

और फिर बहुएँ भी कहाँ हैं ?

वह सहेजी हुई गिरस्ती तो रही नहीं । बड़ी बहू का शरीर टूट गया है, मन टूट गया है । मँझली बहू ने पति के पैसे के घमण्ड से इस घर का हिस्सा छोड़ दूसरी जगह घर बसाया है । सँझली और छोटी, एक ही रसोई में हैं, मगर हाँड़ी-चूल्हा अलग । मुक्तकेशी अब बँटवारे की माँ हैं ।

इतने पर भी मँझली को आँखों की चमड़ी है । दूर रहकर भी वह मुक्तकेशी के व्यय का भार वहन करती है । समय-अरागय में देखती है, मुक्तकेशी की इच्छापूर्ति में जो ख़रच-पत्तर होता है, देती-दिवाती है ।

सुबोध को कुछेक रुपयों की पेन्शन मिलती है । वह करे भी क्या ? बाक़ी दो तो कंजूस के सरताज हैं । अपनी उस जमी-जमायी गिरस्ती और उस डाँट की याद करके मुक्तकेशी के निःश्वास निकलता है···अब घर बैठे उँगली मटकाने और गाली देने के सिवाय कुछ नहीं रहा । यहाँ तक कि गले ने भी दुश्मनी की है, ज़रा ज़ोर से किसी पर बकझक करने जाओ कि खाँसते-खाँसते दम घुटने की नौबत ।···सो, मुक्तकेशी रह-रहकर उँगली मटकाती हैं और रुक-रुककर कहा करती हैं, "उँहू, आँख के अहंकार से मरी जा रही हैं सब । मैं भी मुक्तकेशी ब्राह्मणी हूँ, बासी मुँह से कहे जा रही हूँ, जो दुर्गति मेरी हो रही है, वह दुर्गति तुम लोगों की भी हो ।''

ये तुम लोग कौन ?

केवल मुक्तकेशी की बहुएँ ?

यह कहना अविचार करना होगा । मुक्तकेशी वैसी पक्षपाती नहीं । अपनी बेटियों को भी कहती हैं । विराज जब घूमने आती है, सारा समय भाई-भाभियों के साथ बिताकर जाते समय एक बार इस कमरे में आती है, "कैसी हो माँ ?'' तो मुक्तकेशी भारी मन से कहती हैं, "बहुत हुआ ! माँ के लिए इतने सोहाग की ज़रूरत नहीं । जिन्हें आँख है, उन्हीं के पास जाकर बैठो ।''

और जब चली जाती हैं, तो बुदबुदाती हैं ।

लेकिन यह तो अन्तिम दिनों में ।

सुवर्ण ने जब घर तोड़ा, तब क्या कमर टूटी थी मुक्तकेशी की ?

नः, उस समय उनकी कमर नहीं टूटी थी ।

उस समय भी वह कुछ मज़बूत ही थीं ।

गाली-शाप देने में उनकी आवाज़ आकाश को उठती थी । बहू के अलग-अलग हो जाने से छाती पीटी थी उन्होंने, नाचती फिरीं और भविष्यवाणी कीं, "सिर झुकाये फिर लौटना पड़ेगा । थोथा मुँह भोथा होगा ।"

होगा ही !

क्योंकि तब आटे-दाल का भाव मालूम होगा । अभी तो पाँच जने से गिरस्ती का दाय उद्धार होता है ।

मुक्तकेशी की वह वाणी लेकिन सफल नहीं हुई ।

सुवर्ण लौटी नहीं ।

अपने किराये के मकान से सुवर्ण अपने निजी मकान में गयी ।

साझे का जो घर था, उसमें अपने हिस्से के कमरे को वह बन्द कर गयी थी, उसकी क़ीमत भी नहीं ली थी । यहाँ तक कि कच्चे पैसेवाले प्रबोध के जो अपने कुछ असबाब जमा हुए थे, वह सब भी नहीं ले गयी ।

नहीं ले गयी अपने बरतन-बासन ।

पहनने के कपड़े और बिस्तर—केवल इतना ही लेकर वह इस गली से निकल पड़ी थी । जिस गली में वह बुरी तरह ठगायी थी एक दिन । नयी सफ़ेदी और नये रंग की कच्ची गन्ध से भरे एक भूलभुलैया में दक्षिण का बरामदा खोजते हुए भटकती रही थी ।

आखिर दक्षिण का बरामदा सुवर्णलता का हुआ । बड़े रास्ते के किनारे ।

हरी रेलिंग, लाल पालिश का फ़र्श, चौड़ा बरामदा ।

उसी बरामदे से सटा लम्बा-सा बड़ा कमरा ।

पूरब में खिड़की, दक्षिण ओर दरवाज़ा ।

पूरब की ओर उसे छेंकते हुए कोई बड़ा मकान खड़ा नहीं हुआ । वहाँ खुली जगह पड़ी है । सवेरे बिछौने पर पड़े-पड़े सूर्योदय देखा जा सकता है ।

सुवर्णलता को अब चाहने को क्या रहा ?

असन्तोष का रहा कुछ ? शिकायत करने का ? बिगड़ने का ? उदास होने का? तो अब सुखी, सन्तुष्ट, सारी आशा मिट जाने से सम्पूर्ण और परितृप्त सुवर्णलता की जीवन-कथा में पूर्ण विराम दे दिया जाये ?

इसके बाद और क्या ?

बंगाली गृहस्थ घर की एक महिला इससे अधिक और क्या आशा कर सकती

है? और क्या पाने का सपना देख सकती है ?

चरम सार्थकता और परम सुख में बैठे एक-एक करके लड़कों का ब्याह करके घर में बहुएँ लाना और दो बेटियों को पार करना ! बस ?

सा, उसमें हो कहाँ रुकावट है ?

तीनों लड़के तो आदमी बन ही गये, छोटा भी निश्चित ही होगा । पढ़ने-लिखने में वासतव में अच्छा है । अन्तिम दोनों लड़कियाँ—पारुल और बकुल—देखने में ख़ासी अच्छी हैं । लिहाज़ा उनके लिए झमेला नहीं । जो देखेंगे, वही पसन्द करेंगे। दहेज देने में भी प्रबोध पीछे नहीं हटेगा ।

रुपया वह अगाध कमाता है और ख़र्च में भी अब दरियादिल है ! शायद यह नशा सुवर्ण ने ही चढ़ाया है ! ख़र्च का नशा ! हाँ नशा हुआ है ।

तो ?

तो सुवर्णलता पर अब लिखने को कुछ नहीं है ।

गृह-प्रवेश के समय कुछ नहीं हुआ, इसलिए उसके आस-पास उसी उपलक्ष्य में प्रबोध ने लोगों को खिलाया था ।

किन्तु इस घटना में उस प्रश्न का उत्तर कहाँ है ?

यह तो बदस्तूर सुख की घटना है ।

परन्तु सुवर्णलता की रीति के अनुसार शायद हो कि दुःख की है । उसका सब कुछ ही तो उलटा है । जिन्होंने उसके साथ घर-गिरस्ती की है और जलती रही हैं, उन सबने ही कहा, "सब विपरीत ! विपरीत बुद्धि, विपरीत विचार, विपरीत आचार-आचरण !"

अतएव इस घटना को लिपिबद्ध करके ही देखा जाये !

प्रस्ताव शायद पहले प्रबोध ने ही किया था । और वही पहले सुवर्णलता ने कहा था, "अभी गुरुमन्त्र नहीं लूँगी । यदि कभी वैरी इच्छा हो, यदि कोई ऐसा मिला कि 'गुरु' कहकर खुद ही सिर झुक रहा है, तो देखा जायेगा ।"

अलग होकर चले आने के बाद कुछ दिनों तक चक्षुलज्जा से प्रबोध उस घर को नहीं जा सका, लेकिन आख़िर सुवर्णलता के ही कहे जाना पड़ा । माहवारी पच्चीस रुपये के हिसाब से सास के हाथ-ख़र्च के लिए सुवर्ण ने ज़बरदस्ती भेजा ।

प्रबोध ने कहा, "यह हिमाक़त मुझसे नहीं होगी, माँ पाँवों से ठुकरा देगी रुपये।"

सुवर्ण ने कहा, "एक बार ठुकरा दे, तुम बार-बार पैर पकड़कर लिवाकर ही छोड़ना । माँ का पाँव पकड़ने में न तो लाज है न असम्मान ।"

आख़िर जाना पड़ा था उसे ।

छोटे भाई लोग गरचे टेढ़ी हँसी हँसे, "तुम ? हठात् ?" और उत्तर बिना लिये ही चले गये थे । सुबोध ने गम्भीर और उदास-उदास मुँह से कहा था, "अच्छे हो न? बाल-बच्चे अच्छे हैं सब ?" घर के बच्चे आस-पास से ताक-झाँक रहे थे, बोले

नहीं । और मुक्तकेशी देखते ही ज़ोर से रो पड़ी थीं, फिर भी उन रुपयों की सद्गति हुई थी ।

मुक्तकेशी ने पाँवों से ठुकराया नहीं । सिर्फ़ मुँह मारकर बोलीं, "हया का सिर खाकर जब तुम देने आये हो, तो मैं तुम्हारा मुँह छोटा नहीं करूँगी । दे रहे हो, रख लेती हूँ । मगर उजड़े बालों का यह जूड़ा बाँधना क्यों ? तुमने तो सारा नाता तोड़ ही लिया !"

उठाया हुआ खड्ग गले पर नहीं गिरा, ग़नीमत ।

उस दिन की उस निश्चिन्तता के बाद से प्रबोध उस टोले का नित्य का यात्री है। उस टोले का 'ताश का अड्डा' भी 'प्रबोधहीन' नहीं होता ।

और मज़ा यह कि उस घर में रहते हुए साँझ को माँ से जितनी बातें होती थीं, जितनी देर तक उनके पास बैठता था, उसका चार गुना हो रहा है अभी ! उसी मौक़े से अपने बेटे-बहुओं की समालोचना कर-करके मन के भार से मुक्त होकर एक दिन मुक्तकेशी ने गुरुमन्त्र की बात उठायी ।

"उसके बिना तो हाथ का पानी शुद्ध नहीं होगा । इतनी उमर हो गयी, अब बिना दीक्षा के रहना ! छिः ।

"और फिर मरण का तो ठौर-ठिकाना नहीं । किसी दिन हठात् ही यदि सुवर्णलता देह रखे तो उसी अदीक्षित शरीर की गति होगी ?"

पति से यह सुनकर सुवर्णलता हँस उठी थी । बोली, "गति क्या देह की है ? या आत्मा की ? कुल गुरु के वंशधर के नाते तुम्हारे उस गँजेड़ी दुबले लड़के की पाँव-पूजा करूँ, यह मुझसे नहीं होने का ।"

यह सुनकर कौन सुवर्णलता की छिः-छिः नहीं करेगा ? किया भी था ।

कहा था, "यह सब रुपये की गरमी है ।"

यहाँ तक कि जिसके रुपयों की गरमी से सुवर्णलता इतनी गरम थी, उस प्रबोध ने ही कहा था, "दो-चार रुपये हो गये हैं, इसलिए उसकी गरमी से धरती को खिलौना मत समझो मँझली ! माँ कहती हैं न, 'भगवान् कहते हैं—दूँगा धन, देखूँगा मन, छीन लेने में कितने क्षन ?' वही सार बात है । भगवान् आदमी को देते हैं, देकर उसकी परीक्षा करते हैं ।"

सुवर्णलता हँस उठी थी ।

"तुम्हारे मुँह में भगवान् की वाणी ! यह मानो भूत के मुँह में रामनाम ! परन्तु मैं करूँ क्या, कहो ? मन जिसको गुरु नहीं मानना चाहता···"

प्रबोध ने बिगड़कर कहा था, "सो तुम्हारे गुरु के लिए तो माइकेल, नवीन सेन, बंकिमचन्द्र या रविबाबू को पकड़ना होगा । तुम्हारी देहशुद्धि के लिए आयेंगे वे ? दीक्षाहीन देह के हाथ का पानी शुद्ध नहीं होता, यह जानती हो ?"

"यह बात !"

पता नहीं क्यों, "यह बात !" कहकर सुवर्ण मानो कुछ मात्रा से बाहर की हँसी हँस उठी थी । उसके बाद हँसी के आँख-मुँह को सँभालकर बोली थी, "केवल देह? उसके लिए इतनी दुश्चिन्ता ? तो फिर ले लूँगी 'मन्तर' ! तुम्हारे उस गँजेड़ी गुरु-पुत्र से ही लूँगी ! देह के मालिक जब तुम हो, तो तुम्हारी ही इच्छा के अनुसार काम हो।

प्रबोध ने इस हँसी और बात का अर्थ ख़ास हृदयंगम नहीं किया, हृदयंगम करने की चेष्टा भी नहीं की । लगता है, राज़ी हो गयी, अब डर नहीं है ।

मँझली बहू ने एक बार जब हाँ कर दिया, तो लोहे की लकीर हो गयी । इसी समय करा दिया जाये ।

अतएव···

अतएव गुरुमन्त्र से सुवर्णलता की दीक्षा हुई । इस उपलक्ष्य में समारोह हुआ, यह तो पहले ही कहा जा चुका है । प्रबोध ने बहुत ख़र्च कर दिया, काफ़ी गुरुदक्षिणा दी । कहा, "इतने दिनों से इतना कमा रहा हूँ, उस कमाई से भूत-भोजन के सिवाय कोई सत्कार्य नहीं हुआ । यह फिर भी एक सत्कार्य, एक महत्कार्य में लगा !"

इस यज्ञ की पतवार मुक्तकेशी ने ही थामी थी । यज्ञ हो जाने पर प्रसन्न-चित्त से सबको कहती फिरीं, "जानती थी, मेरा पेवो जो करण-कारण करेगा, वह आदमी-जैसा ही करेगा ! मँझली बहू है पगलेट, मगर नज़र ऊँची है ! और वह सदा की भक्तिमती है ! देखा किया है न, गो-ब्राह्मण, गुरु-पुरोहित, काली-गंगा, जब जिसमें ख़र्च किया, सब ख़र्च मँझली बहू ने ही दिया । पूछ-पूछकर, जोर-ज़बरदस्ती । सो भगवान् ने भी वैसा ही खुशहाल किया है । मन के गुण से धन ।"

लड़कियों के ब्याह में उसी 'पेवो' ने ख़र्च कुछ अधिक कर दिया, तो मुक्तकेशी ने 'न भूतो न भविष्यति' किया था । कहा था, "यह सब चाल दिखाना है !"

लेकिन इसमें दूसरी बात कही ।

उनकी की हुई वह भविष्यवाणी नहीं फली, उसके लिए मुक्तकेशी लज्जित हुई हैं? या कि बेटे का यह घर-द्वार, ऐश्वर्य, विभूति देखकर अभिभूत हो रही हैं ?

जभी मुक्तकेशी के मुँह से निकल रहा है, "क्या ख़ासा है मँझली बहू का भण्डार घर ! देखकर जी जुड़ा जाता है ।"

पेवो ने बहुत बार चुपचाप अनुरोध किया था माँ से, यहीं रहने का । सुवर्णलता भी अपनी स्वभावगत उदारता से बोल बैठी थी, "ठीक तो है, यहीं रहिए न । यह भी तो आपका ही घर है ।"

लेकिन जाने क्यों, मुक्तकेशी राज़ी नहीं हुईं ।

यज्ञ का काम चुकाकर ही वह चली गयीं ।

इसपर फिर कभी बात नहीं उठी ।

केवल सुवर्णलता की बड़ी लड़की चम्पा ने, जो इस अवसर पर आयी थी, कहा था, "मैंने बहुत-बहुत बेहया आदमी देखा है । अपनी माँ-जैसी बेहया मैंने दूसरी नहीं

देखी । दादी को यहाँ रहने के लिए कहने का साहस हुआ ?"

परन्तु यह कोई खयाल करने जैसी बात है !

चम्पा तो सदा अपनी माँ की आलोचना करती है । यह कुछ नहीं ।

तो ? तो फिर दुःख कहाँ ?

पारू के स्कूल में भरती होने की बात पर ?

हो भी सकता है ।

तिल को ताड़ करने का स्वभाव सुवर्ण का सदा का है !

दो

"पारू-बकू को स्कूल में भरती कराने का क्या हुआ ? कब से कह रही हूँ..."

सुवर्णलता ने भानू के पास आवेदन किया था । बड़ा लड़का है, उसपर आस्था की थी । कहा था, "तुम्हारे बाप से तो होने का नहीं । तुम लोग बड़े हुए, तुम्हीं लोग भार लो ।"

भानू आज-कल कर रहा था । एक दिन उसने भौंहें सिकोड़ीं, ठीक जैसे उसका सँझला चाचा सिकोड़ता है ।

भौंह सिकोड़कर कहा, "पारू को अभी भी स्कूल में दाखिल करने का अरमान है तुम्हें ? ताज्जुब हैं माँ । उतनी बड़ी धिंगी लड़की स्कूल जायेगी ?"

"जायेगी !"

सुवर्णलता ने स्थिर गले से कहा था ।

भानू ने फिर भी बात काटी थी, "भरती तो आख़िर इत्ती-इत्ती-सी लड़कियों के साथ ही होना होगा । लाज नहीं लगेगी ?"

बेटे की खीज से सिकुड़े मुँह की ओर निर्निमेष दृष्टि डालकर सुवर्णलता ने कहा, "लाज तो उसके लगने की बात नहीं है बेटे, लाज लगनी चाहिए उसके बाप-भाई को। किन्तु एक के अपराध की लज्ज़ा दूसरे को ढोनी पड़ती है, यही हमारे देश की रीति है । इसीलिए लाज शायद लगेगी ! किन्तु उपाय क्या है ? बिल्कुल घर में बैठे रहने से तो वह लज्ज़ा और बढ़ती ही जायेगी ।"

भानू माँ से डरता नहीं है, सो नहीं ।

भीतर ही भीतर खूब डरता है ।

लेकिन उतना डरता है, शायद इसीलिए बाहर 'निडर' का भाव निखारना चाहता

है । इसीलिए लापरवाही से बोला, "लज्जा की क्या है ? दीदी, चन्नन, उस घर की सभी लड़कियाँ लज्जा से बिलकुल भरी हुई हैं ? इस बूढ़ी हुई-सी पारुल को स्कूल में भरती कराके क्या होगा ? रात-दिन तो नाटक-उपन्यास निगल रही है. तिस पर सुना पद्य लिखती हैं देवीजी, फिर क्या ज़रूरत है ?"

सुवर्णलता आजकल बहुत ही आत्मस्थ हो गयी है । बहुत निरुत्ताप ! इसलिए उबल नहीं पड़ी, उसी निरुत्तप्त गले से बोली, "मन के लिए और कोई खुराक नहीं है, इसीलिए नाटक-उपन्यास पढ़ती है । पढ़ने-लिखने का भार रहे तो नहीं पढ़ेगी । ख़ैर, तुमसे होगा या नहीं, यह कहो !"

"होने न होने की बात नहीं", भानू ने ऊबकर कहा, "ऐसा भद्दा काम करने में क्या मुश्किल लगती है, इसकी धारणा तुम्हें नहीं है । तुम लोग सिर्फ़ आदेश देकर ही निश्चिन्त ! ताड़गाछ-जैसी एक लड़की को लेकर प्राइमरी स्कूल में भरती कराने को जाना ! नाक नहीं कटेगी ?"

सुवर्णलता को बड़ी साध थी कि उसके लड़के घर के उन अकालवृद्ध बाबुओं की भाषा से अलग किसी भाषा में बात करेंगे । जो भाषा होगी मार्जित, सभ्य, सुन्दर! जिसमें होगी तरुणाई की दमक, कैशोर्य का माधुर्य, शैशव का लावण्य !

सुवर्ण की वह साध नहीं मिटी ।

पागल की हर साध पूरी होना भी तो मुश्किल है ।

और, बात सीखने की पूरी उम्र पार करके ही तो अकालवृद्धों के घेरे से बाहर आ पाये हैं उसके लड़के ।

फिर एक बड़ा-सा 'आदर्श' तो नज़रों के सामने ही है ।

इसलिए भानू बाबुओं की भाषा में ही बोलता है ।

बोला, "नाक नहीं कटेगी ?"

नाक कटने की बात पर सुवर्णलता ने ज़्यादा कुछ नहीं कहा । सिर्फ़ होंठ काटकर बोली, "प्राइमरी स्कूल में क्यों भरती कराना होगा । बहुत बार तो कहा, पारू ने अपनी चेष्टा से जितना पढ़ा है, उससे चार-पाँच क्लास की पढ़ाई हो गयी है । उसे देखकर ऊँचे स्कूल में ही दो ।"

भानू बेपरवा हँसी हँसकर बोला, "हाँ, तुम्हारी लड़कियाँ घर बैठी अरुदत्त-तरुदत्त हो रही हैं । जभी अभी से पद्य लिखती हैं !"

बात वह पूरी नहीं कर पाया ।

सुवर्णलता तीखे स्वर में बोल उठी, "चुप-चुप ! और एक शब्द नहीं । मैं नाहक़ ही आशा किये भरी ! तुम सबको पहचान गयी । समझ गयी, जीवन का सर्वस्व ही 'खाद' दे डाले, मगर अमड़ा के गाछ में आम नहीं फलाया जा सकता ।"

हाँ, सुवर्णलता समझ गयी है, अमड़ा के पेड़ में आम नहीं फलाया जा सकता ।

तिल-तिल समझ गयी ।

समझते हुए भी आज तक आँखें मूँदकर अस्वीकार किया चाहती थी। जैसे, खुली आँख को बन्द करके अँधेरे में लोग भूत के भय को हटाये रखना चाहते हैं। परन्तु क्रमशः ही प्रकट हो रहा है। मन से अब मन को भलाने का खेल नहीं चल सकता। और 'बच्चो की सीखी बोली' कहकर उड़ा भी नहीं दिया जा सकता।

भानू का विद्रूपात्मक भंगिमा, आँखों की पेशियों की सिकुड़न और होंठों की टेढ़ी रेखाओं में सुवर्णलता साफ़ देख पायी, देखा इस घर के पहले ग्रेजुएट प्रभासचन्द्र को, जिसकी सबसे बड़ी खुशी सुवर्ण पर व्यंग्य करने में ही थी।

सुवर्णलता का सँझला देवर सभी भाभियों, बहनों और जानी-सुनी सभी स्त्रियों की ही अवज्ञा करता आया है बार-बार, परन्तु सुवर्णलता की अवज्ञा करके मानो पूरा सुख नहीं मिलता था उसे।

इसीलिए अवज्ञा में व्यंग्य मिलाया करता था।

वह व्यंग्य अहरह आँखों की सिड़कुन में प्रकट होता था, प्रकट होता था होंठों की टेढ़ी रेखाओं में और धारदार हँसी की छुरी में।

भानू की प्रकृति में वही बीज़ है।

सुवर्णलता के पूरे जीवन के सर्वस्व की खाद दिया हुआ पेड़!

सुवर्णलता को यह समझना बाक़ी नहीं रह गया कि वह पेड़ महीरुह बनने की कोई प्रतिश्रुति नहीं वहन करता। वह महज़ बाँस है।

जो बाँस वंशपरम्परा की अतुल तुलना है।

आज अब सन्देह नहीं।

आज केवल निश्चित जानने की स्तब्ध निश्चेष्टता है।

अब नये सिरे से आतंक का कुछ नहीं।

अचानक आतंकित हो उठी थी एक दिन। बहुत पहले। वही उस दिन, जब 'बड़े हो गये' बड़े बेटे से हँसते-हँसते सुवर्ण ने कहा था, "भानू, तू तो बड़ा हो गया, पास करके कॉलेज में दाखिल हुआ···तू मुझे एक जगह ले जा सकेगा? अकेले, चुपचाप···"

भानू ने अवाक् गले से पूछा, "मतलब?"

"मतलब फिर बताऊँगी, पहले यह बता, ले जा सकेगा या नहीं?"

उस रहस्य-अभियान के आकर्षण से भानू उत्साहित नहीं हुआ। उसने निरुत्तप्त गले से कहा, "कहाँ जाना होगा, यह जाने बिना कैसे कहूँ?"

"अरे बाबा, मैं क्या तुझे विलायत ले चलने के लिए कह रही हूँ?" सुवर्णलता की आँखें, भौंहें, नाक, होंठ—सब गोया कौतुक रहस्य से नाच उठे थे, "यहाँ से अधिक दूर नहीं है, सच पूछो तो तुम्हारे कॉलेज का ही मुहल्ला···"

भानू को शायद एकाएक एक सन्देह हो आया था, इसलिए भौंहों पर बल देकर उसने पूछा, "कहाँ, तुम्हारे नैहर? वह मुझसे नहीं होगा।"

सुवर्ण के चेहरे की रोशनी दप्प से बुझ गयी थी, आँखों में आँसू आ गये थे । जी में आया, कह दे, "छोड़, तेरे साथ कहीं नहीं जाना चाहती ।"

किन्तु यह कहने से क़हीं भानू का सन्देह ही सत्य प्रमाणित हो, इसलिए जबरन गले में सहज सुर लाकर बोली, "नैहर की कहने मैं नहीं आयी हूँ । तेरी माँ भुँइफोड़ है, उसके नैहर-वैहर नहीं है । कह रही थी, बचपन के उस स्कूल को देखने की इच्छा होती है । वही जो गरमी की छुट्टियों में चली आयी, फिर जीवन में उसे इन आँखों से नहीं देखा···"

सुवर्ण सहसा चुप हो गयी थी । आँखें फेर ली थीं ।

भानू अपनी माँ के इस भाव-विलक्षणता को समझ नहीं सका, या समझने की चेष्टा भी नहीं की । वह व्यंग्य से बोल उठा था, "फिर से भरती होगी क्या ?"

सुवर्ण तब भी आतंकित नहीं हुई थी, सोचा था, बच्चे का बचपना है ।

सोलह साल के लड़के को सुवर्ण ने बच्चा ही समझा था ।

इसीलिए बोली थी, "हाँ, भरती होऊँगी ! तू ताऊजी बनकर मुझे घाघरा पहना हाथ पकड़कर ले जाकर भरती करा देना । अरे बाबा, रास्ते से उसे एक नज़र देखूँगी ।"

"रास्ते से !"

भानू मानो पागल का प्रलाप सुन रहा हो ।

परन्तु सुवर्ण फिर भी प्रलाप बके जा रही थी, "हाँ, रास्ते से । हा किये खड़ी-खड़ी । डरने की बात नहीं बेटे, गाड़ी से नहीं उतरूँगी···गाड़ी को सिर्फ़ ज़रा उसके सामने खड़ा कराना, खिड़की से ज़रा देखूँगी ।"

वह बोली और ठीक उसी समय भानू के चेहरे पर उस हँसी का आभास फूट उठा था, जो हँसी इस घर के पहले ग्रेजुएट प्रभासचन्द्र की एकचटिया है । और तभी सुवर्ण ने देखा, उसके मुँह की बनावट उसके सँझले चाचा-जैसी है ।

सुवर्ण अचानक चौंक उठी थी ।

फिर भी मानो उसने मन-ही-मन आँखें मूँद ली थीं । सोचा, हरगिज़ नहीं, मैंने ग़लत देखा है ।

इसीलिए वह झट बोल उठी थी फिर, जैसे माँ छोटे बच्चे को डाँटकर कहती है, "इतना बड़ा हो गया, तुझसे इतना-सा नहीं बनेगा ? फिर तेरे बड़े होने से मुझे क्या लाभ हुआ ?"

भानू ने सीले हुए गले से कहा, "कोई किसी के लाभ के लिए बड़ा होता है ? उम्र बढ़ने पर बड़ा होना नियम है, यही होता है । तुम बाबूजी के साथ जाना, मैं बाबा, स्त्री को साथ लेकर कहीं जा-वा नहीं सकूँगा । लोग तुम्हें यों ही पागल नहीं कहते । ऊल-जलूल सब इच्छा !"

उसी दिन !

उसी दिन एक भयंकर आतंक से सुवर्ण के हाथ-पाँव बर्फ़ हो गये थे···अपने बेटे के चेहरे पर उसे अपने सँझले देवर की छाया दिख गयी ।

मन ही मन आज तक वह जो कल्पना करती आ रही थी, भानू बड़ा हो जायेगा तो वह कुछ स्वाधीन हो सकेगी, पृथ्वी का मुँह देख पायेगी, और···उस देखने की परिधि को बढ़ाते-बढ़ाते रेलगाड़ी पर सवार होकर वह बहुत दिनों के एक खोये हुए मुखड़े को देखेगी ।

किसी को कुछ कहने का साहस नहीं होगा । सुवर्ण डाँट से कहेगी, "मैं अपने बेटे के साथ जा रही हूँ, कोई कह तो ले कुछ ! मैं योग्य बेटे की माँ हूँ, तुम्हारी वह नन्ही बहू नहीं हूं अब !"

और उसका वह योग्य बेटा भी कह उठेगा, "सच ही तो, मैं बड़ा हो गया हूँ, मेरी माँ को अब तुम लोग चक्की के तले नहीं रख सकते ।"

लेकिन सपना बिखर गया ।

सुवर्णलता के बेटे ने कहा, "स्त्री को साथ लेकर मैं नहीं जा सकता ।"

स्त्री ।

स्त्री !

हर अक्षर में जैसे मुट्ठी-मुट्ठी उपेक्षा हो ।

इस उपेक्षा का उत्स कहाँ है ?

नहीं चुकाये जा सकनेवाले ऋण की कुण्ठा-भरी अनुभूति ?

प्रतिध्वनि ध्वनि की सदा निन्दा करती है ।

यह पीछे पता चलता है कि वह ध्वनि की ऋणी है ।

कभी इसी स्त्री के देह-दुर्ग में आश्रय लेना पड़ा था, इसे अस्वीकार करने का उपाय नहीं है । निरी असहाय अवस्था में उसके सहारे के बिना गति नहीं थी, उसे अस्वीकार करने का उपाय नहीं···इसलिए उस ऋण को अवज्ञा से दबा देना होगा ।

या और एक उपाय है, 'अतिभक्ति' की धूमधाम । जो मुक्तकेशी के लड़कों, और भी बहुतेरे लड़कों की है ।

सुवर्ण का लड़का दूसरी राह पर नहीं गया ।

उसने सहज रास्ता ही पकड़ा ।

रक्त-मांस का यह ऋण असोध्य है, इसे स्वीकार न करके सब कुछ को अवज्ञा से ही उड़ा देना ।

और उसके बाद ?

जब बड़ा होगा ?

जब उसका अपना रक्त-मांस उससे शत्रुता करेगा ?

जब उस शत्रु के आगे असहाय होगा ? दुर्बल होगा ? सदा की अवज्ञा की पात्री उस जात के पास भिक्षापात्र लेकर खड़े होने के सिवाय कोई चारा नहीं रहेगा ?

तब और भी आक्रोश से पागल होकर, अन्धकार की असहायता के साक्षी को दिन के प्रकाश के पाँवों तले रौंदेगा और व्यंग्य से विकृत होकर कहेगा, "स्त्री ! स्त्री!"

बेथून विद्यालय भवन को फिर से देखने की साध उस दिन पूरी नहीं हुई-सुवर्ण की, फिर भी वह बिलकुल हताश नहीं हुई । तब भी यह ख़याल नहीं आया कि वंश-धारा का मूल उत्स अस्थि-मज्जा के भीतर होता है, परिवेश बहुत हुआ तो उस पर पालिश चढ़ा सकता है, जो शायद और भी भयंकर है । जाने कब, किस क्षण उस पालिश की ओट से बर्बरता के रूढ़ दाँत झाँक उठेंगे, इसकी धारणा नहीं रहेगी, दाँत के तीखेपन से दिशाहारा होना पड़ेगा ।

सुवर्णलता अपने बेटे को परिवेश-मुक्त कर लायी थी, जभी उसके बेटे के बदन पर पालिश लगी, उसने इस घर के पहले ग्रेजुएट अपने चाचा को निष्प्रभ कर दिया।

तो ? कानू, भानू, सुबल भी क्या ऐसा ही होगा ? सुवर्णलता के इस हलके छोटे-मोटे चित्र-जैसे गुलाबी रंगवाले मकान में दरज़ीपाड़ा की गली आकर डेरा डालेगी?

तीन

परन्तु सुवर्णलता ही ऐसी न झुकनेवाली क्यों है ?

वह किसी भी तरह टूटकर लोट क्यों नहीं पड़ती है ? टूटते-टूटते फिर खड़ी क्यों हो जाती है ? इतनी बन्धन-बाधा के बावजूद वह उत्ती बड़ी लड़की पारुल को स्कूल में भरती करने को बद्ध-परिकर क्यों है ?

प्रबोधचन्द्र बाहर से आकर मारे ग़ुस्से के गन-गन करते हुए बोला, "यह क्या सुन रहा हूँ मैं ? बग़ल के परिमल बाबू के लड़के के साथ पारुल को स्कूल में भरती कराने के लिए भेजा था ?"

"भेजा तो था !" सुवर्ण ने सहज गले से कहा, "पारू, बकू—दोनों को ।"

"भाड़ में जाय बकुल ! पारू को कैसे भेजा था ?"

"इसलिए कि यहाँ तक उसका हो नहीं पाया !"

"हो नहीं पाया, इसलिए ?" प्रबोध ने बड़े भद्दे ढंग से मुँह बनाया, "वह बेहद ज़रूरी काम नहीं हो पाया इसलिए राज्य जहन्नुम में चला गया ? पृथ्वी उलट गयी ? चाँद-सूरज टूट गिरे ? इसीलिए तुमने उस छोकरे के साथ एक उत्ती बड़ी जवान लड़की को···"

"रुको-रुको, असभ्यता न करो ।"

"ओहो, यह मेरी असभ्यता हुई ? और तुम्हारा काम बड़ा सभ्य हुआ ? तुम दूसरे की मुखापेक्षी ही क्यों होने लगीं ? और बात में तो मान का बड़ा ख़याल है !"

"अभाव से स्वभाव नष्ट होता है, यह सदा-सदा की बात है···" सुवर्ण ने कहा, "जिसके तीन कुल में करनेवाला कोई न हो, वह दूसरे के आगे हाथ फैलायेगा, यह स्वाभाविक है ।"

"ओ, तुम्हारा कोई कुछ नहीं करता ? अजीब नमकहराम स्त्री हो ! अजी, सारी ज़िन्दगी तो इस भेड़ को तिल-भर चैन की साँस नहीं लेने दी, शान्ति नहीं दी, आराम नहीं दिया, नाक में नकेल डालकर दौड़ाया किया, फिर भी यह कहने में झिझक नहीं कि कोई कुछ नहीं करता ?"

सुवर्ण ने स्थिर स्वर से कहा, "जो कुछ किया है, सब मेरे लिए ?"

"और नहीं तो क्या, अपने लिए ? मुझे इतनी क्या पड़ी थी ? अपनी माँ का लड़का माँ के ही पास पड़ा रहता···"

इस अपरिसीम धृष्टता की ओर ताककर सुवर्ण ने कहा, "केवल माँ का लड़का? तुम्हारे अपने जंजाल का स्तूप ? वे ? उनकी कौन सोचता ?"

"वे अपने वंश की धारा से पलते । उन्हें साहब-मेम बना देने की ज़रूरत नहीं थी । मैं कहे देता हूँ, बकुल जाये तो जाये, पारू चोटी झुलाकर स्कूल जाये, यह नहीं हो सकता । बस !"

"पारू जायेगी ।"

"क्या कहा ? मैं मना कर रहा हूँ, फिर भी जायेगी ?"

"तुमसे तर्क नहीं करना चाहती । मैंने जो किया, समझ-बूझकर ही किया है। और वह होगा । यही मेरी अन्तिम बात है !"

अन्तिम बात !

इस अन्तिम बात के जवाब में सुवर्ण का पति और क्या कहता, कौन जाने, परन्तु सुवर्ण का लड़का बोल उठा, बग़ल के कमरे से ।

बग़ल के कमरे में कानू बैठा अखबार पढ़ रहा था और दोनों कमरे के बीच का दरवाज़ा खुला था, इसलिए माँ-बाप का प्रेमालाप सुन रहा था । वह अचानक ही असहिष्णु होकर बोल उठा, "माँ के मुँह से सदा ही दादी आदि की आलोचना सुनता आया हूँ और स्वभावतया सोचता रहा हूँ कि दोष उन्हीं लोगों का है । अब समझ रहा हूँ कि भूल कहाँ है !"

कहा उसने ।

सुवर्ण के मँझले लड़के ने यह बात कही ।

असहिष्णु होकर बोल उठा ।

बाप जब माँ को 'नमकहराम' कह रहा था, वह तब असहिष्णु नहीं हो उठा, बाप जब अपनी बेटी के बारे में थिथिल मन्तव्य करके ग़ुस्सा जाहिर कर रहा था, तब

भी वह चुप था—असंहिष्णु होकर बोल उठा माँ की हिमाकत पर ।

बोल उठा, "अब समझ रहा हूँ कि भूल कहाँ है !"

लेकिन ग़ज़ब, सुवर्णलता ने डाँटकर उसे रोक नहीं दिया, चीख़कर प्रतिवाद नहीं कर उठी । गाल पर चपत पड़ी हो, सुवर्णलता वैसे थिथिल स्खलित स्वर में पूछ बैठी. "क्या कहा ? क्या कहा तूने ?"

बोली और बोलकर माची पर बैठ गयी ।

माँ के उस बुझे हुए-से असहाय चेहरे पर क्रुद्ध दृष्टि डालकर कानू उस कमरे से दूसरे कमरे में चला गया । हाथ के अख़बार को वहीं पटककर चला गया । कानू के जाते ही गूँज उठा, "और क्या, मूर्च्छित होना जानती हो न, उसी से सबको काबू में रखना चाहती हो !"

और कुछ नहीं किया ।

'पानी-पानी, पंखा-पंखा' कहते हुए परेशान हो उठा मुक्तकेशी का लड़का । सुवर्णलता का जीवन जिससे ऐड़ी-चोटी बँधा है, उस नागपाश से मुक्ति का उपाय ढूँढ़े नहीं मिला सुवर्ण को ।

सुवर्ण की संसारत्यागिनी माँ शायद जाने के पहले कह गयी थी, "वह नागपाश ही है या लतर का बन्धन—बाक़ी जीवन यही देखूँगी ।"

लेकिन उससे सुवर्ण का क्या हुआ ?

सुवर्ण ने उससे क्या पाया ?

नहीं पाया कुछ ।

कोई पाता नहीं । यही तो नियम है पृथ्वी का । बहुत दिनों की साधना चाहिए। एक युग की साधना और तपस्या अगले युग को तपस्या की सिद्धि देती है, साधना का फल ! बहुतेरे 'क्यों' और बहुतेरे विद्रोह निष्फल क्षोम से सिर कूटकर मरते हैं, अँधेरे में डूब जाते हैं?तब कहीं प्रकाश का दिन आता है !

फिर भी···

जो अँधेरे में खो गये, उनके लिए भी बूँद-भर प्यार रखना चाहिए तो, बूँद-भर श्रद्धा !

शायद हो कि सुवर्णलता के लिए भी किसी दिन आये ।

शायद हो कि सुवर्णलता की आत्मा उस परम प्राप्ति की ओर ताककर निःश्वास फेंकेगी परितृप्ति की ।

कहेगी, "ज़िन्दगी-भर जिसके लिए जलती और जलाती रही, वह कहीं, किसी जगह पर तो सार्थक हुआ !"

परन्तु सुवर्णलता की आत्मा परितृप्ति का वह निःश्वास कब फेंक पायेगी ? आज भी क्या अनगिनत सुवर्णलता आलोकोज्ज्वल युग के अँधेरे बन्द कमरे में माथा नहीं कूट रही हैं ? रुँधे गले से कह नहीं रही हैं, "तुम लोग समाज की केवल जिल्द

देखकर ही वाह-वाह कर रहे हो, आत्म-प्रशंसा से विगलित हो रहे हो, आत्मप्रचार की चौंध से अपने-आपको ही विभ्रान्त कर रहे हो—उसके अन्दर के पन्ने को खोलकर नहीं देखते? देखो, देखो कि भीतर के पन्ने में कौन-से अक्षर, कौन-सी भाषा, कौन-सी लिपि है !''

वहाँ जो अगणित सुवर्णलता आज भी अपेक्षा कर रही हैं, इस प्रतीक्षा में कि पाप का अन्त कब होगा···

कह नहीं रही हैं वे—

कब अहंकारी पुरुष-समाज खुले गले से कह पायेगा—तुम और मैं दोनों ही ईश्वर के बनाये हुए हैं, तुम और मैं दोनों ही समान प्रयोजनीय हैं !

ईर्ष्यापरायण पुरुष-समाज कब मुक्त हृदय से कह पायेगा, ''हम तुम्हें जो स्वीकृति नहीं दे पाये हैं, वह तुम्हारी त्रुटि का नतीजा नहीं है, वह हमारी त्रुटि का परिणाम है! तुम्हारी महिमा को मर्यादा देने में जो झिझक होती है, वह हमारी दुर्बलता है, तुम्हारी शक्ति को प्रणाम जो नहीं कर पाते हैं, वह हमारा दैन्य है । अपने को तुम्हारा 'प्रभु' कहने की आदत छोड़ने में हमारे अभिमान को आँच आती है । इसीलिए दास बनकर तुम्हें 'रानी' बनाते हैं । आज भी तुम्हें मुग्ध करके अपनी मुट्ठी में रखना चाहते हैं, इसीलिए चाटुकारिता से तुम्हें भुलाते हैं और अपने शिल्प-साहित्य-काव्य में तुम्हारी वेदना के जो गीत गाते हैं, वह केवल अपने को विकसित करने के लिए ! तुम हमारे प्रदीप से आलोकित हो, हमारी साध यह है; अपनी महिमा से तुम भास्वर हो, इसमें हमें आपत्ति है । इसीलिए जब तुम अपने गुण का परिचय देती हो, तो करुणा की हँसी हँसकर पीठ थपथपाते हैं, जब शक्ति का परिचय देती हो, तो खीज की भृकुटि करके कहते हैं, यह ढिठाई है और जब बुद्धि का परिचय देती हो, तब तुम्हें हेय करने के लिए पीछे पड़ जाते हैं !···

''तुम्हारी रूपवती मूर्ति के हम मुग्ध भक्त हैं, तुम्हारी भोगवती मूर्ति के हम आज्ञाकारी, सेवामयी मूर्ति के आगे बिके हुए और मातृमूर्ति के आगे हम शिशु मात्र हैं । लेकिन यह सारा कुछ एकान्त भाव से हमारे लिए ही होना चाहिए । हाँ, जो 'तुम' हमें अवलम्बन करके हो, केवल उसी 'तुम' को हम बरदाश्त कर सकते हैं । उसके बाहर की 'तुम' विधाता की एक हास्यकर सृष्टि हो !''

कौन जाने सुवर्णलता की आत्मा कब यह सब कह पायेगी । शायद हो कि कह ही न पाये ! यही तो पुरुष का हृदय-रहस्य है !

पुरुष-समाज मन के इस भाव को खोलकर कभी कह सकेगा ? लगता तो नहीं है । वह तो महज़ आधुनिकता के बोल बोलेगा, ''देखो, हम कितने उदार हैं ! हम कितने मुक्त हैं !'' युग का रंग लगा-लगाकर कहेगा, ''देखो, हमने तुम्हें कितना वर्णाढ्य बनाया है !'' लेकिन वह रंग तो खिलौनों का रंग है ! उसमें प्रतिमा में प्राण-प्रतिष्ठा की साधना नहीं, खिलौने में रंग भरकर ही खुश ! उन रंगीन पुतलों को उठाकर विश्व

के सामने कहेगा, "देख रहे हो ? देखो, देखो, हमें कितना ऐश्वर्य है !"

"विद्यावती को अब घर की विद्या से पूरा नहीं पड़ रहा है ।" अख़बार को पटककर फेंकते हुए कानू ने इस कमरे में आते हुए खीजकर पारू के लिए यह बात कही ।

ज़बरन यों कानू के व्यंग्य करने से पारू का चेहरा लाल हो उठा, वह होंठ चबाकर चुप रह गयी । सुवर्णलता की अन्तर-प्रकृति से शायद मेल है उसका, मेल नहीं है बाहर की प्रकृति से । उलझ पड़ने की दुरन्त इच्छा को दबाकर वह चुप रह गयी ।

हाथ की खुली किताब को मोड़कर वह चुप ही रही ।

कानू ने उसकी उस किताब की ओर देखकर कहा, "नाटक-उपन्यास का तो श्राद्ध कर रही हो, उस दिमाग़ में अब जोड़-घटाव-गुणा-भाग पैठेगा ?"

अब पारुल बोली, "पैठेगा या नहीं, यह तो जाँचकर देखा नहीं गया है ।"

"इस्, बोलना तो खूब सीख गयी हो ! उपन्यास पढ़ने से जो होता है ! पढ़ना-लिखना तेरे बूते की बात नहीं, समझी ? वह दिमाग़ ही कुछ और होता है !"

"तुम्हारे दोस्त की बहन शायद दिमाग़ लेकर ही पैदा हुई थी ?"

कानू व्यंग्य की हँसी हँसकर बोला, "नहीं तो ? तुमसे कुछ नहीं होने का, समझीं, तुम सिर्फ़ माताजी की तरह बड़े-बड़े बोल सीखोगी !"

पारू अपनी प्रकृति को लाँघना नहीं चाह रही थी, फिर भी वह बोल बैठी, "ग़नीमत कि माँ ने वे बड़े-बड़े बोल सीखे थे, जभी तुम्हें इतना बड़ा बोल बोलने का सुयोग मिल रहा है ।"

"सच ! अहा, खेंदी के तो खासी अक़्ल हो गयी है, देख रहा हूँ । नः तेरे लिए लिए एक अच्छा-सा दुलहा देख देना है ।" कहकर कानू चला गया । कानू भानू-जैसा उतना सीरियस नहीं है, इसलिए वह व्यंग्य ही करता है ।

चार

पालकी अब सचमुच ही उठी जा रही है ।

'गयी-गयी' तो बहुत दिनों से हो रहा था, अब लग रहा है, एकबारगी जाने के रास्ते पर ही क़दम बढ़ाया है । रास्ते पर जाने से जब-तब की तो बात ही क्या, नज़र ही नहीं आती ।

पालकी के साथ-साथ और भी बहुत-सी चीज़ें लुप्त होने की राह पर जायेंगी, इसमें

सन्देह क्या ? पालकी ही कह जायेगी—"आदमी के कन्धे पर आदमी का चढ़ना बेशर्मी है !...मरकर शव बनकर आदमी के कन्धे पर चढ़ना, उससे पहले नहीं !" कह जायेगी. "जीते-जागते आदमी को एक बन्द बक्से में डालकर घेर-घारकर ले जाना हास्यास्पद है, उन घेरों और परदों के जंजाल को समेटकर मैं विदा हो रही हूँ । जो रास्ता पार करता है, वह जिसमें रास्ते को देख पाये ।" कह जायेगी, "तुम लोग अब तेज़ सवारी तलाश करो । यह धरती बहुत बड़ी है, उसे आँखें पसारकर देखो, छोटे घोड़े की टाप से धूल उड़ाते हुए, हवा के वेग से हवागड़ी से दौड़ो, मिट्टी छोड़कर आकाश में उड़ो !...तकिये से टिककर बैठे अपने ही परिमण्डल की सारी दुनिया समझकर गुड़गुड़ी में दम लगाने के दिन लद गये !"

हज़ार साल के अभ्यास के ऐतिह्य और इतिहास की धारा को पोंछकर जो जाते हैं, वे कुछ कह तो जाते ही हैं । चला जाना ही कहना है ।

काल-प्रवाह किसी को कहीं लंगर नहीं डालने देता, दुर्निवार वेग से बहा ले जाता है, इसी बात को फिर से कह जाते हैं वे । आज जो परम प्रयोजनीय हैं, आगे वही जंजाल हो जाते हैं—यही पृथ्वी का परम सत्य है, चरमतम दुःखान्त है ।

फिर भी सहज ही कोई इसे मानने को तैयार नहीं । वे विदा होनेवाले उस पथिक के कपड़े के छोर को मुट्ठी में पकड़े रखना चाहते हैं, और गुड़गुड़ी में आखिरी कश लगाते हुए कहते हैं, "आजकल यह सब हो क्या रहा है ? सब कुछ तो रसातल गया!"

जो दार्शनिक हैं, वे हँसते हुए कहते हैं, "जायेंगे ही । सब जायेंगे ।"

अपनी छोटी पोती से बात करते हुए मुक्तकेशी ने एक बार यह बात कही थी—"पालकी अब है कहाँ ? क्रमशः घटती जा रही है । जायेगी, सब उठ जायेगी।"

फिर भी नज़र आती है, अपनी उम्र के भार से जीर्ण हुए शरीर को लिये मुक्तकेशी पालकी से जा रही हैं ।

अकेली ही ।

कुछ दूर जाकर एक गुलाबी रंग के दुतल्ले मकना के सामने मुँह निकालकर कहारों को हुक्म दिया, "रुको रे मुँहजलो, यही घर है । हुम्-हुम् किये चले जा रहे हैं !"

मानो उन्हें मकान पहचान रखना चाहिए !

लमहे में कहारों का 'हुम्-हुम्' थम गया, पालकी भी थम गयी । चार-चार जवान मर्द पालकी को उतारकर कमर से गमछा खोलकर पसीना पोंछने लगे ।

चार-चार वैसे तगड़े आदमी, किन्तु उस बुढ़िया को ढोने में हैरान-हैरान तरीक़ा बुद्धिहीन है, इसलिए । रिक्शावाले उस समय तक मैदान में उतरे नहीं थे, उन्होंने दिखा नहीं दिया था कि एक ही आदमी चार-चार को खींच ले जा सकता है ।

पालकी का दरवाज़ा खोलकर मुक्तकेशी उतरीं ।

लड़बड़ करती कमर को कष्ट से तानकर ज़रा देर सीधी खड़ी रहीं, फिर अँचरे

की गाँठ से दो डबल पैसे निकालकर एक को देती हुई बोलीं, "ले, तुड़ाकर बाँट लेना!"

कमर झुक जाने के बाद से मुक्तकेशी की धारणा हुई है, अब पहले के सम्मान का पूरा नसीब नहीं होता। इसलिए दूसरे के आमने-सामने खड़ी होने के लिए जी-जान से कोशिश करके सीधी होती हैं। बहुत बार हड्डी से एक आवाज़ होती है, रीढ़ कनकना उठती है, फिर भी साध्य-भर झुकने के अगौरव को ढोने को राज़ी नहीं हैं मुक्तकेशी!

फिर भी दूसरा पक्ष उनकी सम्मान-रक्षा में उदासीन हुआ।

बोल उठा, "कित्ता दिया ?"

"ठीक ही दिया है..." बुढ़ापे से मलिन हुई आँखों की पुतली में एक सम्राज्ञीजनोचित दृष्टिभंगी निखारकर मुक्तकेशी ने डाँट-से ताका, "टें-पों किस बात की ? कितना चाहिए? पूरा टका ?"

कहारों ने मुखड़े की प्रत्येक रेखा में असन्तोष भरकर कहा, "आठ पैसे दो।"

"क्या कहा ? आठ पैसा ? गले में छुरी चलायेगा क्या ? पैसा कुछ पेड़ से फलता है ?" मुक्तकेशी ने दर्प के साथ कहा, "अब धेला भी नहीं। किसके पल्ले पड़ा है, सो पता है। वहाँ से यहाँ और आठ पैसा ? हुँः, जा, भाग।"

ताज्जुब !

ताज्जुब ही तो ! पालकी उठाकर कहार लोग मुँह बनाकर चल दिये। वे भी समझ रहे हैं, उनके इस पेशे के दिन ख़त्म होते आ रहे हैं ! मुक्तकेशी-जैसी दो-एक बूढ़ी-बूढ़ी के सिवाय शवयात्रा-जैसे ढंग से मनुष्य के कन्धे पर चढ़कर शून्य में डोलते-डोलते जाना अब नहीं चाहते हैं लोग !

इसीलिए बेंत टूट रहे हैं, डण्डे टूट रहे हैं, रंग उड़कर दाँत-सी विदोर रही है पालकी, फिर भी उसकी मरम्मत की नहीं सोचते हैं वे। पालकी ढोनेवालों में से बहुतेरे तो धीरे-धीरे गले में जनेऊ डालकर रसोइया का काम करने लगे हैं। उसकी माँग बल्कि तेज़ी से बढ़ रही है।

बढ़ ही रही है।

स्त्रियाँ क्रमशः बाबू बनती जा रही हैं, रसोई का भार उड़िया कुलतिलकों के मत्थे मढ़ रही हैं।

बन्द दरवाज़े को खोलने के लिए कड़ा खटखटाने या दरवाज़े पर धक्का देने का जो एक प्रचलित तरीक़ा है, उस तरीक़े की परवा न करके मुक्तकेशी ने टूटे-से किन्तु तेज गले से पुकारा, "पेवो, पेवो..."

हाँ, इस मुहल्ले के प्रबोध बाबू को ही पुकारा उन्होंने। घर के छोटे बच्चों का

नाम लेकर पुकारने की जो एक रीति प्रचलित है, वह उसे भी अस्वीकार करती हैं। यह घर उनके बेटे 'पेवो' का है, वह उसी को पुकारेंगी। वह चाहे घर में हो या न हो।

अवश्य वह जब आती हैं, पेवो के रहने की सम्भावना का अनुमान करके ही आती हैं।

सो, एक ही पुकार से काम बन गया।

पेवो या उस कोटि का हालाँकि कोई नहीं था, दरवाज़ा खोला दसेक साल की एक बच्ची ने। जहाँ तक सम्भव था, तीखी नज़र से मुक्तकेशी ने उसे एक बार एड़ी-चोटी देख लिया और तीव्र गले से बोलीं, "किवाड़ खोलने के लिए झट तू चली आयी ? घर में और कोई नहीं है ?"

इस सवाल से सकपकाकर वह बच्ची बोल उठी, "सभी हैं।"

"हैं तो झटापट तू क्यों चली आयी ? मैं न होती, कोई दूसरा मर्दसूरत होता तो? 'पारू' का ब्याह नहीं हो रहा है, तो क्या तू दुधमुँही बच्ची ?"

वह झट बोल उठी, "छत से देखा, तुम आ रही हो, इसलिए…"

"छत से ?"

वे पुरानी आँखें अब पैनी हो उठीं, "भरी दोपहरी में छत पर क्या कर रही थी?"

"कपड़े सूख रहे थे, माँ ने कहा, उठा ले आ।"

"हूँ, माँ तो कहेगी ही ! सदा की आरामतलब है। चल। तेरा बाप घर में है?"

"हैं। सो रहे हैं।"

"क्यों नहीं !" मुक्तकेशी धिक्कार के स्वर में बोलीं, "संग की महिमा। छाती पर एक जवान लड़की, दूसरी भी धिंगी हो आयी, छुट्टी-उट्टी के दिन दौड़-धूप करना चाहिए, सो नहीं, कान में तेल डालकर सो रहे हैं ! चल-चल।"

मुक्तकेशी आजकल बीच-बीच में आती ही रहती हैं।

अलग हो जाने के दुराचार के लिए बहुत दिनों तक पतोहू का मुँह नहीं देखा, पर बेटे की खुशामद-बरामद से वह भाव जाता रहा। और सुवर्णलता के गुरुमन्त्र लेने के समय वह बाँध टूट गया। गुस्से का, तेज का, लज्जा का !

समय सब सहा देता है। समय सर्वतापहर है।

समय सब कुछ को सहज किये देता है। आजकर मुक्तकेशी बल्कि 'मँझली बहू, मँझली बहू' ही ज़्यादा करती रहती हैं। इसके लिए दूसरी बहुओं की ईर्ष्या का अन्त नहीं है, पर अभी प्रबोधचन्द्र की मातृभक्ति भरत की भ्रातृभक्ति-जैसी ही मूल्यवान् जो है ! और दुनिया तो मूल्य के ही वश में है !

अतएव, मुक्तकेशी अब जब-तब ही मँझले बेटे के यहाँ घूमने के लिए आया करती हैं, हुक्म और शासन कर जाती हैं और दूसरे बेटों-बहुओं की आलोचना से

मुखर होती हैं । हाथ-ख़र्च के रुपये घटते ही कोई लड़का यह बात मँझली बहू के कानों पहुँचाता है और अपने बेटी-दामाद, नाती-नतनी के लिए ख़र्च की जो सदिच्छा रहती है, वह भी मँझले बेटे से कह जाती हैं ।

कहती हैं, "उन लोगों से नहीं कहती मैं, जानती हूँ न, अपनी बहन का उन्हें ख़याल नहीं है । तेरा फिर भी वैसा मन है कुछ, इसीलिए कहती हूँ ।"

प्रबोध बेशक माँ की धारणा के मुताबिक बहनों के प्रति मन का अभिनय ही करता है उसके बाद । कह नहीं पाता कि "मन तो मुझे भी नहीं है माँ ! उन लोगों ने तो दूसरी मिट्टी में जड़ें फैलायी हैं, उनसे हमारा योगायोग कहाँ ? कभी वे और हम एक ही आधार पर रहे थे अब उसी सहारे को कहाँ तक खींचा जाये ?"

नहीं कहता ।

कह नहीं पाता ।

सो, सुवर्णलता के इस गुलाबी रंग के दुतल्ले में भी मुक्तकेशी अपना पूरा चेहरा लिये ही रहती हैं ।

सुवर्णलता एक ही बार असाध्य साधन कर सकी थी । एक ही बार उसने यह दिखाया था कि 'असम साहसिक' शब्द का अर्थ है ।

लेकिन एक ही बार । जिस दायरे से अलग होकर पति-पुत्रादि को लेकर मनमाने ढंग से गिरस्ती गढ़ लेने की वासना हुई थी, वह वासना धूमिल होती जा रही है । वह दायरा, दायरा ही रह गया है, शायद हो कि और भी निरंकुश हो गया है ।

सुवर्णलता के जीवन की यह एक अजीब ट्रैजिडी है ! क्योंकि वह आप भी मुक्तकेशी की गिरस्ती में रहकर जितना विरुद्धाचरण कर सकती थी, अपने घर में रहकर वैसा नहीं कर सकती । भलमनसाहत को खटकती है, आँखों की लाज को खटकती है, सबसे आश्चर्य यह कि ममता को खटकती है !

अस्वीकार करने से कोई लाभ नहीं कि नख-दाँतविहीन अबकी इस बूढ़ी के प्रति एक ममता-बोध ने सुवर्णलता को निरुपाय कर दिया है ।

मौज की दिवानिद्रा को छोड़कर प्रबोधचन्द्र आया और माँ की चरण-वन्दना की। अपने ही पंखा सँभाला ।

बैठकर मुक्तकेशी ने कहा, "छोड़ो, पंखा झलने की ज़रूरत नहीं । मैं पूछती हूँ, कान में तेल डालकर सोने से ही काम चलेगा ? बेटी का ब्याह नहीं करना है ?"

नख-दाँतविहीन मुक्तकेशी की बातों का ज़ोर कम हो गया है, इसका मतलब यह नहीं कि सुर भी बदल गया है । सुर ठीक ही है, ढंग ठीक ही है, केवल भार ढूँढ़े नहीं मिलता ।

फिर भी—

फिर भी सुवर्णलता आजकल मानो हठात्-हठात् ही उनसे ईर्ष्या कर बैठती है । मुक्तकेशी जब अपने पचास साल से भी बड़े बेटे को कह बैठती हैं, 'अभागा, मुँहजला,

बन्दर' तो ईर्ष्या की एक अद्भुत जलन सुवर्णलता को सुलगाती है ।

लेकिन अपने बेटों को ऐसी भाषा में सम्बोधन करने की कभी इच्छा भी की है सुवर्णलता ने ?

यह ग्राम्यता क्या सुवर्णलता को असह्य नहीं है ?

फिर भी—

इस 'फिर भी' का जवाब नहीं है । प्रश्न ही जमा हो आता है और ।

सुवर्णलता के लड़के क्या इस मातृभक्त वंश के लड़के नहीं हैं ?

सुवर्णलता ने माता के कर्तव्य में कोई कोर-कसर की है ? उसने तो बल्कि उसी कर्तव्य के लिए बैठी-बैठी अपनी सारी शक्ति गँवायी है ।

फिर भी सुवर्णलता की ब्याही हुई लड़कियाँ 'नैहर' कहने को उसके प्राणों से गढ़े इस गुलाबी रंग के दुतल्ले को नहीं समझतीं—समझती हैं दरज़ीपाड़ा की गली के उस मकान को । उनकी जान वहीं पड़ी रहती हैं । वहाँ आकर वे पुराने दालान की तेल-चिकटी दीवारों से पीठ लगाये बैठी अपनी माँ के चाल-चलन की आलोचना करती हैं ।

और सुवर्णलता के लड़के ?

वे अवश्य तेल-चिकटी दीवारों, हाथ का चूना पोंछी खिड़कियों और दरवाज़ों के पीछे पान की पीक से भरे उस घर को पसन्द नहीं करते, उसके लिए ज़रा भी ममता नहीं रखते, फिर भी इस घर को अपना समझकर हृदय से नहीं अपनाते ।

उसके लड़के गोया मजबूर होकर एक प्रबल प्रतापी विरोधी पक्ष के अख्तियार में पड़े हैं, इसलिए मौक़ा मिलते ही घाव लगा देते हैं ।

छोटे को अभी ठीक-ठीक समझा नहीं जा रहा है । बहुत ही निर्लिप्त-सा है । सँझला भी मौज़-मज़ा, बाबुआना विलासिता पा जाये तो वैसा खूँखार नहीं, परन्तु भानू-कानू ?

जो कि प्रमाण साइज़ का कुरता पहने इस घर में आये हैं ! वे मानो हूबहू अपने चाचा की प्रतिमूर्ति हैं !

ख़ास करके भानू !

वह जब हठात् बग़ल से गुज़र जाता है, या कि नहाकर गमछे को ज़ोर-ज़ोर से झाड़ता है, या मुँह नीचे करके खाते हुए कैसे तो एक कठिन ढंग से जबड़े को हिलाता है—देखकर सुवर्णलता चौंक उठती है ।

लगता है, देवर प्रभास को ही देख लिया ।

दूसरे लोग भी कहते हैं, "भानू को देखो । हूबहू अपने सँझले चाचा-जैसा !"

सुनकर एक अन्धे क्रोध से हाथ-पाँव चबाने की इच्छा होती है सुवर्णलता को ।

सुवर्ण के रक्त-मांस से बना, सुवर्ण की इच्छा, चेष्टा, साधना, शक्ति से पला लड़का सुवर्ण के शत्रु का रूप लेकर उसकी आँखों के सामने घूमता रहेगा, यह कैसी दुस्सह

निरुपायता है !

कैसे अस्वस्तिकर बड़े हो गये हैं भानू-कानू ?

कैसे भद्दे लम्बे-चौड़े !

दूसरे ही हों मानो !

जिनसे सुवर्णलता के जीवन का और कोई योग नहीं, जिन्हें सुवर्णलता का अब कोई प्रयोजन नहीं ।

उन तक पहुँचने की अब मजाल नहीं सुवर्णलता की ।

धीरे-धीरे मानू-सुबल भी शायद ऐसे ही होंगे । उनके चेहरे पर मुक्तकेशी के बेटों का ढाँचा प्रकट हो उठेगा ।

निरुपाय सुवर्णलता को बैठे-बैठे यह परिवर्तन देखना होगा !

मुक्तकेशी के लड़कों को घृणा की जा सकती थी, अवज्ञा की जा सकती थी, इनके लिए कोई उपाय नहीं !

इनके लिए नालिश का भी कोई रास्ता नहीं ! ये सुवर्णलता की इच्छा के अनुरूप शिक्षित हुए हैं, सभ्य हुए हैं, चौकस हुए हैं ! सुवर्णलता के जीवन के एक-एक अणु-परमाणु के ध्वंस के मूल्य पर उसके बेटों ने जो सम्पद् सहेजा है, उसी सम्पद् के अहंकार से वे सुवर्णलता की अवज्ञा करते हैं ।

केवल सुवर्णलता के ही नहीं, अन्य क्षेत्रों में भी शायद ऐसा ही होता है ।

'बोध' होने से 'ऋणबोध' भी आता है, और उसी ऋणबोध का दाह ही काटने को फन उठाता है । ऋण का घर जहाँ हलका होता है, वहाँ शायद अपना बना जा सकता है, सहज हुआ जा सकता है ।

नहीं तो नहीं ।

हालाँकि सुवर्णलता का यह जीवन-भर का सपना था कि उसके लड़के उसे समझेंगे, उसके अपने होंगे ! परन्तु वे अपने नहीं हुए, उन्होंने उसे नहीं समझा ।

सम्भवतः समझना चाहा भी नहीं ।

क्योंकि उसके लड़कों को अपनी माँ की आशा के सपनों का कभी पता ही नहीं मिला ! उन लोगों ने केवल लड़ाकिन सुवर्णलता को ही देखा है, 'दक्षिण के बरामदे' की लोभी सुवर्णलता को कभी नहीं देखा !

इसलिए उन्होंने लड़ती हुई विक्षत सुवर्णलता के विकृत और हिंस्र चेहरे को ही देखा है, जिसने उनमें खीज और ऊब ही जगायी है ! उन्होंने खोजकर नहीं देखा कि सुवर्णलता के भीतर 'वस्तु' थी ।

सोचकर देखा नहीं कि वस्तु थी, सपना था, थी 'आदमी की तरह' जीने की दुर्दमनी आकांक्षा ! थी भव्यता, सभ्यता, सौकुमार्य ! युद्ध की रसद जुगाते-जुगाते ही वह सम्पद् जाता रहा !

मगर सोचकर देखे भी कब वे ?

सुवर्णलता की लड़ाई का आज भी अन्त हुआ है क्या ?

नहीं हुआ है ।

शायद हो कि युद्ध के कारण अब उतने प्रखर नहीं हैं, शायद हो कि अनुभूतियाँ भी अब उतनी अधिक तीव्र नहीं हैं, फिर भी सुवर्णलता एक समझौता-विहीन संग्राम की नायिका है ।

भद्देपन और कुश्रीता के खिलाफ़ लड़ते-लड़ते वह स्वयं कितनी भद्दी और कुश्री हो गयी है, सभ्यता-भव्यता-शालीनता को बरक़रार रखने की लड़ाई में उसने अपने चरित्र के सारे सौन्दर्य को ज़िबह कर दिया है, इसका पता अब उसे ही नहीं चलता।

उसके लड़के माँ की उस अपरिच्छिन्न मूर्ति को ही देख रहे हैं ।

इसलिए वे असहिष्णु हो रहे हैं ।

इसलिए वे माँ को घृणा करते हैं ।

माँ की ओर व्यंग्य की दृष्टि से देखते हैं ।

सुवर्णलता के पूरे जीवन की यही कमाई है !

किन्तु सुवर्णलता की सन्तति को भी दोष नहीं दिया जा सकता । सुवर्णलता उन्हें मुक्तकेशी के 'सख्त घेरे' को काटकर उस विराट् परिवार से निकालकर ही तो लायी है, उन्हें 'आश्रय' नहीं दे सकी है ।

केवल बिखेरकर रख दिया है मानो !

उनकी अभी-अभी खुली ज्ञान की आँखों के सामने अहरह उद्घाटित हो रहे हैं माँ-बाप की दाम्पत्य-लीला के युद्ध और सन्धि के बहुतेरे कलंकित अध्याय !

वे यह जानते हैं कि वे सुवर्णलता की स्वप्न-साधना की वस्तु नहीं, महज़ युद्ध-हथियार हैं ।

इस अद्भुत युद्ध के बीच पड़कर जितना ही धक्का खाते हैं वे, उतने ही ऊब-खीझ रहे हैं, उतनी ही चोट करते हैं ।

पारू पढ़ना चाहती है, लेकिन पारू की पढाई को केन्द्र बनाकर सुवर्णलता ने जो आँधी उठायी, उस आँधी से उड़ते धूल-जंजाल की ओर ताककर पारू पढ़ाई से विगतस्पृह हो गयी ।

वह खुद ही तुनक गयी ।

उसने प्रतिज्ञा की, "लाठा-लाठी करके वसूली गयी वस्तु को मैं ग्रहण नहीं करूँगी!" आत्मसम्मान का ज्ञान उसे तीखा है ।

प्रबोध के लिए बेटी की वह प्रतिज्ञा जानने की बात नहीं । इसलिए माँ के पूछने पर असहाय दृष्टि से इधर-उधर ताककर उसने कहा, "तुम्हारी मँझली बहू तो कहती है, आजकल अब इतनी जल्दी ब्याह नहीं होता । बल्कि थोड़ा लिखना-पढ़ना..."

मुक्तकेशी इससे विचलित नहीं हुईं। वह बोलीं, "ऐं, क्या कहा रे अभागा बाम्हन का बैल ! बेटी का ब्याह नहीं करेगा, उसे लिखाये-पढ़ायेगा ? खैर, ऐसा कहेगा भी क्यों नहीं. अपने योग्य ही बात कही ! सदा तो हलकी बद्धि पर चला किया है।"

न, 'बीवी की बुद्धि पर' नहीं कहीं बुद्धिमती मुक्तकेशी ने। कहा, हलकी बुद्धि पर।

प्रबोध ने अवश्य प्रतिवाद नहीं किया।

मुक्तकेशी ने कहा, "यह सब छोड़, कमर कसकर जुट जा। गले का यह काँटा निकल नहीं जाने से तो बेटों का ब्याह नहीं कर सकेगा ? लोग अपनी बेटी के लिए मुझे कह-सुन रहे हैं ! मेरे रहते बेटों का ब्याह कर दे, यही अरमान है मुझे। सूबो के तो शुरू में बेटियों की ही क़तार है।"

बात पूरी होने से पहले ही 'गले का काँटा' कमरे से चली गयी और सुवर्ण ज़रा देर स्तब्ध रहकर बोली, "एक 'हुकुम' तो कर बैठीं आप। किन्तु लड़कों की अभी ही शादी ? पास ज़रूर किया है, कमा तो नहीं रहा है। कानू की तो पढ़ाई भी नहीं समाप्त हुई है।"

कानू डॉक्टरी पढ़ रहा है, लिहाज़ा उसे पास करके निकलने में विलम्ब है। उसी का ज़िक्र करके मुक्तकेशी व्यंग्य हँसी हँसकर बोलीं, "लड़का डॉक्टर बनकर निकलेगा, तब ब्याह करोगी मँझली बहू ? उससे तो बल्कि यह कहो, बेटे के बाल नहीं पके हैं, अभी उसका ब्याह नहीं करूँगी। लड़के यदि कमा नहीं रहे हैं, तो बहू को तुम्हारे घर दो मुट्ठी अन्न नहीं मिलेगा ?"

सुवर्णलता ने शान्त गले से कहा, "अन्न क्यों नहीं मिलेगा ? परन्तु अन्न ही तो सारा कुछ नहीं है माँजी !"

"अहा, माना, गहना-कपड़ा ही सब है," मुक्तकेशी ज़िद में बोलीं, "वह तुम बेटे के ब्याह के समय समधी के गले में गमछा डालकर दस साल के लायक अदा कर लेना। तबतक तुम्हारे बेटे ज़रूर कमाने लगेंगे।"

सुवर्णलता और भी नम्र हो गयी। फिर भी दृढ़ गले से ही कहा, "सो तो अनिश्चित है। जबतक काम-धाम..."

"सुनो बहू, तर्क में तो मैं तुमसे जीतने से रही। लेकिन गुरुजन के ही नाते कह रही हूँ, ब्राह्मन का लड़का है, कमाकर न खा सके तो भीख माँगकर खायेगा, इसमें कोई लाज नहीं। ब्याह एक 'संस्कार' है, वह समय पर करना चाहिए। लेकिन सबसे पहले अपने उस ताड़ के पेड़ को पार करो..."

सुवर्णलता उठकर खड़ी हो गयी।

बोली, "धूप में आयी हैं, आपके लिए डाव ले आऊँ।"

डाव में छूत नहीं, इसीलिए मुक्तकेशी के आने के आसरे में अकसर डाव मौजूद रहता है। यह इन्तज़ाम सुवर्णलता का ही है।

आज लेकिन मुक्तकेशी 'हा-हा' कह उठीं ।

बोलीं, "छोड़ो, रहने दो आज ।"

सुवर्णलता फिर भी "रहने क्यों दूँ" कहकर चली गयी ।

और सुवर्णलता के जाते ही मुक्तकेशी ने गला धीमा किया । फुसफुसाकर बेटे से जाने क्या कहा । बेटा चौंक उठा । चेहरे पर मानो विपन्नता की छाया पड़ी । कई बार 'अच्छा' और 'ना' वाचक सिर हिलाया, उसके बाद सँभलकर सीधा होकर बैठा ।

सुवर्णलता के अँचरे का छोर दिखाई पड़ गया ।

प्रसंग को दबाने के लिए शायद उन्होंने गले को फिर ऊँचा किया । बोलीं, "आज अब अधिक देर बैठूँगी नहीं, आज बूदो के लिए एक लड़का देखने जाने की बात है सुबोध की, ज़रा देखूँ चलकर । मैंने कहा, अकेला बुद्धू-जैसा, बाप-चाचा जायें । लेकिन पेका, पेमाल—दोनों ने सिर हिला दिया । लड़के के विद्या-बुद्धि कम है, उसके ब्याह के बारे में कहने में उनके सम्मान को आँच आयेगी ! मेरा सूबो अच्छा है···"

अचानक उस कमरे से पारू का उदय हुआ । थोड़ी तीखी-सी हँसी हँसकर वह बोली, "आजकल घटकिन का पेशा अपनाया है दादीजी ?"

मुक्तकेशी सकपका गयीं ।

अवाक् हो गयीं वह ।

क्योंकि इसके लिए वह तैयार नहीं थीं । परन्तु सँभलना वह जानती हैं । सँभलकर बोलीं, "अरी ओ मँझली बहू, इस छोरी को और भी विद्यावती बनाना चाहती हो ? तुम्हारी लड़की तो अभी भी वकील-बारिस्टर के कान काट सकती है ! हुँः, बोलती कैसी पकठोस है ! मैं खैर दादी हूँ, मज़ाक़ से कह रही है, लेकिन और के आगे ऐसी बोलचाल निन्दा की है ।"

"तुम्हारे निकट निन्दा की कौन-सी नहीं है दादीजी···" पारुल हँस उठी, "तुम लोगों की सारी बातें सृष्टि के बाहर की हैं । स्कूल में पढ़ने से वाचाल होती है, अँगरेज़ी पढ़ने से विधवा होती है···"

"होती है । अरी, आँखों के सामने देख रही हूँ । तेरे बाप के नलिन चाचा की नतनी शान्ति का हाल नहीं देखा ? बड़ी धूमधाम से मेम रखकर बेटी को अँगरेज़ी सिखायी गयी थी । ब्याह के साल भी पूरा नहीं हुआ, लड़की विधवा नहीं हो गयी?"

पारू फट् से बोल बैठी, "लेकिन ताऊजी ने तो बड़ी-दी के लिए मेम नहीं रखी···"

बड़ी-दी यानी मल्लिका, जिसका सर्वस गया ।

मुक्तकेशी ने चेहरा स्याह करके कहा, "कुतर्क में तो तू माँ से भी बढ़ गयी पारू? तेरे बाप का ही जीवन अन्धकार है ! आज अब चलती हूँ ।"

डाव नहीं पिया ।

बोलीं, "आज पेट भारी है ।"

किन्तु बढ़िया गोविन्दभोग चावल, एक बोलत गाय का घी, पाव-भर साबूदाना, एक सेर मिसरी, पाँचेक रुपये और एक नया गमछा लेकर मुक्तकेशी पालकी पर सवार हो गयीं ! बेटे के यहाँ आने पर यह सब मिल ही जाता है । सुवर्णलता ने डाव भी पालकी पर रख दिया ।

पालकी के कहारों को प्रबोध छह पैसे देने जा रहा था, मुक्तकेशी ने झपट्टा मारकर छीन लिये, झटापट बोलीं, "रेट बढ़ा मत दे पेवो, बाप के पुण्य से दो पैसे का मुँह देखना नसीब हुआ है, इसलिए लक्ष्मी की अवहेलना मत कर । चार पैसे में सदा जाया-आया करती हूँ । दया-दाक्षिण्य से तुम दो पैसा बढ़ा दोगे, तो दूसरों का नुकसान होगा···यह समझ लो ! एक बार ज़्यादा मिलेगा तो कम पर तैयार होंगे ये ?"

अब चारों कहार भी प्रतिवाद कर उठे । प्रबोध भी करुण विनती-भरी आँखों माँ की ओर ताकने लगा, मगर मुक्तकेशी झुकनेवाली नहीं ।

वह बोलीं, "जा-जा, पालकी लेकर दूर हो जा । भात छींटो तो कौओं का अकाल है ? मैं कहती हूँ, पालकी के बेंत तो तार-तार हो गये हैं, गिरकर सवारी की हड्डी-पसली न टूटे, लेकिन पैसे की ललक तो खूब है । बोल, चलेगा कि नहीं चलेगा ?"

हाथ के गमछे को कन्धे पर रखते हुए वे बोले, "जायेंगे क्यों नहीं ?"

"ठीक है । चार पैसे में चल ।"

और मुक्तकेशी वीरदर्प में जाकर पालकी पर बैठ गयीं ।

कहारों की परिचित ध्वनि क्रमशः पास से दूर हो गयी ।

और दूर जाने पर वह मानो क्षुब्ध हृदय के आर्तनाद-सी लगी ।

मुक्तकेशी जबतक थीं, प्रबोध के प्राणों में मानो बल था । माँ के जाते ही उसका मुँह सूख गया, कलेजे का बल घट गया ।

मगर कर्त्तव्य तो करना ही है ।

सो सुवर्णलता के सामने जाकर आगा-पीछा करके बोला, "माँ तो एक सन्देशा दे गयी !"

सुवर्ण अवश्य उस सन्देशे के लिए विशेष उत्सुक नहीं हुई, केवल मुँह उठाकर ताका ।

प्रबोध 'जय माँ काली' की भंगी से बोल उठा, "तुम्हारे पिता ने उस घर में एक ख़बर जो भेजी थी···"

सुवर्णलता चौंक उठी ।

तुम्हारे पिता ने !

ख़बर भेजी !

यह कैसी अनहोनी-सी बात !

सुवर्णलता के पिता दुनिया में अभी भी विराज रहे हैं, यह किसे याद है ?

सुवर्णलता चौंक उठी, पर पूछ नहीं सकी । प्रबोध ने ही फिर कहा, "मतलब

इस घर का पता उन्हें मालूम नहीं है न ! तुम भी ज़िद में एकबग्गी, और मुझे भी···। आखिर बाप हैं । खैर, ख़बर भेजी है, बहुत बीमार हैं, तुम्हें देखना चाहते हैं ।"

देखना चाहते हैं !

सुवर्ण के पिता सुवण का एक बार देखना चाहते हैं !

यह क्या साँझ है !

ज़रा ही देर पहले दोपहर थी न ?

तो, अभी ही चारों तरफ़ छायाच्छन्न क्यों हुआ आ रहा है ?

सुवर्ण ने अचानक अँधेरा हुए आते पारिपार्श्विक की ओर असहाय की नाईं ताका।

सुवर्णलता की आँखों में यह दृष्टि शायद बिलकुल नयी है । इसीलिए प्रबोध ने भी असहायता का अनुभव किया । अतएव उसने तुरत कहा, "अरे, वैसा डरने-जैसा कुछ नहीं है, मतलब कि उम्र तो हुई है न, यानी बीमारी हठात् बढ़ गयी है, मानो और क्या, तुम्हें इसी समय जाना चाहिए ।"

सुवर्ण की आखों में आँसू नहीं !

उसकी दोनों आँखें मानो इस्पात की हों ।

उन्हीं इस्पात की आँखों को उठाकर सुवर्ण ने कहा, "अभी भी क्या जाने की ज़रूरत है ?"

"बेशक ! क्यों नहीं ?" प्रबोध मानो धिक्कार दे उठा, "यह क्या मान-अभिमान का समय है ? जितना ही क्यों न हो, आखिर जन्मदाता पिता···"

"वह नहीं कह रही हूँ···" सुवर्ण मानो बोली भी इस्पात के ही गले से, "मैं मरे हुए पिताजी का मुँह देखने नहीं जाना चाहती ।"

सुवर्ण ने यह कहा ।

क्योंकि सुवर्ण को वह बात याद आयी । बहुत बार याद आयी और आज-कल धूमिल-सी हो आयी वह बात । जिस दिन सुवर्ण एक बूँद पानी तक न पीकर बाप के पास से चली आयी थी, बाप ने कहा था, "अच्छा, जैसी सज़ा देकर जा रही हो, समझोगी । इसी बाप का मरा हुआ मुँह देखने को आना पड़ेगा !"

कहा था और कहकर सुवर्ण को लेकर उसका बाप नवकुमार बग्गी पर चढ़ा था। फिर एक शब्द भी नहीं बोला ।

वही अन्तिम बात !

वही बात सुवर्ण को याद आ गयी । इसीलिए कह बैठी, "मैं मरे बाप का मुँह देखने नहीं जाना चाहती !"

प्रबोध हा-हा कर उठा । "आश्चर्य है, ऐसा क्यों सोच रही हो । आदमी की तबीयत नहीं ख़राब होती है ?"

सुवर्ण चुप खड़ी रही ।

प्रबोध ने कहा, "कानू कॉलेज से..."

"क्यों, कानू क्यों ?" सुवर्णलता बोली, "तुम नहीं ले जा सकते ?"

"अहा, ले क्यों नहीं जा सकूँगा ? बात यह है, पारू अकेली रहेगी..."

"अकेली माने ?" सुवर्ण ने वैसी ही सूखी झकझक आँखों से ताककर कहा, "पारू, बकुल—दो जनी नहीं हैं ? भानू और सुबल भी तो तुरत आ जायेंगे..."

"हुँः, वे भी आदमी हैं ! माने—माँ कह गयीं, ख़बर आयी है, नहीं जाने से..."

"रहने दो, ज़्यादा बात अच्छी नहीं लगती । तुम एक गाड़ी बुला दो, अकेली ही जाऊँगी ।"

पाँच

"अकेली ही जाऊँगी !" इससे असम्भव बात और क्या हो सकती है ? सुवर्णलता पागल है, जभी ऐसी अनोखी और अस्वाभाविक बात बोल उठी थी । अस्वाभाविक ही तो ! विधवा बूढ़ियाँ गंगाघाट, कालीघाट करती फिरती हैं, यह जुदा बात है । सच पूछो, तो वे बेवारिस हैं । कम उम्र की विधवाएँ भी कभी-कभी रास्ते पर निकलने की छूट पा जाती हैं, बशर्ते कि बूढ़ियों में मिलकर जायें ।

'रास्ते पर' माने तीर्थ के रास्ते पर ।

छोटी उम्र में ही जो सर्वस गँवा बैठी हैं, समाज से इतनी कृपा उन्हें मिलती है। या समाज पर इतना-सा दावा वे रखती हैं । अवश्य बूढ़ियों में सप्तरथी वेष्टित अवस्था में उन्हें खिदमतगारी करते-करते ही जाना पड़ता है ।

सो हो, फिर भी राजपथ पर क़दम रखने का सौभाग्य !

परन्तु सधवाएँ ?

नैव-नैव च ।

ये कुछ बेवारिस तो नहीं, कि जो चाहें सो करें फिर स्त्री और पुरुष में फ़र्क़ क्या? फिर पिछुआ खोंसकर धोती ही क्यों न पहनें ?

इसपर भी यदि सुवर्ण बाहर की नज़ीर पेश करे, यदि कहे, "वे सब स्त्री नहीं हैं, इसी बंगाल की ?" तो उसका भी उत्तर है ।

जो ब्राह्मण हैं, क्रिस्तान हैं, जो सनातन धर्मत्यागी इंग-वंग हैं, जो बंगाली होते हुए भी साहब हैं, उन्हीं के घर की स्त्रियाँ जो नहीं, सो करती हैं । उन्हीं के यहाँ की स्त्रियाँ डॉक्टर बन रही हैं, मास्टर बन रही हैं, देश-सेविका बन रही हैं, समाज-सुधारक

बन रही हैं, झटपट वही बाज़ार में निकलती हैं, 'पिरिलि' करके साड़ी पहनती हैं, जूते-मोज़े पहनती हैं। लड़कियों के घरौंदे का छाता हाथ में लिये चलती हैं।

तुम उन-जैसी होना चाहती हो ? वही आदर्श है ?

गृहस्थ घर की सब स्त्रियाँ अगर चौकठ फलाँगें तो फिर समाज नाम का क्या रहा?

लाखों-लाख स्त्रियों में से दो-चार क्या कर रही हैं, यही देखना है ? बाक़ी स्त्रियाँ कहाँ हैं, यह देखो।

प्रबोध के उस टोले के मित्र शशिशेखर के यहाँ ? उनके बारे में सुवर्ण नहीं जानती है ? आज भी उसके घर की स्त्रियाँ नहीं जानती हैं कि चाँद-सूरज कैसा है। बहुएँ कभी जेठ के सामने नहीं निकलतीं। शशिशेखर के बड़े भाई जब बैठके से अन्दर आते हैं या तीनतल्ले से इकतल्ले पर उतरते हैं तो वह घण्टी बजाते हुए डेग नहीं बढ़ाते ? उनके हाथ में पीतल की छोटी-सी घण्टी नहीं रहती है ?

आखिर क्यों ?

इसलिए कि छोटे भाई की बहुएँ अनजान रहें और असावधानता में कहीं उनका मुँह न देख लें। यह कुछ अति हो शायद, किन्तु प्रबोध के जाने-सुने अपने सगों में से किसके यहाँ सुवर्ण-जैसा बेहयापना चलता है !

सभी के यहाँ धोबिन, ग्वालिन, मछेरिन, ताँतिन, नाईन हैं। सभी के यहाँ तरकारीवाली, गोंयठेवाली, चूड़ीवाली हैं। लेकिन उस बार सुवर्ण ने अपने यहाँ एकाएक मर्द जवान ग्वाले को ठीक कर लिया ! कारण क्या, तो यह दूध अच्छा दुहेगा! तेरे अच्छे दूध को धत्तेरे की। प्रबोध ने फ़ौरन ही उसे विदा कर दिया। परिमल बाबू के यहाँ की नज़ीर को नहीं माना।

सुवर्ण को नज़ीर देने का रोग है।

और अपने दायरे को छोड़कर बाहर की नज़ीर देना !

तर्क हो तो धड़ाधड़ कहती जायेगी—विधुमुखी, चन्द्रमुखी, कादम्बिनी, गांगुली, स्वर्णकुमारी देवी, सरला देवी, सरोजिनी नायडू, कामिनी राय, ज्ञानदानन्दिनी, लेडी अबला वसु—और भी दुनिया-भर का नाम। यह नहीं मानने की कि ये सब उस-जैसी हिन्दू घर की ललना नहीं हैं। घर बैठी वह इतनी ख़बर रखती भी कहाँ से है, कौन जाने ! कभी-कभी तो हैरान रह जाता है प्रबोध। उसी के घर में तो वह सदा से है, लेकिन बाहर की ख़बर प्रबोध से ज़्यादा रखती है। टोला घूमने नहीं जाती, दस-पाँच सखी-सहेलियाँ भी नहीं आतीं, पर···

आश्चर्य है !

स्त्रियों का इतना ज़ानना, विश्व ब्रह्माण्ड की ख़बर रखना अनर्थ का मूल है, उसी से सन्तोष जाता है, शान्ति जाती है, बाध्यता जाती है। अरे बाबा, अदरक के व्यापारी को जहाज़ की ख़बर से क्या ! विधाता ने जब मूँछ-दाढ़ी देकर नहीं भेजा है, तो

पकाओ-चुकाओ, खाओ-पीओ, पति-पूत का सेवा-जतन करो, निहायत न हो तो राम नाम लो या परायी चर्चा करो । चूक गयी बला । सो नहीं, बड़े-बड़े बोल!

लेकिन उस दिन सुवर्ण ने इतना कुछ नहीं कहा । यह सब उसका मतवाद है। जैसा ख़याल आता है, प्रबोध को कहा-सुनी के मुक़ाबले की आशका थी ।···पर सुवर्ण ने उस दिन तर्क नहीं किया, ज़्यादा बोली भी नहीं । इतना ही कहा, "मैं अकेली ही जाऊँगी ।"

प्रबोध ने भौंहें सिकोड़ीं ।

भौंहों को फिर सीधा किया ।

उसके बाद बोला, "यह तो होने की बात नहीं है । तुम्हें जाने की जब इतनी हड़बड़ी है, तो पहुँचाने के लिए मुझे ही जाना पड़ेगा ।"

"नहीं !"

"नहीं ! मतलब ?"

"मतलब कि मैं आप ही जाऊँगी, यही । पता बता देने से गाड़ीवाला ठीक ही पहुँचा देगा ।"

"पता ?" प्रबोध ज़रा ऊँची क़िस्म की हँसी हँसा, "ससुराल का पता मैंने जाना ही कब ! जनम में वही तो एक बार दरवाज़े तक···मैं पता बताऊँ···"

अपने बेहद बेसब्र मन को स्थिर करके सुवर्ण ने शान्त गले से कहा, "तुम्हें बताने की ज़रूरत नहीं !"

सुवर्ण की इस स्थिरता से प्रबोध डरता है ।

इसीलिए आबोहवा को हलका करने की नीयत से छिछोरे-सी हँसी हँसकर बोला, "आखिर बतायेगा कौन ? तुम ? वही मान्धाता के ज़माने की याद को टटोलकर ? दिमाग़ ख़राब है ? वह क्या अभी तक याद है तुम्हें ? क्या कहते क्या कह बैठोगी···"

"इतना कहना-सुनना मुझे बुरा लग रहा है । तुम्हें गाड़ी भी नहीं बुला देनी है। मैं खुद ही रास्ते में जाकर···"

सुवर्ण सहसा रुक गयी ? गले ने दुश्मनी की क्या ?

प्रबोध ने देखा, एक बार इसने जब सोच लिया है, तो रोका नहीं जा सकता । ख़ास करके परिस्थिति गड़बड़ है । इसीलिए 'अच्छा-अच्छा' कहते हुए निकल पड़ा, एक बग्गी ठीक कर लाया और ज़ोर से कहा, "पारू, दरवाज़ा बन्द कर ले । ठीक से बन्द कर लेना । कोई कड़े खटखटाये तो ठीक से देख-सुनकर···"

तब तक सुवर्ण एक साफ़ साड़ी पहनकर नीचे उतर आयी थी । उसकी आँखें, उसका चेहरा लाल-सा, फिर भी वह दृढ़ गले से बोली, "इतनी बात ही क्यों हो रही है । कहा तो, मैं आप ही चली जाऊँगी ।"

अब प्रबोध भी दृढ़ हुआ, "कहने से ही तो नहीं हो गया ! कलकत्ते का रास्ता है ! तिस पर मुसलमान गाड़ीवान, क्या पता, कि घर ले जाने को किधर चल पड़े···"

सुवर्ण सहसा घूमकर खड़ी हो गयी, सीढ़ी की ओर बढ़ी, ''ठीक है, नहीं जाऊँगी।''

''अरे बाबा, हुआ क्या ? कहा तो ले चल रहा हूँ...''

''नहीं. नहीं. नहीं !''

सुवर्ण सीढ़ी से ऊपर चली गयी ।

''धत्तेरे की...'' प्रबोध ने ज़ेरबार-सा होकर कहा, ''मैं ही साला हर बात में चोर के क़सूर में फँसता हूँ । भाड़ में जाये, मेरा क्या ?''

उसके बाद गुट-गुट करके निकला । बग्गीवाले के हाथ में एक इकन्नी थमाकर बोला, ''ज़रूरत नहीं रही भैया, जाओ ।''

वह ऊपर गया । कमरे के दरवाज़े के सामने खड़ा होकर बोलने लगा, ''समझा कि मन ठीक नहीं है, मगर हर बात में एक सामंजस्य रहना चाहिए । अरे, तुम्हारे लिए माँ-बाप तो ज़ीते-जी ही मरें हुए हैं, बीमारी की ख़बर भेजी है, यही आश्चर्य है !''

कमरे से कोई आवाज़ नहीं मिली । नज़र भी नहीं आयी कि कहाँ कोने में बैठी हुई है ।

अपना ही तो कमरा है, फिर भी जाने धड़ल्ले से घुस पड़ने का भी साहस नहीं हुआ । बाहर खड़े-खड़े ही कुछ देर तक स्वगतोक्ति की, फिर धीरे-धीरे नीचे उतरकर बैठके में जाकर बैठ गया ।

''बाबूजी...''

बड़ी देर के बाद बकुल कमरे में आयी !

मानो बड़ी परेशान-सी लगी वह ।

बोल उठी, ''बाबूजी, माँ कहाँ है ?''

माँ कहाँ है !

यह आखिर कैसी भाषा !

प्रबोध धोती सँभालते हुए उठ पड़ा, ''मतलब ?''

बकुल ने सूखे गले से कहा, ''कहीं देख नहीं रही हूँ ।''

पाँव से सिर तक हिम-प्रवाह बह गया । फिर भी प्रबोध ने बेटी के सामने अविचलित भाव दिखाने की चेष्टा की, ''छत पर बैठी होगी शायद ।''

''नहीं । छत पर देख आयी हूँ ।''

हाँ, उन लोगों ने तमाम देख लिया था ।

छत पर, नहान-घर में, गोयठा-कोयलेवाले कमरे में, यहाँ तक कि उस गली में भी, जहाँ नौकरानी बरतन माँजती है । कहीं नहीं है सुवर्णलता !

छह

खाट से लग गये हैं नवकुमार ।

शायद हो कि आशा छोड़े ही बैठे हैं वह ।

उनके यहाँ ख़बर भिजवाकर हर पल राह देख रहे हैं, उम्मीद कर रहे हैं । हवा से भी दरवाज़ा हिल जाता है कि चौंकते हैं और बार-बार हताश होकर कहते हैं, ''वह अब आयेगी ? हरगिज़ नहीं आयेगी, नहीं आयेगी ।''

यन्त्रणा की ऐसी ही अनेक घड़ियाँ पार करके ही हताशा का बहुत बार निःश्वास फेंककर जब नवकुमार अन्तिम साँस लेने को तैयार हो रहे थे, तो सुना, ''आ गयी!''

सुवर्ण आ गयी !

नवकुमार की बेटी !

जो कि नवकुमार के जीते-जी कभी नहीं आयी ।

नवकुमार की आँखों में आँसू ढुलक पड़े, उन्होंने क्षीण गले से क्या कहा, समझ में नहीं आया ।

वह फिर कुछ सचेष्ट हुए, तोड़-तोड़कर धीरे-धीरे बोले । समझ में आया, वह बोले, ''आखिर आयी, लेकिन तब जब सब समाप्त हो गया !''

सुवर्ण पुक्का फाड़कर रो उठ सकती थी, पर वैसा नहीं किया ।

उसने सिर्फ़ सिर झुका लिया ।

उसने काँपते होंठों को दाँतों से दबा लिया ।

नवकुमार बोले, ''मैं अब अधिक दिन का मेहमान नहीं हूँ सुवर्ण, समझ रहा हूँ कि मेरा बुलावा आ गया है ।''

सिर उठाकर सुवर्ण ने एक बार ताका और फिर सिर झुका लिया ।

नवकुमार ने रुकते-रुकते धीरे से कहा, ''जानता हूँ, क्षमा माँगने की बात अपनी ज़बान पर लाना उचित नहीं, किन्तु तो भी अन्तिम घड़ी में तुझसे एक बार क्षमा माँगे बिना मर भी तो नहीं पा रहा हूँ ।''

''बाबूजी !'' सुवर्ण ने रुँधे गले से कहा, ''यह कहकर मुझे सज़ा न दें बाबूजी!''

''सज़ा नहीं रे सुवर्ण, यह बिल्कुल सच्चे अपराधी की बात है ! तुम्हारे लिए जो अपराध मैंने किया है...''

सुवर्ण और निकट खिसक गयी, और भी रुँधे गले से कहा, ''यदि वैसी ही बात है, तो उसका कुछ कम दण्ड नहीं पाया है आपने !''

''सो है !'' नवकुमार की निष्प्रभ दो आँखों से और एक बार आँसू बह निकले, ''यह झूठ नहीं है । कभी-कभी लगता था, लघु पाप से शायद गुरु दण्ड ही मिला है मुझे ! मगर जब तेरे जीवन को देखा है, तो लगा है, नहीं, वह दण्ड मेरा वाजिब

पावना है ! लेकिन तुझसे एक बात कह जाऊँ बेटे, जो किया है, बिना समझें किया है ! जान-बूझकर अत्याचार नहीं कर सका हूँ । लेकिन उस एक जनी ने यह किसी भी दिन नहीं समझा···"

नवकुमार थम गये । पानी के गिलास की ओर ताका ।

सुवर्ण पानी देने गयी, नहीं दे पायी । साधन की बहू झट आगे आ गयी, उनके मुँह के पास गिलास ले जाकर बोली, "पानी बाबूजी, पीजिए ।"

नवकुमार ने मुँह को सिकोड़ा ।

आधा घूँट पानी पीकर गिलास को हटा दिया । बोले, "यदि क्षमा कर सके···"

"आप चुप रहिए बाबूजी, मैं सब समझ रही हूँ । आपका कष्ट, आपका दुःख—सब समझ गयी !"

नवकुमार ने एक निःश्वास फेंका । उसके बाद बोले, "क्षमा माँगी, सारी ज़िन्दगी तो माँग नहीं सका, मरने की इस घड़ी में···फिर भी, मैंने अपने लिए तुझे नहीं बुलाया है सुवर्ण, बुलाया है, यह देने के लिए !···" तकिये के नीचे हाथ डालकर टटोलते हुए एक भारी लिफ़ाफ़ा निकाला । "तुझे देने के लिए इसे अगोरे बैठा हूँ ।"

सुवर्ण ने हाथ नहीं बढ़ाया ।

जाने किस सन्देह से सुवर्ण आरक्त हो उठी ।

अस्फुट स्वर में बोली, "क्या है यह ?"

नवकुमार शायद समझ सके । इसीलिए उन्होंने उसके सन्देह को दूर किया । हलका हँसकर बोले, "घबरा मत, दस्तावेज नहीं है, दानपत्र नहीं, चिट्ठी है सिर्फ़ ।"

"चिट्ठी !"

"हाँ ।" नवकुमार ने काँपते गले से कहा, "हाँ, तेरी माँ की चिट्ठी ।"

माँ की चिट्ठी !

सुवर्ण की माँ की चिट्ठी !

किसको लिखी है ?

सुवर्ण को तो नहीं !

हुँ । ऐसा भी हो सकता है ? होता है ? इतना भाग्य है सुवर्ण का ?

क्या जाने क्या है !

सुवर्ण इसीलिए अपलक ताकती रही । हथेली की पीठ से आँख पोंछकर नवकुमार ने कहा, "सदा की एकबग्गी, क्या सोचकर क्या करती है, कोई नहीं समझता । कभी कोई संवाद नहीं देती । तेरे छोटे भैया ने उसी तरफ़ नौकरी कर ली है, इसी से जान पाया कि वह ज़िन्दा है । अचानक एक बार उसी के मारफ़त दो चिट्ठियाँ भेजीं, एक मेरे नाम और एक तेरे नाम ।"

"आपको कष्ट हो रहा है बाबूजी, एक साथ इतना न बोलिए ।"

"नहीं-नहीं रे सुवर्ण, अब मुझे कोई कष्ट नहीं है । तू क्षमा करे या न करे, मैंने

तुमसे माफ़ी माँगी, इसी से मन बड़ा हलका लग रहा है । अब मैं शान्ति से मर सकूँगा।...हाँ, वही चिट्ठी...''

हाँ. उस लिफ़ाफ़े में एक चिट्ठी नवकुमार की, एक सुवर्ण की ।

'एकबग्गी' सत्यवती की सख्त मनाही थी, उसके जीवन-काल में वह चिट्ठी न खोली जाये । मरने की ख़बर नवकुमार को अवश्य मिलेगी और तब सुवर्ण की चिट्ठी सुवर्ण को भेज दें, अपनी आप पढ़ें ।

वह संवाद आ गया—

नः, बच नहीं पाया ।

सुवर्ण स्तब्ध बैठी नहीं रह सकी । वह तीखी चीख़ के साथ टूट पड़ी थी । चीख़ नहीं, आर्तनाद । 'बाबूजी !'

बस ।

सिर्फ़ 'बाबूजी' कहकर एक तीव्र आर्तनाद । उसके बाद सन्नाटा ।

पत्थर की मूर्ति-जैसी ख़ामोशी !

बगल के कमरे में प्रबोध उस समय अपनी सलहज से पूछ रहा था, ''क्या हुआ था ?''

बोलीं !...''कुछ नहीं हुआ ? आश्चर्य है । इसी को कहते हैं पुण्य का शरीर!''

मगर आपसे भी शिकायत है, जैसी भी, जो भी हो शायद, आखिर माँ थीं ! मर गयीं और आप लोगों ने ख़बर तक नहीं दी ! मैं कहता हूँ, आपकी ननदजी को चतुर्थी तो करनी थी ।''

हाँ, प्रबोध आ पहुँचा । सुवर्णलता के लापता होने की सुनकर ही दौड़ा-दौड़ा आ पहुँचा ।

सलहज ने धीमे-धीमे कहा, ''क्या करती, कहिए ? हाथ-पाँव बँधे जो थे ! कड़ा हुक्म था, उसके मरने की खबर पाने के पहले यह चिट्ठी खोली न जाये । आप चतुर्थी की कह रहे हैं ? यह भी कड़ा आदेश था कि उनके लिए कोई अशौच पालन न करे!''

प्रबोध ने कौतूहल से पूछा, ''संन्यास ले लिया था, क्यों ?''

''नहीं-नहीं, यह तो नहीं सुना । शायद यह कहा था, घर-गिरस्ती छोड़कर बहुत दिन हुए आये, उसके सुख-दुःख का कोई भार जब नहीं उठाया, तो इतने दिनों के बाद मरकर उन सबके गले इतना बड़ा दुःख का भार क्यों मढ़ दूँ ?''

''ठीक है !'' प्रबोध ने कहा, ''उनकी दुनिया के बाहर की बुद्धि के चलते ही दो-दो संसार गये ! ससुरजी ने भी तो गंगा की ओर क़दम बढ़ा ही दिया है...''

साधन की पत्नी ने कहा, ''यह भी उसी कारण से । जैसे ही ख़बर मिली कि उनका काशी-लाभ हुआ, ससुरजी एकबारगी टूट पड़े । सच पूछिए, तो वही जो खाट पकड़ी, सो अन्तिम सोना ही हुआ ! कविराज ने कहा है, बहुत जोर तो और दो-चार दिन !''

प्रबोध को सलहज के रस का स्वाद कभी नहीं मिला, इसलिए वह बोलना बन्द नहीं किया चाहता था । बात की पीठ पर बात रखकर छोर बढ़ाता ही गया । उसी सिलसिले में यह मालूम हुआ कि नवकुमार को रोग-बला कुछ नहीं थी । अभी भी, इस उम्र म भी इतना खा सकते थे, खुद से बाज़ार गये बिना रह नहीं सकते थे । बाज़ार से साग-पात लाकर कहते, "पकाओ," और खाकर सब हज़म करते थे । मिज़ाज बेशक तीखा था, लेकिन वह तो सदा ही था । ब्याह के बाद से ही तो सुधीरबाला देखती आ रही है, मिज़ाज सदा चढ़ा ही हुआ है । परन्तु स्वास्थ्य था, शक्ति थी । पत्नी के मरते ही बिलकुल चूर हो गये मानो ।

सब सुन-सुनाकर प्रबोध ने मुसकराकर कहा, "अभी भी भीतर-भीतर इतना था?"

साधन की स्त्री धीरे से हँसी ।

प्रबोध ने कहा, "ऐसा था तो पाँव पकड़कर मना ले आना चाहिए था ।"

सुधीरबाला ने सिर हिलाया ।

"उहूँ, सिर फोड़ने से भी नहीं आतीं । स्वभाव के बारे में सुना था न ! उनके अपने बेटे के ही मुँह से सुना है । बिलकुल ही अलग ढंग की···"

"हूँ ! बेटी भी वैसी ही हुई है !" प्रबोध ने आक्षेप करते हुए कहा, "चूँकि आप हैं, इसलिए कह रहा हूँ, आपकी ननद भी हूबहू वैसी ही हैं । दुनिया से बिलकुल बाहर ! महारानी के उस मिज़ाज के आगे मैं साला सदा चोर हुआ-सा रहता हूँ । और यह आप हैं न···मज़े में···"

"कैसे जाना ?" सलहज हँसी, "यही एक ही बार तो देखा ?"

"तो क्या ? पक्की रसोईदारिन हाँड़ी का एक ही चावल देखकर समझ लेती है कि कैसा उबला । खैर, तो ससुरजी की हालत अब-तब है ?"

"यही तो कहा वैदजी ने । उम्र भी तो हो गयी···"

प्रबोध ने बात लोक ली । हँस उठा ।

"सो तो है । लेकिन कोई रोग-बला नहीं, पत्नी-शोक से ही प्राण गये, यही दुःख की बात है । त्रेतायुग में राजा दशरथ के प्राण पुत्र-शोक से गये थे और कलियुग में मेरे ससुरजी के पत्नी-शोक से···" प्रबोध रह-रहकर हँसने लगा, जैसे एक बहुत बड़ी रसिकता की ।

"ननदजी को यहाँ रख जाइएगा ?"

जीजाजी को जमाईजनोचित जलपान से आप्यायित करके सलहज ने पूछा ।

प्रबोध ने हथेली उलटकर कहा, "यह आपकी ननद की मरज़ी । यदि कहें कि रहूँगी, तो फिर पृथ्वी उलट जाये, बात टल नहीं सकती । और कहीं कहें, नहीं रहूँगी, तो पैरों पर माथा पटकने से भी हाँ नहीं होने का !"

सुधीरबाला हँसी, "फिर तो कहिए, आप बड़े मज़े में है ?"

"हूँ । यह भी भला कहने की है ! ऐसा-वैसा मजा ! लेकिन आपको क्या लगता

है, आज रात ही कुछ हो-हवा जायेगा !''

सुधीरबाला ने सिर हिलाया ।

बोली, "आजकल में कुछ होगा, ऐसा तो नहीं लगता । क्यों, एक रात भी देवीजी को छोड़कर रह नही सकग, क्या ?''

"आपकी बात ! इस उम्र में इतना···" प्रबोध हा-हा करके हँसने लगा, "और आपकी ननदजी वैसी हैं न ! सिपाही हैं, सिपाही !''

प्रबोध के भी दुःख की एक दिशा तो है । वह देखता है कि दुनिया में सभी सहज स्वाभाविक हैं, एक उसी बेचारे की पत्नी दुनिया से बाहर है ! वह बेचारा सारा जीवन इसी दुःख से घुल-घुलकर मरता रहा है ।

यह भी तो एक स्त्री है ! सुवर्णलता-जैसा उतना रूप न हो, मज़े की नारी-सुलभ माधुरी है, नारीजनोचित बातचीत···जान को चैन मिलती है । और सुवर्ण ? उसकी तरफ़ तो जाने में ही डर लगता है । बाप-बेटी में तो कभी भेंट-मुलाकात नहीं, लेकिन बाप की अन्तिम दशा है, सुनकर बदहवास अकेली ही दौड़ी आ गयी ! यह तो नहीं सोचा कि गले में कितनी दुर्भावना डाल आयी ?''

प्रबोध मानो कोई नहीं !

प्रबोध को मानो पहचान नहीं पा रही !

कौन जाने साथ जायेगी कि बाप की रोग-शय्या को अगोरे रहेगी ।

मुसीबत पर मुसीबत !

ऐन इसी समय मातृशोक-संवाद !

माँ से भेंट नहीं, मुलाक़ात नहीं, मगर अन्दर-ही-अन्दर भक्ति का उमड़ता समुद्र!

नसीब ही कहेंगे ।

एक ही साथ माता और पिता का वियोग ।

माँ के मरे दस-बीस दिन हो गये, न ख़बर, न संवाद ? अब प्रबोध की ही ग्रहदशा।

ग्रह क्या ऐसा-वैसा ? वह लाख कहकर गयी हों कि उनके मरने पर कोई छुतका न माने, भला समाज यह मानेगा ? अभी-अभी ही तो प्रबोध को अपनी माँ के पास नियम-कानून जानने के लिए दौड़ना होगा । उसके बाद पुरोहित के यहाँ ।

जीते-जी तो सास-ससुर ने कभी कोई उपकार नहीं किया, मरकर कष्ट दिये जा रहे हैं ।

इसी को कहते हैं पूर्व जन्म की शत्रुता !

प्रबोध की ओर से यह सब युक्ति तो है ।

परन्तु सुवर्ण ?

सुवर्ण किस युक्ति से अपनी माँ को क्षमा करेगी ?

मरकर माँ सुवर्ण को पूछ गयी ? पत्र पढ़कर जिसमें जवाब देने तक की गुंजाइश

न रहे ?

क्यों, माँ ने आजन्म सुवर्ण से ऐसी शत्रुता क्यों की ?

छोड़ ही तो दिया था, मर गयी, सुवर्ण जान भी नहीं सकी । तो फिर चिट्ठी देकर आग लगा जाने की क्या पड़ी थी ?

प्रबोध की आशंका निर्मूल थी ।

सुवर्ण ने रुकना नहीं चाहा ।

पिता के पैरों की धूल लेकर वह चली गयी । बोलीं, "यही अन्तिम भेंट किये जा रही हूँ बाबूजी ! मरा मुँह देखने का शाप दिया था, उससे बच गयी, यही अपना परम सौभाग्य है ।"

"अब नहीं आयेगी ?"

अपनी उन बड़ी-बड़ी आँखों को उठाकर सुवर्ण ने कहा, "अब आकर करूँगी क्या बाबू ? अब आने की इच्छा नहीं है । जानूँगी, अभागी सुवर्ण ने एक ही दिन में माँ-बाप दोनों को खो दिया !"

अभिमान से गला रुँध गया उसका ।

जैसे, उस परलोकगता के पीछे दौड़ती हुई उबल पड़ने को जी चाह रहा हो, "क्यों ? सुवर्ण ने तुम्हारे प्रति ऐसा कौन-सा अपराध किया था कि उसे तुमने ऐसा दण्ड दिया ?"

सात

सुवर्णलता ने कहा था, "जानूँगी कि अभागी सुवर्ण ने एक ही दिन में माँ-बाप दोनों को खो दिया !"

किन्तु सुवर्ण के माँ-बाप थे क्या कि यह खोने का प्रश्न ?

कब थे ?

उनके रहने का प्रमाण उसने कब पाया ?

तो ?

जो वस्तु थी ही नहीं, उसके खोने का सवाल ही कहाँ उठता है ?

फिर भी अबोध सुवर्णलता ने असंख्य नक्षत्रों से भरे आकाश की ओर स्तब्ध

होकर ताकते हुए एक नक्षत्र की खोज़ करते हुए उसी कही हुई बात को मन-ही-मन दुहराया—"मैंने एक ही दिन में माँ-बाप दोनों को खोया !"

कोई नया नक्षत्र क्या यह सुन पायेगा ? सुनकर हँस उठेगा ? कहेगा कि "जो था ही नहीं, उसी के खोने का दुःख कर रही है तू ? छिः !"

किन्तु सुवर्णलता शायद हो कि वह बात, वह हँसी सुन नहीं पायेगी, इसीलिए वह उस आसमान से आँखों को हटा नहीं पा रही है ।

इस घर में आकाश है ।

सुवर्णलता के गुलाबी रंग के इस मकान में । क्योंकि इस घर में छत पर जाने की सीढ़ी है । दक्खिन की ओर बरामदा है, जिस बरामदे में हवा का अनन्त दाक्षिण्य है, जिस छत पर अन्तहीन अन्धकार की निविड़ प्रगाढ़ प्रशान्ति है ।

छत पर ही तो मुक्ति !

यहाँ ऊपर स्थिर पड़ा है असंख्य नक्षत्रों की माला पहने वह आकाश ! तो ? सुवर्णलता को अपने को धन्यवाद नहीं देना चाहिए ? न दे धन्यवाद तो सुवर्णलता अकृतज्ञा है ।

परन्तु सुवर्ण अकृतज्ञा नहीं है ।

वह जब इस अन्तहीन अन्धकार में आकर खड़ी हो जाती है, तो एक गहरे निःश्वास की ओट से उसके हृदय का शान्त धन्यवाद उमड़ आता है ।

यहाँ सुवर्णलता छत पर आ सकती है ।

और चूँकि आ सकती है, इसलिए दो क्षण के लिए भी कम-से-कम यह भूल सकती है कि सुवर्णलता नाम की नारी कर्म-चंचल और शब्दमुखर एक स्थूल और छोटे-से संसार की गृहिणी है । भूले रह सकती है, वह संसार अपनी स्थूलता और क्षुद्रता के लिए हर घड़ी सुवर्णलता को पुकारता है । उससे बचने का उसे उपाय नहीं!

फिर भी शायद आज अब कोई नहीं पुकारेगा ।

आज शायद सुवर्णलता के बच्चे उसकी कुछ परवा करेंगे ।

कोई पुकारेगा नहीं, इसलिए सुवर्णलता स्तब्ध बैठी मन में सोच सकती है कि उसके माँ थी ! राजराजेश्वरी माँ !

वह थी सुवर्ण की सारी चेतना, सारी व्याकुलता, सारे ही अनुभव में । मूर्ख सुवर्ण केवल एक मूढ़ अभिमान से उस माँ की ओर से मुँह फेरे हुई थी ।

नहीं तो सभी ओर के सभी मान-अभिमान को धूल में बिखेरकर क्या माँ के पास जाकर पछाड़ नहीं खाया जा सकता था ? कहा नहीं जा सकता था कि "माँ, बड़ा जी हो रहा था तुम्हें देखने को, इसीलिए मैं चली आयी ?"

सुवर्ण ने ऐसा नहीं किया ।

उसने अपने अभिमान को ही बड़ा किया । उसने यह सोचा, "कहाँ, माँ ने एक बार भी तो बुलाया नहीं !"

सुवर्ण ने सोचा, "पति के आगे झुकूँगी नहीं मैं ।"

इसीलिए सुवर्ण के माँ 'नहीं थी'!

अब वह सब मान-अभिमान को धूल में बिखेर भी दे तो कह नहीं पायेगी वह बात ।

"माँ, तुम्हें एक बार देखने को मरी जा रही थी मैं ।"

लेकिन अभिमान दूर हुआ क्या ?

अभी भी तो सुवर्ण बाप पर एक दुरन्त अभिमान किये बैठी है पत्थर-सी ! वह पत्थर यदि टूट पड़ता, तो शायद कपाल पीट-पीटकर चीख उठती, "क्यों, तुम सब लोग मिलकर मुझे क्यों ठगोगे ? मेरे साथ ऐसी निष्ठुरता क्यों करोगे ? सुवर्णलता की माँ की चिट्ठी तुम लोगों ने चुपचाप अगर सुवर्णलता को भेज दी होती, तो क्या नुकसान होता तुम्हारा ?"

यदि कहते, "रे सुवर्ण, तेरी माँ ने मरने से पहले यह पत्र देने को मना किया है, परन्तु मुझसे इतना निर्दयी नहीं हुआ गया, मैं दिये जा रहा हूँ तुझे । अब तू सोच ले, इसे खोलेगी कि नहीं !"

सुवर्ण सोचती ।

किन्तु सुवर्ण के पिता ने वैसा नहीं किया ।

और उसकी माँ चूँकि चिट्ठी का जवाब नहीं चाहती थी, इसलिए कह गयी—"मेरे मरने के बाद सुवर्ण को देना ।"

इस मुष्टिभिक्षा की ज़रूरत क्या थी ?

सारे शरीर में उथल-पुथल करने वाला एक प्रबल वाष्पोच्छ्वास मानो उस पत्थर को तोड़ना चाह रहा था ।

और, मुष्टिभिक्षा का वह नमूना उसकी मुट्ठी में बन्द था ।

बन्द लिफ़ाफ़ा बन्द ही था ।

सुवर्णलता उसे खोलेगी नहीं, नहीं देखेगी कि उसमें क्या लिखा है ।

उसकी निर्दयी माँ की निर्दयता का यह नमूना निरुच्चार ही रहे !

सुवर्ण का इतना बड़ा जीवन जब माँ को छोड़कर ही कट गया, तो बाक़ी भी कट जायेगा ।

वह सोचे, जो वस्तु थी नहीं, उसका खोना क्या ? सुवर्णलता के माँ नहीं है, माँ नहीं थी ।

सच ही क्या नहीं थी ?

कभी नहीं ?

सुवर्णलता के जीवन के नौ साल 'नहीं' हो जायेंगे ?

उसके नौ साल के जीवन के पूरे आकाश में एक अनिर्वाण ज्योति नहीं है ? उस ज्योति के परिमण्डल में वह किसका मुखड़ा है ?

अपनी माँ का मुखड़ा क्या भूल गयी है वह ?

उसके जीवनाकाश की वह ज्योति सदा के लिए पुँछ गयी ? पुँछ ही गयी है अगर तो सुवर्णलता किस जोत में फ्राक पहने उस छोटी-सी लड़की को देख रही है ?

जो लड़की स्कूल से लौटते ही कॉपी-किताब रखकर दोनों हाथ बढ़ाये झटापट माँ के पास दौड़ी गयी ?

"माँ, माँ, माँ !"

माँ अवश्य हा-हा कर उठी, "अरे, छू मत, स्कूल के कपड़े..."

लेकिन माँ की आँखों के कोने में प्रश्रय, होंठ के कोने में हँसी !

फिर भला कोई उसके झूठे निषेध की सजी-सजायी बोली सुने ! बिना लिपटे माने भला !

परन्तु उस अन्धकार में दृष्टि वैसी नहीं चलती । केवल शब्द-तरंगें पछाड़ खातीं।

अन्धकार, असीम अन्धकार ! अन्धकार के उस समुद्र में डूबकर सुवर्ण सम्भवतः उस बच्ची से एकाकार हो जाने लगी ।

उसकी तरंग-तरंग में बह जाने लगी सुवर्ण !

शब्द, शब्द !

स्मृति की डिबिया में शायद परत-परत भरे थे ? आज का धक्का खाकर वे उभरने लगे, बिखरने लगे, नये सिरे से गूँजने लगे ।

जो पहला शब्द भोर-भोर में उस छोटी-सी बच्ची की नींद की खुमारी को चौंकाकर धक्का दे जाता था, वह था, हड्डी-पसली झाँक रहे घोड़े से खींची जाने वाली गाड़ी का शब्द !

अविश्वसनीय एक कतवार की ढेरी को ढोये लिये जा रही वह गाड़ी । और झन्-झनात् की आवाज़ उठ रही है । और, उसी शब्द के साथ दूसरा एक शब्द, 'सुवर्ण, उठो अब ।' सुवर्ण अवश्य कहते ही उठ नहीं पड़ती । इसपर फिर मीठी-सी एक डाँट । किन्तु उस डाँट की आड़ में मानो प्रश्रय का एक माधुर्य ! सुवर्ण उठ पड़ती । उठते ही सुनती, रसोई में बरतन-बासन इधर-उधर होने का शब्द । उस शब्द में माँ-मिली हो मानो । दोपहर के सूनेपन में और एक शब्द उठता था—ठन्-ठन्-ठन्। कड़ी धूप में बरतनवाला जा रहा है, माथे पर बरतनों का झाँका और हाथ में काँसा के साथ लकड़ी का एक टुकड़ा ! उसी काठ से काँसा बजता होता, ठन्, ठन्, ठन् !

वह शब्द—

दोपहर की ख़ामोशी में एक सिहरन सी जगा दे जाता । मन हू-हू कर उठता ।

स्लेट-पेंसिल रखकर माँ से सटकर बैठने की इच्छा होती ।

माँ कहती, "क्या हो गया ? लिखते-लिखते उठ आयी ?"

वह लड़की माँ से सटी बैठी कहती, "यों ही !"

माँ बच्ची के घुँघराले बालों को कपाल पर से हटाते हुए स्नेह-सने स्वर से कहती, "यों ही माने ? यों ही कुछ होता है क्या ?"

माँ के बदन से अपना गाल घिसती हुई बच्ची कहती, "होता है, होता है··· यही तो हुआ !"

और उस समय यदि दोपहर की निर्जनता को भंग करते हुए हाँक उठती—"बेर, मीठे बेर सुगिया बेर···"

या आवाज़ आती—"चीन का सिन्दूर चाहिए ! चीनी सिन्दूर···" तो उस बच्ची के कुछ आता-जाता न था ।

छाती धड़-धड़ नहीं कर उठती, बदन छमछम नहीं कर उठता···उस मीठी गन्धवाले शरीर में मानो भय को जय करने की दवा मौजूद हो ।

काहे की वह मीठी गन्ध ?

बालों की ? साड़ी की ? या केवल मातृ-हृदय की ?

शब्द उठता—

"बेलवारी चूड़ी चाहिए, काँच के खिलौने ? साबुन, तरल आलता !" आवाज़ आती, "पंखा ब-र-फ़ । पंखा ब-र-फ़ !"

फिर तो डर कहाँ, उमंग !

उमंग, आग्रह, उत्साह ।

सुनते ही वह लड़की दौड़कर खिड़की के पास जाती । और फिर वहाँ से खिसक आकर कहती, "माँ, ऐ माँ !"

माँ हँसती हुई कहती, "हुँः, बड़ा तो लाड़ देख रही हूँ, क्या चाहिए, सुनूँ ज़रा?"

"काँच का खिलौना···"

"खिलौना का क्या होगा ? इतना तो है···"

बच्ची भीरु गले से कहती, "वाह रे, मेरे पास नन्हा खिलौना है ?"

सो, नन्हा खिलौना ।

अथवा बरफ़, पंखा बरफ़ ! तो माँ कहती, "दुर-दुर, यह बर्फ़ बड़े वाहियात ढंग से बनती है । यह भी कोई खाता है !"

"नहीं खाता है, तो बेचता क्यों है ?" पहनावे में फ्राक छोटी होते हुए भी बच्ची तर्क में छोटी नहीं थी । कहती, "नहीं खाता है तो बेचता क्यों है ?"

माँ पैसा निकालती । कहती, "अरी, बेचते तो साँप का ज़हर भी हैं, तो क्या वही खायेगी ?"

कहती और पैसा देती ।

कहती, "बस आज दे दिया, फिर नहीं, हाँ ?"

वही, तो वही सही ।

"नक़द जो मिले, हाथ पसारकर ले लो, बाक़ी के खाते में शून्य रहे ।" और एक दिन की बात फिर सोची जायेगी ।

किसी-किसी दिन माँ डाँटती, "खामख़ा पढ़ना छोड़-छोड़कर चली आती है । पढ़ने में मन क्यों नहीं है ?"

वह कह दे सकती थी, "भरी दोपहरी में ऐसी आवाज़ें सुनने से मुझे डर लगता है ।" कहने से बहुत कुछ सहज हो जाता । पर वह लड़की तो सब नहीं कहती । चुपचाप खड़ी रह जाती ।

माँ कहती, "जा, लिखना लिख ले ।"

बच्ची धीरे-धीरे चली जाती ।

और पल-छिन गिनती रहती, कब रात होगी । रात को तो माँ हटाती हुई कह नहीं पायेगी, "जा, पढ़ जाकर ।"

रात में माँ की छाती से सटकर लेटी-लेटी बदन पर हाथ रखकर एक परम सुखमय आवेश से मिनटों में सो जाना !

उस छोटी-सी बच्ची के साथ सुवर्णलता घूमती फिरने लगी । माँ के पास बैठकर बाल बँधवाती, खाती, पाठ कण्ठ करती । किताब-पत्तर लेकर स्कूल जाती ।

दुर्गा पूजा की मूर्ति देखने जाती । जहाँ जाती मानो मेड़ से घिरी जगज्जननी की मूर्ति के किनारे उसका नाम तिर-तिर आता ।

रानी रासमणि का घर, शोभा बाज़ार का राजमहल, श्याम बाज़ार के मित्तिर का घर । कहीं कठघोड़वे पर चढ़ आती, कहीं स्वांग देख आती ।

उसके बाद थके हुए दुखते पाँवों लौटकर कहती, "माँ, कितनी मूर्तियाँ देखी, जानती हो ? पाँ··च !"

माँ मुसकराकर कहती, "देवी की मूर्ति तो देखी, प्रणाम किया ?"

"अहा रे, प्रणाम नहीं करूँगी ? मैं क्या पागल हूँ ?"

कपाल की बिखरी लटों को सँभाल देती हुई माँ कहती, "प्रणाम किया ? क्या वरदान माँगा ?"

"वरदान ! इस्, जाः । माँगा तो नहीं कुछ ?" ।

माँ हँस देती ।

"नहीं माँगा ? खैर, ठीक ही किया । नहीं माँगना ही अच्छा है । लेकिन इतना माँगना चाहिए, माँ दुर्गे, मुझे विद्या दो ।"

विद्या !

विद्या !

उठते-बैठते माँ यही कहा करती ।

"विद्या ही असल है, समझी ? स्त्रियों को विद्या-साध्य नहीं है, इसीलिए उनकी इतनी दुर्दशा है ? इसीलिए सब उनकी हेठी करते हैं । पर जिन स्त्रियों ने विद्या प्राप्त की हैं, विदुषी हुई हैं ? उन्हें कितना गौरव है, कितना सम्मान है उनका ? वही सम्मान, वही गौरव तेरा भी होगा ।"

सुवर्णलता के सर्वांग में एक प्रबल आलोड़न उठा । छत पर लेटकर फ़र्श पर मुँह रगड़कर बोली, "किन्तु अन्त तक बचा नहीं सकी माँ ! तुम्हारे दिये मन्त्र के दाह से तुम्हारी सुवर्ण का सारा जीवन जर्जरित होता रहा !"

बहुत आँसू बहाते-बहाते दुस्सह यन्त्रणा बुझ आयी । सुवर्णलता फिर अभी वही देखने लगी । शब्दों की तरंगों पर बहते-बहते दृश्य के घाट पर आकर टकरायी ।

और उसने देखा, सुवर्णलता की माँ रसोईघर में बैठी रसोई कर रही है, माँ छत पर जाकर कपड़ा सूखने दे रही है, माँ फ़र्श झाड़कर बिस्तर बिछा रही है ! माटी पर आईना रखकर माँ जूड़ा बाँध रही है ।

गोरे चिट्टे मुँह को घेरे काले रेशम-जैसे बालों की राशि । कपाल पर घिस गये सिन्दूर के टीके का आभास ।

प्राण जुड़ानेवाला, कलेजा जुड़ानेवाला, आँखें जुड़ानेवाला ।

आश्चर्य !

इतनी बड़ी माँ थी उसकी, और सुवर्ण मामूली-से मान को लिये अपने को प्राचीर से घेरे बैठी थी !

अच्छा ही हुआ सुवर्ण, तुझे उपयुक्त ही दण्ड मिला ! माँ एक चिट्ठी लिखकर दे गयी, वह भी कह रखा, "मैं मर जाऊँ, तब उसे देना ।"

इसके सिवाय और होगा क्या तेरा ?

मान और आत्मग्लानि दोनों ही जूझते हुए अपनी जड़ गाड़ना चाहने लगे और अन्त तक आत्मग्लानि की ही शायद जीत हुई ।

माँ, मेरी माँ, मैं इस निर्मायिक आदमी के पाँव पकड़कर निहोरा करके ही तुम्हें एक बार देखने क्यों नहीं गयी ? अब जो मेरे जीवन के सारे ही गीत स्तब्ध हो गये, सब प्रकाश बुझ गया । मैं जान नहीं सकी कि मेरे जीवन की आड़ में तुम गीत होकर, उजाला होकर थी । मेरा एक विराट् ऐश्वर्य मानो अपने लोहे के सन्दूक में बन्द था। लगता, जब चाहूँगी उसे खोलूँगी । खोलते ही देख पाऊँगी ।

समझ नहीं सकी, हठात् एक दिन देखूँगी कि सन्दूक ख़ाली हो गया है ! मैं केवल दूसरों का ही दोष देखती और पत्थर होती रही । अपना दोष नहीं देखा । माँ तो माना कि दूर थी, बाप तो था ?

बाप को अपराधी बनाकर त्याग दिया था मैंने । आज भी त्याग आयी । उस

जीते-जागते आदमी के मुँह पर कह आयी, "समझूँगी, मैंने माँ-बाप दोनों को खो दिया।"

हूँ क्या मैं !

मैं क्या हूँ ।

केवल कठिन कठोर ।

जीवन-भर उस काठिन्य की तपस्या ही करती रही । बहुत दिनों के बाद मेरे लड़की-लड़के सोच भी पायेंगे कि माँ के पास आते ही किस चीज़ का सौरभ पाते थे? बालों का ? साड़ी का ? या केवल मातृ-हृदय का ?

किन्तु उस स्नेह-सौरभ से कोमल होने का समय कब पाया सुवर्ण ने ? उसे तो अविराम युद्ध करते हुए चलना पड़ रहा है ! वह यदि कोमल होती तो मुक्तकेशी की दुनिया से कभी छुटकारा मिलता ? नहीं मिलता । मुक्तकेशी का बेटा उसे ग्रासकर छोड़ता ! उसकी इच्छा पर उठना-बैठना पड़ता, उसकी कड़ी नज़र से सिटपिटा जाना पड़ता और उसकी लुब्ध इच्छा की दासीगिरी करते-करते आत्मा को बिक जाने देने की नौबत आती ।

किन्तु वह आत्मा आज भी है क्या ?

'बिकने नहीं दूँगी ' इस आन पर लड़ते-लड़ते ध्वंस नहीं हो गयी ?

उस ध्वंस हुई आत्मा को फिर से गढ़कर खड़ा नहीं किया जा सकता ? चेष्टा से, जतन से, साधना से ?

नहीं । यह नहीं होने का ?

सुवर्ण बोल उठी, असुर से लड़ने के लिए देवी को भी चामुण्डा बनना पड़ता है। वीणावादिनी सरस्वती, कौड़ी की पिटारीवाली लक्ष्मी के वश की नहीं यह भूमिका निभाना ।

सुवर्णलता अब लड़ाई लड़ने से बाज़ आये । अपने संसार को जैसे चले चलने दे ?

अपने को समेटकर एकान्त में बैठ उस ध्वंस हुई आत्मा का इतिहास लिखे ? लिखकर रख दे ?

लिखेगी—मात्र एक सुवर्णलता ही नहीं, ऐसी हज़ारों-हज़ार लाखों-लाख सुवर्णलता ऐसे ही दिन-दिन तिल-तिल करके ध्वंस हो रही हैं ! कोई लड़ते-लड़ते चूर-चूर हो रही है, कोई भीरुता से या घर की शान्ति की आशा से अपनी सत्ता लुटाकर पुरुष समाज की इच्छा का खिलौना बनकर बैठ गयी है ।

"मैं पहले उनकी अवज्ञा करती थी"—सुवर्णलता ने सोचा, जिसने संघर्ष की राह नहीं अपनायी, बिना विचारे अधीनता क़बूल कर ली । अब मैं उनकी अवज्ञा नहीं

करती । समझती हूँ, उनमें लड़ने की शक्ति नहीं है, इसलिए लाचार होकर उन्होंने वह पन्थ चुन लिया है । "उन्हें अनुभूति नहीं है, वे उसी में खुश हैं"—हमारा ऐसा सोचना भूल है ।

सत्ता के बदले उन्होंने सान्ति ख़रीदी है, आत्मा के बदले आश्रय । क्योंकि इसके सिवाय उन्हें दूसरा उपाय नहीं ।

समाज उनका सहायक नहीं, अभिभावक उनके अनुकूल नहीं, प्रकृति तक उनके विरोधी ! अन्धकार के जीव हैं वे ।

लिफ़ाफ़े में बन्द चिट्ठी को एक बार हाथ से अनुभव किया । काश, इस निःसीम अन्धकार में बैठकर पढ़ी जाती !

दिन के उजाले या दीये की रोशनी ऐसी थोड़ी निःसीमता पाती निर्जनता की ! तब शायद बन्द दरवाज़े को खोल देती । विह्वल दृष्टि फैलाकर देखती कि उसकी माँ उसे कौन-सी बात दे गयी है !

लेकिन वह निर्जनता है कहाँ ?

चारों ओर ही तो निगाहें !

व्यंग्य या कौतुक से, कौतूहल या अनुसन्धित्सा से जो निगाहें सर्वदा तीखी हुई-हुई हैं । दुनिया में आँखें कितनी अधिक हैं । सुवर्णलता के अपने इस गुलाबी दुतल्ले में भी इतने अधिक लोग हो गये हैं ? इतनी अधिक आँखें ? किन्तु इनके लिए असहिष्णु भी नहीं हुआ जा सकता, क्योंकि ये सुवर्णलता के हैं । इनका सारा दाय-दायित्व ढोते हुए चलना है अन्त तक । इनका ब्याह करना है, इन्हें दुनियादार बनाना है, बीमार हो तो जतन करना होगा, प्रसूति-घर में जायेंगी तो वह झमेला भी झेलना होगा और इनका मन-मिज़ाज समझ-बूझकर बोलना होगा । इनकी अवहेलना नहीं की जा सकती, इन्हें टाला नहीं जा सकता, इन्हें तुच्छ नहीं किया जा सकता । वैसा करो तो ये तुरत ही फोंस् करके बदला वसूलेंगे । क्योंकि इन्हें सुवर्णलता ने ही सिखाया है कि सभी आदमी समान हैं । सिखाया है, मनुष्य मात्र को स्वाधीनता का अधिकार है ।

इस शिक्षा का यदि ये कुछ और अर्थ समझें तो वह निश्चय ही इनका दोष नहीं, दोष सुवर्णलता के सिखाने का है ।

अपने हाथ के तैयार किये ड्रैगन के जबड़े से भागकर जायेगी कहाँ वह ?

सुवर्ण उपाय ढूँढ़ने लगी ।

भागने की यानी भागकर जान बचाने की चिराचरित पद्धतियों पर अब रुचि नहीं है उसे । बहुत बार चेष्टा की है, यमराज ने उसे वापस कर दिया है । एक बार नहीं, बार-बार ।

अहा, यों ही यदि लेटे रहा जा सकता ! किसी तरफ़ भी ताकना नहीं, रात-दिन केवल आकाश की ओर ताकते हुए !

मृत्यु के बाद जैसे संसार से मुँह फेरते हैं लोग, वैसे ही ।

आज इस एक भयंकर शून्यता की घड़ी में संसार अपना सारा मूल्य खोकर मानो एक मृत्पिण्ड-सा पड़ा हो । सुवर्णलता इस मृत्पिण्ड को छोड़ने का उपाय खोजने लगी । इस माटी के बोझ का भार अब ढो नहीं सकेगी मानो ।

आठ

''अपने भानजे के यहाँ की खबर सुनी, माँ ?''

हाथ में दो डाब झुलाते हुए जग्गू बाज़ार से लौटा । पीछे-पीछे कन्धे पर बोझ लिये निताई ।

भारी सामान-वामान जग्गू खुद ही लाता है, हलका-फुलका निताई के टोकरे में देता है । माँ के डर से ही देता है ! निताई ने कोंचेदार धोती पहनना सीखा है । बदन पर टुइल की कमीज़ । खाने-पीने की बाबुआनी का अन्त नहीं । तिस पर यदि यह देख ले माँ कि निताई खाली हाथ डुलाता आ रहा है और जग्गू बोझा लिये तो खैर नहीं ।

माँ की नज़र पड़ने का ख़ास मौक़ा अवश्य नहीं आता, क्योंकि जग्गू जब भी बाज़ार से लौटता है, चिल्लाता हुआ आता है, ''यह सौदा-पाती करना अब नहीं चलेगा, दर क्या है, गले में छुरी चलाना ! डबल पैसा लिये बिना नारियल नहीं देना चाहता, डाव का जोड़ा छह पैसा । और मछेरिनों के तीखे-तीखे बोल सुनकर तो जी में आता है कि उन्हीं के हँसिये से उनकी नाक उड़ा दूँ । सोचा, यह कम्बख्त निताई भी हमारे साथ निरामिष खाकर मर रहा है, आज पाव-भर मछली ले चलूँ । सो दाम क्या तो चार आना सेर ! गला काटना और किसे कहते हैं ? एक धेला नहीं छोड़ा, पूरी इकन्नी ले ली ।''

ऐसा ही बहुविध बोलता हुआ वह घर आता है ।

उस बोल के धुएँ से आच्छन्न हो जातीं श्यामासुन्दरी और तबतक जग्गू हाथ का सामान उतारकर रख देता ।

उसके बाद निताई के लिए चीख़-पुकार शूरू कर देता । श्यामासुन्दरी दबाने की जितनी ही चेष्टा करें चाहे, जग्गू ने ताड़ लिया है कि निताई ने उनके हृदय के वात्सल्य रस को वसूला है । जग्गू इसीलिए अब निश्चिन्त है और निश्चिन्तता के ही कारण उसपर शासन करने का भान करता है ।

"अरे, हाथ-पाँव समेटकर बैठ गया ? घर के किसी काम नहीं आ सकता ? कौन-से क्वीन विक्टोरिया के दौहित्र हो तुम ? इसी को कहते हैं, रामनाम में आलसी, भोजन में होशियार !"

कभी-कभी श्यामासुन्दरी कह बैठतीं, 'तू रुक भी जग्गू, बन्दूक की ख़ाली आवाज़ मत कर । उपकार के बदले उसका दिमाग़ ही चाट गया तू । ग़रीब के बेटे को लाट साहब बना दिया…"

इसपर जग्गू दूसरा ही रूप धारण कर बैठा ।

बोला, "लाट साहब होकर कोई पैदा नहीं होता । और ग़रीब का बेटा है, इसीलिए चोरी के जुर्म में नहीं पकड़ा जाता । लाटसाहबी ! लाटसाहबी क्या देखी तुमने ? साफ़-सुथरे कपड़े पहनता है, यही ? मैं पूछता हूँ, यह छोरा क्या भगवान् का जीव नहीं है ?"

रोज़ प्रायः इसी तरह की बातें होतीं । आज ही व्यतिक्रम हुआ । आज जग्गू ने दूसरी ही बात उठायी ।

"अपने भानजे के यहाँ का काण्ड सुना ?"

लड़के की बात पर कान देना श्यामासुन्दरी का स्वभाव नहीं है, देती भी नहीं हैं, हाथ का काम-काज करती रहती हैं । जग्गू ने बिगड़कर कहा, "देखता हूँ बड़े की बेटी के कानों ग़रीब के लड़के की बात गयी ही नहीं ! बेचारी बहू ने एक साथ माँ-बाप दोनों को खोया, यह कोई तुच्छ बात है ?"

एक ही साथ माँ-बाप दोनों को खोया !

बेचारी बहू ने !

किनकी बहू ?

यह कैसी ख़बर ?

अब उदासीनता नहीं दिखाई जा सकती । मान गँवाकर श्यामासुन्दरी को कहना ही पड़ा, "हुआ क्या ?"

"क्या नहीं हुआ, सो कहो ? माँ गुज़र गयी, किसी ने ख़बर तक नहीं दी और फिर लगे ही लगे कई दिनों के बाद बाप गया, तब ख़बर हुई ! ले, अब जोड़ा चतुर्थी करके जान दे !"

"अरे, किसकी बहू, क्या हुआ, यह सब तो बतायेगा ?"

"किसकी बहू क्या ? श्रीमान् प्रबोधचन्द्र की स्त्री की ही कह रहा हूँ । बेचारी मँझली बहू की । बाप ने मरण-काल में शायद देखना चाहा था, इसीलिए मँझली बहूरानी गयी थीं । तब बताया कि 'तेरी माँ चल बसी, लेकिन छुतका पालना मना है ।' और दो दिन के बाद खुद भी 'रामनाम सत्य है' हो गया ।"

श्यामासुन्दरी बूढ़ी तो हुई हैं, पर बात में तेज़ हैं । इसलिए सहज ही बोलीं, "तेरे-जैसे मूरख से बात करना भी अहमक़पन है । अरे, यह ख़बर मिली कहाँ ?"

"अरे बाबा, ख़ास तुम्हारे भानजे से ही । यहीं आ रहा था । बाज़ार में भेंट हो गयी । आयेगा, अभी आयेगा । दो-दो चतुर्थी, मामला आसान तो नहीं, घटा-पटा होगी । इसीलिए मुझसे राय-सलाह करने आयेगा ! इस जग्गू शर्मा के बिना ढंग से यज्ञ हो तो भला ! हुँः ।"

श्यामासुन्दरी ने लेकिन इस उत्साह में साथ नहीं दिया । बलिरेखा से भरे ललाट पर और रेखाएँ डालकर बोलीं, "यह घटा-पटा कौन कर रहा है ?"

"और कौन ? तुम्हारा भानजा ही कर रहा है । बोला, 'तुम्हारी मँझली बहू की बड़ी इच्छा है···' "

श्यामासुन्दरी ने अवाक् होकर कहा, "मँझली बहू की इच्छा ? माँ-बाप से तो कभी···' "

"वही तो···अब पछतावा हो रहा है । कहावत है न—जियत पिता से दंगम-दंगा, मरहि पिता पहुँचावहिं गंगा ?"

श्यामासुन्दरी ने दृढ़ स्वर में कहा, "मँझली बहू वैसी स्त्री नहीं है ।"

जग्गू ने अवाक् होकर कहा, "ऐसा ? लेकिन पेवो ने जो कहा···"

बात पूरी नहीं हुई । दरवाज़े को ठेलकर स्वय ग़ेवो ही आ पहुँचा । बोला, "ओ, तुम हो मामी । परामर्श करने आया हूँ । माँ की तो तबीयत ख़राब है । ऐसे में तुम्हीं भरोसा हो । माँ-बेटा मिलकर इस दाय से उद्धार करो । दाय भी तो सहज नहीं, ससुरदाय-सासदाय । मातृदाय, पितृदाय से अधिक !"

अपनी रसिकता की शक्ति पर पुलक से प्रबोध हा-हा हँसने लगा ।

नौ

बहुत बरस जेल का खाना खाकर आखिर एक दिन घर लौटा अम्बिका । काला रंग कुछ और काला हो गया है, दुबला शरीर कुछ और दुबला तथा जीर्ण हो गया बालों की जड़ों में विवर्ण सफ़ेदी । मानो पका तो नहीं है, पर सबने एक साथ ही पकने का नोटिस दे दिया है ।

फिर भी मोटा-मोटी मानो अधिक परिवर्तन नहीं हुआ है । सोचा जा सकता है कि इतने वर्षों के बाद वही अम्बिका ही लौट आया है ।

अपने भाई-भाभी के पास अम्बिका लौट आया । सच कहें तो सुबाला ही के पास ।

सुबाला के चेहरे में बेशक बहुत परिवर्तन हो गया है । सुबाला के बाल काफ़ी पक गये हैं, सामने के दो दाँत टूट गये हैं और रंग बिलकुल जल-सा गया है । उसे देखकर यह अनुमान किया जा रहा है कि ग़रीबी की तुलना अनल से क्यों की जाती है ।

यह सब होते हुए भी सुबाला की प्रवृत्ति में बहुत अधिक परिवर्तन नहीं हुआ है। अम्बिका को देखते ही पहले सुबाला खुशी से रो पड़ी । फिर सुबाला सास के लिए रोयी । रोयी इसलिए कि अम्बिका के घर से चोर सब कुछ ले गया । और इसलिए रोयी कि चोर-अध्युसित उस घर की टूटी दीवार को अभावों के कारण मरम्मत नहीं करा सकी । और सबसे अन्त में सिर की कसम देते हुए अम्बिका को फिर उस विपदा की ओर क़दम नहीं बढ़ाने को कहती हुई रोयी ।

अन्तिम बात के अन्त में कुछ क्षुब्ध-सी हँसी हँसकर अम्बिका ने कहा, ''अब विपदा कहाँ ? देश तो खासा ठण्डा होकर मर गया है । जो विपदा ला रहे थे, उन्हें दुरुस्त कर दिया गया है, अभी देश के बड़े-बड़े नेता बातों का जाल डालकर स्वाधीनता की बुआरी मछली को खींच निकालने की तरकीब कर रहे हैं । इसमें अब हम कहाँ क़दम बढ़ायें ? हम सब शतरंज के अड्डे पर खुदीराम, कन्हाई लाल, बाघा यतीन, प्रफुल्ल चाकी की चर्चा में मस्त रहेंगे और दिन गिना करेंगे कि 'स्वाधीनता' नाम का वह रसीला फल कब टपक पड़े !''

लेकिन अम्बिका में बिलकुल ही परिवर्तन नहीं हुआ है, यह नहीं कहा जा सकता। पहले अम्बिका व्यंग्य के सुर में बोलना नहीं जानता था, अब वह सीख गया है ।

किन्तु सुबाला इन प्रसंगों के आस-पास भी नहीं फटकना चाहती, क्योंकि वह उतना समझती नहीं । समझना चाहती भी नहीं शायद ।

इसलिए सुबाला झट बोल उठी, ''यह सब रहने भी दो बाबा । अदरख के व्यापारी को जहाज़ की ख़बर से क्या मतलब ? मेरा कहना यह है कि अबकी तुम्हारा ब्याह कराऊँगी ।''

हाँ, सुबाला ने यही संकल्प किया है । इस आवारागर्द लड़के का ब्याह करायेगी। उम्र ज़रा ज़्यादा हो गयी है, सो हो, दूसरा-तीसरा ब्याह तो नहीं है ? दूसरे-तीसरे ब्याह के लिए उसकी दूनी उम्र के लोग कितना दौड़ते हैं !

लड़की का अभाव नहीं होगा ।

बंगाल में और जिस चीज़ की भी कमी क्यों न हो, लड़की की कमी नहीं है । और सुबाला की राय में अनब्याहे बूढ़ी हो जाने-जैसा दूसरा दुःख नहीं है ।

इस बीच सुबाला ने अपने दो बेटों का ब्याह कर दिया है । घर की अवस्था अवश्य सुविधाजनक नहीं, किन्तु घर की 'अवस्था' ब्याह के प्रतिकूल क्यों हो, उसने यह तर्क किया । तर्क में अन्त तक वही जीती । इसीलिए अभी भी वह बोली, ''ब्याह कराऊँगी ।'' जानती है कि मैं जीतूँगी ।

किन्तू अम्बिका छिटक उठा । बोला, "ब्याह ?"

वह हँस पड़ा ।

किन्तु उस हँसी में पहले-जैसा खुले दिल का सुर नहीं । कैसी तो निरुत्तप्त हँसी।

मगर हँसी ही ।

हँसकर ही जवाब ।

"ब्याह ! हुंः, देखता हूँ, बाल आपने नाहक ही पका लिये हैं । उम्र में आप आगे की ओर नहीं, पीछे चल रही हैं !"

सुबाला ने अवाक् होकर कहा, "मतलब ?"

अमूल्य बैठा-बैठा अभी तक मुसकरा रहा था । अब वह बोला, "मतलब और क्या, अम्बिका के ख़याल से तुम्हारे सिर्फ़ बाल ही पके हैं, उम्र नहीं पकी है ।"

"क्यों, तुमने कच्ची बुद्धि का क्या देखा ?"

अम्बिका हँसा, "बिलकुल देखा । अभी भी आपको देवर का ब्याह कराने का शौक़ है ।"

हाँ, अम्बिका ने ऐसा ही कहा ।

हे-हे करके नहीं बोल उठा, "कच्ची बुद्धि नहीं तो क्या ? ब्याह का मनसूबा ही गाँठा है, दुलहिन कहाँ रेडी रखी है ? मौर-चेली नहीं ठीक कर रखी है ? कौन कह सकता है, कब फिर कान्हा के जन्मस्थान से बुलावा आ जाये ?"

पहले का अम्बिका रहा होता तो ऐसा ही कहता ।

अब के अम्बिका ने कहा, "अभी भी तो आपको देवर का ब्याह कराने का शौक़ है ?"

टूटे दाँतों की हास्यकर हँसी हँसकर सुबाला बोली, "मैं पूछती हूँ, शौक़ का और समय कब मिला ? तुम तो श्रीघर में बैठे रहे, इधर कितनी ही घटनाएँ घट गयीं, घटती जा रही हैं । तुम्हारे चार-चार भतीजी-भतीजे का तो इस बीच ब्याह हो गया!"

चार-चार भतीजी-भतीजे !

अम्बिका अथाह पानी में गिर पड़ा ।

अमूल्य के इतने लड़की-लड़के विवाह के योग्य हो गये थे ? और फिर विवाह की योग्यता ? उनमें से कौन-सी लड़की और कौन-से लड़के का ? किसी का नाम क्यों नहीं याद आ रहा है ? बड़े-बड़े जो दो थे, उनका नाम रासू और बंकू था न ? रासबिहारी, बंकूबिहारी ? लेकिन इनके बाद ? एक क़तार से बहुत-से तो थे ?

आश्चर्य !

अम्बिका को ऐसा स्मृतिभ्रंश हुआ ?

भैया के बेटी-बेटों का नाम भूल गया ! यह भूल गया कि कौन किस उम्र का था? उनके चेहरे भी कहाँ याद आ रहे हैं वैसे ?

धीरे-धीरे आ रहा है याद ।

सोचते-सोचते नाम भी उभरते आ रहे हैं—रासू, बंकू, टिकू, कुलू, नेडू, टेम्पू···और भी जानें क्या-क्या ! अम्बिका ने उन्हें एक दल के रूप में ही देखा है, खूब अलग करके नहीं मानो ।

दादा के बेटी-बेटे ।

इसी अनुभव में थे वे ।

लेकिन वही बच्चे इस बीच ऐसे लायक हो गये ?

हो गये ।

मतलब कि अम्बिका ने अपने जीवन से समय के उस विराट् अंश को खो दिया है । अम्बिका बूढ़ा हो गया है ।

पर जीवन पर मोह ही कब था अम्बिका को ? लोभ कब था ? इसीलिए खो देने के लिए उसका मन 'हाय-हाय' कर उठा ।

ऐसा ही होता है शायद । अम्बिका-जैसे पगलों को ही नहीं, सबको !

जिस माया-मृग के पीछे दौड़ते-दौड़ते समय का ज्ञान खो बैठता है आदमी, वह हरिन जब एक चकमा देकर दिगन्त की धूसरता में ग़ायब हो जाता है, तो मन ऐसा ही हाय-हाय कर उठता है । लगता है, इतने-इतने रात-दिन खो गये ? किया क्या मैंने ! पाया भी क्या ?

यही हाहाकार का सुर है ।

''क्या पाया ! क्या पाया !''

जैसे किसी ने अंगीकार कर रखा कि बहुत कुछ प्राप्त करा देगा । जैसे कह रखा था कि ''अपने वे रात-दिन मेरे कारोबार में लगा दो, उसके बदले पावना का पहाड़ जमा होगा तुम्हारा ।''

किसी ने यह भरोसा दिया था ?

किसी ने यह अंगीकार किया था ?

मेरे रात-दिन के गढ़े जीवन का किसी ने कोई मूल्य-निर्धारण किया था ?

नहीं जानता ।

ऐसा किसी को देखा नहीं ।

फिर भी 'प्राप्ति' की धारणा गड़ी हुई है । यह सोचकर निश्चिन्त बैठा हूँ कि मेरे सोने के दिन बैठे-बैठे बेच रहा हूँ, उसके बदले स्वर्ग का सोना जम रहा है । ज़रा आगे बढ़कर सोने के उस ढेले को खप् से पकड़ लूँगा, मुट्ठी में भर लूँगा ।

लेकिन सोने का वह भरोसा माया-हरिन की ही तरह दूर तक दौड़ाकर कब तो दिगन्त की धूसरता में खो जाता है और तब क्षुब्ध निःश्वास मर्मरित हो उठता है, ''नहीं पाया, मैंने अपना यथार्थ मूल्य नहीं पाया । ठगा गया मैं । मैंने कितना दिया, मगर पाया क्या ? जैसे महीने-भर खटाकर मालिक ने अन्त में वेतन नहीं दिया !''

अजीब है ।

किसने कहा, मेरा यह जीवन बड़ी दामी वस्तु है ? किसने कहा, मेरे ये रात-दिन सोने के मोल के हैं ?

अपना दाम आप ही लगा रहा हूँ, उसपर ख़ासी मोटी संख्या का टिकट चिपका रहा हूँ, यह नहीं सोचता हूँ कि ऐसा क्यों कर रहा हूँ ! 'हाय-हाय' करता हूँ । सोचकर देखता नहीं कि मैं कोई नहीं, मैं इस निखिल विश्व की अनाहत लीला का एक अंश मात्र हूँ । बढ़ती कोई पावना नहीं है ।

कोई नहीं सोचता ।

अम्बिका ने भी नहीं सोचा ।

अम्बिका ने सोचा, "इतने-इतने दिन खो दिये !" सोचा, "उसके बदले पाया भी क्या !"

इसलिए खोया-खोया-सा बोल उठा, "किनका ब्याह हो गया ?"

"रासू, बंकू, टेम्पी और निभा का । निभा का बेशक कुछ पहले हो गया, इसलिए कि अच्छा लड़का मिल गया । देना तो होता ही । चार का हीला हो गया, बाकी छह के हो जायें तो हमारी छुट्टी । उसके बाद बूढ़ी-बूढ़ा काशीवास करेंगे ।"

बाक़ी छह के हो जायें—

इस दुस्साहसी आशा की ओर अम्बिका ने अवाक् होकर ताका । फिर सोचा, "शायद यह असाध्य साधन कर ही देंगे ये, शायद हो कि अन्त में अपनी योजना के अनुसार ये तीर्थ में भी जायेंगे । और, सारे कर्तव्यों के निर्वाह की जो एक आत्मतृप्ति है, रस ले-लेकर उसका उपभोग करेंगे ।"

कम से कम अम्बिका ने यही सोचा ।

इसलिए वह उनके जीवन से सहसा ईर्ष्या कर बैठा ।

दिनों तक जेल का अन्न खाकर लगता है इतनी उन्नति हुई है अम्बिका की । अपने स्वप्न से छूटकर वह तुच्छ जीवन की ओर प्यास-भरी दृष्टि से ताक रहा है । इसलिए वह कच्ची बुद्धिवाली सुबाला के उस कच्चेपन को ही दीर्घ विलम्बित करके देखना चाह रहा है ।

अतएव वह बोल उठा, "अरे वाह, सारी व्यवस्था कम्प्लीट ? फिर तो मैं भी मज़े में एक ससुर बन बैठा ! फिर मेरे साथ गिल्ली-डण्डा खेलने की तमन्ना क्यों ?"

सुबाला ने इस परिहास का मतलब समझा ।

इसीलिए वह हँसकर बोल उठी, "इसलिए कि तुम फिर से गिल्ली-डण्डा नहीं खेलते फिरो । सख्त जंजीर लाकर तुम्हें बाँधना होगा । मैं उसका इन्तज़ाम कर रही हूँ ।"

"क्यों, मेरा क़सूर ?"

"यही तो कसूर है । जीवन को खामखा लुटा दिया !"

सुबाला की इस शिकायत पर अम्बिका उसे 'अबोध' कहकर अनुकम्पा की हँसी

नहीं हँसा । वह चौंक उठा । सोचा, "यही सोच रहा था न मैं ?"

उसके बाद वह बोला, "आप तो जंजीर जुटाने में जुट पड़ीं, मैं पूछता हूँ, ज़ंजीर भुँइफोड़ तो नहीं । माँ-बाप रहते जेल से लौटे इस असामी को लड़की कौन देगा ?"

"सुन लो इनकी बात !" सुबाला ने गाल पर हाथ रखा । "यह क्या चोरी-डकैती, खून-जख़म का असामी है ? अरे, 'स्वदेशी जेलवालों' के पैरों तो लोग फूल-चन्दन देते हैं !"

अम्बिका अब गोया पुराने ढंग से हँस उठा । बोला, "पैरों फूल-चन्दन देते हैं, इसलिए हाथों लड़की सौपेंगे, इसके कोई मानी नहीं !"

"नहीं सौपेंगे ?"

अबकी सुबाला ही अनुकम्पा की हँसी हँसी, वह अपने मूल्यवान् देवर के मूल्य के बारे में मानो और अधिक अवहित हुई । बोली, "खैर, देते हैं कि नहीं देते हैं, यह मैं समझूँगी ! लड़का ब्याह करना चाहे तो लड़की की कमी ?"

अबकी अम्बिका और अमूल्य—दोनों ही हँस उठे । अमूल्य ने कहा, "काश, यह भरोसा पहले पाता और एक बार माँगकर देखता !"

"अभी ही क्या बिगड़ा है, देखो न माँगकर !" सुबाला हँसी । इसके बाद गाँव के किस-किस घर में ऐसा कै बुड्ढा घर में स्त्री के होते हुए भी मज़े में दूसरा ब्याह किये बैठा है, उसकी चर्चा आ गयी ।

अम्बिका निढाल-सा होकर बोला, "ऐं ! कहते क्या हो भैया, दत्त ताऊ-जी ?"

अमूल्य हँसा, "और क्या, यही तो असह्य है । गये थे भानजी के बेटे के लिए लड़की खोजने···"

"देखकर आँखें फिरा नहीं सके, नाती के हाथों देने से छाती फट गयी···"

सुबाला ने हँस-हँसकर कहा, "नाता बेशक बुरा नहीं हुआ, नत-बहू होती, बहू ही हो गयी ! तेरह और तिरसठ !"

अम्बिका हँसा नहीं । वह हठात् रूढ़ गले से बोला, "उस कम्बख्त को हाट में खड़ा करके कोड़े नहीं लगा सका कोई !"

ये चौंक उठे ।

सुबाला और अमूल्य ।

उन्होंने अम्बिका के गले में ऐसा रूढ़ स्वर कभी नहीं सुना ! जो भी हो, दत्त ताऊजी आखिर गुरुजन हैं !

अम्बिका यह भाँप गया ।

अपने को सँभालकर अप्रतिभ-सा बोला, "जेल के अन्न का यह असर हुआ है, गुस्से को दबा नहीं पाता ! असभ्यता देखते ही मिज़ाज आग हो जाता है । तुम्हीं लोग कहो, ऐसों को दण्ड मिलना चाहिए कि नहीं ?"

"चाहिए तो ! मगर दण्ड देता कौन है ?"

"मैं, तुम, ये, वे—सब ।" अम्बिका ने दृढ़ता से कहा, "कुछ दिनों तक ऐसों की धुलाई होती रहे, तो ये दुरुस्त हो जायें ।"

सुबाला ने अवाक् होकर अम्बिका की ओर ताका । बोली, "धुलाई ? यानी?"

अम्बिका फिर एक बार अप्रतिभ हुआ । बोला, "वही तो, संगत का फल ! ऐसी ही बातों की खेती में रहना हुआ न ! धुलाई के माने पिटाई । दो-चार जने की पिटाई होते देखकर ही दूसरे लोग बाज़ आयेंगे ।"

अमूल्य क्षुब्ध हँसी हँसा । "तेरी यह 'धुलाई' फिर तो दुलहे को न देकर दुलहिन के बाप को ही देनी चाहिए । वे लड़की देते क्यों हैं ?"

सुबाला ने कहा, "देते हैं, इसलिए कि अच्छे घर-वर में दे नहीं पाते या फिर रुपयों के लोभ से । तुम्हारे दत्त ताऊ का मामला तो यही है । लड़की की उम्र अधिक हो गयी, जात जाने की नौबत, कातर बाप धनी बूढ़े को पहुँच में पाकर…"

"जात ! जात जाने की नौबत ! गज़ब ! इतने अनाचारों में जात नहीं जाती, जात जायेगी झटपट बेटी के ब्याह नहीं कर पाने से !" अम्बिका ने कहा, "समाज को इस पाप का फल एक दिन भोगना ही पड़ेगा !…हाँ, दत्त ताईजी हैं कहाँ ?"

"और कहाँ ?" सुबाला बोली, "घर-गिरस्ती छोड़कर जायेंगी कहाँ ? हैं यहीं । शुरू-शुरू में बड़ा गाली-ग़लौज किया था, सौत को झाड़ू से मारने जाती थीं, धीरे-धीरे वह सब गया । अब तो पका-चुकाकर उसे खिलाती भी हैं । वह भी बड़ी शैतान औरत है । घर का कोई धन्धा नहीं करती, केवल साज-सिंगार करती है और मालिक को चिलम चढ़ाकर देती है ।"

"हूँ । उसी को सहारा समझा है । बुड्ढा मरेगा, तब ? लड़के कौन कहाँ ?"

"बड़ा तो बाप से बिगड़कर अलग हो गया है । और सब हैं ।"

"जो सज्जन अलग हुए, वह माँ को, भाई को साथ लेकर नहीं अलग हो सके?"

"कहते क्या हो, क्या मजाल उसकी ? बाप ने तो उसे त्याज्यपुत्र कर दिया ! बात असल यह है कि पैसावालों के लिए सभी दरवाज़े खुले हैं । समझ गये देवर जी ? मौत सिर्फ़ ग़रीबों की है । सारी दुनिया में यही है ।"

अम्बिका ने कहा, "किसी दिन दुनिया में इसका दण्ड भी आयेगा । लेकिन मेरी राय में, कब क्या हो न हो, एक स्त्री के रहते दूसरा ब्याह करना अभी ही कानून से बन्द कर देना चाहिए ।"

अमूल्य हँसा, "यह कानून बनायेगा कौन, सुनूँ तो ?"

"हम-तुम—सब मिलकर करेंगे । एक पाप सदा चलता नहीं रहेगा ।"

सुबाला को इन बातों से ऊब हुई ।

उसने प्रसंग को दूसरी ओर मोड़ दिया । अपनी बेटे-बहू की चर्चा उठायी उसने। उनकी प्रशंसा में पंचमुख हो गयी । बोली, "भई, मेरे नसीब से सब खूब अच्छी ही जुटीं…"

अम्बिका हँस उठा—

बोला, "आपके नसीब में बुरा होने का मज़ाल है ? आप क्या किसी को भले के बजाय बुरा देख सकती हैं ?"

सुबाला लज्जित होकर बोली, "आ-हा-हा ! छोड़ो भी । यह बताओ, क्या खाओगे? कब से घर की रसोई नहीं खायी है..."

बोली तो, लेकिन मन में सोचा, "दे भी क्या पाऊँगी ! अहा, इतने दिनों के बाद आया है बेचारा । सहिजन बहुत पसन्द है, मौरला मछली पसन्द है और अरहर की दाल ! देखूँ चलकर..."

सुबाला रसोई के लिए चली गयी । दोनों भाई बात करने लगे—गाँव की, पड़ोसी की बात ।

इसी बीच हठात् अम्बिका पूछ बैठा, "तुम्हारी ससुराल की क्या ख़बर है ?"

"मेरी ससुराल की ?"

"हाँ-हाँ, तुम्हारी वो...वही, मँझली भाभी, उनके बच्चे और श्रीयुत मँझले भैया?"

कुछ डरते-डरते ही बोला ।

कुछ बुरे संवाद सुनने के लिए मन को तैयार किया ।

परन्तु आश्चर्य, वह सुनना नहीं पड़ा ।

बल्कि अच्छी ही अच्छी ख़बर !

मँझले भैया की आय और बढ़ी है, लड़कों ने अच्छा-अच्छा पास किया है, अपना नया मकान बनवाया है, घर से अलग हो गया है । कुल मिलाकर हताशा की ख़बर नहीं ।

लेकिन ताज्जुब, अम्बिका मानो ख़ूब हताश हुआ ।

वह मानो यह सब समाचार सुनने को प्रस्तुत न था ।

लेकिन आखिर वह क्या सुनने की आस किये था ? अमूल्य की ससुराल के बारे में कोई बहुत भारी दुःसंवाद ? क्या जाने क्या ! अपने मन की वही जाने । फिर भी लगा, अम्बिका मानो खुशी की इन ख़बरों से खुश न हुआ ।

फिर भी उसने सुवर्ण के नये घर का पता जानना चाहा । बोला, "कल-परसों कलकत्ता जाना है न । एक बार मिल आयें तो हो । मगर पहचान सकेंगे वे या नहीं, नहीं कह सकता ।"

खूब ! सुबाला हँसी, "तुम्हें नहीं पहचान सकेगी ? तुम कितने अच्छे लगे थे उसे। मैं तो सोच रही थी..."

हँसकर चुप हो गयी सुबाला ।

"क्या सोच रही थीं ?"

सुबाला मिटमिट हँसी । बोली, "सोच रही थी, तुम्हें उसी का जमाई बना दूँ । लड़की तो ख़ासी बड़ी हो गयी है..."

"मुझे···जमाई ?"

अम्बिका अब अपने पहले ढंग से हँस उठा । "खूब ! यह ठीक आपके योग्य बात हुई ! वाह, वाह ! तो आप यों ही भरोसा नहीं दे रही थीं, लड़की रेडी है ? मैं उस लड़की का क्या तो हुआ ? मामा ?"

"अहा, मामा कैसा ?" सुबाला तेज़ के साथ बोली, "कुच्छ नहीं । जानते नहीं हो, 'मामा का साला फूफा का भाई; नाता कैसा समझ न पायी !' तुम फूफा के भाई हो ।"

"बस, बस ! शास्त्र का वचन भी मौजूद है ।" अम्बिका ने कहा, "किन्तु इतने लड़की-लड़कों का ब्याह हो गया, उन्हीं की बच्ची का क्यों नहीं हुआ ?"

सुबाला ने सन्देह से पूछा, "उनकी किस लड़की की कह रहे हो ?"

"अरे वही, जो आपके यहाँ नहीं आयी थी, नवद्वीप या कहाँ तो गयी थी !"

ताज्जुब कि अम्बिका यह नहीं भूला ।

परन्तु वह अपने दादा के बच्चों के नाम भूल गया ।

परन्तु सुबाला इसपर नहीं हँसी । हँसी अम्बिका की अज्ञानता पर ।

"वह लड़की ? तुम सोच रहे हो, वह लड़की अभी तक बैठी है ? हाय-हाय, चम्पा ? उसका तो कब का ब्याह हो चुका । मँझली बेटी चन्नन का भी हो गया । यह तो पारुल है, वह छोटी-सी मुन्नी, जो हरदम चुपचाप रहती थी···"

"पारुल ! यानी वह लड़की, जो दुलाई ओढ़कर बग़ीचे में घूमती-फिरती थी···"

"हाँ-हाँ । याद तो आया देखती हूँ । औरों-जैसी उतनी गोरी नहीं है लेकिन मँझली बहू की यह बेटी तो देखने में सबसे सुन्दर है···"

अम्बिका ने कहा, "वल्लाह ! दत्त ताऊजी से ज़रा इतर-विशेष, और क्या !"

"उससे तुलना कैसी ! मैं तो भई उसी की सोच रही थी···"

"अपने सोचने की रस्सी को ज़रा छोटी कीजिए, भाभी, बड़ी लम्बी हुई जा रही है ।"

अम्बिका फिर हा-हा करके हँसने लगा ।

सुबाला ने अमूल्य से चुपचाप कहा, "देवरजी हूबहू वैसा ही है, बदला नहीं है ।"

अमूल्य ने धीरे से कहा, "कौन कहता है नहीं बदला है । बदला है । बहुत बदल गया है !"

दस

बदलना लेकिन विचित्र क्या है ?

पृथ्वी का खेल ही तो यही है ।

अम्बिका बदलता नहीं, यही अस्वाभाविक होता ।

बदलते सिर्फ़ कमअक्ल लोग नहीं है ।

अक्ल के पहिये के अभाव में वे एक ही जगह खड़े रहते हैं । सुबाला उन्हीं के दल की है, इसीलिए वह सुखी है । सुबाला के सुख को कोई कभी छीन नहीं सकता। सुबाला को यदि कोई दुस्सह शोक हो, तो वह रोकर कहेगी, "भगवान् ने लिया..."

इसलिए सुबाला सुखी ही होगी ।

जो लोग कार्य-कारण का तिल-तिल विचार करते हैं, दुनिया के अनाचार, अन्याय, अत्याचार—जो इन सबके खिलाफ़ तीखी आवाज़ उठाते हैं, उन्हीं को सुख की खोज़ नहीं मिलती ।

मगर खोज रखना भी चाहते हैं वे ? सुख की आराधना करते हैं वे ?

उन्हें तो सुख से घृणा है ।

नहीं तो सुवर्णलता...

सुवर्णलता को फिर तो पति के पत्नी-प्रेम और सुविचार से पति के लिए खुशी से डगमग रहना चाहिए था ।

स्त्री को आकस्मिक आनन्द देने के लिए एक रोमांचकर परिकल्पना से उसने उसके बाप की चतुर्थी के उपलक्ष्य में चुपचाप एक यज्ञ की ही तैयारी कर दी । यह कोई कम बात है ? कम खुशी की बात है ?

किन्तु सुवर्णलता विधाता की वह अद्भुत सृष्टि है, जिसे सुख से वितृष्णा है, सुख से घृणा है ।

इसीलिए कर्मवीर जग्गू ने जब तीनेक मोटिये के माथे पर दुनिया-भर का सामान—केले का पत्ता, फलमूल, माटी के गिलास-सकोरे आदि—ले-लिवाकर अपने फुफेरे छोटे भाई के घर में आकर आवाज़ दी, "कहाँ रे, कौन है, यह सब कहाँ रखना है, बता..."

तो सुवर्णलता पत्थर-जैसी सामने आकर घातव गले से बोल उठी, "यह सब क्या है ? यानी..."

उसने दुभाषिये की ज़रूरत नहीं मानी ।

गला बिलकुल साफ़ । सिर्फ़ मुँह दूसरी ओर ।

लेकिन जग्गू भी नीति-नियम का क़र्ज़ नहीं खाये हुए है । इसलिए वह बोल उठा, "यह रे, गया ! यह तो वही बात हुई, जिसका ब्याह, उसे याद नहीं और

पुरा-पड़ोसी की नींद हराम ! अरे, तुम्हारे बाप का श्राद्ध है और तुम्हीं आसमान से गिर रही हो ? यह चतुर्थी की तैयारी है, द्वादश ब्राह्मणों के भोज की रसद । और फिर तुम्हारे आत्मीय-स्वजन भी साठ-सत्तर से क्या कम होंगे ! अकेले अपनी फ़ला के ही तो···" ज़रा उच्चांग की हँसी हँसकर जग्गू ने बात पूरी की, "उनके लिए ज़रा भला-बुरा···"

एकाएक वह रुक गया ।

छोटे भाई की बहू की ओर ताकना शास्त्र के विरुद्ध है, यह बात जानते हुए भी अचनाक ही उसने ताक लिया था । या एक भयंकर सन्नाटे का अनुभव करके वह ताक उठा था, क्या जाने । लेकिन रुक जाने का हेतु वही था, वह मुखड़ा ।

इस जबरजंग आदमी का भी होश फ़ाखता हो गया वह चेहरा देखकर । उसने झट आवाज़ दी, "पारू, अरी पारू, ज़रा देख तो, तेरी माँ की तबीयत तो नहीं खराब हुई ?"

इतनी देर तक इन्तजार करके गुस्सा हुए-से मोटियों ने स्वयं ही जगह चुनकर सामान उतारना शुरू कर दिया और प्रायः उतार भी दिया । तबतक पारू आकर खड़ी हुई । पूरे दृश्य पर एक बार नज़र डालकर उसने भी अवाक् गले से कहा, "यह सब क्या है ताऊजी ?"

अब जग्गू के विस्मय की बारी ।

"तुम लोगों की बात का क्या जवाब दूँ, अब तो मैं ही हैरान हो रहा हूँ ! मैं पूछता हूँ, तेरे बाप ने क्या मुझसे मज़ाक़ किया है ? तेरे यहाँ क्रिया-करम नहीं है कोई? तेरी नानी, तेरे नाना मरे नहीं हैं ? सब ग़लत है ?"

पारू ने धीरे से कहा, "गलत नही है, लेकिन उसके लिए यह सब···" गले को और थोड़ा उतारा । धीमे से बोली, "जानती हूँ, किसी के मरने के उपलक्ष्य में आदमी ऐसी धूम करता है, पर माँ को तो जानते ही हैं । माँ यह सब बिलकुल पसन्द नहीं करती । और फिर···"

पारू बीच में ही थम गयी ।

पारू की माँ का गला बोल उठा, "पारू, जेठजी से कह कि वह मेरा अपराध न लें । लोग जो करते हैं, मेरा उससे मेल नहीं खाता । मैंने अपने जीवित माँ-बाप को कभी एक लोटा पानी नहीं दिया, आज उनके मरने पर शाहमदार की मार देकर उनका अपमान नहीं कर सकूँगी···"

सहसा एक अस्वाभाविक व्यापार घट गया ।

कम से कम पारू को ऐसा ही लगा ।

माँ की आँखों से झर-झर आँसू बहते कब देखे हैं उसने ? जन्म से उन आँखों में तो सिर्फ़ चिनगारियाँ ही देखती आयी है वह ।

किन्तु पारू की माँ ने अधिक देर तक यह दृश्य देखने का अवसर नहीं दिया ।

वह चली गयी । चली गयी केवल पारू को ही नहीं और भी एक आदमी को बुत बनाकर ।

पगले-वगले-से जग्गू ने और एक बार शास्त्र का नियम भूलकर छोटे भाई की बहू के मुँह की ओर ताक लिया था, और कहना नहीं होगा, उस चेहरे पर खास बहुत घूँघट नहीं था । लिहाजा देखने में असम्पूर्णता नहीं थी ।

पगला-वगला-सा है, इसीलिए क्या जग्गू को ऐसा आघात लगा ? या कि भयंकर दुःख, हताशा, ग्लानि, क्षोम, वेदना, विद्रोह मिली ऐसी छवि उसने जीवन में कभी देखी नहीं थी इसलिए ?

काठ का मारा-सा दो क्षण ताकते रहने के बाद ही तुरत "मैं यह सब कुछ नहीं जानता हूँ पारू, मैं इतना कुछ नहीं जानता । तेरा बाप मेरे हाथों में इत्ते रुपये देकर कह आया, 'तुम्हारी बहूरानी की बड़ी इच्छा है,' इसीलिए मैं···" कहकर धोती के छोर से आँखें ढककर लगभग दौड़ते हुए ही जग्गू घर के सदर दरवाज़े से पार हो गया । उसकी आँखों में भी नदी क्यों उमड़ आयी सहसा, यह कौन बताये ?

झाँके खाली करके मोटिये ज़रा थकावट मिटा रहे थे, 'बाबू भाग गइल' कहकर वे भी दौड़े । पारू वैसी ही हक्की-बक्की-सी खड़ी रही । वह मानो दूसरी ही एक दुनिया के दरवाज़े पर आ खड़ी हुई ।

जब से पैदा हुई, माँ का तीखापन और रुखाई ही देखती आयी है, माँ के जीवन की प्रच्छन्न वेदना की दिशा को नहीं देखा । आज उसे लगा, अपनी माँ के प्रति वे लोग सदा अन्याय ही करते आये हैं ।

कभी भी उस अकारण तीखेपन का कारण खोजने की चेष्टा नहीं की । यह भी ठीक है, पिता को भी वे भाई-बहनें, कोई भी तिल-भर श्रद्धा नहीं करते, फिर भी कभी-कभी थोड़ी करुणा, अनुकम्पा करते हैं । पर, माँ को ?

माँ के लिए उनके हृदय में कौन-सा नैवेद्य रखा हुआ है ?

पारू ने यह सोचा ।

क्योंकि पारू एकाएक अपनी माँ के एक निर्जन कमरे के सामने आ खड़ी हुई । जिस कमरे का उसे कभी पता नहीं था, जिस कमरे का दरवाज़ा कभी खुला नहीं देखा।···औचक हवा के एक झोंके से वह दरवाज़ा खुल गया, इसीलिए पारू ठिठककर खड़ी हो गयी ।

यह जनहीन सूना कमरा सदा से था यहाँ ?

और वे···

"दीदी", बकुल आकर खड़ी हुई । बोली, "दादा ने पूछा है जिस कमीज में तुझे बटन लगाने को कहा था, वह कहाँ है ?"

पारुल ने आँखों में अँधेरा देखा ।

उसका गला सूख गया ।

बोली, "बटन नहीं लगाया है । भूल गयी !"

"भूल गयी ? ग़ज़ब ! है कहाँ ?"

"माँ के कमरे में पिटारी पर ।"

"बस हुआ ! भैया तो वहीं बैठा है !"

बकुल के भी हाथ-पाँव मानो निढाल हो आये ।

हाँ, अपने बड़े भाइयों से वे ऐसे ही डरती हैं ।

अथवा आत्मसम्मान पर आँच आने से डरती हैं । जानती हैं कि ज़रा-सी चूक हुई कि वे बिगड़ उठेंगे । घृणा, धिक्कार और ताने देते हुए कहेंगे, "इतना भी करते नहीं बना ? दिन-भर कौन-सा राज-काज करती हो ? उपन्यास पढ़ना और बाबूजी के अन्न का श्राद्ध करने के सिवाया और तो कोई महत् कार्य करते नहीं देखता हूँ ।"

जैसे और बहुत-से महत् कार्य के दरवाज़े पहचनवा दिये गये हैं उन्हें । जैसे भाइयों के कुरतों में बटन लगाना, या कि घर सहेजना, उनके जूते झाड़कर रखना या कि फतुही-गंजी साबुन से धोना ही महत् कार्य हैं !

वे लोग क्या इन दो लड़कियों पर से महत् पुरुष जीवन का शुल्क अदा करने के तरीके को रब्त किये ले रहे हैं ?

पारुल ने सोचा ।

फिर भी प्रतिवाद नहीं किया जा सकता ।

प्रतिवाद का सुर सुनने से डाँट-डपट बढ़ेगी ही, घटने की नहीं ।

परन्तु आज एकाएक पारुल सख्त हो उठी ।

बोली, "इतना डरने का क्या है । कह दे जाकर, बटन नहीं लगे, भूल गयी !"

"बाप रे, मुझसे नहीं होगा ।"

"ठीक है, मैं जाती हूँ..."

जा रही थी । जाना नहीं हुआ । एक बोतल केवड़ा-जल लिये प्रबोध कमरे गें आया ।

गुस्से से चेहरा तमतम कर रहा था उसका ।

आते ही रूखे स्वर में बोला, "जग्गू दा से किसने क्या कहा है ?"

कहा है !

कौन क्या कहेगा ?

पारुल-बकुल, दोनों ही अवाक् होकर ताकने लगीं । प्रबोध ने और भी ऊँचे गले से कहा, "ज़रूर ही कुछ कहा गया है, नहीं तो वैसा एक मर्द जवान आँखें पोंछते हुए नहीं निकलता । मुझसे कह गया, 'मुझसे कुछ भी नहीं होगा, मैं तेरे ब्राह्मण भोजन की यज्ञशाला में नहीं रहूँगा...' वैसा परोपकारी आदमी भला ख़ामखा ही ऐसा कहेगा? कहा होगा, तुम लोगों ने ही कुछ कहा होगा । सब तो माँ की शिक्षा से ही शिक्षित हुई हो, गुरु-लघु का ज्ञान नहीं , गुरुजनों के मान-अपमान की परवाह नहीं ! ढीठ,

अविनयी एक-एक रत्न तैयार हुई हो !"

बकुल इसका बिन्दु-विसर्ग भी नहीं जानती, इसीलिए वह हा किये ताकती रही। लेकिन जवाब पारुल ने भी नहीं दिया । क्योंकि वह जानती है, यह सब कहने का लक्ष्य पारुल-बकुल नहीं, हैं उनके बड़े भाई !

बाबूजी का यही स्वभाव है । लड़कों को आमने-सामने कुछ कहने का साहस नहीं होता, इसीलिए ऐसे शब्दवेधी बाण छोड़ते हैं ।

इन्होंने भी वही सीखा है ।

जवाब नहीं देते, दीवार को सुनाकर ठेस लगाते हुए बोलते हैं । माँ को (शायद तुच्छ नारी-जाति के एक अंश के नाते) तुच्छ-ताच्छील्य करते हैं और बाप की अवज्ञा करते हैं ।

लेकिन उनका ही क्या दोष ?

अपने माँ-बाप में वे श्रद्धा के योग्य देख ही क्या पा रहे हैं ?

शायद हो कि 'माँ-बाप' हैं, इस हिसाब से ही भय-भक्ति करते, बशर्ते कि और-और बहुतेरों की तरह उनकी दृष्टि आच्छन्न होती । किन्तु ऐसा नहीं हुआ । सुवर्णलता ने अन्य पाँच जनों से पृथक् रूप से बच्चों को आदमी बनाना चाहा था । उन्हें खुली आँखों' देखना सिखाने की चेष्टा की थी, उस चेष्टा को उन लोगों ने सफल किया । वे केवल 'माँ-बाप' के नाते श्रद्धा-भक्ति करें, ऐसे निर्बोध की भूमिका अदा करने को वे तैयार नहीं ।

खैर, न करें । समतल में ही उतर आयें ।

कम से कम प्रबोध यह चाहता है ।

प्रबोध चाहता है, लड़के उसके मुँह पर झटापट जवाब दें, उसे भी उसका समुचित उत्तर देने का मौक़ा मिले । लेकिन यह होता नहीं । लड़कों की बात तो दूर, लड़कियाँ तक मानो अवज्ञा की दृष्टि से ताकती हैं ।

उस दृष्टि से माथे में आग नहीं लहक उठेगी !

प्रबोध ने इसीलिए वैसे ही आग लगे गले से चीत्कार किया, "कहने से ही मान लूँगा कि किसी ने कुछ नहीं कहा है ? वह सूधा-सा आदमी मान-अभिमान की बला ही नहीं जानता, और वह हठात् इतना रूठा-सा..."

बाप के कण्ठ-माधुर्य से आकृष्ट होकर लड़के आ पहुँचे । ज़रा डाँटकर बोल उठे, "बात क्या है ? घर में भोज-भात है क्या ? पारुल का ब्याह है ?"

पारू का ब्याह !

हतवाक्-सा प्रबोध बोला, "पारू का ब्याह और तुम्हें पता नहीं होगा ?"

"क्यों नहीं ? जान तो रहा हूँ, माटी के गिलास-सकोरे आ गये !"

भानू ने कहा ।

अपने सँझले चाचा की अदा से कहा ।

प्रबोध ने असहाय की नाईं इधर-उधर ताका । बोला, ''ऐसे जानोगे ? वाह ! और कोई घटना नहीं घटी है ? तुम्हारी माँ की चतुर्थी का ब्राह्मण भोजन...''

''अच्छा ? ओ !''

भानू ने भँवें सिकोड़ीं ।

भानू की उन भँवों में व्यंग्य की हँसी झलकी ।

उस ओर देखकर प्रबोध हठात् चिल्ला उठा, ''इसमें हँसने की क्या बात हुई ? जो तुम लोगों के घर में प्राणपात कर रही है, इस संसार से उसका कोई पावना नहीं?''

भानू क्या जवाब देता, कौन जाने ।

अचानक कौन-से कमरे से निकल आयी उसकी माँ । बड़े ही शान्त और स्थिर गले से बोली, ''तुम लोगों के इस संसार से मेरा जो प्राप्य-पावना है, तो वह चुक रहा है ? बहुत धन्यवाद कि चुकाने की बात तुम्हें याद आयी । परन्तु उसमें मेरी रुचि नहीं, मैं यही जताने के लिए आ गयी । इस तैयारी की कोई ज़रूरत नहीं, नहीं किया जायेगा कुछ ।''

नहीं किया जायेगा ।

प्रबोध ने यन्त्रचालित की नाईं कहा, ''आज नहीं होगा ?''

''नहीं । आज नहीं, कभी भी नहीं ।''

प्रबोध यदि इसपर भी न बिगड़ उठे तो किस बात पर बिगड़े ?

सो नाराज़ होकर ही बोला, ''नहीं होगा कहने से ही नहीं होगा ? मैं दुनिया-भर के लोगों को न्योत आया...''

''न्योत आये ?'' सुवर्णलता ने स्तब्ध होकर ताका । परन्तु प्रबोध डरा नहीं, ऐसी स्तब्धता उसने बहुत देखी है । वह बोला, ''न्योत ही तो आया ! विराज बोली, वह सबसे पहले आयेगी । उस घर के लोग कुछ देर से आयेंगे, क्योंकि...''

''छोड़ो, कारण नहीं सुनना चाहती । लोग-बाग आयेंगे, तो ठीक ही है । तुम लोग हो । मैं कहीं और चली जाऊँगी ।''

''तुम कहीं और चली जाओगी ।''

प्रबोध से रहा नहीं गया । वह खिजलाकर बोल उठा, ''बाप का 'सराध' फिर मैं ही करूँगा ?''

सुवर्ण सहसा पलटकर खड़ी हो गयी । कातर स्वर में बोली, ''तुम अब मुझे छुट्टी दो । बुरी बात अब मुझसे मत बोलवाओ । मुझसे अब सहा नहीं जाता ।''

वह तेजी से चली जा रही थी । ठीक उसी समय दाई ने आकर ख़बर दी, ''बाबूजी की बहन के यहाँ से अम्बिका बाबू या कौन तो आये हैं, कह देने को कहा।''

ग्यारह

उसके बाद ? उसके बाद सुवर्णलता···

किन्तु सुवर्णलता ऐसी है ही क्या कि उसकी रोज़ की दिनचर्या किसी बँधी-बँधायी बही में होगी और एक-एक कर पन्ने खोलकर देखने को मिलेगी ! एक अनबँधी बही के बिखरे-बिखरे पन्नों से तो सुवर्णलता को देखना !

सुवर्णलता ने जब स्वयं ही उस बही को शुरू की तरफ़ के पन्नों को टटोल-टटोलकर खोजा था, तभी क्या सबका पता चला था ? और कहाँ ?

केवल सिर कूटकर मरने के दिन ही···

हाँ, सीधे-सादे दिन सादी स्याही से लिखे हुए-से कब मानो हवा लगने से पुँछ गये, बाक़ी पन्ने अनावश्यक होने के कारण झर गये, सिर कूटने के वे दिन ही गाढ़ी स्याही में लिखकर···

परन्तु मुसीबत यह कि सुवर्णलता किस बात में सिर कूटती है, समझना मुश्किल है ।

किसी से मिलती नहीं ।

नहीं तो जेल की सज़ा भोगा हुआ, असामी जाने कब के ज़रा-से परिचय का सूत्र पकड़कर उससे भेंट करने के अरमान लिये उसके दरवाज़े पर आया··· यह देख उसके पति-पुत्र ने उसे दरवाज़े से ही लौटा दिया था···इसके लिए वह सिर कूटती ?

बोली, ''हे ईश्वर, इस अपमान में मुझे और कितने दिन रखोगे ? अब छुट्टी दो, छुटकारा दो ।''

लेकिन सत्य की ओर से कहा जाये, तो अपमानित यदि कोई हुआ था तो सुवर्णलता का पति-पुत्र ही हुआ था ।

वे साधारण संसारी जीव हैं । इसलिए जेल की सज़ा काटे हुए एक आदमी के लिए सहसा हृदय का द्वार खोल नहीं दे सकते, इसीलिए घर का दरवाज़ा नहीं खोला। उन लोगों ने जिरह करके पूछा, क्या ज़रूरत है, किसे चाहते हैं, कब जेल से छूटकर आये, सुवर्णलता से बहुत ही ज़रूरी काम न हो तो इतनी दूर आने की ही क्या पड़ी थी—आदि-इत्यादि ।

घर के मालिक की हैसियत से प्रबोध ही पूछ रहा था, लेकिन भानू भी खड़ा था। घर के मालिक को घर की सुरक्षा, परिवार की इज़्ज़त—यह सब देखना तो होगा न? प्रबोध वही देख रहा था । सहसा देखा, सुवर्णलता अन्त:पुर की सभ्यता की सीमा को तोड़कर घर के बाहर सदर रास्ते के सामने आ खड़ी हुई ।

यह भी सोचा जा सकता है ? ऐसा दृश्य कभी किसी ने देखा है ?

यह उसके पति के लिए लज्जा की बात नहीं ? अपमानजनक नहीं ?

तिस पर, प्रबोध ने जब तमतमाये चेहरे से कहा, "तुम बाहर निकल आयीं ? मतलब भानू, अपनी माँ से अन्दर जाने को कहो..."

तब सुवर्णलता, तुमने तो पति की ओर ताका तक नहीं और कह उठी, "अरे ! अम्बिका देवरजी ! तुम यहाँ ? भागो; भागो ! यह तो भूत का घर है ! मँझला भाभा से मिलने आये हो ? अजीब है, किसी ने तुमसे कहा नहीं कि वह कब की भूत हो गयी है ! यह उसकी प्रेतात्मा की वासभूमि है !"

इससे तुम्हारे स्वामी और बेटे की हेठी नहीं हुई !

बाद में अगर तुम्हारे लड़के ने कहा ही हो, "बाबूजी, आप नाहक़ ही नाराज़ हो रहे हैं, माँ ने वैसा कुछ तो नहीं किया । जो सदा का स्वभाव है, वही किया है । दूसरों को बेआबरू करना, बड़ों का अपमान करना, यही तो उनका स्वभाव है, इसी में उन्हें खुशी है !"...तो उसने कुछ अन्याय की बात नहीं कही ।

अपनी आँखों से उसने तो आजीवन यही देखा है ।

किन्तु सुवर्ण, तुम तो अम्बिका के सामने उतना ही कहकर नहीं रुकीं ? और भी कहा तुमने । इसके बावजूद अम्बिका जब प्रेतात्मा को ही झुककर प्रणाम करने लगा, तो तुमने हड़बड़ाकर अपना पैर हटाकर कहा, "छिः छिः भाई, प्रणाम करके मेरा पाप और मत बढ़ाओ, एक तो न जाने पूर्वजन्म के कितने पाप से बंगाली घर में पैदा हुई, और फिर जाने कितने महापापों के कारण इन महापुरुषों के घर आयी । अब और क्यों ? प्रणाम तो बल्कि तुम लोगों को ही करना चाहिए—तुम लोगों को, जिन्होंने अपने सुख-दुःख की परवा न करके देश की ग्लानि दूर करने की चेष्टा की।"

क्या है यह ? प्रबोध ने जो कहा, उसके सिवाय और क्या ?

नाटक के अलावा क्या ?

पूरा नाटक ।

किन्तु यह गृहस्थी का घर नाटक का स्टेज नहीं । किन्तु जीवन-भर तुमने यह नहीं समझा । अभी भी, बूढ़ी हो जाने पर भी नहीं ।

तुम्हारी बात पर म्लान हँसकर जब अम्बिका ने कहा, "चेष्टा ही हुई, काम कहाँ हुआ ? सब व्यर्थता ही ।" तो तुमने नाटकीय भाषा में ही ज़वाब दिया, "व्यर्थता क्यों, यह जानते हो देवरजी ? इसलिए कि तुम्हारे समाज का आधा अंग कीचड़ में गड़ा हुआ है । आधे अंग से कब कौन आगे बढ़ सकता है, बताओ ? इस गयी-बीती स्त्री-जाति को जबतक केवल 'मनुष्य' के रूप में स्वीकार नहीं कर सकोगे, तब तक तुम लोगों की मुक्ति नहीं, मुक्ति की आशा नहीं । नौकरानी को बग़ल में लिये राजसिंहासन पर बैठोगे ?"

कहा !

ज़रा देर को नहीं सोचा कि रास्ते के किनारे खड़ी होकर यह नाटक करने से तुम्हारे पति, तुम्हारे बेटे की कितनी हेठी हुई ।

लाचार उन्हें कठोर होना पड़ा ।

लाचार डाँट उठाना पड़ा, ''पागलपन करने की और जगह नहीं मिली ?'' और पागलपन के उस दर्शक को भी कटु गले से कहना पडा, ''आप भी तो खूब हैं साहब! भले आदमी के घर मान-इज़्ज़त का ख़याल नही ! देख नहीं रहे हैं, एक दिमाग़-ख़राब स्त्री घर से छिटककर आ पड़ी है...''

इसके बाद भी कोई खड़ा नहीं रह सकता ।

कम से कम अम्बिका-जैसा शान्त-सभ्य, मार्जित रुचि का आदमी तो हरगिज़ नहीं। सिर झुकाकर वह चला गया था ।

फिर भी सुवर्णलता, तुम हँसकर बोल उठी थीं, ''ठीक हुआ है । कैसा सबक़ मिला ! भूत के घर आने का मज़ा मिल गया न !''

सोचा नहीं कि इसके बाद भी तुम्हें अपने पति-पुत्र के सामने मुँह दिखाना है, पीछे के उसी चौखटे को पार करके फिर अन्दर ज़ाना है ।

परन्तु अन्दर जाना ही है तो क्या !

सुवर्णलता के शरीर में लाज-शरम है ? कितनी ही बार तो वह घर से बाहर निकल पड़ी है, फिर आ नहीं गयी क्या ?

आयी है ! फिर आयी, फिर वही डाँट । मर्म से मरी-सी होकर वह चुप नहीं हो गयी । उस दिन भी नहीं । प्रबोध जब गरज उठा, भानू ने जब धिक्कार की उपेयुक्त भाषा खोज नहीं पाकर यह चेष्टा की कि केवल घृणा की दृष्टि से देखकर दग्ध किया जा सकता है या नहीं, तो सुवर्णलता कभी विचलित न होकर सहज ही बोल उठी, ''ताज्जुब है, इससे तुम्हारे मुँह पर कालिख पोतने का क्या हुआ ? मुँह तो उज्ज्वल ही हुआ बल्कि । पागल ने पागल-जैसा ही आचरण किया, चुक-वुक गया। तुम्हारे कहने की मर्यादा रखी और तुम कह रहे हो, तुम्हारे मुँह कालिख पोती !''

उस दिन सुवर्णलता के बड़े लड़के ने ही नहीं, मँझले-सँझले ने भी घृणा से मुँह फेर लिया था । आँखों से चिनगारी बरसाते हुए कहा था, ''खूब !'' माँ के शोक हुआ है, इसपर उन्हें ममता नहीं आयी, एक केवल छोटे लड़के सुबल की ही समझ में नहीं आयी, वह सदा का मुँहचोर है । पता नहीं, उसने कहाँ से यह स्वभाव पाया!

परन्तु सुवर्णलता की लड़कियाँ ?

जो लड़कियाँ अभी पराये घर नहीं गयी हैं ? पारुल और बकुल ?

उनकी भी बात समझ में नहीं आयी ।

लग रहा था, उनकी आँखों में एक दिशाहारा भाव फूट उठा था । मानो वे ठीक नहीं कर पा रही थीं कि माँ पर जो खीज और घृणा सदा से पालती आ रही हैं, उसी की पुष्टि करें या नये सिरे से सोचें ?

बकुल बच्ची है ।

इतना कुछ सोचने की उम्र नहीं हुई है उसकी ।

ऐसा ?

सुवर्णलता के बच्चों को बच्चे रहने का अवकाश कहाँ मिला ? होश सँभालने के समय से ही तो उन्होंने केवल अपनी माँ का विश्लेषण किया है और तिक्तता पायी है । यही करते-करते वे बड़े हुए हैं ।

बहुत कुछ जान-बूझकर वह परिपक्व हो गयी हैं । बाप को वे घृणा नहीं, अवहेलना करती हैं । परन्तु माँ को ऐसा नहीं कर पातीं । माँ की अवहेलना भी नहीं कर सकतीं, उसे अस्वीकार भी नहीं कर सकतीं, इसलिए घृणा करती हैं ।

केवल आज ही मानो उनकी दृष्टि बदल रही है । अम्बिका के लौट जाने के बाद उन्होंने शायद पूरी स्त्री जाति की असहायता का पता पाया । इसीलिए किंकर्तव्यविमूढ़-सी होकर सोचने लगीं, "तो, 'गृहिणी' शब्द क्या महज़ बच्चों को फुसलाने का शब्द मात्र है ? या कि वह 'दासी' शब्द की ही एक परिभाषा है ?"

गृहिणी को यदि दरवाज़े पर आये हुए किसी अतिथि को 'आओ, बैठो' कहने का अधिकार भी न हो तो 'गृहिणी' शब्द धोखा-धड़ी के सिवाय और क्या है ? इसी धोखे-धोखे से दृष्टि को आच्छादन करके दासत्व करा लेने का उपाय !

संसार करने का मतलब फिर तो संसार की परिचर्या करना है, और कुछ नहीं ! आश्चर्य ! जहाँ एक फूटी कौड़ी का अधिकार नहीं, वहाँ ऐसा सुन्दर-सा नाम क्यों ?

बहुत स्पष्ट तो नहीं, पर मँझली बुआ के यहाँ रहने की बात कुछ-कुछ याद तो है पारुल को । अम्बिका चाचा का नाम याद है । बचपन में माँ से कितनी ही बार सुना है यह नाम । कितनी श्रद्धा, कितनी प्रीति, कितने स्नेह से लिया जाता रहा है वह नाम । और उसी आदमी को दुरदुराकर भगा दिया गया ! वह भी सुवर्णलता के ही सामने !

एक गृहिणी के सम्भ्रम से सुवर्णलता को उसे बुलाकर बैठाने की जुर्रत नहीं हुई।

वह अक्षमता पारुल ने देखी । शायद हो कि बकुल ने भी देखी । और उन्होंने शायद अनुभव किया कि यह अक्षमता अकेले सुवर्ण को ही नहीं ।

इसीलिए दृष्टि बदल रही है उनकी ।

लेकिन सुवर्णलता के माँ-बाप की उस चतुर्थी का क्या हुआ ? इस उपलक्ष्य में उसका पति बड़े समारोह का आयोजन कर रहा था न ? कहता फिरता था, "न रे बाबा, यह 'सास-ससुरदाय' है, पितृ-मातृदाय से चौगुना !"

वह जैसे-तैसे हुआ । सहज साधारण कुछ नहीं हुआ । हो कहाँ से ? सुवर्णलता क्या सहज में कुछ होने देती है ? वह तो सब कुछ को विकृत करके ही रहती है ।

इसीलिए वह कह बैठी, "मैं यह सब नहीं करूँगी ।"

"नहीं करोगी ? माँ-बाप का भोज्य भी नहीं करोगी ?"

"नहीं ।"

नहीं !

शब्द-जगत् का चरमतम कठोर शब्द !

निष्ठुर अमोघ !

आश्चर्य, आश्चर्य !

तो फिर उतने आयोजन का क्या हुआ ?

नष्ट हुआ सब ?

और क्या !

पुरोहित आये । सुनकर हा किये खड़े रह गये । और करते भी क्या ? प्रबोध ने गरचे कहा, "उसको तो रात से ज्वर हो आया है—काम होगा ? ज्वर लिये-लिये···" परन्तु सुवर्णलता ने उस बात पर टिकने नहीं दिया । वह बोल उठी, "इन्हें ठीक-ठीक मालूम नहीं है पुरोहितजी, ज्वर-वर कुछ नहीं हुआ है···"

"ज्वर-वर नहीं हुआ है ? तो ?"

"कुछ नहीं । इच्छा नहीं है, बस ।"

एक बार एड़ी-चोटी प्रबोध को देखकर पुरोहित जी शालिग्रामशिला को उठाकर चले गये ।

"यह बहादुरी दिखाये बिना क्या नहीं चलता ?" हारे हुए-से गले से प्रबोध ने कहा, "उस घर के पुरोहित हैं···"

सुवर्णलता चुप देख रही थी ।

प्रबोध ने फिर कहा, "सदा के गुरु के वंश का लड़का···"

"जानती हूँ," सुवर्णलता ने भी वैसे ही हारे हुए-से गले से कहा था, "गुरु के वंश के हैं, कुल-पुरोहित का काम करते हैं, हाथ में शालिग्रामशिला थी, उनसे सफ़ेद झूठ कहने की इच्छा नहीं हुई ।"

नहीं हुई ।

उस समय यह इच्छा नहीं हुई ।

किन्तु कई घण्टे बाद सुवर्णलता खुद ही, "तबीयत ख़राब लग रही है, शायद बुखार आ रहा है" कहकर चादर ओढ़कर लेट गयी ।

झूठ ही तो कहा ।

बदन तो पत्थर-सा ठण्डा था ।

कहा किनसे ? क्यों, आत्मीय-कुटुम्बों को । अपनी स्त्री के माँ-बाप के मरने के उपलक्ष्य में प्रबोध जिन्हें घर-घर जाकर न्योत आया था ।

उन्हें क्या पता कि पितृ-कार्य करने की इच्छा नहीं है, यह कहकर सुवर्णलता ने पुरोहित को लौटा दिया है और अपने सगों का मुँह देखने की इच्छा नहीं है, इसीलिए चादर ओढ़े पड़ी है ?

परन्तु सुवर्णलता के पड़े रहने से क्या कुछ अटका था ?

कुछ नहीं । कुछ नहीं ।

प्रबोध के परिवार के सभी आये, सबने भोज खाया, सुवर्णलता के पड़े रहने के लिए हा-हुताश किया और चले गये ।

केवल सुवर्णलता ही चादर ओढ़े पसीने से तर होती रही ।

और, सुवर्णलता की माँ की वह चिट्ठी ?

उसका क्या हुआ ?

सुवर्णलता ने वह चिट्ठी खोली नहीं ! अपनी माँ की वाणी को उसने कब्र में सदा के लिए सुलाकर रख दिया ?

इतना मान है सुवर्णलता को ?

इतना तेज़ ?

इतनी कठोरता ?

पहले वही था । कितने दिनों तक वह लिफ़ाफ़ा सुवर्णलता के बक्स में कपड़े-लत्ते के नीचे मुँह बन्द किये पड़ा रहा ।

लेकिन उस गहरे अन्तराल से अवरुद्ध वाणी अनुक्षण सुवर्णलता की सारी चेतना को धक्का देकर कहती रही, "सुवर्ण, तुम पागल हुई हो ? यह क्या कर रही हो तुम ?" और फिर हताश-हताश गले से कहा, "सुवर्ण, तुम्हारे इस मान का मर्म कौन समझेगा ? कौन देगा मूल्य इसका ?"

आखिर एक दिन यह धक्का असह्य हो उठा । सुवर्ण ने बक्स के नीचे से अपनी माँ की उस अन्तिम वाणी को खींचकर निकाला ।

रविवार की दोपहर । जेठ का महीना, फिर भी ठण्डी-ठण्डी मेघघिरी दोपहर । आकाश मानो भाराक्रान्त मन लिये किसी तरह दिन की हाज़िरी बनाकर साँझ के बसेरे में आश्रय लें-लें कर रहा था । घर से किसी के निकलने की बात नहीं थी, फिर भी एक अजीब निर्जन-सा था घर ।

उस दिन गिरिबाला का सावित्री उद्यापन था । इसी उपलक्ष्य में ब्राह्मण-भोजन के साथ-साथ कुटुम्ब-भोजन की भी व्यवस्था की थी उसने । इसलिए बेटे को भेजकर जेठ के यहाँ के सभी को न्योता किया था ।

जाने कब तो यह व्रत आरम्भ किया था गिरिबाला ने ।

सुवर्ण के यहाँ रहते-रहते ही न ? उद्यापन की सुनकर सुवर्ण को याद आया था। क्योंकि इसी व्रत के चलते अनगिनत बार की तरह और एक बार कठघरे में खड़ा होना पड़ा था सुवर्णलता को !

मुक्तकेशी ने कहा था, "बड़ी बहू की तो छोड़ो, माना कि उसे जुर्रत नहीं है, लेकिन तुम्हारे पति को तो उसके पति से कम पैसा नहीं है मँझली बहू, फिर भी सँझली इस ख़र्चीले व्रत की व्रती हुई और तुम असमर्थ की नाईं टुकुर-टुकुर ताकती रहोगी!"

सम्भवतः इन दिनों गिरिबाला की स्वाधीनता भी मुक्तकेशी को अच्छी नहीं लग रही थी, इसलिए एक प्रतिपक्ष से दूसरे का मुँह थोथा करने के लिए ही वह उकसा रही थीं। किन्तु सुवर्णलता ने उनकी वह इच्छा नहीं पूरी की, उसने साफ़ कहा, "इस ढोंग में मुझे रुचि नहीं।"

ढोग !

सावित्री-व्रत ढोंग ! मुक्तकेशी स्तम्भित दृष्टि से देखती हुई गूँगी बनी रहीं।

लाल हुए, चेहरे से गिरिबाला ने भी पूछा, "इसके क्या मानी मँझली दी ?"

मँझली-दी और भी अम्लान बदन से बोली, "माने बहुत साफ़ है। जिसका सब बेमानी है, उसके लिए आडम्बर करना ढोंग नहीं तो क्या है ?"

"तो पतिभक्ति मज़ाक़ की चीज़ है ?"

सुवर्णलता हँसती हुई बोल उठी थी, "क्षेत्र विशेष में बेशक मज़ाक़ की वस्तु है। फूल-चन्दन लेकर पति के पाँव पूजने बैठी हूँ, यह सोचते ही तो हँसी छलक आती है।"

"अपने अनुसार ही सबका विचार मत करो मँझली-दी, जिसे भक्ति है···"

इस धिक्कार को बिलकुल उड़ा देते हुए मँझली-दी ने हँसकर कहा था, "भक्ति ! यह सोचकर मन को आँखें दिखाना—इसमें भक्ति भी नहीं है और मुक्ति भी नहीं है सँझली। इसमें केवल शौक़ और अहं है।"

इस अकथ्य उक्ति पर घर में अदालत बैठ गयी थी, जो देवर फ़िलहाल बोलता नहीं था, उसने भी ज़ोर से कहा था, "यह ज़हर अपने में ही रहता तो ठीक था मँझली, दूसरे के सरल मन में गरल ढाल देने की क्या ज़रूरत थी ? पति को सत्यवान बनना होगा, तब स्त्रियाँ सावित्री होंगी—ऐसी विलायती बात की खेती घर में नहीं ही करतीं, तो क्या था !"

प्रबोध जब घर लौटा, तो सुन-सुनाकर दीवार से सिर ठोंक लेना चाहा था, "इस घर से मुझे रुख़सत होना ही पड़ेगा। ऐसे अब···"

सुवर्णलता ने कहा था, "अहा, यह सुमति होगी तुम्हें ? तब तो पैरों न सही, मुँह में फूल-चन्दन तुम्हारे !"

वह विष-मन्त्र देने के बावजूद गिरिबाला का व्रत अवश्य बन्द नहीं हुआ और अब स्पष्ट है, चौदह वर्ष तक निष्ठा के साथ पति की पूजा करके अब वह व्रत का उद्यापन कर रही हैं।

उसके सुखी होने की क्षमता से सुवर्णलता ईर्ष्या करेगी ?

या कि वह सिर्फ़ हँसेगी ?

सुवर्णलता उस समय हँस नहीं उठी। उसने उस लड़के से कहा, "मैं तो नहीं आ पाऊँगी बेटे सुशील, माँ से कहना, मँझली ताई की तबीयत ठीक नहीं है। बाक़ी सब जायेंगे।"

सुवर्ण के पति, बाल-बच्चे उसी समारोह में गये हैं । पारुल नहीं गयी है । उम्र में पारुल से छोटी चचेरी बहनों का ब्याह हो गया है, पारुल का नहीं हुआ है, इसी दोष से प्रबोध ने कहा था, "उसे रहने दो ।"

पारू ने मन-ही-मन कहा, "जान बची ।"

क्या पता, घर के किस कोने में कोई किताब लिये बैठी है पारू, शायद हो कि कविता की कॉपी लिये बैठी हो । अचानक मिल गये एक टुकड़ा अवसर का सुयोग। सुवर्ण जानती है, पारू उसके एकान्त में ख़लल नहीं डालेगी ।

उस समय सुवर्ण ने सोचा भी था कि इन सबके चले जाने के बाद मैं माँ की चिट्ठी खोलूँगी ?

नहीं सोचा था ।

काफ़ी हलचल होने के बाद एकाएक घर में सन्नाटा हो जाने से मन उसका बड़ा उचाट-सा हो गया था ।

और तभी उसके जी में आया था, "मैं क्या सँझली के सुखी होने की क्षमता से ईर्ष्या कर रही हूँ ?···नहीं तो आज ही मन में मेरे ऐसा क्यों आ रहा है कि सारा जीवन मैंने किया क्या ?"

जी-जान से अविश्रान्त एक लड़ाई लड़ते रहने के सिवाय और तो कुछ नज़र नहीं आता । कहीं ज़रा-सी सुशीतल छाँह मिली थी, कहीं बूँद-भर प्यास को पानी मिला था, यह तो सुवर्ण भूले ही जा रही है । वह देख पा रही है कि पल-पल वह हमले से बच रही है । फिर भी आगे बढ़ने की चेष्टा में अपने को छिन्न-भिन्न कर रही है ।

अपने ऊपर करुणा और ममता से उसकी आँखों में आँसू आ गये । भीतर मानो उसका हाहाकार कर उठा । और तभी उसके मन में आया, आज मैं देखूँगी—ईश्वर ने मुझे अन्तिम उपहार क्या दिया है ।

लिफ़ाफ़े को फाड़ते हुए, हाथ काँपने लगा और कलेजे में कष्ट होने लगा, जैसे उसे फाड़ते ही कुछ बड़ी-सी चीज़ खो जायेगी उसकी ।

कौन-सी चीज़ ?

एक परम आशा ?

या कि उस लिफ़ाफ़े में उसकी माँ अभी भी जीवित है, उसे खोलते ही वह अन्तिम साँस लेगी ?

वैसे ही एक कष्ट में सुवर्ण ने लिफ़ाफ़े को खोला । और उसके बाद ही पानी के एक परदे ने मानो विश्व-चराचर को ढँक दिया ।···काले अक्षरों की पंक्तियाँ धुँधली हो आयीं और उसके साथ उसका अपना हाथ भी धुँधला हो गया । परदा गिर जाने के पहले सिर्फ़ एक शब्द कौंध गया था—वही शब्द माथे में गूँजने लगा ।

"कल्याणीयासु···

सुवर्ण···"

कल्याणीयासु सुवर्ण !

यानी सुवर्ण की माँ ने यह नाम याद रखा है ?

तो, आज भी कोई उसे सुवर्ण नाम से पुकारती है ?

नहीं-नहीं, कभी नहीं पुकारा, अब कभी नहीं पुकारेगी । केवल नाम को याद रखा था, लेकिन इस याद रखने का कभी प्रमाण नहीं दिया ।

पानी के परदे को पोंछने की याद नहीं रही उसे । जबतक वह पानी हवा में सूख गया, शायद ज़्यादा ही सूख गया, तबतक उस सम्बोधन के बाद की बातें उसकी आँखों में आयीं ।

कल्याणीयासु—

सुवर्ण, बहुत दिन पहले का मरा हुआ आदमी चिता के नीचे से उठ आकर बोलने लगे, यह देखकर जैसा आश्चर्य होता है, शायद वैसा ही आश्चर्य लग रहा है । और तुम ज़रूर ही सोच रही हो, "अब क्यों ? क्या ज़रूरत थी ?"

बात सही ही है । मैं भी वही सोच रही हूँ । आज ही नहीं, बहुत दिनों से ही सोच रही हूँ । जिस दिन तुम्हें भाग्य के हाथों सौंपकर चली आयी, उसी दिन से यह पत्र लिखने की सोचती रही हूँ, लेकिन दुविधा में पड़ गयी । सोचा, अब क्यों ? मैं तो अब उसके किसी काम नहीं आने की । (पानी का परदा फिर काँप उठा, उसके साथ सुवर्ण का आवेग भी ।···माँ, वही तो परम उपकार होता । तुम्हारे हाथ के अक्षर, तुम्हारा स्नेह-सम्बोधन, 'सुवर्ण' नाम से तुम्हारा पुकारना—ये शायद सुवर्ण के जीवन की गति को बदल देते !) फिर भी सदा इच्छा होती थी, तुम्हें एक पत्र लिखूँ। लेकिन नहीं लिख सकी । क्यों नहीं लिख सकी, यह अब समझ रही हूँ, नहीं लिख सकी केवल लज्जा से । तुम्हारे निकट मुझे अपरिसीम लज्जा है, तुम्हारे आगे मेरे अपराध की सीमा नहीं । उस अपराध की क्षमा नहीं है ।

जीवन के अन्तिम छोर पर आकर मन से जो समझौता कर रही हूँ, उसी से आज इस सत्य पर पहुँच रही हूँ, तुम्हें उस तरह से निष्ठुर भाग्य के हाथों छोड़ आना मेरा उचित नहीं हुआ । शायद तुम्हारे लिए मुझे कुछ करने को था ।

तो भी—ईश्वर की दया से तुम शायद अच्छी ही हो । तुम्हारे छोटे भैया से मालूम हुआ, तुम्हारे कई बाल-बच्चे हैं और खा-पीकर सब सुख से ही हैं । फिर भी ऐसा आश्चर्य, सदा ही मुझे लगता रहा है, तुम शायद सुखी नहीं हो । ··· (माँ, तुम क्या अन्तर्यामी हो ? तुम्हारी सुवर्ण सचमुच ही दुःखी है, सदा दुःखी !) यह अजीब चिन्ता शायद मातृहृदय का चिर-रहस्य है—गरचे मातृहृदय का गौरव करना मुझे नहीं सोहता ! किन्तु सुवर्ण, सोचती हूँ, तुम क्या मेरी चिट्ठी की भाषा समझ रही हो ? नहीं जानती, तुम्हारा जीवन किस रास्ते से प्रवाहित हो रहा है, नहीं जानती, उस जीवन

में तुम्हें शिक्षा-दीक्षा का कोई सुयोग मिला या नहीं ! आज तुम भी मेरी अपरिचित हो, मैं भी तुम्हारी अपरिचित हूँ ।

सच ही क्या ?

सच ही क्या हम अपरिचित हैं ?

फिर भी सर्वदा ऐसा क्यों लग रहा है, सुवर्ण टूट नहीं गयी है, सुवर्ण टूट नहीं सकती । सारी प्रतिकूल परिस्थितियों से लड़ती हुई वह आगे बढ़ सकेगी । तुममें यह अंकुर था । जो कुछ दिन तुम्हें देखने का सुयोग मिला, इससे मेरी यही धारणा हुई ।

इसी से लगता है, तुम अपनी इस हृदयहीन माँ को बहुत कुछ समझ सकोगी । हो सकता है, लगातार धिक्कार देने के बदले कभी प्यार से सोचती होगी ।

एक दिन घर-गिरस्ती पर आस्था खोकर चली आयी थी । तुम जानती हो, वह तूफ़ान तुम्हारे ही लिए आया । अधिक विस्तार से वह सब लिखना नहीं चाहती । लेकिन दीर्घ संसार से दूर रहकर मनुष्य का विश्लेषण करते-करते यह समझा है, इस संसार में जिन्हें 'अन्यायकारी' के रूप में चिह्नित किया जाता है, उनमें से सभी शायद दण्ड के योग्य नहीं । वे जो कुछ करते हैं, सब दुष्ट बुद्धि लेकर ही नहीं करते । अधिकतर बिना समझे करते हैं । उनसे अघटित घटाने का कारण उनकी बुद्धिहीनता ही है । इसलिए वे क्रोध करने योग्य भी नहीं । बहुत तो वे खीज और दया के पात्र हैं ।

किन्तु उस बुद्धिहीनता के साथ जब किसी जीवन-मरण के प्रश्न का संघर्ष होता है, तो दिमाग़ को दुरुस्त रखकर विचार करना सहज नहीं होता । और, मैं यह भी जानती हूँ, मेरे लिए इसके सिवाय और कुछ सम्भव नहीं था ।···तुम्हारे पिता और भाई लोगों ने मुझे लौटा ले जाने की बहुतेरी चेष्टा की, पत्र से काम नहीं बना तो काशी आकर आग्रह-अनुरोध, धिक्कार भी कर गये । लेकिन जिसे त्यागकर आयी, उसे अब हाथ से उठाया नहीं जा सकता । छोड़ आयी गिरस्ती से फिर से मेल मिलाना असम्भव था । तुम्हें शायद पता हो, तुम्हारे नानाजी तब काशीवासी थे । उनसे संस्कृत पढ़कर, उस समय के बहुतेरे काशीवासी पण्डितों से अध्ययन करके मैंने खोज की, हिन्दू-विवाह का मूल तात्पर्य क्या है, मूल लक्ष्य क्या है, यह बन्धन वास्तव में जन्म-जन्मान्तर का है या नहीं ? परन्तु जब भी यह प्रश्न उठाया—इस बन्धन की दृढ़ता पुरुष और नारी के लिए समान क्यों नहीं है,; पुरुष के लिए विवाह महज़ एक घटना है, पर नारियों के लिए सदा अलंघ्य क्यों है, तो इसका सदुत्तर नहीं पाया । बल्कि इस प्रश्न के अपराध से अनेक स्नेहशील पण्डितों का स्नेह खो बैठी । और धीरे-धीरे समझा, इसका उत्तर पुरुष नहीं दे सकते, भविष्य ही देगा । क्योंकि किसी सम्पत्ति के भोग-दख़लवाले व्यक्ति स्वेच्छा से दानपत्र नहीं लिखते ।···स्त्रियाँ जिन अधिकारों से वंचित हैं, वे अधिकार स्त्री जाति को ही अर्जित करने होंगे ।

लेकिन इसके लिए धैर्य की ज़रूरत है ।

यही सारी बात है । धीरज के बिना कोई भी कार्य सफल नहीं होता । इस बात को समझने में मेरा पूरा जीवन लग गया और यह अनुभव हुआ कि यह बात कह जाने की आवश्यकता है । परन्तु इसपर कान कौन दे ? तुम्हें कहने को जी चाहा—संकोच और कुण्ठा से चुप रही । और फिर यह भी भय था कि मेरा पत्र तुम्हारे गृहस्थ-जीवन में अशान्ति लायेगा । इसीलिए मैंने यह निर्देश दिया कि यह पत्र तुम्हें मेरे मरने के बाद दिया जाये । शायद हो कि उस समय तुम्हारे पति का संसार तुम्हारी इस संसारत्यागिनी माँ का कुछ सदयचित्त से विचार करे । शायद यह सोचे कि उससे अब कौन-सी क्षति की सम्भावना है !

तुम्हें इतना कुछ लिख रही हूँ, क्योंकि बुद्धि और युक्ति से समझ रही हूँ, तुम अब एक वयस्का गृहिणी हो । किन्तु बिटिया सुवर्ण, तुझे जब देखने की कोशिश करती हूँ, तो एक छोटी-सी बच्ची के सिवाय और कुछ देख नहीं पाती । पहनावे में घाघरा, माथे के बालों की चोटी गुँथी, हाथ में कॉपी-किताब-स्लेट, स्कूल जानेवाली एक बालिका !

तेरी इस मूर्ति के सिवाय और कोई मूर्ति मुझे याद नहीं आती । यही मूर्ति मेरी सुवर्ण है । तुझे स्कूल भेजकर वही जो मैं दरवाज़े पर खड़ी रहती थी, वही मूर्ति मेरे मन में अंकित है ।

लेकिन वैसी इच्छा होती, तो क्या मैं तुम्हें और एक बार देख नहीं पाती ? और, ऐसी ही इच्छा तो होनी चाहिए थी । लेकिन सच बताऊँ, तुम्हारी उस मूर्ति के सिवाय और कोई मूर्ति देखने की इच्छा नहीं थी ।···तुमसे मुझे बड़ी-बड़ी आशाएँ थीं, बड़े साध-सपने थे, परन्तु सारी ही आशाएँ टूट गयीं, पर उस मूर्ति को चूर करने की इच्छा नहीं थी ।···तुम शायद सोच रही हो, यह सब अब लिखने का क्या अर्थ है ? हो सकता है, कोई अर्थ नहीं हो, परन्तु मनुष्य की सबसे बड़ी आकांक्षा ही तो यह है कि कोई उसे वास्तव में समझे !···मुझे किसी ने नहीं समझा—इससे बड़ा दुःख शायद दूसरा नहीं । पुरुषों का एक कर्म-जीवन है, वहाँ उनके गुण, कर्म, रुचि, प्रकृति का विचार है । उसके जीवन की वही सार्थकता-असार्थकता है । स्त्रियों के वह जीवन तो नहीं—इसीलिए उनकी एकान्त इच्छा होती है कि और कोई चाहे नहीं समझे, कम से कम उनकी सन्तान उन्हें समझे, उनके लिए थोड़ी श्रद्धा करे, ममता का निःश्वास फेंके ! उनके जीवन की इतनी ही सार्थकता है । यह इच्छा शायद मृत्यु के बाद भी नहीं मरती—यह पत्र इसीलिए है ।

हो सकता है, तुमने आजीवन अपनी ममताहीन माँ को धिक्कारा किया है, परन्तु मेरे मरने के बाद भी यदि वह भाव बदले, तो मेरी आत्मा को शायद कुछ शान्ति मिले। इसीलिए मौत की दलहीज़ पर आकर यह पत्र लिखने की इच्छा हुई ।

सुवर्ण, तुम मुझे ग़लत मत समझना ।

तुम्हारा छोटा भैया मुग़लसराय में काम करता है । कभी-कभी आता है, मन नहीं मानता । लगता है, वह मुझे कुछ समझता है, इसीलिए तुम्हारे बड़े भैया की तरह माँ के अपराध का विचार करने के लिए नहीं बैठता । यहाँ आकर मैंने जो स्कूल खड़ा किया था, उसका परिवार अब यथेष्ट बढ़ गया है । तुम्हारा छोटा भैया अपनी इच्छा से ही बीच-बीच में उसकी देखभाल करता है । लगता है, मेरे मरने के बाद स्कूल टिक जा सकेगा । शुरू में घर-घर घूमकर छात्राओं को जुटाना पड़ता था। धीरे-धीरे हालत बदल रही है । माँ-बाप अब स्वयं आगे आ रहे हैं । देखकर वे अनुधावन कर रहे हैं—देश में स्त्री-शिक्षा के प्रसार की आवश्यकता है ।

आशा होती है, इसी प्रकार काल का चेहरा बदलेगा । मनुष्य की बुद्धि या शुभबुद्धि सहज ही जिसे करने में सक्षम नहीं होती, प्रयोजन और घटना-प्रवाह ही उसे सम्भव किये देता है ।

केवल पोथी-पत्तर, कविता-गीत में ही नहीं, भविष्य में संसार के हर क्षेत्र में पुरुष को यह मानना ही पड़ेगा कि स्त्रियाँ भी मनुष्य ही हैं ! विधाता ने उन्हें भी मनुष्य का ही अधिकार और कर्मदक्षता देकर पृथ्वी पर भेजा है । मात्र पुरुषों की सुविधा के लिए ही उनकी सृष्टि नहीं हुई है ।

महाकाल ही पुरुष जाति को यह सबक़ देगा ।

किन्तु यह भी कह दूँ, इसके लिए स्त्रियों को भी तप करना है ! धैर्य, सहन-शीलता, त्याग और क्षमा की तपस्या ।

यह न समझना, उपदेश देने लगी ।

समय पर जो नहीं दिया, अब असमय में वह नहीं दूँगी । अपना समग्र जीवन देकर जो उपलब्धि हुई है, केवल वही किसी को कह जाने की इच्छा हो रही है । और, तुम्हें छोड़कर किससे कहूँ ? कान लगाकर सुनेगा भी कौन ? स्त्रियाँ तो आज भी अज्ञता के अन्धकार और मिथ्या के स्वर्ग के मोह से आच्छन्न हैं । विचार-बुद्धि से तो मानो उन्हें वास्ता ही नहीं । चिन्ता होती है, अचानक जिस दिन उनकी आँखें खुलेंगी, जिस रोज़ समझेंगी कि इस स्वर्ग का स्वरूप क्या है—उस दिन क्या होगा ! उस दिन पथ का निर्णय करना सम्भवतः और भी कठिन है ।

यहाँ बहुत सारी तीर्थ में बसनेवालियों और विभिन्न अवस्था की स्त्रियों के सम्पर्क में आकर तथा अपने जीवन की पर्यालोचना करके इस सिद्धान्त पर पहुँची हूँ, यदि संसार में रहकर ही जीवन के सर्वविध उत्कर्ष-साधन द्वारा पूर्णता सम्भव हो, तो वही वास्तविक पूर्णता है ।

लेकिन वैसा 'सम्भव' कितनों के लिए सम्भव है ? प्रतिकूल संसार तो प्रतिनियत ही आधार करके उस पूर्णता की शक्ति को नष्ट करने पर बद्ध-परिकर है ।···स्त्रियाँ ममता के बन्धन में बन्दी हैं,'···'माँ से बढ़कर निरुपाय जीव दूसरा नहीं'—इस तथ्य को समझ लिया है, इसीलिए न पुरुषों का गढ़ा समाज इतनी सुविधा लेता है, इतना

अत्याचार करने का साहस करता है ! परन्तु यह विश्वास है, एक दिन इस दिन का अवसान होकर ही रहेगा । देश की पराधीनता दूर होगी, स्त्री जाति की पराधीनता भी दूर होगी ।

ऐसी आशा करने को जी चाहता है, भविष्य के उन उज्ज्वल दिनों की स्त्रियाँ—आज की, अँधेरे दिनों की इन स्त्रियों की अवस्था की सोच निःश्वास फेंक रही हैं । आज की स्त्रियों की मानसिक पीड़ा का अनुभव करके एक बूँद आँसू टपका रही हैं, युद्ध करते-करते आज जिन्होंने प्राणपात किया, उनकी ओर थोड़ी श्रद्धा की दृष्टि से देख रही हैं ।

सुवर्ण, मेरी बेटी, यह सब न लिखकर यदि मैं लिखती—"सुवर्ण, आज तक मैं प्रतिदिन तुम्हारे लिए रोती रही—" शायद हो कि तुम मेरे हृदय को शीघ्र समझती । परन्तु सुवर्ण, मैं तो सिर्फ़ अपनी ही सुवर्ण के लिए नहीं रोयी, देश की हज़ारों-हज़ार सुवर्ण के लिए रोयी । अभी यह सब लिख रही हूँ ।

और, सदा शुष्क ज्ञान की चर्चा में बिताते हुए भाषा भी शुष्क हो गयी है । इसीलिए रह-रहकर सोचती हूँ, तुम क्या इतनी बातें समझ पा रही हो ? नौ ही साल की उम्र से तो तुम्हारी विद्या की इतिश्री हो गयी है । मेरा दृढ़ विश्वास है, तुम भी निश्चय ही ये बातें सोचा करती हो, तुम भी महज अपनी नहीं, और भी सहस्रों स्त्रियों की सोचती हो ।

और विशेष क्या लिखूँ, मेरा शतकोटि आशीर्वाद लो । अपने परिजनों को भी दो । और यदि हो सके, अपनी इस चिर निष्ठुर माँ को कम-से-कम मरने के बाद भी क्षमा कर देना । बस ।

तुम्हारी माँ

बहुत बार बहुत-बहुत आँसू गालों पर ढुलके, बहुत बार वे आँसू सूखे, अब गाल पर लोना पानी सूखने की केवल एक अस्वस्ति है ।

या कि सिर्फ़ गाल में ही नहीं, देह-मन सर्वांग में एक बेबस अनुभूति !

स्तब्ध, मृत्यु-जैसी स्तब्ध । जैसे यह स्तब्धता कभी भंग नहीं होगी । इस स्तब्धता की ओट में एक अन्तहीन हाहाकार बहता रहेगा ।

सुवर्ण की माँ सुवर्ण को जना गयी, सुवर्ण को जानकर नहीं गयी ।

सुवर्ण की माँ सन्देह कर गयी कि सुवर्ण इन बातों पर सोचती है या नहीं ।

सुवर्ण की माँ केवल आशा कर गयी कि शायद सुवर्ण हज़ारों स्त्रियों के बारे में सोचती है । और कुछ नहीं । और कुछ करने को नहीं ।

बारह

"देखा पारू को ?"

अपने टूटे दाँत की हँसी हँसकर अभ्यस्त भंगी से सुबाला ने कहा, "कहो, कैसी लगी ?"

अम्बिका अवाक् हुआ ।

वह मानो दूसरी ही दुनिया से आ गिरा ।

"पारू यानी ? कौन पारू ?"

"कौन पारू क्या जी, मँझले भैया की बेटी ? इस सुबाला सुन्दरी की भतीजी ! तुम्हारे सामने आयी नहीं, क्यों ? नहीं ही निकली होगी, बड़ी हो गयी न ! मँझली बहू ने कुछ कहा ?"

अम्बिका ने अजीब-सा हँसकर कहा, "कहा !"

सुबाला ने आश्वस्त होकर कहा, "खैर, तो मँझले भैया ने मेरे पत्र का मान रखा! मँझले भैया के नये मकान का ठिकाना तो जानती नहीं हूँ न, इसलिए मँझले भैया के केयर ऑफ़ से तुम्हारा ज़िक्र करते हुए मँझले भैया को एक पत्र लिखा था । तो भई बताओ, क्या बातें-वातें हुईं ? मेरी तो इच्छा है, इसी महीने हो जाये ।"

अम्बिका कुछ गम्भीर-जैसा हो गया ।

बोल उठा, "उफ़्, मुसीबत है । क्या अण्ट-शण्ट शुरू कर दिया आपने । ऐसा करेंगी तो मैं फिर भाग जाऊँगा ।"

सुबाला शंकित हुई ।

सुबाला समझ गयी, अवस्था आशाप्रद नहीं । मँझली बहू ने शायद वैसा आग्रह नहीं दिखाया । हो सकता है, है तो वह ज़रा वैसी-सी । अम्बिका को जितना ही चाहती हो चाहे, उम्र के फ़र्क को मन में आँक रखा है । देवरजी को सम्भवतः कुछ अपमान-सा लगा है । सच तो यह है कि कुछ आशा से ही तो झटपट वहाँ गया । ब्याह करने का मन हो आया है, यह समझ रही है सुबाला । सोचा, जाने दो । पारू नहीं तो मैं कमर कसकर लग जाती हूँ । लड़कियों की कमी है ? फिर सोचा, उतनी उमर की लड़की नहीं मिलेगी । मँझली बहू जाँबाज़ है, जभी बेटी को बैठे-बैठे इतनी बड़ी कर रखा है ।

परन्तु सुबाला झट से कुछ बोल नहीं बैठी । धीरे-धीरे देवर का मन-मिज़ाज भाँपने के लिए कहा, "अरे, मैंने क्या किया ?"

"यही, अण्ट-शण्ट बात । जान लीजिए, यह ब्याह-वाह की बात की कि मैं हवा हुआ !"

सुबाला ने डरते-डरते कहा, "मँझले भैया ने…"

"दुहाई भाभी, अपने उस मँझले भैया का नाम मेरे सामने न लें।" बैठा था, उठ खड़ा हुआ। पायचारी करते-करते बोला, "आपके मँझले भैया और भाभी को अगल-बग़ल देखते ही लगता है, विधाता के निष्ठुर व्यंग्य का एक ज्वलन्त उदाहरण है!"

सुबाला ने अवाक् होकर कहा, "काहे का उदारहण ?"

"छोड़िए, वह आपको समझा नहीं सकूँगा। लेकिन इतना ही जान लीजिए, आपके मँझले भैया के घर में प्रवेश करने का सौभाग्य मुझे नहीं मिला।"

सुबाला ने हक्की-बक्की-सी होकर कहा, "तो तुमने जो कहा कि मँझली बहू ने बात की..."

"हाँ, बात की," अम्बिका ने खीज-भरे गले से कहा, "रास्ते पर आकर बोलीं। आप मुझसे और कुछ मत पूछें भाभी।"

"मतलब, मँझले भैया ने तुम्हारा अपमान किया ? जेल से लौटे असामी हो, इसलिए घर में नहीं जाने दिया!" सुबाला धीरे से बोली, "समझ रही हूँ मैं..."

अम्बिका एकाएक स्थिर हो गया। सामने खिसक आया। बोला, "असली बात समझने की क्षमता आपको इस जीवन में भी नहीं होगी भाभी। आप इतनी भली हैं कि वह सब बात आपके माथे में ही नहीं आयेगी। केवल इतना कह रखूँ, कभी यदि एकाएक ही सुनें कि आपकी भाभी पागल हो गयी है, तो अवाक् मत होइएगा। शायद यह शीघ्र ही सुनना पड़े।...ताज्जुब है, आपके मँझले भैया जैसे शैतान को सज़ा नहीं होती। न तो समाज देता है और न आप लोगों का भगवान् ही देता है।...आप कुछ ख़याल मत कीजिएगा भाभी, कहे बिना रहा नहीं गया। देखकर बड़ी पीड़ा हुई। लड़का भी तो देखा ठीक बाप ही जैसा है।"

सामने से हट गया। पायचारी करने लगा। एक जलन-भरे गले का आक्षेप सुनाई पड़ा, "इस प्रकार से जीवन का अपचय होता है। इस प्रकार से इस हतभागे देश की कितनी महत् वस्तुएँ ध्वंस होती हैं! इस पाप का प्रायश्चित एक दिन समाज को करना ही पड़ेगा।"

न, ब्याह कराकर अम्बिका को संसारी बनाने की साध सुबाला की पूरी नहीं हुई। अम्बिका पाँव-पयादे भारत-भ्रमण को निकला। सुबाला समझ गयी, वह लाख कहे, "इस भारत को एक बार देखना चाहता हूँ, देखना चाहता हूँ कि बंगाल-जैसा अभागा प्रदेश और कहीं है या नहीं," पर यह समझना बाक़ी नहीं रहा कि वह सब देख-सुनकर वह अब लौटने का नहीं। यह यायावर ही हो जायेगा।

"उसके माँ-बाप होते, तो वह ज़िन्दगी से ऐसी आँखमिचौली नहीं खेल सकता।" सुबाला अमूल्य के आगे रोकर बोल पड़ी थी।

अमूल्य की आँखें भी लाल-सी हो आयी थीं।

वह भारी गले से बोला, "यह तुम्हारी मूल धारणा है। उसकी माँ रही होती,

तो वह इसे तुमसे ज़्यादा प्यार करती, मुझे यह विश्वास नहीं होता । पर बात यह तो नहीं, माया का बन्धन सब किसी को नहीं बाँध सकता । बुद्धदेव के क्या माँ-बाप नहीं थे ? नदिया के निमाई के माँ और पत्नी नहीं थीं ? असल में इस दुनिया का अविचार-अत्याचार देखकर, दुःख-दुर्दशा देखकर जिनके प्राण रोते हैं, वे अन्य लोगों की तरह खा-सोकर दिन नहीं काट सकते । उन्हें घर में टिकना दूभर हो जाता है । उन्हें माँ-बाप भी बाँधकर नहीं रख सकते, पत्नी-बच्चे भी बाँधकर नहीं रख सकते । यह भी अच्छा ही हुआ कि किसी की बेटी को उसके गले बाँध नहीं दिया गया !''

''देश-देश, स्वाधीन-पराधीन करते-करते ही उसका यह हाल हुआ ।''— आँख पोंछते हुए सुबाला ने कहा, ''इसी गाँव में पैदा हुआ, तुम्हारे ही परिवार में पला, उसके दिमाग़ में ये बातें कहाँ से आयीं, भगवान् जानें ।''

इसके सिवाय सुबाला और क्या कहे ?

मनुष्य के जानने की सीमा जब समाप्त हो जाती है, तो कहते हैं, 'भगवान् जानें।' अकेली सुबाला ही क्यों, सभी कहते हैं । और जब खूब तकलीफ़ होती है, तो भगवान् के विचार को दोष देते हैं । सुबाला ने भी दिया ।

और साथ ही साथ आँखें पोंछते हुए उस डाँवाडोल को जाते समय ज़ोर-ज़बरदस्ती बहुत-से चूड़ा के लड्डुए दिये, नारियल का गाजा दिया—जो सब कि अम्बिका के बड़े प्रिय थे ।

अम्बिका ने मुँह रो बड़ा उत्साह दिखाया । बोला, ''वाह-वाह ! क्या कहने ! राह-घाट में भटकना है । कहाँ क्या नसीब होगा, कौन जाने । जिस दिन कहीं कुछ नहीं मिलेगा, यही निकालूँगा और आपकी जय-जयकार करते हुए खाऊँगा !''

''छोड़ो, मेरी जय-जयकार नहीं करनी होगी । मुझपर तुम्हें कितनी माया है, यह तो साबित हो ही गया ।''

''समझ गयीं न ! जी गया मैं !'' अम्बिका हँसा । फिर बोला, ''रामकृष्ण परमहंस के सबसे बड़े शिष्य विवेकानन्द का नाम सुना है ? एक समय वह राहों में भटक रहे थे, पल्ले फूटी कौड़ी नहीं थी, मन के ज़ोर से बोले, 'देखता हूँ, मेरी चेष्टा के बिना ही भोजन आता है या नहीं ?' आ गया । आश्चर्यजनक उपाय से आ गया। मिठाई के एक दुकानदार ने सपना देखा, अमुक जगह पर एक भूखे साधु आकर बैठे हैं, जाकर उन्हें अच्छा-अच्छा खिला । सो सोचा है, वैसी मुसीबत होगी तो साधु हो जाऊँगा ।''

वह जबरन खींच-खींचकर हँसता रहा ।

सुबाला खीजकर बोली, ''हुँः, साधु बन जायेंगे ! तुम्हीं कहते हो न, ये गेरुआधारी ही देश के सर्वनाश की जड़ हैं ! 'जगत् मिथ्या' या क्या कह-कहकर उन्हीं लोगों ने तो लोगों को आलसी या बादशाह बना दिया है । सभी परलोक की ही चिन्ता में परेशान हैं, इहलोक की कोई सोचता ही नहीं !''

"कहता हूँ, कहूँगा भी । परन्तु किसी-किसी को देखकर धारणा बदल जाती है। ख़ैर, आप अपना जी न ख़राब करें । हमारे इस धर्मपरायण देश में 'सीता-राम' कहने से ही भोजन जुट जाता है ।"

"वही तो, भीख़ ही माँगकर तो ख़ाओगे तुम !" सुबाला नाराज़गी से बोली, "इसीलिए घर-ज़मीन, सब बेच दी !"

यही, यही सबसे अधिक चिन्ता की बात थी । जो आदमी घर बेचकर चला जाता है, वह क्या फिर लौटता है ?

परन्तु रुपये भी कितने मिले !

सुबाला के रुपये होते, तो वह ज़रूर दे देती । कहती, "देश-भ्रमण के लिए तुम घर बेचोगे और मैं बैठी देखती रहूँगी ?" लेकिन भगवान् ने सुबाला को मारकर रखा है ।

अमूल्य कुछ दूर तक उसके साथ गया ।

सुबाला भी जहाँ तक जा सकती थी, बैलगाड़ी के साथ गयी और फिर जहाँ तक नज़र आया, खड़ी-खड़ी देखती रही ।

बड़ी देर के बाद, जब उड़ती हुई धूल भी बैठ गयी, वह लौट आयी । एक दीर्घ निःश्वास फेंककर मन-ही-मन बोली, "पुरुष की जात, कोई बन्धन नहीं । ब्याह नहीं करूँगा, तो नहीं करूँगा । घर छोड़कर चला जाऊँगा, तो चला जाऊँगा । बस । निन्दा-शिकायत की कोई बात नहीं । इन मुँहजली स्त्रियों के ही सारे रास्ते बन्द । हमारी मँझली बहू यदि मर्द होती, तो वह भी शायद ऐसा ही करती । ब्याह नहीं करती, घर में नहीं रहती । स्त्री, बन्दी की जात, पिंजड़े में छटपटाते रहना ही सार!"

तेरह

लेकिन अब क्या छटपटाहट है ?

सुबाला की मँझली भाभी तो सारी छटपटाह को रोककर निढाल हो गयी है । उसने मानो प्रतिज्ञा कर ली है कि अब वह 'साधारण' होगी । वैसी ही साधारण, जैसी उसकी जेठानी-देवरानियाँ हैं, ननदें हैं, पड़ोसिनें हैं, और सब हैं ।

बिना चीं-चपड़ किये 'कर्ता की इच्छा से कर्म' सोचकर गिरस्ती कर रही है । और, इच्छा प्रकट भी करे तो वह 'साधारण' की इच्छा होगी । इसीलिए पति को अवाक् करते हुए एक दिन सुवर्ण ने इच्छा प्रकट की, "पारुल के लिए लड़का देखो

कोई, इसी सावन में जिससे ब्याह हो जाये । उसके बाद अगहन में भानू-कानू, दोनों का ब्याह…"

प्रबोध ने अवाक् होकर देखा ।

बोला, "भूत के मुँह में रामनाम ! तुम्हारे होंठों बाल-बच्चों की बात ?"

सुवर्ण हँसी, "अरे, भूत भी तो परकाल की सोचते हैं !"

फिर हँसना रोककर बोली, "नहीं-नहीं, मज़ाक़ नहीं, जल्दी करनी चाहिए ।"

सुवर्ण क्या अपनी माँ से बदला चुका रही है ?

वह क्या रात के अँधेरे में बिस्तर से उठकर बरामदे में खड़ी हो आसमान की ओर ताकते हुए किसी एक उज्ज्वल नक्षत्र से कहती है, "ठीक हो रहा है न ? इसी को 'पूर्णता' कहते हैं ? ठीक है, वही हो ! मैं केवल अपने पूरे जीवन के अन्तर-इतिहास को ही बैठी-बैठी लिखूँगी ।…लिखा है कभी-कभी, टुकड़ा-टुकड़ा विच्छिन्न ।…अब पूरा लिखूँगी, अच्छी तरह से । जिन्होंने सिर्फ़ मेरे बाहर को ही देखा और मुझे धिक्कारा किया, अपनी उस स्मृति-कथा में ही उन्हें…नः, मुँह से कहकर कभी किसी को कुछ समझा नहीं सकी मैं—मेरे अभिमान, मेरे आवेग, मेरी असहिष्णुता ने मेरी चेष्टा को नाक़ाम कर दिया । अब मेरी क़लम-बही मेरी सहाय हो ।"

कौन जाने, कहती है या नहीं । क्या कहती है, क्या नहीं कहती है ।

उस पगली की बात छोड़ो । हाँ, यह देखा गया कि सुवर्णलता के उस गुलाबी दुतल्ले की छत पर तीन बार शामियाना टाँगा गया । सुवर्णलता के घर के पास के डस्टबीन में केले के पत्ते और माटी के गिलास-चुक्कड़ का ढेर लगता रहा—दो-तीन दिनों तक ।

उसके बाद आदि-अन्तकाल जो होता आया है, उसी का पुनरभिनय होता रहा उसके दरवाज़े पर ।

कनकांजलि के एक थाल चावल में जीवन-भर के अन्न-वस्त्र का ऋण चुका-कर लड़की दूसरे घर के अन्न-वस्त्र से पुष्ट होने के लिए विदा हुई और जलधारा दिये पथ से दूध-आलता के पत्थर पर आ खड़ी हुई बहू इस घर के अन्न-जल पर दावा लिये ।

दोनों ही दृश्य में शंख बजा, ऊलूध्वनि हुई, वरण-डाली सजी । केवल भीतर के सुर की भिन्नता शहनाई के सुर से पकड़ में आयी । शहनाईवादक जानते हैं, कब आवाहन का सुर छेड़ा जाता है और कब विसर्जन का ।

अब तो सुवर्णलता कुछ छुट्टी पा सकती है ? बहुएँ पहले ज़माने-जैसी निरी नन्ही-नादान नहीं, बड़ी-बड़ी है । इसलिए धूल लगे पैरों घर बसाकर फिर वे दो ही महीने बाद ससुराल आकर गिरस्ती करने लगीं । पारुल अपनी ससुराल चली गयी और अवहेलित बकुल जानें कब अपने घरौंदे की धूल झाड़कर पारुल की जगह में दाख़िल हो गयी ।

अब सुवर्ण न भी देखे, तो भी बहुत-से काम क़रीने से होने लगे । अब बहुएँ

सदा कहती हैं, "आप क्यों करने लगीं माँ, आप बता दीजिए न, क्या करना है ।"

तो सुवर्ण को अपनी बही के पन्नों पर क़लम की लकीरें खींचने का अवसर नसीब हुआ है ।

परन्तु स्मृति-कथा शुरू कहाँ से हो ? और वह किस धारा से प्रवाहित होकर सुवर्णलता के जीवन-समुद्र में पहुँचे ?

सुवर्ण पहली बार जिस दिन एक सर्वहारा बालिका-सी मुक्तकेशी के मज़बूत घेरे में आ पड़ी, वही दिन क्या पहले पृष्ठ पर आयेगा ?

प्रतिदिन का इतिहास भी लिखा जाता है क्या ? प्रत्येक अनुभूति का ?

और फिर—

रोते-रोते आकुल उस लड़की को एक 'लोढ़ा' लिये खींचकर ले जाते हुए मुक्तकेशी ने कहा था, "बहुत हुआ, अब ठाट से रोना नहीं होगा, चुप तो हो जाओ ? आँख-मुँह की शकल कैसी हो गयी है ! तुम्हारी माँ तो मरी नहीं है, फिर इतना यह क्यों ?" यहीं से शुरू करे या कि वहाँ से जब गृहिणी कोटि की स्त्रियाँ हट गयीं और प्रायः अपनी ही उम्र की एक बहू ने पाँव दबाकर आकर फुसफुस करके कहा, "मैं तुम्हारी जेठानी हूँ, समझीं ? तुम्हारी सास के जेठ के बेटे की बहू । आँगन के बीच में यह दीवार खड़ी है न, इसके उस पार का हिस्सा हम लोगों का है । आने नहीं देते हैं । इस ब्याह में आने का हुक्म मिला है । लेकिन एक रास्ता है···" और उसने बता दिया था, सीढ़ी के रोशनदान से किस प्रकार योगायोग हो सकता है ।

उस समय छत की उस रोशनदान तक सुवर्ण पहुँचती नहीं थी, इसलिए दो ईंटें लाकर वहाँ रखी थीं । उन्हीं पर खड़ी चार आँखों का मिलन होता था । उस रोशनदान से केवल हृदय का ही आदान-प्रदान नहीं होता था, बदस्तूर सार-वस्तुओं का भी होता था ।

बेर का अचार, आम का मुरब्बा, मसालेदार इमली, कठबेल, फुलौड़ी, बड़े—बहुत कुछ । अवश्य जो अपने हिस्से का होता, उसी से निकालकर । सुपारी-धनिया तक।

साबिक़ मकान की टूटी दीवार के अन्तराल में सुवर्ण ने जो कुछ वर्ष बिताये, उनमें यह सखीत्व मरुभूमि में ओएसिस-जैसा था । जब और कुछ उम्र हुई, तो यह आदान-प्रदान बेर के अचार तक ही सीमित नहीं रहा, रोशनदान की एक ईंट को ठोंक-ठोंककर हटाया गया और फिर उस प्रशस्त पथ से किताबें आने लगीं ।

सुवर्ण की ओर से देने को कुछ नहीं था । उसका काम था लौटाना ।

देती थी जयावती ।

मुक्तकेशी के जेठ के लड़के की स्त्री ।

उसका पति मुक्तकेशी के लड़कों-जैसा नहीं, वह वास्तव में सभ्य, मार्जित और उदार था । वह किताबें ला-लाकर स्त्री को दिया करता था कि उसकी कान-आँख कुछ खुले ।

जयावती ने यही कहा था ।

कहा था, "दिन में सबके सामने तो पढ़ नहीं सकती, इसलिए छिपाकर रात में। तुझे पढ़ने का बड़ा शौक़ है, यह सुनकर वह तो और एक लाइब्रेरी का सदस्य बन गया है । हँसकर बोला, 'अपने उस रोशनदान के रास्ते ही उसे पहुँचाओ ।"

जयावती की उम्र तेरह-चौदह की । ब्याह हुए तीन साल हो गये । इसलिए पति के क़िस्से उसके पास हैं । उन्हीं क़िस्सों का उत्साह है उसे ।

उसके मुँह से पति के क़िस्से सुनकर सुवर्ण स्पन्दित होती थी और सोचती, ताज्जुब है, ये एक ही घर के हैं !

विवाह के बाद अवश्य साल-भर तक सुवर्ण को बहुत सख़्ती से रखा गया था। सुवर्ण को सास अपने साथ सुलाती थीं । नैहर की बला तो थी नहीं, लिहाज़ा घर बसाने का प्रश्न भी नहीं । नहीं तो एक साल तो वहीं रहना था । परन्तु साल-भर के बाद सुवर्ण ने वह 'परम अधिकार' पाया ।···'रात का अधिकार !'

उस परम सौभाग्य को उसने परम आनन्द से लिया था ?

वह इतिहास भी लिखने का है ?

लिखकर प्रकट करने का है ?

हाथ में क़लम लिये बड़ी देर तक सोचती रही वह, फिर धीरे-धीरे क़लम को रख दिया ।

फिर जयावती से ही शुरू किया ।

जयावती कहती, "शुरू-शुरू में डर लगता है री, फिर सब ठीक हो जाता है । और देख, घर में वही आदमी तो केवल अपना है, इसलिए उसी पर जी लगा रहता है । देख लेना, तुझे भी ऐसा ही होगा ।"

सुवर्ण कहती, "हुँ, वह तुम्हारे पति जैसा है न !"

सुवर्ण को उस लड़के-लड़के-जैसे जेठ पर श्रद्धा थी, स्नेह था, सम्मान था । जयावती के सखीत्व के नाते उसे ठीक जेठ भी नहीं सोचती थी मानो, बान्धवी के पति का ही नाता मानती थी ।

जबतक सुवर्णलता उस पुराने घर में थी, ज़िन्दगी की सख़्त दीवार में उसके लिए यही एक रोशनदान था, पर वह रोशनदान भी बन्द हो गया ।

जेठ के बेटे और देवरों से झगड़ा-झंझट करके, मामला-मुक़दमा लड़कर आख़िर अपने हिस्से की क़ीमत लेकर मुक्तकेशी ने नये मकान की जुगत की ।

जयावती से मिलने-जुलने का रास्ता बन्द हो गया सुवर्णलता का । बहुत-बहुत दिनों के बाद सुवर्णलता ने फिर वह रास्ता निकाला था, लेकिन तब उस आनन्दमयी जयावती के दर्शन नहीं मिले ।

फिर भी आजीवन सम्बन्ध है । बाहर का न हो, हृदय का ।

इसलिए सुवर्णलता की जीवन-कथा रोशनदान से आती हुई मुट्ठी-भर रोशनी की

कहानी से शुरू हुई ।

जया-दी घूम-फिरकर केवल अपने दुलहे की बात कहती । कैसी शरारत करता है, खिजाता है, किस तरह कभी-कभी स्त्री के क़सूर को अपने ऊपर लेकर उसे गुरुजनों की डाँट-फटकार से बचाता है और उसके नैहर जाने की बात उठते ही कैसा मुँह लटकाकर डोलता-फिरता है, बोलता नहीं—यह सब ।

उससे अपना कुछ भी मिलता-मिलाता नहीं ।

मेरे जीवन में नैहर नाम की कोई चीज़ ही नहीं । और क़सूर अपने ऊपर लेना? बल्क़ि इसका उलटा । माँ से 'अच्छा लड़का' कहाने की ताक में मेरा पति मेरा दोष ही दिखाता फिरता है । देखना है न, माँ इसी से सबसे अधिक सन्तुष्ट होती हैं ।

ठीक है । वही करो ।

माँ के दुलरुआ बनो ।

परन्तु वही आदमी जब बीवी को दुलराता है ? मारे ग़ुस्से के तन-बदन में आग नहीं लग जाती ? दुलार ? दुलार क्या हाथी ! जी में आता है कमरे से निकलकर रास्ते पर भाग जाऊँ । या कि छत पर चली जाऊँ । ठण्डी हवा में अकेली पड़ी रहूँ।

उफ़, कैसी सज़ा !

अच्छा, जया-दी का पति भी क्या ऐसा ही है ?

ऐसी भी हो सकता है भला ! होता तो जया-दी खुशी से वैसी इतराती कैसे ? मेरा ख़याल है, उसका पति ज़रूर ही भद्र है, सभ्य है, भला है ।

पीली पड़ गयी बही के एक पन्ने में इतना ही लिखा था । उस पन्ने की ओर ताकती हुई सोचने लगी सुवर्ण, क्या उम्र थी उस लड़की की ? किन्तु यह किसी ने नहीं सोचा, बल्कि सास की सहेलियों ने आकर फुसफुसाकर बातें की और फिर गाल पर हाथ रखकर कहा, "हाय राम, ऐसा ! फिर तो बहू बड़ी वैसी है ! बेटे का ब्याह करके तुम्हारा खूब हुआ !"

स्त्रियाँ ही स्त्रियों की शत्रु हैं ।

गृहिणियाँ यदि ज़रा भी सहानुभूतिशील होतीं, कुछ भी ममतामयी होतीं, तो शायद समाज का चेहरा ही और होता । सो नहीं, वे अत्याचारी पुरुष समाज की सहायता ही करती हैं । जो पुरुषवर्ग 'समाज-सौध' के गठन के समय स्त्री जाति को ईंट-चूना-सुरखी के सिवाय कुछ नहीं समझता । चुनाई के समय जब जैसी ज़रूरत, वैसा ही उपयोग करता है ।

लावारिस विधवाओं का दाय-दायित्व कौन ले, कौन ले उसके रोटी-कपड़े का भार ? इसलिए उन्हें जलाकर मार दो, समस्या ही जाती रहे ।

देश में स्त्रियों की संख्या अधिक है, पुरुषों की कम । एक-एक पुरुष कई-कई ब्याह कर लें, समस्या मिटे । हो सकता है, इसी देश में भविष्य में कभी ऐसा भी

दिन आये कि पासा पलट जाये और तब ये समाजपति ही निर्देश देंगे—सभी स्त्रियाँ द्रौपदी बनें, वही महापुण्य है ।

कभी बाल-विवाह की आवश्यकता थी । इसलिए बेटी के बाप के सामने प्रलोभन बिछाया हुआ था—कन्यादान करके उन्हें पृथ्वीदान का पुण्य मिलेगा, गौरीदान का पुण्य।…वैसा नहीं करने से चौदह पुरुष नरक में जायेंगे ।

अर्थ-समस्या और अन्न-समस्या के कारण कन्यादान के पुण्यलाभ की स्पृहा समाज से मिटती जा रही है । लिहाज़ा अब चौदह पुरुष नरक में नहीं जाते । शायद हो कि ऐसा दिन आवे, जब यह समाज ही कहेगा, "बाल-विवाह बुरा है, बाल-विवाह महापाप है ।

जाने किस देश में तो खाद्य समस्या के समाधान के लिए जनमते ही लड़कियों को मार डालते हैं, कहीं मुल्क में वे जनसंख्या बढ़ायें ? और यहाँ बाँझ होना एक बहुत बड़ा अपराध है—स्त्रियों को 'शतपुत्रजननी' होने को उत्साहित किया जाता है। कौन कह सकता है, पासा पलटे और फिर यहीं के लोग कहें, बहुत बच्चों-वाली को फाँसी पर लटका दो ।

औरतों पर ही सब तोड़-फोड़ ।

किन्तु इस पुरुष जात में बोलने की वह चातुरी है कि स्त्रियाँ सोचेंगी—यही ठीक है, यही धर्म है । इसी में मेरे इहकाल-परकाल का भला है ।

पति परम गुरु ।

पति से बढ़कर देवता नहीं ।

धोखापट्टी । चकमेबाज़ी ।

परन्तु कब तक चलेगा यह सब ? औरतों की आखें नहीं खुलेंगी क्या ? कौन जाने, शायद न खुलें । या खुलें भी तो यह चालाक जात फिर कोई दूसरी चाल चले! शायद 'देहि पदपल्लवमुदारम्' की वाणी सुनाकर स्त्रियों को उसी कोल्हू में घुमाते रहें।

मूर्ख है, मूर्ख । घोर मूर्ख है यह जात । इसे पता नहीं चलता कि इसपर अहरह क्या तोड़-फोड़ चलती रहती है ।

सोचती है, अहा, कितनी मूल्यवान् हूँ मैं ! मुझे प्यार करता है, मेरी पूजा करता है, मेरा श्रृंगार करता है ।

मेरी देह तो उसके सोना जमा करने का सन्दूक है—यह नहीं सोचती, मेरा साज-सिंगार तो उसके ऐश्वर्य का विज्ञापन है, यह ख़याल नहीं होता कि मैं गहने कपड़ों से लुभाती हूँ, प्रेम के प्रकाश से मोहित होती हूँ ! छिः । यों ही कह रही हूँ कि ये परले सिरे की बेवकूफ़ हैं !

चौदह

ताँत की साड़ियों का गट्ठर लिये ताँतिन आयी । सिमला, फरासडाँगा आदि अच्छी-अच्छी साड़ियाँ लेकर गृहस्थों के यहाँ घूमते फिरना काम है उसका । उत्तर कलकत्ता से मध्य कलकत्ता तक तमाम उसकी अबाध गति है । सभी के अन्तःपुर की ख़बर उसे मालूम है ।

दरज़ीपाड़ा के बहुतेरे घरों में वह जाती-आती है । मुक्तकेशी के यहाँ भी वह सदा साड़ियाँ देती आयी है, शादी-ब्याह में, तीज-त्यौहारों में । सभी जानते हैं कि गिरि बाज़ार से ज़्यादा दाम लेती है । मुक्तकेशी तो उसके मुँह पर ही कह देती हैं, "तू गला काटती है रे गिरि ! साड़ी खूब जँच गयी है, यह समझकर ही तू मरोड़ रही है ।" लेकिन आख़िर ज़्यादा ही दाम में लेती भी हैं । क्योंकि एक और कारण से सबके यहाँ गिरि को प्रश्रय मिलता है ।

गिरि का और भी एक व्यवसाय है ।

वह है, घटकगिरी ।

कपड़े बेचने के सिलसिले में वह बहुतों के घर के नाड़ी-नक्षत्र का अता-पता रखती है, इसलिए वह काम उसके लिए सहज है ।

किन्तु इन दिनों वह व्यवसाय कुछ मन्दा हो गया है ।

अब घटकी के ज़रिये ब्याह के सम्बन्ध में लोगों की वह दिलचस्पी नहीं रही । सभी स्वावलम्बी हो गये हैं, अपनी ही जान-पहचान का सूत्र पकड़ते हैं या शादी-ब्याह के घर में देखने-सुनने का सुयोग लेते हैं और कहीं ठीक-ठाक कर लेते हैं । क्योंकि घटकी शायद झूठ-मूठ बता देती है ।

ज़रा सुन लीजिए !

अजी बिना झूठ के भी शादी-ब्याह होता है !

हाँ को ना, रात को दिन और दिन को रात, काने को कमललोचन, आबनूस को चम्पाफूल नहीं कहा, तो फिर घटकगिरी क्या ?

कहते हैं, 'लाख बात' पूरी हुए बिना ब्याह नहीं होता । तो, उन लाख बातों में दस-बीस हज़ार झूठ नहीं होंगी ? यदि सच ही सच कहा जाये तो घटक की विदाई क्या लोग चेहरा देखकर देंगे ? परन्तु लोग-बाग मानो अब इस बात को नहीं समझते। लिहाज़ा गिरि का दूसरा व्यवसाय कुछ मन्दा है ।

मन्दा तो पड़ गया है, फिर भी साड़ी का गट्ठर उतारकर फैलकर बैठती हुई तम्बाकू की डिबिया खोलते-खोलते वह बोली, "सँझली भाभी, बेटे का ब्याह करोगी ? तुम्हारे बड़े मुन्ने की उमर में सँझले बाबू तो दो बेटों के बाप हो गये थे ?"

हमनाम होने के कारण गिरिबाला से गिरि ताँतिन की मानो ख़ासी जमती ।

और, दो-चार साड़ियाँ ख़रीद लेने की जैसी जुर्रत गिरिबाला को है, वैसी छोटी बहू बिन्दु को नहीं है। इसलिए गिरिबाला के कमरे के सामने ही फैलकर वह बैठा करती है।

बिन्दु साड़ी बिलकुल लेती ही नहीं, सो नहीं। लेती भी है तो उधार।

गिरिबाला अधिकतर नक़द सौदा करती है।

इसलिए गिरि की रसिकता ज़्यादा वहीं लहरें लेती है।

सँझले बाबू के पिछले इतिहास की बात उठाते हुए वह चेहरे पर एक ऐसी अदा लाती है, जो शायद बहुत ही अर्थपूर्ण होती है।

गिरिबाला भी वैसा ही एक अर्थपूर्ण कटाक्ष करके बोली, "अरी, उसमें कोई दाम तो नहीं लगता। आजकल दिन-समय ख़राब है, पहले यह सोचना पड़ता है कि बहू आकर खायेगी क्या ?"

"सो तो होगा ही।" एक खिल्ली खैनी होंठों में दबाकर गिरि बोली, "जब कि बहू की सास ने सारा ही ग्रास कर रखा है। तो क्या तुम मँझली भाभी एक ही पाठशाला में पढ़ी हो ? वह भी तो यही सब दुहाई दे-देकर बेटों का ब्याह रोके हुए थी। जाने क्या सुमति हुई कि जोड़ा बेटे का ब्याह किया !"

गिरिबाला मुसकराकर बोली, "तुम्हें घटक-विदाई तो मोटी मिली न ?" वह ब्याह गिरि के किये नहीं हुआ, मगर बख़्शीश के तौर पर उसने काफ़ी कुछ अदा करवा लिया। इसलिए वह भी हँसती हुई ही बोली, "सो मैं बात वाजिब कहूँगी, मँझली बहू बहुत खुले हाथ की है।"

गिरिबाला ने एकाएक प्रसंग बदला, "अरे, गट्ठर की गाँठ तो खोलो, देखूँ, नया क्या लायी हो ! नयी क़िस्म का कुछ है ?"

"नया छोड़ पुराना माल लेकर कभी आयी भी है गिरि ?" —और, उसने बड़े मिज़ाज के साथ गट्ठर को खोला।

मुक्तकेशी के ज़माने में ताँत की मोटी साड़ियों की ही माँग ज़्यादा थी, अब सिमला, शान्तिपुरी, फरासडाँगा की है !

परन्तु मुक्तकेशी ?

वह क्या गुज़र गयीं ? इसलिए उनका ज़माना भी गुज़र गया ? नहीं, देह से तो वह नहीं गुज़री हैं, पर उनका ज़माना गुज़र गया, इसमें कोई सन्देह नहीं।

आते ही गिरि ने आँखों के इशारे से पूछा था, "बूढ़ी कहाँ हैं ?"

गिरिबाला ने आँखों ही आँखों कहा था, "अपने कोटर में हैं।"

गिरि ने गट्ठर की गाँठ तो खोली, पर आवरण सहज में नहीं खोला। उससे सस्ता हो जाना पड़ता है।

जम्हाई लेकर बोली, "पहले एक लोटा पानी पिलाओ, धूप में आयी हूँ, देह जल रही है।"

गिरिबाला ने दालान की सुराही से ढालकर एक लोटा पानी ला दिया।

एक साँस में पानी पीकर आँचल से हवा खाती हुई बोली, "धनी होकर सँझली भाभी कंजूस हो गयी है। पानी पिलाने पर मुझे पान भी देना पड़ता है, इसकी याद नहीं है।"

गिरिबाला ने झट बेटी को पुकारकर पान लाने को कहा। गिरि ने धीरे-सुस्ते गट्ठर को खोला।

सुहानी साड़ियों का ढेर—चिलम कोर, तावीज़ कोर, रेलकोर, एलोकेशी कोर, माँग में सिन्दूर कोर, स्वामी सुहागिन कोर, बसन्तबहार कोर। सफ़ेद के अलावा रंगीन भी—कालापानी, बीवीपागल, धूपछाँह, मयूरकण्ठी। लाल और काले की तानी-भरनी में ही रंगों की बहार।

दाम अधिक होने पर भी ये साड़ियाँ ली जाती हैं। दुकान से लाने का तो मतलब ही हुआ, पुरुषों की पसन्द पर निर्भर करना। और वह पसन्द कैसी होती है, स्त्रियाँ इसे खूब जानती हैं। तिस पर कहीं लौटाने, वापस करने की कहो तो बाबू लोग लाल-पीले हो जाते हैं। और, गिरि चूँकि उधार देती है, इसलिए एकाध ख़रीदी भी जा सकती है चुपके-चुपके। यह कुछ कम सुविधा है? परमुखापेक्षी की कितनी मुसीबत!

गिरि यह सब खूब समझती है, इसलिए ठीक जगह पर कसती है, ठीक जगह पर उदार होती है।

ख़रीददार से कहती है, "इस साड़ी की क़ीमत तुम्हें नहीं देनी है दीदीजी, यह मैंने तुम्हें यों ही दे दी।" कहती है, "भाभीजी के गोरे रंग पर यह जो फबेगी! यह साड़ी तुम्हें पहनाये बिना मेरा जीवन ही अकारथ! दाम की मत सोचो भाभी, सास से कहना, गिरि मुझे यों ही दे गयी।" इसी तरह से वह मढ़ देती है।

गिरिबाला ने प्रसन्न होकर कहा, "कपड़े तो अच्छे लायी हो, दाम बताओ।"

"दाम? तुमसे मोल-भाव क्या सँझली भाभी, तुम क्या कुछ नयी हो?"

"नहीं-नहीं, तुम कहो तो सही, पसन्द करने में कुछ भरोसा हो!"

"तुम्हारी बात! तुम्हारे लिए धुकचुक क्या! बड़े की बीवी हो, मुट्ठी-भर रुपये फेंको, कपड़े का गट्ठर लो। सात हाथ, आठ हाथ की भी हैं। मुन्नियों के लिए ले लो दो-चार। कहाँ हो बच्चियो…"

गिरिबाला ने फिर भी कपड़ा देखते-देखते दाम पूछा, और जवाब पाने के बाद खुशी-खुशी बोली, "नहीं दोगी, यह कहो न? देने की इच्छा हो तो कोई इतना दाम कहता है? मैं कहती हूँ, उस घर के तीन-तीन ब्याह में तो काफ़ी मुनाफ़ा कर लिया है। वह तो बड़े आदमी की बात थी। ग़रीब पर ज़रा दया-धरम तो करो।"

गिरि ने खुले गले से कहा, "झूठ नहीं कहना, मँझली भाभी ने कपड़े बहुत लिये, लेकिन उसके जी में सुख नहीं है जैसे।"

गिरिबाला ने भीतर की बात जानने की आशा में गला धीमा करके कहा, "हाय राम, जिन्हें इतनी सम्पत्ति है, उन्हें सुख का रोना ?"

गिरि ने कहा, "अकारण ही दुःख को न्योतना किसी-किसी का सुभाव होता है। मँझली भाभी के वह रोग तो है ही । और फिर ऐसा लगा कि बहुएँ मन लायक नहीं हुईं..."

गिरिबाला मानो जानती नहीं, बात गढ़ने की यह लीला ही गिरि ताँतिन का तरीक़ा है । और, किसी के यहाँ मन लायक़ बहू का न होना मानो एक असम्भव घटना हो—इसलिए वह आसमान से गिर पड़ीं ।

"हाय राम ! यह क्या ? सुना तो कि बहू अच्छी हुई है ।"

"अजी, देखने में ही अच्छी है । ऊपर की गोरी, भीतर की काली ! नहीं तो वैसी जाँबाज़ घरनी, अभी ही बहुओं के हाथ गिरस्ती छोड़ देती !"

"ऐं ! ऐसा !"

"जी ।" गिरि ने दोनों हथेली उलटकर कहा, "फिर कह क्या रही हूँ ! देवीज़ी अब रात-दिन खाता-क़लम लिये सिरिश्ते की तरह लिखती हैं !"

"तुमसे यह सब कहा किसने ?"

"और कौन ? मँझले बाबू ही साथ-साथ रास्ते तक आया, दुःख के गीत गाये। बहुएँ ससुर की तरह मान-ख़ातिर नहीं करतीं, सास का ख़याल नहीं करतीं । और भी एक लड़की बड़ी हो गयी—यही सब ।"

बात धीरे-धीरे जम गयी । तब तक गिरिबाला ने तीनेक साड़ियाँ पसन्द कर लीं। बाक़ी का सवाल ही नहीं उठता । हाँ, उस घर की मँझली भाभी के साथ भी उधार कारबार नहीं करना होता, यह डंक मारकर उसने गट्ठर समेटा ।

इसी समय कमरे से मुक्तकेशी का टूटा-सा कण्ठस्वर सुनाई पड़ा, "गिरि आयी है ? ऐ गिरि, तब से तेरा गला सुनाई पड़ रहा है, इधर ताक भी नहीं रही है, क्यों?"

"हुई अब आफ़त !" गले को नीचे उतारकर खीज प्रकट करके गिरि ने आवाज़ ऊँची की, "आयी चाची ! यहाँ सँझली भाभी ने पाँच साड़ियाँ ख़रीदीं, इसीलिए..."

"पाँच साड़ियाँ ! सँझली बहू ने पाँच साड़ियाँ ख़रीदीं ! क्यों नहीं ख़रीदेगी ? पति के पैसा हुआ है..."

"मरण बुड्ढी का !" कहकर गिरि उस कमरे के सामने जाकर खड़ी हुई और तुरत उसके काँसे-सा गला झनक उठा, "हाय राम, तुम्हारा यह क्या हाल हो गया चाची ! ऐं, यह तो 'मुरदाघाट' जाने की शकल हो गयी है ! मैं पूछती हूँ, बहू हकीम-वैद्य दिखला रही है ?"

यह रही !

यह है गिरि की अपनी शैली ! इसीलिए गिरि से सभी डरते हैं । वह अन्दर महल की खोज-खबर रखती है । इससे बढ़कर भयंकर और क्या है ?

मुक्तकेशी के बेटे, बेटे की बहुएँ वैसा ख़याल नहीं रखती है, गिरि यह कहती नहीं फिरेगी ? इसीलिए गिरिबाला भी झट सास के कमरे में आ गयी ।

मुक्तकेशी धीमे से कुछ कह रही थीं, बहू को कमरे में आते देख खीजकर चुप हो गयीं । केवल आँखों के इशारे से कुछ समझाकर उसे विदा किया ।

गिरि ताँतिन ने इशारे की इज्ज़त रखी ।

वह दूसरे ही दिन फ़िर उस घर में जा पहुँची ।

बड़े आडम्बर से घोषणा की, "साड़ी मत्थे मढ़ने नहीं आयी हूँ मँझली भाभी, आयी हूँ एक सन्देशा लेकर ।"

सुवर्णलता बाहर निकली । पूछा नहीं । प्रश्न-भरी दृष्टि से ताकती रही केवल।

गिरि बोल उठी, "पूछती हूँ, बुढ़िया सास की कब से खोज-ख़बर नहीं ली है ?"

सुवर्ण ने अवाक् होकर कहा, "क्यों, वह तो बीच-बीच में⋯"

"हाँ, सो सुना ।" गिरि चबा-चबाकर बोली, "मँझले भैयाजी अक़सर ही जाते हैं । लेकिन मर्दों की नज़र को क्या उतना पता चलता है ? मैंने देखा, बूढ़ी की तो अब-तब हालत है !"

"मतलब ?"

"मतलब क्या, रक्तातिसार ।" गिरि ने जैसे युद्ध-जय की अदा अख़्तियार की, "वह अब ज़्यादा दिन नहीं जियेगी । मरना तो ख़ैर एक दिन है ही । सदा थोड़े ही रहेगी ? उम्र की कोई शकल-सूरत है, चार-बीस क्यों नहीं हुई होगी ! मुझसे निहोरा करके कहा, 'मँझली बहू को ज़रा आने को कह देना गिरि, और कह देना, छिपाकर मेरे लिए काशी के दो पके अमरूद ले आये ।' "

"अमरूद !" सुवर्ण ने कहा, "रक्तातिसार है, यही बताया न !"

"अरे बाबा, है तो बला से ! मैं कहती हूँ, खाने का परहेज़ कराकर सास को और जिलाये रखने का अरमान है ? या कि रख सकोगी ? महाप्राणी को खाने की इच्छा हो गयी है, देना ही चाहिए । जीना होगा तो उसी से जियेगी ।"

सुवर्ण अवाक् ताकती रही ।

सोचने लगी, ये लोग कितनी आसानी से समस्या का समाधान कर लेती हैं । 'राखे राम तो मारे कौन' के यही वास्तविक विश्वासी हैं ।

सुवर्ण जबतक सोचने लगी, तबतक गिरि फिर एक बार बोली, "सो अमरूद ले जाओ या न ले जाओ, एक बार जाना । बुढ़िया 'मँझली बहू-मँझली बहू' रँभा रही है ।"

"जाऊँगी । कल ही जाऊँगी ।"

गिरि खुश होकर बोली, "यह नहीं कह रही हूँ कि उन्हें आज ही कुछ हो जायेगा, लेकिन लग रहा है, अबकी बूढ़ी टिकेगी नहीं ।"

गिरि चली गयी । सुवर्ण कैसी तो अपराधी-जैसी बैठी रही । सच, बड़ा अन्याय हो गया है । बहुत दिनों से जा नहीं पायी है । वही, कब जाने मुक्तकेशी स्वयं आयी थीं । वही अन्तिम बार भेंट हुई है ।

मुक्तकेशी ने मँझली बहू को देखना चाहा है । ख़बर भेजी है । दुनिया में कितनी अद्भुत घटनाएँ घटती हैं !

मुक्तकेशी सुवर्णलता की विरोधी हैं ।

वह सुवर्ण को पीड़ा के कितने स्वाद देती आयी हैं, फिर भी उन्होंने उसे देखना चाहा है, यह सुनकर मन विषण्ण, वेदना-विधुर हो उठा ।

हो सकता है, बात हास्यकर हो, किन्तु है मिलावटरहित ।

शत्रु शक्तिमान हो, तो भी उसके लिए मन में कहीं एक बड़ी ठाँव रहती है । रावण के मृत्युकाल में राम का मनस्तत्त्व इसका गवाह है ।

बहुत दिन हो गये, सुवर्ण इस घर में नहीं आयी ।

पहले जेठ-देवर की लड़कियों के ब्याह में कभी-कभी आना होता था, अब ब्याह की हलचल मानो कम हो गयी है ।

लेकिन यह किसने सोचा था कि आकर मुक्तकेशी को मृत्यु-शय्या पर देखना होगा? ख़बर देनेवाली ने तो दिलासा दिया था कि आज-कल में कुछ होगा, ऐसा डर नहीं है ।

परन्तु शायद कल रात हठात् ही विकल-सी हो पड़ीं मुक्तकेशी । मुँह से झाग निकल रहा था, 'गों-गों' जैसी आवाज़ सुनकर मल्लिका ने झट सबको बुलाया । रात को उसी की देख-रेख में रहती हैं मुक्तकेशी ।

सभी सुनकर दौड़े । लड़कों ने हज़ारों बार 'माँ-माँ' पुकारा, मुक्तकेशी टुकुर-टुकुर ताकती रहीं, ज़वाब नहीं दे सकीं । सवेरा हो गया, दोपहरी ढली, हालत वैसी ही । कविराज आये । सुबोध से कह गये, "अब क्या, कमर में गमछा बाँधिए ।"

सुवर्ण को यह सब कुछ मालूम नहीं था, वह यों ही आ गयी थी ।

गाड़ी से उतरकर गली में इतनी दूर चलकर आने से सुवर्ण हाँफ रही थी । वह आकर बैठी कि आँखें बड़ी-बड़ी करके विराज ने कहा, "अरे, यह क्या, तुम्हारी ऐसी शक़्ल क्यों हुई मँझली भाभी ?"

उसकी बात का ज़वाब न देकर हाँफते हुए ही सुवर्ण ने पूछा, "माँ कैसी हैं ?"

"अरे, अब कैसी-वैसी क्या…" विराज रुआँसी-सी होकर बोलीं, "कविराज तो

कह गया, रात भी कटे कि नहीं ।''

''लेकिन हमारे वहाँ तो ख़बर तक...''

सुवर्ण का गला एकाएक रुँध गया ।

वह चुप हो गयी ।

घर में जो लोग थे, उन्होंने क्या यह नहीं सोचा कि 'मछली की माँ को पुत्र-शोक!' या 'मछली मरी, बिल्ली रो रही है...'

सोचे, तो कुछ असंगत भी नहीं ।

लेकिन मुँह से किसी ने कुछ नहीं कहा ।

विराज ने ही फिर कहा, ''देते ख़बर, मुझे तो दी । लेकिन ख़ैर, माँ की तो जाने की उमर है, चार लड़कों के कन्धे चढ़कर जायेंगी, मगर तुम्हारी शकल भी तो जाने ही जैसी हो गयी है । कोई रोग-बला ?''

''नहीं, रोग-बला क्या ?''

कहकर सुवर्ण मुक्तकेशी की ओर बढ़ी । खूब धीरे से कहा, ''माँ, आपने मुझे बुलाया था ?'';

मुक्तकेशी की आँखों से दो बूँद आँसू ढुलक पड़े ।

इतने में थर-थर काँपती हुई हेमांगिनी आयीं, चीख़कर बोलीं, ''चल दी मुक्ता, मुझे छोड़कर ही चली जायेगी ?''

मुक्तकेशी ने टुकुर-टुकुर ताका ।

हेमांगिनी की रुलाई से औरों की भी रुलाई उमड़ आयी ।

पीतल का एक लोटा हाथ में लिये श्यामासुन्दरी भी आयीं । खूब नज़दीक जाकर बोलीं, ''चन्नामिरित पी लो ननदी, माँ काली का चन्नामिरित ।''

समझ में आ गया, सबको ख़बर दी गयी है, एक प्रबोध को नहीं ।

सुवर्णलता अपलक देखती रही ।

शायद यह मन को मनाती रही, यह उपेक्षा उसका वाजिब पावना है ।

मुक्तकेशी के भीतर का ज्ञान लुप्त नहीं हुआ था । आँखों के इशारे से बताया, समझ गयी । हाँ करने की चेष्टा की, कर नहीं सकी ।

सुवर्ण ने फिर एक बार झुककर पूछा, ''मुझे किस लिए बुलाया था माँ ?''

मुक्तकेशी की आँखों से फिर आँसू की दो बूँदें चू पड़ीं । वह सुवर्णलता के मुँह की ओर ताकती रहीं । उसके बाद धीरे-धीरे दायें हाथ को उठाया, सुवर्णलता के माथे तक हाथ नहीं पहुँचा, उन्हीं की गोदी में लुढ़क गया...आँखें मुँद गयीं ।

उन्यासी वर्षों की तीखी-तेज़ खुली आँखों को मानो सदा के लिए छुट्टी मिल गयी ।

लेकिन छुट्टी लेने के पहले वे क्या बता गयीं ?

आशीर्वाद ? क्षमा-याचना ?

पन्द्रह

"वृषोत्सर्ग !" सुबोधचन्द्र हँसे । "अरे इतनी बड़ी फ़िहरिस्त न बना दें पण्डितजी। यह आप भी भलीभाँति जानते हैं कि मैं ऐसा दमदार यजमान नहीं हूँ आपका । षोडश तक ही रखिए बस ।"

पण्डित क्षुण्णभाव से बोले, "बहुत ही बूढ़ी थीं, चार-बीस के क़रीब उम्र हुई थी, इसीलिए कह रहा हूँ । और फिर तुम चाहे वैसे कमाऊ न होओ, उनके और तीन बेटे तो कमानेवाले हैं, पोते भी लायक़ हो गये हैं..."

सुबोध ने बीच ही में टोका, "मुझे सब मालूम है पण्डितजी, फिर भी अपनी जैसी सामर्थ्य है, मैं उसी हिसाब से चलूँगा ।"

"आप जेठे लड़के हैं, श्राद्ध के अधिकारी हैं..."

"उसकी जो रीति-नीति है, सभी तो कर रहा हूँ..."

"मालूम है । आपकी श्रद्धा-निष्ठा के बारे में आपकी बेटी से सब सुना । इस ज़माने में इतना करना सबके बस की नहीं ।"

"ख़ैर, वह छोड़िए, आप एक ही षोडश की सूची दीजिए ।"

"एक ?" पण्डितजी ने आहत स्वर में कहा, "चार भाई हैं, चार षोडश भी नहीं करेंगे ? और पोते कम-से-कम एक-एक भोज्य..."

"मैं अपनी ही कह रहा हूँ । आश्चर्य है, आप समझ क्यों नहीं रहे हैं !"

पण्डित ने फिर भी नाछोड़बन्दा-सा कहा, "पता है, आप सबके चूल्हे अलग हैं, क़िन्तु माँ का श्राद्ध एक साथ करने की ही विधि है । जिससे जो बने । आप बड़े हैं, सब आपको दे देंगे, आप ढंग से..."

अबकी सुबोधचन्द्र हँस उठे ।

हँसकर बोले, "आप महज शास्त्र की ही विधि जानते हैं पण्डितजी, यह नहीं जानते कि 'साझे की माँ को गंगा नहीं नसीब होतीं ?' समय क्यों नष्ट कर रहे हैं, मेरी सूची समय रहते बना दें ।"

पण्डित चले गये तो सुबल आकर खड़ा हुआ ।

बोला, "ताऊजी, माँ कह रही हैं..."

माँ !

सुबोध ज़रा सँभलकर बैठे । सुबल की माँ क्या कह रही हैं !

क्षौर कार्य तक प्रबोध और सुवर्णलता को इसी घर में रहना पड़ा है । टोले-मुहल्ले के लोगों, आत्मीय-कुटुम्बों का ऐसा ही निर्देश था ।

इसीलिए सुवर्णलता बकुल के साथ यहीं है । लड़के आते-जाते रहते हैं । चम्पा तो आ ही गयी । श्राद्ध के समय चन्नन-पारुल भी आयेंगी ।

जो भी हो, सुबोध को इन बातों से वास्ता नहीं । सुवर्ण यहीं है, वह यह भी जानता है या नहीं, सन्देह है । सो 'माँ कह रही हैं' सुनकर सन्दिग्ध गले से कहा, "क्या कह रही हैं ?"

शिखण्डीस्वरूप सुबल बीच में था ज़रूर, पर सुवर्णलता का ही गला साफ़ सुनाई पड़ा, "माँजी के चार लड़के मौजूद हैं, पोते भी कई लायक़ हो गये हैं, उनका तो वृषोत्सर्ग ही होना चाहिए !"

अपने घर की मँझली बहू को सुबोध अवश्य कभी लज्जाशील नहीं मानते, लिहाज़ा इस साफ़ गले से अवाक् नहीं हुए । लेकिन हाँ, विचलित कुछ हुए शायद । गम्भीर गले से धीरे से बोले, "उचित है, यह जानता हूँ मँझली बहूरानी, लेकिन जैसी सामर्थ्य हो । मुझे उतनी सामर्थ्य नहीं है ।"

अब सुबल के माध्यम से ही बात हुई, "माँ कह रही हैं, आप आगे बढ़िए, आपके पीछे सब हैं ।"

"मेरे पीछे…" सुबोधचन्द्र का गला काँपता-सा और टूटा-टूटा-सा सुनाई पड़ा, "मेरे पीछे कोई नहीं है सुबल, सामने केवल भगवान् हैं—तू अपनी माँ से यह कह दे बेटे । कल यह चर्चा हो चुकी है । मेरे तीनों भाइयों ने साफ़ ज़वाब दिया—तीस रुपये से ज़्यादा कोई नहीं देगा । मेरी अवस्था भी तो वैसी ही है । इसलिए इस बात के लिए—अपनी माँ को अन्दर जाने को कह दे ।"

यह अवश्य प्रसंग पर यवनिका डालने का संकेत था ।

फिर भी सुवर्णलता ने यवनिका नहीं डालने दी । हो सकता है, प्रबोध की नीचता की इस ख़बर से उसे नये सिरे से आश्चर्य हुआ, इसलिए बोलने में कुछ समय लगा, और जब बोली, तो गले का स्वर बुझता आता हुआ-सा लगा । फिर भी बोली, "सुबल, कह उनसे कि ताऊजी, माँ की एक विनती रखनी ही होगी ।"

विनती !

रखनी ही होगी !

सुबोधचन्द्र ने परेशानी महसूस की ।

सदा की पागल है, जाने क्या ज़िद कर बैठे !

क्या पता, क्या संकल्प करके उसके दरबार में आयी है ! यह सब चिन्ता पल में ही खेल गयी । और दूसरे ही क्षण हँसी के साथ सुबोध के मुँह से निकला "रखनी

ही होगी ? यह तो गोया सादे काग़ज़ पर ही सही करवा लेने-जैसी बात हुई रे सुबल! बता, क्या ?''

''माँ आप ही कह रही हैं...''

कहकर सुबल खिसककर खड़ा हो गया ।

घूँघट काढ़े सुवर्णलता उसके बग़ल में आकर खड़ी हुई और बेटे तथा जेठ को हैरान कर देती हुई धीमे से बोली, ''सुबल, तू ज़रा कहीं चला तो जा बेटे...''

सुबल, तू कहीं चला तो जा !

यानी जेठ से अकेले में बात करना चाहती है !

सुबोधचन्द्र कुरसी से उठ खड़े हुए, कुछ कहना चाहा । सुबल धीरे-धीरे चला गया और सुवर्ण ने आगे बढ़कर जेठ के पाँवों के पास कुछ चीज़ रखकर धीमे किन्तु दृढ़ स्वर से कहा, ''आपको यह सब लेना होगा, बस, यही विनती है । अपना समझकर इन चीज़ों को बेच दें, और जैसा चाहें, ख़र्च करके माँ का क्रियाकर्म करें।''

सुबोध को जैसे साँप ने फन मारा ।

अनिमेष आँखों से सोने की उन चीज़ों को देखते रहकर गम्भीर हँसी के साथ बोले, ''यह तो विनती नहीं है बहूरानी, हुक्म है ! किन्तु वह हुक्म बजाने की ज़ुर्रत मुझमें नहीं है ! तुम मुझे माफ़ करो ।''

गले का हार, भारी-सा !

कलाई की चूड़ियाँ !

उन गहनों की ओर से नज़र हटाकर सुवर्ण ने कहा, ''मैंने सुना है, यह तो स्त्रीधन है । इसपर पति-पूत का कोई दावा नहीं । फिर आपत्ति कैसी ?''

सुबोध ने इस बार और भी भारी गले से कहा, ''यह क्या कह रही हो मँझली बहू ? तुम्हारे गहने बेचकर माँ का श्राद्ध करूँ मैं ? ग़रीब हूँ तो...''

मँझली बहू ने धीमे गले से कहा, ''माँ के श्राद्ध में त्रुटि रह जाये और माँ की बहुएँ बदन पर सोना लादे घूमती रहें, यह भी तो ग़लत है !''

ग़लत !

सुबोधचन्द्र मानो कुछ चौंके, फिर ज़रा हँसकर बोले, ''ऐसा अनियम तो संसार में भरा पड़ा है बहूरानी, चाँद-सूरज का नियम क़ायम है, इसीलिए पृथ्वी टिकी हुई है। किन्तु वह सब छोड़ो, तुम ये चीज़ें उठा ले जाओ । तुम देने के लिए आयी थीं, माँ की आत्मा इसी से तृप्त हो गयी ।''

''उनकी हो सकती है, हमें भी तो तृप्ति-शान्ति चाहिए । आपके पैरों पड़ती हूँ, इतना तो आपको करना ही होगा । सोचिए कि ये रुपये आपके हैं, फिर तो सारा झमेला ही चुक गया । माँ के 'कपूत' बेटों ने रुपया रहते हुए भी 'ना' कहा है, उस पाप का प्रायश्चित्त भी तो होना चाहिए । मैं जा रही हूँ, आप इनकार न करें । इनकार करेंगे, नहीं लेंगे तो मैं समझूँगी, मैं पतिता हूँ, इसीलिए...'' सुवर्ण के गले की

आवाज़ एकाएक बन्द हो गयी । "मैं जाती हूँ", कहकर गले में आँचल डालकर उसने झुककर प्रणाम किया और सुबोध को कुछ कहने का मौक़ा न देकर झट चली गयी ।

सुबोध हा किये ताकते रह गये ।

सोने के इन गहनों का अब करे क्या वह ?

अन्त तक सुबोधचन्द्र ने उन गहनों को लिया ।

'रुँधे गले' से सुवर्णलता के वैसे चले जाने में उन्होंने मानो एक परम सत्य की उपलब्धि की ।

इसी सत्य ने शायद सारी दुविधाओं को पोंछ दिया ।

धूमधाम से ही मुक्तकेशी का वृषोत्सर्ग श्राद्ध हुआ ।

कौन जाने, उनकी आत्मा सचमुच ही तृप्त हुई या नहीं । सुबोध ने किन्तु सोच लिया, 'हुई' । सुबोध के चेहरे पर उस परितृप्ति की छाप रही ।

आड़-ओट में गरचे लोग कहने लगे, सुबोध कैसा गुमसुम आदमी है ? इतना ख़र्च जो किया, रुपये जमा था, जभी तो किया ? लेकिन कोई यह भाँप भी सका था?

प्रबोध ने भी आकर यही कहा, "देख लिया न ? सदा ही कहते रहे हैं, मेरे पल्ले कुछ नहीं है ?"

पति की ओर एक बार स्थिर दृष्टि से ताककर सुवर्ण ने कहा, "बुरा क्या है ! ज़मा रुपयों को किसी बुरे काम में तो नहीं लगाया, सद्व्यय ही किया । तुम्हें तो रुपयों की कमी नहीं है, तुम एक सत्कार्य करो न । अपनी माँ की इच्छा पूरी करो न । बहुत-से कँगलों को खिलाओ । माँ की बड़ी इच्छा थी ।"

प्रबोध ने चौकन्ना होकर कहा, "अपनी यह इच्छा माँ ने तुम्हारे कानों कब रखी थी ? तुम जब आयी थीं, तब तो उनकी बोली बन्द हो गयी थी ।"

सुवर्ण क्षीण-सी हँसी हँसी ।

बहुत दिनों के बाद हँसी ।

बोली, "नहीं, यह इच्छा उस समय नहीं प्रकट की थी । यह तब की बात है, जब वह खूब बोलती थीं । तुम्हारे यहाँ के जगन्नाथ घोष की माँ जब मरी थीं, तो कँगलों को खिलाया गया था, याद है ? उस समय माँ ने कहा था, "मैं जब मरूँगी, मेरे बेटे क्या कँगला भोजन करायेंगे ?"

"ओ, यह बात !" प्रबोध ने फूँक से उड़ा दिया । कहा, "जीते-जी लोग ऐसी कितनी बातें कहते हैं । उन सब बातों को पूरी करो, फिर तो हो गया !"

"ख़ैर । मान लो, मुझे ही इच्छा हुई है ?"

प्रबोध ने इसपर विश्वास किया । इसलिए बोला, "तुम्हारी तो सदा से ऐसी अजीबो-ग़रीब इच्छाएँ रहीं । अरे, वह श्राद्ध समाप्त हो गया, अब यहाँ कँगलों को

खिलाया जाये ! ऐसे लाम-क़ाफ की ज़रूरत नहीं ।''

''छोड़ दो...'' सुवर्ण बोली, ''जब ज़रूरत ही नहीं है । अच्छा ही हुआ, तुम्हारे लड़कों को सुविधा हो गयी । भविष्य में ज़्यादा फ़िजूलख़र्च नहीं करना होगा । वे सोचेंगे, माँ-बाप के श्राद्ध में लाम-क़ाफ की ज़रूरत नहीं ।''

इस व्यंग्य से प्रबोध जल-भुन उठा । बोला, ''क्या खूब ! बड़ी आयी हैं । अपनी माँ की मौत की घड़ी की इच्छा से मैं कातर नहीं हुआ, ये हो रही हैं ! पूछता हूँ, सास पर बड़ी भक्ति उमड़ पड़ी ? यह भक्ति थी कहाँ ? आजीवन तो उस बेचारी को जला-जलाकर मारती रहीं !''

इस अपमान से सुवर्ण बिगड़ नहीं खड़ी हुई, बल्कि अचानक हँस पड़ी, ''सच तो! मेरी स्मरण-शक्ति बड़ी कम है । याद दिलाकर अच्छा ही किया ।''

उसके बाद चली गयी ।

ऊपर के अपने उस कमरे के कोटर में कॉपी खोलकर बैठ गयी । यह बही क्या केवल सुवर्ण के अपचय के ही हिसाब की बही है ?

सुवर्णलता के जीवन की बही-जैसी ?

नहीं तो उसके पन्ने उलटते ही सुवर्ण को वही बातें क्यों नज़र आती हैं ?

...''स्त्री होकर भी तुम्हें इन बातों की ज़िद क्यों है सुवर्ण ? तुम सत् बनोगी, सुन्दर बनोगी, महत् बनोगी ! यह क्यों भूल जाती हो कि स्त्रियाँ हाथ-पाँव बँधी जीव हैं ।'' मनुष्य नहीं, जीव ! हाथ-पाँव के उस बन्धन को यदि खोलना हो तो हाथ-पाँव को काटकर ही तोड़ना होगा वह बन्धन ।

क्यों लिखा रहता है, फिर भी बन्धन तोड़ने की साधना उसे ज़ारी ही रखनी होगी। क्योंकि उसके विधाता बड़े कौतुकप्रिय हैं । इसीलिए वह हाथ-पाँव बँधे प्राणियों में हठात् बुद्धि, चेतना, आत्मा डाल देते हैं ।

सोलह

बहुत दिनों के बाद सुवर्ण मामा-ससुर के यहाँ घूमने गयी । बड़े बेटे भानू ने अभी-अभी एक गाड़ी ख़रीदी है । बड़ी बहू ने कहा, ''अपने बेटे को आ जाने दें न माँ, उसके बाद जाइएगा...''

सुवर्ण फिर भी किराये की बग्गी से ही गयी । कहा, ''वहाँ बराबर किराये की गाड़ी से ही जाती रही हूँ बहू, रहने दो जोड़ीगाड़ी ।''

बहू बुदबुदाकर बोली, "आदर-जतन लेना न चाहें तो कौन दे ?"

सुवर्ण ने सुना नहीं ।

वह गाड़ी पर जा बैठी ।

श्यामासुन्दरी ने आदर से अपनाया, "आओ बिटिया, आओ ।"

उम्र उनकी कुछ कम नहीं है । मुक्तकेशी से छोटी तो हैं, पर उनके बड़े भाई की पत्नी हैं । फिर भी ख़ासी मजबूत हैं अभी; अभी भी स्वयं पका-चुकाकर खाती हैं, पैदल ही गंगा नहाने जाती हैं ।

सुवर्ण ने बहुत दिनों से नहीं देखा था, देखकर ताज्जुब हुआ ।

प्रणाम करके पैरों की धूल ली, शायद दो मतलब से ।

श्यामासुन्दरी खोद-खोदकर कुशल-क्षेम पूछने लगीं ।

"बच्चे सब कैसे हैं ? चम्पा, पारुल, चन्नन, सब ठीक तो हैं ? वहीं तुम्हारी सास के काम-काज के समय सबसे भेंट हुई थी ।"

यह-वह उत्तर देते-देते सुवर्ण एकाएक बोल उठी, "जेठजी घर में हैं ?"

"कौन ? जग्गू ?" श्यामासुन्दरी ने मुँह बिदकाकर कहा, "होगा नहीं तो जायेगा कहाँ ? अब तो आठों परह घर में ही है ।···मेरे कान का सिर खाने के लिए घर में एक छापाख़ाना खोले बैठा है ।"

इस ख़बर से सुवर्णलता अवाक् नहीं हुई ।

यह ख़बर वह जानती हो मानो ।

केवल सुवर्ण का मुखड़ा कुछ दमकता-सा दीखा ।

बोली, "अच्छा चलता है छापाख़ाना ? बढ़िया छपाई होती है ?"

"कह नहीं सकती बिटिया···" श्यामासुन्दरी ने लापरवाही से कहा, "रात-दिन आवाज़ तो होती है । कहता तो है कि खूब लाभ हो रहा है । कहता है, जब उमर थी, तब कर लिया होता तो लाल हो गया होता ।...रोज़गार की चेष्टा तो कभी की नहीं । तिलक काटता और माला फेरता था । और मुहल्ले के लोगों के जन्म, मृत्यु, ब्याह, बीमारी, शोक, दुर्गापूजा—इसी सबमें रहता था । एकाएक यह ख़याल आया। उसके दिमाग़ में यह निताई ने ही डाला है । अपने ईख के बोझे से ही सम्भवतः यह प्ररोचना दी है । कहता है, घर से कुछ अदा करूँ—तुम्हारी दाई के हाथ में वह सब क्या है बहू ?"

सुवर्ण ने सकुचाते हुए कहा, "जी, कुछ नहीं । कुछ फल हैं । आपके लिए, कुछ जेठ जी···आज मैं आपसे एक बात कहने आयी हूँ मामीजी···"

सुवर्ण के सकुचाये भाव को देखकर श्यामासुन्दरी विस्मित हुईं । बोलीं, "कौन-सी बात बिटिया···?"

"कह रही थी···"

सुवर्ण अटक गयी ।

श्यामासुन्दरी और भी अवाक् हुई । सुवर्णलता की ऐसी कुण्ठित मूर्ति ! वह तो सदा सप्रतिभ रहती है । और···कुण्ठा में कैसा तो प्रार्थी का भाव । ऐसा भाव तो उधार लेने में देखा जाता है । पर, सुवर्णलता के लिए वह आशंका तो नहीं उठती।

तो ?

श्यामासुन्दरी की प्रश्न-भरी दृष्टि के सामने सुवर्ण ज़रा अप्रतिभ हँसी हँसी । उसके बाद आँचल के नीचे से जिल्द बँधी एक मोटी बही निकालकर बोल बैठी, "जेठजी ने छापाख़ाना खोला है, सुना था । इसलिए शौक़ हुआ, आयी मैं । अपने से तो कह नहीं सकती, आप यदि उनसे कह दें ।"

बुढ़ापे की आँखों में कौतूहल निखारकर श्यामासुन्दरी बोलीं, "उससे किस बात के लिए क्या कहूँगी, मैं कुछ समझ नहीं पा रही हूँ बहू ।"

सुवर्णलता मुसकरायी, "समझ सकेंगी भी नहीं । तो बताऊँ—बचपन से मुझे कुछ लिखने का शौक़ रहा है । सबकी नज़रों से छिपाकर सब दिन थोड़ा-बहुत लिखती रही हूँ···यही, पद्य-वद्य । इधर कहानी-वहानी-जैसा भी कुछ लिखा है, लेकिन उन्हें छपाने की बात कभी सपने में भी नहीं सोची । जब से सुना, जेठजी ने छापाख़ाना खोला है, तभी से जी में आया है, यदि किताब-जैसा कुछ छपाया जा सके । जो लागत लगेगी, मैं दूँगी । एक ही बात है कि पहले किसी को भी मालूम न हो । छप-छपा जाये, लोग तभी जानें, देखें । आप कह दीजिए न मामीजी, जेठजी यदि अभी देख लें ।"

प्रौढ़ा सुवर्णलता की आँखों में भावाकुल नादान किशोरी की दृष्टि ! जो सुवर्णलता समुद्र का सपना देखा करती थी, वह सुवर्णलता क्या आज भी नहीं मरी ? थोड़ा-सा प्राण सँजोकर कहीं, किसी जगह जी रही है ? वह ख़त्म न होनेवाली आग कहाँ है, जो आजीवन बर्फ़-पानी डालने पर भी नहीं बुझी ?

श्यामासुन्दरी ने फिर भी विस्मय से पूछा, "किताब छपेगी ? कहाँ है किताब ?"

सुवर्ण मुसकराकर बोली, "किताब तो बाद में । छपेगी यह बही । इसे आप जेठजी के पास ले जायें । वह ठीक समझेंगे ।"

उस बही को हाथ में लिये उलट-पुलटकर भौंचक्की-सी हो श्यामासुन्दरी बोलीं, "यह सब तुमने लिखा है ? इतना सारा ?"

'यही तो पागलपन है···" सुवर्ण हँसी ।

"खुद से लिखा है कि कुछ देखकर ?"

सुवर्णलता बच्चे-जैसी आवाज़ कर उठी, "न, देखकर क्यों लिखने लगी, फिर अपना लिखना क्या हुआ ?"

श्यामासुन्दरी का विस्मय दूर नहीं हुआ । बोलीं, "मँझली बहू, इतनी बातें तुम्हारे माथे में, मन में आयीं कैसे ?"

सुवर्णलता के मुँह में आ गया—"माथे में, मन में जितनी बातें आती हैं, सब

लिख सकती तो हज़ार बही में भी पूरा नहीं पड़ता मामीजी !'' लेकिन यह बात उसने कही नहीं ।

श्यामासुन्दरी चली गयीं ।

ज़रा देर में प्रेस के मालिक जगन्नाथचन्द्र आकर खड़े हुए ।

चेहरा प्रायः वैसा ही है । वैसा ही गठा हुआ गठन, वैसा ही हरताल-सा रंग । बदलने में सिर्फ़ बाल कुछ पके हैं ।

पहनावे में पहले ही जैसा लाल कपड़ा; गले में रुद्राक्ष, कपाल पर रक्तचन्दन का टीका ।

मतलब कि इसी वेष में वह छापाख़ाने में बैठते हैं ।

जग्गू ने खाँसकर कहा, ''माँ, पूछ तो देखो बहूरानी से, यह लिखावट किसकी है?''

इशारे से जवाब पाकर श्यामासुन्दरी बड़े उत्साह से बोलीं, ''कहा तो, सब बहू की लिखी है ।''

''लिखावट तो बड़ी सुन्दर है ।'' प्रशंसा-भरी दृष्टि से बही के पन्ने उलटते हुए जग्गू ने कहा, ''एक स्त्री की लिखावट इतनी अच्छी, सहज में देखने को नहीं मिलती। कहाँ से उतारा है यह सब ?''

श्यामासुन्दरी बोल उठीं, ''ज़रा सुन लो इसकी भूतिया बात ! कहा तो कि सारा कुछ बहू ने अपने मन से लिखा है, किताब लिखनेवाले जैसा लिखते हैं ।''

''ऐं ! यह गद्य-पद्य, सब ?''

''सब !'' श्यामासुन्दरी अब ज्ञानदात्री हो गयीं ।

जगन्नाथ ने सोत्साह कहा, ''तुमने तो हैरत में डाल दिया माँ । इतने दिनों से जानता हूँ, कहाँ, कभी सुना तो नहीं था ।''

श्यामासुन्दरी बोलीं, ''सुनता कहाँ से ? मँझली बहू अपने गुण का ढोल पीटती फिरनेवाली तो है नहीं । तेरे छापाख़ाने की सुनकर हौसला हुआ है, कह रही है, जो लागत लगेगी, वह देगी, तू ज़रा देख-सुनकर···''

''लागत की बात कैसी, लागत की बात ?'' जग्गू हा-हा कर उठा, ''मेरे प्रेस में उन्हें लागत क्या ? रख जायें बहूरानी, कल ही प्रेस में दे दूँगा । मैं तो लेकिन उनके गुण पर अवाक् हो रहा हूँ । नः, बुआ के घर में यह मँझली बहू लक्ष्मी आयी थी । इसीलिए भगवान् ने उँड़ेलकर दिया भी है । मन के गुण से ही धन होता है । पेवो ने बड़े भाग्य से ऐसी लक्ष्मी पायी है !''

सत्रह

सुवर्णलता लबालब मन लिये घर लौटी ।

सोचने लगी, ईश्वर पर अविश्वास होने से ही शायद वह इस प्रकार से अपनी करुणा प्रकट करते हैं ।

आदमी पर से आस्था उठ जाने से ही ईश्वर पर अविश्वास आता है, फिर भी कहीं शायद कुछ आशा थी, इसीलिए दुविधाये चित्त से उस आशा के द्वार पर धक्का देने गयी थी वह यह देखने के लिए कि बन्द दरवाज़ा खुलता है या नहीं । देखा, दरवाज़ा हा किये खुल गया । भीतर के मालिक ने हँसते हुए अगवानी की, "आओ, बैठो । पानी पियो ।"

हाँ, सुवर्णलता को यही लगा ।

इस-उस बात के क्रम में सुवर्णलता ने मामीजी के माध्यम से फिर छपाई की बात उठायी थी । सुवर्णलता के जग्गू जेठजी ने उसे चुटकी बजाकर उड़ा दिया । कहा, "हुँः, काग़ज़ की क़ीमत ! दुर् । बोरा बन्दी काग़ज़ ख़रीदा रखा है । अभी ही तो दो हज़ार वर्णपरिचय छप रहा है । बहूरानी ने किताब लिखी है, यह क्या कम खुशी की बात है ! छापकर छाती फुलाये लोगों से कहता फिरूँगा—हमारी बहूरानी कितनी गुणवती हैं ! कलेजा दस हाथ ऊँचा हो जायेगा ।"

यह सुनकर सहसा भूकम्प-जैसे एक प्रबल उच्छ्वास से सुवर्णलता का सम्पूर्ण शरीर डोल उठा था । जीवन के तीन काल काट लेने के बाद सुवर्णलता ने आज पहली बार सुना कि वह गुणवती है । यह सुना कि उसके किसी गुण से कोई गौरव कर सकता है ।

किन्तु यह गुण ही—

हाँ, यह गुण ही सदा उसका दोष होता रहा है ।

शुरू से ही थोड़ा-बहुत लिखने का अरमान था । पर, उस अरमान को मिटाने में बड़ी क़ीमत चुकानी पड़ी । कितना छिप-छिपाकर, कितनी सावधानी से, शायद रात को, जब उधर ताश का अड्डा खूब जम उठा और इधर लड़के-लड़कियाँ सब सो गयीं, तब वह ज़रा कॉपी-क़लम लेकर बैठ पायी । किसी कारण से प्रबोध कमरे में आया, पढ़कर देख लिया । फिर क्या, शुरू हो गया व्यंग्य फटकार ।

और यह सिलसिला चलता रहा ख़ासे कुछ दिनों तक । जिस घर में स्त्री 'विद्यावती' होकर क़लम थाम बैठी, उस घर में लक्ष्मी की विदाई की बात भी आयी । और क़लम थामनेवाला हाथ अब छोलनी-कड़छुल नहीं पकड़ना चाहेगा, इसमें सन्देह क्या!

इस कॉपी के लिए उसे बहुत बार बहुत-बहुत खरी-खोटी हज़म करनी पड़ी है । अभी ही क्या नहीं ? कटूक्ति न सही, वक्रोक्ति ?

सुनाई पड़ती है ।

और वह उक्ति आजकल बहुत बार लड़कों की ओर से आती है—सुवर्णलता के रक्त-मांस से गठित लड़कों की ओर से !

"बात क्या है ! कोई 'थीसिस-विसिस' लिखी जा रही है क्या ? माँ ने रसोईघर को बिलकुल तिलांजलि ही दे दी क्या रे बकुल ? दिखाई ही नहीं पड़ती ।...सुबल, तू तो बहुत जानता है, महाभारत लिखने में वेदव्यास को कितने दिन लगे थे, मालूम है ?"

या प्रबोध की शिकायत सुनी जाती, "आजकल रसोई कैसी बन रही है ? बकुल, यह मछली किसने पकायी ? तूने शायद । यह तो मुँह में रखना ही लामुहाल हो रहा है..."

जानता है कि बकुल ने नहीं, रसोई लड़कों की बहुओं ने की है, फिर भी ऐसा ही कहता है । शायद चिराचरित वही जनानी प्रथा को ही बरक़रार रखता है, दाई को पीटकर बीवी को सिखाता है ।

और यह शिकायत भी, "होगा ही । घर की मालकिन अगर गिरस्ती को ठुकराकर काग़ज़-क़लम लिये पड़ी रहे, तो अपचय, बरबादी, अव्यवस्था तो होनी ही है !"

सुवर्ण के कानों पहुँचती ।

पर वह कानों लेती नहीं । सुवर्ण यह सब सुनने से विरत हो गयी है···वह अभिमानरहित होने की साधना कर रही है ।

लिहाज़ा वह जवाब नहीं देती ।

सुवर्णलता अपने घर के सभी सवालों का जवाब शेष अदालत में पेश करने के लिए तैयार कर रही है । उस जवाब के विवरण से शायद उसका घर उसे समझे !

और वह समझना समझने पर ही वह अपनी भूल, अपनी बेवक़ूफ़ी, अपनी निर्लज्जता समझ पायेगा ।

सुवर्णलता की 'स्मृतिकथा' उसका बयान है ।

अपने उस बयान को वह अब प्रकट कर पा रही है, प्रकट कर पा रही है कॉपी के कारागार से प्रकाश-भरे राजपथ पर ।

मनुष्य के माध्यम से ईश्वर की करुणा उतरी है ।

उसके आजीवन की कल्पना, आजीवन के सपने सफल होने को आये । यह मानो एक अलौकिक कहानी हो । जिस कहानी में यन्त्रबल की महिमा कीर्तित होती है । नहीं तो सदा के आवारागर्द-से जग्गू ठाकुर को हठात् छापाख़ाना खोलने का शौक़ क्यों हो ?

ईश्वर ने ही सुवर्णलता के लिए···

हठात् यह धरती सुवर्णलता को बेहद सुन्दर, बेहद उज्ज्वल लगी । खुशी से झलमल प्रात के उजाले से बदरंग हुए आते-से गुलाबी रंग का यह मकान सुनहला हो

उठा । अपनी गिरस्ती भी सहसा भली लग आयी ।

यह, यह सब कुछ तो सुवर्णलता की अपनी सृष्टि है, इनसे वीतस्पृह हुआ जा सकता है भला ! इनपर विरूप होना सोहता है ?

ये सुवर्णलता को प्यार नहीं करते, सुवर्णलता की यह धारणा भूल है । बेशक प्यार करते हैं, हाँ करते हैं अपने ढंग से । ख़ैर, वैसे ही करें, सुवर्णलता भी उन्हें समझने की चेष्टा करेगी ।

हो सकता है, जीवन के अन्तिम छोर पर आकर वह जीवन का अर्थ खोज पाये। और, उसी में खोज पायेगी जीवन की पूर्णता को ।

आशा का क्षितिज क्रमशः नये सूर्योदय की प्रतीक्षा में उद्भासित होने लगा ।

केवल वही बयान क्यों ?

सुवर्णलता ने और भी तो लिखा है, जो शिल्प है, जो सृष्टि है ।

जहाँ सुवर्णलता ही है, जहाँ कोई ऊपरवाला नहीं है, जहाँ सुवर्णलता के अस्तित्व का सम्मान रहेगा । जहाँ वह स्वयं विधाता है ।

आः, इस कल्पना में कैसी अनोखी मादकता है !

यह जैसे किसी किशोरी के प्रेम की पहली अनुभूति हो ! प्रतिक्षण मन में एक मोहमय सुर गूँजने लगा, वह सुर रात की तन्द्रा में भी आने-जाने लगा ।

रोज़ नयी किताब लिखी जा रही है, रोज़-रोज़ छपकर निकल रही है— सुवर्णलता की महिमा देखकर सब अवाक् हो रहे हैं और सोच रहे हैं, 'अरे ! ताज्जुब है, ताज्जुब! अब तक कैसा बचपना करती आयी है सुवर्ण ! वह इस तुच्छ गिरस्ती की विरूपता और प्रसन्नता में अपना मूल्य खोजती रही है ! लाभ और हानि का लेखा लगाती रही है !''

किन्तु सुवर्णलता की अपनी मुट्ठी में ही राजा का ऐश्वर्य है ।

सुवर्णलता के पीले पचफोड़न की गिरस्ती को जो चाहे ले ले न, लेकर बल्कि उसे रिहाई दे । सुवर्णलता के लिए एक अनिर्वचनीय माधुर्य लोक रहे ।

कैसा आनन्द !

सुख का कैसा अनास्वादित स्वाद !

सुवर्णलता की जीवन-पोथी का यह अध्याय मानो ज्योति की बाती से लिखा है।

वह रसोई में जाकर बोली, ''बड़ी बहू, बताओ बिटिया, कौन-सी तरकारी कूटनी है ?''

सास के उस प्रकाश-दीप्त मुखड़े की ओर देखकर बड़ी बहू अवाक् हो गयी । लेकिन अपना अचरज उसने प्रकट नहीं किया । वह नरम गले से बोली, ''मैं क्या बताऊँ, आपकी जो इच्छा···''

''वाह, ऐसा क्यों ? तुम रसोई करोगी, तुम्हारे मन मुताबिक़ रसोई हो तो अच्छी होगी''—कहकर सुवर्ण ने हँसिया अपनी ओर खींच ली ।

या कभी यह भी कहती, "तुम लोग तो रोज़ ही खट-खटकर परेशान हो रही हो बहू, मेरी आदत ख़राब हो रही है । क्या पकाना है, कहो, मैं रसोई करूँ ।"

बहुएँ कहतीं, "आपकी सेहत अच्छी नहीं है···"

सुवर्ण मीठी हँसी हँसती, "ख़राब क्या है, खाती-पीती हूँ, घूमती-फिरती हूँ । तुम्हारी सास चालाक है, समझीं ? काम के वक़्त ही तबीयत ख़राब···"

बहुएँ अवाक् होतीं ।

जब से बहुएँ आयी हैं, सास की ऐसी मधुर मूर्ति उन्होंने कभी नहीं देखी । सोचतीं, बात क्या है ?

सुवर्ण उनकी वह हैरानी ताड़ नहीं पाती, वह एक दूसरी ही दुनिया से सँजोये हुए प्रकाश के कण मुट्ठी-मुट्ठी बिखेरा करती ।

"भानू मछली के साथ चने की दाल पसन्द करता है, आज वही बने । कानू, कानू के मोचे के घण्टे का भक्त है, बड़े के साथ । बहुत दिनों से बना नहीं है । थोड़ी-सी दाल तो भीगने को दे दो बहू । अजी ओ, आज मोचा ले आना···"

बाज़ार करने की ज़िम्मेदारी प्रबोध की है ।

इस भारी कर्मभार को उसने अपने-आप ही उठाया है । चक्षुलज्ञा से लड़के कभी-कभी कहते ज़रूर हैं, "हमें कह दिया होता ! खुद से इतना कष्ट करने की क्या पेड़ी थी ?" प्रबोध लेकिन यह सुनता नहीं ।

किन्तु बाज़ार जाने के वक़्त सुवर्णलता ने उसे किसी ख़ास चीज़ के लिए हुक्म किया है, यह घटना अभूतपूर्व है । कम-से-कम बहुत दिनों से तो याद नहीं ।

सम्भवतः बच्चे जब छोटे थे, तब उनके लिए बिस्कुट या लाजेंस, बार्ली या मेलिन्स फूड के लिए बाज़ार जाते समय कहा है । किन्तु मुखड़े की प्रत्येक रेखा में आनन्द की यह ज्योति ?

यह क्या कभी दिखाई पड़ी है ?

दिखाई पड़ती थी, इस ज्योति की आभा सुवर्ण के मुखड़े पर कभी-कभी दिखाई पड़ती थी, परन्तु उससे प्रबोध का बदन जलता था ।

स्वदेशी युग की हलचल के समय जब भी कोई अजीब ख़बर आती, कि सुवर्ण के चेहरे पर जोत जलती ! जोत जलती, जब कोई नयी किताब हाथ में आती, जोत जलती जब घर के छोटे-छोटे बच्ची-बच्चों को एक साथ बैठाकर 'पाठशाला-पाठशाला' का खेल खेलते हुए उनसे पद्य मुखस्थ कराती, जोत जला करती जब कोई कहीं से घूम-घामकर या तीरथ से लौटकर वहाँ की कहानी कहने लगता ।

इसके सिवाय एक और तरह की दमक दमक उठी थी सुवर्णलता के चेहरे पर—अँगरेज़-जरमन युद्ध के समय । वह भी एक स्थिति, जैसे सुवर्णलता के ही जीवन-मरण का युद्ध हो । देश के राजा अँगरेज़, परन्तु सुवर्णलता चाहती कि जरमन जीतें । उसी के लिए तर्क, जोश, ग़ुस्सा । औरत ठहरी, किन्तु रोज़ अख़बार मिले

बिना रोटी नहीं हज़म होती ।

वह प्रकृति उम्र के साथ-साथ बदल गयी ।

बहरहाल, फिर 'स्वराज' की जो हलचल मची है, उसमें तो कोई आग्रह नहीं दिखाई देता । बल्कि परवा ही न हो जैसे । कहती, "अहिंसा से शत्रु को भगाया जा सकेगा, इस पर विश्वास नहीं होता ।" कहती, "देश-भर के लोग बैठे-बैठे चरखा कातें तो स्वराज आयेगा ? फिर तो दुनिया में शुरू से आज तक इतने अस्त्र-शस्त्र ही तैयार नहीं होते ।" उत्तेजित होकर तर्क नहीं करती, केवल कहती है ।

शक्ति-सामर्थ्य घट गयी है, झीम गयी है ।

इसीलिए चेहरे की वह चमक भी जाती रही । ख़ास करके अदेखी माँ और औचक ही देखे मरे बाप के शोक के बाद से तो···

हठात् मानो उस मुरझाहट की केंचुल उतारकर फिर से नयी हो उठने-जैसी लग रही है सुवर्ण ।

क्यों ?

दिमाग़ में कुछ गड़बड़ी तो नहीं हो रही है ?

पागल ही तो कभी हँसते हैं, कभी रोते हैं ।

ख़ैर, अभी जब वह हँस रही है, तो उसी से कृतार्थ होना ठीक है ।

प्रबोध कृतार्थ ही हुआ ।

विगलित स्वर से बोला, "मोचा ? अजी, मोचा लाने का ही मतलब हुआ तुम्हारी परेशानी । बहुएँ क्या ठीक से कूट-फूट सकेंगी ?"

सुवर्ण बोली, "सुन लो ! अरे, सब तो कर रही हैं ? हार किसमें रही हैं वे ? लेकिन मेरे ही जी में आया, आख़िर को पकाना-चुकाना भूल जाऊँ ?"

कृतार्थ प्रबोध सोचते हुए, बाज़ार को लपका, "अहा, ऐसा दिन क्या सदा नहीं रहता ?"

यही ज़िन्दगी तो चाहिए ।

घरनी फाह-फ़रमाइश करेगी, यह लाओ वह लाओ कहेगी, मालिक वह फ़रमाइशी चीज़ लाकर सात बार घुमा-फिराकर दिखायेगा, वाह-वाह करेगा, घरनी ढंग से पकायेगी, समय पर मज़े से खाना-पीना होगा और फ़ुरसत के समय दोनों प्राणी बैठकर पान का डिब्बा लिये बेटा-बहू, समधी-समधिन का निन्दावाद करेंगे, इस युग के फ़ैशन की आलोचना करेंगे—इस उम्र की गिरस्ती की यही तो तसवीर है ! प्रबोध के हमउम्र बन्धु-बान्धव तो इसी सुख में निमग्न है ।

प्रबोध के ही भाग्य में व्यतिक्रम है । इस जीवन में यह साधारण-सा सुख भी नसीब नहीं हुआ ।

घरनी तो सिंहवाहिनी हो जैसे !

ताश का अड्डा है, इसीलिए टिका है प्रबोध बेचारा ।

तो क्या इतने दिनों में भगवान् ने आँखें उठाकर निहारा ?

पागल-वागल-सी होकर सुवर्ण सहज हुई जा रही है ?

या कि अब उसने अपनी भूल समझी है ?

सो चाहे जिस कारण से भी हो, सुवर्ण ने सहज भाव, प्रसन्न मुख से कहा, "अजी, बाज़ार जा रहे हो, मोचा तो ले आना"—इसी परम सुख के सागर में उतराते-उतराते प्रबोध बाज़ार गया, ज़रूरत से ज़्यादा मछली-सब्जी ले आया ।

सुवर्ण ने शायद अन्दाज़ किया है, उसकी उस कॉपी को छपने में कितने दिन लगेंगे, कितने दिन लग सकते हैं । धारणा अवश्य ख़ास नहीं है, फिर भी, कितने ही दिन लगेंगे ? बहुत तो दो महीने, कम भी लग सकते हैं । उसके बाद···

अच्छा, जग्गू जेठजी मेरा नाम तो जानते हैं न — क्या पता ! लेकिन जानेंगे भी कहाँ से ? उनके सामने मेरा नाम लिया कब किसने है ?

तो ?

बिना नाम के ही किताब छपेगी ?

या कि मामीजी से जान लेंगे वह ?

मामी ही क्या ठीक जानती हैं ?

मँझली बहू कहने की ही तो आदी हैं ।

सहसा अपने ही तईं हँस उठी सुवर्णलता ।

हाय राम ! कॉपी के पहले ही पन्ने पर तो उसका नाम है । जग्गू जेठजी ने जिस लिखावट की प्रशंसा की, उसी लिखावट को और सँवार-सँवारकर अपना नाम नहीं लिखा है उसने ?

बड़े जतन से, बड़े हौसले से क़लम को पकड़कर सुवर्ण ने लिख रखा था—श्रीमती सुवर्णलता देवी ।

वह लिखावट नज़र में नहीं आयेगी ?

नहीं, नज़र आयेगी ।

पहाड़ा याद करने-जैसा बार-बार इस बात को मन में दुहराती रही वह—नहीं, नज़र आयेगी । किताब पर लिखा रहेगा, श्रीमती सुवर्णलता देवी !

सुवर्णलता की माँ यह जानकर नहीं गयी !

इतनी खुशी में भी उस विषण्ण विषाद के सुर ने एक अस्पष्ट मूर्च्छना से आच्छन्न कर दिया ।

माँ के जीते-जी यह परम आश्चर्य की घटना घटी होती ! माँ को पुस्तक की एक प्रति पार्सल से भेज देती वह । इस घर के किसी के माफ़र्त नहीं, मामी से कहकर जग्गू ठाकुर से ही भिजवाती ।

पार्सल पाकर माँ पहले अचकचा जाती । सोचती, यह है क्या ? उसके बाद खोलकर देखती । देखती, किताब की लेखिका श्रीमती सुवर्णलता देवी !

उसके बाद ?

उसके बाद माँ की आँखों से आँसू की दो बूँदें टपक नहीं पड़तीं ?

सुवर्णलता का मन मानो इहलोक-परलोक के प्राचीर को तोड़ देना चाहने लगा। अपनी अदेखी उस किताब को मानो प्राचीर के उस पार ले जाकर रख देना चाहने लगी। सुवर्ण ने देखा, उसकी माँ सुवर्ण की स्मृतिकथा पढ़ रही है।

पढ़ने के बाद ?

आनन्द के दो बूँद आँसू ही टपकेंगे केवल ? उस सूखे आँसू की रेखा पर झरने की तरह और अजस्र बूँदें नहीं झर पड़ेंगी ? माँ देख पा रही है, किस तरह से कँटीले पथ से लहू-लुहान हो-होकर इतनी दूर जाना पड़ा है सुवर्ण को।

वह समझ रही है, सुवर्ण असार नहीं है।

किस-किस अंश को पढ़कर माँ विचलित होतीं और किस-किस अंश को पढ़कर विगलित—सुवर्ण ने सोचने की चेष्टा की।

अपने हाथ की वह लिखावट मानो दृश्य हो-होकर फूट उठने लगी।

लगातार नहीं, छिटफुट।

मानो वे दृश्य धक्कम-धुक्की करके सामने आना चाहते हों। एक गड्डी ताश को जैसे किसी ने बिखेर दिया हो !

उन असंख्य दृश्यों में विभिन्न उम्र की अनेक सुवर्ण बिखर गयीं। छोटी-सी, पैरों में छाजन, गले तक घूँघटवाली, बालिका सुवर्ण, अचानक लम्बी हो गयी, तुरत की हुई किशोरी सुवर्ण, माँ बनी आवेशविह्वल सुवर्ण, उसके बाद···

अच्छा, घूँघटवाली उस छोटे क़द की सुवर्ण का घूँघट हठात् खुल गया ?

क्या कह रही है वह ?

क्या कह रही है, वह बात सुन रही है सुवर्ण ?

"भगा दिया ? तुम लोगों ने मेरे बाबूजी को भगा दिया ? मुझे लिवा नहीं जाने दिया ? क्यों ? क्यों ? मैंने तुम लोगों का क्या बिगाड़ा है कि इतना कष्ट दोगे?...अपने घर की बहू बनाने को कहा किसने था ?...नाहक़ ही धोखे से ब्याह करके...चली जाऊँगी, तुम्हारे घर से चली जाऊँगी मैं···तुम जैसे निठुरों के यहाँ रहने से मर जाऊँगी!"

एक दूसरे गले का ऊँचा निनाद भी सुन पा रही है सुवर्ण, उसकी अपनी क़लम के अक्षर ही मानो शब्द होकर फटे पड़ रहे हैं—"हाय मेरी माँ, मैं कहाँ जाऊँ ! यह मैं किस खूँखार गेहुँअन को घर ले आयी ! चली जायेगी ? जाकर देख न एक बार। छोलनी नहीं है ? तपा-तपाकर दागना नहीं जानती हूँ... 'पिताजी को भगा दिया ?' भगा नहीं दूँ तो क्या उस बाप के साथ नाचते-नाचते जाने दूँ तुझे ?...सखी-माँ मेरी उस जनम की शत्रु थी, इसीलिए तुझे मेरे गले मढ़कर उसने मेरा परकाल बरबाद किया। मैं उधर को मुँह ही नहीं करने दूँगी।...देखती हूँ, इस जनम में नैहर का नाम कैसे लेती हैं। नैहर से तेरा नाता ही नहीं ख़त्म किया तो मेरा नाम मुक्ता ब्राह्मणी

नहीं। बाप चला जा रहा है, इसलिए घूँघट खोलकर रास्ते पर निकल आना निकालती हूँ तेरा !"

उस घूँघट खुली बालिका सुवर्ण को खींच-घसीट लाकर कमरे में भरकर बाहर से सिकड़ी चढ़ा दी। कहा, "मुँह से चूँ तक मत करना।"

सुवर्ण को काठ मार गया।

इस विश्वास नहीं करने योग्य निठुराई से वह जैसे निढाल हो गयी।...फिर भी उस समय उसे विश्वास नहीं हुआ कि निष्ठुरता के इस क़ैदख़ाने में ही उसे सदा के लिए रहना होगा।...सोचा था, किसी तरह से एक बार इनके शिकंजे से निकल भागी कि सब ठीक हो जायेगा।

और उसने बैठे-बैठे भागने के ही मनसूबे गाँठे थे।

रास्ता नहीं जानती ? तो क्या हुआ ? रास्ते पर निकल पड़ने से ही रास्ता मालूम हो जाता है। रास्ते के लोगों से पूछने से ही होगा।...रास्ते के लोग यदि सुवर्ण का मकान न जानते हों तो वह अपने स्कूल का नाम बतायेगी। स्कूल को ज़रूर ही सभी जानते होंगे। बेथून स्कूल तो नामी है।...हे भगवान्, सुवर्ण को एक बार भाग निकलने का मौक़ा दो।...रास्ते के लोगों से पूछते-पाछते वह स्कूल में पहुँच जाये। फिर घर पहचान लेने से कौन रोकता है ?...रोज़ जैसे जाया करती थी, वैसे ही चली जायेगी।

जाकर ?

जाकर बाबूजी से कहेगी, "देख लिया न बाबूजी, आप मुझे नहीं लिवा सके, मैं आप ही चली आयी।" और माँ से कहेगी, माँ ? कहाँ है माँ ? ये तो बस यही कह रहे हैं कि उसकी माँ चली गयी। कहाँ चली गयी माँ ? अब भी नहीं लौटी है? ठीक है, मैं जाकर देखती हूँ, कैसे नहीं आती है वह ? भैया का ब्याह होगा, कैसा-कैसा मज़ा ! कितना काम है माँ को, वह कहाँ बैठी रहेगी, सुनूँ ?

इस् भगवान्, एक बार इनके यहाँ के लोगों की नज़र हर लो, सुवर्ण को भाग जाने दो। क्या पता, भैया के ब्याह में भी उसे नहीं जाने देंगे लोग।

अच्छा, स्कूल की लड़कियाँ यदि पूछें, "इतने दिनों से आयी क्यों नहीं ?" यदि सुवर्ण की माँग में सिन्दूर देखकर वे हँसते-हँसते कहें, "हाय राम, तेरा ब्याह हो गया?" तो क्या जवाब देगी ?

मैं कहूँगी कि मेरी दादी ने ज़बरदस्ती मेरा ब्याह कर दिया ?...नः, यह सुनकर वे और भी हँसेंगी।...उससे तो रास्ते पर जाकर सिन्दूर को बिलकुल पोंछ डालूँगी, नल में धो-धवाकर माँग को सफ़ेद कर लूँगी।...उस घर की दीदी, जयावती दीदी, केवल उसी से कह जाऊँगी कि मैं चली जा रही हूँ।...वह मुझे इतना चाहती है न!···वह ठीक मुक्ताराम बाबू स्ट्रीट जाकर मुझसे मिलेगी। उसकी ससुराल ऐसी वाहियात नहीं है। वह नैहर कितना जाती है !

'भागूँगी-भागूँगी', बस यही ज्ञान-ध्यान था।

लेकिन सुवर्ण भाग नहीं सकी। जीवन-भर नहीं भाग सकी। उसने देखा, भागने को जितना आसान समझा था, वह उतना ही कठिन है।

ये लोग पल को भी पहरा नहीं हटाते।

इसीलिए क्रमशः बेथून स्कूल, ठनठनिया काली, मुक्ताराम बाबू स्ट्रीट, अट्ठारह हाथ काली मन्दिर—सब मानो धुँधला हुआ जाने लगा, स्पष्ट और प्रखर हो उठने लगा माँग का वह सिन्दूर। घिसकर उसे पोंछ डालने की बात अवास्तव लगने लगी।...यह मानो निश्चित हो गया कि अपने, अपने उस वास्तविक जीवन में अब लौटकर नहीं जाया जा सकेगा।

सुवर्ण की कॉपी-किताब, स्लेट-पेंसिल सब उसकी ताक़ पर पड़ी रह गयी, इस बात को तो किसी ने नहीं सोचा? माँ को भी कहाँ याद आया कि उसका हाफ़ इयर्ली इम्तहान सिर पर है?

सुवर्ण के प्राण मानो उस ताख पर पछाड़ खाना चाहने लगे।

इतने दिनों से नहीं पढ़ने से सब तो भूलती जा रही है वह।

तुम्हारे निकट सुवर्ण ने कौन-सा दोष किया था भगवन्, कि उसे इतना कष्ट दे रहे हो? उसने क्या जगकर रोज़ सवेरे तुम्हें प्रणाम नहीं किया? स्कूल में रोज़ प्रार्थना नहीं की? रात को सोने से पहले क्या वह नहीं कहती थी—भगवन्, विद्या देना, बुद्धि देना, सुमति देना।

माँ ने जो-जो सिखाया था, सभी तो किया सुवर्ण ने, फिर क्यों उसे इतना दण्ड दे रहे हो?

क्यों? क्यों? क्यों?

उस 'क्यों' की आँधी से बालिका सुवर्ण खोती जा रही है, उसकी केंचुल से युवती सुवर्ण जन्म ले रही है, फिर भी वह 'क्यों' धुँधला नहीं हो रहा है। वह मानो और भी तीव्र हो रहा है।

मैं क्या उतनी पाजी होना चाहती हूँ?...मैं क्या गुरुजनों के मुँह पर जवाब देना चाहती हूँ? मैं क्या समझ नहीं रही हूँ कि मुँह पर साफ़ सुना देती हूँ, इसीलिए ग़ुस्से से ये लोग मुझे और अधिक कष्ट देते हैं?

परन्तु करूँ क्या?

इतनी निष्ठुरता मैं सह नहीं सकती, सह नहीं सकती मैं इतनी असभ्यता। मेरा वह दुलहा, वह वैसा वाहियात क्यों हैं? इससे तो वह यदि काला और बदसूरत होता, तो भी अच्छा था। सो नहीं हुआ। उसका बाहरी चेहरा ख़ासा सुन्दर है, पर भीतर का मन काला, भोंड़ा, बदसूरत है।...उसने मुझसे झूठ-मूठ ही कहा था कि छिपाकर मुझे मेरे नैहर ले जायेगा। इसी बात पर विश्वास करके उसे प्यार किया था मैंने, भक्ति की थी, उसकी सब बात रखी थी—बुरी, भद्दी, सब बात! लेकिन अपनी बात

उसने नहीं रखी । रोज़ भुला-फुसलाकर आख़िर एक दिन ह-हा, ह-हा हँसकर बोला, "बाप रे, तुम यदि गयीं तो क्या फिर आना चाहोगी ? बेशक वहीं रह जाओगी । ऐसी परी-जैसी स्त्री को मैं खोना नहीं चाहता ।"

मैंने लाख क़सम खायी कि मैं आऊँगी, फिर भी विश्वास नहीं किया । वह मुझपर विश्वास नहीं करता, मैं भी उसका विश्वास नहीं करती । वह क्या तो मुझे प्यार करता है, कहता तो सब समय यही है, किन्तु—भगवान्, मेरा अपराध न लेना, मैं उसे प्यार नहीं करती । उसे प्यार करना मेरे लिए असम्भव है । उससे मेरा तिल-भर भी मेल नहीं ।

फिर भी आजीवन उसके साथ घर करना होगा मुझे !

...आज फिर वही हुआ ।

उन लोगों ने फिर आज मेरे छोटे भैया को लौटा दिया ।

मुझसे भेंट नहीं करने दी ।

भैया के ब्याह में बाबूजी ने धूमधाम नहीं की शायद, चूँकि माँ चली गयी, इसलिए नमो-नमो करके ही निभा दिया । भैया की बच्ची के अन्नप्राशन में कुछ धूमधाम होगी। छोटे भैया इसीलिए मुझे लिवा जाने आया था । बाबूजी ने बहुत निहोरा करते हुए इन्हें पत्र लिखा था । इन लोगों ने वह चिट्ठी फाड़ डाली, भैया को मुझसे मिलने नहीं दिया ।

कहा, "अजी, बेटे के ब्याह की तो सुनी नहीं, पोती का अन्नप्राशन । वैसे घर में हमारी बहू नहीं जायेगी ।"

छोटे भैया ने परवा नहीं की, वह शायद इस घर के सँझले बाबू के मुँह पर ही साफ़ सुना दिया । कहा, "आप-जैसों को तो क़ैद की सज़ा होनी चाहिए ।"

इस घर का सँझला लड़का वह अपमान सहेगा भला !

उलटा अपमान नहीं करेगा ? गाली-गलौच नहीं करेगा ?

फिर भी तो घर का मँझला लड़का घर पर नहीं था, रहा होता तो छोटे भैया के नसीब में और क्या बदा था, कौन जाने !

घर लौटा तो सुनकर उस अदृश्य आदमी को यह मारे कि वह मारे ! कहा क्या कि, "उसे यों ही जाने दिया ? गरदनिया देकर निकाल बाहर नहीं किया साले को?"

ग़ुस्से और नफ़रत से मैं जब उससे बोली नहीं तो हा-हा हँसकर बोला, "साला को साला न कहूँ तो क्या समधी कहूँ ?"

हाँ, मैंने पूछा था, "तुम्हारे भाई का मान है और मेरे भाई का नहीं है ?"

यह सुनकर वह ऐसी हँसी हँसा कि मैं काठ हो गयी थी । उसके बाद सबको बुलाकर उसने कहा, "अरे, सुना ? मुझे साले का सम्मान करना चाहिए था ।

पाद्य-अर्घ्य देना चाहिए था !''

ठीक है, ईश्वर ने जब मुझे इन निर्दयी और असभ्यों के पास ही रख दिया है, तो रहूँगी । इस घर से बाहर अब नहीं जाना चाहूँगी । यह भूल जाऊँगी कि मेरे भी बाप था, माँ थी, भाई थे, घर था । इनके घर से अब एक बारगी निमतल्लाघाट के लिए ही निकलूँगी ।

वही···वही हो ।

मरकर ही दिखा दूँगी कि रोक रखने से ही रोककर नहीं रखा जा सकता ।

सुवर्ण ने अपनी स्मृतिकथा में लेकिन क्या सिर्फ़ यही सब लिखा है ? छापाख़ाने में दी गयी अपनी उस कॉपी में वह डूब जाने लगी, खो जाने लगी ।···

वह देखने लगी, सीढ़ी के रोशनदान से एक किताब आ रही है । किताब के साथ थोड़ी-सी मीठी बात । वह दिखाई नहीं पड़ती, बात ही सुनाई पड़ती । हँसती हुई-सी ।

''यह ले । यह किताब तुझे लौटानी नहीं पड़ेगी । तुझे कविता से प्यार है, यह सुनकर तेरे जेठ मोहित हैं । बोले, 'यह किताब तुम अपनी मित्र को उपहार देना।'

संसार में ऐसा भी आदमी है भगवन् !

तो फिर तुमपर नाराज़ होकर क्या करना !

''मेरा नसीब !'' इसके सिवाय कहने को और कुछ नहीं है ।

लेकिन जया-दी ने कौन-सी किताब दी !

ऐसी चीज़ !

आदमी ऐसा लिख सकता है ?

यह तो ज़ोर-ज़ोर से पढ़ने की, लोगों को बुला-बुलाकर सुनाने की है ।

यह उस कवि की बात है ? या मेरी अपनी ?

इसे तो मन ही मन पढ़कर मैं मन में दबाये नहीं रख पा रही हूँ—

> ''आज प्रात में रवि की किरणें
> कैसे पैठीं मेरे मन में
> कैसे पैठा गुहा-तिमिर में
>   प्रात विहग का गान ।
> जानें कैसे इतने दिन में
>   जाग उठा है प्राण ।''

इसकी किस पंक्ति को सबसे अच्छी कहूँ, किसे नहीं ?

> ''जाग उठा है प्राण,
> रे पानी उमड़ उठा लो

जी की चाह, वेग प्राणों का,
रोके रुके कहाँ तो ।
थर-थर काँप रहा है भूधर—"

पूरी की पूरी कविता मैं कण्ठ करूँगी ।

इनके घर के झमेलों से अब मैं कष्ट नहीं मानूँगी । वे जो चाहते हैं, वही कर-करा दूँगी और यह किताब लेकर बैठा करूँगी । इसमें और-और जो कविताएँ हैं, सब सीख लूँगी ।

जया-दी देवी हैं, इसीलिए उसने मुझे स्वर्ग का स्वाद लाकर दिया । जया-दी के पति देवता हैं, जभी उन्हें याद आया कि मैं कविता पसन्द करती हूँ । ईश्वर, उन्हें जीवित रखो, सुखी रखो ।

"आज प्रात में रवि की किरणें
कैसे पैठीं मेरे मन में—"

ये सारी ही बातें मेरी हैं, सब मेरे लिए लिखी गयी हैं ।

"क्यों रे विधाता पाषाण यों
चहुँदिस ऐसे बन्धन क्यों,
तोड़ रे हृदय, तोड़ बन्धन
साध आज प्राणों का साधन—"

अहा, कितना सुन्दर, कैसा अनोखा ! करूँ क्या मैं ?

'स्वर्ग' नाम का सचमुच ही क्या कोई राज-पाट है ? सच ही माटी से बहुत ऊपर, बादलों से भी ऊपर वह संसार है, जहाँ दुःख नहीं, शोक नहीं, अभाव नहीं, निराशा नहीं, छल-कपट नहीं, संक्षेप में धरती की मैल-धूल कुछ भी नहीं ?

या कि यह सिर्फ़ कल्पना है ? स्वर्ग, मर्त्य, पाताल हमारे मन में ही है ? इस मन का अनुभव ही धरती की धूल-माटी से बहुत ऊपर, मन के जो मेघ हैं, उनसे भी ऊपर जाकर स्वर्ग-राज्य में पहुँचता है ?

राम जाने क्या है ! मुझे तो लगता है, अन्तिम बात ही ठीक है । और जो बड़े कवि हैं, वही अनुभव के ऊँचे स्वर्ग में ले जा सकते हैं । जहाँ जाकर याद ही नहीं आता कि दुनिया में दुःख है, पीड़ा है, धूल-मैल है ।

केवल आनन्द और आनन्द ।

आँखों में आँसू आ जाना एक दूसरे प्रकार का आनन्द है । परन्तु कवि लोग सभी आदमी को क्यों नहीं ले जा सकते ? नहीं ले जा सकते, इसीलिए तो आनन्द के उस देश से सहसा माटी पर गिर जाना पड़ता है ।

कम-से-कम उस दिन की संसार-बुद्धिहीना बालिका सुवर्णलता वैसे ही गिर पड़ी थी । उस गिर पड़ने के दुःख से उसके विश्वास की बुनियाद ही हिल गयी थी ।

हिल गया था आदमी पर से विश्वास, भाग्य पर विश्वास, भगवान् पर विश्वास ! सभी विश्वास ढीले पड़ गये ।

सुवर्ण का स्वामी रूढ़ है, रूखा है—सुवर्ण यह जानती है, किन्तु वह इतना ज़्यादा निर्बोध है, इतना अधिक क्रूर है, वह तबतक शायद यह नहीं जानती थी । जान गयी, गिर पड़ने से जान गयी ।

अब बहुत दूर निकल आने पर उस दुनियादारी से अजान आवेगप्रवण लड़की की ओर ताककर सुवर्ण को करुणा हुई, उसके आशाभंग और विश्वास-भंग के दुःख से आँखों में आँसू आ गये । वह लड़की कभी की 'वही' थी, सोचकर भी यह मन में नहीं ला सकी ।

परन्तु इस 'मैं' जैसा भयंकर परिवर्तनशील और क्या है ? 'मैं' और 'मैं' में कितना बेमेल !

फिर भी हम उसे 'मैं' ही कहते हैं···

अबोध सुवर्ण ने भी सोचा था, इस आनन्द का स्वाद उसे भी समझाये, अपने पति को । उस समय तक भी उसपर सुवर्ण को आशा थी ।

आशा की थी, शायद उसके भी मन का दरवाज़ा खुल जायेगा । इसीलिए वह बोली, "अरे, तुम्हें तो बस सो जाया जाये, सो जाया जाये की धुन । ज़रा बैठो तो सही, सुनो, कितना अच्छा है !···"

हाँ, दीये की बाती उकसा दी और उसके सामने झुककर सुवर्ण ने पढ़ा :

"कैसे तो खुल गया हृदय यह मेरा
आकर वहाँ लगाता है जग फेरा,
इस दुनिया के ये अनगिन जन
मेरे प्राणों में आकर हँसकर करते हैं डेरा ।"

उसने सुवर्ण को वहीं रोक दिया । बेज़ार गले से बोला, "दुनिया-भर के लोग आकर डेरा डालते हैं ? इसीलिए इतना अच्छा लग रहा है ? खूब, भाव तो कमाल का है ! अनगिन जन प्राणों में आते हैं ? वल्लाह ! ऐसी रसमय कविता लिखी किन महापुरुष ने है ?"

सुवर्ण बोली, "रुको भी ! अन्त तक सुनोगे, तो समझोगे···"

उसने फिर से पढ़ना शुरू किया कि उसने पट् से किताब छीन ली, "ग़जब ! रस का सागर वहीं उमड़ आया है । क्या कहा, 'सखा-सखी आयी हैं, आँखें मिलाकर बैठी हैं, और जाने क्या तो 'आमने-सामने ?' मैं पूछता हूँ, इन बातों की आमदनी हो कहाँ से रही है ?"···व्यंग्य जाता रहा और डाँटकर पूछा, "यह किताब आयी कहाँ से ?"

सुवर्ण की आँखों में आँसू आ गये । आँसू वह दिखाना नहीं चाहती थी, इसलिए जवाब नहीं दिया !

उसने किताब को उलट-पुलटकर देखा । उसके बाद साँप की तरह हिसहिसाकर बोला, ''सबूत तो यहीं मिल गया ! 'प्राणोपम प्यारी बहन श्रीमती सुवर्णलता देवी को स्नेहोपहार—' यह प्राणाधिक भाई कौन ? कहाँ से जुटाया इसे ?''

लिखावट स्त्री की है, यह क्या समझ नहीं पाया वह ? ज़रूर ही समझा । यदि समझता कि किताब किसी पुरुष ने दी है तो उसे साबित छोड़ता ? टुकड़े-टुकड़े करके पैरों से रौंदता ! यह तो सुवर्ण को कुछ भद्दी बातें सुनाने के लिए बनते हुए···

आँखों में आँसू उमड़े आ रहे थे । फिर भी सुवर्ण ज़बरदस्ती आँखों को गीला नहीं होने दे रही थी । उसने सख्त स्वर से कहा, ''सूझ नहीं रहा है कि लिखावट स्त्री की है ? उस घर की जया-दी ने दी है किताब ।''

उसका चेहरा कठोर हो उठा, ''उस घर की जया-दी ! मतलब ? जया-दी कौन?''

''जानते नहीं हो, तुम्हारे नूतन-दा की स्त्री ! जयावती देवी ।''

''ओ ! नूतन-दा की स्त्री ! वह आने-जाने लगी है क्या ? अजीब बेहया औरत है ! इधर ज़ोरों का मुक़दमा चल रहा है और उधर वह प्राणोपम प्यारी बहन को स्नेह-उपहार का घूस दे रही है ।''

मैं सुवर्णलता देवी बिगड़ उठी थी । कहा था, ''मुक़दमा उन लोगों ने नहीं, तुम लोगों ने ही किया है । मुझसे कुछ छिपा नहीं है । और, 'प्यार' क्या होता है, यह नहीं जानते हो इसीलिए तुम्हें घूस कहने की इच्छा हो रही है ।''

''प्यार ? ओ !'' किताब को उमेठते हुए बोला, ''तुम जो उस चीज़ को खूब जानती हो, मुझे भी यह खूब मालूम है ! जो हमारे दुश्मन हैं, उनसे हज़रत प्यार जमाने जा रही हैं···! माँ से कहे देता हूँ, उस घर के लोगों का आना बन्द कर देता हूँ ।''

यह कहकर उसने किताब ले ली ।

बोला, ''छोड़ो, कविता की ज़रूरत नहीं । ऐसे ही तो घर-गिरस्ती में मन नहीं है । ख़ैर, अब आओ तो···''

फूँककर दीये को बुझाते हुए कमरे को उसने अन्धकार कर दिया ।

केवल कमरे को ही अन्धकार किया ?

नौ साल की उम्र में इनके घर आयी थी, तेरह पार कर रही हूँ, हरदम ही सुनती हूँ, 'घर-गिरस्ती में मन नहीं है ।' सास कहती हैं, सास का बेटा कहता है । देवर लोग भी तो कहने से बाज़ नहीं आते । पता नहीं, 'घर-गिरस्ती में मन' किसे कहते हैं । काम-काज तो सभी करती हूँ । बदन में ताक़त है, इसलिए ज़्यादा ही करती हूँ । और क्या करना होता है ? अपनी जेठानी-जैसी हरदम भण्डार और रसोई में नहीं रह पाती हूँ, इतना ही दोष ।

वह मुझे अच्छा नहीं लगता ।

और दीदी को ही क्या वास्तव में अच्छा लगता है ? उसे क्या यह नहीं इच्छा होती कि छत पर आये, अपने कमरे में आकर बैठे, बच्ची को देखे ?

समझती हूँ मैं, इच्छा होती है ।

फिर भी, बड़ाई होगी, इस आशा से दीदी रात-दिन नीचे रहती हैं । क्यों ? क्योंकि लोग कहेंगे, ''अहा, कैसी लक्ष्मी बहू है, गिरस्ती में कितनी डूबी रहती है !''

अच्छा, इससे लाभ क्या है ?

उन स्वार्थी और निर्दयी लोगों के मुँह से इतनी-सी बड़ाई पाकर मिलता क्या है? और फिर, वे क्या सदा बड़ाई करते हैं ? लगातार रात-दिन खटते-खटते जो बड़ाई थोड़ी-सी होती है, वह तो पल ही भर में पुँछ जाती है । मैंने देखा नहीं है क्या ? इतना तो काम करती है दीदी, एक दिन द्वादशी को सासजी को तेल लगाने में कुछ देर कर दी थी, उसके लिए किस क़दर लांछना सहनी पड़ी । द्वादशी को शायद अपने से तेल नहीं लगाना चाहिए । नहीं जानती, ''यह नहीं करना है, वह नहीं करना है''—इन बातों की माला किसने पिरोयी थी ।

माँ भी अवश्य कहती थीं, ''नहीं करना चाहिए ।''

लेकिन क्या ? ''देर तक सोना नहीं चाहिए, स्कूल की लड़कियों से झगड़ना नहीं चाहिए, बड़ों के सामने ज़्यादा बोलना नहीं चाहिए, ग़रीबों को तुच्छ नहीं कहना चाहिए, भिखमंगों को दुतकारना नहीं चाहिए,'' यह सब । माँ मीठे-मीठे यह सब समझा देती थीं ।

उसके तो ख़ैर मतलब हैं ।

पर, इनके यहाँ ?

इनके यहाँ तो सब दुनिया के बाहर की बात । सिर-पैर नहीं । करना नहीं चाहिए, बस, यह जानो ।

और बहुतों के तो कितना ही नहीं चाहिए है !

बहू को प्यास नहीं लगनी चाहिए, बहू को भूख नहीं लगनी चाहिए और हँसी भी नहीं आनी चाहिए । 'लक्ष्मी बहू' कहलाने के लिए बोलना भी नहीं चाहिए । और, इतनी साधना का मूल्य अन्त तक वही ! एक दिन कहीं चूक हो गयी कि दिनों का सारा किया-कराया पानी में !

तो ? नाहक़ ही कष्ट उठाकर क्या लाभ है !

यह भला बनना तो झूठा है, एक प्रकार का छल । मैं जितनी भली हूँ नहीं, अपने को उतनी भली दिखाना ही तो छल है । फिर क्यों वैसा करूँ ?

यह सब मुझे अच्छा नहीं लगता ।

दीदी ज़रूर अच्छी स्त्री है । फिर भी और अच्छी दिखाने की कोशिश करती है। इसीलिए उस रोज़ सास के पैरों पड़कर फिर से तेल लगाने का अधिकार पा लिया था।

ऐसी महज़ छोटी-सी बात के लिए इतनी धूम देखकर मुझे हँसी आती है । दीदी ज़ार-बेज़ार रो रही है, देखकर मैं हँसते-हँसते मरी जा रही थी । परन्तु उस दिन ?

जिस दिन इस स्वर्ग से गिर पड़ी थी ?

उस दिन मैंने निश्चित समझा था कि अपने पति से मेरे मन का मेल कभी नहीं होगा ? उस दिन मैं हँस सकी थी ? उसकी बेवक़ूफ़ी पर, जहालत पर ? नहीं हँस सकी थी । रात को चुपचाप तकिये को भिगोती रही ।

हाँ, जीवन की इतनी लम्बी राह तय करके यह जाना कि 'मन का मेल' यह एक हास्यकर अर्थहीन शब्द है ।

यह होता नहीं ।

मन का मेल नहीं होता, मन मुताबिक नहीं होता ।

अपने रक्त-मांस की बनी, अपनी आप्राण चेष्टा से गढ़ी हुई सन्तान—वही क्या मन के लायक़ होती है ?

नहीं होती, हुई नहीं । मेरे बच्ची-बच्चे ?

वे मेरे लिए अनचीन्हे-से हैं ।

अन्तिम तीनों—पारुल, बकुल और सुबल—जिनकी ओर मैंने कभी ठीक से ताका नहीं, जिन्हें गढ़ने के लिए मैंने नाहक़ कोशिश नहीं की, वे मानो कभी-कभी आशा की झलक दिखाते हैं । लगता है, उनकी जड़ दरज़ीपाड़ा की उस गली में नहीं बैठी, वे अलग-से हैं । वे खुद सोचना जानते हैं ।

फिर भी, उन्हीं से क्या मेरा परिचय है !

वे अन्तरंग हैं मेरे ?

नः । बल्कि ऐसा लगता है, वे मुझसे कतराते हैं, शायद हो कि···शायद हो कि वे मुझसे घृणा करते हैं ।

और डरते तो ख़ैर हैं ही । मुझसे नहीं, मेरे आचरण से । वे यदि मुझे समझने की चेष्टा करते तो शायद समझ सकते । लेकिन वैसी चेष्टा नहीं की ।

वे बड़ी दूर के हैं ।

फिर भी मुझे इतनी ही सान्त्वना है, इतना ही सुख है कि वे अपने और भाई-बहनों जैसे नहीं हैं ।

पारू के चेहरे पर जब-तब ही मैंने दूसरी ही एक दुनिया की झलक देखी है । मैं समझती थी कि वह छिप-छिपाकर कविता लिखा करती है । परन्तु पारू के लिए मुझे दुःख होता है, पारू के लिए मुझे चिन्ता होती है । वह बड़ी ही अभिमानिनी है। यह दुनिया क्या उसके उस अभिमान का मूल्य देगी ? उसके स्वार्थहीन कवि-मन की क़ीमत समझेगी ?

शायद हो कि वह मेरी ही जैसी तकलीफ़ पायेगी । मैं तो उसी जलन से जल मरी । मैंने लेकिन फिर भी सदा प्रतिवाद किया है, शोर-गुल मचाया है, अन्याय-अविचार के ख़िलाफ़ विद्रोह किया है ।

वह वैसा नहीं करेगी ।

वह अपनी माँ-जैसी असभ्य नहीं होगी, रूढ़ नहीं होगी, सबकी अप्रिय नहीं होगी। क्योंकि वह शान्त है, सभ्य है, नरम है । वह मात्र अभिमानी भी नहीं, आत्माभिमानी भी है । अपना वाजिब पावना न मिले, तो वह अपना दावा छोड़ देगी, अन्याय देखकर वह चुपचाप निर्लिप्त हो जायेगी । दूसरे की भला करने की व्यर्थ चेष्टा वह नहीं करेगी।

नहीं जानती, पारू को जिसके हाथों सौंपा है, वह पारू को समझने की चेष्टा करता है या नहीं । उसे समझना कठिन है । अपने बारे में उसकी धारणा बड़ी ऊँची है । वह मेरी अन्तिम ओर की लापरवाही की लड़की है । चम्पा-चन्नन जितना रूप भी नहीं, विदुषी बनने का भी सुयोग नहीं मिला, फिर भी वह अपने को तुच्छ नहीं समझती । उसके इस मन के 'दाय' को कौन झेलेगा ? शायद उसे खुद ही झेलना पड़े । और उसी झेलने में उसकी सारी सुख-शान्ति जाती रहेगी । अपने को ढोने का कष्ट क्या होता है, मैं तो वह जानती हूँ । 'पारू को हमने बहुत अच्छे के हाथों सौंपा है' मेरे पति का यह गर्व है । दूसरे दो जामाताओं से पारू का पति काफ़ी विद्वान् और कमाऊ है ।

विद्वान् और कमाऊ, कुलीन और बुनियादी परिवार—सुपात्र का यही तो हिसाब है, यही देखकर तो ब्याह किया जाता है । यह कब कौन देखने जाता है कि उसकी रुचि कैसी है, विचार कैसा है, जीवन का लक्ष्य क्या है ?

यह चूँकि कोई नहीं देखता, इसलिए तो इतना बेमेल है !

अन्दर-ही-अन्दर इतनी रुलाई है ।

और सिर्फ़ स्त्रियाँ ही रोती हैं, यह भी तो नहीं । पुरुष भी रोते हैं । उनकी अन्तरात्मा रोती है ।

सभी समान तो नहीं होते । कोई छोटा-सा सुख, छोटी-सी स्वस्ति, छोटा-सा दायरा—इसी से सन्तुष्ट होता है । कोई बड़ी-बड़ी आशा लिये भाग-दौड़ करता है ।

दोष किसी को नहीं दिया जा सकता ।

केवल भाग्य का देवता जब दो जने को एक कोल्हू में जोतकर मज़ा देखता है, तभी अपार कष्ट होता है ।

मेरे पति को पति के रूप में पाकर सुखी होने योग्य स्त्री ही क्या जग में नहीं थी? किन्तु वैसी स्त्रियाँ शायद उदार, हृदयवान्, पण्डित पति के हाथों पड़कर उसके नाकों दम कर रही हैं ।

विराज़ की ही बात लें न ।

विराज तो अपने भाइयों-जैसी ही स्वार्थी, सँकरे हृदय की, परश्रीकातर और सन्देह के रोग से पीड़ित है, परन्तु उसका पति कितना भला, उदार और सभ्य है !

विराज मृतवत्सा है ।

डॉक्टर ने बताया है, यह ख़ामी विराज की ही है, फिर भी वह अपने पति को ही दोष देती है, उसके चरित्र पर सन्देह करती है । विराज से उसका पति बेचारा

सदा परेशान है ।

प्रकृति का पार्थक्य ! इससे बढ़कर दूसरा दुःख नहीं ।

इसी से लगता है, पारू के नसीब में भी दुःख ही है ।

परन्तु बकुल !

बकुल बिल्कुल भिन्न ही प्रकृति की है ।

वह अपनी तुच्छता की लज्जा से ही सदा कुण्ठित रहती है । बचपन से ही उसे देखा है, वह मानो अपने पैदा होने के अपराध से मन में मरी जा रही है । अपनी बूढ़ी माँ की बेटी है, वह अनाकांक्षित है, अवहेला की है, अवान्तर है—इस सत्य को समझ लेने से संसार से न तो उसे दावा है, न ही आशा । इसीलिए इत्ता-सा पाते ही वह निहाल हो जाती है मानो । पारू से ठीक उलटी ।

पारू भी मुँह खोलकर कभी कुछ नहीं चाहती । परन्तु उसके चेहरे के भाव में यह झलक जाता है कि उसका पावना बहुत था, किन्तु इसके लिए बकवास की रुचि नहीं, इसलिए वह कुछ बोलती नहीं ।

अजीब है ! एक ही रक्त-मांस से बने, एक ही घर में पलकर ऐसी विपरीत प्रकृति कैसे होती है !

निजी विचार, भाव, इच्छा, पसन्द कहाँ से आती है ?

परन्तु दोनों बहनों में कभी मन-मुटाव भी नहीं । बेचारी बकुल जो कुछ भी बोलती-चालती है, सब तो अपनी सँझली-दी से ही । और पारुल को जितनी स्नेह-ममता है, सब तो बकुल ही पर ।

उन्हें माँ-बाप से कभी प्रश्रय नहीं मिला, बड़े बहन-भाइयों से नहीं मिला, इसीलिए मानो उन लोगों ने अपना एक कोटर बनाकर उसी में बसेरा लिया था ।

पारू को उस कोटर से चला जाना पड़ा, बकुल को अब अकेले ही अपने को उसमें समेटकर रखना पड़ा है ।

किन्तु बकुल पारू की तरह आप ही अपने में मग्न नहीं है, वह सबके सुख की चेष्टा में सदा तत्पर रहती है ।

यह दुनिया जगह बड़ी बेरहम है, यह जान-समझकर भी वह मानो दुनिया पर ममतामयी है । उसके विधाता ने उसमें एक हृदय भर दिया है, बचपन से ही उसकी झलक मिलती रही है । डरी-डरी-सी झलक ।

उसे अपने निकट बुलाकर उसके बदन् में हाथ फेरने की इच्छा होती है मुझे । परन्तु सदा के अनभ्यास की लज्ज़ा से ऐसा नहीं कर सकती । कहीं वह अवाक् हो जाये, अगर वह भौंचक्की रह जाये ।

और सुबल ?

सुबल के चारों ओर पत्थर की दीवार है ।

सुबल में 'तत्त्व' है, हृदय है, पर उस होने की बात ज़ाहिर न हो पड़े, इस डर से वह पत्थर का एक किला बनाकर उसमें छिपा रहना चाहता है ।

शायद···

इनके यहाँ 'हृदय' नाम की चीज़ की खेती ही नहीं है, इसीलिए मेरे छोटे लड़के को उसके लिए इतनी झिझक है ।

पर सुबल इस दुनिया का आँधी-पानी झेलते हुए अधिक दिनों तक टिक सकेगा? दुर्बल स्वास्थ्य और क्षीणजीवी उस लड़के की ओर ताकती हूँ और भय से मेरा कलेजा काँपता है । किन्तु इसके प्रतिकार की चेष्टा करूँ, इसका उपाय मेरे पास नहीं है ।

यदि कहती हूँ, "सुबल, तेरा चेहरा तमतमाया-सा क्यों लगता है, बुख़ार तो नहीं है ? देखूँ तो···"

तो सुबल चेहरे को और भी लाल करके कहेगा, "आह, देख न । क्या है ? ख़ामख़ा बुख़ार क्यों होने लगा ?"

यदि कहती हूँ, "तू बेतरह खाँस रहा है सुबल, कोई गाढ़ा कुरता पहन ।" तो वह पहने हुए कुरते को भी उतारकर सिर्फ़ बनियान पहने बैठा रहेगा ।

दुबला-पतला है वह, इसलिए उसके लिए कुछ अधिक दूध की व्यवस्था कर दी थी । तब से उसने दूध बिलकुल छोड़ ही दिया । उस बार भानू से एक बोतल टॉनिक मँगवा दी । उस बोतल की उसने ठेपी तक नहीं खोली और उसे ज्यों-का-त्यों तोशक-रज़ाईवाली जगह में रखकर बोला, "क़ीमती चीज़ है, ऊँची जगह में रखी रहे।"

ऐसे अनोखे और अकारण मान से लड़ सकूँ, ऐसा हथियार मेरे हाथ में नहीं है।

मेरी जेठानी शायद लड़ पाती ।

वह 'हाय-हाय' करके रोती, अपने सिर की क़सम देती, "मैं भूखी रहकर मर जाऊँगी," यह करते हुए डर दिखाती ! उस सहज कौशल से प्रतिपक्ष हार जाता ।

परन्तु मैं तो अपनी जेठानी-जैसी कभी हो नहीं सकी ।

सहज और सस्ती ।

यदि वैसी हो सकती, तो जया दी की भेंट की हुई उस किताब को सदा के लिए खो नहीं बैठती । गिड़गिड़ाकर, रो-धोकर, जैसे भी हो, ले ही लेती । लेकिन मुझसे वैसा करते नहीं बना । छीनकर उसने उसे कहाँ रख दिया, मैं फिर उसके लिए चूँ भी नहीं कर सकी । कलेजा फटता रहा, फिर भी सख्त बनी रही । कहीं वह यह न भाँप ले कि उस किताब के लिए मुझे बड़ा कष्ट हो रहा है, इसीलिए सहज भाव से बोलने लगी । इसीलिए वह जी गया ।

किताब ही सदा के लिए चली गयी ।

अपनी इस ज़िद से सदा ही मैं बहुत कुछ खोती आयी । बहुतेरे असह्य कष्ट

सहे। उसने मुझे कष्ट दिया, मैंने परवा नहीं की । कम-से-कम बेपरवा भाव दिखाया।

सोचा, परवा की कि उसका उद्देश्य सिद्ध हो गया । मुझे सताने का उद्देश्य । उसने क्या मेरे मनोभाव को समझा नहीं ?

ताज्जुब है ! ताज्जुब !

दो कट्टर दुश्मन लगातार बरसों एक ही घर में रहे, एक ही बिस्तर पर सोया किये, एक ही डिब्बे का पान खाया, बातें कीं, हँसते भी रहे ।

उसकी तबीयत ख़राब हुई तो मैंने खाना-सोना छोड़कर तीमारदारी की, मैं बीमार पड़ी तो वह छटपट करता फिरा और उसी फाँक में वह मुझे और मैं उसे फन मारने की कोशिश करते रहे ।

अजीब है यह नाता, अजीब है यह जीवन !

दरज़ीपाड़ा के उस घर में और भी तीन जोड़े पति-पत्नी थे, उनके भीतर का क्या रहस्य है, नहीं जानती !

बाहर से तो लगता था, पत्नियाँ अपने-अपने पति की एकान्त अनुगामिनी हैं, क्रीतदासी-जैसी । पति के डर से सिमटी-सी, उनकी बातों के प्रतिवाद की सोच भी नहीं सकतीं ।

मेरे जेठ बेशक औरों-जैसे नहीं । सीधे-सादे, माया-ममतावाले आदमी । परन्तु दीदी का ही तो डरपोक स्वभाव है । वह यह जानती है कि ससुराल के कुत्ते-बिल्ली तक से डरना चाहिए । फिर पति से डरे तो कौन-सा आश्चर्य है !

परन्तु ये ? सँझली और छोटी ?

इनका नाता मालिक-नौकरानी का है ।

फिर भी कभी-कभी ख़याल हो आता है, जो बाहर से दीखता है, वही क्या सत्य है ? बाहर से मेरे पति को भी तो देखकर लोग कहते हैं, 'पत्नी का दासानुदास' है, 'ख़रीदा हुआ ग़ुलाम' है, 'हुक्म का बन्दा' है ।

गिरिबाला ने सावित्री व्रत का उद्यापन किया । उसने पति के साथ ही गुरुदीक्षा ली और तीरथ को गयी । जाने के समय मँझले जेठ के यहाँ घूमने गयी । वहाँ बताया, कितने दिन काशी रहेगी, कितने दिन मथुरा-वृन्दावन ।

गिरिबाला के चेहरे पर सौभाग्य का गर्व दमक रहा था ।

मैं मूढ़ की नाईं उसकी ओर ताकती रह गयी । सोच नहीं पा रही थी कि यह सम्भव कैसे है । अपने सँझले देवर को तो मैं जानती हूँ ।

बदचलनी के चलते उसे बुरा रोग हुआ था । लाख लुकाने-छिपाने से भी यह छिपा नहीं रहा । और, मनुष्य में जितनी असत् वृत्ति का रहना सम्भव है, जितनी नीचता, जीतनी क्रूरता—कौन-सी उसमें नहीं है ?

फिर भी गिरिबाला मारे खुशी के छलकती है, लोगों को दिखा-दिखाकर सौभाग्य को भोगती है ।

तो ? इसे सत्य कहूँ ?

नहीं, यह सिर्फ़ मन को चकमा देना है ।

कौन जाने, मन को ठगना है कि लोगों को ठगना ।

बिन्दु लेकिन और ही एक तरह की है ।

उसे रात-दिन हा-हुताश और शिकवा-शिकायत । वह यह साबित करना चाहती है कि दुनिया में सबसे दुखी वही है ।...जैसा कि मेरी बड़ी और मँझली बेटी, चम्पा और चन्नन करना चाहती हैं ।

वे क्या वास्तव में मेरी बेटियाँ हैं ।

चम्पा और चन्नन ?

मुझे विश्वास नहीं होता । लगता है, निहायत दैव-दुर्विपाक से पृथ्वी पर भूमिष्ठ होने से पहले वे कुछ दिनों के लिए मेरे गर्भ के आश्रय में आयी थीं । उनसे तो मेरी ननदें शायद मेरे ज़्यादा निकट हैं ।

लेकिन इसके लिए मुझे कोई अफ़सोस नहीं, अफ़सोस है, केवल इस मुए बंगाल की हज़ारों-हज़ार, लाखों-लाख लड़कियों के लिए—जो कि आज भी आँखों में ठेपी डालकर अन्धे नियम की ग़ुलामी कर रही हैं । जो आज भी जानती हैं कि वे 'आदमी नहीं', केवल 'स्त्री' हैं !

किन्तु सुवर्णलता की स्मृति-कथा में स्थान-काल की धारावाहिकता क्यों नहीं है? अतीत और वर्तमान से ऐसी लाग-लपेट क्यों ?

क्या इसलिए कि एक ही साथ अनेक सुवर्णलता मुखर होना चाह रही हैं ? जब जिससे बनता है, बोल उठती है ?...इसीलिए सूत्र नहीं है ?

शुरू की तरफ़ के पन्ने फिर भी भरे-भरे-से हैं, उसके बाद सब मानो बिखरे-बिखरे, सूत्रहीन ।

हठात् लिख गयी है, "मनुष्य पर से श्रद्धा क्यों खो बैठूँ । जग्गू जेठजी को देखा, बड़े ननदोई को देखा, अम्बिका देवर को देखा ।" फिर उसके बाद के पन्ने पर यह किसकी बात ?

पिताजी का अपमान करके चली आयी ।...उनकी आँखों से आँसू ढुलक पड़े । पर करूँ क्या, उसके सिवाय और कुछ करने की क्षमता नहीं थी ।

"अपने निकट के लोगों के दुःख का कारण बनूँगी" शायद यही मेरे करम का लिखा है ।

लोग मेरी निठुराई को ही देख पायेंगे, मेरे टूक-टूक होते कलेजे को कोई नहीं

देखेगा । लोग सिर्फ़ यही जानेंगे, सुवर्ण कठोर है, सुवर्ण कठिन है ।

जानें ! लोग यही जानें ।

सोचा था, इस अपमानित जीवन का अन्त करके इस जनम का देना चुका जाऊँगी।

नहीं बना ।

मेरा अपमान करके भगवान् ने भी तमाशा देखा और यम भी मेरा मज़ाक़ बनाकर चला गया । देखती हूँ, आख़िर इसका अन्त कहाँ है । अपनी ओर से आँखें हटाकर चारों ओर ताक रही हूँ और देख रही हूँ, अकेली मैं ही नहीं, सारी स्त्री जाति ही अपमान के पंक-कुण्ड में पड़ी तड़प रही है । किसी को पता चल रहा है, किसी को नहीं ।

कारण ?

कारण कि वे आप कमातीं नहीं, दूसरे के दानों पर पलती हैं । बस, यही एक मात्र कारण है ।

और स्वार्थी पुरुष वर्ग इसी अवस्था को स्थायी बनाये रखने के लिए औरतों को शिक्षा का सुयोग नहीं देता, उसके आँख-कान खुलने नहीं देता । क्यों दे ? बिना वेतन के रात-दिन की ऐसी एक नौकरानी मिलती है, यह सुयोग वह छोड़ सकता है भला !

पैरों को बाँधकर कहेंगे, "छिःछिः, चल नहीं सकती !" आँखों पर पट्टी बाँधकर कहेंगे, "राम-राम, देख नहीं पाती !" और सारे अधिकार छीनकर कहेंगे, "ठूँठी हैं, ठूँठी !" यह क्या कम मज़ा है ?

पुरुष-समाज और समाजपतिगण सदा से यही तो करते आ रहे हैं ।

"स्त्रियाँ परनिन्दा करती हैं, स्त्रियाँ कलह करती हैं, स्त्रियाँ खाना पकाती हैं," तुम्हारी भाषा में स्त्रियों का यही विवरण है । ज़रा सोच तो देखो, स्त्रियों को और कौन-सा महत् कार्य करने दिया है तुम लोगों ने ?

नहीं दिया है, कभी नहीं दे सकते ।

दो जून दो मुट्ठी अन्न के बदले किसी के साथ जो कुछ भी कर सकने का अधिकार—यह कोई मामूली सुख है ? उन दो मुट्ठियों के बदले उस स्त्री की देह से, मन से, आत्मा से—सब कुछ से लगान वसूला जा सकता है, जिस पर इसके सिवाय भी एक पावना है—अपनी नीचता और क्षुद्रता को विस्तार करने का एक बेरोक क्षेत्र!

स्त्रियाँ पुरुषों के 'पैरों की बेड़ी', 'गलग्रह', 'पीठ का बोझ' हैं, उठते-बैठते यह सब सुनने का सुख पुरुष और कहाँ पायेंगे—यदि स्त्रियाँ पढ़-लिखकर अपनी रोटी आप कमाने की जुर्रत हासिल कर लें ?

इसीलिए पंक का घड़ा लबालब है ।

मूर्ख ! नहीं समझता कि आप भी उसी पंक में डूब रहा है ।

लेकिन—

समझना एक दिन पड़ेगा ही ।

तीखी नज़र, तेज़ गले की जलती हुई नज़रवाली स्त्री मानो तर्जनी दिखाकर कह रही है, "स्त्रियों का यह अभिसम्पात एक दिन तुम लोगों को लगकर रहेगा ! उस दिन समझोगे, सदा किसी की आँख में पट्टी बाँधकर नहीं रखा जा सकता ! 'पति परम गुरु' का मन्तर सदा नहीं चलेगा ।"

वह स्त्री जाने और भी कितना क्या कह रही है···आग लहकती हुई आँखों, रूढ़ कठिन स्वर से···"प्रायश्चित्त करना होगा, इस पाप का प्रायश्चित्त करना होगा । अत्याचार, अविचार की माफ़ी नहीं ।"

परन्तु दृश्य से दृश्यान्तर हो रहा है । उस अग्निमूर्ति स्त्री का यह फिर उदास विह्वल, स्वप्राच्छन्न कौन-सा रूप है ?

क्या कह रही है वह ?

अद्‌भुत, असम्भव ।

वह तीन-तीन बच्ची-बच्चों की माँ है न ?

उनके बारे में भूल गयी है क्या वह ? इसीलिए बदली की दोपहरी में हाथ की किताब को मोड़कर स्वप्नाच्छन्न आँखों सोच रही है—प्रेम, प्रेम ! क्या पता, कैसी है वह चीज़, कैसा स्वाद है उसका ! वह क्या केवल नाटक-उपन्यास की वस्तु है ? मनुष्य के जीवन में उसका स्थान नहीं ? प्रेम, प्यार—सब झूठ है, सब सारहीन ?

मेरा जी चाहता है, कोई मुझे प्यार करे, मैं किसी को प्यार करूँ । जानती हूँ, यह बात निन्दा की है, फिर भी चुपचाप कहे बिना नहीं रह सकती···मुझे प्रेम में पड़ने की इच्छा होती है ।

जिस प्रेम में कविगण सारा सौन्दर्य देख पाते हैं, जिस प्रेम पर संसार के इतने काव्य, गीत, नाटक हैं···

एक शिशु को पकड़कर ज़बरदस्ती ब्याह करा देने से और एक बालिका को ज़बरन 'माँ' बना देने से उनके मन के सारे दरवाज़े बन्द हो जायेंगे ?

बन्द हो जाने को मजबूर हैं ?

अठारह

सुवर्ण को जग्गू जेठजी के यहाँ एक बार जाने की बड़ी इच्छा हो रही थी । अपनी आँखों ज़रा यह देखे कि छपाई कैसे होती है । और वे छपे हुए काग़ज़ जिल्द में बँधकर किताब के रूप में कैसे निकल आते हैं ।

जिल्दबन्दी का काम शायद उनके घर पर ही होता है, दफ्तरी है । नीचे के जिस कमरे को कोयला-गोंयठा रखकर बेकार कर दिया गया था, वही जग्गू का दफ्तरीख़ाना है ।

मामी-सास से पूछ-पूछकर उस दिन सुवर्ण सब कुछ जान आयी है । खोद-खोदकर पूछने की बात तो दूर, पूछना ही सुवर्ण का स्वभाव नहीं । इसलिए श्यामासुन्दरी चकित हुई थीं शायद, फिर भी सब समझाकर बताया था कि कहाँ क्या होता है ।

सुवर्ण के प्राण मानो सौ बाँहें बढ़ाकर उन जगहों को जाना चाहते हों । सदा के चीन्हें उस जीर्ण घर की नोना लगी, पलस्तर गिरी दीवारों की ओट में कैसी विस्मयकर घटना घट रही है ! वह अलौकिक स्वर्गलोक अपने हज़ार आकर्षण से सुवर्ण को तो खींचेगा ही ।

और, केवल एक बार देखने के चाव से ही नहीं, बार-बार जी में आता है, उस 'स्मृति-कथा' की परतों में और भी दो-चार पन्ने खोंस आये जाकर ।

सुख की स्मृतियाँ भी कुछ हैं । वह भी लिखने की इच्छा हो रही है ।

प्रबोध के साथ पहली बार थिएटर देखने जो गयी थी—

हाँ, वैसा भी अघिटत घटा था एक बार । वही, उस बार, जब सुराज आकर मैके में कुछ दिन थी । विराज घूमने आयी । बोल बैठी, "मँझले भैया, थिएटर दिखाओ ! सँझली-दी जाने कहाँ-कहाँ तो रहती हैं..."

मँझले भैया से कहने का मतलब था, मँझली भाभी के कल-पुरज़ा हिलाने से काम बनेगा ही । नहीं तो इस ख़र्च का झमेला और कौन झेलेगा ?

सुबोध के तो गिरस्ती की गाड़ी चलाने में ही सब जाता है, सँझले भैया कंजूसों का राजा है, छोटे भैया रात-दिन अपने को ग़रीब कह-कहकर गिरस्ती से सारी सुख-सुविधा अदा कर लेता है । लिहाज़ा मँझले भैया, जिसकी कर्णधार है चक्षुलज्ज़ावती कर्तव्यपरायणा मँझली भाभी ।

विराज की ससुराल की अवस्था अच्छी है, वे लोग यात्रा-थिएटर देखते हैं, बहुओं को भी दिखाते हैं । परन्तु बात यह तो नहीं । बाप-भाई के घर आयी, भाइयों ने आदर किया—यह दिखाने में एक बहुत बड़ा सुख नहीं है ? 'जो करते हो, तुम लोग ही करते हो' दीनता का यह भाव तो गौरव का नहीं ।

बहन की बात प्रबोध ने रखी थी । दोनों बहनों को, उनके साथ बहुओं को भी

ले गया था । यहाँ तक कि उमाशशि भी हाँडी के बन्धन से छुटकारा पाकर स्पन्दित हुई थी । रसोई का झमेला—पूरी, बैंगन का भुजिया और आलूदम बनाकर—दोपहर को ही चुका रखा था । सुराज ने रबड़ी और रसगुल्ले मँगवाये थे ।

एक उत्सव-समारोह-सा हो गया ।

सुवर्ण को प्रबोध उस दिन मानो कुछ सभ्य और भद्र लगा था । प्रबोध भद्र हुआ था उस दिन ।

क्यों ?

क्या जाने !

कौन जाने, सुवर्ण के ही भाग्य से या प्रबोध के ही भाग्य से । असल में उनके घर से निकलने के समय जब प्रभास बोल उठा था, "थिएटर देखने जाया जा रहा है या करने ?" और 'दोहारी' देते हुए प्रकाश ने ज़रा और बढ़ाकर कहा, "क़सम तुमने जो कहा सँझले भैया ! ये बीवियाँ तो थिएटरवालियों से भी बदतर होकर निकल रही हैं…" तो प्रबोध ने ही भद्र-जैसा कहा था । कहा था, "क्यों रे पेका, जो मुँह में आया, बोल दिया और हो गया ? छोटे-बड़े की तमीज़ नहीं ? यह क्या देखा तुमने, स्त्रियाँ जाने कितनी बन-ठनकर आती हैं ! और क्या-क्या बेहयापन करती हैं ! दुतल्ले के जाल की तो काटकर गत कर दी है छोरियों ने । इस घर की बहू-बेटी-जैसी सभ्य तुझे कितनी मिलेंगी ?"

वह महान् वचन सुनकर सुवर्ण उस दिन विगलित हुई थी । बदले में अपने छोटे-से घूँघट की फाँक से अपने अचानक भद्र हो उठे पति पर उसने एक कृतज्ञता-भरी दृष्टि डाली—और, उसी दिन ही मानो पहली बार सुवर्ण को लगा था कि उसके पति को रूप है ।

रूप था प्रबोध में । उम्र के लिहाज़ से अभी भी है । और सजने-सँवरने का शौक़ था, है भी । उस दिन उसने चुनटदार ढीले हाथ का कुरता पहना था । चूनटदार फरासडाँगा धोती पहनी थी, कान में इत्र का फाहा, माँग-काढ़ा बाल । पुरुष के इतने सजने को गरचे सुवर्ण हँसी की नज़र से ही देखती है, फिर भी उस दिन जब सुराज ने कहा, "बाप रे, मँझले भैया की बहार देखो ज़रा, ब्याह करने को जा रहा हो जैसे!" और उसका मँझले भैया बोल उठा था, "रुक तो मुँहजली, बड़ी बातूनी बनी है", तो सच पूछिए तो सुवर्ण को वह मज़ाक़ अच्छा ही लगा था ।

शायद हो कि उस नारी-वाहिनी में दूसरा कोई पुरुष नहीं था, इसलिए उसका मिज़ाज खिला हुआ था, और कोई लोभी आँख उसकी अपनी सम्पत्ति पर नज़र नहीं डाल रही थी, अतएव—

और अपने ख़र्च से गाड़ी में उन लोगों को लिये जा रहा था, उसमें आत्मप्रसाद का एक सुख भी था । इसीलिए प्रबोध उस दिन उदार बना था, सभ्य बना था, सुन्दर बना था ।

इसलिए सुवर्ण की उस दिन की स्मृतिकथा माँजे हुए गिलास में भरे पानी-जैसी स्निग्ध शीतल है ।

सो उस पानी की बात भी न हो तो सुवर्ण के आग के अक्षरों के आस-पास ही रहे । नहीं तो विधाता के आगे अकृतज्ञ बने शायद । उन्होंने कम-से-कम एक साँझ को तो अमृत से भर दिया था !

मूल नाटक था 'बिल्वमंगल' । उसके पहले छोटा-सा कोई प्रहसन था । नाम याद नहीं, पर इतना याद है कि पाँचों ननद-भाभियाँ हँसते-हँसते लोटपोट हो गयी थीं।

उसके बाद 'बिल्वमंगल' ! प्रेम और भक्ति—दोनों के आवेग से भरे उस नाटक ने आँखों से आँसू की झड़ी लगा दी थी । हँसी और आँसू से गढ़ी उस सन्ध्या की प्रत्येक घटना, प्रत्येक शब्द मानो जीवन्त हो रहा ।

ससुराल से सुराज ने एक तरीक़ा सीखा था—थिएटर देखने जाना हो तो डब्बा भरकर पान ले जाना चाहिए । मुट्ठी-मुट्ठी पान, परदा गिरने के साथ-साथ लेमन पीना, कुलफ़ी खाना, ठोंगा भर-भर मिठाई खाना—जब तो थिएटर देखना हुआ !

प्रबोध ने यह सारा कुछ किया था ।

एक दिन का राजा बनकर मिज़ाज ही राजा-जैसा हो गया था उसका । दाई को उसने सखुए के पत्ते के दोनों में हींग की कचौरी, आलूदम, ख़स्ता गाजा, इमरती और पाँच बोलत लेमन के लिए भेज दिया था ।

उमाशशि ने बार-बार कहा, "हाय राम, घर में उतना पका-चुकाकर रख आया गया है, सो ? अब इतना-इतना यहाँ ?"

विराज ने कहा, "अरी बड़ी मालकिन, फ़िकर न करो, उनका भी सफ़ाया होगा। मौज़ में डबल भूख लगी है ।"

ताज्जुब, उस दिन कौतुक की ये निहायत मोटी बातें भी सुवर्ण को उपभोग्य लगी थीं । उसने खाया और जो कभी नहीं किया था, सबके साथ उसने पान खाया ।

पहले खाना नहीं चाहा था । सुराज ने ही कहा, "अरे खाओ न बाबा, एक खिल्ली, जात नहीं जायेगी ।" केवड़ाबासा कथ, जावित्री-जायफल, बहुत कुछ देकर विराजबाला नवाबी पान लगाकर लायी थी ।

"तो अपने नवाबी पान का एक बीड़ा दो तो सही, खाकर देखूँ तो, बेगम बन जाती हूँ या नहीं···" सुवर्ण ने एक बीड़ा लिया । उसको अच्छा लग गया और एक-एक करके कई खा गयी । उसके बाद झाँस लेमन । उसका स्वाद क्या अभी तक गले में लगा है ?

थिएटर की उस दाई का टूटे काँसे-जैसा गला मानो सहसा उस दूर अतीत से आ गूँजा—"दरज़ीपाड़ा के सुबोध बाबू का घर जी !"

"दरज़ीपाड़ा के सुबोध बाबू, प्रबोध बाबू का घर जी !"

आदत के अनुसार पहले बड़े भाई का नाम लेकर अन्त में अपना नाम भी खोंस

देने की साध हुई थी प्रबोध को ।

थिएटर देखना हुआ, खाना-पीना हुआ और आखिर फिर बग्गी पर सवार होकर हाथ-हाथ में 'अवाक् जलपान' की खिल्ली खोंस देकर प्रबोध गाड़ीवान के पास ऊपर जाकर बैठ गया । उमाशशि गाड़ी पर आसीन थी इसलिए । फिर भी विराज बोल उठी, "सो जो कहो भैया, मँझले भैया के साथ कहीं जाने में मज़ा है," इसपर बड़ी भाभी की मौजूदगी को भूलकर प्रबोध बोल ही बैठा, "मज़ा न मिले तो मेरी ख़ैर है? महारानी का मिज़ाज सातवें आसमान पर नहीं जा रहेगा ?"

उसके बाद क्या सुवर्ण ने फिर कभी थिएटर नहीं देखा ?

क्यों नहीं देखा ? नहीं देखा है कहे तो पाप लगेगा । परन्तु वह स्वाद फिर नहीं मिला । देखा है यानी 'दिखाया है' । जब भी ननदें आयी हैं, गयी हैं, या किसी को आदर जताने की ज़रूरत पड़ी है, थिएटर दिखाया गया है ? और सुवर्ण के सिवाय यह भार कौन ले ?

सो बीच-बीच में उनके साथ उसे भी जाना पड़ा है ।

एक बार तो 'प्रहलाद चरित्र' दिखाने के लिए मुक्तकेशी और उनकी सखी हेमांगिनी को भी ले जाना पड़ा था । साथ में सुशीला थी और था प्रबोध ।

माँ, मौसी, दीदी के साथ पत्नी को भी ले गया था प्रबोध । यह बेहयाई की थी उसने । साँझ को उतनी देर के लिए घर में छोड़ जाने की गवाही मन ने नहीं दी । ताश खेलते-खेलते किसी बहाने एकाध बार उठकर देख जाया जा सकता है, इसमें तो वह उपाय नहीं । लाचार चक्षुलज्ञा से बाज़ आना ही श्रेय है ।

अवश्य पाँच जने को सुना-सुनाकर कहना पड़ा, "माँ तो जानती ही नहीं कि कहाँ बैठना होता है और कब उठकर आना चाहिए । मँझली बहू फिर भी यह सब जानती है ।"

सुवर्ण अवश्य अकेले ऐसा सुयोग लेने की हिमायती नहीं, लेकिन बहरहाल, सँझले बाबू, छोटे बाबू अपनी बहुओं को दूसरे के पैसों से थिएटर दिखाने में मान हानि मानने लगे थे, इसलिए उन्होंने बहुतेरे बहाने दिखाये थे । और 'गिरस्ती की असुविधा' सोचते ही उमाशशि के माथे पर आसमान टूट पड़ता है ।

इसलिए फ़िलहाल जो जाना हुआ है, वह कर्तव्य के नाते । पहले दिनवाला वह उमड़ता आनन्द नहीं मिला । वह दिन सोने के हरूफ़ों में लिखा है।...

क्योंकि...क्योंकि उस साँझ की रात भी बड़ी सुन्दर हुई थी । सुराज ने कहा, "आज की रात हम ननद-भाभी गप-शप करके बितायेंगी मँझले भैया, तुम्हारे ही कमरे में । तुम चल दो, उस कमरे में जाकर सो रहो ।"

और ग़जब यह कि प्रबोध जल-भुन नहीं उठा, कोई कटु बात नहीं कही, और

कला-कौशल से सुवर्ण को कवलित करने की कोशिश नहीं की । बल्कि जम्हाई लेते हुए बोला, "गप-शप करके रात जायेगी ? इतनी देर तक थिएटर देख आने के बाद? मेरी तो आँखें नींद से मुँदी जा रही हैं ।"

और फिर हठात् ज़रा हँसकर बोल उठा, "जो नाटक देख आया बाबा, लगता है पत्नी-पुत्र पर इतनी आसक्ति न रखकर भगवान्-भगवान् को ही सोचना उचित है ।"

"बाप रे, एकबारगी 'का तव कान्ता कस्ते पुत्रः' ?" धीमा हँसकर सुवर्ण बोल उठी, और प्रबोध चुपके से उसकी पीठ पर एक चिकोटी काटकर सचमुच ही शयनकक्ष के दुरन्त आकर्षण को त्यागकर चला गया था ।

कैसी मुक्ति !

मुक्ति का कैसा स्वाद ?

सुवर्ण के विवाहित जीवन में इसके पहले या बाद में ऐसी मुक्ति का स्वाद और कब मिला ?

प्रबोध कब इस प्रकार स्वेच्छा से अपना दावा छोड़कर सोने को गया ? पहले कभी असुविधा से जब जगह नहीं मिल सकी, तो गुर्राता रहा, बहाना बनाकर ही जाकर पड़ रहा ।

जिन लोगों ने गप-शप में रात बिताने की उमंग दिखायी थी, वे तो उसी समय लुढ़क पड़े । सुवर्ण उस रात नहीं सोयी । उस मधुर अवकाश को उसने रस ले-लेकर भोगा । और, उस रात वह एक अद्भुत काम कर बैठी ।

पहली ही बार ।

हाँ, यही पहली बार वह एक पद्य लिख बैठी ।

अब उस पद्य को सोच अवश्य हँसी आती है, पर पहली बार ही तो थी ! पुरानी सड़ी-सी कॉपी के पीले पड़े पन्ने में आज भी है वह । फाड़ फेंकने में माया हो आयी।

और आश्चर्य कि वह आज भी याद है उसे ।

है तो पहले का, लिहाज़ा भाषा भी वैसी ही है ! परन्तु उस दिन यही पद्य लिखकर कैसे अनोखे पुलक-स्वाद से भर गया था मन ! लगा था, ठीक कवियों-जैसा ही तो हुआ है । कवि लोग भी ठीक ऐसा ही नहीं लिखते हैं ?

अनगिन नीलम-नखत नील नभतल से ऊपर,
ताका करते हैं धरती को नयन बिछाकर ?
देखो तो देखोगे अपनी आँख पसारे
लड़की एक धरा की जगती उन्हें निहारे ।
पिंजड़े के कैदी पंछी-सा उस लड़की का प्राण,
दूर गगन में जाने क्या तो करता है सन्धान ।

किन्तु हाय, कट जाता है सुर, फट जाता है मन !
करना पड़ता बन्द खुली खिड़की को मजबूरन ।
निष्ठुर पृथ्वी, निठुर बड़ी ही इस पृथ्वी की भोर,
चूर किये देती निशि के सब सपनों को झकझोर ।
जग उठती हैं सौ-सौ आँखें, दुःख और ग्लानि ले,
जुत जाना पड़ता है बरबस नित की उस पानी में ।

लेकिन उस समय की भाषा के इस पद्य को आज की कॉपी में स्थान देने की इच्छा नहीं है, पर उस दिन को ठाँव देने की ख़्वाहिश होती है ।

जीवन का पहला पद्य लिखने का दिन !

उस दिन के पुलक-स्वाद से कुछ लिख गयी ।

मामी-सास के यहाँ और एक दिन जाने का संकल्प किया था उसने, पर जाना हो नहीं पा रहा है मानो ।

किसी के कुछ ख़याल करने की बात नहीं, किराये की एक बग्गी से दाई के साथ माँ कहीं जा रही है, इसपर अब सुवर्ण के लड़की-लड़के अवाक् नहीं होते । मुक्तकेशी की मृत्यु और श्राद्धकर्म से यह हठात् ही जाने कैसे चालू हो गया है । लेकिन सुवर्णलता को ऐसा क्यों लग रहा है कि ये लोग जिज्ञासा-भरी दृष्टि से सोचेंगे—मामी-सास पर अचानक इतनी भक्ति का कारण ? अभी-अभी उसी दिन तो गयी थी !

इसलिए चलूँ-चलूँ करते हुए भी दिन ढुलकने लगे ।

उन्नीस

परन्तु सुवर्णलता की 'स्मृतिकथा' के पन्नों में 'कविता लिखने के दिन' की स्मृति कहाँ है ? उसके पन्ने-पन्ने में तो पंछी के पंख फड़फड़ाने का शब्द ही प्रखर है !

लेकिन स्मृति की खिड़की से उसे कविता पढ़ते देखा जाता है । क्या जाने कहाँ से जुटा लेती है और यह छूट ही कहाँ से पाती है ! फिर भी यह नज़र आता है कि जिस घर में लड़कों की पाठ्य-पुस्तक और नये पंचांग के सिवाय कोई किताब नहीं आती थी, उस घर में कोने की तरफ़ के एक कमरे में खाट के नीचे, दीवार-आलमारी में, दरवाज़े-खिड़की के ऊपर की ताखों पर पुस्तकें, पत्र-पत्रिकाएँ जमा हो जाती हैं !

शायद हो कि घर का वास्तविक मालिक कहते-कहते थककर पतवार छोड़ बैठा है । नहीं तो किशोरी सुवर्णलता की स्मृति के इतिहास में उसकी किताब छीनकर

फेंक देना, फाड़ डालना, जला डालना—सब कुछ की ही तो नज़ीर है । आख़िर शासन करनेवाले ने हार मान ली है । या उसने यह देखा शायद कि यह पंछी इसी से कम छटपटाती है ।

इस घर के पिंजड़े में और भी तो मैना हैं, कहाँ, वे तो ऐसा नहीं करतीं ! बल्कि वे तो आड़-ओट में कहती हैं, "धन्य बेहया औरत है रे बाबा, इतने अपमान के बाद भी फिर वही रवैया ! हम होतीं तो ज़िन्दगी में उस चीज़ को उँगली की नोक से भी नहीं छूतीं । और मँझले बाबू के मुँह में भी मर्दानगी है । वज्र की कसावट, फुलकी गाँठ ।"

सुवर्णलता को पीठ पीछे की बात का पता नहीं होता । वह अपने आवेग और अनुभूति के परिमण्डल में विराजती है । लोग बेहया कहें तो बेहया, अबोध कहें तो अबोध ही है ।

एक हिसाब से अबोध ही शायद ।

नहीं तो भला एक-एक नयी अनुभूति का आवेग लिये वह उमाशशि के पास दौड़ी जाती ! जाड़े की दोपहरी में उमाशशि धूप में बड़ी डाल रही है, गिरिबाला रेशमी रंग की कढ़ाई कर रही है और धूप में ज़रा देर लेट जाने के लिए बिन्दु चटाई बिछा रही है कि सुवर्ण वहाँ धड़ाके से आ पहुँची । उत्तेजित तमतमाये मुखड़े को और भी सुर्ख़ करके बोली, "दीदी, ताज़िन्दगी तुम बरी ही डालती रहीं, यह नहीं जाना कि दुनिया में कहाँ क्या है ! सुनो, ज़रा सुनो तो सही कि एक पुरुष कवि ने स्त्री-मन की बात को किस तरह से भाषा दी है—उसके दुःख कष्ट को !" कहा, किन्तु ताककर देखा नहीं कि वे 'दुनिया में कहाँ क्या है' यह जानने को उद्ग्रीव हो ताक रही हैं या आपस में कौतुक-दृष्टि का विनिमय कर रही हैं । सुवर्ण के लिए मज़ाक़ तो करती ही हैं वे। एक ओर वह जैसी तेज़-तर्रार, अहंकारी और ढीठ है, दूसरी ओर वैसी ही घोर पागल है । वे उसपर हँसेंगी नहीं भला !

लड़के जैसे रटते हैं, उस तरह चिल्लाकर सुवर्ण का कविता पढ़ना देखकर वे हँसती हैं । लेकिन उस पगली ने तबतक शुरू कर दिया :

"झुक आयी वेला री, चल पानी को चल
मानो उसी पुराने सुर से
जाने कौन पुकारे फिर से···"

गला आवेग से काँपने लगा, अनजानते न जाने कब आँखों से आँसू ढुलक आये। सोचने लगी, कविता न समझे चाहे, यह प्राण-निचोड़ी बात तो उनके मर्म में पहुँच रही है ।···ये बेचारियाँ आँखें बन्द किये दिन काट रही हैं, हो सकता है, इससे इनकी आँखें खुलें । समझेंगी 'जान देकर घर-गिरस्ती करना, डरते हुए सशंकित रहना' सब वृथा है । यहाँ हमें किसी ने अपना नहीं समझा । यहाँ हम सब :

फूलों की माला, आयी हूँ बेचने
परखें सब कोई, करते न स्नेह ।

और यह भी समझें, संसार में ऐसे भी हृदयवान् महत् पुरुष हैं, जो बेबस स्त्रियों की इस यन्त्रणा को समझते हैं, उनको भाषा देते हैं ।

ताज्जुब है, ताज्जुब ! रवि बाबू ने कैसे जाना :

यहाँ रोना वृथा
दीवार से टकरा
रोना लौट आता अपने ही पास ।

उन्होंने कैसे पता पाया :

सबके बीच अकेली फिरती
कैसे सारी वेला कटती
ईंट पर ईंट
बीच में मनुज कीट
नहीं है प्यार तो
नहीं है खेल !

यों साफ़ कही हुई बात भी चिरवन्दिनी उमाशशि नहीं समझ सकेगी ? नहीं समझेगी कि "हमारी अवस्था ऐसी है, कहाँ, पहले तो नहीं जानती थी । कैसी अन्धी थी मैं !"

सुवर्ण उनकी आँखें खोलने बैठी और हठात् एक समय उसी की आँखें खुल गयीं। गिरिबाला सहसा घबराकर बोल उठी, "गले को ज़रा धीमा करो मँझली-दी, नीचे से किसी के चप्पल की आहट आयी है, शायद छोटे देवरजी आये हैं !"

उठने का यह ढेला खाकर चौंककर सुवर्ण ने देखा, इस बीच उमाशशि दो सूप बड़ियाँ डाल चुकी और बिन्दु बेख़बर सो गयी ।

"मरो, चप्पल की आवाज़ पर कान खड़े करके ही मरो तुम लोग ! तुम लोगों के लिए क़ैदख़ाना ही सुख का सागर है ।" सुवर्ण ग़ुस्सा होकर उठकर चली गयी । अपने कमरे में जाकर किताब को खोलकर मृदु आवेग से बोली, "कहाँ है, ऐ माँ, कहाँ है री, कैसे मुझको है यों बिसरी···"

बड़ी-बड़ी आँखों से बूँद-बूँद आँसू टपकने लगे ।

ऐसी घटना कितनी ही बार घटती ।

प्रबोध प्रायः स्त्री को थमथम भारी किसी और ही दुनिया में खोया हुआ पाता ।

इसलिए उसे कोई दोष नहीं दिया जा सकता, यदि वह कहे, 'बस, ये एक रवि बाबू हुए हैं, देश का सिर खाने के लिए ! स्त्रियाँ जब जहन्नुम में जायेंगी ।' कैसे तो कहते हैं न :

पदुम गया परबल गया घोंघा हुआ आँख ।
मैना गयी गयी अब तितली तिलचट्टे की शाख !

"हेम बरुआ, ईश्वर गुप्त तो ख़ाक, तुम्हारी राय में शायद तुम्हारे रवि बाबू माइकेल से भी बड़े कवि हैं ?"

सिर उठाकर सुवर्ण ने व्यंग्य-भरे उस मुँह को देखा और फिर हिन्दू नारी के ऐतिह्य को एकबारगी धूलिसात् करके कहा, "तुम-जैसे मूर्खों से मैं कुछ नहीं कहना चाहती।"

पर ये बातें हैं कब की ?

पिंजरे की मैना का यह पर फड़फड़ाना ?

जो बातें कॉपी पर लिखने में मूल्यहीन, बदरंग, एकांगी हो जाती हैं । इसलिए उन्हें लिखा नहीं जाता, स्मृति के कमरे का ताला खोलते ही वे एक ही साथ हड़बड़ाकर निकल आना चाहती हैं ।

परन्तु पिंजरें की मैना के पर फड़फड़ाने से बाहर की विशाल पृथ्वी तो स्थिर नहीं रहती !

पिंजरे की मैना आसमान की ओर आँखें किये आर्तनाद करती है, मैना का मालिक पिंजरे के सींखचों को सख्त करता है, विशाल पृथ्वी उसका उपहास करके आगे बढ़ जाती है । आसमान को मुट्ठी में भर लेने के दुस्साहस से हाथ बढ़ाती है।···कवि, कलाकार अचलायतन को तोड़ने का काम करते जाते हैं । विचारक का मन प्रतिवाद करता है, जंजीर की देवी की पूजा-वेदी पर सब्बल और गैते की चोट पड़ती है और इसी में अविराम टूटने-जुटने की राह से समाज-मन बढ़ता रहता है ।

इसीलिए अचानक कभी हैरान होकर देखते हैं, जाने कब, किस फाँक में अवरोध की वज्रमुष्टि ढीली हो आयी, घूँघट ह्रस्व हो आया—राजपथ केवल पुरुषों का ही ख़रीदा हुआ नहीं है, उन हलकी घूँघटवालियों ने समझ लिया—उनके आँख-मुँह, आचार-आचरण में उसका आभास मिलने लगा ।

कितनी दुस्साहसी लड़कियाँ इसी बीच उस रास्ते पर कूद पड़ीं । वे सब पिकेटिंग कर रही हैं, पिट रही हैं, जेल जा रही हैं । आसेतु हिमाचल एक नाम से स्पन्दित हो रहा है , एक कण्ठ की पुकार पर दौड़ा आ रहा है ।

वह नाम है गान्धीजी ।

वह पुकार...एकला चलो रे ।

कवि की भाषा प्रेमिक के गले से उच्चारित हो रही है ।

देश-प्रेमिक, मानव-प्रेमिक !

दरज़ीपाड़ा की गली भी अब आँख में ठेपी डाले नहीं रह रही । वहाँ भी लड़के कहने लगे, ''विलायती साबुन अब नहीं लगाया जायेगा'', बिन्दु और गिरिबाला ने भी विलायती नमक और चीनी छोड़ दी और बाज़ार से विलायती कोंहड़ा, विलायती बैंगन मँगाना बन्द कर दिया ।

आबाल-वृद्ध-वनिता, इतर-भद्र, शिक्षित-निरक्षर सभी एक ही बात कह रहे हैं, अब यह कोई नहीं कह रहा है कि राज्य ब्रिटिश का है । सबने समझ लिया है कि उन लोगों ने ज़बरन दख़ल कर रखा है, हक़ का लेना लेना है । सब जान गये हैं कि महात्मा गान्धी स्वराज ला देंगे ।

'गाया फाँसी पर जिनने इस जीवन का जयगान'—यह शायद उन्हीं के लहू से भीगी माटी की फ़सल है । बीज़ बो गये हैं वे । उसे सींचने के लिए अब दूसरा माली आया है ।

फल ?

देश के लोग खायेंगे । आ गया समय ।

हाथों हाथ फल मिलेगा । जो पुलिस की मार, बूटों की ठोकर, जेल का खाना खा रहे हैं, वे पुरस्कार में वही फल पायेंगे ।

किन्तु सुवर्णलता के मन में वैसी चुहल क्यों नहीं है ? जो सुवर्णलता स्वदेशी के नाम पर खौल उठती थी, स्वराज के लिए सील क्यों गयी ? जब नित्य नयी लहर उठ रही थी, कूल को तोड़नेवाला प्लावन आ रहा था, प्रबोध की उस समय हर घड़ी सशंकित अवस्था थी । अब शायद इसे घर के कोटर में नहीं रखा जा सकेगा । किसी दिन हठात् ख़बर मिलेगी कि लाज-शर्म को विसर्जन देकर सुवर्णलता दोनों बेटियों के साथ पिकेटिंग करने गयी है ।

लेकिन कहाँ ? वैसा जोश-ख़रोश कहाँ ?

कानू जिस दिन चरखा ले आया और बोला, ''माँ, अब गाली-गप में बक़्त जाया न करके हर मिनट सूत कातना होगा, उसी सूत का कपड़ा बुनकर सबको पहनना होगा,'' तो कहाँ, उस दिन सुवर्णलता उस नयी चीज़ पर झपट तो नहीं पड़ी ? कहा तो नहीं उसने कि, ''तुझे दोनों हाथ उठाकर आशीर्वाद देती हूँ कानू, तूने मेरे मन का काम किया ।''

नहीं । सुवर्ण ने वैसा नहीं कहा । सिर्फ़ ज़रा हँसकर बोली, ''अब उतनी गाली-गप करती कौन है ?''

''अहा, गाली-गप न सही, नावेल-नाटक पढ़ना—एक ही बात है । दोनों में समय का अपव्यय । अब यह अपव्यय नहीं चलेगा ।''

''नहीं चलेगा ?'' सुवर्ण और ज़रा हँसी थी, ''तो चरखा ही कात । तुम्हीं लोगों के आगे समय है । मेरे समय का सम्बल तो पीछे छोड़ आया जीवन है ।''

''ख़ूब कही ! अस्सी-नब्बे साल की कितनी बूढ़ियाँ चरखा कातती हैं, पता है ।

रास्ते के चलते हुए लोग भी तकली कातते हैं ।"

"चलते होंगे । जब का जैसा फ़ैशन ।"

"फ़ैशन ! इसे फ़ैशन कह रही हो तुम ?"

कानू स्तम्भित हो गया था ।

यहाँ तक कि कानू का बाप भी ।

सुवर्ण के मुँह से यह बात अभावनीय तो थी !

यों ही क्या इस अजीब 'उलटी-पुलटी' को लेकर प्रबोध भूल-भुलैया में भटककर आजीवन मरता रहा ?

कानू ने माँ को बहुत धिक्कारा था ।

कहा था, "स्वराज यों ही नहीं आयेगा, उसके लिए दुःख-कष्ट करना होगा ।" मुक्तकेशी के पोते, प्रबोध के वंशधर ने ऊँचे गले से कहा था ।

लिहाज़ा कहना ही पड़ेगा, देश की सूखी नदी में बाढ़ आयी थी । सुवर्ण तथापि उत्तेजित नहीं हुई । वह हँसकर बोल उठी थी, "अरे, तेरे इस सूत कातने में कष्ट कहाँ है ? दुःख ही कहाँ है ? और गृहस्थ-घर की स्त्रियों को समय ही कहाँ है !"

कानू ने नाटक-नावेल पढ़ने का उलाहना और एक बार दिया । उसने हिसाब माँगा कि सुवर्ण की दो-दो बड़ी बेटियाँ कौन-सा राज करती हैं । हाँ, दो बेटियों की ही कही थी कानू ने—उस समय पारू घर बसाने नहीं गयी थी और कानू का ब्याह नहीं हुआ था ।

कानू का ब्याह ठीक हुआ, जब चरखे की लहर थोड़ी मन्द पड़ी । चरखा उस समय बहुतों के यहाँ छत की सीढ़ी या सीढ़ीघर में जा पहुँचा था । केवल किसी-किसी के यहाँ चरखा कातती हुई गृहस्वामिनी या वधू की तसवीर अपनी महिमा लिये दीवार पर झूलती थी ।

सो जो हो, पारुल-बकुल की बात उठाकर भी कानू माँ को सुलगा नहीं सका । सुवर्ण ने कहा था, "वह उन्हें अपने आप इच्छा होती हो, प्रेरणा आती हो तो वे करेंगी। मैं क्यों कहने जाऊँ ? और ख़ास करके वह बात, जिस पर मुझे विश्वास नहीं ?"

तो फिर कहिए, उलटी-पुलटी है या नहीं ?

दो-चार नौजवान दो हथगोले बनाकर, पुलिस को मारकर दुर्धर्ष ब्रिटिश के गोला-बारूद का ख़ातमा कर देंगे, यह विश्वास तुम्हें था और इसपर तुम्हें विश्वास नहीं है ?

कानू के ग़ुस्से का मतलब ज़रूर है ।

भूल सुवर्ण की ही है ।

कुछ भी निरर्थक नहीं । कोई भी प्राप्ति एकाएक नहीं आती । काम नाना विचार, नाना हाथों से होता है । बहुत-बहुत परीक्षा-निरीक्षा के बात ही तो परम को पाया

जाता है ।

परन्तु एकबग्गी सुवर्ण से कहा, "परम को पाने के लिए चरम मूल्य चुकाना पड़ता है ।" परन्तु वह चरम है क्या, उसने यह नहीं कहा । शायद हो कि उसकी धारणा भी उसे नहीं थी । बड़ी-बड़ी बात बोलनेवाले भाव के फ़ानूस के सिवाय और क्या !

लेकिन यह देखा गया कि ऐसे सुवर्ण-सुयोग के बावजूद सुवर्ण राजपथ पर नहीं उतरी । दर्शक की नाईं राजपथ के कोलाहल की ओर ताककर केवल देखा ।

और विदेशी चीज़ों का बहिष्कार ?

वह तो बहुत दिन पहले से ही होता आ रहा है । सुवर्णलता की इस ज़ोर-ज़बरदस्ती को इच्छा-अनिच्छा से लोगों ने मान ही लिया है । हो सकता है, झगड़ा-झड़प के भय से । घर पर—किसी पर तो रियायत नहीं करती है वह !

इस मुहल्ले में मकान बनाने के समय से ही बग़ल के मकान के परिमल बाबू से मेल-जोल है । परिमल बाबू की पत्नी ने नये आये पड़ोसी की सुख-सुविधा का शुरू से ख़याल किया है । सच पूछिए तो आत्मीय-से हो गये हैं वे । फिर भी एक दिन परिमल बाबू की पत्नी जब घूमने आयीं और कहा, "देसी दियासलाई तुमने देखी बकुल की माँ ? देखकर हँसते-हँसते बुरा हाल । जलने से पहले ही बुझ जाती है । एक बार चूल्हा सुलगाने में पूरी एक दियासलाई चाहिए । विलायती से होड़ लेना मुश्किल है ।"

इसपर सुवर्ण विलायती दियासलाई-सी जल उठकर बोली थी, "आप ये बातें मुझसे मत करिए दीदी, सुनने में बुरी लगती हैं मुझे ।"

परिमल बाबू की पत्नी भली हैं, मगर माटी का पुतला तो नहीं । लिहाज़ा विच्छेद हो गया ।

यह मनोमालिन्य मिटने में बहुत दिन लग गये थे । सम्भवतः बेटा या बेटी किसी के ब्याह में ही फिर से आना-जाना शुरू हुआ । और, परिमल बाबू के बेटे सुनिर्मल ने इस मनोमालिन्य की कभी परवा नहीं की । वह बराबर आता-जाता रहा, खाता-पीता रहा ।

उसी जाने आने की ओट में···

लेकिन छोड़िए वह बात ।

बीस

सुवर्ण के अगाध समुद्र का एक अँजुरी पानी, अगाध स्मृतिकथा की मुट्ठी-भर बात, अब प्रकाश का मुँह देखेगी । इसीलिए सुवर्णलता उमग रही है । इसीलिए वह ताककर देख नहीं रही है कि उसके अन्तःपुर की सारी लोकाचार विधियों के अनुशासन बिलकुल ठीक से पाले जा रहे या नहीं ।

अब वह बहुतेरे दुविधा-द्वन्द्व से निबटकर अपनी पहली कविता के दिन की कहानी को अक्षर में बन्दी करके अपनी मामी-सास के यहाँ जाने को ललक रही थी ।

बेटे को बुलाकर कहा, "सुबल, एक बग्गी बुला देगा ?"

ऐसे ही बोलती है सुवर्ण ।

'सुबल, एक बग्गी ला दो' न कहकर 'बुला देगा ?' कहती है ।

माँ और बेटे के सहज सम्बन्ध की धारा के बीच में मानो दूरत्व की चट्टानें पड़ी हैं । इसलिए पानी घूमकर बहता है ।

कौन जाने, यह चट्टान किसकी रखी हुई है ।

माँ की या बेटे की ?

सुबल ने भी तो नहीं कहा, "कैसी अजीब बात है ! बुला क्यों नहीं दूँगा ? कहाँ जाओगी ? चलो, पहुँचा देता हूँ ।"

सुबल ने सिर्फ़ यान्त्रिक गले से उच्चारण किया, "कब चाहिए ?"

सुवर्णलता ने आहत दृष्टि से ताका ।

उसने बड़ा अपमान अनुभव किया मानो ।

सुवर्णलता तो जानती है, उसके इस छोटे बेटे में हृदय है । लेकिन सुवर्णलता के लिए उस हृदय की ऐसी कृपणता क्यों ? उसका यह छोटा बेटा मानो चेष्टा करके हृदय को सख़्त मुट्ठी में बाँधे रखता है । जिसमें असावधानता से ज़रा भी नहीं खिसके !

आश्चर्य !

'माँ' कहकर सुबल ने कितने दिनों से नहीं पुकारा ?

उस कठिनता के आगे कोई आवेदन करने की इच्छा नहीं होती । फिर भी कभी-कभार उपाय भी तो नहीं रहता । किराये की गाड़ी से अकेले, यहाँ-वहाँ जाने का साहस ही तो असमसाहसिकता है । फिर भी वह साहस सुवर्ण दिखाती है । दोनों ससुराल अकेली ही जाया-आया करती हैं । लेकिन रास्ते पर जाकर अपने से गाड़ी तय करके तो नहीं जाया जा सकता । वह साहस नहीं, असभ्यता है । कम से कम सुवर्ण के मापदण्ड से ।

सुबल न बोले चाहे, दूसरे लड़के सुनाने से बाज़ नहीं आते । कहते हैं, "गाड़ी

बुला देने का 'फार्स' अब किस लिए ? मज़े में तो आज़ाद हो गयी हो, जाओ न, निकलकर कोई गाड़ी ठीक कर लो ।''

कहते हैं, बहुओं से हूल खाने से ।

बहुओं को अकेले पाँव बढ़ाने का हुक्म नहीं और सास मज़े में···

मगर सुबल ने कुछ सुनाया नहीं । पूछा, ''कब चाहिए ?''

सुवर्ण ने भी अतएव वैसे ही यान्त्रिक गले से ज़वाब दिया, ''अभी ही चाहिए, वरना कहती ही क्यों ? दाई अभी आयी नहीं है···''

बात पूरी नहीं हुई, हठात् सुवर्ण का कलेजा धड़क उठा ।

नीचे यह गला किसका ?

जग्गू जेठजी का है न ?

क्यों ?

ऐसे असमय में क्यों आये वह ?

तो क्या यह कहने आये हैं कि किताब नहीं छाप सकेंगे वह ?

पढ़कर खीज़ उठे हैं क्या ?

सुवर्ण की निर्लज्ञता से अवाक् हो गये हैं ?

किन्तु उस निर्लज्जता के विस्मय से इतने ज़ोर-ज़ोर से वाद-वितण्डा करेंगे ?

किससे कर रहे हैं ?

किसी पछाँह का गला है न ? गाड़ीवान है ? पैसे के लिए हुज्ञत कर रहे हैं ?

ज़्यादा देर सोचना नहीं पड़ा ।

छापाख़ाने के मालिक जगन्नाथचन्द्र का गला आसमान को उठा, ''सुबल, कहाँ है रे सुबल ? अरे, बहूरानी, तुम्हीं आ गयीं ? तुम्हारी किताबें ला दी हैं । पाँच सौ प्रतियाँ छापी हैं, समझीं ? पहली किताब है, ब्याह के उपहार की तरह कुछ बाँटोगी न ? अधिक ही रहे । कम्बख्त मोटिया कम शैतान है ? इन कुछ किताबों को वहाँ से यहाँ लाने के छह पैसे माँगता है ! भला चार पैसे से ज़्यादा देना चाहिए ? तुम्हीं कहो तो बहूरानी ? मारे गुस्से के दुअन्नी ही फेंक दी । कहा, 'ले बे, पान खान्ना।' ''

इस वाक्यस्रोत के बीच ही में आकर बकुल ने ताऊ को प्रणाम किया । यों अचानक असमय में ताऊजी के आविर्भाव का कारण नहीं समझ सकी । साथ में जो ले आये हैं, वह सब क्या है ?

जग्गू किसी को अधिक देर तक अँधेरे में रहने देनेवाले नहीं । खुशी-खुशी बोले, ''लो, तुम्हारी माँ की किताब तैयार हो गयी । अब दोस्त-मित्रों को बाँटो । तुम्हारी माँ सार्थक हैं, लोगों से कहने में भी मुँह उज्वल होता है । छापाख़ाने के लोग तो सुनकर हैरान रह गये !''

कहना फ़िजूल है, बकुल इसका बिन्दु-विसर्ग भी नहीं समझ सकी ।

माँ की किताब ! वह फिर क्या ?

सो वह अवाक् होकर माँ की ओर ताकने लगी ।

सुवर्ण भी अपनी वाक्-शक्ति खो बैठी ।

किताब छप गयी !

इतनी जल्दी छप जाती है !

तो, नया परिच्छेद उसमें दिया नहीं जा सका । ख़ैर । लेकिन किताब है कहाँ? उस टोकरी में ? जो टोकरी सीढ़ी के नीचे रखी है ?

पुराने अख़बार में बँधे ढेरों पैकटों से भरी टोकरी को जगन्नाथचन्द्र खींचकर सामने लाये ।

एक अप्रत्याशित स्तब्धता से आबोहवा मानो स्थिर हो गयी । मोटी अक़्ल के जगन्नाथ ने भी मानो समझा, कहीं कोई सुर कट गया है । छोटे भाई की बहू उच्छ्वसित होकर तो पुलक प्रकट नहीं करेगी, लेकिन भाव-भंगी से तो समझा जायेगा !

सुवर्ण जिस दिन कॉपी लेकर छपाई को कहने गयी थी, उस दिन भी भयऊ की रीत का पूरा-पूरा निर्वाह नहीं हुआ था । आह्लाद की प्रतिमूर्ति-सी दिखी थी वह ।

और अब ?

जैसे साँप ने काट लिया हो !

उस घर की बहुओं-जैसा घूँघट तो लम्बा नहीं, चेहरा झलकता ही है । अप्रतिभ की नाईं जगन्नाथ ने इधर-उधर ताका, उसके बाद सूखे-से गले से कहा, ''बाबूजी घर पर नहीं हैं ?''

बकुल ने कहा, ''नहीं, बग़ल के घर में शतरंज खेलने गये हैं ।''

और दिन होता, तो जगन्नाथ फ़ौरन कह उठता, ''गया है न ? जानता हूँ ! सदा का नशा है ! कहावत है, ताश, शतरंज, पाशा, तीनों सर्वनाशा । और मेरे भाई जनाब इन्हीं तीनों में डूबे हुए हैं !''

लेकिन आज जगन्नाथ के मुँह से बात नहीं फुरी, ''अच्छा, मैं अभी चलता हूँ, चलता हूँ ।'' उन्होंने चप्पल पहनी ।

और अब सुवर्ण ने सिर पर घूँघट खींचा । गले में आँचल डालकर धीरे से उसने प्रणाम किया ।

''हाँ-हाँ, हुआ-हुआ,'' कहकर चले गये जगन्नाथ ।

रास्ता चलते हुए सोचते-सोचते एक सिद्धान्त पर पहुँचे वे—और कुछ नहीं है, यह बहुत अधिक खुशी ! बातों में कहते हैं, ''थोड़े सुख में हँसते-हँसते बहुत-बहुत कुछ बोले, ज़्यादा सुख में आँसू छलके, मुँह से कुछ ना बोले ।''

और बकुल ?

वह बेचारी तो अचकचा गयी ।

समझ ही सकते हैं कि बहूरानी ने किसी को बताया नहीं है । खुशी और निश्चिन्तता से अब वह ज़ोर-ज़ोर से क़दम बढ़ाने लगे, ''ओ, प्रबोधचन्द्र आकर आँखें

कपाल पर उठा लेंगे ! सात पुश्त में कभी किसी ने किताब नहीं लिखी, लिखी किसने तो बहू ने !"

माँ से कहना होगा जाकर, "सुनती हो माँ, खुशी के मारे बहू के मुँह से बात नहीं फुरी !"

प्रबोधचन्द्र की पहले तो आँखें कपाल पर चढ़ ही गयीं ।

उसके बाद हँसी का फ़व्वारा छूटा घर में ।

लड़कों ने शायद हँसी से ऐसा हुल्लड़ बहुत दिनों से नहीं मचाया । 'बाबूजी' कहकर बात ही कब करते हैं ?

"बाबूजी, माँ की किताब ! जग्गू ताऊ के छापाख़ाने का माल ! देखिए, देखिए। ओः ।"

प्रबोध आसमान से गिर पड़ा, "माँ की किताब ! मतलब ?"

"मतलब ? मतलब कि हम लोगों ने तो माँ का कभी कुछ किया नहीं, इसलिए उन्होंने खुद ही पतवार उठायी—जग्गू ताऊजी के यहाँ छपने को दे आयी थी । वही किताब छपकर आयी है ।"

स्त्रियों की तरह गाल पर हाथ रखकर प्रबोध कह उठा, "कहता क्या है रे भानू, यह तो वही हुआ, केले के पत्ते तक नहीं पहुँचा, ग्रन्थ लिखने का अरमान ! तुम लोगों की गर्भधारिणी को लेखक बनने की साध !"

"हूँ ।" हँसकर किताब के पन्ने फर-फर उड़ाकर भानू ने कहा, "अहा-हा, ग्रन्थ ही है ! नमूना लोगों को दिखाने लायक़ है ।"

हँसना लेकिन निहायत अपराध नहीं था भानू का । सुवर्णलता की 'स्मृतिकथा' का नमूना देखकर कौन हँसे बिना रह सकता ?

मन्दबुद्धि जगन्नाथ ने वर्णपरिचयवाले काग़ज़ में सुवर्णलता की किताब छाप दी थी—टूटे टाइप और गाढ़ी स्याही से ! अवश्य यह दोष जग्गू का नहीं, उसके छापाख़ाने का है । या सुवर्णलता के भाग्य का ही है ।

किताब देखकर सुवर्ण शायद अपने भाग्य के स्वरूप को स्पष्ट देख पायी है । नः, कोई सन्देह नहीं, और किसी का दोष नहीं, सारा दोष सुवर्ण के भाग्य का ही है!

सिर्फ़ काग़ज़ ? सिर्फ़ मुद्रण का प्रमाद ?

मुद्रक का प्रमाद नहीं ।

जो कि छुरी की तरह आकर कलेजे में धँस रहा है !

खूब रस ले-लेकर ज़ोर-ज़ोर से पढ़ा जा चुका था । बाप के सामने फिर एक बार पढ़ा जाने लगा, "सुनिए बाबूजी, सुनिए । ऐसे अनोखे प्रेस और ऐसे अनोखे प्रूफ़रीडर से जग्गू ताऊजी प्रेस चला रहे हैं ! किताब का नाम-धाम कुछ नहीं—बिना नाम की किताब ! पहले भूमिका ही सुन लीजिए—मैं एक निप्रराध बंगनाड़ी हूँ, मेरा एकमात्र परिचय है कि मैं एक अन्वपुरी की मँझली बहू हूँ । मेरा⋯"

प्रबोध हठात् प्रायः चौंक उठा, "यह कैसे पढ़ रहे हो ? कैसी भाषा है यह ?"

"बँगला ही तो ! जो छपा है, वही पढ़ रहा हूँ । और भी नमूना है, सुनिए न।" कौतुक की हँसी हँसते हुए भानू तेज़ी से पढ़ने लगा—"मुजको मन है, मस्तिक है. अत्मा है, लेकिन कोई मेरी सत्वा को श्वीकार नहीं करता । मैं…"

खुक्-खुक् करके हँसने की आवाज़ सुनाई पड़ी । बहुएँ मुँह पर कपड़ा रखकर हँस रही थीं । भानू की भंगिमा में भी तो हँसी की खुराक थी ।

किन्तु अचानक ही एक विपर्यय हो गया ।

एक अप्रत्याशित घटना घट गयी ।

कहाँ तो थी सुवर्णलता, अकस्मात् वह खूँख़ार बाघिन-सी अपने विवाहित बड़े लड़के पर टूट पड़ी ।

सुवर्णलता के गले से बाघिन-जैसी ही गुर्राहट सुनाई पड़ी । किताब लेकर उसने टुकड़े-टुकड़े कर दिये ।

बहुत दिन पहले की तरह फिर एक दिन छत पर आग जली । सुवर्णलता के उस गुलाबी रंग के मकान की छत पर !...नहीं-नहीं, जितनी ही उद्भ्रान्त हो वह चाहे, उसी क्षण घर में जहाँ-तहाँ आग जलाकर उसने अग्निकाण्ड नहीं किया ।

धीरे-धीरे, समय लेकर, काफ़ी समय लेकर आग जलायी ।

पैसे के दो वर्णपरिचयवाले काग़ज़ में छपी, वैसी ही जिल्द से बँधी, किताब की पाँच सौ प्रतियाँ जलने में इतना समय लगा ? नहीं-नहीं उन प्रतियों ने उतना समय नहीं लिया । उतनी देर में आँखों में कड़वाहट लानेवाला धुआँ उगलते हुए जो सब जले, वे थे बहुत पुराने पीले पड़े पन्ने, और विवर्ण हुई स्याही में लिखी हुई बहुत-सी कॉपियाँ। अभी की लिखी ख़ासी जिल्दवाली कॉपी । कॉपियों की ढेरी !

ध्वंस हो गया आजीवन का संचय, निश्चिह्न हो गयीं सदा के गोपन प्रेम की निधियाँ । सुवर्णलता की अब कोई कॉपी नहीं रह गयी ।

वे कॉपियाँ उसकी बहुत दिनों की संगी थीं, सुख-दुख की बहुतेरी अनुभूतियों के सम्बल से तिल-तिल करके भर उठी थीं—लोगों की निगाह बचाकर किस सावधानी से लिखी और रखी ! एक-एक कॉपी के संग्रह के पीछे कितना आग्रह था, कितनी व्याकुलता, कितनी चेष्टा, और रोमांचकर गोपनता का कितना इतिहास !

उसे पैसों की कभी कमी नहीं रही, यह सत्य है, उमाशशि की नाईं, बिन्दु जैसी 'खाली हाथ' की दुख-भरी अभिज्ञता कभी नहीं रही—प्रबोध के प्रेम का प्रकटीकरण ही था, 'ख़र्च करो' कहकर कुछ रुपये हाथ में खोंस देना । वह देना अवश्य लोगों की नज़रों की आड़ में होता, पर ख़र्च करना तो छिपाकर सम्भव नहीं था ? सुवर्ण स्वयं तो दुकान नहीं जायेगी ?

किसी से मँगवाना ।

सो जो सदर रास्ते से जायेगा-आयेगा, वह कुछ मक्खी-मच्छर होकर तो नहीं जाये-आयेगा ? शुरू में, जब सुवर्ण अबोध थी, इसलिए असावधान भी थी, उसने दुलो से जिल्द-बँधी कॉपी मँगवायी थी । वही कॉपी हज़ारों 'कथा' की जननी हुई ! "क्यों, क्या ज़रूरत है ? ऐसी दामी कॉपी किस काम आयेगी ? पैसा रहने पर धोबी-ग्वाले का हिसाब भी चार-छह आने की कॉपी में लिखा जायेगा । आदि-आदि।"

तभी से सावधान हो गयी सुवर्ण ।

गोपनता वह पसन्द नहीं करती । लेकिन यों उद्‌घाटित होना भी अच्छा नहीं लगता। इसीलिए खिड़की की राह बग़ल के मकान के लड़के को पैसे देकर चुपचाप कॉपी मँगवाया करती—उसे गुड्डी-लटै के पैसे भी उसी राह से देती । जिल्द-बँधी रूलदार कॉपी ।

लोगों से छिपाकर ही मँगाया, लोगों से छिपाकर ही रखा । हृदय के रस से लालन किया, जीवन-वेदना के आवेग से उन्हें पुष्ट किया ।

कितने दिन कितने निभृत क्षणों में उनपर प्यार का हाथ फेरा, उन्हें प्यार-भरी नज़र से निहारा । वे केवल प्राण के समान ही कोई वस्तु न हों जैसे, प्राणों से भी बढ़कर कोई जीवन्त प्रियजन हों !

उन्हें इसी का अहंकार हुआ, उन्होंने प्रकाश का मुँह देखना चाहा । अरे, तुम सब अन्धकार के जीव हो और प्रकाश का मुँह देखने का अरमान ? आख़िर यह दुस्सह दुर्दशा देखनी पड़ी ।

उन्हीं प्यार करनेवाले हाथों से उनमें आग लगी, प्यार-भरी वही नज़र उनका भस्म हो जाना देखती रही ।

सुवर्ण ने छत की सीढ़ी का दरवाज़ा बन्द कर दिया था—इसलिए कि इस नृशंस हत्याकाण्ड का कोई साक्षी न रहे !

किन्तु उस दरवाज़े की छिटकिनी ढीली थी, दरवाज़े को खींचते ही वह खुल गया। लाचार एक साक्षी रह गया इसका !

दोपहर को एकाएक काग़ज़ जलने की गन्ध पाकर इस-उस कमरे को देखकर वह छत पर आ पहुँचा । खींचकर दरवाज़े को खोला और काठ का मारा-सा रह गया ।

सीढ़ी-घर की दीवार पर छाया पड़ी, इसीलिए उस भयंकर धूप में भी सुवर्ण के चेहरे पर आग की आभा की झलक दिखाई पड़ रही थी । उस आभास में वह सदा का चीन्हा मुखड़ा मानो अजीब एक अपरिचय का प्राचीर लिये खड़ा था ।

किन्तु उस अनचीन्हे मुखड़े की प्रत्येक रेखा में वह काहे का इतिहास अंकित था?

आजीवन के दुस्सह संग्राम का ?

या हारे हुए सैनिक की हताशा, विफलता, आत्मधिक्कार का ?

क्या पता, क्या ?

जिसने देखा था, उसे क्या उन रेखाओं की भाषा पढ़ने की क्षमता थी ?

शायद नहीं थी । इसलिए क्षण-भर विह्वल विचलित दृष्टि से देखकर ही डरा हुआ-सा भाग आया था सीढ़ी से ।

उसके बाद ?

उसके बाद वह हत्याकाण्ड का दर्शक एक नयी चेतना के अथाह समुद्र में उन रेखाओं की भाषा के पाठोद्धार के लिए टटोलता फिरा ।

अनजानते कब तो उसकी आँखों से आँसू बह निकला, मन-ही-मन बोला वह, "हम सदा तुम्हें ग़लत समझते आये, इसलिए तुमपर अन्याय किया ।"

फिर ? फिर एक नयी लहर उठी ।

इक्कीस

लहर ले आयीं जयावती ।

सुवर्णलता से जिनका सदा का सखीत्व का बन्धन था ।

रोज़ भेंट होती है, ऐसी बात नहीं, चिट्ठी-पत्तर की सेतु-रचना से ही हृदय का आदान-प्रदान ज़ारी हो, वह भी नहीं, किन्तु वह बन्धन अटूट और अक्षय है । बचपन-जैसा ही निर्मल, उज्ज्वल, स्नेह और सम्भ्रम की सीमारेखा से सुन्दर ।

जयावती यहाँ शायद ही कभी आती हैं ।

यद्यपि वह अधिकांश समय अपने मैके में ही रहती हैं और उनका मैका बड़े आदमी का घर है, इसलिए उनकी गतिविधि पर जैसे नियन्त्रण-निषेध का कोई दबाव नहीं, वैसे ही जाने-आने की भी कोई असुविधा नहीं । फिर भी लगाव का कृतित्व बल्कि सुवर्णलता को ही देना चाहिए । बहुत दिनों से भेंट नहीं हुई, इसलिए सुवर्णलता ही एक दिन जयावती के मैके जा पहुँची ।

प्रबोध इसके लिए मान-अभिमान कर उठता, सुवर्णलता उसपर कान नहीं देती। वह बोली, "उसके यहाँ आने से होना क्या है ? अपनी इस निरवच्छिन्न गिरस्ती में दो मिनट निश्चिन्त बैठकर बात भी कर पाऊँगी ? यह, तो वह—बीसियों बार उठती और दौड़ती हूँ । मैं ही इस गिरस्ती की झंझटों से छुट्टी लेकर वहाँ चली जाती हूँ, वही बेहतर है । उसे तो वहाँ काम-काज का कोई झमेला नहीं है !···हाँ, बग्गी-किराये के पैसे यदि तुम्हें खलते हों तो वह कहो, मान-सम्मान की बात न करो ।"

कुटुम्ब का घर ?

तो क्या हुआ ?

अपना-पराया के निर्धारण की बँधी सड़क से सुवर्ण कभी नहीं चल सकती, लिहाज़ा उसकी चर्चा ही बेकार है । मामूली-से किसी अनुष्ठान के सिलसिले में मुक्तकेशी संसार-परिजन की पाली बिलैया भी सुवर्ण की 'अपनी' है, और इसके बाहर दुनिया का और कोई उसका अपना नहीं, इस नियम पर सुवर्ण विश्वास नहीं करती ।

इसलिए जी जब ख़राब लगा, तो प्रबोध के ना-नू की परवा न करके सुवर्ण ही वहाँ गयी है ।

किन्तु इधर शायद बहुत दिनों से नहीं गयी !

इसलिए एक दिन जयावती ही आ पहुँचीं ।

कचहरी जाते समय उनके वकील भाई गाड़ी से यहाँ उतार दे गये । लौटते हुए फिर साथ ले जायेंगे ।

सुवर्ण के भाई भी वकील हैं और शायद उन्हें भी गाड़ी है । सुवर्णलता के लड़के के भी गाड़ी है । ख़ैर । जयावती आयीं और एक लहर ले आयीं । यही असली बात है ।

कई जनी मिलकर जयावती बदरिकाश्रम जा रही हैं, तुम भी चलो न । विरानी कोई नहीं—जा रही हैं जयावती की दो बहनें, एक भाभी और एक ननद । वह तो सुवर्ण की भी ननद है ।

साथ चलेंगे घर का एक सरकार और वहाँ का एक पण्डा । संग-साथ अच्छा ही है ।

जयावती की भी बड़ी इच्छा है, सुवर्ण साथ चले ।

सुवर्णलता को कई दिनों से बुखार सा था । वह लेटी हुई थी । उठ बैठी, बोली, "हाँ, चलूँगी ।"

जयावती हँसीं, "अरे, बाबा ठहर, पहले पतिदेवता की अनुमति ले, फिर दस्तावेज पर सही बना । 'चलूँगी' कहने से ही तो नहीं होता !"

सुवर्ण ने संक्षेप में कहा, "होगा । तुम मेरा भी इन्तज़ाम करो । और, साथ में क्या-क्या लेना होगा, क्या लगेगा, वह भी···"

"इतने दिनों के विरह से मँझले बाबू आँखों में अँधेरा तो नहीं देखेंगे ?" जयावती ने हँसकर कहा, "जल्दबाज़ी नहीं है, सोच-समझकर कहना, अभी महीना-भर हाथ में है ।"

सुवर्णलता ने कहा, "सोच-समझकर ही कहा । सोच-सोचकर मरी जा रही थी कि कहाँ भागूँ, तुम भगवान् होकर आ गयीं !"

सुवर्ण को दो दिन के लिए कहीं भागने की जगह खोज देने के लिए जयावती भगवान् होकर आयीं । लेकिन सुवर्ण के भाग्य का भगवान् ? दुस्साहसी सुवर्ण ने किसी से पूछे बिना ही दस्तावेज पर सही बना दी ? वह क्या चुप रहेगा ?

या कि खुशी से पिघलकर कहेगा, "ठीक तो है ! जब ऐसा एक सुयोग मिल गया है, तो जाओ न । कभी कहीं गयी भी तो नहीं हो !"

ऐसा कहता तो महत्त्व की बात होती, पर इतना महत् होना सबकी कुण्डली में नहीं लिखा होता । घर लौटकर प्रबोध ने सुना । वह जामे से बाहर होकर बोला, "लहर यह ले कौन आयी ? यह लहर ? उस घर की गृहिणी ? अपने योग्य ही काम किया है उन्होंने । ताज़िन्दगी तो मनसा देवी के मन्दिर में धूपं का धुआँ देती आयी हैं वह । कह देना, 'जाना सम्भव नहीं है' ।"

सुवर्ण ने शान्त गले से कहा, "मैंने कह दिया है, जाऊँगी ।"

"कह दिया है ? एकबारगी वचन दे चुकी ?" क्षुब्ध क्रोध के स्वर में प्रबोध ने कहा, "यह शायद याद ही नहीं आया कि घर में मैं एक बूढ़ा आदमी पड़ा हुआ हूँ? यह नहीं कह सकीं कि बिना पूछे कैसे बता सकती हूँ ?"

बड़े दिनों के बाद सुवर्ण आज फिर ज़रा हँसी । कहा, "अज़ी, मैं भी तो बूढ़ी हो गयी हूँ ! अपने मामले में अपनी कोई इच्छा-अनिच्छा नहीं चलेगी, यह भी तो देखने में बुरा लगता है !"

कोई इच्छा-अनिच्छा ?

प्रबोध के माथे पर जैसे लाठी लगी ।

"कोई इच्छा-अनिच्छा ! कौन-सा काम तुम्हारी इच्छा से नहीं होता ?"

सुवर्ण फिर हँसी, "अच्छा ! फिर तो झमेला चुक ही गया । सब कुछ हो रहा है, यह भी होगा ।"

"नहीं-नहीं, यह होगा-हवायेगा नहीं ।"

फूँ मारकर प्रबोध ने जैसे रूई का फाहा उड़ाया ।

"तबीयत ख़राब है, रोज़ ज्वर-जैसा रहता है और ऐसे में जीने-मरने के लिए तीरथ को चलीं ! तीरथ आखिर भागा जा रहा है ?"

"तीरथ बेशक नहीं भागा जा रहा है", सुवर्ण हलका हँसकर बोली, "मैं तो भाग जा सकती हूँ ?"

सहज बात का रास्ता बहुत दिनों से बन्द था, एक बार एकाएक एक अलौकिक मन्त्र से वह दरवाज़ा खुल गया था । श्यामासुन्दरी के बेटे जगन्नाथ चटर्जी के नीचे के तल्ले के एक सील-भरे कमरे में वह मन्त्र जी रहा था, उसके ब़ाद सब बण्टाढार हो गया, मन्त्र गया खो । फिर बन्द हो गया दरवाज़ा । सिर्फ़ एक आवरण रहा । ज्वर भाव । रोज़ ही यदि उसे ज्वर भाव ही रहे, तो सहज भाव कहाँ से आये ?

सुवर्ण ने आज बहुत दिनों के बाद फिर हँसकर कहा, "मैं तो भाग जा सकती हूँ ?"

किन्तु प्रबोध क्या बच्चे को फुसलाने-जैसी बात में आ सकता है ? वह हाँ-हाँ करके बोल नहीं उठेगा, "इन वाहियात बातों से मेरा मिज़ाज न बिगाड़ दो । मैं कहे

दे रहा हूँ, ऐसी तबीयत में कहीं जाना-वाना नहीं होगा तुम्हारा । भानू कल कचहरी में नयी बहू के भैया से कह देगा ।''

''यह नहीं हो सकता ।'' सुवर्ण ने कहा, ''मैंने बात दे दी है । तबीयत मेरी पहाड़ में बल्कि अच्छी ही होगी ।''

''अच्छी होगी ? कह दिया और हो गया ?'' दो चक्कर देकर प्रबोध बोल उठा, ''जाने की कह रही हो ? बड़ी बहू के बच्चा नहीं होगा ?''

सुवर्ण थके हुए-से स्वर में बोली, ''होगा । उसकी अपनी माँ के पास होगा । तुम मर्द होकर उसके लिए दिमाग़ क्यों ख़राब कर रहे हो ?''

''मैं दिमाग़ ख़राबवाला हूँ, क्यों ? मैं इस घर का कोई नहीं ?'' प्रबोध ने हाथ से ज़रा आँख को रगड़ा और टूटे हुए गले से कहा, ''बहू अपने बाप के घर चली जायेगी और मैं अपना काम-काज छोड़कर घर बैठे तुम्हारी बेटी की निगरानी करूँगा?''

सुवर्ण को इच्छा हुई, मुँह तक चादर तानकर उधर को मुँह करके लेट जाये, मगर उस इच्छा को दबाकर बोली, ''बेटी की निगरानी का सवाल कहाँ आता है ? छोटी बहू तो कहीं नहीं जा रही है ? दोनों रहेंगी…''

''हूँ, रहेंगी !'' प्रबोध मानो हठात् गर्जन कर उठा, ''रहेंगी कि उड़ेंगी, यह भगवान् ही जाने ! तुम्हारी नाराज़गी के डर से कुछ कहता नहीं हूँ, गूँगा-बहरा बनकर रह जाता हूँ । पर सुन लो, तुम्हारी इस छोटी बेटी का रंग-ढंग अच्छा नहीं है । परिमल बाबू के छोटे लड़के से जब-तब गुज-गुज करती रहती है ? क्यों ? उससे इतनी बात ही क्यों ? मैं कहे देता हूँ मँझली, तीरथ-तीरथ करके तुम कहीं चली गयी तो लौटकर बेटी को घर में देखोगी कि नहीं, सन्देह है । शायद हो कि…''

सुवर्ण उठ बैठी । उसने थिर दृष्टि से प्रबोध की ओर ज़रा ताका, उसके बाद वैसे ही स्थिर गले से कहा, ''यदि वैसा देखूँ, ऐसा साहस यदि वह दिखा सके, तो समझूँगी, मेरा रक्त-मास बिलकुल बेकार नहीं गया । कम-से-कम एक सन्तान ने माँ का ऋण चुकाया ।''

वह फिर लेट गयी ।

सहसा जैसे थप्पड़ खाकर चुप हो गया प्रबोध । उसके बाद उसने सोचा, नाहक ही दोष देता हूँ, दिमाग़ ख़राब ही है । ज़रा देर छटपट करता फिरा, फिर लौट आया और फिर निर्लज्ज की तरह बोल उठा, ''ग़ुस्से में बोल तो बैठी एक बात, परन्तु चारों तरफ़ से विवेचना करके तब तो दूसरे की बात पर नाचना…''

हो सकता है, ठीक इस तरह से कहने की इच्छा उसकी नहीं थी, लेकिन आदत के मुताबिक और कुछ नहीं आया उसके मुँह में ।

सुवर्ण अब सचमुच ही करवट बदलकर लेट गयी ।

केवल उसके पहले एक बार और उठ बैठी । रुँधे गले से बोली, ''हाथ जोड़कर तुमसे कई दिनों की छुट्टी माँगती हूँ, इतनी कृपा करो । सभी नौकरी में कुछ न कुछ

छुट्टी मिलती है, घर में तुम्हारे छत्तीस वर्षों से दासत्व कर रही हूँ, दो महीने की भी छुट्टी का पावना मेरा नहीं हुआ है !"

बाईस

अभिमानिनी पारुल ने स्वेच्छा से स्वर्ग का टिकट छोड़ दिया था । कभी उसके और बकुल के स्कूल में नाम लिखाने की बात पर घर में जब आँधी-सी उठी थी, तो पारुल अड़ गयी थी, "ऐसे अपमान के दान में मुझे रुचि नहीं ।"

किन्तु वह स्कूल नामक स्थान सचमुच ही उसके लिए आजन्म स्वप्न-स्वर्ग था । आगे-पीछे अगल-बगल जो मकान नज़र आते थे, सवेरे उन मकानों की ओर देखना एक काम था पारुल का ।

उन मकानों की जिन लड़कियों को स्वर्गराज्य का प्रवेश-पत्र मिला है, वे किस प्रकार चोटी लटकाकर छाती से कॉपी-किताबें चिपकाये घर से निकल पड़ती हैं, उन्हें देखने की चेष्टा का अन्त नहीं था उसका ।

और जिन-जिनके मकान के सामने एक लम्बी-सी बन्द गाड़ी आ खड़ी होती, पोशाकवाला गाड़ीवान एक ख़ास सुर से पुकारता और कुछ ज़्यादा उम्र की लड़कियाँ जूड़ा बँधे सिर को टेढ़ा करके घर से झट निकलकर गाड़ी पर बैठ जातीं ।

उनकी ओर शायद बुभुक्षा की दृष्टि थी, ईर्ष्या की दृष्टि ।

"जगती के आनन्दयज्ञ में मेरा निमन्त्रण ।"

निमन्त्रण केवल पारुल आदि को नहीं है !

इसलिए कि वे एक पुण्यमय सनातन घर की लड़की हैं । इसीलिए पारुल अपनी खिड़की खोलकर उस निमन्त्रण-यात्रा का दृश्य देखेगी ।

जब से बड़ी हुई, बरामदे पर खड़े होने पर कड़ी नज़र थी । लिहाज़ा खिड़की ही भरोसा थी । पारुल-बकुल की माँ ने उनके लिए वह टिकट जुटाना चाहा था । सफ़ल नहीं हो सकी ।

आँधी उठी थी । उस आँधी की धूल से अन्ध हो गयी थी अभिमानिनी पारुल। उसने कहा, "ज़रूरत नहीं है मुझे ।"

बकुल का अभिमान उतना दुर्जय नहीं था ।

उसने अवज्ञा और अवहेलना से फेंक दिये गये टिकट से ही अपने को धन्य माना था ।

उतना भी शायद नसीब नहीं होता, यदि बकुल के सामने की पंक्ति में उसकी दीदी नहीं होती ।

सँझली-दी !

सुवर्ण दो के लिए अड़ी थी, सुवर्ण के युद्धभीत पति ने मध्यम मार्ग अपनाया । कहा, "बकुल जाये तो जाये, पारुल क्या जायेगी ?"

और उसके विद्वान विज्ञ बेटों ने कहा, "विदुषी बनकर होगा क्या ? केले के पत्ते तक पहुँचने से पहले ही तो ग्रन्थ लिख रही है !"

अतएव पारुल उस रणक्षेत्र से विदा हो गयी । और एक बड़े स्कूल में भरती होकर उसके बोर्डिंग में चली गयी थी !

निःसंग बकुल चुपचाप स्कूल जाती-आती थी ।

परन्तु आने-जाने के उस रास्ते में यदि कोई आँखें बिछाये खड़ा रहे, यदि नज़र मिलते ही आनन्द से भास्वर हो उठे तो बकुल क्या करे ?

बहुत तो वह कह सकती है, "रोज़-रोज़ यहाँ खड़े रहते हो ? कॉलेज नहीं है तुम्हारा ?"

वह तो फ़ौरन ही कहेगा, "कॉलेज का समय स्कूल के बाद है । यही एक बहुत बड़ी सुविधा है ।"

बकुल अगर सुर्ख़ चेहरे से कहे, "वाह, इसीलिए तुम रोज़-रोज़···"

वह सप्रतिभ गले से बोला, "रहता हूँ तो क्या ? तू क्या समझती है, तुझे देखने के लिए खड़ा रहता हूँ ?"

और क्या कह सकती है बकुल ?

प्रतिकार की और क्या चेष्टा करे ?

उससे बोलने जाने में भी तो डर है ! उसकी आँखों की पुतली में बातों के असंख्य जुगनू हों मानो । उसके बोलने के ढंग में मानो एक असीम रहस्यलोक का इशारा !

फिर भी इससे ज़्यादा नहीं ।

मानो दो में से कोई उद्घाटित होने को तैयार नहीं ।

जो भी बोलना, कौतुक के आवरण में ।

लेकिन बोलेंगे बड़े छल से, मिलेंगे बड़े कौशल से !

फिर भी वह कौशल दूसरे की पकड़ में आ जाता है ।

कम-से-कम बकुल के बाप की खोजी निगाहों में । और वह पत्थर के उसी ढले में पहाड़ देख रहा है, पौधे में महीरुह !

और, सर्वनाश के डर से आतंकित हो रहा है ।

लेकिन शासन से क्या सर्वनाश को रोका जा सकता है ? बालू के बाँध से समुद्र

को ? तथाकथित वह सर्वनाश तो अपने वेग से बढ़ ही रहा है । बाढ़ का पानी जैसे खेत-सड़क को ग्रास करके आँगन में आ घुसता है ।

यह सर्वनाश तो तमाम झाँक रहा है, जब-तब ही समाज में सीमा-रेखा तोड़ने की घटनाएँ घटती देखी जाती हैं ।

तिस पर तुर्रा यह कि उस टूटन में मानो किसी को भय-लाज नहीं, बल्कि गर्व है । परिमल बाबू की बहन घर में उस्ताद से गाना सीख रही है, यह मानो परिमल बाबू के गर्व का विषय है; सामने के मकान के योगेन बाबू का दामाद विलायत से आया है, यह मानो योगेन बाबू की सामाजिक मर्यादा की वृद्धि में सहायक है । भानू के किस ममेरे साले का साढ़ू बीवी को लेकर विलायत गया है, वह गोया राज्य-भर के लोगों को सुनाते फिरने का प्रसंग है, और विराज के देवर की बेटी एक ही पास करके चुप नहीं बैठी, एक के बाद दो, और दो के बाद तीन पास करके ग्रेजुएट हो गयी, यह बदस्तूर छाती फुलाकर कहने की बात है । इस ख़बर ने विराज की सनातन बुनियादी ससुराल को एक गौरवमय ऊँचे स्तर पर उठा दिया है ।

स्त्रियों का घूँघट उनका कब का खुल गया था ! जोड़ी-गाड़ी को रद्द करके जब से मोटर ख़रीदी है, तभी से वे खुली गाड़ी में खुले मुँह बैठकर हवाख़ोरी को जाने लगी हैं । फिर भी यह मानो बहुत हद तक 'पैसा होने' का चिह्न है । और यह है प्रगतिशीलता का चिह्न ।

विराज गरचे निन्दा के बहाने ही यह ख़बर सुना गयी, क्योंकि देवर-देवरानी की निन्दा करके हलकी होने के लिए ही बीच-बीच में मँझले भैया के यहाँ घूमने आ जाती है विराज, इसलिए यह सुर निन्दा-सा ही सुनाई पड़ा, फिर भी उसमें प्रगति का जो गर्व प्रच्छन्न रहा, प्रच्छन्न रहते हुए भी उसके प्रकट होने में देर नहीं लगी ।

किन्तु प्रगति तो क्रमशः अपनी बाँहें फैलाने लगी, विस्तार करने लगी अपना शरीर। नहीं तो भला कानू की साली मास्टरनी बन बैठती ?

पास अवश्य उसने केवल दो ही किये, लेकिन उससे मास्टरनी बनने में बाधा नहीं आयी । नीचे के दरजों में भी तो बच्चे हैं, उन्हें ही पढ़ायेगी ।

बात ऊँचे और नीचे दरजे की तो नहीं—बात यह है कि कानू की फुफेरी साली रोज़ दोनों बेला पिरिली करके साड़ी पहनती है, कन्धे पर ब्रोच और पैरों में जूते-मोज़े डालकर अकेली रास्ते से जाती-आती है ।

और फूफा-ससुर के यहाँ की इस प्रगति से निन्दा के लिए पंचमुख न होकर कानू गौरव से महिमान्वित हो रहा है । बात-बात में वह गौरव छिटका पड़ता है ।

समाज में यह सब क्या नया आया ?

इससे पहले नहीं आया था ?

एकबारगी नहीं आया, यह कहें तो भूल होगी ।

आया है ।

आया आलोकप्राप्त लोगों के यहाँ, धनियों के यहाँ ।

किन्तु वही तो समाज का मापदण्ड नहीं । मापदण्ड है मध्यवित्त समाज । जो संस्कार के खूँटे को अन्त तक थामे रहते हैं ।

टूटन की लहर जब उनके घर में घुसकर उस खूँटी को उखाड़कर बहा ले जाती है, तभी निश्चित रूप से कहा जा सकता है, परिवर्तन आया ।

अतएव मानना ही होगा कि परिवर्तन आया, प्रगति आयी । और उसने पहले ही भय और लाज का नाश किया ।

नहीं तो भला भानू मुँह ऊँचा करके गले को ऊँचा करके अपने एक धनी मित्र की भतीजी की छात्रवृत्ति की ख़बर सुनाता ?

मित्र की भतीजी ने एण्ट्रेन्स पास करके छात्रवृत्ति पायी है । इसीलिए उसके मित्र दावत दे रहे हैं—गौरव का यह संवाद सुनाकर भानू ने अपनी छोटी बहन को आड़े हाथों लिया ।

स्वाभाविक व्यंग्य के सुर से बोला, ''उसकी उम्र कितनी है, जानती है ? महज पन्द्रह । और तुम धड़ंग लड़की, अभी थर्ड क्लास में ही घिसट रही हो । शरम नहीं आती ?''

बकुल आनन्द से खिले मुखड़े से ही भाई के मित्र की भतीजी का गुणकीर्तन सुन रही थी, अचानक इस मन्तव्य से उसकी आँखों में आँसू आ गये । और हठात् ही आहत होने के कारण अपने को सँभाल नहीं पाकर भाई के मुँह पर ही बोल बैठी, ''तुमने स्वयं ही तो बताया, तुम्हारे मित्र ने भतीजी के लिए चालीस रुपया ख़र्च करके तीन मास्टर रखे थे…''

बहन के इस उचित कथन से भानू को चैतन्य नहीं हुआ ।

दुनिया में किसी के नहीं होता ।

उचित कथन-सा असहनीय और क्या है ?

भानू भी इसीलिए असह्य क्रोध से बोल उठा, ''मास्टर ? तुम्हारे लिए चार सौ रुपये खरच करके भी मास्टर रखा जाये तो कुछ भी नहीं होने का । समझीं ? वह दिमाग़ ही और है ! तुम्हारे लिए मास्टर रखने से तुम और कुछ उद्धतता सीखोगी, और कुछ असभ्यता । हूँः ।''

बकुल ने और कुछ नहीं कहा, वह शायद आँसू छिपाने को ही तत्पर हुई । बोली बकुल की माँ, जो दालान के उस ओर बैठी चुपचाप रज़ाई की खोली-सी रही थी ।

शायद जानकर वहीं जाकर मित्र की भतीजी की गौरव-गाथा सुनाने का इरादा था भानू का । पुकारकर माँ को सुनाना नहीं चाहते हुए भी माँ को सुनाने की इच्छा प्रबल थी । लड़कियों की पढ़ाई के लिए कितना हंगामा तो किया, पूछता हूँ, ऐसी लड़की है तुम्हारी ? यह लड़की दरजे में फ़र्स्ट के सिवाय कभी सेकण्ड नहीं हुई, अभी भी देख लो !

भानू जबतक बहन और पत्नी को लक्ष्य करके यह सुना रहा था, सुवर्णलता तब तक कुछ भी नहीं बोली । लग रहा था, सुन नहीं रही है । अब अचानक बोल उठी। बोली, "तुम लोग उस कमरे में जाकर बात करो, मेरा सिर बड़ा दुख रहा है, आवाज़ अच्छी नहीं लगती ।"

माथे में दर्द ?

सूई-धागा लिये जो सिलाई कर रही है, उसे आवाज़ से सिरदर्द ? इस असह्य अपमान से पत्थर होकर ही शायद भानू कोई जवाब नहीं दे सका, सिर्फ़ 'ओ' कहकर धड़धड़ाता हुआ चला गया ।

उसके साथ भानू की बहू भी ।

सिर्फ़ बकुल ही गरदन झुकाये बैठी रही ।

हो सकता है और कुछ न हो, उसे उपलक्ष्य करके भैया ने यह जो अपमान किया, उसकी क्या प्रतिक्रिया होगी, वह दिशाहारा होकर बैठी यही सोचती रही ।

सुवर्ण अपने हाथ के काम को छोड़कर कुछ देर चुप बैठी रही । फिर बोली, "ज़रा सुनिर्मल को बुला देगी ?"

सुनिर्मल !

उसे बुलाने का आदेश बकुल को ?

यह फिर कैसा रहस्य ?

इस वर्तमान प्रसंग से सुनिर्मल का सम्बन्ध भी क्या । यह तो अबोध्य है ।

बकुल ने शंकित दृष्टि से माँ की ओर ताका । एक क्षण उसकी ओर देखकर सुवर्ण ने कहा, "उसे एक मास्टर के लिए कहूँगी ।"

मास्टर !

बकुल के लिए मास्टर !

धरती फट क्यों नहीं रही है ?

बेटे से हार-जीत के खेल में माँ क्या अब बकुल को हथियार बनायेगी । हे ईश्वर, माँ की यह दुर्मति क्यों हो रही है ? किन्तु माँ भी भैया से कुछ कम भीतिकर नहीं । फिर भी भय को जीतकर बकुल बोल उठी, "नहीं-नहीं, उसकी ज़रूरत नहीं माँ···"

"ज़रूरत है या नहीं, यह मैं समझूँगी । तू बुला देगी ?"

सुवर्ण ने फिर छोड़े हुए काम में हाथ लगाया ।

तेईस

सो तो हुआ ।

लेकिन सुवर्ण के उस बदरी-केदार जाने का क्या हुआ ? यह क्या उसके लौट आने के बाद की बात है ?

दुर्, जाना ही नहीं हुआ, तो लौट आना !

भाग्य ही तो सुवर्णलता का बैरी है, तो तीरथ जाना क्या होगा उसका । घर से यात्रा करके निकली, दो घण्टे के बाद ही लौट आना पड़ा ।

तय था कि जो-जो जायेंगी, पहले जयावती के बाप के यहाँ इकट्ठी होंगी । वहीं से एक साथ रवाना । सुवर्ण भी वैसी ही गयी । जयावती की माँ के पास ही खाना-पीना । तीर्थयात्रा के प्राक्काल में एक बार वह सबको खिलायेंगी, यह इच्छा थी उनकी ।

गुस्से और निषेध के पहाड़ को हटाकर सुवर्ण निकल पड़ी थी, मन में अपरिसीम एक क्लान्ति के सिवाय मानो और कुछ नहीं था । फिर भी इनके यहाँ पहुँचकर मन मानो बदल गया ।

यात्रा की संगीनियाँ, आग्रह और उत्साह, आनन्द और व्याकुलता से दमक रही थीं । सुवर्ण के मन में उसकी छूत लगी ।

वह अपने को मानो अनन्त आकाश के नीचे, विराट् महान् के सामने, अपार प्रकृति की गोद में पाया ।

वह चिर-अजानी पृथ्वी के आमने-सामने होगी, चिरकाल के स्वप्न को प्रत्यक्ष देखेगी।

खुशी के मारे उसकी आँखों में आँसू आ रहा था ।

आँखें लेकिन सभी पोंछ रही थीं ।

और यह पकड़ाई पड़ जाते ही कह रही थीं, "बाबा बदरीविशाल की कैसी कृपा! मुझ-जैसी अधम पर भी उन्होंने कृपा की..."

सुवर्ण आँखें नहीं पोंछ रही थी, उसकी आँखों का आँसू आँखों में ही टलमल कर रहा था । वह उन लोगों की तैयारियाँ देख रही थी ।

जब जल्दी-जल्दी खाने के लिए बैठने जा रही थी, तब, तब वह भयंकर ख़बर आयी ।

सारे परिवेश पर मानो वज्राघात हुआ । सबने कपाल ठोंक लिया ।

सुवर्णलता के पति को कॉलरा हो गया है ।

कॉलरा !

पूरे दल में एक ही सधवा जा रही थी, उसका भी यह ! अब तो उसका जाना

नहीं हो सकता !

लेकिन बीमारी हुई कब ? ऐसी एक भयंकर बीमारी ? घर से आये तीनेक ही घण्टे तो हुए ।

उससे क्या ! यह तो औचक की बीमारी है ।

और, सूचना तो देख ही आयी थी सुवर्ण । जो ख़बर देने आया था, उसने यह बताया ।

देख आयी थी !

सूचना देखकर ही आयी थी ?

सुवर्ण की ओर सबने धिक्कार की दृष्टि से ताका । देखा, फिर भी चली आयी ! और, किसी से कहा भी नहीं ?

इस स्त्री का प्राण तो धन्य है !

जाना रुक न जाये, इसलिए पति को यम के मुँह में छोड़कर चली आयी और मुँह में ताला डाले हुए है !

अचरज के सागर का किसी को किनारा नहीं मिला । जयावती के भाई केवल विस्मित ही नहीं हुए, खीजे भी । बोले, "बीमारी का लच्छन देखकर भी तुम कैसे चली आयीं सुवर्ण ?"

सुवर्ण ने धीमे से कहा, "समझ नहीं सकी । सोचा, बदहजमी है..."

इसपर भी जयावती के भाई ने असन्तुष्ट गले से कहा, "यही सोचकर तुम निश्चिन्त हो चली आयी ? न-न, यह बड़ी लज्ज़ा की बात है । ऐसी स्थिति में अब तुम्हारी तीर्थ-यात्रा का प्रश्न ही नहीं । चलो, जल्दी चलो, गाड़ी निकाल रहा हूँ ।"

तथापि निर्लज्ज और हृदयहीन सुवर्ण ने कहा, "ईश्वर का नाम लेकर निकल पड़ी हूँ. अब मैं लौटूँगी नहीं भैया । लड़के तो हैं ही, बहुएँ हैं..."

इस बात पर सभी छिःछिः कर उठीं । यह कैसी अजीब बात ! लड़के-बहुएँ हैं, इसलिए यह सुनकर भी तुम नहीं जाओगी कि पति को हैज़ा हुआ है । हैज़े के रोगी की सेवा ही कौन करेगा ?

भगवान् ?

और स्वामी से पहले तुम्हारा भगवान् ?

जयावती ने धीरे से कहा, "साफ़ समझ रही हूँ, तुम्हारे भाग्य में लिखा नहीं है। जा, लौट जा । भैया नाराज़ हो रहे हैं । चल, तेरे साथ चलकर मैं ज़रा देख आऊँ..."

यात्रा स्थगित करने की बात किसी ने नहीं कही ।

अन्य सबके लिए ही यह यात्रा अपरिहार्य, अमोघ थी, केवल सुवर्णलता के जाने का प्रश्न नहीं उठता !

कहाँ, यह तो किसी ने नहीं कहा, "सुवर्ण, तुझे छोड़कर हम कैसे जायें ? आज न ही गयी तो क्या, देख ले, तेरे नसीब में भगवान् ने क्या लिखा है ।"

नहीं, यह किसी ने नहीं कहा ।

बल्कि इस बात पर कि पति की इस आसन्न मृत्यु का समाचार पाकर सुवर्ण पागल की नाईं दौड़ नहीं पड़ी, उलटे कतराना चाहा, तीरथ के लोभ से लिपटी रही—सबने धिक्कारा ।

''लड़के हैं, डॉक्टर-वैद दिखायेंगे, ठीक हो जायेगा···'' यह भी कोई बात हुई । अरे, किस जी से हिमालय चढ़ोगी तुम ? लोग भी किस स्वस्ति से तुम्हें साथ लें ? जहाँ जाना है, वहाँ से तो ख़बर आने-जाने का भी उपाय नहीं है ।

फिर ?

मतलब कि विधवा होकर भी तुम सबके साथ साड़ी-चूड़ी पहनकर घूमोगी, सब कुछ छूती-छाती रहोगी ।

ऐसा भी हुआ है ?

भैया ने असहिष्णु होकर फिर एक बार प्रायः डपटकर पूछा, ''क्या हुआ ? तुम क्या मुझे दोष का भागी बनाना चाहती हो सुवर्ण ? ख़ैर···अभी तो रवाना होने में दो-तीन घण्टे की देर है, चलकर देखो कि क्या हालत है···''

''हालत मैं समझ गयी हूँ भैया···'' कहती हुई सुवर्ण गाड़ी पर जा बैठी, जयावती को साथ नहीं जाने दिया ।

क्यों, ऐसी एक शुभ यात्रा के समय जयावती हैज़े के मरीज़ को क्यों देखने जायेगी ? ख़तरा भी तो है । अपने लिए ही नहीं, औरों के लिए भी ।

गाड़ी पर सवार होते समय जयावती ने फिर एक बार पूछा, ''तू क़ै-दस्त होते देख आयी थी ?''

उसकी आँखों की ओर अपलक देखते हुए सुवर्ण बोली, ''हाँ, देख आयी थी।''

जयावती ने कपाल पर हाथ रखा ।

गाड़ी चल पड़ी ।

क्या पता, रोगी की अब तक नाड़ी छूट गयी या नहीं ।

सुवर्ण के चले जाने के बाद केवल उसी की आलोचना होती रही और एक मत से यह स्थिर हुआ कि ऐसी संगदिल और बुद्धिहीन स्त्री संसार में दूसरी नहीं है ।

ख़बर देने आयी थी सुवर्ण की दाई । वह बार-बार कपाल से हाथ लगाती हुई कह रही थी, ''या काली मैया, जाकर जिसमें बाबू को नीरोग देखूँ···'' उसके कहने के ढंग से लेकिन ऐसा लग रहा था कि जाकर नीरोग देखना तो दूर की बात, बाबू को जीवित देखने की भी आशा नहीं है ।

सुवर्ण से बात करने की उसने बहुत बार चेष्टा की, कई बार बाबू के रोग की भयावहता की याद दिलाने की चेष्टा की और आख़िर आज़िज़ आकर बोली, ''मैं रास्ते में उतर जाऊँगी । बाल-बच्चे हैं, माँ 'ओला वीवी' यह समझेंगी ।''

सुवर्ण फिर भी मौन, निस्तब्ध ।

स्तब्धता टूटी घर पहुँचकर, जब दुतल्ले पर गयी ।

प्रबोध बिस्तर पर तड़प रहा था । एक बकुल के सिवाय दूसरे सभी दरवाज़े के बाहर आस-पास चक्कर काट रहे थे ।

निन्दनीय है ! उसे गाड़ी से उतरते देख सबने राहत की साँस ली, किसी ने कुछ कहा नहीं, सिर्फ़ देखते रहे कि माँ चुपचाप ऊपर चली गयी ।

बिलकुल चुपचाप ।

कमरे में जाकर वह रोगी के आमने-सामने खड़ी हुई, अपनी चुप्पी तोड़ी, स्थिर गले से पूछा, "कै औंस कैस्टर आयल पिया था ?"

हाँ, उस मरणोन्मुख व्यक्ति से सुवर्ण ने यह भयंकर निष्ठुर बात कही थी, जिसके लिए उसके अपने पेट की सन्तान चम्पा ने कहा था, "मैं माँ को समझ नहीं सकी, यह स्त्री है कि क़साई ! हमारे भाग्य से पिताजी इस बार बच गये, यही ग़नीमत है, यदि वास्तव में कुछ हो जाता तो तुम यह शकल समाज को दिखा सकतीं ?"

'तुम' सम्बोधन से ही कहा, पर कहा अवश्य आड़ में था, सुनने वाली थी चन्तन। चन्तन ज़्यादा बोलती नहीं । वह सिर्फ़ मुसकराकर बोली, "माँ को भला शकल दिखाने का डर !"

बाबूजी बीमार हैं, यह सुनकर दौड़ी आयी थीं वे और चूँकि बहुत दिनों के बाद आयीं, इसलिए दो-चार दिन रह गयीं । रह पिता की सेवा-शुश्रूषा के लिए नहीं गयी थीं, बल्कि दोनों बहनें इकट्ठी हुई थीं इसलिए । "राजा-राजा की भेंट होती है, बहन-बहन की नहीं होती । पारुल से हुई भेंट ? वह जाने किस दूर परदेश में है ।"

प्रबोधचन्द्र की इस बीमारी के बारे में ऐसा निर्लज्ज सन्देह क्या अकेले सुवर्ण को ही हुआ था ? सुवर्णलता के प्रखर-बुद्धि बेटों को नहीं ? बेशक हुआ था, और फिर प्रमाणपत्र तो उनके हाथ में ही था । लेकिन फिर भी वे इतने बेशर्म, इतने बेहया नहीं हो सके ! इसीलिए उन लोगों ने प्रबोध के जो जहाँ थे, सबको झटपट ख़बर भेज दी थी । हाँ, यह भी कहला दिया था, "ख़बर भेजना उचित है, इसलिए भेज रहे हैं, पर बीमारी यह छूत की है, यह समझ-बूझकर…"

और यह 'समझना' सुबोध और उमाशशी के सिवाय सभी ने समझा था, समझा था विराज के यहाँ सबने, समझा था प्रबोध के जामाताओं ने, लेकिन बेटियों ने नहीं समझा और नहीं समझा पगले जग्गू ने ।

श्यामासुन्दरी भी अवश्य कुछ नासमझ हो रही थीं, जग्गू माँ को रोक आये । रो-रोकर कहा, "जो होगा, वह तो समझ ही रहा हूँ, यह रोग तो शिव के भी असाध्य है, अस्सी साल की बुढ़िया तुम उस दृश्य को देख सकोगी ?"

'देख सकूँगी' यह कौन कह सकती है ? अतएव रोते-धोते जग्गू अकेला ही

आया।

आकर देखा, विचार-सभा बैठी हुई है ।

रोगी अकेली बकुल के जिम्मे है और बाक़ी सब सुवर्ण को घेरे हुए ।

नहीं, कटु बात कोई नहीं कह रहा था, सिर्फ़ इतना ही कहा, "तुम यह बात कह सकीं ? कैसे कहते बना ? 'हृदय' नाम की चीज़ क्या सचमुच ही तुममें नहीं है ?"

भ्रान्त सुवर्णलता ने सिर्फ़ एक बार कहा, "हाँ, देख रही हूँ, सचमुच ही नहीं है। अब पता चला है ।"

उमाशशि काठ-सी हुई बैठी थी । सुबोधचन्द्र ने कहा, "तुम अभी चलोगी कि रहोगी ? मुझे तो..."

दफ्तर जाने में देर होगी, यह बात नहीं बोले । पेन्शन हो जाने के बाद खुशामद-दरामद करके नौकरी की मीयाद और दो साल बढ़ा ली । लेकिन इसके लिए कहीं मानो सूक्ष्म-सी लज्जा है । इसीलिए भरसक 'दफ्तर का समय'—यह उच्चारण वह नहीं करते । यह जैसे औरों के लिए अवज्ञा की बात हो ।

उमाशशि चकित हुई ।

वह चलने के लिए उतावली हुई ।

वह हैज़े से नहीं डर रही थी, डर था उसे इस परिस्थिति से, डर था अपनी देवरानी से, जिसे वह सदा नहीं समझ पायी । उस दुर्बोध्य से सदा ही डर है । नहीं तो बीच-बीच में आने की इच्छा क्या नहीं होती । ताकि मँझली बहू की सजी-सँवरी गिरस्ती को दो घड़ी देख जाये ! जहाँ लक्ष्मी उमड़ी पड़ती हो, वह गिरस्ती देखने में भी तो अच्छी लगती है !

परन्तु न जाने क्यों, भरोसा नहीं होता ।

लगता है, उसके बाद की ही यह देवरानी मानो सहस्त्र योजन से बोलती है उससे।

यद्यपि कहती तो सब है । सब पूछती है ।

बाल-बच्चों की क्या ख़बर है ? पोते कौन किस क्लास में पढ़ रहे हैं । लड़कियों में से किसे और क्या सन्तति हुई ? सभी पूछती है । आदर-जतन करती है, खिलाती-पिलाती है, जाते समय मिठाई बाँध देती है, फिर भी जाने यह दूरत्व कहाँ है!

गिरिबाला और बिन्दु जिठानी को बिलकुल नहीं पूछतीं, एक ही घर में हैं, मगर बोलचाल प्रायः बन्द । उमाशशि निहायत इस 'मरुभूमि' को नहीं सह सकती, इसीलिए खुद ही उनसे बोलने जाती है । फिर भी, उनसे भी मानो वही व्यवधान, वे पास-पास नहीं होती हुई भी पास-पास की हैं । इसलिए यहाँ बैठी उमाशशि सोच रही थी, ख़ैर, छूत की बीमारी के चलते आयीं ज़रूर नहीं, लेकिन समाचार की बेसब्री से इन्तज़ार कर रही होंगी वे । जाते ही उन्हें बता देना होगा कि अब डरने की कोई बात नहीं। रोगी सँभल गया है ।

कई दिनों से बोलचाल बन्द है, यह बाल्के एक मौक़ा मिला। इसलिए वह झट बोली, "न, चलो, मैं भी साथ ही चली चलूँ। रह जाने का मतलब ही फिर पहुँचाने के लिए किसी लड़के को तंग करना है। चम्पा-चनन्न आ गयी हैं, मँझली बहू आ गयी, अब कोई चिन्ता नहीं। उफ़, भगवान् की कैसी असीम दया कि मँझली रवाना नहीं हो गयी थी!"

उमाशशि में इतनी उन्नति आजकल हुई है, घूँघट डाले ही सही, सबके सामने पति से बात करती है। वे 'सब' सबकी सब ही उससे छोटी हैं, इतने दिनों में उमाशशि को यह ख़याल हुआ है।

वह झट घूँघट काढ़कर बग्गी पर जा बैठी। सुवर्ण को बताकर जाना ठीक था, पर परिस्थिति बड़ी वैसी है। आते ही तो चम्पा से उसने सुना कि सुवर्ण ने अपने पति को क्या कहा!

हो भी सकता है। मँझले बाबू सदा के ही बीवी-पागल हैं, एक वेला के लिए भी पत्नी को आँखों की ओट नहीं कर सकते। वह पत्नी एकबारगी बदरिकाश्रम जाने की ज़िद ले बैठी है—यह देखकर कर बैठा यह काण्ड! जानता है न, मँझली मनाही नहीं माननेवाली हैं।

माना वही है, फिर भी इतने बड़े-बड़े बेटे, बेटे की बहुओं के सामने तू उसे ऐसे नीचा दिखायेगी? और कारण चाहे जो भी हो, सच पूछो तो हाल तो मरने का ही कर बैठा। नाड़ी का पता नहीं। उसे ऐसी लांछना!

"छिःछिः, यह कैसी निर्मायिकता?"

गाड़ी पर बैठकर घूँघट को ज़रा कम करके उमाशशि यही बोल बैठी।

सुबोध की तरफ़वाली खिड़की खुली थी। सुबोध उसी से बाहर की ओर ताक रहे थे, हठात् चौंककर बोले, "किसकी निर्मायिकता की कह रही हो?"

"मँझली बहू की ही कह रही हूँ..."

सुबोध सहसा अपने स्वभाव से बाहर तीखे हो गये। उनकी प्रौढ़ आँखों में मानो दप् से आग की लौ-सी जल उठी, बोले, "मँझली बहूरानी की बात? उनकी निर्मायिकता की बात? स्त्री होकर भी तुमने केवल वही दिशा देखी बड़ी बहू? पेवो कम्बख़्त की निष्ठुरता तुम्हें नहीं दिखाई पड़ी? अपनी स्थिति के कारण मैं तुम्हें कोई तीरथ-धरम नहीं करा सका, मेरे मुँह से कहना सोहता नहीं, लेकिन पेवो की स्थिति थी, इसलिए कहता हूँ, अवस्था रहते हुए भी तूने कभी उसे अकास-बतास का मुँह नहीं देखने दिया! अपने स्वार्थ के लिए पिंजड़े में बन्द कर रखा था, इस बुढ़ापे में यह काण्ड करने में तुझे शर्म नहीं आयी? पति होकर तूने उसकी तीर्थ-यात्रा के ऐसे सुअवसर को चौपट कर दिया? अवसर भी कहीं बार-बार आता है? बहू बेचारी सदा की कंगाल है अकास-बतास की, यह तुझे मालूम नहीं है? वह भी न सही, आख़िर हिन्दू बंगाली की बेटी तो है! बदरीनारायण जा रही थी, उसकी कितनी बड़ी आशा टूट गयी, तुम

यह नहीं समझ पायीं बड़ी ?"

उमाशशि ने सुबोध को एक साथ इतना बोलते कभी देखा है या नहीं, सन्देह है। इसलिए वह अवाक् होकर पति की ओर ताकती रही और शायद उन बातों की अनुधावन करने को चेष्टा करती रही । सुबोध भी शायद आवेग प्रकट करके लज्जित हुए, इसलिए अब शान्त गले से बोले, "मँझली बहूरानी और ही धातु की बनी हैं, तुम लोगों में से किसी ने उन्हें नहीं समझा । और यह पेवो तो⋯" चुप हो गये ।

लेकिन कोई यदि सबके लिए दुर्बोध्य हो, तो दोष किसका है ? उसका या औरों का ?

बिन्दु और गिरिबाला झटापट रसोई करके हाँड़ी का भात चुका ले रही थीं, जाने कब क्या ख़बर मिले ! मल्लिका नहीं है, सास बीमार है, यह सुनकर कुछ दिनों के लिए ससुराल गयी है । इसलिए चक्षुलज्जा के लिए कोई नहीं । नहीं तो जैसी मुँहफट है वह कि चाचियों को भात की थाली लिये बैठी देख खरी-खोटी सुना देती । वह नहीं है, जान बची !

इसलिए बच्चों को खाना देकर एक ही रसोईघर के दो छोर पर दोनों दो थाली भात लिये बैठी बात कर रही थीं, "जो होगा, सो तो आ ही रहा है समझ में, लेकिन मँझली-दी का अब क्या होगा, इसी की चिन्ता है । सदा तो उसी एक आदमी पर रौब ग़ालिब करके डाँट से चलती रहीं, अब बेटे-बहुओं के पाले पड़ना होगा ।"

आपस में दोनों प्राणों की सखी हैं, सो बात नहीं, दोनों की अलग अवस्था है, अलग केन्द्र । पुरा-पड़ोसियों से दोनों का गले-गले मेल (जो मुक्तकेशी के अमल में सम्भव नहीं था) होते हुए भी वे पड़ोसिनें भिन्न-भिन्न दल की हैं और वहीं दोनों एक दूसरे की टीका-टिप्पणी करके जीती हैं । फिर भी बोलचाल एकदम बन्द, शकल देखादेखी अवश्य बन्द नही हैं, बल्कि मेल ही है । क्षुद्रता से क्षुद्रता, संकीर्णता से संकीर्णता, स्वार्थबोध से स्वार्थबोध की एक प्रकार की हृद्यता होती है, यह वही हृद्यता है । गिरिबाला है, इसलिए बिन्दु एक जने से ईर्ष्या कर पाती है; बिन्दु है, इसलिए गिरिबाला को अपनी अहमिका के विकास का एक क्षेत्र मिलता है—उनके लिए बेशक इसका मूल्य है ।

और फिर उदार तो कोई है नहीं कि एक के आगे दूसरे के छोटे होने का प्रश्न हो । उमाशशि को पैसा नहीं है, इसलिए वह ख़र्च में कृपण है, परन्तु वह हृदय की कृपण नहीं । इसलिए उमाशशि उन्हें सुहाती नहीं ।

फिर भी उमाशशि आप ही आती है, कहती है, "क्यों री सँझली, आज क्या पकाया ?...अरे छोटी, तूने तो ख़ासी मौरोला मछली पायी !"

वे अगर जवाब देती हैं, तो गप-शप आगे बढ़ती है, नहीं तो उमाशशि धीरे से खिसक आती है । आज सोच रही थी, मँझली के यहाँ के समाचार से मज़े में कुछ देर गप-शप चलायी जायेगी, परन्तु अचानक मन कैसा भारी-भारी हो गया । उसके

कान में बार-बार यही गूँज रहा था, "तुम्हें सिर्फ़ यही दिखाई दिया बड़ी ?..."

ज़्यादा बोली नहीं । रोगी सँभल गया है, जान का ख़तरा नहीं—केवल इतना ही बाताकर चली आयी उमाशशि ।

"तो फिर इतना सवेरे खाने की क्या पड़ी है" मन-ही-मन यह कहकर परोसी हुई थालियों को ढँककर दोनों देवरानी-जिठानी एक-दूसरे की ओर ताककर ज़रा तीखी हँसी हँसकर बोलीं, "देख लिया भाग्य ? यह भैया सिर्फ़ मँझली-दी के भाग्य के ज़ोर से, नहीं तो यह व्याधि शिव के भी असाध्य है !"

जग्गू भी यही कहते-कहते आये थे और रोगी की खाट के पास बैठकर कहा था, "क्यों रे पेवो, माँ का बेटा माँ के पास चला ?"

प्रबोध ने ज़रा कष्ट से कहा, "जा कहाँ सका ? इस अभागे को यम भी नहीं छूता । तुम्हारी भयऊ तो कह गयी, बीमारी नहीं, बहाना था ।"

गों-गों करके बोलने पर भी बात समझ में आयी और कहना नहीं होगा, जग्गू अवाक् ही हुए । तो क्या मँझली बहू का सचमुच ही दिमाग़ ख़राब है ? नहीं तो मौत की दहलीज़ पर पहुँचे हुए आदमी को ऐसा कहती ?

सच ही दिमाग़ ख़राब हो, तो कोई बात नहीं, पर न हो तो ? नः, दिमाग़ ही सही नहीं है । देखा न...

लेकिन ज़रा देर बात सहसा इस रोगी के ही घर उसी आदमी की हा-हा हँसी छत से जाकर टकरायी । "ऐं, ऐसा ? मँझली बहूरानी बद्रीनारायण जा रही थीं, लौट आना पड़ा ! ओ, फिर तो कोई बात ही नहीं कानू, यह मेरे दिमाग़दार भाई की बेदाग़ कारसाजी है ! नः, एक उपाय निकाला !...लेकिन बड़ा अन्याय हुआ । एक महातीर्थ को जा रही थीं ! उमर भी तो हुई, कुछ हो जाता तो ? तब तुम पत्नी का इल्ली-दिल्ली जाना रोकने को आ सकते ? ख़ैर, बहाना हो या सच, भाई ने पटकनी ख़ूब खायी है! अब सिर्फ़ पानी-बार्ली । पूरे तीन दिनों तक केवल पानी और बार्ली ! रे बकुल, बाप माँगे भी तो भात मत देना ।...चलता हूँ, अस्सी बरस की वह बुढ़िया छटपटाकर मर रही है, उसे जाकर ख़बर दूँ ।"

एक-एक कर सबको छटपटाहट से छुटकारा दिलाया गया । केवल जयावती के यहाँ ख़बर देने का उपाय न रहा । वे लोग रवाना हो गयीं । शायद हो कि विश्वास और भक्ति से अब उनके गले से ध्वनित हो रहा होगा, "जय बाबा बदरीनारायण ! जय बाबा बदरीविशाल ।" वह स्वर शायद पण्डाजी के स्वर से मिलकर उदात्त होकर आकाश को उठ रहा है ।

कौन जानता है, सुवर्णलता की भक्ति के उस घर में फाँकी थी या नहीं, नहीं तो उसके कण्ठ-स्वर को आकाश में गूँजने का सुयोग क्यों नहीं मिला ?

जयावती की ननद, लिहाजा नाते से सुवर्ण की भी ननद, यही कह रही थी, "हिमालय देखूँगी, हिमालय देखूँगी, बस, यही तो सुनती थी, बाबा का नाम तो मुँह से एक बार भी नहीं सुना !...देवता अन्तर्यामी हैं, सब देख रहे हैं ।"

ताज्जुब है, लोग यही कहते हैं ।

यही भयंकर भूल बात ।

कोटि कल्पकाल से कहते आ रहे हैं ।

और भी कोटि कल्पकाल कहते रहेंगे शायद । जो इससे उलटी बात कहेंगे, समाज में वे पतित होंगे ।

चौबीस

किन्तु सदा की उलटी-पुलटी सुवर्ण ने क्या उस दिन उलटी बात कही थी ? या कि कोटि कल्प की बात का ही एक बार उच्चारण किया था ?

कौन जाने ! उसके बाद भी तो देखा गया कि सुवर्णलता बड़ी हिमाक़त से अपनी सोलह साल की क्वाँरी बेटी से कह रही है, "सुनिर्मल को ज़रा बुला दे तो !"

जिस लड़के की उम्र बाईस साल की है ।

इस बार प्रबोध को खुद हिम्मत नहीं पड़ी, उसने लड़के की शरण ली । लेकिन लड़के ने चेहरे पर ताच्छील्य की पराकाष्ठा दिखाते हुए मुँह पर ही कह दिया, "मुझसे यह होने-हवाने का नहीं । मुझे क्या गरज़ पड़ी है ? अपनी बकरी को कोई दुम की ओर से काटे, मैं रोकनेवाला कौन होता हूँ ?"

"वह अगर पागल हो तो सबको पागल ही होना होगा ?"

"होगा । पागल की मुट्ठी में रहने से ही होना होगा ।"

"ठीक है, मैं परिमल बाबू से जाकर ही कहता हूँ ।"

"क्या कहिएगा ?"

"कहूँगा क्या !" प्रबोध ने क्रुद्ध गले से कहा, "कहूँगा, तुम्हारे उस जवान बेटे को मेरे घर में आकर मेरी उस धड़ंग बेटी को पढ़ाने की ज़रूरत नहीं !"

"यदि परिमल बाबू कहें, अपनी बेटी को न सँभालकर मुझे क्यों कहते हो ?"

बात सोचने की थी, इसलिए प्रबोध गुम हो गया । फिर बोला, "अच्छा, तो उस लड़के को ही डाँट देता हूँ ।"

भानू जैसे एक मज़ा देख रहा हो, इस ढंग से बोला, "डाँट सकते हैं । लेकिन

वहाँ भी अपमानित होने का ख़तरा है । इस ज़माने का लड़का है, उनके बड़े-छोटे का ज्ञान आप लोगों-जैसा तो नहीं ।''

प्रबोध की ज़बान पर एक बात आ गयी थी, सँभालकर बोला, ''तो ठहरो, इस हरामज़ादा लड़की को ही दुरुस्त करता हूँ । सुनिर्मल-दा से पढ़ती है ! पढ़कर मेरे ख़ानदान का उद्धार करेगी । करूँ भी तो क्या, मैं तो शंख के आरे के नीचे पड़ा हूँ, अपने ही घर में चोर, नहीं तो...''

नहीं तो क्या होता, सो नहीं कहा । चला गया ।

भानू कैसी तो एक व्यंग्य-भरी दृष्टि से ताकता रहा । उस दृष्टि में क्या फूट उठा? कैसा निकम्मा है यह आदमी ।

जो हो, भानू की उस दृष्टि से कुछ गया-आया नहीं । सुनिर्मल बकुल को पढ़ाने आता है, इसके लिए एक तूफ़ान-सा उठाया प्रबोधचन्द्र ने और उसे बन्द करने में भी समर्थ हुए । कौन-सा कल-पुरजा हिलाया, क्या पता । बहुत दिनों के बाद परिमल बाबू की स्त्री इनके यहाँ आयीं तथा घी और आग के उस चिरन्तन उदाहरण की फिर से याद दिलाकर मुसकराकर बोलीं, ''बेटी को घोषाल ब्राह्मण के घर देती, तो समझती। मेरे बेटे को ख़ामख़ा चंचल क्यों करना बहना । एक तो यों ही छुटपन से...''

सुवर्ण सहसा पड़ोसिन की एक हथेली को दबाकर रुँधे गले से बोली, ''आप लीजिएगा बकुल को ?''

भद्र महिला ने अपना हाथ छुड़ाकर कहा, ''मैं लेना भी चाहूँ, तो क्या बकुल के बाबूजी देंगे ? तुम तो बमभोला-सी हो, उतना ख़याल नहीं करोगी, पर तुम्हारे बेटे ? तुम्हारे पति ? नहीं भई, मैं गृह-विच्छेद कराना नहीं चाहती । लड़की पहाड़ हो गयी, ब्याह कर दो उसका, पढ़ा-पढ़ाकर क्या होगा ? नौकरी थोड़े ही करेगी ? कुछ ख़याल मत करना, सुनिर्मल अब नहीं आयेगा ।''

इसपर भी सुवर्ण कहेगी, ''हाँ, उसे आना पड़ेगा !''

यह कहना सम्भव न था, परन्तु उसी सुनिर्मल के द्वारा ही सुवर्ण ने असम्भव को सम्भव किया था । सोलह साल की बेटी के लिए वेतन पर मास्टर ठीक किया था।

बूढ़े । किसी सरकारी स्कूल में हेडमास्टर थे, अब ट्यूशन करते हैं । शर्तनामे पर सही करके छात्र-छात्रा को पढ़ाते हैं । आजकल तो बहुतेरी लड़कियाँ प्राइवेट पढ़कर ही इम्तहान देती हैं न ।

बकुल के ताऊजी से भी उमर में बड़े, इस मास्टर के लिए कुछ कहना है ?

रास्ते में भेंट होने का सुयोग धीरे-धीरे कम हो गया, इस घिनौने आलोड़न से

उसका घर में आना भी प्रायः बन्द हो गया, फिर भी एक समय हुई भेंट । बकुल हलकी हँसी, "क्यों सुनिर्मल-दा, एक निश्चित सुरक्षा ढूँढ़े मिल गयी ? गंजी खोपड़ी, कुबड़ी पीठ···"

इधर-उधर ताककर सुनिर्मल ने टुप् से उसके माथे पर एक ठोकर देकर कहा, "पा गया । उनके लिए न सही, मेरी अपनी निश्चिन्तता के लिए ही खोजना पड़ा!"

"तुम्हारा घर तो हमारे घर से एक तिल भी अग्रसर नहीं, हिम्मत कैसे की थी, मैं यही सोचती हूँ । अब सबक़ मिला न ?"

"सबक़ कैसा, बड़ी तो फ़ाजिल हुई है !" कहकर वह झटपट चला गया । सबक़ उसे सच ही नहीं मिला । पहले से ही आट-घाट बाँध रखा था ।

सुवर्णलता ने जब प्रस्ताव किया था, तो सुनिर्मल ने उमड़ती ख़ुशी को छिपाकर कहा था, "अच्छा, समय निकालकर आऊँगा ।" कहकर चला आया, मगर घर में जाकर माँ से कहा, "हुई एक मुसीबत ! लोग भी ऐसा अन्याय अनुरोध कर बैठते हैं! उस घर की चाचीजी ने बुलवा भेजकर क्या अनुरोध किया, जानती हो ? रोज़ जाकर उनकी बेटी को पढ़ाना होगा !"

कहना व्यर्थ है, सुनिर्मल की माँ उससे पुलकित नहीं हुईं, क्रुद्ध ही हुईं । बोलीं, "मतलब ?"

"मतलब और क्या ! थर्ड ही क्लास में अभी तक घिसट रही है न, गो कि बुद्धि-वुद्धि बुरी नहीं । इसीलिए चाह रही है कि पढ़ा-वढ़ाकर प्राइवेट से ही अगले साल पास करा लें ।"

"पास करायेंगी ! बेटी को पास कराकर कौन-सा चतुवर्ग होगा भला !"

"सो क्या जानूँ ? कहा ! अब बात टालूँ कैसे ?"

"बात टालूँ कैसे ? खूब ! क्यों, कह तो सकता था कि अभी मेरी एम.ए. की पढ़ाई है···"

"कहा था । बोलीं, उसी में थोड़ा समय निकालकर । भला मुँह पर ना किया जा सकता है ?"

परिमल बाबू की स्त्री ने भी यह माना । इसलिए आख़िरकार बोलीं, "ठीक है, पढ़ाना तो उसकी माँ के सामने बैठकर पढ़ाना ।"

यही चल रहा था, परिमल बाबू की स्त्री यही जानती थी । लेकिन पानी बड़ी दूर तक ढलका । लिहाज़ा रंगमंच से विदाई लेनी पड़ी उसे—अपनी जगह पर बासठ साल के गणेश बाबू को बिठाकर ।

सुवर्ण का सनातनी घर अब गणेश बाबू पर क्या आपत्ति करे ?

इधर चारों तरफ़ से तरह-तरह की ख़बरें आने लगीं ।

सुराज का छोटा लड़का बारिस्टरी पढ़ने के लिए विलायत गया था, मेम ब्याहकर ले आया, सुराज ने उस मेम-बहू को सादर घर में लिया । बेटा-बहू के लिए घर में

अलग से बावर्ची आया है ।

और इधर सुबाला-जैसी सुबाला, उसने भी अपनी एक बेटी का ब्याह वारेन्द्र ब्राह्मण के घर कर दिया, और अमूल्य कहता है, "ठीक है बाबा, लोग अगर मुझे जात से अलग कर दें तो जो कई बाक़ी हैं, उन्हें भी वारेन्द्र-टारेन्द्र के यहाँ ही दे दूँगा।"

इधर—

उन्नीस साल की उम्र में हविष्य खा-खाकर, जिस मल्लिका को आमाशय का रोग हो गया, हाथ-पाँव में हाजा...उस मल्लिका के अपने चाचा-ससुर ने ब्राह्म हुए बिना ही अपनी विधवा बेटी का ब्याह कर दिया ।

अपने स्वजन 'बेम्ह' कहें, जात से पतित करें, अग्नि-नारायण को साक्षी रखकर ही वह ब्याह हुआ । और घाट-बाट में लड़कियाँ तो हरदम दिखाई पड़ रही हैं, ट्राम गाड़ी पर ही सवार हो रही हैं । लड़कियों के स्कूल बढ़ने के साथ-साथ मास्टरनियों की वृद्धि हो रही है । इस बाढ़ में मास्टर के लिए खुँत-खुँत करने से क्या होगा ?

लेकिन प्रबोध ने "मुझे पैसा नहीं है" कहकर शेष चेष्टा की थी । सुवर्ण ने संक्षेप में कहा, "तुम्हें नहीं देना होगा ।" उसके बाद, ईश्वर को ही मालूम, सुवर्ण ने किसके मारफ़त दो गहने बेचे ।

कौन जानता है, गिरि ताँतिन इस काम में सहायक हुई या नहीं । बहुओं का तो यही विश्वास है । नहीं तो इन दिनों वह इतना आती क्यों है ?

अच्छा, प्रबोध स्वयं क्या कर रहा है ? इतनी बड़ी क्वाँरी बेटी के होते चुपचाप बैठा है ? कारण ? इसलिए कि घर-घर में बड़ी-बड़ी लड़कियाँ हैं, इसी का साहस है!

पचीस

हाँ, गिरि ताँतिन का आना-जाना चल रहा था ।

जब-तब ही कपड़ों का गट्ठर उतारकर वह उस घर में पानी पीते, पान माँगते देखी जाती । कपड़ा दिये बिना भी वह चली जाती है, और फिर आती है ।

गिरि जैसी थी, अभी भी वैसी ही है ।

सुवर्णलता के चेहरे में कितना रद्दोबदल हुआ, उसके स्वास्थ्य में कितना क्षय हुआ, गिरि अटूट अक्षय है । सिर्फ़ कपड़े का गट्ठर अब कुछ छोटा हो गया है । ज़्यादा ढो नहीं सकती है इसलिए, ज्यादा लोगों को मढ़ नहीं सकती इसलिए— यह

कौन जाने ! अब लोगों को ताँतिन के कपड़ों से दुकान के कपड़ों का रुझान अधिक है ।

इसलिए गिरि अब आठों पहर पहननेवाली साधारण साड़ियों का बोझा लिये नहीं चलती, चुनी हुई ज़री कोर की शान्तिपुरी, महीन फरासडाँगा की हाल-फ़ैशन कोर की दो-चार साड़ियाँ—यही सब लेकर चलती है ।

और आते ही कहती है, ''शाँ बाज़ार के राजमहल में एक कोरी साड़ियाँ दे आयी, ओतोर बाज़ार के राजा के समधियाने में एककोरी सात साड़ियाँ दे आयी, नाटोर की महारानी के बाप के यहाँ से दो कोरी साड़ियों की माँग है, वहाँ जाना है ।''

राजमहल के अलावा आजकल गिरि की जबान पर बात ही नहीं । दिन जितने ही बीतते जा रहे हैं, उतनी ही क्या प्रचार के ज़ोर पर प्रतिष्ठा बनाये रखने की चेष्टा है गिरि की ?

घटकगिरी तो गयी ही, यह व्यापार भी जाने-जाने को ही है ।

लेकिन घटकगिरी क्या बिलकुल ही गयी ?

तो इस घर में इतनी आवाजाई किस लिए ? हाँ, उसी पुराने व्यवसाय को गिरि माँजने लगी है ।

सुवर्णलता के सँझले लड़के मानू के लिए एक रिश्ता ले आयी है ।

मानू के ब्याह की उम्र पहले ही हो गयी थी, साल-भर के अन्तर के भाई हैं न वे लोग—भानू, कानू, मानू । लेकिन मानू कृती होकर नौकरी पर परदेश चला गया, इसलिए ब्याह में देर हो गयी । और शायद सुवर्णलता के अनाग्रह से भी ।

नहीं तो लड़कियों के पिताओं की दौड़-धूप का तो विराम नहीं है । सुवर्णलता ने कहा, ''लड़का छुट्टी में घर आये, तब बात होगी । आजकल लड़के अपनी आँखों से देखते हैं, यह रिवाज हो गया है ।''

चाहकर लड़के को इस बेहयाई की शिक्षा देने के मामले में घर के किसी का अनुमोदन नहीं है । जिन दम्पतियों का बिना देखे-सुने ब्याह हुआ है, वे ज़ोर-शोर से कहती हैं, ''क्यों बाबा, हम लोग क्या घर नहीं करती हैं !''

सुवर्ण फिर भी कहती, ''सो हो । जिस युग का जो धर्म ।''

यही कह-कहकर तो सुवर्ण ने भी बेटे को परदेश जाने को प्ररोचित किया । लड़का जो घर-द्वार छोड़कर दिल्ली में पड़ा है, उससे बड़ा सुख हो रहा है तुम्हें ? प्रबोध ने क्या आपत्ति नहीं की थी ? कहा नहीं था कि इस वंश का कोई कभी 'अन्न-वस्त्र' के लिए परदेश नहीं गया ?

सुवर्ण ने कहा, ''कभी नहीं गया तो क्या कभी नहीं जायेगा ? तुम्हारे दादा-परदादा ने तो कभी कटे कपड़े बदन पर नहीं रखे, पाँवों में चमड़े का जूता नहीं पहना—तुम वह सब नियम मानते हो ? नियम कुछ हिमालय पहाड़ है कि हिलेगा नहीं ?''

और, मानू दिल्ली चला गया ।

छुट्टी-वुट्टी में घर आता है, तो वह किसी और ही घर का लगता है। बेअन्दाज, बेपरवा और शौक़ीन तो सदा से था ही। इनके घर का सनातनी प्रलेप मानो अब उसे रंजित नहीं रख पा रहा है।

सुवर्ण का यही जैसे अलग एक सुख है।

कहने से लोग छिःछिः करेंगे, फिर भी सुवर्णलता मातृस्नेह के मुख नहीं रखती। मानू सदा बाहर ही रहे, वहीं गिरस्ती बसाये, उसकी यही एकान्त इच्छा है।

फिलहाल मानू की चिट्ठी से लगता है, अब उसकी गिरस्ती बसाने की इच्छा झाँक रही है। वह अकसर लिखता है कि रसोइये के हाथ का खाना-वाना अच्छा नहीं लगता।

फिर भी उदासीनता की केंचुल छोड़कर सुवर्णलता उसके ब्याह के लिए हड़बड़ नहीं कर रही थी, हठात् ऐसे ही समय गिरि एक लड़की की खोज ले आयी।

बड़े ही ग़रीब का घर, असहाय विधवा की लड़की, लड़की लेकिन परम सुन्दर है। मँझली बहू दयालु है, जभी गिरि हिम्मत करके आयी है।

ग़रीब घर !

असहाय विधवा की लड़की !

परम सुन्दरी !

इन तीन शब्दों ने सुवर्ण को मानो कुछ विचलित किया।

इसके बाद ही कपड़े की परत से गिरि ने लड़की की तसवीर निकाली।

बोली, "यह तसवीर तुम अपने बेटे को भेज दो दीदी, बात असल यह है कि इस ग़रीब की बेटी का उद्धार करना ही होगा।

सुवर्ण ने तसवीर को उठाकर देखा और देखते ही मोहित हो गयी। अहा, कैसा नम्र भाव, कैसा नमकीन मुखड़ा, कैसी कोमल दृष्टि ! साथ ही कैसा दीप्त लावण्य ! बार-बार देखते रहने को जी चाहता है।

इधर गिरि कहती गयी, "लड़की के फूफा को फोटक खींचने का शौक़ है, उसी ने एक फोटक खींचा था, वही सहारा है। नहीं तो गरीब विधवा की बेटी, कौन क्या करता है ! अजी, वंश बड़ा ऊँचा। तुम्हारे ममहर से क्या तो है !"

"मेरे ममहर से ?"

सुवर्ण चौंक उठी।

सुवर्ण का ममहर कहाँ ? इस घर के सिवाय सुवर्ण का और कहीं कोई घर है क्या ? मौसी का घर, बुआ का घर, दीदी का घर, ताई-चाची का घर—जो सबके होता है ? फिर ममहर ?

सुवर्ण फीका हँसकर बोली, "मेरा भला ममहर ! भूत का भला जन्म-दिन !"

गिर भी हँसी, "अहा, खोज-पूछ न करें चाहे, ममहर था तो आख़िर ? भुइँफोड़ तो नहीं हो ?"

"मुझे तो वैसा ही लगता है ।"

सुवर्ण ने फिर तसवीर को हाथ में लिया । देखा, निरीक्षण किया ।

आँचल से 'गुल' की डिबिया निकालकर एक चुटकी दाँतों तले रखकर गिरि बोली, "तुम खोज़-ख़बर ला न लो, वे लोग लेते हैं । इस लड़की की जो नानी है, उनसे भेंट हुई । उन्होंने ही कहा, 'तुम लड़के की माँ से कहना, मैं रिश्ते में उनकी माँ की फूआ हूँ । फूआ और भतीजी, हम दोनों एक ही उमर की थीं, गले-गले मेल था ।' क्या ख़ाक तो नाम था तुम्हारी माँ का ? बताया वह नाम···"

किन्तु कह किससे रही है गिरि ?

सुवर्ण तो सहसा बाहरी ज्ञानशून्य हो गयी ।

उसकी माँ की हमउम्र फुआ ?

गले-गले मेल था ?

कौन है वह ? नाम क्या है उसका ?

सुवर्ण ने शान्त समुद्र में गोताख़ोर उतारने की चेष्टा की । माँ से उसके बचपन के क़िस्से सुने थे न ?

"नाम जानती हो उनका···"

धीरे से कहा ।

गिरि ने देखा, दवा ने असर किया है ।

गिरि ने अब पान निकाला । खाकर कुछ समय निकालकर बोली, "जानती हूँ, नाम तो बताया बूढ़ी ने । कहा, तुम्हारी माँ की फुआ होती हैं, 'पुण्य फुआ' शायद। बोली, 'यही कहने से वह समझ जायेंगी ।'

पुण्य फुआ ! पुण्य फुआ !

विस्मृति के जाने किस अतल से यह नाम तिर आया ! एक दमकते और हँसते हुए मुखड़े से झड़ नहीं पड़ता था यह नाम ?

"मैं और पुण्य फुआ, ये दोनों शैतानी की सरताज थीं ! एक दिन मैं और पुण्य फुआ, हि-हि-हि, दोनों होड़ लगाकर, इतना तैरे, इतना तैरे कि लौटते ही जाड़ा-बुखार! ···पुण्य फुआ यों बड़ी डरपोक थी···"

सुवर्ण ने नज़र उठाकर पूछा, "लड़की की कौन होती हैं वह ?"

"नानी ! अजी, माँ की माँ । कभी अवस्था ख़ासी ऊँची थी, भगवान् की मार से अब वह अवस्था नहीं रही···"

सुवर्ण ने कहा, "तुम बात करो गिरि, वही लड़की मैं लाऊँगी ।"

वही लड़की मैं लाऊँगी···

वही लड़की मैं लाऊँगी···

जप का मन्त्र हो जैसे ।

उस तसवीर के चेहरे पर जाने किस एक शान्ति का आभास मिला उसे !

उस चेहरे में सुवर्ण की माँ के मुखड़े की झलक है ?

लेकिन वह क्यों रहने लगी ?

कौन-सा लहू किधर गया, इसका कोई हिसाब है ?

यद्यपि कोई युक्ति नहीं थी, फिर भी सुवर्ण को लगने लगा, इस लड़की में उसकी माँ की माधुरी मिली हुई है । सुर का सादृश्य है । यह संयोग किसने जुटाया ? निश्चय ही भगवान् ने । सुवर्ण स्वर्ण तो खोजने गयी नहीं !

तो ?

यह भगवान् की लीला है !

वह मानो सुवर्ण की भयंकर शून्यता की ओर इतने दिनों के बाद पूर्णता का प्रलेप देना चाहते हैं !

यह तसवीर यदि मानू को भेजी जाये, तो या तो पति को या फिर पुत्रों को बताना होगा । वह स्वयं तो रजिस्ट्री नहीं लगायेगी ? पहले की बात होती, तो सुनिर्मल से ही कहती । लेकिन पढ़ने-पढ़ाने के मामले से ऐसी एक भद्दी आबोहवा हो गयी है कि वैसी स्वच्छन्दता से अब उसे कोई काम करने को नहीं कहा जा सकता ।

और, तुरन्त इस तसवीर की बात किसी को कहने की इच्छा नहीं होती । यह मानो सुवर्ण की ख़ास अपनी कोई गुप्त और दामी सम्पत्ति हो ।

एक मीठा-सा मुखड़ा आदमी को इतना प्रभावित कर सकता है ?

''मैं ही ऐसी...'' सुवर्ण मन-ही-मन ज़रा हँसी, ''तो फिर भविष्य में अपने लड़के को दोष नहीं दिया जा सकता । वह तो देखकर पागल हो ही जायेगा । न, तसवीर भेजने की ज़रूरत नहीं, मूर्च्छित हो जायेगा ।''

सुवर्ण ने तसवीर नहीं भेजी । बेटे को यों ही एक पत्र लिखा ।

लिखा, ''लड़की हरगिज़ नापसन्द नहीं होगी, देखकर ही समझोगे कि माँ की नज़र कैसी है. । एक ही नज़र देखने से उसे परम सुन्दरी कहा जा सकता है—इसीलिए आगा-पीछा किये बिना मैंने वचन दे दिया है । पत्र पाते ही तुम छुट्टी की दरख़ास्त दे दो । ग़रीब विधवा की बेटी है, ब्याह की उम्र हो गयी है, वे लोग जल्दी चाहते हैं ।''

फिर, घर के मालिक, सयाने बेटों की उपेक्षा करके वचन देना !

सुवर्ण का सबक़ सीखना कभी होगा नहीं ।

लेकिन मास्टर रखने और हैज़ा-काण्ड के बाद से सुवर्ण से सभी डरने लगे हैं ।

भक्ति नहीं, भय ।

सचेत होकर समझना नहीं, गुस्से से गुम हो जाना ! लिहाज़ा इस वचन देने के कारण पीठ-पीछे जितनी ही टीका-टिप्पणी क्यों न हो, सामने कोई कुछ नहीं बोलता।

परन्तु सुवर्ण अगर यह कह बैठी कि "गिरि के साथ एक बार उनके यहाँ जायें?" तो लोग इसपर भी चुप रहेंगे ?

खीज़ के मारे प्रबोध से कहे बिना नहीं रहा गया, "तुम उनके यहाँ जाओगी ? लड़के की माँ लड़की की माँ के पैरों तेल लगाने जायेगी ?"

"पैरों में तेल देना क्या ?" सुवर्ण बोली, "सुन ही तो लिया, घर में मर्द-सूरत कोई नहीं है—माँ और नानी । और, नानी तो नाते में मुझसे बड़ी होती हैं, गुरुजन हैं, जाने में दोष क्या है ?"

सुवर्ण ने यह कहा ।

वह इसमें कोई दोष नहीं देखती ।

किन्तु यदि कोई केवल अपनी ही दृष्टि से दोष-गुण का विचार करे, तो सारी दुनिया के लोग तो उसे नहीं मान सकते ?

सुवर्ण बेटे की माँ होकर भी यदि स्वयं लड़की के घर दौड़े, तो वे यह भी तो सोच सकती हैं, लड़के में हो न हो कोई खोट है, नहीं तो इतनी ग़रज़ क्यों है ?

बात यह उड़ा देने की नहीं । काइयाँ-दुनियादार लोग तो ऐसा ही सोचने के आदी है । वे जहाँ भी यह देखेंगे कि राई-रत्ती हिसाब से बाहर कुछ हो रहा है, वे वही सोचेंगे कि कहीं कोई बात ज़रूर है, वरना ऐसा बेहिसाब कैसा ?

लड़केवाले सिंहासन पर आसीन रहेंगे और कन्यापक्ष जूते का तल्ला घिसेंगे—यही तो नियम ! सुवर्ण, तुम इसके बाहर न जाओ ।

सुवर्ण का जाना नहीं हुआ ।

सुवर्ण ने केवल भावी बंगाल की छवि में लड़कियों के लिए माहामारी की प्रार्थना की, "बंगाल की लड़कियों के लिए ऐसी कोई महामारी नहीं आती कि यह प्रदेश लड़की-शून्य हो जाये ? फिर देखती हूँ मैं कि तुम महानुभाव पुरुष समाज किस सिंहासन पर बैठकर क्रीतदासी जुटाओगे ? तुम लोगों का यह अहंकार जाता रहेगा! तुम्हें ही जूतों के तल्ले घिसने पड़ेंगे, मैं यह अभिशाप देती हूँ ।" सुवर्ण ने अपने मन में इन भयंकर शब्दों का उच्चारण किया, कहा, "अरे अभागे देश, किया जिनका तुमने अपमान..."

इस ब्याह के लिए ही सुवर्ण फिर से झाड़-फूँककर तैयार हो रही है । गज़ब, उसकी यह अदम्य प्राण-शक्ति कहाँ छिपी है, जो सौ-सौ बार टूटकर गिर-गिरकर फिर उठकर खड़ी हो जाती है ?

कितनी ही बार तो लगता है, अब शायद चुक गयी सुवर्ण । और फिर नज़र आता, अरे, इसने तो फिर जीवन्त मनुष्य की भूमिका ली !

बकुल के बूढ़े मास्टर से तो मज़े में बोलना शुरू करके बेटी की पढ़ाई की पूछती-आछती थी, फिर उसी के ज़रिये अलग से गणित के एक मास्टर को रखा । एक ही साल में बेटी को एण्ट्रेन्स पास करायेगी ।

भानू और भानू की बहू आड़ में हँसते ।

कहते, "अपनी छोटी बेटी को माँ गार्गी, मैत्रेयी, लीलावती बनाये बिना नहीं मानने की !"

कानू और कानू की बहू, दोनों हँसकर कहते, "दरअसल, यह भैया के उस मित्र की बहन पर आक्रोश है !"

और कानू की बहू, और भानू की बहू कहतीं, "माँ ने तय कर लिया है, मन्त्र का साधन या शरीर-पतन । बेटी को स्कॉलरशिप दिलाकर ही रहेंगी । लेकिन कहावत है, 'ईर्ष्या से सब बन सकती है—बाँझ न बेटा जन सकती है ।' दिमाग़ में धी हो, जब तो छात्रवृत्ति ?"

सोच लेती, धी नहीं है ।

परन्तु वही क्या परम पाप के पापी हैं ? दुनिया तो ऐसे ही चलती है । उसका कारबार तो बाहर दिखनेवाले दृश्य से ही चलता है । लोग तो यही देखते हैं कि कौन क्या करता है । क्यों करता है, यह कौन देखने जाता है ? और चूँकि देखने नहीं जाता, इसलिए अपने अनुसार एक कारण निर्णय करके टीका-टिप्पणी की बाढ़ बहाता है ।

सुवर्ण का व्यवहार ईर्ष्यालु मन के आक्रोश-सा ही तो लग रहा था । और मानू के ब्याह में अधिक उत्साह देखकर भी लोग कहेंगे, लड़का ज़्यादा कमाने-वाला और दूर रहनेवाला है न ! दुनिया का तौर ही यही है 'घर का योगी जोगड़ा, आन गाँव का सिद्ध ।'

यह लड़का बाहर रहता है, रुपया भेजता है, लिहाज़ दामी लड़का है ।

लेकिन बहू दामी नहीं हो रही है, यह एक बात है ।

हर कोई यही कह रहा है ।

चम्पा तो किराये की गाड़ी ठीक करके आकर कह गयी, "रूप लेकर क्या धो-धोकर पियोगी माँ । सुना, लड़की तो डोम की टोकरी-धुली है ! मानू-जैसे बेशक़ीमत बेटे को फूटी कौड़ी में बेच दोगी ? मेरे फूफा-ससुर ने उतनी खुशामद-बरामद की, तुम टस से मस नहीं हुई । वह लड़की के बराबर सोना तौल देते, ऊपर से पलंग-बिछौना, आईना-अलगनी, लड़के को सोने की घड़ी-सिकड़ी, हीरे की अँगूठी, सोने के बटन..."

सुवर्ण अचानक ज़ोरों से हँस पड़ी थी ।

कहा था, "फिर तो सुनार की दुकान से ब्याह कराना और भी अच्छा हो रे चम्पा!"

चम्पा को अपने ज़मींदार फूफा-ससुर के लिए सम्मान का अन्त नहीं, इसलिए वह उठकर चली गयी ।

सुवर्ण ने सोचा, लोग जंजाल के बोझ को इतना मूल्य क्यों देते हैं ? सोचा, यह चम्पा सदा की मूरख है ।

बात शायद सही ही है । मूरख चम्पा ने मूरख-जैसी ही बात कही ।

लेकिन मानू ?

वह तो मूरख नहीं है ?

वह तो विद्या के ही बल पर तीन सौ माहवार की नौकरी कर रहा है । तो, उसने ऐसी चिट्ठी क्यों लिखी ?

मानू के पत्र की भाषा कौतुक की है, पर वक्तव्य अभिन्न । उसने लिखा, आज के ज़माने में रूप से रूपा का आदर अधिक है । और फिर जनम-दुखिया विधवा की लड़की को ब्याह कर सदा उन्हें ढोना पड़ेगा, इसमें तो कोई सन्देह ही नहीं । लिहाज़ा ऐसे झमेले से काम ही क्या ! अभी बल्कि मुझे ही कुछ नक़द रुपये मिल जायें तो काम बने । एक अच्छी नौकरी का पता चला है, दिल्ली-शिमला का काम—भविष्य में आशा है, परन्तु नक़द पाँच हज़ार जमा करना होगा । उस पाँच हज़ार के लिए ब्याह का ही भरोसा किये बैठा है । और उस भरोसे का एक आधार भी नज़र आ रहा है । दफ्तर के बड़े साहब उसे अपना जमाई बनाने को बड़े इच्छुक हैं । उस इच्छा के चलते ये रुपये वे दे भी सकते हैं । हाँ, ब्याह के आनुषंगिक—दान-सामग्री, वराभरण, लड़की के ज़ेवर आदि में कुछ कमी हो सकती है···और, कुछ जंजाल की ढेरी से लाभ भी क्या ?

जंजाल की ढेरी !

सुवर्णलता के बेटे ने सुवर्णलता की बात ही तो कही है, फिर साँप काटे-जैसी स्तब्ध हो जाने की क्या वजह है सुवर्णलता को ?

मानू छुट्टी लेकर ब्याह करने के लिए आया । बड़े साहब के बाल-बच्चे, परिवार—सभी कलकत्ता में ही हैं । सच ही उन लोगों ने जंजाल ज़्यादा नहीं दिया। लेकिन धूम-धाम में कोर-क़सर नहीं रही । इस ओर भी नहीं । बड़े आदमी के यहाँ ब्याह हो रहा है, इसलिए मानू के बाप-भाई मान-रक्षा में तत्पर रहे ।

तीन दिनों तक शहनाई बजती रही, बत्ती की जगर-मगर खूब रही, ऐसिटिलिन गैस की बत्तियाँ बारात के साथ चलीं, छत पर शामियाना डाला गया, जूठे गिलास-सिकोरे और केले के पत्तों से फ़ुटपाथ भर गया—कौए-कुत्तों ने समारोह के साथ भोज खाकर सौ मुँह से आशीर्वाद दिया ।

चम्पा-चनन्न तो नज़दीक की हैं, वे तो आयीं ही, दूर में ब्याही पारुल भी आयी।

और माँ से भेंट होते ही बोल उठी, "तेरी यह कैसी शक़्ल हो गयी है माँ ?"

उसके बाद गप-शप के सिलसिले में बोली, "उसे पढ़ाने-लिखाने में आगे बढ़ा रही, अच्छा कर रही हो । विद्या हासिल करने पर ही तो यह सवाल उठाया जा सकेगा कि स्त्रियाँ ही नौकरी क्यों नहीं करेंगी ? स्त्रियाँ अगर चिरकुमारी रहना चाहें

तो उनकी यह ख्वाहिश पूरी क्यों नहीं होगी ? कहा जा सकेगा कि ब्याह नहीं होने से स्त्रियों की जात जाती है, पुरुषों की नहीं, यह शास्त्र किसने बनाया ?''

बकुल से अकेले में भेंट होने पर हँसकर बोली, ''अरी, प्रेम के मामले में कहाँ तक बढ़ीं ?''

बकुल बोली, ''आः, सँझली-दी !''

''आः क्यों बाबा, किसी एक के भी जीवन में यदि कोई नयी घटना घटे, देखकर जी जाऊँ ।''

''आजकल खूब कविता लिख रही है, क्यों ?'' बकुल हँसी । बहुत दिनों के बाद सँझली-दी को पाकर उसके मन का दरवाज़ा खुल गया मानो । जाने कब से सरस बात का मुँह नहीं देखा । इसलिए हँसकर बोली, ''प्रेम की कविता ? इसीलिए इतना…''

पारुल ज़रा चुप रहकर बोली, ''नहीं, कविता अब नहीं लिखती ।''

''नहीं लिखती ? मूर्तिमान काव्य में ही निमग्न हो गयी है एकबारगी ?''

''हाँ ।''

पारुल के चेहरे पर अन्हरिया पाख की चाँदनी-जैसी एक म्लान आभा ।

''सुन सँझली-दी, ज़्यादा चालाकी मत कर, इस बीच कितनी कॉपियाँ भर डाली हैं, मैं देखूँगी । ले आयी हैं न ?''

पारुल ने यह बात यों ही उड़ा दी । उसके बाद एक समय हँसकर बोल उठी, ''प्रेम की कविता बड़ी भयानक चीज़ है रे । उसके ख़ास आदमी को बड़ा डर लगता है । प्रेम के बिना प्रेम की कविता, यह उसके विश्वास के बाहर है ।''

''हूँ ।'' बकुल ने धीरे से कहा, ''मतलब—ऊँची शिक्षा जो चीज़ है, वह एक शॉर्ट-कोट जैसी है । बदन पर रखकर बहार दिखाने की !''

एक निःश्वास छोड़कर पारुल ने कहा, ''क्या जाने, सार यही है कि कहीं-कहीं वह अस्थि-मज्जा से मिलकर चित्त को ऊँचा उठाती है !''

''सच, सँझले जीजाजी प्रेम की कविता देखकर बिगड़ जाते हैं ?''

''बिगड़ते हैं ! ऊँहूँ, नहीं तो…'' पारुल ने हँसकर कहा, ''बिगड़ते नहीं । सिर्फ़ यह कहते हैं, गुप्त प्रेम नहीं रहने से गहरे प्रेम की ऐसी कविता लिखी ही नहीं जा सकती । हर पन्ने का यह 'तुम' और 'तुम्हारे' लिए जो हाहाकार है, उसका लक्ष्यस्थल अभागा मैं नहीं हूँ, यह तो साफ़ ही समझ में आता है । सो, जब यह प्रेम क्वाँरेपन से ही है, तो इस अभागे के गले में माला क्यों डाली ?''

''खूब ! कविता प्रेम में पड़ने के…''

''रहने दे बकुल, यह बात रहने दे । अपनी बता । इतने दिनों में क्या हुआ-हवाया?''

''यह तो महाभारत है !''

पारुल हँसी । अपने भीतर के सारे विक्षोभ को अपने में संहत रखकर वह स्थिर रहेगी, यही मानो पारुल की प्रतिज्ञा है । अभिमान के आगे सब 'परम' की बलि देगी, यही शायद उसका जीवन-दर्शन है !

सब कुछ को दबाकर पारुल बोली, "फिर तो हाथ में हर्रे-सुपारी लेकर कहना चाहिए रे ! महाभारत की कथा अमृत समान—काशीराम दास कहे सुने पुण्यवान् ।"

सो जैसे भी हो, इस ब्याह के सिलसिले में मौज-मज़ा खूब किया । नव-विवाहित मानू ने अपने पैसे से एक नयी चिज़ दिखायी—बंगला बायस्कोप !

नयी बहू के नाम पर चनन्न ने एक दिन सारे परिवार को न्योता । केवल सुवर्ण इन सारी खुशियों से वंचित रही । इधर उसे हलका बुखार रहने लगा है । और, अपने घर-घुस स्वभाव से बकुल ने किसी चुहल में साथ नहीं दिया ।

फिर भी सुवर्ण को लगा, बीमार माँ घर में अकेली पड़ी रहेगी, इसका समर्थन नहीं कर रही है, बकुल इसीलिए घरघुस बन गयी है । नहीं तो पारुल से तो उसकी खूब बनती है !

बायस्कोप देखने और न्योता खाने के लिए दो दिन प्रबोध सहित सभी निकल पड़े । सुवर्ण लगातार घण्टों दीवार की ओर मुँह किये पड़ी रही, मानो दीवार पर कितना-क्या लिखा है, वही पढ़ रही है ।

सुवर्ण का छोटा लड़का सुबल कहाँ रहता है, समझ में नहीं आता । हठात् कभी कमरे में आकर स्टैच्यू की तरह खड़ा होकर धीरे से कहता, "दवा-ववा कुछ पीनी थी?" या कहता, "कुछ कह रही थीं ?" या "खाना रख गयी हैं वे ? ...पानी है?"

'तुम्हारा खाना' इतना खोलकर नहीं कहता । केवल 'खाना ।'

फिर भी, माँ के लिए वह उत्कण्ठित है, यह मानो समझ में आता है ।

परन्तु सुवर्ण का यह छोटा लड़का बिस्तर के किनारे आकर बैठ जाता और कहता, "माँ, ज्वर अधिक है ?"...या चुपचाप कपाल पर हाथ रखकर अनुभव करने की चेष्टा करता कि तापमान की मात्रा क्या है !

इससे शायद हो कि सुवर्ण खिल उठती ।

लेकिन वह ऐसा नहीं करता ।

वह माँ के पास केवल तटस्थ होकर खड़ा रहता है, खाँसने की ज़रा-सी आवाज़ होती है और दरवाज़े पर आ खड़ा होता है । शायद उसे इच्छा होती है कि माँ के बिस्तर के किनारे बैठकर माँ के पैरों पर हाथ रखे, परन्तु अनभ्यास के कारण वैसा कर नहीं पाता । इसीलिए उसके आँख-मुँह में सिर्फ़ एक विपन्न उत्कण्ठा का भाव फूट उठता है ।

दीवार की ओर मुँह करके लेटी रहने पर भी सुवर्ण उस मुखच्छवि का अनुभव कर सकती है । मगर सुवर्ण भी तो नहीं कह सकती है, "सुबल, बेटे, ज़रा मेरे पास आकर बैठ ।"

नहीं कह सकती है ।

सुवर्ण की सारी अन्तरात्मा बोलने के लिए अकुला उठती है । फिर भी वाग्यन्त्र गूँगा ही रहता है ।

जैसे भूखी-प्यासी सुवर्ण के हाथों ही भूख का भोजन, प्यास का पानी मौजूद है, पर है एक मुहरबन्द बक्से में, उसे तोड़कर भूख-प्यास मिटाने की क्षमता सुवर्ण में नहीं है ।

छब्बीस

एक-एक करके लड़कियाँ विदा हो गयीं ।

पारुल के जाने के समय बकुल ने धीरे से कहा, "भूल मत कर सँझली दी ! चोर पर नाराज़ होकर तू ज़मीन पर भात खायेगी ?"

पारुल ज़रा सख्त-सी हँसी हँसकर बोली, "लेकिन चोर से छीना-छोरी करके थाली पर दख़ल करने की प्रवृत्ति भी नहीं है !"

"इसके लिए तू कविता लिखना छोड़ देगी ? इतनी अच्छी लिखती थी ?"

"बक-बक मत कर," पारुल हँस उठी, "हुँः, बड़ा तो लिखना । छोड़ दूँगी, तो दुनिया का बड़ा कौन-सा नुक़सान हो जायेगा !"

"दुनिया का न हो, तेरा अपना तो नुकसान है ।"

पारुल ने दूसरी ओर ताकते हुए कहा, "खारे समुद्र में मुट्ठी-भर नमक डाल देने से क्या ऐसा इतर-विशेष होगा, बता तो सही । ज़िन्दगी ही तो नुकसान की है ।"

"लेकिन अमल बाबू तो···"

"हाय राम, तेरे अमल बाबू की निन्दा कर रही हूँ क्या ? महासदाशय व्यक्ति हैं, स्त्री के थोड़े-से ऐश-आराम के लिए भण्डार उजाड़कर ख़र्च कर सकते हैं, केवल वह प्रेम की कविता नहीं चलने की ।"

"ठीक तो है, ईश्वर के विषय में लिखा कर···"

स्नेह से उसके माथे को ज़रा हिलाकर पारुल ने कहा, "बड़ा तो लिखती हूँ, जिसके लिए सोच के मारे तेरा माथा ख़राब हो रहा है । अरे 'विद्वान्-मूरखों' के साथ बड़ी आफ़त है । मनुष्य के आदि-अन्तकाल का प्रेमास्पद ईश्वर ही है, यह बात उनके दिमाग़ में नहीं धँसती । आवेग और आकुलता, यह देखते ही आमिष गन्ध मिलती है उन्हें । भाड़ में जाये, माँ ने भी तो जीवन-भर कितना कुछ लिखा, उसका नतीजा

तो तूने ही बताया ।"

यद्यपि माँ की रचना के बारे में ख़ास ऊँचा ख़याल नहीं था पारुल का, बल्कि उसके पैनेपन, आवेग, सब बात में ताल ठोंककर प्रतिवाद और विद्रोह करना—पारुल उन्हें अवज्ञा की दृष्टि से ही देखती थी, जानती थी कि माँ का लिखना भी उसी पर्याय का है, इसलिए उसके सम्बन्ध में कुछ मूल्यबोध नहीं था, फिर भी अभी उसने उसका ज़रा ज़िक्र किया ।

ज़िक्र किया व्यर्थता की तुलना के लिए ।

बकुल चुप रही ।

उसे क्षणभर के लिए आग की आभा में देखे उस मुखड़े की याद आ गयी । वह मुखड़ा पराजित सैनिक का था या अपराजित काठिन्य का, वह आज तक भी नहीं ठीक कर सकी ।

शायद पराजित का ही हो ।

हो सकता है, सुवर्ण दीवार की ओर देखकर उसपर की लिखावट पढ़ती नहीं है, उसपर लिखती है । अनदिखी स्याही से जर्जर-पीड़ित-वंचित आत्माओं का इतिहास लिख रखती है । नहीं, केवल अपनी बात नहीं, लाखों-लाख आत्माओं की बात । आनेवाला समय उस लिखावट को पढ़ेगा ।

कौन जानता है, उस समय उसकी प्रतिक्रिया से एक नयी जाति जन्म लेगी या नहीं—उद्धत, अविनयी, असहिष्णु, असन्तुष्ट, आत्मकेन्द्रित जाति ।

दीवार की लिखावट भी तो स्लेट की लिखावट की नाईं एक बार लिखी और एक बार पोंछी जाती है ।

आज एक हृतसर्वस्व सैनिक पराजय की बात लिखकर रख जा रहा है, आगामी काल—

तो सुवर्णलता क्या सचमुच ही इस बार जा रही है ? नहीं तो इतनी टूट क्यों गयी है वह ? उठ सकती भी हो, तो उठना नहीं चाहती ।

रात-दिन बिस्तर पर ही ।

फ़र्श पर पड़ी चटाई पर बिस्तर, कमरा पोंछनेवाली नौकरानी आकर कहती है, "ज़रा उठना पड़ेगा माँजी···"

पहले उठ जाया करती थी सुवर्णलता । आजकल कहती है, "अब उठ नहीं सकती भैया, बगल से पोंछकर चली जाओ ।"

और बीच-बीच में कहती है, "दक्खिनवाले बरामदे में एक चिक टाँग दिया जाता, तो वहीं सोती···"

सुनकर प्रबोध ने बिगड़कर कहा, "उस खुले बरामदे में सोओगी ? रोज़ बुख़ार

रहता है···"

"इस घुस-घुस ज्वर में खुली हवा ठीक है," सुवर्ण ने ज़रा हँसकर कहा, "और, दक्खिन के बरामदे में मरने का बड़ा अरमान जो है मुझे !"

"ऐसे अमंगल की बात न कहो मँझली···" प्रबोध चुप हो गया ।

सुवर्ण ने कहा, "अजी अमंगल कैसा ? अभी मरूँ तो जयजयकार है ! छोड़ो भी, मरती नहीं हूँ न, मरूँगी भी नहीं । लेकिन रात को खाँसते-खाँसते जान जाती है, तुम्हें नींद नहीं आती···"

बात ग़लत नहीं ।

उस दीवार के एकबारगी उस छोर पर ऊँची खाट पर झालरदार तकियों से घिरा जो बिछौना बड़े आराम का था, प्रबोध से अब वहाँ निश्चिन्त सोया नहीं जाता ।

यह खाँसी ।

खाँसी की आवाज़ से कमरे में टिक नहीं पाता है प्रबोध, दरवाज़ा खोलकर बरामदे की चौकी पर आ बैठता है ।

फिर भी उसने प्रतिवाद किया, "वाह, मेरी नींद ही बड़ी है, तुम भी तो खाँसते-खाँसते···" पर प्रतिवाद का सुर मानो दुर्बल सुनाई पड़ता ।

दीवार की ओर से मुँह फेरकर सुवर्ण ने कहा, "पर अपने को तो अपने पास से हटा लेने का उपाय नहीं है ?"

आज भी फिर वही बात उठी ।

रात प्रबोध ने प्रायः सारी रात ही भीतर के बरामदे में बितायी । फिर भी सुवर्ण ने जैसे ही दक्खिनवाले बरामदे में चिक डालने की बात कही, प्रबोध जैसे टोले-भर को सुनाते हुए चिल्ला-चिल्लाकर बोला, "ऐ बकुल, अपने भैया से कह दे, कुली बुलाकर मेरी खाट को उस छोटे कमरे में कर दे । आज से मैं वहीं सोया करूँगा । खाँसी के मारे क्या तो मुझे नींद नहीं आती है, इसलिए एक रोगी खुले बरामदे में सोने जायेगी !"

कमरे में नहीं, कमरे के बाहर खड़ा होकर चिल्लाया ।

सुवर्ण मानो उस चिल्लाहट की ओर ही एक व्यंग्य हँसी की रहस्यमय दृष्टि से ताकती रही ।

व्यवस्था सुबल ने कर दी ।

बाप की नहीं, माँ की ।

जाने कहाँ से तीनेक चिक् और तिरपाल लाकर बरामदे में लटका दिया और माँ के बिछौने को उठाकर वहाँ ले गया । चुपचाप, सबके अनजानते ।

सुवर्ण ने कहा भी सबसे छिपाकर ही था ।

सुवर्ण ने क्या सोचा था कि हाथ के इस सीलबन्द बक्से की सील को मैं तोड़ूँगी ही ? इसीलिए उसने कहा था, ''सुबल, मैंने कभी तो कोई अनुरोध किया नहीं है बेटे, तू मेरा एक अनुरोध रखेगा ? मुझे दक्खिनवाले बरामदे में मरने का बड़ा अरमान है। कर देगा इसकी व्यवस्था तू ?''

सुबल ने जवाब नहीं दिया। समझ में नहीं आया कि वह करेगा या नहीं। परन्तु ज़रा देर बाद ही नज़र आया, सुबल बरामदे में परदा डाल रहा है।

सत्ताईस

केदार-बदरी से लौटते हुए एक महीना काशी में रहकर जयावती बड़े दिनों के बाद कलकत्ता आयीं।

उन्होंने नयी व्यवस्था देखी।

जीर्ण अवस्था देखी।

उसके पास बैठ गयीं। बोलीं, ''किसी आदमी पर अभिमान करना सोहता है सुवर्ण, ईंट-पत्थर से मान करके अपने को ख़त्म करने से बढ़कर बेवक़ूफी और क्या है ?''

सुवर्ण ने हँसकर कहा, ''जानती ही तो हो, सदा की बेवक़ूफ़ हूँ ! परन्तु मान ईंट-पत्थर पर है, यह किसने कहा ? यदि कहूँ, सृष्टिकर्ता पर ?''

''वह भी तो ईंट-पत्थर ही है !''

''फिर तो लाचारी है।''

''बहुएँ कह रही थीं, शरीर की लापरवाही करते-करते यह रोग मोल लिया है !''

''वे 'माँ' के नाते परेशान होती हैं, इसी से ऐसा कहती हैं। मरने के समय आख़िर कुछ तो होगा ही।''

''लेकिन 'काल' को स्वेच्छा से ही तो त्वरान्वित कर रही हो ! सुना, दवा नहीं पीतीं, पथ्य नहीं लेतीं, बहुएँ सेवा-जतन करने आती हैं, तो वह भी नहीं लेतीं—यह तो ठीक नहीं है, बहना।''

सुवर्ण की व्याधिम्लान आँखें एक बार जल उठीं, उसके बाद छाया हो गयीं। बोली, ''कहा न, सदा की बेवक़ूफ़ हूँ !''

जयावती ने कहा, ''सो तो जानती हूँ। दुनिया में सिर्फ़ ख़ालिस से काम नहीं चलता। न्याय और अन्याय, सत्य और मिथ्या से समझौता किये बिना यह संसार

अचल है, यह समझाकर तो हार गयी तुझे । लेकिन मेरे जीते-जी नहीं खिसकी तो क्या ! एक तो कब का छोड़कर चला गया है, तू भी चली जायेगी तो बिलकुल निर्बान्धव हो जाऊँगी ।''

सुवर्ण की वे बड़ी-बड़ी काली आँखें गढ़े में धँस गयी थीं, फिर भी शायद वे आँखें बोलना नहीं भूली हैं । उन आँखों की बात से सुवर्ण ने मुँह की बात को भी मिलाया, ''जो तुम्हें छोड़ गया है, उसने तुम्हें आज भी भरा-पूरा रखा है जया-दी, तुम्हें निर्बान्धव होने का डर नहीं है ।''

''समझ गयी, बड़ा ज्ञान दिया । लेकिन मन की दो बातें करने को भी तो संगी चाहिए ? और तू क्या अन्त में हार मानकर चली जायेगी ?''

''प्रतिज्ञा थी, हार नहीं मानूँगी । लेकिन सृष्टिकर्ता को सुवर्ण पर बड़ा आक्रोश जो है । अब नहीं बनता । सेवा-जतन की कह रही हो जया-दी, जो करने आती हैं, हृदय से करने आती हैं ? सभी दिखावा ।''

जयावती हँस पड़ीं । बोलीं, ''आँखों को जो दिखाई देता है, वही देखना चाहिए सुवर्ण, हृदय को देखने जाना विधाता के विधान का व्यतिक्रम है ।''

कुछ क्षण चुप रहकर सुवर्ण बोली, ''छोड़ो भी जया-दी, इस पर तर्क करना बेकार है ! इस ढाँचे में नया कुछ नहीं होने का । उससे तो अच्छा है, तुम जो-जो देख आयीं, सो बताओ ।''

जयावती ने क्षुब्ध गले से कहा, ''विशद रूप से वह बताने की अब इच्छा नहीं। तेरे आगे मेरी चिरकाल की लज्जा रह गयी । तीर्थ किया कि रात-दिन अपराध के भार से मर्म में मरती रही…''

''हाय राम, सुनो ज़रा बात !'' सुवर्ण ने उस बात को दबाने की चेष्टा की, लेकिन जयावती ने बात पूरी की, ''मैं अकेली होती तो तुझे छोड़कर जाने की बात सोच भी नहीं सकती । लेकिन यह 'दल' बड़ी भयानक चीज़ है ! उस चीज़ को माया नहीं होती, ममता नहीं होती, चक्षुलज्ज़ा नहीं होती । मैं 'नहीं जाऊँगी' कहती तो खा ही डालता मुझे । मैं ही तो उद्योगी थी !''

सुवर्ण ने कहा, ''नहीं जाऊँगी क्या कहते हो ? तीर्थ की बात । महातीर्थ ! जीवन में दो बार अवसर नहीं आता । मेरे भाग्य ने मुझे…''

हाँ, यही एक जगह है, जहाँ सुवर्ण आदमी की तरह बोलती है । भाग्य पर आक्षेप करती है ।

''देवरानी की बीमारी कठिन नहीं है, यह मैं समझ गयी थी ।'' जयावती कुछ क्षण चुप रहकर बोलीं, ''फिर भी जाना नहीं रुकता, यदि लड़के प्रतिकूल नहीं होते।''

सुवर्ण अचानक हँस उठी ।

अजीब टूटी-टूटी हँसी ।

''अजी, जिसका जन्मकाल ही प्रतिकूल हो, उसके लिए अनुकूल कौन होगा ?''

यही शायद सही है ।

जन्मलग्न अपने राशि-नक्षत्र की पलटन लिये आजीवन आदमी का पीछा करती रहती है, यह अंकशास्त्र की बात है ।

बात में बाधा पड़ी ।

एक हाथ में गिलास, दूसरे में रिकाबी लिये भानू की बहू आयी । हँसकर बोली, "ताईज़ी, आप तीरथ से लौटी हैं, आज आपको जलपान कराये बिना नहीं छोड़ूँगी । देखिए, मैं तशर की साड़ी पहनकर पत्थर के बरतन में ले आयी हूँ ।"

जयावती मुसकराकर बोलीं, "अरी ओ पगली लड़की, बिना पूछे यह सब क्यों करने-कराने गयी ! आज तो मेरा 'संकटा' है, आज तो कुछ खाऊँगी नहीं !"

"कुछ नहीं खायेंगी ?"

"नहीं बिटिया, नहीं । नाहक़ ही कष्ट किया ।"

बड़ी बहू के दुःख का अन्त नहीं रहा । म्लान मुँह लिये चली गयी । उसके जाने के बाद सुवर्ण बोली, "तुम भी तो ख़ासा अभिनय कर सकती हो जया-दी !"

जयावती ने हँसकर कहा, "उपाय क्या है ? यह संसार थिएटर ही तो है । तुम अभिनय नहीं कर सकीं, इसलिए हार गयीं ।"

उनकी हथेली को अपनी मुट्‌ठी में धीरे से दबाकर सुवर्णलता बोली, "हार गयी, पर हार मानी नहीं ।"

जयावती उठ रही थीं । प्रबोध आकर खड़े हुए, बोले, "अरे, नयी बहूजी, तीरथ-वीरथ हुआ ? बहुत अच्छा, बहुत अच्छा । इस पर अपनी सखी का हाल देख रही है न ? मगर एक पुड़िया दवा नहीं लेती, सेवा-जतन स्वीकार नहीं ! और इस खुली जगह में सोना ! अपने ही दोष से अपने प्राण गँवायेगी यह ।"

सुवर्णलता हठात् ज़ोर-ज़ोर से खाँसने लगी ।

खाँसी रुक ही नहीं रही थी ।

प्रबोध भयार्त चेहरे से चीख़ उठा, "ऐ बकुल, कहाँ रहती हैं सब ? रोगी···ज़रा पानी भी···अच्छा, देखता हूँ···" कहकर शायद स्वयं पानी के लिए चला गया ।

अट्ठाईस

गंगा का पानी कितना बढ़ा, पृथ्वी की गति कितनी बदली, फिर भी 'समाज सामाजिकता' के लौहनिगड़ से बूढ़े-बूढ़ियों ने छुट्टी नहीं ली । अब सामाजिकता नहीं करने के कारण

श्यामासुन्दरी की कोई निन्दा नहीं करेगा, फिर भी कानू के लड़का हुआ है, यह सुनकर चाँदी की टोकरी और सितुहा लेकर वह शिशु को देखने आयीं । ग़रज़ कि सदा जो करती आयी हैं, वह करेंगी ।

वह बोलीं, ''सो हो ! प्रबोध का यह पहला पोता है । बड़ी बहू ने तो पहले लड़की दिखायी ।''

''पोता !''

सही है ।

चीज़ तो आराधना की है ।

किन्तु सुवर्णलता बेसुध बैठी थी । सोने का हार देखकर मुँह देखने की बात थी जिसकी ! सुवर्ण अपनी त्रुटि नहीं देखती, केवल परायी त्रुटि की ही ख़बर होती है उसे ।

खैर, श्यामासुन्दरी के छाले पड़ी आँखों से भी यह अवस्था पकड़ में आयी । उन्होंने प्रबोध को बुलाकर कहा, ''बहूरानी का क्या हाल है प्रबोध ? डॉक्टर-वैद कुछ दिखा रहे हो ?''

प्रबोध ने सिर झुकाकर कहा, ''डॉक्टर-वैद्य यानी मुहल्ले के एक बहुत अच्छे होमियोपैथ—उन्हीं से दवा ला दी थी । लेकिन खायी ही नहीं वह दवा । यों ही पड़ी रही । ज़िद्दी तो सदा की है न ! अपने इसी मन के कारण इसने कभी शान्ति नहीं पायी । तुमने तो देखा ही है मामी, मैंने सदा औक़ात से बाहर ही किया । फिर भी इसका मन नहीं भरा ।''

श्यामासुन्दरी झट बोल उठीं, ''अहा, मन-मन करके ही दोष दे रहे हो बेटे ! आदमी के शरीर में ही क्या रोग नहीं होता ?''

श्यामासुन्दरी के जाते ही प्रबोध मुहल्ले के ब्रजेन कविराज को बुला लाया ।

खुले गले से सुवर्णलता से बोला, ''कविराजजी आये हैं । इन्हें बताओ कि तुम्हें तकलीफ़ क्या है ?''

इन्हें देखते ही चौंककर उठ बैठी थी सुवर्ण । घूँघट खींच लिया था । कविराज जी ने 'देखें तो बिटिया हाथ' कहकर जैसे ही हाथ बढ़ाया, सुवर्ण दृढ़ स्वर में बोल उठी, ''नाहक ही आपको कष्ट दिया गया कविराजजी, मुझे कहीं कोई बीमारी नहीं है।''

कविराजजी मुहल्ले के ही थे, लिहाज़ा अदब वैसा नहीं, प्रबोध तीखे गले से बोल उठा, ''बीमारी नहीं है ? लेकिन लगातार सुनता आ रहा हूँ कि हलका बुख़ार रहता है, खाँसते-खाँसते बुरा हाल है...''

सुवर्णलता ने सिर हिलाकर कहा, ''वह ख़ास कुछ नहीं ।''

''कुछ नहीं कहकर ज़िद तो दिखा रही हो, पर अपने-विराने सब आकर मुझे भला-बुरा कह जाते हैं । कविराजजी अब आ ही गये हैं, तो देख ही जायें न ?

दिन-दिन यों दुबली ही क्यों होती जा रही हो, यह भी तो देखना ज़रूरी है ?"

सुवर्णलता ने और भी दृढ़ गले से कहा, "नहीं । कोई ज़रूरत नहीं । आपको नाहक ही तकलीफ़ दी गयी कविराजजी ! आप जाइए ।"

ऐसे ही एक दिन उसने कुल-पुरोहित को विदा किया था ।

ब्रजेन कविराज गोरे हैं । आरक्त चेहरे को और भी आरक्त करके बोले, "घर में राय करके तब डॉक्टर-वैद्य को बुलाना चाहिए प्रबोध बाबू ।"

प्रबोध बाबू सिर झुकाकर साथ-साथ उतर गये ।

"कविराज आये थे तो उन्हें दिखाया क्यों नहीं गया ?" बहुत दिन पहले भानू जिस घर को छोड़ आया है, आज भी हूबहू उस घर के एक आदमी-जैसी अदा से कहा, "मतलब इसका ?"

उस मुँह की ओर से मुँह फेरकर सुवर्णलता ने कहा, "ज़रूरत नहीं थी, इसलिए!"

"ज़रूरत है या नहीं, इसे चिकित्सक के विचार पर ही छोड़ना अच्छा नहीं होता?"

सुवर्ण स्थिर गले से बोली, "वह 'अच्छा', अवश्य तुम लोगों का होता । लेकिन बता सकते हो, दुनिया में आजीवन केवल तुम लोगों का ही अच्छा क्यों होगा ?"

कविराज-जैसी शकल बनाकर भानू भी चला गया । कहता गया, "घर में अशान्ति की आग जलाना ही इन दिनों तुम्हारा प्रधान काम हो गया है ।...इन दिनों ही क्यों, सदा ही ।"

खाते के नीचे सदा के लिए लकीर खींचकर ही चला गया मानो । ताज्जुब है, एक आदमी ने केवल मन के दोष से ही सबको ख़ाक किया !

" 'बीमारी नहीं हुई है' कहकर कविराज को भगाया, किन्तु खाट पकड़े हुए है। मतलब क्या हुआ ?"

मतलब का आविष्कार बहुओं ने किया ।

वे लोग चुपचाप आपस में बोलने लगीं ।

"साफ़ तो समझ में आ रहा है, रोग अच्छा नहीं है । यह खाँसी का रोग छूत का है, फिर भी डॉक्टर-वैद्य दिखायें तो बात खुलेगी, बेटी के ब्याह में कठिनाई होगी, इसीलिए..."

एक मतलब का आविष्कार आख़िर किया उन्होंने, जिसमें सुवर्णलता की सद्बुद्धि और घर के प्रति शुभेच्छा दिखाई दी उन्हें । परायी लड़की होने के बावजूद समझा। कानू की बहू ने बल्कि यह भी कहा, "ज़रूरत से ज़्यादा अभिमानिनी हैं, गो कि पिता बिलकुल ही अलग ढंग के···"

लेकिन वे लोग यह सब सुवर्णलता के सामने तो कहतीं नहीं कि उसे मालूम हो, उसे केवल 'मन्दबुद्धि' के सिवाय भी कुछ सोचते हैं कोई-कोई ।

यह कोई फ़ौरन ख़तरेवाली बीमारी नहीं, इसलिए हड़बड़ाकर आने की बात नहीं है । फिर भी चन्नन आजकल कभी-कभी आ जाती है । ससुराल में मनमुटाव चल रहा है, इसलिए बहाना बनाकर चली आती है ।

आकर ज़रा देर माँ के पास बैठती है, कुशल-प्रश्न और कुछ हा-हुताश करके उठ जाती है । थियेटर देखने का शौक़ उसे खूब है, उसी के लिए भाभियों के पास आ जाती है । वहाँ से जाये तो कई देवरानी-ननदों के टिकटों का दाम गिनना पड़े । अन्दर से जितना भी मनमुटाव हो चाहे, बाहर से सौष्ठव रखे बिना नहीं चलता ।

यहाँ वह बला नहीं । दोनों बहुओं को नचा देने से ही व्यवस्था हो जाती है । गृहिणी-जैसी एक ननद साथ में जा रही है, इसलिए पतियों को आपत्ति नहीं होती । छब्बीस-सत्ताईस की तो उम्र हुई चन्नन की, दाई कें साथ चली जाती है, टिकट का झमेला दाई ही झेलती है ।

थिएटर देखकर रात का भोजन करके तब विदा । कभी-कभार चम्पा भी आ जाती है । लेकिन उसे फ़ुरसत कम है । ससुराल में शासन खूब कड़ा है ।

चन्नन आयी थी—

जाते समय फिर माँ के पास ज़रा बैठकर बदन-पाँव में हाथ फेरकर तब विदा हुई । एक निःश्वास छोड़कर बोली, "मौक़ा मिलते ही फिर आऊँगी माँ !"

सुवर्णलता ने बेटी की बात का जवाब नहीं दियां । कानू पास ही खड़ा था, उसकी तरफ़ ताककर बोली, "इन लोगों से कह देना कानू, मेरे मरने के पहले किसी के आने की ज़रूरत नहीं । मरने पर ही आयें ।"

सुवर्ण ने यही कहा ।

मरने को आयी, फिर भी स्वभाव नहीं किया ।

अपने पेट की बेटी का ऐसा अपमान किया । लोगों का अपमान करते-करते वही उसका पेशा हो गया है मानो ।

लेकिन बेटी है, इसलिए तो यह अपमान हज़म नहीं कर सकती चन्नन । यह नहीं सोचा कि रोगी की बात का बुरा नहीं लेनी चाहिए !

वह भी 'अच्छा, याद रहेगा' कहकर धड़धड़ाती हुई चली गयी । कानू उसके पीछे-पीछे गाड़ी तक गया ।

दूसरे ही दिन यह ख़बर चम्पा तक पहुँच गयी । और दोनों ने बहुत बार कही हुई बात कही, "हम सौत की लड़की हैं । असली बेटी हैं पारुलबाला और बकुलबाला ।"

तब से माँ के आदेश का पालन ही कर रही थीं वे, आती नहीं थीं, पर सुवर्णलता ने मरने में बड़ा विलम्ब जो किया ।

कानू के लड़के के अन्नप्राशन को टालते-टालते आठ महीने पर ले जाने के बावजूद जब सुवर्णलता को बिछावन से उठाया नहीं जा सका, तो प्रबोध ने स्वयं ही पतवार थामकर बड़ी धूम-धाम से तैयारी की, नहीं तो लोगों को मुँह दिखाना मुहाल हो रहा था ।

उस समय बड़ा मना-मनू कर बेटियों को लिवा लाया प्रबोध । पर हँसी-खुशी में साथ तो दिया, लेकिन माँ के पास मुँह लटकाये ही रहीं । एक बस प्रणाम, वह भी तो लेटे हुए को प्रणाम करना निषेध है ।

बेचारी बकुल एक बार दीदियों की ओर और एक बार माँ की ओर भाग-दौड़ करने लगी । कोई पक्ष कहीं सदा के लिए रुष्ट न हो जाये !

पर, बकुल की परीक्षा ?

बकुल की छात्रवृत्ति ? उसका क्या हुआ ?

वह दुःख की बात रहने दीजिए ।

पढ़ाई उसकी आगे कहाँ बढ़ी । सुवर्ण ही उसका कारण थी । पृथ्वी की ओर से सुवर्णलता ने पीठ फेरी है, फिर भी बकुल को अभी अधिक नहीं हटाया है । बकुल दूध, साबूदाना ले आती है, तो हाथ बढ़ाकर लेती है । दूसरा कोई लाता है, तो कहती है, रख जाओ, पी लूँगी ।

फिर भी बीच-बीच में सुवर्ण खोज-पूछ करती, "तेरी पढ़ाई का क्या हुआ ? मास्टर को हटा दिया शायद ?"

बकुल मन-ही-मन कहती, "भगवान्, झूठ का दोष न लेना···" मुँह से कहती, "मास्टर साहब की तबीयत ख़राब है ।"

सुवर्ण फिर नहीं बोलती । आँखें बन्द कर लेती ।

समझ में आ रहा कि अब शेष होती जा रही है । जो सदा केवल बोलती ही आयी है, 'अब नहीं बोलूँगी' यह प्रतिज्ञा करके भी बिना बोले नहीं रह सकी—केवल घर पर ही नहीं, देश और दशा के बारे में, समाज-सभ्यता के बारे में—राजनीति, धर्म, पुराण-उपपुराण—सबके बारे में बोलती रही । किसी के ख़िलाफ कहा तो ताल ठोंककर उससे तर्क किया । और अब उस आदमी को जब बोलने से वितृष्णा हो गयी, तो अब आशा नहीं रही ।

नशाख़ोर का मरणकाल निकट है, यह तब पकड़ में आता है, जब नशे से उसे अनासक्ति होती है ।

सुवर्णलता की बात नहीं, यह अस्वस्तिकर अवस्था लिये मानो छटपटाता फिरता उसके दुर्वाक्य का सदा का श्रोता, सारे अभियोगों का असामी । वह कालीघाट में पूजा की, मन्नत मान आया, ठनठनिया काली का खड्ग-धोया पानी माँग लाया ।

मिट्टी के बरतन को बिस्तर के नज़दीक रखकर रुआँसे-से गले से कहा, "इसे छाती-कपाल से छुलाकर पी तो जाओ, इससे कम कष्ट होगा ।"

"कम होगा ।" सुवर्ण ने कहा, "रखो, रख दो ।"

प्रबोध अधिक देर तक रोगी के पास बैठ नहीं सकता, जाता-आता रहता ।

फिर आकर बोला, "अभक्ति मत करो मँझली, काली माँ का खड्ग-धोया पानी है ।"

उनतीस

एक दिन सुवर्ण ने उठकर हाथ बढ़ाकर पानी लिया । बहुत दिनों के बाद ज़रा हँसकर बोली, "तुम मुझे बहुत प्यार करते हो, है न ?"

प्रबोध तो चौंक उठा ।

सुवर्ण प्यार की पूछती है !

चौंककर उसने इधर-उधर ताका । देख लिया कि आस-पास कोई है तो नहीं । उसके बाद नज़दीक आकर अकुलाये रोते-रोते-से गले से कहा, "इतने दिनों के बाद तुम मुझसे यह पूछ रही हो ? यह बात मुँह खोलकर कहनी पड़ेगी ?"

नः, सचमुच ही सुवर्ण बदल गयी ।

शायद उसने पृथ्वी को क्षमा करके जाने का संकल्प किया है । इसीलिए वह बोल नहीं उठी—"न, मुँह खोलकर नहीं कहना होगा, जीवन-भर तो काँटे चुभा-चुभाकर यह जताते आये हो !"

सुवर्ण सिर्फ़ ज़रा और हँसी । फिर बोली, "न-न, कहना नहीं पड़ेगा, लेकिन प्यार जब करते हो, तो मेरी एक अन्तिम इच्छा पूरी करो न ?"

"अन्तिम इच्छा ?" प्रबोध ने गंजी उठाकर आँखें पोंछी, उसके बाद बोल उठा, "तुम सौ इच्छा की कहो न मँझली···"

"सौ तो याद नहीं आ रही है, बहरहाल एक ही कह रही हूँ—मँझली ननदजी को एक बार देखने को जी चाहता है ।"

मँझली ननदजी ।

यानी सुबाला ?

प्रबोध मानो शून्य से पछाड़ खाकर गिरा ।

बेटी नहीं, दामाद नहीं, पोता-पोती नहीं, भाई-भतीजा नहीं, देखने को जी किसे चाहा तो मँझली ननदजी को !

ताज्जुब !

सो, ताज्जुब में डालना ही पेशा है उसका ।

प्रबोध छूटते ही बोल उठा, "जब ऐसी ही अजूबी इच्छा हुई है तुम्हें तो उसी की व्यवस्था कर रहा हूँ ।"

प्रबोध का कहना युक्तिहीन न था, सुवर्ण की यह अन्तिम इच्छा जिसने भी सुनी, वही अवाक् हुआ । अजूबा नहीं तो और क्या ? इतनों के होते—चार ननदों में से बीच की एक ननद को देखूँगी, यही हुई एक आदमी के जीवन की अन्तिम इच्छा ! उसने यही चाहा लाड़ से !

वह भी यदि हमउम्र ननद होती !

वह भी यदि ख़ुशहाल होती !

हास्यकर !

किन्तु अभागे के लिए शायद तुच्छ भी दुर्लभ है ।

वहाँ भी तो बहुत बड़ी बाधा है ।

सुबाला अपनी पीछे की सारी लड़कियों का ब्याह जैसे-तैसे किये जा रही है । एक को चक्रवर्ती परिवार में, एक को घोषाल के यहाँ, एक को शायद वारेन्द्र के यहाँ—और सुनने में आया है, छोटी को भी वैसे ही किसी घर में ब्याहने की तैयारी में है !

शहर की नहीं है, फ़ैशनवाली नहीं, पैसेवाली नहीं । फिर भी इतना साहस ! गाँव में रहकर इतनी मनमानी !

भाड़ में जाये, जो जी में आये, करे । बेटा-बेटी के ब्याह में डाक से एक पत्र देने के सिवाय और तो कोई सम्पर्क था ही नहीं, उस रावण के परिवार को कौन आदर से बुलाये ? आने-जाने का किराया गिनने में ही तो दिवाला पिट जायेगा । सबने यह सोच रखा था, अब यह पत्र भी बन्द करना होगा ।

लेकिन अब वही समस्या आ गयी !

मृत्युपथ पर क़दम बढ़ाये को झट बात दे दी गयी ? उपाय अब ? मसले का हल कानू ने निकाला । बोला, "आप तो किसी सामाजिक कर्म में नहीं बुला रहे हैं, इसमें क्या है ? माँ ने जब ज़बान खोलकर कहा···"

बेटे के समर्थन से कानू के बाप को भरोसा हुआ ।

अतएव, सुबाला आयी ।

लिवाने गया उस घर का बूदो ।

वह आस-पास के सभी घर की राख फेंकने को टूटा सूप है ! इस फेरे में पड़कर प्रबोध अपने से जाकर ख़र्च-पत्तर देकर अनुरोध कर आया ।

"मँझली ताईजी की हालत अब-तब है । तुम्हें देखना चाहती हैं !"

यह सुनते ही सुबाला ने जो रोना शुरू किया, सो आँसू थमना ही नहीं चाहते । आँखें पोंछते-पोंछते उसका अँचरा लथपथ हो गया, आँखें सूजकर लाल हो गयीं ।

और भी दो दाँत टूट जाने से मुँह उसका आजकल मानो एक हास्यकर विकृति का प्रतीक हो गया है । रोकर और अजीब हो गया ।

घर के अन्दर आते ही प्रबोध के पाँव छुए और बोली, "है ?"

प्रबोध ने कहा, "अभी है, पर अधिक दिन नहीं रहेगी ।"

"अधिक देर नहीं, अधिक दिन !" फिर भी ग़नीमत ।

"होश है ?"

"होश तो टन्-टन् है ।"

"हे ईश्वर बचाओ । बात-वात करती है ?"

"थोड़ी-बहुत ।"

सुबाला कुछ आश्वस्त हुई । आँख-मुँह में पानी डालकर रोगी के पास जाने को तैयार हुई । अब प्रबोध ने ज़रा रूखे गले से कहा, "सुना, बेटियों का ब्याह अघर-कुघर में कर रही है ।"

अपने स्वभाव के अनुसार सुबाला सूजी आँखों ही हँस उठी ।

"अघर-कुघर तो नहीं है मँझले भैया, हाँ स्वघर नहीं है ।"

"मतलब वही है । किन्तु इस दुर्गति का कारण ?"

"कारण और क्या ?" सुबाला ने मज़े में सप्रतिभ गले से कहा, "अभाव से ही स्वभाव नष्ट होता है ! पास में कौड़ी कफ़न को नहीं, और घर में एक गण्डा ब्याह योग्य लड़कियाँ । नीचे घर के लोग यों ही उठा ले गये···"

"मरण तेरा ! इससे तो गले में पत्थर बाँधकर लड़कियों को पोखरे में डाल देना बेहतर था ।"

सुबाला सिहर उठी, "दुर्गा-दुर्गा ! आख़िर हमारी कुलीनता उनके प्राणों से बड़ी है भैया ? अच्छे घर में गयीं । खा-पहनकर सुखी हैं, यही सुख है मेरा । इसके लिए लोग मुझे अजात करें तो करें ।"

बहन के लिए गरचे कभी कोई दायित्व-बोध नहीं रहा, फिर भी उसकी ऐसी दुस्साहसिक बात पर प्रबोध झुँझला उठा, "अजात करें तो करें ! हुँः । बड़ा पुरुषारथ हुआ । अमूल्य भी शायद आजकल ऐसा ही भेड़ हो गया है !"

सुबाला ने इस अपमान का बुरा नहीं लिया । साला-बहनोई का नाता, ऐसा कहते ही हैं । इसीलिए सुबाला नें हँसकर कहा, "सो तुम कहो । लेकिन अपने कुल की बड़ाई लिये बैठी रहूँ, उनका मुँह नहीं देखूँ, इतनी स्वार्थी नहीं बन सकी भैया ! स्वघर के किसी ने हमारा ख़याल किया ? और मेरे ये कुटुम्ब ! पैर की कीचड़ से एकाकार। ख़ैर, छोड़ो ये सब बातें । अभी जिसे देखने आयी हूँ, उसे देखूँ । मकान तो बड़ा अच्छा बनाया है– मँझली को ही भोगना नहीं बदा है," सुबाला एक बार और उमड़

"रोकर ही मरी !"

बहुत दिनों के बाद सुवर्ण बड़ी मीठी हँसी हँसी । मुखड़े के लावण्य का कुछ भी नहीं रह गया था । ढाँचा-भर रह गया था । वही ढाँचा ही मानो दमकता हुआ दीखा ।

आते ही सुबाला उसके बिस्तर पर बैठ गयी । सुवर्ण ने मना नहीं किया । सुवर्ण ने उसका एक हाथ अपने हाथ में ले लिया था । सुबाला को रोते देख उस हाथ को ज़रा दबाती हुई बोली, "रोकर ही मरी !"

"अच्छी थी तो मैं एक बार भी मरने नहीं आयी ।"

रुँधे गले से सुबाला ने आक्षेप किया ।

दूसरे की शिकायत नहीं की । यह नहीं कहा, "इतने बेटी-बेटा की शादी की, एक बार भी नहीं बुलवाया ।" उसने अपने को ही दोषी बनाया, "तुम्हारे अच्छी रहते, एक बार भी नहीं आयी मैं !"

पकड़े हुए हाथ में और ज़रा दबाव देकर सुवर्ण ने कहा, "काश, तुम-जैसा मन सबके होता मँझली ननदजी ! किसी पर कोई दोष देना नहीं, कहीं कोई अभियोग नहीं, वाह !"

इसके बाद उसके बच्ची-बच्चों का कुशल-क्षेम पूछा ।

कौन कितना बड़ा हुआ, किसका-किसका ब्याह हो गया ? लेकिन उत्तर की ओर क्या ध्यान था सुवर्ण का ? वह प्रश्न के अभाव में प्रश्न ही कर रही थी । इस-उस बात के बाद हठात् बोल उठी, "अच्छा, तुम्हारे उस बिगड़े दिमाग़ देवर की क्या ख़बर है ! वही, जिसे मैंने घर में नहीं आने दिया, द्वार पर से दुरदुराकर भगा दिया ?"

"दुर्गा-दुर्गा ! भगाना क्या !...तुम अम्बिका देवर की कह रही हो न ?" सुबाला हड़बड़ाकर बोली, "तुम तो उसे कितना मानती हो ! वह भी तुम्हें मँझली भाभी कहता है—" गला रुँध गया, इसलिए सुबाला थम गयी ।

"जानती हूँ । " सुवर्ण ज़रा रुकी, उसके बाद बोली, "उसने घर-गिरस्ती बसायी कि फिर जेल में जाकर बैठा है ?"

"घर-गिरस्ती ?" सुबाला ने विषण्ण गले से कहा, "हाय रे मेरा जला नसीब ! वह भला घर-गिरस्ती करेगा ? वह तो विरागी हो गया !"

"विरागी ?"

जिससे सुबाला का हाथ पकड़े थी, सुवर्ण की वह मुट्ठी थिथिल हो गयी । प्रश्न खोये विस्मित नेत्रों से सुवर्ण इस अजीब बात की ओर ही ताकती रह गयी मानो ।

आँचल की भीगी कोर से ही फिर आँखें पोंछकर सुबाला ने रुँधे गले से कहा,

"विरागी नहीं तो और क्या ! जाने कहाँ-कहाँ की खाक छानता है, नौ-महीने-छह महीने में कभी चिट्ठी देता है । पैदल भारत-भ्रमण कर रहा है शायद । तुम्हारे ननदोई कहते हैं, फिर शायद ब्रिटिश के पीछे पड़ेगा, इसीलिए दल इकट्ठा कर रहा है । मुझे तो विश्वास नहीं होता है । एक गेरुआ वस्त्र ही धारण नहीं किया है, नहीं तो वह तो सच ही उदासीन वैरागी है । इस दुनिया से बाहर दूसरी ही दुनिया का आदमी। अपने लिए रत्ती-भर की चिन्ता नहीं, मगर कहीं कोई अन्याय देखा तो आग हो गया। वह जो उस बार यहाँ आया था न···" सुबाला ने सहसा सँभाल लिया । अबोध होते हुए भी समझती है कि उस दिन की चर्चा न करना ही अच्छा है । इसीलिए बोली, "उसके कई दिन बाद ही घर-द्वार बेच-खोंचकर चला गया ! कह गया, 'देखना है, भारतवर्ष में अभागे बंगाल-जैसे और कितने प्रदेश हैं ।' मन-ही-मन वही सोचती हूँ मँझली भाभी, स्त्री बनकर पैदा हुई, क़ैद में पड़ी है, करेगी क्या ? तू अगर मर्द होती तो निश्चय ही अम्बिका देवर-जैसी होती । तुझे गृहस्थी के बन्धन में बाँधकर नहीं रखा जा सकता । हठात् किसी दिन 'दुनिया देखूँगी' कहकर निकल पड़ती !"

"मँझली ननदजी !"

सुवर्ण मानो आर्तनाद कर उठी ।

उसने फिर सुबाला के हाथ को पकड़कर दबाया ।

और सुवर्ण का वह आर्तस्वर मानो दीवार-दीवार के धक्का खाकर धीरे से झर पड़ा, "ऐसा सोचती हो तुम ? मगर तुमने मुझे देखा ही कै दिन ! और जिन लोगों ने मुझे सारा जीवन देखा···"

सुबाला बुद्धीहीन है, लेकिन अनुभूतिहीन नहीं है वह । इसलिए उस झरते स्वर की मूर्च्छना पर उसने इस बात का बोझ नहीं रखा । केवल चुप बैठी रही । बड़ी देर तक बैठी रही ।

उसके बाद, बड़ी देर के बाद उस ख़ामोशी को तोड़ती हुई उद्विग्न गले से बोली, "तुम्हारा हाथ तो बड़ा पसीज रहा हैं मँझली ।"

तीस

वह पसीना ही अन्तिम उपसर्ग हुआ ।

दो दिन, दो रात—पसीना और पसीना ।

हाथ से कपाल और कपाल से सर्वांग । पोंछकर सुखाया नहीं जा पा रहा है ।

होता है ऐसा । सबके सिर्फ़ मरणकाल में ऐसा होता है ।

वह पसीना ही मानो जता देता है, "तुम्हारा दुनिया का बुख़ार अब उतर रहा है!"

अब तक ज़िद्दी रोगी से परेशान रहे लोग, ढंग से इलाज नहीं करा पाये, अब उसकी ज़िद नहीं मानी जायेगी । अब रोगिणी अभिभावकों के हाथ में आ गयी है। इसलिए दो ही दिन में दो सौ काण्ड । जहाँ जो बड़े डॉक्टर हैं, सबको एक-एक बार बुला लेने की मानो प्रतिज्ञा की है सुवर्णलता के बेटों ने ।

कई दिन पहले ही मानू को लिखा गया था, "अन्तिम समय है, देखना चाहो, तो आ जाओ ।" इस बीच मानू भी आ गया । चिकित्सा में ज़्यादा ज़ोर भी उसी ने लगाया ।

ब्याह के मामले में माँ का जी दुखाया था, इसकी याद थी । आने पर एक-बारगी ऐसी हालत देखकर वह बहुत विचलित हो गया । इसीलिए शायद वह त्रुटि की पूर्ति करना चाहता है ।

अनुमति अवश्य पहले प्रबोध ने ली । सामने आकर गिड़गिड़ाकर उसने कहा, "अब ज़िद करके क्या होगा मँझली बहू, चिकित्सा कराने दो । तुम बिना चिकित्सा के चली जाओगी, यह अफ़सोस कहाँ रखूँगा मैं ?"

पसीने की उस अवसन्नता में भी मँझली बहू मानो ज़रा हँसी, "अफ़सोस रखने की जगह की सोचकर कातर हो रहे हो ? फिर तो मुझे ज़िद छोड़नी ही चाहिए । लेकिन अब लाभ क्या है ?"

"लाभ के बारे में कहा जा सकता है भला !" सुवर्ण को इतना बोलते देखकर प्रबोध का भय कम हुआ, भरोसा-सा हुआ । हो सकता है, यह निदानकाल न हो, महज़ एक सामयिक उपसर्ग है । नाड़ी खो जाने पर भी कितने लोग बच जाते हैं।"

इसलिए वह बोला, "लाभ के बारे में कहा जा सकता है भला ! आजकल चमड़ा छेदकर दवा देने की व्यवस्था जो हुई है, उससे मन्तर की तरह काम होता है ।"

"चमड़ा छेदकर ?" अबकी सुवर्ण ज़रा स्पष्ट हँसी हँसी । नीले पड़ गये होंठों पर वह हँसी कौतुक से झलमला उठी, "अच्छा. दो ।"

अनुमति मिली ।

और राजकीय चिकित्सा आरम्भ हुई ।

सुवर्णलता के पति और बेटों को बाद में अफ़सोस रखने की जगह नहीं ढूँढ़नी होगी ।

चिकित्सा का ही नहीं, अन्तिम बार देख लेने का समारोह भी कुछ कम नहीं हुआ। प्रबोध के तीन कुलों में जो भी जहाँ थे, उसके संकट की इस घड़ी में सभी

आये दौड़े-दौड़े । ख़बर देने वाला था बूदो । वह रोते हुए सबके यहाँ जाकर कह आया । बचपन में यह बूदो अपनी मँझली ताई को सचमुच ही बड़ा प्यार करता था। वह अनुभूति समय की धूल पड़कर दब गयी थी । हठात् 'अन्तिम समय है' की इस खबर ने उस धूल को मानो उड़ा दिया ।

लेकिन इसका यह मतलब नहीं कि बूदो ने कहा है, इसीलिए सब आयेंगे । बूदो अगर अपनी माँ का अन्तिम समाचार देता तो कितने लोग आते ?

सुवर्णलता के लिए ही आये लोग ।

बेशक यह सुवर्णलता का भाग्य है ।

इतना किसका होता है !

सुवर्णलता की ओर इन लोगों ने ताज़िन्दगी ताककर देखा जो किया है ! भाग्य ने सुवर्णलता को फुनगी पर उठाया, लेकिन वहाँ से आप ही माटी पर उतर-उतरकर उसने आँधी उठायी । यह दृश्य आकर्षक तो है !

इसीलिए सब ताकते रहे ।

और जिसकी ओर सारी ज़िन्दगी ताका, जीवन-भर के लिए, उसका ताकना बन्द हो रहा है, यह देखने की साध किसको नहीं होती ?

आया केवल उसी के यहाँ से कोई नहीं, जहाँ से सुवर्ण नाम की एक झकमक लड़की छिटककर यहाँ आ पहुँची थी । उन्हें ख़बर देने को कौन जाये ? उनकी याद किसे रही है ? कौन कह सकता है, ख़बर देने पर भी वे आयेंगे या नहीं ? वहाँ तो सुवर्ण की मृत्यु बहुत पहले हो चुकी है ।

लेकिन प्रबोध का वंश भी तो कम नहीं ।

इन दो दिनों में उन्हीं लोगों का विराम नहीं है ।

आकर खड़े होते हैं, ज़रूरत से ज़्यादा चिल्लाकर रोगिणी को सम्बोधित करके अपनी उपस्थिति उसे बता देना चाहते हैं, उनकी जानकारी में मरने के समय किस-किसको ऐसा पसीना आया था, उसी कमरे में बैठकर इसकी चर्चा करते हैं, और यही सोचकर कि सुवर्ण को होश-हवास नहीं है, हा-हुताश करते हैं ।

लेकिन क्या सभी ?

व्यतिक्रम भी तो है ।

सभी पुरुष ऐसे नहीं ।

बहुतेरे पूछ-पाछकर ही चले जाते हैं ।

पूछते हैं, "बोली बिलकुल बन्द हो गयी है ?...आँखें खोलती ही नहीं है ? घर में गंगाजल तो है न ? तुलसी का पौधा ?"

शुभेच्छुओं की बात ।

मरने पर भी स्वभाव नहीं जाता है ।

नहीं तो मौत के हाथ में हथेली रखे हुए रोगिणी किसी की सौ पुकार में भी आँख

नहीं खोलती और किसी की एक ही पुकार में खींच-खींचकर खोलती है ।

मैली धोती, फटी गंजी पहने अधबूढ़े बूदो ने जब आकर फफकते हुए आवाज़ दी. "मँझली ताई !" उस समय तो सुवर्ण के गले से आवाज़ भी निकली । अस्पष्ट ही, फिर भी सुनी गयी—"भागो, मारेंगे !"

यह अवश्य प्रलाप है ।

ऐसी एकाध भूल की बात बोल रही है ।

लेकिन ठीक बात भी निकल रही है ।

विराज का पति जब सिरहाने के पास आकर बैठा, विराज ने ज़ोर से कहा, "मँझली भाभी, देखो, कौन आया है ?" उस समय दोनों हाथ जोड़ने की वृथा चेष्टा से काँपकर बोल उठी थी—"न-म-स्कार ।"

भूल रात की ओर बढ़ी ।

रात-भर जाने कितना बोली । कितनी शपथ की मानो । फिर एक बार प्रबोध की ओर ताककर साफ़ ही कहा—"क्षमा !"

क्षमा माँगी ?

या क्षमा कर गयी !

यह रहस्य कौन बतायेगा ?

जो पास में बैठे थे, उन लोगों ने मान लिया कि क्षमा माँगी । पति पर जुल्म तो बहुत किया था !

परन्तु उसके बाद यह सब प्रलाप क्यों बक रही है ?

"कहा था, अब नहीं चाहती । जाते समय कह जाती हूँ, चाहती हूँ । इसी देश में, स्त्री होकर ही ?...बदला नहीं चुकाना है ?"

कौन जाने, क्या चाह रही थी, कौन-सा बदला चुकाने की शपथ ले रही थी ।

प्रलाप ! प्रलाप का मतलब भी क्या ?

रात-भर आदमी और यम की लड़ाई चलती रही । भोर-भोर की ओर, जब पूरब-क्षितिज़ पर उजाले की झलक दिखाई दी, वह लड़ाई तब समाप्त हुई !

हारा हुआ आदमी हाथ की दवा की टिकिया को फेंककर चीख़ उठा । विजयी यम चुपचाप अदृश्य पथ से अन्तर्हित हुआ । जीते हुए ऐश्वर्य को लेकर !

सुबह की किरणें बिखर पड़ीं ।

बरामदे पर के टँगे तिरपाल और चिक उठा दिये गये । दक्षिण के बरामदे के पूरब कोने से प्रकाश की किरणें आकर बिस्तर पर पड़ीं । मृत्यु की कालिमा पर मानो सौन्दर्य की तूलिका फेर दी ।

सुवर्णलता का अन्तिम दृश्य वास्तव में बड़ा सुन्दर और समारोह का रहा ।

ऐसी मृत्यु से दुःख नहीं होता, बल्कि आनन्द ही होता है ।

क्यों न हो ? यदि कोई जीवन के सारे भोग की डाली को छोड़कर दुनिया से विदा होने को मजबूर होता है, तो उसकी मृत्यु शोचनीय होती है, वह मृत्यु दुःख की है । और उम्र के ज़हर-कीड़े से जीर्ण होकर जो अन्त में ऊब और खीज का पात्र होकर जीवन को धिक्कार देते हुए मरता है, उसकी मृत्यु निश्चिन्तता की होती है, वह राहत की साँस लेता है । जैसे कि मुक्तकेशी मरी थीं ।

मुक्तकेशी के उन्यासी वर्ष के पुराने पिंजड़े से जब बन्दी-विहंग को छुटकारा मिला, तो उनका अधेड़ और अधपगला भतीजा 'फुआ, मेरी फुआ' करके लोट-लोटकर रोया तो; पर बाक़ी लोगों ने तो चैन की ही साँस ली—यहाँ तक कि मुक्तकेशी के परम मातृभक्त बेटों ने भी ।

वह तो महज मुक्तकेशी के प्राण-पखेरू की ही मुक्ति नहीं थी, बेटे और बहुओं को भी पाषाण-भार से मुक्ति मिली !

लेकिन सुवर्णलता की बात जुदा है ।

सुवर्णलता परिपूर्णता का प्रतीक है ।

फल-फूल, व्याप्त विशालता में वनस्पति के समान ।

सुवर्णलता की मृत्यु ऐसी उम्र और ऐसी अवस्था में हुई कि वह मृत्यु अवहेलना से भूल जाने की भी नहीं, शोक से हाहाकार करने की भी नहीं ।

जगर-मगर जीवन, जगर-मगर मृत्यु !

सुवर्णलता से आजीवन किसने ईर्ष्या नहीं की ? उसकी जिठानी-देवरानियाँ, ननदें, पड़ोसिनें, ये-वे । बचपन से ही डाँट पर चली वह । किसी से डरकर नहीं चली, किसी पर रियायत नहीं की । वैसी दुर्धर्ष महिला मुक्तकेशी, उन्हें भी सुवर्णलता से हार माननी पड़ी । वह वैसा ही रौब-दाब चलाती आयी सदा । भाग्य भी सहाय हुआ। आस-पास के बहुतों से सुवर्णलता का माथा ऊँचा हो उठा था ।

रुपया-पैसा, घर-द्वार, सुख-सम्पत्ति, क्या नहीं हुआ ? संसार में गृहस्थ-घर की बेटी-बहू की जो भी कामना की वस्तु है, सभी सुवर्णलता को नसीब हुई ।

इसीलिए सुवर्णलता की मृत्यु से 'धन्य-धन्य' होने लगा । सबने कहा, "हाँ, मौत हो तो ऐसी ? कै स्त्रियाँ ऐसा मरना मर सकती हैं ?"

किसी-किसी ने ज़्यादा सँवारकर कहा, "मरना देखकर ईर्ष्या होती है । जी चाहता हैं, मरूँ !"

सँवारकर कहना ही नहीं, मन की एकान्त इच्छा भी ! बंगाली स्त्रियाँ जन्म से ही जानती हैं, जीवन में प्रार्थनीय अगर कुछ है, तो वह है 'अच्छी तरह से मरना' ।

शंख की चूड़ियाँ और सिन्दूर सहित पति-पुत्र की गोदी में सिर रखकर मर सकना ही बहादुरी है ! इसीलिए बचपन से व्रत करके वर माँगती हैं—"स्वामी आगे, पुत्र की गोदी, गंगाजल में मरना हो जी !"

मृतवत्सा विराज ने उसाँस लेकर कहा, "कहावत है न—'जल जाये औरत राखी उड़ जाये, तब तो औरत का गुण गाये'—भाग्य के बारे में भी यही कहना पडता है। जबतक मर नहीं जाता, तबतक तो उसे 'भाग्यवती' कहा नहीं जा सकता ? मँझली बहू गयी, अब कह सकती हूँ, हाँ, नसीब था ! इतनी उमर हो चुकी थी, भाग्य पर कभी यम की खरोंच तक नहीं लगी । सभी कुछ बरक़रार रखकर, भोगजात करके रास्ता काटकर कैसे चली गयी !"

विराज के लिए यह ईर्ष्या की बात तो है । वह मँझली बहू को सदा जितना प्यार करती रही, ईर्ष्या भी उससे उतनी ही करती रही !

विराज की ससुराल सम्पन्न है, विराज का पति देखने में सुन्दर है, फिर भी विराज के जी में शान्ति कहाँ ? हर घड़ी तो हाहाकार है ।

लगभग एक ही उम्र, प्रायः एक ही समय सन्तान-सम्भावना भी होती रही, लेकिन हर बार दोनों का नतीजा अलग-अलग । विराज बड़े घर की बहू है, जैसे ही एक-एक बार उस सम्भावना से वह ऐश्वर्यवती हुई, उसके लिए दूध का परिणाम बढ़ाया गया, मछली बढ़ायी गयी, नौकरानी रखी गयी । फिर भी पूर्णता के परम गौरव पर पहुँचने से पहले ही फिर सूनी गोद, रक्तहीन चेहरा लिये रोते-रोते उसे माँ के पास आना पड़ा है, सेवा लेने के लिए, सान्त्वना पाने के लिए ।

और सुवर्णलता ?

सुवर्णलता सूतिका-गृह में घुसने से घण्टा-भर पहले तक उछल-कूद करती रही है, दो ही चार घण्टे में हृष्ट-पुष्ट एक शिशु की आमदनी की है, सूतिका-गृह के हर बाधा-विघ्न को लापरवाही से पार करके निश्चित दिन षष्ठी की गोद में इक्कीस चुकड़ी सजाकर नहा-धोकर निकल आयी है ।

सारा कुछ तो विराज की नज़रों के सामने ही हुआ ।

विराज गहने-कपड़ों से जगमगाती हुई आकर बैठा करती, ससुराल की बड़ाई में पंचमुख होती, मैके की आलोचना में तत्पर होती, उसके बाद भतीजा-भतीजी को गोद में उठाकर उनके हाथों रुपया खोंस देती, और निःश्वास छोड़ती हुई गाड़ी पर जा बैठती ।

दूसरी तीन बहुओं के बाल-बच्चे फिर भी मोटे-पतले, मिले-जुले थे, मँझली बहू के तो सभी पत्थर के टुकड़े !

सुवर्ण ने दूध ही कितना पिया, मछली कितनी खायी ? गृहस्थ-घर की चार बहुओं में से एक, और सभी बहुओं ने तो वंशवृद्धि के दायित्व का पालन किया । उमाशशि ने सबसे पहले शुरू किया और सबसे छोटी बहू बिन्दु के साथ अन्त किया ।

उन तीनों के कभी-न-कभी, कुछ-न-कुछ हुआ, केवल अटूट स्वास्थ्यवती मँझली बहू के बच्चों पर जनम में कोई आँच नहीं आयी ! विराज को नये सिरे से यह बात याद आयी ।

उमाशशि, गिरिबाला, बिन्दु—आयी थीं ।

उन लोगों ने भी सुवर्णलता की मृत्यु से ईर्ष्या की ।

बोलीं ''भाग्य है । सोलह आना से ज़्यादा, अट्ठारह आना ! उसका सबूत देखो,

का बात पर उठते-बैठते रहे ।...और, केवल पति-भाग्य ही क्या ? सन्तान-भाग्य नहीं? लड़के सब हीरे के टुकड़े, लड़कियाँ गुणवती । भाग्यवती अपना भाग्य दिखाकर वैसे ही टुप् से मर भी गयी !''

'टुप् करके'—यह अवश्य अत्युक्ति है ! स्नेह की अभिव्यक्ति भी कही जा सकती है । फिर भी कहा ।

बड़ी बेटी चम्पा भी रो-रोकर आक्षेप करने लगी, ''कपूर की तरह उड़ गयी माँ, जी भरकर दो दिन सेवा-जतन का भी मौक़ा नहीं दिया ।''

लड़कों की बहुएँ अवश्य ननद के इस आक्षेप पर होंठ दबाकर हँसीं । क्योंकि बदस्तूर गृहिणी हुई-सी चम्पा को बहुत बार उन लोगों ने माँ की ज़रा देख-भाल के लिए खुशामद करके बुलाया है । सास बहुओं को दूर ही रखती थीं, कहीं लड़की के आने से उन्हें अच्छा लगे !

चम्पा उस समय आ नहीं सकी ।

चम्पा को उस समय फ़ुरसत नहीं मिली ।

चम्पा की गिरस्ती की झंझट बहुत है ।

उस समय चम्पा की सास की आँखों में छाले, बुआ-सास को वात, चाचा-ससुर को उदरी, देवर के लड़कों को चेचक, अपने बच्चों को खूनी पेचिश, कुकुर-खाँसी । इसके सिवाय चम्पा के जेठ की बेटी का ब्याह, मामा-ससुर का श्राद्ध, और इन सबसे अधिक चम्पा के पति का मिज़ाज । पान से चूना गिरे तो आफ़त । गमछा कहीं इधर-उधर हो गया, तो राक्षस की तरह चीख़ता है, तम्बाकू मिलने में ज़रा देर हो आये, तो छत फाड़ता है ।

इसलिए चम्पा मातृ-सेवा का पुण्यार्जन नहीं कर सकी । भाइयों ने जब भी बुलाया, उसने गिरस्ती की झंझटों की लम्बी फ़ेहरिस्त बताकर असमर्थता दिखायी ।

और फिर, इस घर को चम्पा ने कभी बाप का घर नहीं समझा । चम्पा का खिंचाव तो वास्तव में दरज़ीपाड़ा की गली से उस घर पर है । उस घर की छत की सीढ़ी कभी बन नहीं सकी । चम्पा ने यह कमी लेकिन कभी महसूस नहीं की, सुवर्णलता की बेटी होने के बावजूद । चम्पा की प्रिय जगहें हैं—रसोईघर, भण्डार-घर, ठाकुरघर, ताईजी का कमरा !

चम्पा उसी को बाप का घर समझती थी, गिरस्ती की झंझटों से फ़ुरसत होने पर वह वहीं घूमने आया करती ।

यही स्वाभाविक है शायद ।

चम्पा के लिए अपना मानकर इस घर में आने की आशा ही असंगत है ।

इस घर में चम्पा का अस्तित्व कहाँ है ?

दरज़ीपाड़ा का घर चम्पा के अस्तित्व से भरा है । उसकी एक-एक ईंट चम्पा को पहचानती है, चम्पा भी एक-एक ईंट-काठ को पहचानती है ।

इस घर में चम्पा नाम की किसी बच्ची की घुड़कने की छाप भी है कहीं ? चम्पा नाम की एक बालिका का पदचिह्न ?

इसलिए बाप के घर आने की ललक होती, तो चम्पा युक्ति-चेष्टा करके दरज़ीपाड़ा के ही घर में आया करती । लौटने के समय किसी दिन माँ-बाप से भेंट कर जाती। कोई उससे कैफ़ियत नहीं पूछता, फिर भी सुना-सुनाकर कहती, "दादीजी के लिए ही वहाँ जाती हूँ । वह बुढ़िया जबतक है, तभी तक वहाँ जाना-आना है । पता नहीं बुढ़िया पके आम-सी कब टपक जाये । बेचारी 'चम्पा-चम्पा' कहकर जान देती है!" और जब दादी मर गयी, तो कहा, "मल्लिका के लिए जाती हूँ ।"

सुवर्णलता ने यह कभी नहीं कहा, "इतनी कैफ़ियत किस बात की ! मैंने कभी कहा तो नहीं कि तू उस घर में पाँच दिन रही और यहाँ दो घण्टे के लिए क्यों आयी?"

सुवर्णलता चुपचाप बैठी रहती ।

बातों के बीच में कहती, "जमाई कैसे हैं ?" कहती, "तेरा बड़ा लड़का अब किस क्लास में है ?"

चम्पा सहज होती, सहज होकर जान में जान आती उसके । और ससुराल की झंझटों की गाथा गाकर चली जाती ।

और कभी, उस घर के भोजन-घर में लोटते-लोटते इस घर की चर्चा में मुखर हो उठती । चर्चा की प्रधान पात्री उसकी माँ ही होती !

माँ की नवाबी, माँ की मेमसाहबी, गो-ब्राह्मण के प्रति उसकी भक्तिहीनता, बहुओं के प्रति व्यवहार, और गोद की बिटिया को सिर चढ़ाने की ज़्यादती, उसकी बातों की विषय-वस्तु यही होती ।

चम्पा सुवर्णलता की पहली सन्तान है, उसने सुवर्णलता को 'बहू' होकर रहते देखा है, पर देखी है उसकी अनमनीयता और देखी है घर-भर के लोगों की विरूप भावना ।

फिर चम्पा में कैसा मनोभाव होगा ?

और माँ की निन्दा से दरज़ीपाड़ा का सन्तोष, माँ की आलोचना में दरज़ीपाड़ा का मज़ा, माँ की शिकायतों से वहाँ प्रिय हो सकती है, यह भी तो चम्पा का अजाना नहीं !

चम्पा ने इसीलिए इस घर का मज़ाक़ करके उस घर को सन्तुष्ट किया है ।

शायद और भी एक कारण है ।

शायद चम्पा भी भीतर-ही-भीतर माँ के प्रति एक आक्रोश का अनुभव करती रही

है । चम्पा की ससुराल का शासन एकबारगी पुलिसी शासन है, लोहे के जाँते के नीचे रहना पड़ता है उसे, इसलिए वह माँ की बेपरवा अनमनीयता से ईर्ष्या करती है, माँ की [illegible] की स्वाधीनता से ईर्ष्या करती है ।

चम्पा को लगता है, माँ ने उसके समय उसे जैसे-तैसे पाला है । कभी कोई अच्छा कपड़ा नहीं दिया, लेकिन अब छोटी बेटी का कितना आदर है ! साड़ी और साड़ी, जैकट और जैकट !

चम्पा नाराज़ हुई है, अभिमानहत हुई है ।

लेकिन अभी वह रो-रोकर आक्षेप कर रही है, "कपूर की तरह उड़ गयी माँ, ज़रा सेवा-जतन का भी मौक़ा नहीं दिया !"

हो सकता है, इस घड़ी का यह आक्षेप भी सत्य हो ! यह रुलाई मिलावट-रहित हो । भाई की बहुएँ फिर भी हँसीं ।

अवश्य, बाहर से वे भी रो रही थीं ।

इसलिए कि नहीं रोना अच्छा नहीं दिखता और इसलिए भी कि चम्पा रो रही थी। रोना देखने से रोना आता है ।

रोयी नहीं केवल सुवर्ण की उतनी बड़ी क्वाँरी लड़की बकुल । वह काठ हुई-सी चुपचाप बैठी रही । उसने शायद अवाक् होकर यह सोचा कि होश आने के समय से जो कभी भी अपरिहार्य नहीं मालूम हुई, उसके आँख मूँदते ही आज इस तरह से पाँवतले की ज़मीन खिसकी क्यों जा रही है ? सुवर्ण के वयस्क लड़के पहले रो पड़े थे, अनेक अनुभूति के आलोड़न से अकुला उठे थे, अब सँभाल लिया । उनपर ज़िम्मेदारी बहुत है । अब वे विषाद-गम्भीर होकर जो कर्तव्य है, करने लगे ।

वे बुत बने बैठे रहें, तो काम नहीं चलेगा । उनकी भूमिका गहरे विषाद की है। शिक्षित, सभ्य भद्र पुरुष के लिए इसके सिवाय शोक का बहिर्प्रकाश है क्या ?

लेकिन हाँ, प्रबोधचन्द्र की बात अलग है ।

उसके जैसी क्षति और किसे हुई ?

प्रबोधचन्द्र ने जैसा चाहिए, वैसा शोक प्रकट किया । उसने छाती पीटी, सिर के बाल नीचे, ज़मीन पर लोटा किया और ज़ोर-ज़ोर से इस बात की घोषणा की कि सुवर्णलता सचमुच ही उसके घर की 'लक्ष्मी' थी ।

बड़े भाई सुबोधचन्द्र फ़िलहाल घुटने के वात से पड़े ही रहते हैं, फिर भी सुवर्णलता की मृत्यु की सुनकर लाठी टेकते हुए धीरे-धीरे आये थे । उन्होंने धीरे से कहा था, "तू अब लक्ष्मीहीन हो गया प्रबोध !"

इस शोकवाक्य से फूट-फूटकर रोते हुई प्रबोध ने इस तरह से अपने बड़े भाई के पैर पकड़ लिये कि सुबोध के लिए छुड़ाकर जाना कठिन हो गया ।

प्रबोध ने रोकर कहा, "भैया उसे आशीर्वाद देते जाओ ।"

सुबोध ने कहा, "मेरी क्या मज़ाल कि उसे आशीर्वाद दूँ ! उसे भगवान् आशीर्वाद

दे रहे हैं ।"

इस बात से प्रबोध और भी अधीर हो उठा, और भी छाती पीटने लगा । शोक का यह दृश्य जब दृष्टिशूल हो गया, तो बड़े जामाता और छोटे दो भाई मिलकर धर-पकड़कर उसे इस कमरे से उस कमरे मे ले गये । जबरदस्ती लिटाकर कुछ देर सिर पर पंखा झला, उसके बाद सिगरेट और दियासलाई रखकर चले गये ।

मृत्यु के लिए दीर्घकाल तक शोक किया जा सकता है, लेकिन मृत के लिए दो घण्टा भी निश्चिन्त होकर शोक नहीं किया जा सकता । आचार-अनुष्ठान की रस्सी-वस्सी से उसका गला बन्द कर देना पड़ता है ।

सुवर्णलता का अन्तिम संस्कार भी समारोह का तो होना ही था । लड़कों ने ताँत की लाल कोर की साड़ी लाने को भेजा था, माला और गुलाब का गुलदस्ता लाने को भेजा था । धूप, अगरु, चन्दन की व्यवस्था हो रही थी । श्मशान-यात्रा के बिछौने पर डालने के लिए नयी चादर आयी थी ।

उमाशशि, गिरिबाला, विराज, बिन्दु—इन सबकी टोली दालान के उस ओर जमघट लगाये बैठी थी । गिरिबाला ने कहा, "यह सब कण्ठस्थ किये लेती हूँ, घर लौटकर फ़ेहरिस्त बनाकर रख लूँगी ! मरने के समय निकालकर लड़कों को दे दूँगी । माला पहने बिना मैं यमराज के घर नहीं जाने की ।"

इस मज़ाक़ से हँसी गूँजी । खिड़की पर खड़ी बकुल ने ताककर देखा, वह स्थिर होकर ताकती रही ।

इससे वे लोग कुछ अप्रतिभ हुईं । विराज झट बोल उठी, "क्यों रे, पारुल नहीं आ सकी ?"

बकुल ने सिर हिलाया ।

गिरिबाला ने कहा, "माँ की मृत्यु देखने का सौभाग्य होना चाहिए ! कितनी बार ऐसा भी होता है कि घर में रहते हुए भी देखना नहीं होता । दो घड़ी के लिए उठकर जाते हैं और अन्तिम दर्शन नहीं हो पाता ।

बकुल कुछ बच्ची नहीं थी, फिर भी मानो वह इन बातों का मतलब नहीं समझ रही थी ।

माँ की मृत्यु देखने का सौभाग्य होना चाहिए ।

वह दृश्य क्या बड़े सुख का होता है ?

उससे वंचित रहना बड़ी क्षति है ? जिन आँखों ने सारे दृश्यों का आहरण कर इस पृथ्वी को जाना-समझा है, उन आँखों का सदा के लिए मुँद जाना क्या बहुत बड़ा द्रष्टव्य है ?

जिस जीभ ने करोड़ों-करोड़ शब्दों का उच्चारण किया, वह जीभ बिलकुल मौन हो गयी, यह क्या बहुत बड़ी उत्तेजना की चीज़ है ?

शायद हो ।

ये बड़ी हैं, ये समझती होंगी ।

उमाशशि ने कहा, "लेकिन ख़बर तो तुरत भेजनी होगी ? उसे चतुर्थी तो करनी पड़ेगी ?"

उमाशशि की इस बेकार की बात पर किसी ने कान नहीं दिया । इसी समय जयावती ने धीरे से आवाज़ दी—"चम्पा !"

सुवर्णलता की अब-तब हालत की ख़बर पहले उनके पास पहुँची थी और वह सुनते ही चली आयीं । जबतक सुवर्णलता की साँस चल रही थी, तब तक वह धीमे-धीमे गीता के श्लोकों का पाठ कर रही थीं, एक समय साँस और गीता पाठ—दोनों थम गया । उसके बाद—देर तक जाने क्या करती रहीं, फिर चम्पा से कहा, "ज़रा अपने भाइयों को तो बुला दो बिटिया !"

चम्पा सुनते ही उठकर चली गयी ।

उस घर की ताई का वह भी अदब करती है । खूब ही । जयावती की ससुराल के सभी करते हैं ।

एक तो वह सुन्दरी हैं, तिस पर ताज़िन्दगी कृच्छसाधन की शुचिता से एक ऐसा महिमामय भाव आ गया है कि उन्हें देखते ही सम्भ्रम हो आता है । बड़े बाप की बेटी है, चेहरे पर वह आभिजात्य भी है । उस घर की ताई बुला रही हैं, यह सुनकर लड़के हड़बड़ाकर आये ।

जयावती ने शान्त स्वर में कहा, "तुम लोगों से एक अनुरोध करना है बेटे, रखोगे?"

सुवर्णलता के लड़के और भी हड़बड़ाकर बोले, "अनुरोध क्यों कर रही हैं, आदेश कीजिए ।"

जयावती मुसकरायीं ।

बोलीं, "खैर आदेश ही सही । मैं कह रही थी, अपनी माँ के लिए काले भौंरा कोर की एक तशर की साड़ी, और पालिश की हुई एक अच्छी खाट ले आते ! इसकी बड़ी साध थी उसे ! ला दोगे ?"

सुनकर लड़के अवश्य भीतर-ही-भीतर चौंके, क्योंकि ऐसे अप्रत्याशित आदेश के लिए वे तैयार नहीं थे । यह बजट से बिलकुल बाहर था । और सब कुछ ही तो लाने के लिए भेजा गया है । साड़ी, माला, खाट ।

किन्तु ऐन इसी वक़्त इस शान्त प्रश्न के सामने 'ना' कहना तो सहज नहीं । यह तो उमाशशि ताई नहीं कि किसी बात पर व्यंग्य की हँसी हँसकर उन्हें रोक दिया जायेगा ? हाँ, उमाशशि होती तो व्यंग्य से हँसकर कहते, "खाट केवल पालिशदार हो कि चन्दन की लकड़ी की ?"

उमाशशि होती तो ये कहते ही ।

पर यह उमाशशि नहीं, जयावती हैं । इनका व्यक्तित्व ही कुछ और है । इनके

सामने छोटा होना कठिन है, दैन्य नहीं दिखाया जा सकता ।

मगर बजट का ख़याल भी तो रखना है ? माँ की चिकित्सा में भी तो कुछ कम ख़र्च नहीं हुआ ?

सार रुपये ख़र्च करके और बहुत दिनों तक घर बैठ रहने से प्रबोध का तो हाथ ख़ाली हो गया था । रुपयों की मदद तो उनसे नहीं हो सकेगी, जो करना है, लड़के ही करेंगे । हो सकता है, बड़े को ही ज़्यादा करना पड़े ।

इसलिए बड़े लड़के ने कहा, "आप यदि कहें, तो ज़रूर ही लानी होगी ताईजी, मगर, कह रहा था न, यह क्या ज़रूरी है ?"

ताई ने और भी स्निग्ध, और भी ठण्डे गले से कहा, "करना ही चाहिए, ऐसी असंगत बात मैं क्यों कहूँ बेटे ? इतना ख़र्च झेल भी कितने लोग सकते हैं ? लेकिन तुम तीनों ही भाई कृती हो, जभी ऐसा कह पा रही हूँ ! सुवर्ण की यह बहुत दिनों की साध थी, एक काले भौंरे कोर की तशर की साड़ी पहनकर एक अच्छी-सी खाट और गद्दी पर सोने की । मन की बात खोलकर वह ज़्यादा मुझसे ही कहती थी न ! बातों-बातों में कितनी ही बार वह हँसते-हँसते कहती थी, इस जनम में खाट पर तो कभी सोयी ही नहीं जया-दी, मरने पर जब बेटों के कन्धों पर चढ़कर जाऊँगी, तो वे जिसमें एक पालिशदार खाट पर मुझे ले जायें ।"

इस जनम में खाट पर कभी नहीं सोयी !

खाट पर !

इस जनम में कभी !

यह कैसी अजीब भाषा है !

लड़कों ने अवाक् होकर ताका ।

गन की आँखों सारे घर की ओर ही ताका । ताककर वे अवाक् हो गये, हक्के-बक्के रह गये । इतना बड़ा घर, हर कमरे में जोड़ा पलंग और सुवर्णलता की यह शिकायत, यह अभियोग !

मरने पर कोई गाली नहीं दे पायेगा, शायद इसीलिए लड़कों के साथ यह अजीब और कटु मज़ाक़ कर गयी है सुवर्णलता !

सो बड़े लड़के के मुँह से बरबस ही वह विस्मय निकल पड़ा, "इस जनम में कभी खाट पर नहीं सोयीं ?"

जयावती हँसीं ।

रुक-रुककर वह शान्त गले से बोलीं, "तुम्हीं बताओ बेटे, सोना नसीब ही कब हुआ ? जब साबिक मकान में थी, तब की तो बात ही छोड़ दो । ईंटों से ऊँची की हुई पाया टूटी चौकी पर फूल-शय्या हुई थी—कितने ही दिनों तक उसी पर काटा । दरज़ीपाड़ा का नया घर बनने के बाद हर कमरे में एक-एक चौकी हुई ! ...खाट नहीं, चौकी ! गोदी का लड़का लुढ़ककर कहीं गिर न जाये, इसलिए उसपर ही कहाँ सोयी,

सदा ज़मीन पर ही सोती रही । तुम्हारे लिए ये बातें भूलने की नहीं होनी चाहिए! ...उसके बाद बिगड़कर ज़िद करके उस गुफ़ा से निकल आयी थी, मकान भी हुआ, मगर भोग कर सकी ? तुम लोग एक-एक करके बड़े हुए, एक-एक करके बहुएँ आयीं, उन बेचारी को अपना कहने को कोई कमरा भी कहाँ रहा ? रात को रोशनी जलाकर किताब पढ़ने का रोग था उसे, लेकिन उससे तुम्हारे बाप की नींद में ख़लल..." जयावती ज़रा हँसीं, "प्रबोध बाबू के उठने-बैठने के लिए फिर भी बैठका है, उसको अपना कहने को कहाँ क्या है ? अन्तिम दिन तो उसने बरामदे पर ही सोकर बिता दिये ।"

बातें कहीं तो बड़े शान्त भाव से, पर सुननेवालों का कलेजा हिम हो गया । और उनके पीछे खड़ी बहुओं का चेहरा लाल हो उठा । लेकिन वे झट से कुछ बोलीं नहीं । सिर्फ़ रँगे हुए चेहरे से मँझले लड़के ने कहा, "खाँसी के कारण माँ खुद ही तो किसी के साथ कमरे में सोना नहीं चाहती थीं ।"

ताई और नरम हुईं ।

मीठे-मीठे कहा, "वह क्या मुझे मालूम नहीं हैं बेटे ? तुम लोगों ने माँ की कभी उपेक्षा की है, ऐसी बात बड़े से बड़ा दुश्मन भी नहीं कह सकता । बड़े भाग्य से तुम-जैसे लड़के होते हैं । परन्तु मन की साध, भीतर की इच्छा तुमसे कहे भी क्या? वह मेरे ही आगे अपना मन कुछ-कुछ खोलती थी, इसीलिए सोचा, इतना तुम लोगों को बता दूँ ।"

ताई ने कहा, "इतना तुम लोगों को बता दें ।"

जानने के बाद अज्ञता नहीं चल सकती ।

लाचार, बजट बढ़ाना पड़ा ।

माँ की साध के नाते न भी हो, धनी की बेटी ताई के आगे अपना सम्मान बचाने के लिए !

फिर भी बड़ा लड़का अपनी पत्नी के पास जाकर धीमे से, भौहें सिकोड़कर बोला, "नयी ताईजी की बात सुनी ?"

पत्नी ने उदास गले से कहा, "सुनी ।"

"मतलब नहीं समझा मैंने । माँ के तशर की साड़ी नहीं थी ?"

पत्नी ने गम्भीर गले से कहा, "मतलब समझने में मैं भी असमर्थ हूँ । तीन लड़कों के ब्याह में तीनों कुटुम्ब-घर से तशर की साड़ी मिली थी ।"

ताज्जुब है ! ख़ैर, एक ख़रीदनी ही पड़ेगी ।

मँझला लड़का अपनी पत्नी के पास नहीं गया, पत्नी ही पति के पास आयी । शव को छुआ है, इसलिए अपने कमरे में नहीं गयी । छत की सीढ़ी के उधर ले जाकर व्यंग्य से बोली, "अभी ही कहे देती हूँ, मुझे एक पुष्पहार की साध है । समय पर देना, नहीं तो मरने के बाद लड़कों के मुँह पर कालिख पोतूँगी !"

मँझले लड़के ने सूखे कण्ठ से कहा, "लगा, यह ताईजी की गढ़ी हुई बात है ।

पर, वास्तव में ऐसी तो हैं नहीं वह !''

मँझली बहू ने हँसने-जैसा मुँह करके कहा, ''कौन कैसी है, यह तुम मर्द लोग कैसे समझोगे ? ताईजी से कितनी तरह की बातें करती सुनी हैं···मगर सधवा का काली कोर की साड़ी पहने श्मशान जाना ! यह कभी नहीं सुना !''

''छोड़ो । तशर की वैसी एक साड़ी में अन्दाज़ क्या लगेगा ?''

मँझली बहू ने चेहरे पर शिकन लाकर कहा, ''तुम्हारे ही मत्थे पड़ा, क्यों ?''

मँझला लड़का शायद कुछ लज्जित हुआ । झट बोला, ''मत्थे पड़ना क्या । किसी-न-किसी को तो दुकान जाना ही होगा । लेकिन बहुत अच्छी ज़मीन की साड़ी का क्या करना, लेगा तो आखिर डोम ही !''

''हूँ । लेकिन छिछली-छरहरी ज़मीन की भी होगी, तो भी लगता है, दस-बारह रुपये से कम की नहीं होगी ।''

''दस-बारह ?''

मँझला लड़का विचलित होकर चला गया । अपना रुपया निकालने पर बाद में भला भाइयों से माँगा जा सकेगा ?

जो भी हो । किया क्या जाये ? कोई त्रुटि न रहे जिसमें । कोई यह न सोचे कि इन्हें 'नज़र' नहीं है । भैया खाट का ज़िम्मा लें !

लड़कों ने हिस्सा करके ही यह भार उठाया । बड़ा लड़का पालिशदार खाट ले आया, मँझला ले आया काले भौंरे की कोरवाली तशर की साड़ी । जिसे जबतब षष्ठी, बिसहरी में लाल कोर की तशर की साड़ी पहने घूमते देखा है, काली कोर की साड़ी के लिए उसके अभियोग पर मर जायें, ऐसी भावुकता अवश्य किसी में नहीं है, फिर भी देख-सुनकर काले भौंरे कोर की साड़ी ले आया । बारह-तेरह क्यों, चौदह रुपया लग गया । सादी कोर से नक्शा कोर की क़ीमत ज़्यादा है न !

सँझला लड़का अपने मन से ही फूल की माला लाया, धूप का पैकेट लाया, लाया एक बोतल गुलाब-जल ।

जाने कब सुवर्णलता ने यह सब कह रखा था ! हो सकता है, मज़ाक़ में ही कहा हो । फिर भी उस हँस-हँसकर कही हुई बात के याद आने से ही मन कैसा कर उठना असम्भव नहीं है । सुवर्णलता के सँझले लड़के ने ज़्यादा कुछ कहा नहीं । उसने सिर्फ़ धूपबत्तियाँ जला दीं, फूलों को सजा दिया और गुलाबजल अर्थी पर उँड़ेल दिया ।

शव पर गुलाब-जल डालना, मुक्तकेशी के कुल में यही पहला है, इसमें सन्देह क्या ?

मुक्तकेशी को ही क्या नसीब हुआ था ? मिला था फूलों का एक गुच्छा ।

उनके मरने के दिन सुवर्ण ने ही कहा था, ''फूल का एक गुच्छा ख़रीद ला बेटे, अपनी दादीजी के लिए । दुनिया से अन्तिम विदाई के समय साथ देने को और कुछ तो रहता नहीं ।''

इस सँझले लड़के से ही कहा था ।

शायद हो कि उसे उस दिन की याद थी, इसीलिए उतना फूल ले आया था । विराज ने कहा था. "लगता है. तुम लोगों की माँ का ब्याह हो रहा है ! तुम लोगों ने तो माँ को कोहबर के शृंगार से सजा दिया ! मैंने अपनी ससुराल में भी मरने पर यह धूम नहीं देखी !"

विराज अपनी ससुराल को ही सब प्रकार के आदर्शों का स्थल समझती है ।

गिरिबाला ने कहा, "खूब कही छोटी ननदजी ! इतना नहीं देखा है बाबा !"

गिरिबाला के मैके की साबिक़ी गिरस्ती में इतने फ़ैशन का प्रवेश अभी भी नहीं हुआ है । उनके यहाँ अभी कोहबर में ही फूलों का गुच्छा नहीं नसीब होता है, तो शवयात्रा में !

सुवर्ण के जनम-भर की साध मिटी ।

काले भौंरे कोर की तशर की नयी साड़ी पहने, राजकीय बिस्तरवाली नयी बम्बैया खाट पर सोयी, अगल-बग़ल फूल, गले में माला ।

जिस रूई से पैरों में 'अलता' पहनाया गया, उसके लिए छीना-झपटी होने लगी, माँग के सिन्दूर का कणिका-प्रसाद पाने के लिए धक्का-मुक्की । अपनी ही बहू-बेटियाँ तो नहीं थीं केवल, जेठ के बेटों की बहुएँ, देवरों के बेटों की बहुएँ, ननदें, पड़ोसिनें, समधिनें आयी थीं ।

सुवर्णलता की अन्तिम यात्रा देखने के लिए लोग टूट पड़े थे ।

ग्वालिन, धोबिन, नाईन, गोंयठेवाली—सभी आयी थीं । बेझिझक धूलकाँदोवाले पैरों सब दुतल्ले पर आ गयीं, शव के आस-पास झाँकने-झूँकने लगीं । घरवालों के लिए था तो यह खीज का कारण, पर ऐसे समय मना करना शोभन नहीं । ये भी तो अपनी मैली साड़ी की कोर से आँख पोंछती हुई कह रही थीं, "ऐसी स्त्री कम ही होती हैं !"

सदा कहा करती थीं, आज भी कहा, "ऐसी स्त्री कम ही होती हैं !"

अभी किसी ने कहीं नहीं कहा, "ऐसी घर जलाने और पर भुलानेवाली नहीं देखी!"

मृत्यु ने सबको उदार बना दिया, सभ्य बना दिया !

आसन्न सन्ध्या के समय सुवर्णलता का अन्तिम चिह्न धरती से लुप्त हो गया । चिता की लपटों की लाल आभा आकाश की लाल आभा से मिल गयी । धुआँ और आग की आँखमिचौली में सुवर्णलता कब जो परलोक पहुँच गयी, किसी को पता नहीं चला ।

मानू ने कहा, "यह हो । जो ख़र्च लगेगा, मैं वहन करूँगा !"

मानू के बड़े भाइयों ने कहा, "वैसा कर सको तो हमें क्या कहना ! अच्छा ही है ।"

प्रबोध ने रो-रोकर कहा, "करो बेटे, वही करो । उसकी आत्मा को शान्ति मिलेगी। वह तो यही सब पसन्द करती थी ।"

कौन जाने, मानू की यह सदिच्छा अपने अपराध को हलका करने के लिए है या नहीं, या बहुत दूर खिसक पड़कर माँ के बारे में उसके मन की लकीरें झुकाने-जैसी हो गयी थीं या नहीं !

रोज़ के संघर्ष की ग्लानि से जो जीवन खण्ड, छिन्न, असमान लगता है, दूर परिप्रेक्ष्य में वही जीवन विस्तृति की महिमा, व्याप्ति की महिमा से एक अखण्ड सम्पूर्णता लिए उज्ज्वल हो उठता है । बहुत निकट से जो आग केवल दाह और उत्ताप की अनुभूति देती है, दूर जाने पर वही आग उजाला देती है ।

दूरत्व ही सम्भ्रम है, दूरत्व ही प्रत्यय है ।

श्राद्ध के बाद दीवार पर अविनश्वर एक प्रसन्न हँसी लिये जो तसवीर टँगी, उस तसवीर के वंशधर क्या कभी यह सन्देह करेंगे कि यह हँसी केवल फ़ोटो-ग्राफ़र के व्यग्र निर्देश की फ़सल है ।

मानू भी शायद दूर जाने पर अपनी माँ के रूखे, असमान कोनों को भूलकर सिर्फ़ स्थिर मसृण मूर्ति को ही देख पाया था—परन्तु देख पाया बहुत विलम्ब से । उस समय कुछ करने को नहीं रह गया था ।

इसीलिए मानू ने सोच-विचारकर ही कहा, "इस उपलक्ष्य में कंगाली-भोजन हो।"

सारा ख़र्च वह अकेला देगा ।

फिर क्या कहना ! ख़र्च और झंझट, दोनों का भार ले ।

मानू ने लिया ।

अतएव सुवर्णलता के श्राद्ध में कंगाली-भोजन हुआ । बहुत कँगले आये बुलाये, बिन बुलाये । इन लोगों ने वंचित किसी को नहीं किया । सोच लिया, सुवर्णलता की विगत आत्मा इससे परितृप्त हुई । विश्वास किया, आकाश से सुवर्णलता बेटों को आशीर्वाद दे रही है ।

मानू स्त्री को बाप के यहाँ रखकर चला गया । उसकी छुट्टी ख़त्म हो गयी । उसके दूसरे दिन गयीं उसकी बहनें, फूफियाँ, ताई-चाची । नियम-भंग तक सभी थे। सब हो-हवा गया ।

सिर्फ़ पारुल इस विराट् उत्सव में नहीं आयी । आने का उपाय नहीं था ।

इकतीस

निस्तब्ध हो आया घर, स्तिमित हो आया दिन का प्रवाह । रोग बढ़ने के समय से ही एक भयंकर तूफ़ान-सा मचा हुआ था न ! थक-थकाकर चूर हुए लोग अब बहुत दिनों की थकावट को मिटा लेने के लिए कुछ दिनों तक दोपहर-साँझ को सो लेंगे ।

बकुल भी दोपहर को सो गयी थी । वेला झुक आने पर उठी । बहुत दिनों की आदत पड़ी थी, शायद इसीलिए वह झट से बरामदे में दौड़ी आयी । अपनी भूल समझ में आयी । धीरे से लौट आयी वहाँ से । छत पर चली गयी ।

देखा, पश्चिम क्षितिज पर एक विशाल चिता जल रही है । उसकी लपटों की आभा आसमान पर, माटी पर फैल गयी है ।

बकुल श्मशान नहीं गयी थी । माँ की चिता को जलते नहीं देखा था उसने । सम्भवतः इसीलिए वह अपलक आँखों उधर देखती रही ।...धीरे-धीरे जब आग बुझ गयी, तो उसे और एक दिन की बात याद आयी । इसी छत के ही कोने में उसने दूसरी एक चिता को जलते देखा था । वह यह कभी भी नहीं समझ सकी कि उस दिन कौन-सी चीज़ राख हुई थी !

आज सोने के पहले माँ की छोड़ी हुई सारी चीज़ों को एक-एक कर देख गयी वह । कोई पंक्ति, कोई हस्ताक्षर कहीं नहीं मिला । सुवर्णलता निरक्षर नहीं थी, इस परिचय को सुवर्णलता एकबारगी धो-पोंछ गयी थी ।

बकुल छत के उस कोने में, जहाँ चिता जली थी, अँधेरे में चुपचाप बैठी रही ।

कड़े खटखटाने की आवाज़ होते ही जग्गू ने आकर दरवाज़ा खोल दिया ।

अवाक् होकर बोले, "अरे, तू ? इस धूप में ? किसके साथ आयी है ?"

"दाई के साथ ।"

"दाई के साथ अकेली आ गयी ? ऐं ! बड़ी हिम्मत है ? लेकिन यों एकाएक किस लिए ?"

बकुल ने धीरे से कहा, "आपका प्रेस देखने के लिए आयी हूँ ताऊजी ।"

"प्रेस ? मेरा छापाखाना ? अब देखने आयी है तू ?" जग्गू हा-हा करके हँस पड़े । लेकिन बकुल को लगा, वह बूढ़ा आदमी रो उठा है ।

हँसी ही थी । हँसना बन्द करके जग्गू बोले, "छापाख़ाना अब नहीं है । मैंने उसे उठा दिया !"

"उठा दिया ?"

"हाँ-हाँ, उसे उठा देना ही ठीक है ।" हठात् जग्गू दूसरी ओर मुँह करके खड़े हो गये । ज़ोर-ज़ोर से बोले, "उतना झमेला कौन झेले ? देखो न वह सूना कमरा

दाँत बिदोरे पड़ा है !"

बकुल क्षण-भर सन्न-सी रहकर बोली, "अच्छा ताऊजी, जो सारी पाण्डुलिपियाँ छपती हैं, वे पाण्डुलिपियाँ फेंक दी जाती हैं ?"

जग्गू ने सन्दिग्ध गले से कहा, "क्यों, बता तो सही ?"

"यों ही, जानना चाहती हूँ ।"

जग्गू ने वैसे ही स्वर में कहा, "यों ही ? या···या तू अपनी माँ की वह कॉपी ढूँढ़ने आयी है ?"

"न-न, यों ही । आप बैठिए न ! पाण्डुलिपि रहती नहीं हैं ?

"रहती हैं । थीं भी," जग्गू सहसा चिल्ला-से उठे, "गोदामघर में ढेर लगी पड़ी थी । आदि-अन्तकाल का सारा कुछ । वह कम्बख्त निताई···दूध-केला खिलाकर मैंने साँप पाल रखा था एक···उसी ने, जब देखा कि प्रेस उठ रहा है, सारा कुछ झाड़-पोंछकर शीशी-बोतलवाले को बेच दिया । ऐसा भी सुना है कभी ? ऐसा चमार देखा है तूने? मैं भी वैसा ही हूँ । कम्बख्त को निकाल बाहर कर दिया । अब ज़रा इधर को क़दम तो बढ़ाये वह !...आ, बैठ ।"

"रहने दीजिए, आज चलती हूँ ।"

"ऐं ! इस चिलचिलाती धूप में आयी, ज़रा देर बैठेगी नहीं ?"

"फिर कभी आऊँगी ताऊजी ।"

बकुल ने झुककर ताऊ को प्रणाम किया ।

हड़बड़ाकर जग्गू हटकर खड़े हो गये, "हूँ-हूँ, रहने दें । बुढ़िया सो रही है, उससे भेंट नहीं हो सकी ।"

बकुल ने शायद ग़लती से और एक बार ताऊजी को प्रणाम किया । फिर बोली, "तो चलती हूँ ।"

"जा रही है ? चल, मैं कुछ दूर तक पहुँचा आऊँ ।"

"नहीं-नहीं, इस धूप में आपको नहीं जाना होगा । बूढ़े आदमी···"

"तो जा, सावधानी से जाना ।"

"बूढ़े आदमी..." यह अपमान सहकर भी जग्गू खड़े ही रहे । जंज़ीर लगाकर तुरत गटगटाते हुए निकल नहीं पड़े ।

यानी बकुल का कहा ही ठीक है । बूढ़े हो गये हैं जग्गू ।

बकुल सड़क पर आयी ।

अचानक ही पीछे की ओर पलटकर खड़ी हो गयी और शायद उस दाँत बिदोरे घर को ही मन-ही-मन प्रणाम करके मन-ही-मन बोली, "माँ, मेरी माँ ! तुम्हारी जो जल गयी खो गयी, लिखी-अनलिखी सारी ही बातें मैं ढूँढ़ निकालूँगी, नये सिरे से मैं सबको लिखूँगी । मैं अन्धकार की गूँगी पीड़ा का इतिहास दिन के उजाले की पृथ्वी को बता जाऊँगी ।...

यदि यह पृथ्वी उस इतिहास को सुनना नहीं चाहे, यदि अवज्ञा की आँखों देखे, तो मैं समझूँगी उजाला उसका उजाला नहीं, झूठी चमक की छलना है ! उसने अभी भी ऋण चुकाने का पाठ नहीं लिया है !

और, सामने के रास्ते बढ़ चली बकुल—पीछे-पीछे अपने साथ आनेवाली दाई को भुलाकर ही !

□□□

परिशिष्ट

युग-युग की यातना से लोहा लेती गाथा-त्रयी

युग-युग की यातना से लोहा लेती गाथा-त्रयी

□ डॉ. रणजीत साहा

बांग्ला कथा-साहित्य के आरम्भिक रचना-पर्व से ही आद्या 'शक्ति' के रूप में नारी-शक्ति का आह्वान किया जाता रहा है । पूर्वी भारत, विशेषकर बंगाल में विभिन्न स्रोतों से स्तोत्रों, स्तुतियों, मंगल काव्यों, श्यामासंगीत तथा आगमनी के गानों द्वारा दुर्गा, वैष्णवी, काली-कपाली, चण्डी, लक्ष्मी, पारमिता, सती तथा अन्य देवियों के अनुगायन का विधान रहा है । इस मानसिकता को तैयार करने में वहाँ के भक्त कवियों की बड़ी भूमिका रही। उत्तर भक्ति काल के बाद, पुनर्जागरण काल की प्रत्यूष वेला में सामाजिक और सांस्कृतिक क्षेत्र में इसी नारी-शक्ति का आह्वान राजा राममोहन राय, बंकिमचन्द्र चटर्जी तथा ईश्वरचन्द विद्यासागर जैसे समाज-सुधारकों और मनीषियों ने किया । इधर शिक्षा के प्रसार ने नारी-जागरण के कार्य में सबसे बड़ा योगदान किया । पुरुष-शासित समाज में शिक्षा का अधिकार ही नारी का सबसे प्रभावी हथियार बना । बाल-विवाह, समाज में विधवाओं की चिन्तापूर्ण स्थिति, सती-प्रथा, पर्दा, बहु-विवाह, दहेज तथा अन्ध-रूढ़ियों से मुक्त करने में शिक्षा ने बड़ी भूमिका निभायी ।

उन्नीसवीं सदी के उत्तरार्द्ध से इन समस्याओं की तरफ़ बंगाल के सुधारकों और मनीषियों ने बहुत अधिक ध्यान दिया और उन्होंने स्त्री-शिक्षा द्वारा समाज की कुरीतियों पर गहरा आघात किया । इससे एक नयी सामाजिक और सांस्कृतिक चेतना का विकास भी हुआ । लेकिन तब भी यह देखने की बात थी कि हमारा समाज स्त्रियों के मामले में कितना उदार बना रहा । यह ठीक है कि तब ऐसे कानून न थे, सुविधाएँ नहीं थीं । भले ही आज कानून में न्याय, सुविधा और अधिकार के मामले में स्त्री-पुरुष का भेद समाप्त कर दिया गया है लेकिन हमारा पुरुष केन्द्रित समाज जहाँ मानसिक रूप से स्त्रियों को दी जाने वाली आज़ादी और सुविधाएँ मुहैया कराने को तैयार नहीं; वहीं स्वयं पुरुष-वर्ग भी अपनी रूढ़िग्रस्त मानसिकता और रूढ़ियों की जकड़ से मुक्त नहीं हो पाया है । इन अधिकारों की वंचना से जूझ रहे दिशाहीन समाज को रवीन्द्रनाथ ने अपनी रचनाओं में उकेरा । उस समाज की तीखी आलोचना की जो यथास्थिति बनाये रखना चाहते थे, जबकि रवीन्द्रनाथ जैसे लेखक एक मुक्त तथा उदार समाज बनाये रखना चाहते थे । लेकिन पढ़ाई-लिखाई जैसी बुनियादी या आधारभूत सुविधा को प्राप्त करने में भी तत्कालीन स्त्री-समाज को लम्बी प्रतीक्षा और कठिन परीक्षा से गुज़रना पड़ा ।

समाज की इन्हीं जटिल, विषम और विरोधी परिस्थितियों—सकारात्मक और नकारात्मक—के बीच आशापूर्णा देवी जैसी लेखिका का जन्म हुआ था । यह सौभाग्य की बात थी कि आशापूर्णा को एक संस्कार-समृद्ध परिवार मिला तथा एक ऐसा परिवेश भी जिसमें कोई स्त्री कुछ बनने का संकल्प ले सकती थी । लेकिन आशापूर्णा के जीवन में और रचनात्मक प्रदेय में किन्हीं विशिष्ट व्यक्तियों या ऐतिहासिक सन्दर्भों का बहुत अधिक महत्त्व नहीं है और जान-बूझकर ही इन हवालों से बचा गया है । ऐसा इसलिए किया गया है कि हमारे समाज में आम लोग (बल्कि आम औरतें) अपनी दैनन्दिन की समस्याओं और अपनी पारिवारिक उलझनों में ही इतने खोये रहते हैं कि वह बाहरी हलचलों और परिवर्तनों से बहुधा कटे-कटे रहते हैं । वह ऐसे ही परिवेश की अनकही व्यथा-कथा और अन्तरंग और बहिरंग स्थितियों के मूक साक्षी बने रहते हैं लेकिन जिनके अन्तर में कोई लावा सुलगता रहता है और जिस दिन यह एक बार भी फूट पड़ता है, हम एक नये समय और समाज को उपलब्ध करते हैं । लेखिका ने इन्हीं अनपेक्षित किन्तु अपरिहार्य क्षणों को पकड़ा है, जिनमें कोई हलचल और आहट नहीं होती लेकिन जो अचानक हमारे सामने आ खड़े होते हैं । हालाँकि इस परिवर्तन या बदलाव के लिए अक्सर हमारा समाज तैयार नहीं होता, लेकिन समाज की माँग और स्थितियों के दबाव के चलते इन बदलावों के सम्मुख सबको नतमस्तक होना ही पड़ता है ।

इन्हीं बदलावों को नारी के मन और मनीषा से जोड़कर बांग्ला की सर्वश्रेष्ठ और अप्रतिम लेखिका श्रीमती आशापूर्णा देवी (जन्म 1909) ने अपनी गाथा-त्रयी ('प्रथम प्रतिश्रुति', 'सुवर्णलता' और 'बकुल कथा') की रचना की है । यह कोई प्रस्तावित या पूर्व-निर्धारित योजना के अन्तर्गत नहीं लिखी गयी । अपनी छोटी-बड़ी रचनाओं के लिए पहले से ही चर्चित आशापूर्णा ने नारी-मन के अछूते प्रसंगों को बिना किसी लाग-लपेट के लेकिन स्पष्ट दिशा देते हुए 'जल ओ आगुन' (प्रथम कहानी संकलन, 1940) तथा 'प्रेम ओ प्रयोजन' (प्रथम उपन्यास, 1945) लिखा था—तभी से पाठकों को ऐसा लगने लगा था कि नारी के सरोकारों को अपने समय के सवालों से जोड़ने के लिए ही उनका आगमन हुआ है ।[1] कालान्तर में, अपनी विपुल और विश्रुत रचना-संसार तथा सम्मान के चलते आशापूर्णा देवी ने अपने असंख्य पाठकों की अशेष धन्यता अर्जित की । लेकिन 'प्रथम प्रतिश्रुति', 'सुवर्णलता' और 'बकुल-कथा' (प्रकाशन काल क्रमशः 1964, 1977, 1978) ने उन्हें न केवल अश्रुतपूर्व सम्मान प्रदान किया बल्कि सर्वभारतीय पाठक-मंच भी प्रदान किया । 1976 में 'प्रथम प्रतिश्रुति' को भारतीय भाषाओं की श्रेष्ठ रचना के नाते 'ज्ञानपीठ पुरस्कार' से सम्मानित भी किया गया ।

---

1. चूँकि प्रस्तुत लेखक द्वारा आशापूर्णा देवी के बारे में विस्तार से अन्यत्र भी (भारतीय ज्ञानपीठ द्वारा प्रकाशित 'किर्चियाँ' (कहानी-संकलन) तथा 'प्रारब्ध' (उपन्यास) में लिखा जा चुका है । इसलिए यहाँ कथात्रयी (प्रथम प्रतिश्रुति, सुवर्णलता और बकुल-कथा) को केन्द्र में रखकर ही चर्चा की गयी है । **(प्रकाशक)**

आशापूर्णा देवी ने बचपन से ही असंख्य छोटे-बड़े पात्रों से परिचय प्राप्त कर उनके वैचित्र्यपूर्ण व्यवहार, उनके दुख-दर्द, उनके संस्कार और सन्त्रास, उनके ताप और अनुताप की एक अनोखी दुनिया को अपने पास और अपने चौगिर्द पाया था। उनकी रचना में अंकित होकर यह दुनियां और भी प्रभावी हो जाती है। नगण्य और तुच्छ जान पड़नेवाली असंख्य नारियाँ आज भी नये युग की तमाम सुविधाओं, समस्याओं, सवालों और चुनौतियों के सामने खड़ी हैं। आशापूर्णा जी रचनाओं का एक अंश उस अतीत की पिछवई है—जब स्त्रियों को छोटी-छोटी बातों के लिए घर-बाहर का विरोध झेलना पड़ता था। सुविधा-प्राप्त पुरुषवर्ग अपना वर्चस्व बनाये रखने के लिए अपने ही घर-परिवार के महिला सदस्यों को वह अधिकार देने के पक्ष में नहीं। समाज के निम्न स्तर पर बिठा दी गयी स्त्रियों को कोई सुविधा और सुरक्षा देने की तो इनसे अपेक्षा ही नहीं की जा सकती।

इन स्थितियों के प्रतिकार के रूप में तब कई रचनाएँ प्रकाशित हुई थीं। इनका रचनाकार तब कोई और नहीं—स्वयं तत्कालीन समाज था। लेकिन तब भी अधिसंख्य साहित्यकार पुरुष-पात्र केन्द्रित रचनाओं के लेखन में व्यस्थ थे, और वह सम्भवतः और स्वभावतः अपरिहार्य ही था। महिला पात्रों की ओर ध्यान न दिया गया हो—ऐसा न था लेकिन स्त्री को देवी, मायाविनी शक्ति या अनन्य प्रेयसी का दर्जा देने की होड़ में उसकी विश्वसनीयता कम होती जा रही थी। वह ज़्यादा-से-ज़्यादा किताबी या शास्त्रीय बनकर रह गयी थी। दूसरे शब्दों में, मिथकीय बन गयी थी तो कहीं निजंधरी। कुछ लेखकों के लिए वह सामाजिक नहीं, समाजेतर बन गयी थी। सामाजिक परिवर्तन में उसकी अनिवार्य भूमिका को लोकोत्तर बनाकर प्रस्तुत किया जाता रहा—बंकिम, रवीन्द्र और शरत् की आरम्भिक रचनाएँ भी इसके अपवाद नहीं। कहीं तो पुरुषोचित व्यवहार द्वारा और कहीं स्थितियों से पलायन द्वारा सामाजिक यथार्थ की अनदेखी की जा रही थी।

अपनी सर्वाधिक चर्चित औपन्यासिक कथात्रयी के आरम्भिक कथा-पर्व 'प्रथम प्रतिश्रुति' में सत्यवती के माध्यम से न केवल नारी जाति के आत्म-सम्मान का, बल्कि एक जागरूक लेखिका के रूप में आशापूर्णा के सतेज और रचनात्मक लेखन द्वारा आदर्शोन्मुख यथार्थ और यथार्थोन्मुख आदर्श का श्रेष्ठ परिचय मिला। व्यक्ति-स्वातन्त्र्य के लिए पल-पल प्रायोजित सामाजिक प्रताड़ना तथा घर और घराने की मर्यादा के नाम पर क़दम-क़दम पर गर्हित सत्यवती का विद्रोह उस युग के नारी-मन का ही वांछित प्रतिरूप था—जिसने एक विद्रोहिणी का रूप धारण करके भी अपने सामाजिक ढाँचे को नहीं तोड़ा बल्कि उसे मर्यादित और व्यवस्थित किया था। सत्यवती की भूमिका यहाँ न तो निरंकुश थी और न उच्छृंखल—वह धीरे-धीरे अपने अनुभव के बलबूते पर संकल्प को गति और दिशा देती है। यह ठीक है कि उसके विद्रोह का धरातल घर-परिवार और अन्तरंग सामाजिक सरोकारों तक सीमित है, बृहत्तर समाज के साथ उसका कोई सीधा सम्पर्क नहीं। अपने सीमित साधनों और दायित्व के साथ वह एक लम्बे संघर्ष को तीव्र मुखर

करती है । अपनी निम्नमध्यवर्गीय पारिवारिक विवशताओं के बीच किसी रूढ़िग्रस्त परिवार में छोटी-छोटी बातों से एक साधारण-सी नारी का संघर्ष धीरे-धीरे किस तरह विराट हो उठता है—'प्रथम प्रतिश्रुति' इसका विलक्षण उदाहरण है । महत्त्व छोटी-बड़ी घटनाओं या छोटी-बड़ी समस्याओं का नहीं, उनमें फँसे और उनके मुक्त होने के मानवीय प्रयासों का है ताकि सबका यथोचित सम्मान बना रहे और नारी परिवार और समाज में एक सक्रिय और सार्थक इकाई के रूप में सम्मान की हकदार बन सके ।

आशापूर्णा नारियों के आधुनिका होने के नाम पर उच्छृंखल या पारिवारिक मर्यादाओं की अनदेखी करने का न तो प्रस्ताव रखती हैं और न ही उनकी ऐसी कोई पैरवी करती हैं जिससे कि अपनी किसी बात को एक ज़िद्दी दलील के तौर पर उद्धृत किया जांये। दरअसल, आशापूर्णा की पात्राओं की दुनिया विरोध या बनामवाद से कहीं अधिक अपने आन्तरिक रचाव और सामंजस्य पर बल देती है । इन्हें पता है कि जो दुनिया उनके इर्द-गिर्द है, वह ठीक वैसी नहीं है जैसी कि दीख रही है या जैसा कि वे चाहती हैं । स्वयं पुरुष वर्ग भी उन संस्कारों, सुविधाओं और अधिकारों से वंचित है, जो उसे मिलना चाहिए । लेकिन अपनी कुण्ठाओं, अक्षमताओं और दुर्बलताओं के चलते अपनी व्यक्तिगत पराजय या असफलताओं को जब ये पुरुष अपनी वामा या पत्नी के मत्थे मढ़ना चाहते हैं तो स्वाभाविक है, इस अन्याय का स्वयं स्त्रियों द्वारा विरोध किया जाय । लेकिन ज़्यादातर मामलों में ऐसा सम्भव नहीं हो पाता ताकि घर की संरचना पुरुषकेन्द्रित रहे और रूढ़िगत मर्यादा का पालन होता रहे । आशापूर्णा मर्दों की इसी कुण्ठावृत्ति पर कुठाराघात करती हैं । इससे प्रत्यक्ष तौर पर जो कुछ टूटता नज़र आता है वह आकस्मिक तौर पर वांछित न भी हो लेकिन अप्रत्यक्ष तौर पर नारी का मनोबल और आत्मगौरव अन्ततः टूटने से बचा लिया जाता है—और लेखिका के कथ्य या वक्तव्य को वहीं अभिप्रेत या वांछित सफलता मिल जाती है । कभी-कभी सबको अपेक्षित वाग्मिता प्रदान करना और भी जटिल होता है क्योंकि इन पात्रों और कभी-कभी बहुत ही निचले स्तर से आये पात्रों की सोच, सूझ और समझ को साहित्यिक भाषा में निरूपित करना और भी कठिन होता है क्योंकि इन पात्रों की मानसिकता का अधिकांश अनुच्चारित होता है । भाषा या मुहावरे को तदनुरूप गढ़ पाना और संयोजित कर पाना एक विशिष्ट चुनौती है और इसमें वांछित सफलता अर्जित कर लेना ही लेखक या लेखिका की उपलब्धि है ।

आशापूर्णा देवी ने समाज के विभिन्न स्तरों पर ऐसे असंख्य पात्रों की मनोदशाओं का चित्रण किया है, जो अबोले हैं, बड़बोले हैं, या खुद नहीं बोलते—भले ही दूसरे लोग उनके बारे में हज़ार तरह की बातें करें । अपने पात्रों के संवाद को और उसमें निहित भाव एवं आशय को वे एकवचन के साथ-साथ बहुवचन में परिणत कर देती हैं । तब किसी पात्र का कोई संवाद, आत्म-कथन या उसका छोटा-सा अंश अचानक वामन से विराट रूप में—न्यूनांश से श्रेष्ठांश में—परिणत हो जाता है । वह शब्द प्रश्न, वक्तव्य, जीवन-दर्शन, बोध, प्रत्यय, सत्य और मन्त्रधर्मा हो जाता है । वह एक साथ जीवन और

रचना का सच प्रतीत होता है । संवाद या कथन (आत्मालाप) का यह उत्कर्ष उनकी रचनाधर्मिता की विशिष्ट पहचान है ।

'प्रथम प्रतिश्रुति' की नायिका सत्यवती परम्परागत या प्रचलित अर्थ में मात्र कथा-नायिका नहीं, युग-नायिका है । उसका वैचारिक आग्रह अपने युग की पीड़ा, कुण्ठा, तड़प और तनाव से परवान चढ़ा था । उसका वैचारिक आग्रह अन्यथा आरोपित परिवेश के विरुद्ध था जो एक नये समाज के निर्माण का आधार बना । था तो वह किसी प्रतिवाद का प्रतीक भी, लेकिन वह आरोपित से कहीं अधिक आत्मीय, आन्तरिक और अर्जित था । साथ ही उसमें स्त्री-पात्रों को भी पुरुष-पात्रों के समकक्ष रखने का आग्रह था । सत्यवती इसी रूढ़ अचलायतन को तोड़ना चाहती है[1] जबकि 'सुवर्णलता' कहीं अधिक प्रौढ़, सक्रिय और गतिशील है । वह स्वयं आशापूर्णा देवी के निजी जीवन, युगबोध और दर्शन को प्रतिकृत और प्रतीकित करती है । सत्यवती (प्रथम प्रतिश्रुति) और सुवर्णलता के चरित्र की विशेषाएँ बार-बार उनकी कथा-कृतियों में अलग-अलग पात्रों में निरूपित हुई हैं । कथा-त्रयी की धारावाहिकता में जीवन और जगत् के प्रति लेखिका के प्रौढ़ दृष्टिकोण की बार-बार किन्तु प्रभावी पुनरावृत्ति हुई है, अधिकाधिक पैनेपन के साथ । आशापूर्णा के नारी-केन्द्रित उपन्यासों में उठायी गयी समस्या का प्रश्नबिन्दु यह है कि हमारा समाज पुरुष-निर्मित और पुरुष-शासित है । सृजन में अपनी श्रेष्ठ सहभागिता के बावजूद, इस समाज में नारी और पुरुष का समान मूल्यांकन नहीं होता । पुरुष की बड़ी-से-बड़ी कमजोरी समाज पचा लेता है लेकिन नारी को उसकी थोड़ी-सी चूक के लिए पुरुष-समाज में कठोर दण्ड का विधान है, जबकि इसमें पुरुष की लिप्सा का अंश कहीं अधिक होता है और बात फिर वहीं पहुँचती है, जहाँ से कभी शुरू हुई थी । नारी अपने मूल अधिकारों से तो वंचित है लेकिन सारे कर्त्तव्य और दायित्व उसके हिस्से मढ़ दिये गये हैं । उसका जीवन अवरोधों और वंचना में ही कट जाता है, जिसे उसकी तपस्या कहकर हमारा समाज गौरवान्वित करता आया है । इस विडम्बनापूर्ण षड्यन्त्र में शास्त्र और सामाजिक संस्थाएँ भी बराबर की भागीदार रही हैं । नारी जाति की इसी वंचना और असहायता को ही वाणी देने में आशापूर्णा की सृजनात्मकता सुकारथ हुई है । उसी मुखर प्रतिवाद को एक आवश्यक हस्तक्षेप के तौर पर सामने लाने के लिए सत्यवती की

---

1. भारतीय ज्ञानपीठ पुरस्कार से सम्मानित किये जाने के अवसर पर प्रकाशित स्मारिका में 'प्रथम प्रतिश्रुति' की अनुशंसा का एक अंश उद्धृत करना यहाँ आवश्यक है :

> "प्रथम प्रतिश्रुति में बंगीय नारी को उन्नीसवीं शताब्दी के प्रारम्भ से लेकर क्रमिक विमुक्ति के इतिवृत्ति को उद्घाटित किया गया है । समूची कथा एक तेजस्वी उपन्यास के रूप में विकसित हो उठी है, जिसका केन्द्र-बिन्दु कथा-नायिका सत्यवती है, उसका जीवन और संघर्ष है, और हैं वे उपाय-साधन जिनके द्वारा उसने क्रमशः उन्मुक्तता उपलब्ध की । कृति में तत्कालीन बांग्ला नारी की मनोहारी छवियाँ ही नहीं उकेरी गयी हैं, लेखिका ने मानव स्वभाव पर ऐसी सटीक टिप्पणियाँ भी प्रस्तुत की हैं, जिनकी प्रासंगिता बहुत व्यापक है । उसमें रूपायित हो आयी है वह प्रक्रिया जिससे भारतीय नारीत्व उचित गरिमा पा सकी है ।"

पात्रता प्रतीक पात्र में ढल गयी । इसमें तत्कालीन समाज की वे तमाम विसंगतियाँ और असमानताएँ भी न्यस्त हो गयीं जो स्वयं हमारे समाज में तब भी मौजूद थीं और दुर्भाग्य से आज भी विद्यमान हैं । आशापूर्णा मानती हैं कि सामाजिक विकृतियाँ और संस्थागत दुर्बलताएँ हर युग में रही हैं लेकिन उन पर मानवता के जरिये ही विजय प्राप्त की जा सकती है ।

उपन्यास के आरम्भ में, लेखिका ने सत्यवती के पिता रामकाली द्वारा अपने इष्ट देवता के पूजन में प्रमादजन्य व्याघात के चलते पितामह जयकाली द्वारा उनके दण्ड-विधान, गृह-त्याग और ईश्वर की सत्ता में अपनी अनास्था का जो अनोखा प्रसंग उकेरा है, वह पाठकों को बड़े ही कौशल से एक ऐसे परिवेश में ले जाता है कि वहाँ से लौटना मुश्किल है । उपन्यास त्रयी के अन्तिम कथा-पर्व बकुल-कथा के अन्त में हताश बकुल, आनन्दपूरित शम्पा की कोख में खिले नये संसार का आनन्द उत्सव मनाने के आमन्त्रण के साथ उपस्थित है—जहाँ एक नयी पीढ़ी के आगमन की सुखद प्रतीक्षा तक फैले, हज़ारों प्रसंगों से समृद्ध अनगिनत पात्र-पात्राओं का जीवन्त संसार पाठकों के सामने कथा-मुखर हो उठता है । इस भाव-यात्रा की परिक्रमा विशिष्ट कालखण्ड की परिक्रमा है, जिसमें आशा-निराशा, सफलता-विफलता, जय-पराजय, जीवन-मृत्यु सभी समान रूप से उपस्थित हैं और अपनी रिक्तता में भी धन्य और व्यर्थता में भी सार्थक हैं ।

सत्यवती के बहाने लेखिका की लड़ाई, जो 'प्रथम प्रतिश्रुति' में शुरू हुई थी परवर्ती रचनाओं में वह क्रमशः तीव्रतर होती चली गयी है । लेकिन उसमें विरोध से कहीं अधिक सामंजस्यपूर्ण अधिकारों की समानता पर ज़ोर है । वहाँ लड़ाई उन पुरुषों के विरुद्ध नहीं है बल्कि उन स्त्रियों से भी है जो नारी अधिकारों का हनन करती हैं और स्वयं अपनी सन्तति से भी है जो अब तक आये किसी बदलाव को अपने प्रमाद से गँवा देना चाहती है । इस दृष्टि से 'प्रथम प्रतिश्रुति' की नायिका सत्यवती कई मायनों में साधनहीन होते हुए भी अपने निर्णय से पीछे नहीं हटती और अपनी भूमिका को ऐतिहासिकता, सोद्देश्यता प्रदान करती है । अपनी बिटिया सुवर्ण को अच्छी शिक्षा और उन्नत परिवेश दिलाने के लिए वह अपनी सास एलोकेशी से अन्तिम साँस तक जूझती है । भाविनी (पति नवकुमार के मित्र निताई की पत्नी) की बेटी की ससुराल में की गयी नृशंस हत्या के विरुद्ध उठ खड़ी होती है और कहती है, "तो क्या बैठे-बैठे रोती-बिसूरती रहोगी ? इस अन्याय के खिलाफ कमर नहीं कसोगी ? ···और सवाल केवल तुम्हारी बेटी का ही नहीं, उस जैसी हज़ार-हज़ार बेटियों का है।"···

सत्यवती का संघर्ष छोटी-मोटी घटनाओं या सामाजिक होनी-अनहोनियों से नहीं है। वह रूढ़ियों की परम्परागत शृंखला से लड़ती है । खुद उस ज़मीन से लड़ती है, जिस पर वह खड़ी है और उस स्याह आसमान के खिलाफ सर उठाती है, जो उसे लीलने को तैयार बैठा है । अपने पितामह जयकाली, पिता रामकाली, माँ भुवनेश्वरी, दादी दीनतारिणी, सास एलोकेशी और पति नवकुमार, बेटे साधन और सरल और बेटी सुवर्णलता

के साथ उसे एक ऐसी दुनिया मिली है, जो ऊपर से देखने पर बड़ी ही तुच्छ प्रतीत होती है और उसमें भी स्त्रियों की भूमिका तो और भी नगण्य । लेकिन लेखिका जानती है कि इन्हीं अँधेरे कोनों में कोई दीपक जलता होता है जो किसी घर को ही नहीं, पूरे युग को आलोकित करता है । उसकी प्रतिश्रुति के सत्य संकल्प से ही परवर्ती या आगामी पीढ़ियों का इतिहास लिखा जाता है । उसकी प्रेरणा, प्रस्तावना और धारणा में उसी बलिदानी दीपक की लौ ही मुखर, व्यंजित और स्पन्दित होती है। सामाजिक रूढ़ियों और मान्यताओं के खिलाफ अपनी आवाज़ उठाते हुए इस कृति का न्यास भले ही बार-बार बदला गया हो, उसकी भावधारा और अन्तर्वस्तु परवर्ती कृतियों में भी अक्षुण्ण रही है ।

आशापूर्णा ने अपने स्त्री-पात्रों को अनजाने और अपरिचित कोनों से उठाया है और सबके बीच और सबके साथ रखा है । उसे रसोईघर की दुनिया से बाहर निकालकर सार्थक और बृहत्तर परिवेश देना चाहा है । लेकिन इसमें जहाँ नारी का माता, पत्नी और बेटी वाला शाश्वत रूप सुरक्षित रहा, वहाँ सामाजिक बदलाव की भूमिका में भी उसके सक्रिय और वांछित योगदान को अंकित किया गया । ऐसा नहीं था कि सामाजिक परिवर्तन के इस दौर में स्त्री-जाति को अपने अधिकार क्षेत्र में रखने या 'पैरों की जूती' बनाने वाला पुरुष-वर्ग ही इसके लिए ज़िम्मेदार था । स्वयं स्त्री-समाज का अधिकांश और प्रभावी अनुपात उसकी मध्यकालीन कुण्ठा और कुत्सा का परिचायक है जिसमें औरत मात्र शैय्या-सुख के लिए पाली या ख़रीद कर हरम में डाल दी जाती थी ।

कहना न होगा, आज भी पुरुषों का एक वर्ग स्त्री के स्वाध्याय या अध्ययन, सांस्कृतिक या कलात्मक रुझान अथवा सामाजिक कार्यों में उसकी हिस्सेदारी को फूटी आँखों नहीं देखना चाहता । 'सुवर्णलता' में इस विडम्बना को बार-बार दोहराया गया है। खुद सुवर्ण के बेटे-बेटियाँ उसके लेखिका रूप का मज़ाक़ उड़ाते हैं और पति प्रबोध तो कोई महत्त्व ही नहीं देते । बाद में, सुवर्ण की ज़िद, निष्ठा और साहसिकता से स्थितियाँ बदलती हैं ।

कम उम्र में विवाह या बाल-बच्चे हो जाने के बाद स्त्री के जीवन की सामाजिक सोद्देश्यता अपने आप विनष्ट होती चली जाती है और वह एक कुलीन नौकरानी का जीवन जीने लगती है ।

'प्रथम प्रतिश्रुति' में सास द्वारा बहू की प्रताड़ना को एक बेनामी चिट्ठी द्वारा इस प्रकार रखा गया है :

"...निवेदन करूँ कि आपकी बिटिया बड़ी विपदा में पड़ी है । अपनी ससुराल में वह बहुत सतायी जा रही है । वह बड़े अपमान और लांछन का जीवन बिता रही है । कहते जी सिहरता है, बदन काँपता है, फिर भी आपकी जानकारी के लिए लिखा जा रहा है । अपनी सास से भी वह पिटती है । इस पाषाण-पुरी में ऐसा कोई नहीं जो उस बेचारी को बचाये ।" दूसरी तरफ़ सत्यवती के पिता रामकाली इस पत्र को पढ़कर सोचते हैं—'दुनिया में इतनी रोशनी है फिर भी दुनिया के लोग इतने अँधेरे में क्यों हैं ?'

तत्कालीन समाज में तब शायद ही ऐसा कोई घर होगा जहाँ इस तरह के अत्याचार न होते होंगे । इस स्थिति को हवा देने वाली तब सारी स्थितियाँ मौजूद थीं । स्त्रियाँ मर्दों को कोसकर और सास-बहू-बेटियाँ आपस में एक-दूसरे को सताकर अपनी भड़ास निकाल लिया करती थीं । लेखिका ने उच्च स्तर के परिवारों की स्त्रियों की विवशता या दयनीयता का भी बड़ा ही करुण चित्रण किया है, जहाँ अब भी वे कोई निर्णय लेने को स्वतन्त्र नहीं । यही कारण है कि सामाजिक दृष्टि मानवीय समस्याओं के समाधान में आड़े आती है और उच्च वर्ग और निम्न वर्ग के बीच की खाई निरन्तर चौड़ी होती जा रही है और परस्पर विश्वसनीयता के बदले टकराव का वातावरण पैदा हो गया है । लेकिन लेखिका की करुणा किसी भावुकता या गलदश्रुता का आश्रय नहीं लेती । यदि उसके पास कोई शक्ति है तो वह है उसका धीरज, उसका बोध, उसका विवेक । सत्यवती इस परिवेश की क्रूरता को झेलने के लिए ही अपनी मृदुता और नारी-सुलभ तरलता को दरकिनार कर पाषाणी हो उठती है और सबके लिए अप्रिय होकर भी भावी सन्तति के निर्माण के लिए अपने को झोंक देती है ।

'प्रथम प्रतिश्रुति' के आरम्भ में ही लेखिका ने यह स्पष्ट कर दिया है कि इस रचना-त्रयी के सभी पात्र काल्पनिक हैं । उपन्यास के आमुख में भी लेखिका ने स्पष्ट तौर पर यह लिख दिया है—सत्यवती (प्रथम प्रतिश्रुति की नायिका) की कहानी मेरी लिखी कहानी नहीं है—यह बकुल के पन्नों से ली गयी कहानी है । बकुल सत्यवती की बेटी सुवर्णलता की बेटी है—यानी सत्यवती की नातिन या नवासी है ।

बकुल ने अपनी नानी सत्यवती का वह रूप हमेशा अपनी आँखों में सँजोकर रखा था, जिसमें वह नाक में बेसर, पैरों में बिछुआ, कानों में बाली और देह पर आठ हाथों वाली वृन्दावनी साड़ी पहने खड़ी थी । तब सत्यवती केवल आठ साल की थी और जिसका केवल सात साल की उम्र में नवकुमार (नानाजी) के साथ विवाह हो चुका था और जो टोले-मोहल्ले की दूसरी लड़कियों के साथ धमा चौकड़ी मचाती रहती थी या आँख-मिचौली खेलती रहती थी । वही सत्यवती धीरे-धीरे न केवल उसके लिए बल्कि सबके लिए, पूरे युग के लिए चिर अभिनन्दनीय हो गयी । उन्नीसवीं सदी नवजागरण काल के दर्पण में से बीसवीं सदी के हलचल भरे परिवेश में पाँव रखने वाली सुवर्णलता और वर्तमान पीढ़ी के संकट और असमंजस भरे युग में भी बकुल को लेखिका निरन्तर अपने सामने देखती रही है । केवल देखती ही नहीं रही है अपने में महसूस करती रही है; तभी वह उसे बताती है कि बकुल, तुझको लेकर तो लम्बी कहानी लिखी जा सकती है । लेकिन बकुल इस बात को हँसकर टाल देती है । उसे अपने तईं कोई विशेष जिज्ञासा नहीं, कोई मूल्य-बोध नहीं, कोई चेतना नहीं । वह नहीं जानती कि वह इस संसार के बहुत से प्राणियों में एक है और कई मायनों में विशिष्ट भी । जबकि उस अकिंचन और साधारण को इस बात का ज़रा भी अहसास नहीं । वह तो यही समझती है कि उस पर लिखने लायक भला क्या—कुछ भी तो नहीं···! 'जहाँ कुछ भी नहीं' शायद

वहीं सब कुछ है । कथा के झीने या पकड़ में न आने वाले ताने-बाने से ही लगभग सत्रह सौ पृष्ठों तक फैली यह बृहद् गाथात्रयी बुनी गयी है और आज किसी लेखकीय या प्रकाशकीय दावे के बावजूद यह रचना-संसार की सर्वश्रेष्ठ 'त्रयी' (Trilogy) में रखी जा सकती है । इसका कारण यह है कि लेखिका ने बड़े सहज भाव से उन परिचित स्थितियों को हमारे सामने रखा है—जिनसे आये दिन हमारी पीढ़ी टकराती रहती है और हमारा वर्तमान अपने निकटतम या पूर्ववर्ती अतीत के या अपने सम्भावित भविष्य के सवालों से जूझता रहता है ।

सरसरी-तौर पर 'सुवर्णलता' एक साधारण-सी कहानी जान पड़ती है, जो किसी भी ऐसी साधारण नारी-पात्र के जीवन के उतार-चढ़ाव को आँकने को प्रस्तुत है । लेकिन ऐसा नहीं है । वह एक विशेष कालखण्ड की गाथा है । एक ऐसे निकटतम कालखण्ड की गाथा—लेखिका के अनुसार जो अब भी···इस वर्तमान में भी, विद्यमान है और सच तो यह है कि वह आज भी हमारे साथ धड़क रहा है । उसने आज भी समाज पर, उसके सोच पर अपनी विषैली छाया फैला रखी है । सुवर्णलता उस बन्धनग्रस्त समाज की छटपटाहट को मुखर-व्यंजित करती है और समाज की रूढ़ियों से बन्धनमुक्त होने की आकांक्षा से लिपिबद्ध की गयी है । एक 'मुक्तिकामी आत्मा की आकुल पीड़ा' को ही 'सुवर्णलता' में प्रस्तुत किया गया है ।

वृद्धा सुवर्णलता की मृत्यु की पिछवाई में 'सुवर्णलता' उपन्यास का आरम्भ हुआ है और इसी के साथ उसकी सत्रह-साला बेटी बकुल के आगमन की सूचना दे दी गयी है। जिसके बारे में माँ सुवर्णलता को यह पता नहीं है कि बेटी कभी उसकी मिट्टी देख पायेगी भी या नहीं ।

बड़ी तेजी से इस दृश्य का दृश्यान्तर होता है और स्मृतियों के झरोखे एक-एक कर खुलते चले जाते हैं । आरम्भ से ही पति की खीज और सास के उल्टे-सीधे उलाहनों के बीच रहने को अभिशप्त सुवर्ण के जीवन में उत्थान और पतन तथा उत्कर्ष और संघर्ष के इतने क्षण आये हैं कि स्मृति-मंजूषा में पड़े धुँधले और चमकीले क्षणों को वह समेट नहीं पा रही । 'सुवर्णलता' में वैचारिक स्तर पर भी बड़ी उथल-पुथल देखी जा सकती है ।

अपनी युवावस्था के दौरान तर्कशीला सुवर्ण का अखबार पढ़ना घरवालों को खलता था । विश्व-युद्ध के दौरान वह चाहती थी कि जर्मनी जीते (सम्भवतः सुभाष चन्द्र बोस के प्रभाव में); अहिंसा और चरखे का विरोध भी किया—सारे देश के लोग चरखा कातते रहें तो क्या इससे स्वराज आ जायेगा ? फिर तो दुनिया में आदिकाल से लेकर आज तक किसी हथियार या औज़ार का आविष्कार या उत्पादन ही नहीं हुआ होता ! लेकिन धीरे-धीरे उम्र बीतने के साथ उसमें बदलाव आता है और आकस्मिक तथा अपरिहार्य स्थितियों के प्रति एक तरह का निर्वैयक्तिक शैथिल्य और भावात्मक उदासीनता भी । यहाँ 'प्रथम प्रतिश्रुति' जैसा विरोध नहीं है—संक्रान्ति-कालीन छटपटाहट अधिक है । लेकिन ये स्मृतियाँ मधुर नहीं है—ये रिक्तता, तिक्तता या कटुता पैदा करती हैं । इसलिए

इस खण्ड में जितने भी पात्रों या पात्राओं का हवाला दिया गया है वे वर्तमान में रहकर भी अपने-अपने ढंग से अतीत या भविष्य की तलाश करते हैं। 'बकुल-कथा' (तृतीय पर्व) में आकर लगता है कि यह तलाश अंशतः पूरी होगी लेकिन सारा कुछ बिखर जाता है। निरुपाय वृद्धा बकुल अपने अस्वस्थ पुत्र शोभेन और आधुनिका पुत्रवधू रेखा के बीच के तनाव की साक्षी भर बनी रह जाती है। तनाव और अविश्वास के साम्प्रदायिक युग में कुछ सार्थक-क्षण भी होते हैं और शम्पा जैसे पात्रों की उपस्थिति भी देखी जा सकती है जो बड़े सहज ढंग से अपना सर्वस्व दान करके भी अपने जीवन में प्रेम को प्रतिष्ठित करने का दुस्साहस जुटा पाती है। स्वयं जीवन के मूल्यों और आदर्शों की दुहाई देने वाली बकुल और उसकी कथा-प्रस्ताविका एवं प्रस्तोता लेखिका अनामिका देवी के रूप में स्वयं लेखिका (आशापूर्णा देवी) को यह महसूस होता है कि जीवन लिखा नहीं जाता, जीया जाता है। अपने लेखन और जीवन की व्यर्थता के क्षणों में वह आकाश की ओर किसी चमकते नक्षत्र को देखती हैं—और किसी बालक की तरह यह महसूस करती हैं कि यह सारा लेखन-उपक्रम कल को ही पानी में खिंची लकीर की तरह बिला जायेगा। उसे मालूम है कि वह जीवन भर पानी में लकीर ही तो खींचती रही और जिस बकुल की कहानी को वह लिपिबद्ध करना चाहती थी, वही नहीं लिखी जा सकी। इसका कारण यह है कि जो जीवन के हाथों अपनी घोषित या अघोषित पराजय स्वीकार कर लेते हैं, उनपर लोग हँसा करते हैं···बेचारे···! इसलिए लेखिका इस धारणा के साथ एक नयी प्रत्याशा और संकल्प करती है कि जीवन में जो जयी होते हैं—कहानी उनकी हो लिखनी होगी···

'बकुल-कथा' में 'प्रथम प्रतिश्रुति' और 'सुवर्णलता' के मुकाबले निवर्तमान या पिछली पीढ़ियों के द्वन्द्व और नयी या वर्तमान की कुण्ठा अधिक प्रभावी ढंग से उजागर हुई है। नारी पात्रों से आवश्यक सहानुभूति रखते हुए भी शोभेन (बेटे) के प्रति बकुल की कमजोरी एक माँ के आन्तरिक हाहाकार को ही व्यंजित करती है। यह हाहाकार कोई सकारात्मक अनुरोध उत्पन्न नहीं कर पाता। इसी तरह माधुरी के बेटे बुबुन के द्वारा युवा बल्कि किशोर मन के भटकाव को इन शब्दों में रखा है, "दरअसल, आजकल के लड़कों की सबसे बड़ी समस्या है कि वे किसी के प्रति अपनी श्रद्धा अर्पित नहीं कर पाते। इनको अपने स्नेह-बन्धन में बाँध सके, ऐसा प्यार उन्हें नहीं मिल रहा। इनके मन को समझ पाने वाले माँ-बाप तक इनके लिए पराये हो गये हैं। इनके मन में किसी का प्यार न पाने की कसक, किसी के प्रति अपनी श्रद्धा व्यक्त न करने की छटपटाहट, अपनी आँखों से सब कुछ देख-सुनकर नाज़ुक वक़्त को झेलने का संकट और सब कुछ मटियामेट कर देने की आग मचल रही है···वर्ना इतने छोटे से लड़के बुबुन में घृणा और तिरस्कार का भाव कहाँ से आता···? दूसरे, इनकी आँखें भी वक़्त ने खोल दी हैं। ये लालच, स्वार्थ, अत्याचार और अनाचार के मुखौटों को पहचान गये हैं और उनसे टकराने को तैयार हैं।"

लेखक, प्रकाशक, सम्पादक और समालोचक की रचनाधर्मिता और व्यावसायिकता पर प्रहार और परस्पर टकराव, सामाजिक-बदलाव के लिए पार्टी सत्ता और व्यवस्था का इस्तेमाल, सामाजिक संस्थाओं का पतन, जिनमें विवाह-संस्था पर प्रश्नचिह्न आदि प्रमुख हैं—लेखिका के लिए एक बड़े सरोकार के रूप में ही नहीं, सामाजिक ढाँचे के चरमरा जाने के निश्चित संकेत हैं । रातोंरात अभिनेत्री बनी नमिता-जैसी युवतियों में आये नैतिक पतन को उचित तौर पर गौरवान्वित किये जानें का उपक्रम उपन्यास के ऐसे स्थल हैं जो केवल समस्या ही नहीं हैं—बल्कि नासूर हैं—रिसते रहने वाले नासूर ।

आशापूर्णा के लेखन के बारे में, एक बात विशेष तौर पर उल्लेखनीय है कि वे घर से संसार की ओर देखती हैं, संसार से घर की ओर नहीं । उनका मानना है कि घर या परिवार ही समाज, देश या राष्ट्र की प्राथमिक या सर्वाधिक महत्त्वपूर्ण इकाई है । लेकिन सदियों से स्त्री की उपस्थिति को गौण करके उसकी सत्ता, स्वर और संकल्प को ख़ामोश करने की कोशिश की जाती रही है । इसी पृष्ठभूमि में और इसी वातायन से आशापूर्णा के समग्र और समर्पित लेखन को—विशेषकर इस गाथात्रयी को देखा जाना चाहिए । लिखे जाने के संकल्प और ठीक से न लिख पाने की पीड़ा को इन तीनों खण्डों में देखा जा सकता है । लेखिका भी इस बात को सहज भाव से अंगीकार करती है कि जो लिखा गया है, वह उसका नहीं है और लिखे जाने के बावजूद वह सब कुछ नहीं लिखा गया है, जो लिखा जाना चाहिए था ।

'बकुल-कथा' (1978) में बकुल के मैके और ससुराल के बीच घटित होने वाली अन्तरंग और बहिरंग समस्याएँ बड़ी प्रामाणिकता से चित्रित हैं । बकुल को अन्ततः अपने चतुर्दिक खड़े किये गये व्यूह से बाहर आना पड़ता है और उन सारे कार्यों, दायित्वों को निबाहना पड़ता है जो पहले केवल कोई पुरुष पात्र ही किया करता था या कर सकता था । लेकिन बकुल के बहाने यह गाथा धीरे-धीरे अभिशप्त काल के तमाम सवालों को समेट लेती है, जो हमारे समाज को, हमारे वर्तमान और भविष्य को ग्रसते चले जा रहे हैं । 'बकुल-कथा' के अन्त में एक बार फिर सत्यवती की भावमूर्ति प्रतिष्ठित की जाती है जिसने एक नये समाज का स्वप्न देखा था—जिसमें नये लोग होंगे, एक नयी सभ्यता सामने आयेगी । हालाँकि उसके साथ विकृतियाँ भी उत्पन्न होंगी लेकिन तब यह समाज उससे लड़ेगा क्योंकि उसे हारना नहीं है, उसे इस युद्ध को जीतना होगा—अपने लिए और अपनी नयी पीढ़ी के लिए ।

□□